LA PETITE FILLE AU TAMBOUR

Fils d'un homme d'affaires britannique, John Le Carré (pseudonyme de David Cornwell) est né en 1932. Après ses études qu'il fait en Suisse, puis à Oxford, il se marie en 1954. Reçu à un concours du Foreign Office (ministère des Affaires étrangères), il est nommé deuxième secrétaire à l'ambassade d'Angleterre à Bonn. C'est pendant qu'il est en poste à Hambourg — où il a été muté en 1961 — qu'il écrit son troisième livre, un roman d'espionnage qui le rendra célèbre : L'Espion qui venait du froid. *Ses ouvrages suivants, notamment* Le Miroir aux espions *et* Une petite ville en Allemagne, *obtiennent un succès égal.*
John Le Carré a démissionné du Foreign Office pour se consacrer à la littérature. Il réside dans le sud de l'Angleterre quand il n'est pas au bout du monde.

Charlie est une jeune Anglaise de vingt-six ans, gauchiste, un peu perdue, avide de trouver la cause pour laquelle elle pourra mourir en héroïne d'une cause. Mais sur une plage de Mykonos...

Kurtz est le chef charismatique de la cause israélienne, officier opérationnel des services secrets de son pays. Sa mission : lutter contre les attentats antisémites en Europe.

Michel est le nom d'emprunt d'un jeune Palestinien qui, avec son frère, lutte pour faire entendre au monde entier les souffrances de son peuple.

« Joseph » est le nom que Charlie et ses amis ont donné à cet homme beau et solitaire qui les observe sur la plage de Mykonos et dont l'apparent détachement cache une volonté de fer.

Helga est une petite bourgeoisie allemande pour qui les théories ne seront jamais remplacées par l'action sur le terrain.

Avec *La Petite Fille au tambour*, John Le Carré abandonne son héros favori, Smiley, et tout l'univers du Cirque, pour nous offrir sa première héroïne : Charlie. Une jeune femme bouleversante de vérité qui, entre Palestiniens et Israéliens, va jouer le rôle de sa vie... et sa vie pour de bon.

Un livre fantastiquement riche qui, tout en étant le plus achevé de ses romans d'espionnage, est aussi un grand roman d'actualité où l'amour et la politique mènent le jeu jusqu'au bout.

JOHN LE CARRÉ

La Petite Fille au tambour

ROMAN

TRADUIT DE L'ANGLAIS
PAR NATALIE ZIMMERMANN ET LORRIS MURAIL

ROBERT LAFFONT

Le titre de John Le Carré, La Petite Fille au tambour,
renvoie à une comptine anglaise, « The little drummer boy *»,
que Joan Baez a interprétée.*

Titre original :

THE LITTLE DRUMMER GIRL

A David et J.B. Greenway,
Julia, Alice, et Sadie...
pour leur temps, leur hospitalité
et leur amitié.

AVANT-PROPOS

Ce livre n'aurait pu être écrit sans l'aide précieuse de nombreux Palestiniens et Israéliens. Parmi les Israéliens, je me dois de citer tout particulièrement mes bons amis de Ma'ariv, *Yuval Elizur et sa femme, Judy, qui ont pris la peine de lire le manuscrit et, tout en me laissant ma liberté de jugement quelque erroné que ce jugement puisse être, m'ont permis d'éviter certaines graves erreurs que je préfère oublier.*

Je remercie aussi sincèrement d'autres Israéliens – dont plusieurs officiers, à la retraite ou en activité, de la grande confrérie du renseignement – pour leurs conseils et leur coopération. Eux non plus ne m'ont demandé aucune garantie quant à mes intentions, et ils se sont fait un point d'honneur de me laisser toute indépendance. Je songe avec une gratitude toute particulière au général Shlomo Gazit, ancien chef des renseignements militaires et aujourd'hui président de l'université Ben Gourion, à Beer-Shev'a dans le Néguev, qui personnifiera toujours à mes yeux le combattant et l'érudit israélien éclairé de sa génération. Mais il est encore bien d'autres noms que je suis dans l'obligation de taire.

Je dois également exprimer toute ma reconnaissance à Teddy Kollek, maire de Jérusalem, pour m'avoir accueilli à Mishkenot Sha'ananim; aux célèbres M. et Mme Vester de l'hôtel de la Colonie américaine de Jérusalem; aux propriétaires et au personnel de l'hôtel Commodore de Beyrouth, qui ont tout rendu possible dans les conditions les plus impossibles; et à Abu Said Abu Rish, doyen des journalistes de Beyrouth, pour la générosité de ses conseils alors qu'il ne savait rien de mes intentions.

Parmi les Palestiniens, certains sont morts, d'autres sont retenus prisonniers, et la plupart vivent vraisemblablement dispersés, sans patrie. Les jeunes combattants qui ont veillé sur moi dans cet appartement de Sidon et ont bavardé avec moi dans les plantations de mandariniers; les réfugiés des camps de Rashidiyeh et Nabitiyeh, qui restent indomptables malgré l'assaut des bombes : l'évolution récente des événements tend à leur donner un destin pas tellement différent de celui que subissent leurs frères dans le présent roman.

Mon hôte à Sidon, le commandant militaire palestinien Salāh Ta'amari, mériterait un livre à lui tout seul, et je souhaite qu'il me soit donné un jour de l'écrire. En attendant, que ce roman témoigne de son courage, et de ma gratitude envers lui et ses hommes, qui m'ont fait découvrir le cœur palestinien.

Je dois au lieutenant-colonel John Gaff de m'avoir initié aux horreurs maintenant banales des bombes artisanales, tout en s'assurant que je ne livrais pas, par inadvertance, la notice de fabrication, et à M. Jeremy Cornwallis, de l'Alan Day Ltd. de Finchley, d'avoir jeté un coup d'œil professionnel sur ma Mercedes bordeaux.

JOHN LE CARRÉ
Juillet 1982

PREMIÈRE PARTIE

LA PRÉPARATION

1

La preuve en fut donnée par l'attentat de Bad Godesberg, même si les autorités allemandes n'avaient absolument aucun moyen de le savoir. Avant Bad Godesberg, les soupçons s'étaient accumulés; de sérieux soupçons. C'est la combinaison d'un plan parfaitement élaboré et d'une bombe de piètre fabrication qui transforma ces soupçons en certitude. Tôt ou tard, comme on dit dans le métier, la signature finit par apparaître. Le plus pénible c'est d'attendre.

Elle explosa beaucoup plus tard que prévu, sans doute une bonne douzaine d'heures après, le lundi matin à huit heures vingt-six. Plusieurs montres mortes ayant appartenu aux victimes le confirmèrent. Il n'y avait pas eu d'avertissement mais, comme lors des attentats des mois précédents, cela répondait à une tactique délibérée. Aucun avertissement n'avait précédé l'explosion de la voiture piégée de l'envoyé israélien venu négocier des contrats d'armement à Düsseldorf, ni celle du colis qui, adressé aux organisateurs du congrès juif orthodoxe d'Anvers, tua sur le coup la secrétaire honoraire et causa des brûlures mortelles à son assistante. Aucune alerte non plus lorsque la poubelle piégée blessa grièvement deux personnes qui passaient devant une banque israélienne à Zurich. Seul l'attentat de Stockholm avait été annoncé, mais il se révéla qu'il ne faisait pas partie de la série et qu'il fallait l'imputer à un groupe totalement différent.

A huit heures vingt-cinq, à Bad Godesberg, la Drosselstrasse n'était encore qu'un de ces havres diplomatiques paisibles et verdoyants, à peu près aussi éloigné de la turbulence politique de Bonn qu'on peut raisonnablement espérer l'être quand quinze minutes de voiture seulement vous en séparent. C'était une rue récente mais respectable, aux jardins clos et touffus, où les chambres de bonne étaient situées au-dessus des garages et les fenêtres vert bouteille protégées par des grilles gothiques. Pendant la majeure partie de l'année, le climat rhénan évoque la chaleur moite et humide de la jungle; la végétation de cette région, comme sa communauté diplomatique, croît presque aussi vite que les Allemands construisent leurs routes et légèrement plus vite qu'ils ne remettent leurs cartes à jour. Ainsi, la façade de certaines demeures disparaissait déjà à demi derrière des rangs serrés de conifères qui, s'ils atteignent jamais la taille adulte, finiront sans doute un jour par plonger le quartier tout entier dans des ténèbres dignes d'un conte de Grimm. Ces arbres se révélèrent d'une remarquable efficacité contre le souffle et, dans les jours qui suivirent l'explosion, un pépiniériste local s'en fit une spécialité.

Quelques bâtisses revendiquent par le style leur appartenance nationale. La résidence de l'ambassadeur de Norvège, située au coin de la Drosselstrasse, est par exemple une austère ferme de brique rouge arrachée aux *hinterlands* réhabilités d'Oslo. A l'autre bout de la rue, le consulat égyptien a l'aspect désolé d'une villa alexandrine dont l'heure de gloire est passée. Des mélodies arabes et mélancoliques s'en échappent, et ses volets sont en permanence fermés à l'accablante chaleur nord-africaine. Cette journée de la mi-mai s'annonçait magnifique, les fleurs et les feuilles nouvelles se balançant en harmonie dans la brise légère. La floraison des magnolias touchait à sa fin et leurs tristes pétales blancs, déjà éparpillés, se retrouvèrent par la suite mêlés aux débris. L'écran de verdure étouffait la rumeur du trafic quotidien sur la nationale. Jusqu'au moment de l'explosion, le son le plus distinct fut le ramage des oiseaux parmi lesquels quelques colombes dodues s'étaient prises d'affection pour les glycines qui faisaient la fierté de l'attaché militaire australien. Un kilomètre au sud, les chalands invisibles du Rhin émettaient ce ronflement ample et lancinant que les riverains n'entendent plus à moins qu'il ne s'interrompe. Bref, c'était une matinée où tout conspirait à vous faire croire malgré toutes les calamités que rapportait la presse sérieuse et plutôt alarmiste d'Allemagne fédérale – récession, inflation, faillites, chômage, et autres maux habituels et apparemment incurables d'une économie capitaliste globalement prospère – que Bad Godesberg était un endroit tranquille et agréable à vivre, tandis que Bonn était loin d'être aussi épouvantable qu'on le dit.

Selon la nationalité ou la position, certains époux étaient déjà partis travailler, mais les diplomates n'en correspondent pas moins à l'image qu'on se fait d'eux. Ainsi, un sombre conseiller scandinave se trouvait encore au lit, cloué par une gueule de bois consécutive à un conflit conjugal. Les cheveux pris dans une résille et vêtu d'un peignoir de soie chinois, trouvaille rapportée d'un voyage à Pékin, un chargé d'affaires sud-américain se penchait par la fenêtre, demandant à son chauffeur philippin de faire pour lui quelques achats. Nu, le conseiller italien se rasait. Il aimait à se raser après son bain mais avant sa gymnastique quotidienne. Déjà prête, sa femme était descendue au rez-de-chaussée et reprochait à une enfant impénitente son retour tardif à la maison, scène qui se reproduisait presque chaque matin de la semaine. S'entretenant sur le réseau international, un envoyé de Côte-d'Ivoire informait ses supérieurs de ses derniers efforts visant à arracher une aide au développement à un ministre des

Finances allemand de plus en plus réticent. Quand la ligne fut coupée, ils crurent qu'il leur avait raccroché au nez et lui adressèrent un télégramme plutôt aigre lui demandant s'il désirait démissionner. L'attaché du travail israélien était sorti depuis plus d'une heure. Il ne se sentait pas du tout à l'aise à Bonn et s'efforçait autant que faire se pouvait de respecter les horaires de Jérusalem. Ainsi en allait-il, tant de mauvaises plaisanteries racistes trouvant leur justification dans la réalité et dans la mort.

Chaque bombe qui explose nous gratifie de son miracle; en l'occurrence, on le dut au car de ramassage de l'Ecole américaine qui s'était arrêté puis était reparti, emportant la plupart des jeunes enfants de la communauté, lesquels s'étaient rassemblés comme à l'habitude sur le rond-point, à cinquante mètres à peine de l'épicentre. Par bonheur, aucun des enfants n'ayant en ce lundi matin oublié de faire ses devoirs ou de se réveiller, aucun ne s'étant rebellé contre l'éducation, le car démarra à l'heure. Les vitres arrière explosèrent, le chauffeur se laissa déporter sur le bas-côté, une petite Française perdit un œil. Mais, dans l'ensemble, les enfants s'en tirèrent indemnes, ce dont on conçut après coup un immense soulagement. Il s'agit là encore d'une caractéristique de certaines explosions, ou du moins de leurs conséquences immédiates : un besoin général et farouche de fêter les vivants plutôt que de perdre du temps à pleurer les morts. En de telles situations, la véritable douleur ne survient que plus tard quand l'effet de choc se dissipe, ce qui prend habituellement plusieurs heures, parfois moins.

La déflagration produite par la bombe proprement dite ne fut pas quelque chose dont quiconque placé à proximité put se souvenir. De l'autre côté du fleuve, ceux de Konigswinter perçurent le vacarme d'une guerre entre étrangers et, ébranlés, à demi sourds, s'attardèrent en échangeant des mimiques complices de rescapés. Maudits diplomates, se lançaient-ils, c'était couru d'avance! Qu'on les expédie tous à Berlin, qu'ils puissent dépenser nos impôts en paix! Mais, sur l'instant, ceux qui se trouvaient tout près n'entendirent rien. Tout ce qu'ils purent décrire, quand ils parvinrent seulement à parler, fut la route qui se soulevait, une cheminée qui s'arrachait sans un bruit au toit de la maison d'en face, ou la rafale qui s'engouffrait chez eux, leur étirant la peau, les frappant, les projetant à terre, aspirant les fleurs hors des vases et soufflant les vases contre les murs. Ils se rappelèrent nettement le tintement du verre qui volait en éclats et le bruissement timide des jeunes feuillages heurtant le macadam. Et les geignements de gens trop terrifiés pour hurler. Ils n'étaient donc pas tant inconscients du bruit que victimes d'un trouble des sens. Plusieurs témoins mentionnèrent également le volume de la radio qui, dans la cuisine du conseiller français, beuglait la recette du jour. Croyant poser une question sensée, une maîtresse de maison demanda à la police s'il était possible que le souffle ait augmenté le son de la radio. Comme ils l'emportaient enveloppée dans une couverture, les officiers de police lui répondirent avec douceur que lors d'une explosion tout était possible mais qu'en l'occurrence l'explication était autre. Les vitres de la maison du conseiller français ayant été pulvérisées, et personne à l'intérieur ne se trouvant en état d'éteindre l'appareil, rien n'empêchait plus les émissions de se déverser dans la rue. Mais la femme ne comprit pas vraiment.

Bien sûr, les journalistes ne tardèrent pas à se presser derrière les cordons de police, tuant allègrement dans leurs premiers comptes rendus huit personnes, en blessant trente, et accusant du forfait un groupuscule marginal allemand d'extrême droite appelé Nibelungen 5, organisation composée de deux jeunes attardés mentaux et d'un vieux fou qui n'auraient pas su faire éclater un ballon. A midi, ils avaient été contraints de ramener leur score à cinq morts, dont un Israélien, quatre blessés graves et une douzaine de personnes hospitalisées pour une raison ou pour une autre, et avançaient le nom des Brigades Rouges au sujet desquelles, là non plus, ils ne possédaient pas l'ombre d'une preuve. Le lendemain, changeant à nouveau d'idée, ils penchaient pour Septembre Noir. Le jour suivant, l'attentat fut revendiqué par un groupe signant Agonie de la Palestine, qui s'attribuait également de façon convaincante les explosions précédentes. Et, bien qu'il s'agît moins d'un nom que de l'explication d'un crime, Agonie de la Palestine resta et fit même les gros titres de nombreux articles de fond.

Parmi les victimes non juives, on comptait le cuisinier sicilien des Italiens et leur chauffeur philippin. Au nombre des quatre blessés graves se trouvait la femme de l'attaché du travail israélien, dans la maison duquel avait explosé l'engin. Elle perdit une jambe. La victime israélienne était son jeune fils Gabriel. Mais, comme on s'accorda communément à le reconnaître par la suite, la personnalité visée était en fait un oncle de l'épouse de l'attaché, récemment arrivé de Tel-Aviv : un talmudiste assez connu pour les positions de faucon qu'il avait adoptées vis-à-vis des droits des Palestiniens dans les territoires occupés. En un mot, il ne leur en accordait aucun : il ne se privait pas de le proclamer haut et fort, pour provoquer ouvertement sa nièce qui appartenait à la gauche avancée israélienne et que son enfance passée dans les kibboutzim n'avait pas préparée aux luxueuses rigueurs de la vie diplomatique.

Si Gabriel avait pris le car scolaire, il aurait eu la vie sauve mais ce jour-là, comme très souvent, il ne se sentait pas bien. C'était un enfant agité et hypernerveux qui, jusqu'à présent, avait été considéré dans le voisinage comme un élément perturbateur, notamment à l'heure de la sieste. Mais, comme sa mère, il avait un don pour la musique. Soudain, le plus naturellement du monde, personne dans la rue ne se souvenait d'avoir connu enfant plus adorable. Débordant de sentiments pro-israélites, un quotidien allemand de droite le surnomma « l'ange Gabriel », lequel, détail ignoré des rédacteurs, était célébré dans les deux religions; pendant toute une semaine parurent des histoires fantaisistes témoignant de sa sainteté. Les magazines s'emparèrent de l'affaire. Le christianisme, déclara un célèbre commentateur – citant ainsi sans le nommer Disraeli –, était un judaïsme abouti ou n'était rien. Gabriel devint donc un martyr chrétien tout autant que juif, et les Allemands inquiets se sentirent aussitôt rassurés. Sans avoir été sollicités, des lecteurs envoyèrent des milliers de marks dont il fallut bien faire quelque chose. On parla d'élever un mémorial à Gabriel, mais fort peu des autres victimes. Comme le voulait la tradition juive, le cercueil minuscule et pathétique de Gabriel fut aussitôt rapatrié en Israël pour y être enterré; la mère du petit garçon, trop malade pour voyager, resta à Bonn jusqu'à ce que son époux fût en mesure de l'accompagner et qu'ils pussent respecter *shiva* ensemble à Jérusalem.

Le jour même de l'explosion, en début d'après-midi, arriva de Tel-Aviv une équipe de six experts israéliens. Le controversé docteur Alexis, du ministère de l'Intérieur, fut vaguement chargé de l'enquête côté allemand, et la corvée d'aller les accueillir à l'aéroport lui échut. Alexis était un homme intelligent, rusé, mais qui avait souffert toute sa vie d'avoir une dizaine de centimètres de moins que la plupart de ses frères humains. Aussi, peut-être était-ce pour compenser ce handicap qu'il se montrait souvent impulsif : sur un plan tant privé que professionnel, ses relations avec les autres étaient toujours difficiles. Dans les coulisses du pouvoir, il était un de ces hommes à la fois juristes et agents de la sûreté comme l'Allemagne en produit aujourd'hui, un libéral dont les opinions audacieuses ne plaisaient pas toujours à la Coalition, d'autant moins qu'il avait fâcheusement tendance à en faire étalage à la télévision. Son père, croyait-on savoir, avait été une sorte d'opposant au régime hitlérien et, en ces temps troublés, il n'était pas aisé pour le fils d'endosser le costume. Bien sûr, il y avait à Bonn ces puissants aux mains blanches qui ne le trouvaient pas tout à fait à la hauteur; un récent divorce et la découverte de l'existence embarrassante d'une maîtresse de vingt ans sa cadette n'avaient en rien amélioré l'image qu'ils se faisaient de lui.

S'il s'était agi de n'importe qui d'autre, Alexis ne se serait pas donné la peine de se déplacer – l'événement ne devait pas être couvert par la presse –, mais les relations entre Israël et la République fédérale traversant une mauvaise passe, il céda devant l'insistance du ministre et se rendit à l'aéroport. Contre sa volonté, on lui colla à la dernière minute un policier lymphatique connu pour ses opinions conservatrices et sa lenteur de tortue, un Silésien de Hambourg qui s'était fait une réputation dans le domaine de la « surveillance estudiantine » au cours des années 70 et que l'on considérait comme un excellent spécialiste des explosifs. Le second argument était qu'il s'entendait bien avec les Israéliens quoique Alexis, comme chacun, sût parfaitement qu'on le lui avait essentiellement imposé pour faire contrepoids. Mais, compte tenu de l'atmosphère tendue de ce jour, le plus important restait peut-être qu'Alexis comme le Silésien étaient *unbelastet,* c'est-à-dire que ni l'un ni l'autre n'était suffisamment âgé pour porter la plus infime responsabilité dans ce que les Allemands appellent amèrement leur passé insurmontable. Quoi que l'on fasse aujourd'hui aux juifs, Alexis et son indésirable collègue silésien n'étaient pour rien dans ce qu'ils avaient subi autrefois; pas plus, si ces garanties ne suffisaient pas, que le père d'Alexis. Inspirée par Alexis, la presse ne manqua pas de relever tout cela. Seul l'un des journaux osa avancer qu'aussi longtemps que les Israéliens bombarderaient aveuglément les camps et les villages palestiniens – tuant non pas un enfant mais des dizaines à la fois – ils devraient s'attendre à des représailles barbares de cette sorte. Dès le lendemain, l'attaché de presse de l'ambassade israélienne diffusa en hâte une réponse des plus vives, quoique légèrement confuse. Depuis 1961, écrivait-il, l'Etat d'Israël avait constamment servi de cible au terrorisme arabe. Il ne tomberait plus le moindre Palestinien nulle part si seulement les Israéliens pouvaient vivre en paix. Gabriel était mort pour une seule et unique raison : parce qu'il était juif. Les Allemands se souvenaient sans doute que Gabriel n'était pas seul dans ce cas. S'ils avaient oublié l'holocauste, peut-être se rappelaient-ils les Jeux olympiques de Munich, dix ans auparavant?

Le rédacteur en chef arrêta là l'échange et prit un jour de vacances.

L'avion militaire anonyme en provenance de Tel-Aviv atterrit tout au bout de l'aérodrome, les formalités habituelles furent balayées, et la collaboration commença sur-le-champ, totale et sans relâche. On avait instamment prié Alexis de ne rien refuser aux Israéliens, mais de telles recommandations étaient superflues : il était *philosemitisch* et ne s'en cachait pas. Il s'était acquitté de l'indispensable visite de « liaison » à Tel-Aviv et fait photographier, l'air recueilli, au musée de l'Holocauste. Quant au Silésien – eh bien, ce lourdaud ne se lassait pas de le répéter à quiconque voulait l'entendre – ils couraient tous après le même ennemi, n'est-ce pas? Les Rouges, indubitablement. Au quatrième jour, bien que les résultats de diverses investigations fussent encore en suspens, l'équipe de travail au complet avait dressé un tableau provisoire convaincant de ce qui s'était produit.

On s'accorda tout d'abord à admettre que la maison visée n'avait fait l'objet d'aucune mesure de sécurité particulière, et que les arrangements conclus entre l'ambassade et les autorités de Bonn n'en prévoyaient pas. La résidence de l'ambassadeur israélien, à trois rues de là, était, elle, surveillée vingt-quatre heures sur vingt-quatre. Une voiture de police kaki montait la garde à l'extérieur, une clôture métallique circonscrivait le périmètre, des sentinelles armées de mitraillettes et trop jeunes pour comprendre toute l'ironie de leur présence patrouillaient dans les jardins. L'ambassadeur avait droit également à une voiture à l'épreuve des balles et à une escorte de police. Il était ambassadeur, après tout, et pas seulement juif, ce qui doublait la mise. Mais, pour un simple attaché du travail, l'enjeu n'était plus le même, et il ne faut jamais trop en faire. Son domicile se trouvait sous la protection générale de la patrouille diplomatique mobile, et tout ce qu'on pouvait dire était qu'en tant que maison israélienne elle faisait certainement l'objet d'une surveillance particulière, comme l'attestaient d'ailleurs les registres de la police. Précaution supplémentaire, l'adresse des membres du personnel israélien ne figurait pas sur les listes diplomatiques officielles, de peur d'encourager un acte impulsif à un moment où Israël se montrait plutôt difficile à prendre. Politiquement s'entend.

Peu après huit heures, ce lundi matin, l'attaché du travail ouvrit le garage et inspecta comme à l'habitude les enjoliveurs de sa voiture puis, à l'aide d'un miroir fixé au bout d'un manche à balai réservé à cet effet, le dessous du châssis. L'oncle de sa femme, qui l'accompagnait, confirma tout cela. Il regarda sous le siège du chauffeur avant de mettre le contact. Depuis le début de la série d'attentats, ces précautions étaient devenues impératives pour tout le personnel israélien résidant à l'étranger. Il savait, comme tous savaient, qu'il ne fallait pas plus de quarante secondes pour bourrer d'explosifs un enjoliveur ordinaire et encore moins pour coller du plastic sous le réservoir. Il savait, comme tous savaient – on le lui avait enfoncé dans le crâne depuis le début de sa formation –, qu'un tas de gens avaient envie de le faire sauter. Il lisait les journaux et les télégrammes. Constatant avec satisfaction que tout semblait normal, il dit au revoir à sa femme et à son fils, puis se rendit à son travail.

Deuxièmement, la fille au pair de la famille, une jeune Suédoise à la réputation irréprochable nommée Elke, était partie la veille dans le Westerwald pour y passer une semaine de vacances en compagnie de Wolf, son petit ami allemand, soldat tout aussi irréprochable de la Bundeswehr, qui avait obtenu une permission. Le dimanche après-midi, Wolf était venu prendre Elke à bord de sa Volkswagen décapotable, et quiconque passant devant la maison ou la surveillant aurait pu voir la jeune fille vêtue de sa tenue de voyage franchir la porte d'entrée, embrasser le petit Gabriel, confier l'enfant à son père avec un sourire affectueux, et s'en aller en agitant joyeusement la main en direction de l'attaché du travail qui la regarda s'éloigner depuis le perron tandis que sa femme, qui avait la passion du jardinage et de tout ce qui pouvait lui rappeler une vie plus rude, continuait ses travaux dans le potager. Elke vivait avec eux depuis plus d'un an et, selon les propres termes de l'attaché du travail, elle faisait partie de la famille.

Ces deux facteurs – l'absence de l'affectionnée au pair et celle d'une surveillance policière – avaient rendu l'attentat possible. Son succès fut dû à la nature trop accueillante de l'attaché du travail lui-même.

A dix-huit heures, ce même dimanche – soit deux heures après le départ d'Elke –, au moment où l'attaché se débattait dans une conversation religieuse avec son hôte et où sa femme s'adonnait comme à l'habitude à son jardinage thérapeutique, la sonnette de la porte d'entrée retentit. Un seul coup. Comme toujours, l'attaché du travail regarda par le judas optique de la porte avant d'ouvrir. Comme toujours, et même si théoriquement les lois locales lui interdisaient de porter des armes à feu, il sortit en même temps son revolver d'ordonnance. Mais la lentille ne lui montra qu'une jeune fille blonde d'environ vingt et un ou vingt-deux ans, plutôt fragile et émouvante, debout sur le perron près d'une valise grise fatiguée portant, attachées à la poignée, des étiquettes aux couleurs de Scandinavian Air Services. Un taxi – ou bien s'agissait-il d'une conduite intérieure privée? – attendait derrière elle dans la rue, et l'attaché put entendre tourner son moteur. Aucun doute. Il crut même, mais plus tard, quand il en fut à se raccrocher au moindre brin d'herbe, se souvenir du cliquetis d'un magnéto défectueux. Sa description en faisait une fille vraiment ravissante, à la fois délicate et sportive, au nez auréolé de taches de rousseur – *Sommersprossen*. Au lieu de l'inévitable uniforme débraillé jean-chemise, elle portait une sage robe bleue boutonnée jusqu'au col et un foulard de soie blanc ou grège qui rehaussaient l'or de ses cheveux et – il le confessa d'emblée lors d'un premier entretien déchirant – flattèrent son goût naïf de la respectabilité. Ainsi, ayant rangé son revolver dans le tiroir supérieur de la commode placée à l'entrée, il ôta la chaîne, ouvrit la porte et rougit en la voyant si charmante, lui qui se savait timide et un peu fort.

Tout cela confié lors du premier entretien. L'oncle talmudiste n'avait rien vu et n'en avait pas entendu davantage. Son témoignage ne serait d'aucune utilité. A partir du moment où il fut laissé seul derrière une porte close, il semble qu'il se soit plongé dans un commentaire de la Mishna, se conformant au précepte selon lequel on ne devait jamais perdre son temps.

La jeune fille parlait anglais avec un fort accent nordique, pas français ni latin; ils lui firent écouter divers accents mais nordique fut le plus haut degré de précision auquel ils purent parvenir. La jeune fille demanda tout d'abord si Elke était là, ne l'appelant pas Elke mais Ucki, petit nom affectueux que seuls employaient ses amis intimes. L'attaché du travail lui expliqua qu'Elke était partie en vacances depuis deux heures seulement : quel dommage, mais pouvait-il se rendre utile? Son interlocutrice exprima une légère déception et dit qu'elle repasserait. Elle arrivait juste de Suède, raconta-t-elle, et avait promis à la mère d'Elke de faire parvenir cette valise contenant quelques vêtements et des disques. L'allusion aux disques était particulièrement judicieuse du fait qu'Elke adorait la pop-music. A ce moment-là, l'attaché du travail l'avait priée d'entrer et, dans son innocence, s'était même emparé de la valise pour lui faire franchir le seuil de sa maison, geste qu'il ne se pardonnerait jamais. Oui, bien sûr, il avait lu les nombreuses circulaires exhortant à n'accepter en aucun cas les paquets remis par des intermédiaires : oui, il savait que les valises mordaient parfois. Mais il s'agissait là de Katrin, la charmante amie d'Elke, qui arrivait de Suède, de la ville natale de la jeune au pair et c'était la mère de celle-ci qui lui avait confié la valise le jour même! Il trouva le bagage légèrement plus lourd qu'il s'y était attendu, mais mit cela sur le compte des disques. Lorsqu'il s'inquiéta de l'excédent que cela avait dû lui occasionner, Katrin lui expliqua que la mère d'Elke l'avait conduite à l'aéroport de Stockholm pour payer la surcharge. Il avait remarqué que c'était une valise de type rigide, apparemment aussi bourrée qu'elle était lourde. Non... rien n'avait bougé à l'intérieur quand il l'avait soulevée. Il en était sûr. Ne fut épargné qu'un fragment, une étiquette brune.

Il proposa une tasse de café à la jeune fille mais elle refusa, prétextant qu'elle ne pouvait pas faire attendre son chauffeur. Pas le taxi. *Son chauffeur.* Les enquêteurs cherchèrent par tous les moyens à exploiter cette piste. Il lui demanda ce qu'elle venait faire en Allemagne et elle répondit qu'elle espérait s'inscrire en théologie à l'université de Bonn. Il chercha fébrilement un bloc-notes et invita la jeune fille à y inscrire son nom et son adresse, mais elle le lui rendit avec un sourire en déclarant : « Dites-lui simplement " Katrin " et elle saura. » Elle logeait dans un foyer luthérien pour jeunes filles, ajouta-t-elle, mais seulement en attendant de trouver une chambre. (Il existait un tel foyer à Bonn, nouvelle preuve d'un travail soigné.) Elle repasserait quand Elke serait rentrée de vacances, proposa-t-elle. Peut-être pourraient-elles fêter ensemble son anniversaire. Cela lui ferait plaisir. Tellement plaisir. L'attaché du travail suggéra qu'ils pourraient peut-être organiser une soirée pour Elke et ses amis, pourquoi pas une fondue dont Elke était friande. Lui aussi adorait cela, et il la préparait lui-même, car sa femme la kibboutznik n'avait aucune patience pour préparer des plats exotiques et n'en raffolait d'ailleurs pas.

Dans la rue, la voiture ou le taxi commença à klaxonner, plusieurs coups légers, peut-être trois. Ils se serrèrent la main, elle lui donna la clef et l'attaché remarqua que la jeune fille portait des gants de coton blanc, mais c'était bien dans son style et ce devait être un jour à faire transpirer qui s'encombrait d'une aussi lourde valise. Ainsi, pas trace d'écriture sur le bloc-notes et pas d'empreintes, ni sur ce même bloc, ni sur la valise, ni sur la clef. Le malheureux estima plus tard que l'entrevue avait duré cinq minutes. Pas plus, en raison du chauffeur. L'attaché du travail la regarda descendre l'allée – jolie démarche, séduisante mais sans rien de délibérément provocant –, ferma la porte, remit consciencieusement la chaîne en place, puis emporta la valise dans la chambre d'Elke, située au rez-de-chaussée, et la déposa sur le lit, songeant, plein d'attentions, qu'en la laissant bien à plat il épargnerait les vêtements et les disques. Il plaça la clef sur le couvercle. Du jardin, où elle brisait inlassablement des mottes de terre à la binette, sa femme n'avait rien entendu, et lorsqu'elle rentra pour se joindre aux deux hommes, son mari oublia de mentionner le fait.

Une petite défaillance bien humaine nécessita alors rectification.

Oublié? lui demandèrent avec incrédulité les enquêteurs israéliens. Comment avez-vous pu *oublier* de signaler le passage dans votre maison d'une amie d'Elke venue de Suède? Et cette valise posée sur le lit?

L'attaché du travail faillit s'effondrer en en convenant. Non, il n'avait pas à proprement parler oublié.

« Alors quoi? » interrogèrent-ils.

C'était plutôt – semblait-il – qu'il s'était mis dans la tête – lui tout seul, comme ça – eh bien que, voyez-vous, monsieur, la vie sociale avait complètement cessé d'intéresser sa femme. Elle ne désirait plus que retourner dans son kibboutz et retrouver avec les gens des relations naturelles, loin de la causticité du milieu diplomatique. Enfin, si vous préférez, monsieur, cette fille était si jolie – eh bien, il avait pensé qu'il valait peut-être mieux garder tout cela pour lui. Quant à la valise, eh bien, ma femme n'entre jamais dans la chambre d'Elke – enfin, n'y entrait jamais – vous comprenez. Elke s'occupe elle-même de ses affaires.

Et le talmudiste, l'oncle de votre femme?

L'attaché du travail ne lui avait rien dit non plus. Les deux témoignages concordent.

Il fut donc écrit sans autre commentaire : *garder tout cela pour lui.*

Ici, tel un train fantôme qui disparaît brusquement de la voie, la séquence des événements s'interrompait. La jeune au pair Elke, vaillamment soutenue par Wolf, fut promptement ramenée à Bonn et déclara ne connaître aucune Katrin. On entreprit une enquête sur l'entourage d'Elke, mais cela prendrait du temps. Sa mère ne lui avait fait parvenir aucune valise, et cela ne lui serait pas même venu à l'idée. Elle désapprouvait les goûts musicaux déplorables de sa fille, informat-elle la police suédoise, et n'aurait jamais songé à les encourager. Wolf rejoignit tristement son unité où la sécurité militaire le soumit à des interrogatoires pénibles mais stériles. Aucun chauffeur ne se présenta – qu'il conduisît un taxi ou un véhicule privé – quoiqu'il en fût prié dans toute l'Allemagne par la police et par la presse; et qu'on lui offrît, *in absentia,* de fortes sommes d'argent pour ce qu'il avait à raconter. Les listes de passagers et les systèmes informatiques et de mise en mémoire de tous les aéroports d'Allemagne, sans même parler de celui de Cologne, ne permirent pas de retrouver la trace d'une quelconque voyageuse venant de Suède ou d'ailleurs qui corresponde à la description. Les photographies de terroristes du sexe féminin, connues ou non, dont celles du dossier consacré aux « simples suspectes », n'éveillèrent aucun souvenir chez l'attaché du travail, bien qu'il fût accablé de douleur et prêt à n'importe quoi, ne fût-ce que pour se sentir utile à quelque chose. Il ne parvenait pas à se rappeler comment était chaussée la jeune fille, si elle portait du rouge à lèvres, du parfum ou du mascara, si à la réflexion ses cheveux lui semblaient décolorés ou s'il avait pu s'agir d'une perruque. Comment aurait-il pu – allégua-t-il – lui, économiste de formation et sinon un brave type pantouflard et plutôt popote qui, en dehors d'Israël et de sa famille, ne se passionnait vraiment que pour Brahms –, comment aurait-il pu reconnaître des cheveux teints?

Oui, il se souvenait parfaitement qu'elle avait de jolies jambes et la gorge très blanche. Des manches longues, oui, sans quoi il aurait remarqué ses bras. Sans doute, un jupon ou une combinaison, sinon, à contre-jour, le soleil aurait révélé ses formes. Un soutien-gorge? – pas forcément, elle avait une petite poitrine et aurait très bien pu s'en passer. On fit défiler devant lui des mannequins, et il dut examiner une bonne centaine de robes bleues différentes en provenance de tous les coins d'Allemagne. Mais il ne se rappelait absolument pas si la robe était ornée d'un col et de poignets d'une autre couleur, et les affres qu'il connaissait ne lui rendaient nullement la mémoire. Plus on le pressait de questions, moins il savait. Les habituels témoins fortuits confirmèrent certains détails de son récit mais n'y ajoutèrent rien de conséquent. Les patrouilles de police avaient complètement manqué la scène et sans doute cela entrait-il dans le plan des terroristes. La valise était d'un modèle des plus courants. Quant à la voiture ou au taxi, il s'agissait parfois d'une Opel parfois d'une Ford, on la disait grise, pas très propre, ni ancienne ni neuve, immatriculée à Bonn, non à Siegburg. Oui, il y avait un voyant « taxi » sur le toit. Non, il y avait un toit ouvrant, et quelqu'un avait entendu de la musique s'en échapper, sans pouvoir préciser de quelle émission il s'agissait. Oui, une antenne. Non, aucune. Le chauffeur était de type européen mais pouvait être turc. C'étaient les Turcs qui avaient fait le coup. Il était rasé de frais, portait la moustache, avait les cheveux bruns. Non, blonds. De carrure étroite, ç'aurait pu être une femme travestie. Quelqu'un était certain d'avoir aperçu un petit ramoneur suspendu à la vitre arrière. Ou peut-être ne s'agissait-il que d'un autocollant. Oui, un autocollant. On passa des enregistrements de toute une série d'avertisseurs et de moteurs. Nombre d'entre eux furent catégoriquement reconnus. Quelqu'un prétendit que le chauffeur portait un anorak. Mais ç'aurait pu être un pull-over.

Parvenue à cette impasse, l'équipe israélienne parut sombrer dans une sorte de coma collectif. Pris de léthargie, ils arrivaient tard dans la matinée et repartaient de bonne heure, passant beaucoup de temps à leur ambassade où, semblait-il, ils recevaient de nouvelles instructions. Les jours passant, Alexis estima qu'ils attendaient quelque chose. Piétinant mais d'une certaine façon impatients, état qu'il connaissait lui-même trop bien. Alexis avait un nez formidable pour sentir ce genre de choses bien avant ses collègues. Le troisième jour, l'équipe fut complétée par un vieil homme au visage large, qui se faisait appeler Schulmann et qu'accompagnait un acolyte plutôt maigre et deux fois plus jeune. Alexis les compara à un César juif flanqué de son Cassius.

L'arrivée de Schulmann et de son assistant soulagea le brave Alexis de la folie contrôlée de toute cette enquête, et du poids d'avoir à traîner partout le policier silésien, dont l'attitude commençait à ressembler plus à celle d'un successeur qu'à celle d'un second. La première chose qu'il remarqua à propos de la présence de Schulmann fut qu'elle galvanisa aussitôt l'équipe israélienne. Auparavant, il avait semblé manquer quelque chose aux six hommes. Ils s'étaient montrés polis, n'avaient pas bu d'alcool, avaient tissé leur toile et su préserver entre eux la mystérieuse cohésion orientale d'une unité de combat. La maîtrise de soi dont ils faisaient preuve déconcertait ceux qui ne la possédaient pas et quand, à l'occasion d'un repas rapide à la cantine, ce lourdaud de Silésien entreprit de plaisanter au sujet de la nourriture kashère et d'ironiser à propos des merveilles de leur patrie, s'autorisant au passage une allusion particulièrement grossière à la qualité du vin israélien, ils acceptèrent l'hommage avec une courtoisie qui, Alexis le savait, leur coûtait infiniment. Même quand le Silésien en vint à évoquer le renouveau de la *Kultur* juive en Allemagne et la manière habile dont les nouveaux juifs avaient accaparé les marchés immobiliers de Francfort et Berlin, ils parvinrent encore à se taire, bien que les acrobaties financières de ces juifs des *Stettel* qui n'avaient pas répondu à l'appel d'Israël les écœurassent au fond d'eux-mêmes presque autant que le goût pour la cochonnaille de leurs hôtes. Puis, soudain, avec la venue de Schulmann, tout s'éclaira différemment. C'était le chef qu'ils avaient attendu : Schulmann de Jérusalem, dont l'arrivée avait été annoncée quelques heures auparavant par un coup de téléphone déroutant du quartier général de Cologne.

« Ils envoient un spécialiste supplémentaire, il vous rejoindra par ses propres moyens.

– Spécialiste de quoi? » s'enquit Alexis qui, contrairement à la plupart de ses compatriotes, avait horreur des titres.

Non communiqué. Mais brusquement, il était là – non pas un spécialiste, aux yeux d'Alexis, mais un vétéran qui avait fait tous les champs de bataille depuis les Thermopyles, un baroudeur au visage carré et d'un âge compris entre quarante et quatre-vingt-dix ans, trapu, slave, puissant, européen bien plus qu'hébreu, avec une poitrine comme une barrique, une démarche de lutteur et une façon de mettre tout le monde aussi à l'aise que lui; et puis il y avait cet acolyte tourmenté, que l'on n'avait même pas annoncé. Pas vraiment Cassius; plutôt l'archétype de l'étudiant dostoïevskien : étique et en proie aux démons. Quand Schulmann souriait, les rides qui plissaient son visage avaient été creusées par le passage séculaire des eaux sur les mêmes chemins rocailleux, et ses yeux s'étrécissaient comme ceux d'un vieux Chinois. Puis, longtemps après, l'autre souriait à son tour, émanation altérée du sourire précédent. Quand Schulmann vous saluait, son bras droit se détendait dans votre direction telle une pince de crabe suffisamment puissante pour vous balayer si vous ne l'arrêtiez pas à temps. Mais son acolyte, lui, laissait ses bras collés à ses flancs comme s'il préférait les garder sous surveillance. Quand Schulmann parlait, il mitraillait, ses idées tumultueuses giclant en rafales, puis attendait de voir lesquelles se perdaient et lesquelles lui revenaient. La voix de l'acolyte suivait, rassemblant soigneusement les cadavres, telle une équipe de brancardiers.

« Schulmann, très heureux de vous rencontrer, docteur Alexis », dit Schulmann dans un anglais à la prononciation allégrement déformée.

Simplement Schulmann.

Pas de prénom, pas de grade, ni titre universitaire, ni spécialisation, ni fonction; l'étudiant, lui, n'avait pas de nom du tout, du moins pour les Allemands. Alexis vit en Schulmann un général; un dispensateur d'espoir, un fonceur, un extraordinaire maître d'œuvre; un supposé spécialiste à qui il fallait un bureau personnel et qui en obtint un le jour même : son acolyte y veilla. Bientôt, traversant la porte close, sa voix au débit incessant prit le ton de celle d'un attorney venu tout exprès, analysant et évaluant le travail effectué jusqu'alors. Inutile de savoir l'hébreu pour saisir les pourquoi et les comment, les quand et les pourquoi pas. Le sens de l'improvisation, songea Alexis : lui-même parfaitement rompu à la guérilla urbaine. Quand il se taisait, Alexis l'entendait aussi et se demandait alors ce qu'il pouvait bien lire soudain d'assez passionnant pour que sa langue cesse de s'agiter – ou étaient-ils en train de prier? – cela leur arrivait-il? A moins, bien sûr, que ce ne fût au tour de l'acolyte de s'exprimer, auquel cas Alexis n'aurait pu capter même un murmure car, en présence d'Allemands, la voix du jeune homme n'avait pas plus de volume que son corps.

L'association que formaient les deux hommes fascinait Alexis : un spectacle qui lui faisait un peu oublier ses préoccupations. Ainsi, quand Schulmann se rendit Drosselstrasse et visita les ruines précaires de la maison plastiquée, levant les bras au ciel, regardant sa montre, jetant des imprécations, aussi durement frappé en apparence que si la demeure avait été la sienne, telle sa conscience l'acolyte ne quitta pas son ombre, ses mains squelettiques définitivement clouées à ses flancs, semblant contenir son maître par la ferveur murmurée de ses certitudes. Lorsque Schulmann fit venir l'attaché du travail pour lui parler une dernière fois en privé, que leur conversation, étouffée par la cloison du bureau, s'éleva en un cri pour ne plus devenir que le murmure saccadé d'un confessionnal, c'est à l'acolyte qu'il incomba ensuite de reconduire cet homme brisé et de le confier à la responsabilité de son ambassade : confirmation pour Alexis de la conviction qu'il avait acquise depuis le début, mais à laquelle Cologne lui avait ordonné de ne donner suite en aucun cas.

Tout allait dans ce sens : le zèle déployé par une femme introvertie ne rêvant qu'à sa terre sacrée; le terrible sentiment de culpabilité de l'attaché du travail; l'absurdité de l'accueil excessivement chaleureux réservé à la jeune Katrin, l'attaché jouant presque les grands frères en l'absence d'Elke; l'étrange aveu selon lequel si lui était entré dans la chambre d'Elke, sa femme ne se le serait jamais permis. Pour Alexis, qui s'était déjà trouvé dans de semblables situations et en vivait une actuellement – sa culpabilité exacerbée guettant le moindre signe d'aventure –, les indices apparaissaient en filigrane d'un bout à l'autre du dossier, et il se réjouissait intérieurement que Schulmann ait su lui aussi les déceler. Mais si Cologne se montrait inflexible sur ce point, à Bonn, on frisait l'hystérie. L'attaché du travail était un héros populaire : père éploré, le mari d'une femme atrocement mutilée. Il était victime d'un attentat antisémite commis sur le sol allemand, et de surcroît diplomate accrédité à Bonn. Qui étaient les Allemands, entre tous – on adjurait Alexis d'y songer –, pour se permettre d'en faire un mari adultère? Le soir même, l'attaché du travail accablé prit après son fils le chemin d'Israël et les journaux télévisés retransmirent dans tout le pays l'image de son large dos se hissant pesamment jusqu'au sommet de la passerelle, et celle d'un Alexis omniprésent qui, chapeau à la main, le contemplait avec un respect glacé.

Alexis n'eut vent de certaines activités de Schulmann qu'après le départ de l'équipe israélienne. Ainsi, presque par hasard mais pas tout à fait, il découvrit que Schulmann et son étudiant avaient réussi à contacter Elke indépendamment des enquêteurs allemands et à la persuader de retarder son retour en Suède afin que tous trois puissent organiser une petite conversation généreusement rétribuée et entièrement volontaire. Ils avaient passé tout un après-midi à l'interroger dans une chambre d'hôtel et l'avaient même accompagnée en taxi à l'aéroport, ce qui contrastait curieusement avec l'économie dont ils faisaient preuve en d'autres secteurs. Tout cela – supposa Alexis – dans le but de savoir qui étaient ses *véritables* amis et où elle allait s'amuser quand son petit ami avait bien gentiment réintégré sa caserne; où elle avait acheté la marijuana et les amphétamines qu'ils avaient découvertes dans les décombres de sa chambre ou, plus vraisemblablement, qui les lui avait données; dans quels bras, enfin, elle aimait à s'abandonner, parler d'elle-même et de ses patrons quand elle était complètement partie et se laissait aller. Alexis devina tout cela car il était à présent en possession du rapport confidentiel que ses hommes avaient consacré à Elke, et les questions qu'il mettait dans la bouche de Schulmann étaient en fait celles précisément qu'il aurait aimé poser à la jeune fille, si Bonn ne lui avait pas mis un bandeau sur les yeux et crié « pas touche » dans les deux oreilles.

Pas de souillure, s'obstinaient-ils à répéter. Attendez que les choses se tassent. Alexis, qui défendait maintenant sa situation, saisit l'allusion et la ferma. De jour en jour, la cote du Silésien grimpait au détriment de la sienne.

Quoi qu'il en soit, il aurait payé cher pour obtenir le genre de réponses que Schulmann, toujours implacable et pressé, avait dû soutirer à la fille entre deux coups d'œil sur sa vieille montre; le portrait sur papier de cet Arabe viril, étudiant ou jeune attaché évoluant à la périphérie des milieux diplomatiques – à moins qu'il ne fût cubain? –, qui avait de l'argent à dépenser, la marchandise qu'il fallait dans ses petits paquets et prêtait une oreille étonnamment complaisante. Longtemps après, alors que cela n'avait déjà plus d'importance, Alexis apprit également – par l'entremise de la sûreté suédoise qui elle aussi s'était penchée sur la vie sentimentale d'Elke – que Schulmann et son acolyte avaient en fait sorti les photographies de candidats éventuels et que la jeune fille avait désigné celle d'un présumé Chypriote dont elle ne connaissait que le prénom, *Marius,* à prononcer de préférence à la française. Et qu'elle leur avait signé une déclaration assez floue – « oui, c'est bien le Marius avec lequel j'ai couché » – réclamée, lui avaient-ils laissé entendre, par Jérusalem. Pourquoi? s'interrogea Alexis. Pour payer en quelque sorte les échéances de Schulmann? Pour servir de caution et ramener ainsi le crédit nécessaire? Alexis comprenait ces choses. Et plus il y réfléchissait, plus il se sentait d'affinités avec Schulmann, de complicité. Toi et moi ne faisons qu'un, se surprenait-il sans cesse à penser. Nous luttons, nous sentons, nous voyons.

Alexis éprouvait tout cela très profondément, et avec la plus grande conviction.

Présidée par le Silésien, la traditionnelle conférence de clôture eut lieu dans l'amphithéâtre où les deux groupes s'étaient répartis parmi les trois cents fauteuils vides, comme les membres de deux familles assistant à un mariage, assis de part et d'autre de la nef de l'église, les Israéliens étant en minorité et paraissant de loin les moins riches. Le camp allemand avait été renforcé par quelques responsables du ministère de l'Intérieur et un peu de chair à canon fournie par le Bundestag; du côté israélien, l'attaché militaire de l'ambassade était présent, mais plusieurs membres de l'équipe, dont l'acolyte émacié de Schulmann, étaient déjà repartis pour Tel-Aviv, ou c'est du moins ce que déclarèrent leurs camarades. Tous se retrouvèrent à onze heures, le matin, devant la grande table recouverte d'une nappe blanche sur laquelle on avait disposé les fragments révélateurs de l'explosion à la façon de trouvailles archéologiques portant chacune leur petite étiquette tapée à la machine. Un tableau, juste à côté, présentait les habituelles photos d'horreur – en couleur, pour plus de réalisme. A l'entrée, une jolie fille au sourire trop éclatant leur distribua des chemises plastifiées contenant tous les éléments de base de l'enquête. Alexis n'aurait pas été autrement étonné de la voir proposer des bonbons ou des chocolats glacés. Le contingent allemand bavardait et tendait le cou dans toutes les directions, y compris celle des Israéliens qui, pour leur part, conservaient l'immobilité cadavérique de ceux pour qui chaque minute perdue représente un véritable martyre. Seul Alexis – il en était certain – saisissait et comprenait leur souffrance secrète, quelle qu'en fût la cause.

Nous sommes tout simplement trop nombreux, se dit-il, arrivant délibérément en retard : nous sommes du côté des survivants. Une heure auparavant encore, il s'attendait à présider la séance. Il avait prévu à leur intention – et même secrètement préparé – un bref aperçu de son style lapidaire, suivi d'un sec « merci, messieurs », et terminé. Il en irait autrement. Les barons avaient tranché; ils voulaient le Silésien au petit déjeuner, au déjeuner et au dîner; ils ne voulaient pas d'Alexis, pas même pour le café. Aussi mit-il un point d'honneur à traîner ostensiblement dans le fond de la salle, les bras croisés, affectant un intérêt distrait tout en rageant et en compatissant à l'épreuve des juifs. Quand tous sauf Alexis se furent assis, le Silésien fit son entrée, se dirigeant vers l'estrade comme s'il avançait dans l'eau, de cette démarche déhanchée que, Alexis le savait, finissait toujours par prendre un certain type d'Allemands dès qu'ils montaient à la tribune. Un jeune homme apeuré en blouse blanche semblant sortir de sa première expérience en salle d'opération apparut à sa suite, porteur d'une valise grise fatiguée à laquelle ne manquaient pas même ses étiquettes Scandinavian Air Services, et qu'il plaça sur l'estrade parmi d'autres pièces plus ou moins reconnaissables. En quête de Schulmann, Alexis le découvrit installé à l'écart sur un siège situé près de l'allée et plutôt en retrait. Il avait ôté sa cravate et portait un pantalon confortable qui, en raison de son tour de taille avantageux, découvrait un peu trop ses chaussures démodées. Sa montre d'acier tranchait sur le hâle de son poignet; la blancheur de sa chemise contre sa peau tannée lui donnait l'air débonnaire de quelqu'un s'apprêtant à partir en vacances.

Un peu de patience et je viens avec toi, songea intérieurement Alexis, se souvenant de sa pénible séance avec les barons.

Le Silésien avait déjà commencé et il s'exprimait en anglais « par égard pour nos amis israéliens »; mais aussi, soupçonnait Alexis, par égard pour ceux de ses supporteurs qui étaient venus admirer les prouesses de leur champion. Le Silésien avait suivi le stage obligatoire de lutte antiterroriste à Washington et parlait un anglais massacré d'astronaute. En guise d'introduction, il affirma que l'attentat était l'œuvre d'« éléments extrémistes de gauche »; et, quand il glissa une allusion à « l'attrait excessif du socialisme sur la jeunesse actuelle », il y eut des murmures approbateurs parmi les parlementaires. Alexis eut presque envie de demander si à leur avis Hitler aurait fait mieux. Pour des raisons architecturales, le souffle s'était dirigé verticalement, continua le Silésien en se tournant vers le diagramme que son assistant déroulait derrière lui; il avait balayé toute la structure centrale de la maison, emportant le premier étage et, donc, la chambre de l'enfant. Bref, c'était un gros boum, songea cruellement Alexis, alors pourquoi ne pas le dire et nous foutre la paix? Selon les meilleures estimations, la charge aurait atteint cinq kilos. La mère avait survécu parce qu'elle se trouvait dans la cuisine. La cuisine était une *Anbau.* Cet emploi soudain et inattendu d'un mot allemand suscita un certain embarras chez les germanophones.

« *Was ist Anbau?* » grommela d'un ton maussade le Silésien à l'adresse de son assistant, amenant l'auditoire à se mettre fébrilement à la recherche d'une traduction.

« Dépendance », lança Alexis avant tout le monde; à quoi les plus malins sourirent légèrement tandis que les membres du comité de soutien au Silésien laissaient plus ouvertement percer leur irritation.

« Dépendance », répéta le Silésien, ignorant sa source, avant de poursuivre son laborieux exposé.

Dans une autre vie, se dit Alexis, je serai juif ou espagnol ou eskimo, ou juste un anarchiste complètement compromis comme tout le monde. Mais allemand, certainement pas; quand vous l'avez été une fois, ça suffit comme pénitence. Il n'y avait qu'un Allemand pour tirer un tel préambule de la mort d'un petit juif.

Le Silésien parlait maintenant de la valise. Vilaine et bon marché, du type qu'affectionnent généralement les travailleurs immigrés, les Turcs et autres non-personnes. Il aurait aussi bien pu ajouter les socialistes. Ceux qui désiraient en savoir plus pouvaient se reporter à leur dossier ou examiner les fragments de l'armature d'acier disposés sur la table. Mais on pouvait aussi décider, comme Alexis l'avait fait depuis longtemps, que la bombe et la valise n'aboutissaient toutes deux qu'à une impasse. Ils ne pouvaient en revanche éviter d'entendre le Silésien, car c'était aujourd'hui sa journée, et ce discours était son cri de victoire face à l'ennemi terrassé, Alexis.

Puis il passa péniblement de la valise à son contenu. On avait, continua-t-il, maintenu le dispositif en place à l'aide de deux matériaux différents : de vieux journaux provenant d'après les expertises des éditions réalisées à Bonn par les imprimeries Springer au cours des six derniers mois (ce qui convenait à merveille, songea Alexis) et, déchirée en lanières, une couverture issue des surplus de l'armée, identique à celle que présentait son assistant. Tandis que ce dernier soumettait à l'examen général une grande couverture grise, le Silésien dressa fièrement la liste des autres indices. Alexis prêta une oreille lasse à la litanie familière : l'extrémité tordue d'un détonateur... d'infimes parcelles n'ayant pas détoné d'un explosif identifié comme du plastic russe standard, que les Américains avaient appelé C4, les Anglais PE et les Israéliens comme il leur plaisait... le remontoir d'une montre bon marché... le ressort carbonisé mais encore reconnaissable d'une pince à linge. Bref, se dit Alexis, la parfaite panoplie du petit fabricant de bombes. Aucun matériel compromettant, pas de frime, pas de fantaisie, rien qu'un piège rudimentaire installé dans l'angle du couvercle. Quand on voyait la camelote que les gosses se procuraient aujourd'hui, il y avait de quoi vous donner la nostalgie des bons vieux terroristes des années 70.

Le Silésien semblait partager cet avis, ce qu'il exprima par une sinistre plaisanterie : « Nous appelons ce genre d'engins la bombe bikini! s'exclama-t-il fièrement. Le minimum! Pas de superflu!

— Et pas d'arrestations non plus! » lança sans réfléchir Alexis, ce qui lui valut un sourire admiratif et curieusement compréhensif de Schulmann.

Se substituant soudain à son assistant, le Silésien plongea le bras dans la valise et, d'un geste un peu théâtral, en extirpa un morceau de bois tendre sur lequel était fixée la maquette du dispositif, sorte de circuit de voitures pour enfants, en fil électrique assez mince et terminé par une dizaine de bâtonnets de plastic. Au moment où les non-initiés se rassemblaient autour de l'objet pour l'examiner de plus près, Alexis eut la surprise de voir Schulmann se lever, les mains dans les poches, pour aller les rejoindre d'un pas tranquille. Pourquoi? songea Alexis, le regard fixé sur Schulmann. Pourquoi cette nonchalance quand vous aviez à peine le temps de consulter votre vieille montre? Cessant de feindre l'indifférence, Alexis le suivit. Voici comment vous y prendre pour fabriquer une bombe, expliquait en substance le Silésien, si vous êtes monsieur tout-le-monde et désirez faire sauter du juif. Vous achetez une montre ordinaire comme celle-ci. Ne la volez pas, achetez-la dans un grand magasin aux heures d'affluence avec deux ou trois bricoles pour brouiller les cartes. Otez la petite aiguille. Percez un trou dans le verre... enfoncez une punaise dans l'orifice... fixez à la colle forte votre circuit électrique à la tête de la punaise... maintenant, la pile... enfin, selon votre désir, placez la grande aiguille très près ou très loin de la punaise. Mais, en règle générale, essayez de vous contenter du délai le plus court possible, afin que la bombe ne soit pas découverte et désarmée. Remontez la montre. Assurez-vous que la grande aiguille fonctionne toujours. Vous enfoncez le détonateur dans le plastic, une petite prière et voilà. Quand l'aiguille touche la pointe de la punaise, le contact ferme le circuit électrique, et les juifs sont expédiés au paradis des juifs.

Afin de compléter la démonstration de ce prodige, le Silésien ôta le détonateur désarmé et les dix pains de plastic factice pour les remplacer par une unique petite ampoule adaptable sur une lampe de poche.

« Et maintenant! s'exclama-t-il, je vais vous prouver que le circuit fonctionne! »

Personne n'en doutait, tous connaissant le système

par cœur, mais, pendant un instant, Alexis eut l'impression qu'un frisson avait parcouru l'assistance quand l'ampoule avait joyeusement émis sa petite lueur. Seul Schulmann resta de marbre. Peut-être en a-t-il vraiment trop vu, songea Alexis, et qu'il ne sait plus ce qu'est la pitié. En effet, Schulmann ne s'intéressait pas le moins du monde à l'ampoule. Il demeura penché au-dessus de la maquette, un large sourire sur les lèvres, l'examinant avec l'attention critique du connaisseur.

Désireux de faire preuve de pertinence, un parlementaire demanda pourquoi la bombe avait tant tardé à exploser. « Cet engin est resté quatorze heures dans la maison, fit-il remarquer dans un anglais mielleux. En principe, la grande aiguille ne met pas plus d'une heure à faire le tour du cadran. La petite aiguille, elle, en met douze. Comment expliquez-vous, je vous prie, qu'une bombe devant sauter au bout d'une heure ne le fasse que treize heures plus tard? »

Le Silésien tenait un petit laïus tout prêt pour chaque question. Il en débita un tandis que Schulmann, souriant toujours d'un air indulgent, commençait à sonder doucement de ses doigts épais la bourre qui entourait la maquette, comme s'il y avait perdu quelque chose. La montre avait pu tomber en panne, énumérait le Silésien. Le transport en voiture jusqu'à la Drosselstrasse avait pu dérégler le mécanisme. En posant la valise sur le lit d'Elke, l'attaché du travail avait pu faire bouger le circuit. La montre, de mauvaise qualité, avait pu s'arrêter et prendre du retard, poursuivit le Silésien. Il avait pu se produire n'importe quoi, se dit Alexis, contenant difficilement son irritation.

Mais Schulmann suggéra une autre solution, beaucoup plus ingénieuse : « Ou encore le terroriste a pu ne pas décaper suffisamment l'aiguille de la montre », lâcha-t-il d'un ton désinvolte, presque en aparté, en reportant toute son attention sur les charnières de la valise. Il extirpa de sa poche un vieux canif d'ordonnance, sélectionna un poinçon large et court puis l'introduisit sous la tête de l'axe de la charnière, vérifiant avec quelle facilité il pouvait se retirer. « Vos spécialistes, eux, ont gratté *toute* la peinture. Mais le poseur de bombe n'est peut-être pas aussi calé que vos spécialistes, continua Schulmann en refermant son canif d'un coup sec. Pas aussi habile, ni aussi soigneux dans sa construction. »

Mais il s'agissait pourtant d'une fille, corrigea aussitôt mentalement Alexis. Pourquoi Schulmann parlait-il du terroriste au masculin alors que nous sommes tous censés nous représenter une ravissante jeune fille en robe bleue? Apparemment inconscient d'avoir, momentanément tout au moins, ravi la vedette au Silésien au beau milieu de son numéro, Schulmann se mit à étudier le dispositif artisanal fixé dans le couvercle, tirant doucement sur le fil mécanique qui était cousu à l'intérieur de la doublure et relié à un bouchon sur la maquette grâce à une pince à linge.

« Quelque chose d'intéressant, Herr Schulmann? s'enquit le Silésien avec une patience d'ange. Vous avez trouvé un *indice,* peut-être? Parlez, je vous en prie. Cela nous intéressera sûrement. »

Schulmann considéra cette offre généreuse.

« Pas assez de fil, déclara-t-il en revenant vers la table pour fouiller parmi la collection noirâtre. Voici les restes de soixante-dix-sept centimètres de fil, pas moins. » Il brandissait un écheveau carbonisé. Le fil était enroulé sur lui-même comme celui d'une pelote de laine, serré en son milieu par une boucle. « Dans votre reconstitution, vous n'en avez utilisé que vingt-cinq centimètres. Pourquoi manque-t-il cinquante centimètres de fil? »

Il y eut un moment de silence interloqué puis le Silésien partit d'un gros rire condescendant.

« Mais, Herr Schulmann, commença-t-il, comme s'il s'adressait à un enfant, c'était du fil *en trop.* Pour le circuit. Du simple fil électrique. Quand le ou la terroriste a fabriqué son engin, il lui est évidemment resté du fil, alors il – ou elle –, enfin ils l'ont jeté dans la valise. Pour que cela ne traîne pas, c'est normal. C'était du fil *en trop,* répéta-t-il. *Ubrig.* Sans utilité technique. *Sag ihm doch übrig.*

– Du fil restant, traduisit inutilement quelqu'un. Il ne sert à rien, monsieur Schulmann. C'est du fil *restant.* »

L'incident était clos, tout était rentré dans l'ordre, et lorsque Alexis prêta de nouveau attention à Schulmann, celui-ci était figé près de la porte, s'apprêtant à s'éclipser discrètement, sa large tête à demi tournée en direction du docteur et son poignet porteur de la montre levé, mais à la façon de quelqu'un qui interroge son estomac plutôt que l'heure. Leurs yeux ne se rencontrèrent pas vraiment, mais Alexis sut que Schulmann l'attendait, désirait qu'il traversât la pièce pour qu'ils aillent déjeuner. Le Silésien ronronnait toujours, son public toujours planté autour de lui, aussi désœuvré qu'un groupe de passagers à peine débarqués de leur avion. Alexis s'éloigna sans se faire remarquer, puis se glissa promptement à la suite de Schulmann. Dans le couloir, Schulmann feignit la surprise en voyant Alexis surgir à ses côtés et lui saisit le bras en un geste d'affection spontané. Parvenus sur le trottoir – c'était de nouveau une belle journée ensoleillée – les deux hommes ôtèrent leurs vestes et, par la suite, Alexis se souvint très nettement de la façon dont Schulmann avait roulé la sienne comme pour en faire un oreiller de fortune tandis que lui-même hélait un taxi et lui indiquait le nom d'un restaurant italien situé sur une colline, à l'autre bout de Bad Godesberg. Il y avait parfois emmené des femmes, mais un homme jamais, et les premières fois comptaient toujours pour ce sybarite qu'était Alexis.

Ils parlèrent peu pendant le trajet. Schulmann admirait le paysage et, quoiqu'on fût au milieu de la semaine, il émanait de lui la sérénité de quelqu'un qui a bien gagné son sabbat. Son avion, Alexis se le rappela, devait décoller de Cologne en début de soirée. Comme un enfant qui reçoit la permission de quitter l'école, Alexis compta les heures que cela leur laisserait, supposant avec la plus totale inconscience que Schulmann n'avait pas d'autres projets. Au restaurant, le *padrone* italien réserva comme prévu à Alexis un accueil exubérant mais ce fut surtout Schulmann qui le séduisit. Il lui donna du « Herr Professor » et insista pour les installer à une table de six près de la fenêtre. En contrebas s'étendait la vieille ville, et au-delà les méandres du Rhin, ses collines brunes et ses châteaux dentelés. Alexis connaissait ce spectacle par cœur mais, aujourd'hui, à travers le regard de son nouvel ami Schulmann, il lui semblait le découvrir pour la première fois. Il commanda deux whiskies. Schulmann ne protesta pas.

Admirant avec plaisir le paysage tandis qu'ils attendaient leurs verres, Schulmann sortit enfin de son mutisme : « Après tout, peut-être que si Wagner avait laissé en paix ce pauvre Siegfried, nous vivrions dans un monde meilleur », lâcha-t-il ironiquement.

L'espace d'un instant, Alexis ne parvint pas à déterminer ce qui n'allait pas. La journée avait été chargée, il avait l'estomac vide et l'esprit embrumé. Puis il prit conscience que Schulmann venait pour la première fois de lui parler en allemand : avec un accent sudète épais et rouillé, semblant émis par un moteur de cérémonie sorti tout exprès pour l'occasion. De plus, il s'exprimait avec un sourire contrit qui tenait à la fois de la confession et de l'invite à la complicité. Alexis émit un petit rire auquel se joignit Schulmann; les whiskies arrivèrent et les deux hommes burent à leur santé mutuelle; mais pas trace de ce pesant cérémonial germanique consistant à lever les yeux avant et après chaque gorgée, qui avait toujours déplu à Alexis, notamment en présence de juifs car ceux-ci décelaient instinctivement une menace dans toute coutume allemande.

« On m'a dit que vous alliez être bientôt muté ailleurs, à Wiesbaden, déclara Schulmann avec un sourire quand ils en eurent terminé avec ces préliminaires. Un travail administratif. Promotion, mais sur une voie de garage, si j'ai bien compris. D'après eux, vous avez trop de cran pour les gens d'ici. Maintenant que je vous ai vu, et que j'ai vu les gens en question, eh bien, ça ne me surprend pas. »

Alexis s'efforça de ne pas avoir l'air étonné non plus. Il ne savait rien de sa nouvelle affectation : seulement qu'il en viendrait une. Même son remplacement par le Silésien demeurait confidentiel, du moins à la connaissance d'Alexis : il n'avait pas eu le temps d'en souffler mot à quiconque, pas même à sa jeune amie avec laquelle il avait plusieurs entretiens téléphoniques par jour, généralement sans autre propos que les petits détails de la vie quotidienne.

« C'est la vie, hein? constata Schulmann avec philosophie, s'adressant tout autant au fleuve qu'à Alexis. Il y a des hauts et des bas. C'est la vie. » Il paraissait tout de même un peu désabusé. « On m'a dit aussi qu'elle est ravissante, poursuivit-il, semblant lire de nouveau dans les pensées de son compagnon. Jolie, intelligente, droite. Peut-être qu'elle aussi est trop bien pour eux. »

Résistant à la tentation de transformer cette conversation en une analyse de ses problèmes personnels, Alexis l'orienta vers la conférence de la matinée, mais Schulmann répondit évasivement, faisant simplement remarquer que les techniciens ne résolvaient jamais tous les problèmes, et que les bombes l'ennuyaient.

Il avait commandé des pâtes et les mangeait après avoir fait tourner sa fourchette dans une cuiller, automatiquement, sans baisser les yeux. Craignant de l'interrompre, Alexis se tenait aussi tranquille qu'il savait le faire.

Tout d'abord, avec le talent de conteur d'un vieil homme, Schulmann se lança, mais sans acrimonie, dans des récriminations concernant la difficulté d'être juif quand on exerçait sa profession : « En janvier dernier, alors que nous menions une enquête d'une nature tout à fait différente, nous avons fait appel à nos amis italiens, commença-t-il du ton de quelqu'un qui va livrer des souvenirs intimes. On leur a donné des preuves, indiqué quelques adresses. Aux dernières nouvelles, ils avaient bien arrêté quelques Italiens mais les personnes que recherchait vraiment Jérusalem avaient regagné la Libye où elles étaient bien en sécurité, la mine bronzée et reposée, attendant leur prochaine mission. Ce n'était pas ce que nous avions prévu. » Une nouvelle bouchée de pâtes. Un petit coup de serviette sur les lèvres. La nourriture est un vrai carburant pour lui, se dit Alexis; il mange pour pouvoir se battre. « En mars, lors d'un cas semblable, exactement le même scénario s'est reproduit, mais cette fois-ci nous traitions avec Paris. Quelques Français furent arrêtés, mais personne d'autre. Certains responsables eurent droit à des félicitations et, grâce à nous, à une promotion. Quant aux Arabes... » Il eut un haussement d'épaules ample et fataliste. « C'est sans doute plus avantageux comme ça. La loi de la politique pétrolière, la loi économique, la loi de tout ce que vous voudrez. Mais sûrement pas celle de la justice. Et c'est la justice que nous voulons. » Son sourire s'élargit, contrastant curieusement avec l'humour de la remarque. « Je dirai donc que nous avons appris à choisir nos amis. Nous avons décidé que mieux valait en dire pas assez que trop. Quand nous sentons que quelqu'un est bien disposé à notre égard, quand nous avons des informations favorables sur lui – un père bien sous tous les rapports comme le vôtre –, alors nous pouvons travailler avec lui. En y allant doucement. Officieusement. Entre amis. Si nos informations peuvent lui être utiles personnellement, lui donner un petit coup de pouce dans sa profession... cela nous arrange aussi que nos amis acquièrent davantage d'influence dans leur métier. Mais nous voulons notre part du contrat. Nous comptons sur les gens pour nous la donner. Et particulièrement sur nos amis. »

Jamais, par la suite, ni ce jour-là ni plus tard, Schulmann ne formula plus clairement les termes de sa proposition. Alexis, lui, ne prononça pas même une parole. Il laissa son silence exprimer son consentement. Il semble d'ailleurs que Schulmann, qui le comprenait si bien, comprit également cet assentiment tacite car il poursuivit la conversation comme si le marché avait été conclu, et que tous deux travaillaient ensemble sans ambiguïté possible :

« Il y a quelques années de cela, une poignée de Palestiniens s'étaient mis à faire pas mal de bruit dans mon pays, commença-t-il. En général, il ne s'agit que de menu fretin. Des gosses de paysans qui se prennent pour des héros. Ils passent clandestinement la frontière, s'arrêtent dans le premier village, balancent leurs bombes et prennent la fuite. Si on ne les attrape pas du premier coup, c'est pour la fois suivante, quand il y en a une. Mais ceux dont je parle étaient d'une autre envergure. Ils étaient organisés. Ils savaient comment se déplacer. Comment se tenir à l'écart des indicateurs, se débrouiller par eux-mêmes, agir de façon autonome. La première fois, ils ont fait sauter un supermarché à Beit Shean. Ensuite, ç'a été une école, puis des camps, un autre magasin, jusqu'à ce que cela devienne monotone. Alors, ils ont commencé à enlever nos soldats en permission qui faisaient du stop pour rentrer chez eux. Les mères en colère, les journaux. Et tous réclamaient : attrapez-les! Nous nous sommes mis en chasse et avons passé le mot à tout le monde. Nous avons découvert qu'ils utilisaient des grottes dans la vallée du Jourdain. Des repaires provisoires. Ils ne traînaient jamais dans la région. Nous ne parvenions toujours pas à leur mettre la main dessus. Leurs partisans les appelaient les héros du Commando Huit. Mais ce Commando Huit n'avait pas de secret pour nous, et il n'aurait pu craquer une allumette sans que nous en soyons informés longtemps à l'avance. On parlait de frères. Une entreprise familiale. Un informateur en dénombrait trois, un autre quatre. Mais des frères, ça c'était sûr, et qui n'opéraient pas dans le Jourdain, ce qui ne nous apprenait rien.

« Nous avons constitué une équipe et l'avons mise sur leur piste. On nous avait dit que leur chef était un solitaire et qu'il répugnait fortement à accorder sa confiance à quiconque ne faisait pas partie du clan familial. Sa méfiance de la fourberie arabe frisait la paranoïa. Nous ne l'avons jamais trouvé. Les deux autres n'étaient pas aussi habiles. L'un d'eux avait un faible pour une petite jeune fille d'Amman. Un matin, il est passé sous le feu d'une mitrailleuse en sortant de chez elle. Le second a commis l'erreur de téléphoner à un ami, à Sidon, et de s'inviter chez lui pour le week-end. L'armée de l'air a réduit sa voiture en miettes tandis qu'il descendait la route côtière. »

Alexis ne put réprimer un sourire d'excitation. « Pas assez de fil », murmura-t-il, mais Schulmann choisit d'ignorer la remarque :

« A ce moment-là, on les avait enfin identifiés. Ils sont originaires d'un village viticole, près d'Hébron, en Cisjordanie, et ont fui après la guerre des Six Jours. Il y avait un quatrième frère, mais il était trop jeune pour se battre, même d'après les normes palestiniennes. Il y avait également deux sœurs, mais l'une avait péri sous les bombardements lors d'une opération de nettoyage que nous avions dû mener au sud du Litani. Tout cela ne laissait pas une bien grosse armée. Nous avons tout de même continué à rechercher notre homme. Nous nous attendions à ce qu'il s'assure du renfort pour revenir à la charge. Il ne l'a pas fait. Plus une seule action pendant six mois. Un an. Nous nous sommes dit : « N'en parlons plus. Il a dû se faire « descendre par les siens, ce qui n'a rien d'étonnant. » Le bruit courait que les Syriens lui avaient fait passer un mauvais quart d'heure, alors peut-être n'y avait-il pas survécu. Et puis, voici quelques mois, nous avons entendu dire qu'il se trouvait ici, en Europe. Qu'il rassemblait une équipe de sympathisants n'ayant pas encore de passé dont des filles, plusieurs Allemandes, jeunes. Qu'il les tenait en laisse. » Il enfourna une nouvelle bouchée, mâcha, puis avala tranquillement. « Il joue les Méphisto avec une bande de gamins », conclut-il.

Pendant les premières secondes du long silence qui suivit, Alexis ne parvint pas à lire en Schulmann. Le soleil avait quitté l'ombre des collines brunes et inondait maintenant la fenêtre de ses rayons. Dans la clarté aveuglante, Alexis avait peine à déchiffrer l'expression de son compagnon. Il déplaça discrètement la tête pour le contempler sous un autre angle. Pourquoi ce voile laiteux troublant ses yeux sombres? se demandat-il. Etait-ce vraiment la lumière du soleil qui décolorait ainsi le visage de Schulmann, donnant à sa peau cet aspect malsain, parcheminé, presque mort? En ce jour de sensations intenses et parfois douloureuses, Alexis reconnut la passion qu'il n'avait su jusqu'alors déceler; ici, dans ce restaurant, ici, dans cette ville thermale assoupie jalonnée de cantonnements ministériels. Comme l'amour peut transparaître sur les traits de certains hommes, une haine profonde et terrible avait pris possession de ceux de Schulmann.

Schulmann partit le soir même. Le reste de son équipe s'attarda deux jours encore. La fête d'adieu, sur laquelle comptait le Silésien pour célébrer les excellentes relations qui unissaient traditionnellement les deux services – un buffet à base de bière blonde et de saucisses –, fut tranquillement sabotée par Alexis qui fit remarquer que, le gouvernement de Bonn ayant justement choisi ce jour pour laisser filtrer des informations au sujet d'un éventuel contrat d'armements passé prochainement avec les Saoudiens, leurs invités n'auraient sans doute pas le cœur à festoyer. Ce fut l'une de ses dernières interventions à Bonn. Un mois plus tard, comme Schulmann le lui avait annoncé, il fut muté à Wiesbaden. En théorie, une promotion mais en fait un rôle subalterne, qui laissait moins les coudées franches à sa personnalité rebelle. Un journal sans pitié, qui comptait autrefois au nombre des partisans du bon docteur, souligna aigrement que ce que Bonn perdait était autant que les téléspectateurs gagneraient. La seule consolation d'Alexis fut en fait, au moment où tant de ses amis allemands se dépêchaient de l'abandonner, la petite carte manuscrite en provenance de Jérusalem, qui, dès le premier jour, l'accueillit sur son nouveau bureau. Signant « comme toujours, Schulmann », l'Israélien lui souhaitait bonne chance et disait attendre avec impatience leur prochaine rencontre, qu'elle soit privée ou officielle. Avec un sourire, Alexis fourra la carte dans un tiroir où n'importe qui pourrait la lire, et la lirait sûrement. Il comprenait exactement ce qu'entreprenait Schulmann et ne l'en admirait que plus : il jetait innocemment les bases de leurs relations futures. Lorsque, quinze jours plus tard, le docteur Alexis et sa jeune amie s'unirent à l'occasion d'une discrète cérémonie de mariage, ce furent, de tous les présents, les roses de Schulmann qui lui procurèrent la plus grande joie et le plus vif amusement : et je ne lui avais même pas dit que j'allais me marier!

Les roses lui apparurent comme la promesse de cette nouvelle idylle dont il avait tant besoin.

Près de deux mois s'écoulèrent avant que l'homme connu par le docteur Alexis sous le nom de Schulmann ne revînt en Allemagne. Les enquêtes et les plans des équipes de Jérusalem avaient alors fait de tels progrès que celles qui s'acharnaient encore sur les débris de Bad Godesberg auraient eu du mal à reconnaître leur affaire. S'il ne s'était agi que de punir les coupables – si l'attentat de Godesberg n'avait pas fait partie intégrante d'une série d'actions concertées –, Schulmann n'aurait même pas pris la peine de s'occuper des recherches : ses objectifs dépassaient de loin la simple vengeance et conditionnaient directement la suite de sa carrière. Cela faisait maintenant des mois que, sous la pression continue qu'il exerçait sur elle, son équipe cherchait une ouverture suffisamment large pour permettre à quelqu'un de s'y glisser et de prendre l'ennemi par l'intérieur plutôt que de l'écraser de front en utilisant l'artillerie et les tanks, comme Jérusalem semblait de plus en plus enclin à le faire. Grâce à Godesberg, Schulmann et ses hommes croyaient en avoir trouvé une. Quand les Allemands de l'Ouest se débattaient encore avec quelques vagues indices, à Jérusalem, les hommes de Schulmann établissaient secrètement des liens entre des points aussi éloignés que Berlin-Est et Ankara, et traçaient les circuits de commande présumés avant même que ceux-ci ne soient à l'abri de telle ou telle forteresse diplomatique. Les vieux routiers commencèrent à parler de copie conforme, de la réplique en Europe d'un schéma bien connu au Moyen-Orient deux ans auparavant.

Cette fois-ci, Schulmann, qui ne s'appelait d'ailleurs plus Schulmann, atterrit non pas à Bonn mais à Munich, et ni Alexis ni son successeur silésien ne furent avertis de sa venue, ce qui répondait à ses intentions. Son nom, s'il en avait un, était *Kurtz*, mais il l'utilisait si rarement que, l'eût-il oublié, on n'aurait pu lui en tenir rigueur. Kurtz signifiant court, Kurtz coupe au plus court, disaient certains, ses victimes – Kurtz court-circuite. D'autres tentaient des comparaisons laborieuses avec le héros de Joseph Conrad. En vérité, le nom était d'origine morave et s'écrivait Kurz, jusqu'au jour où un officier de police britannique du Mandat, dans sa grande sagesse, lui ajouta un t – et Kurtz, dans la sienne, le conserva, lame fine et acérée plantée dans la masse de son identité, demeurant là comme un aiguillon.

Il accomplit le trajet de Tel-Aviv à Munich via Istanbul, changeant deux fois de passeport et trois fois d'avion. Avant cela, Londres l'avait accueilli pendant une semaine, mais il n'avait tenu là-bas qu'un rôle extrêmement discret. Partout où il s'était rendu, il avait raccordé des éléments et vérifié des résultats, avait trouvé des appuis, persuadé des gens, leur livrant des histoires fabriquées et des demi-vérités; même s'il se répétait parfois, ou oubliait qu'il avait donné certaine petite instruction, la portée et l'étendue de ses plans, ainsi que son énergie extraordinaire et inépuisable, venaient à bout des plus réticents. La vie est si brève, se plaisait-il à remarquer avec un clin d'œil, et la mort si longue. C'était la seule justification qu'il s'autorisât jamais, et il avait personnellement choisi pour solution de renoncer au sommeil. A Jérusalem, on prétendait que Kurtz dormait aussi vite qu'il travaillait. Ce qui n'était pas peu dire. Ils vous expliquaient que Kurtz était le roi de la ruse offensive à l'européenne. Kurtz savait tracer le chemin impossible. Kurtz faisait fleurir le désert. Kurtz louvoyait, marchandait et mentait jusque dans ses prières, mais à lui seul il força plus la chance que tous les autres juifs en deux mille ans.

Non pas qu'ils aimaient vraiment le personnage; il était trop paradoxal, trop complexe, fait de trop d'âmes et de couleurs. D'une certaine façon, les relations qu'il entretenait avec ses supérieurs, et en particulier avec Misha Gavron, son chef, le posaient plus en intrus à peine toléré qu'en égal de confiance. Il n'avait pas de bureau mais, mystérieusement, n'en désirait aucun. Le siège de son autorité était branlant, et perpétuellement mouvant, suivant ceux qu'il avait le plus récemment offensés au cours de sa quête d'alliances opportunes. Il n'était pas sabra, n'avait pas eu le privilège d'être formé dans les kibboutzim, les universités ou les régiments d'élite qui, à sa grande consternation, fournissaient le gros de l'aristocratie toujours plus réduite de son service. Il ne se faisait pas à leurs détecteurs de mensonges, leurs ordinateurs et leur foi grandissante dans les techniques américaines de pressing, de psychologie appliquée ou d'enraiement des crises. A une époque où la plupart des Israéliens cherchaient ardemment à redonner à leur identité un caractère oriental, lui se plaisait dans la diaspora et s'en était fait une vraie spécialité. Cependant, c'étaient les obstacles qui nourrissaient Kurtz et les refus qui l'avaient forgé. S'il le fallait, il savait se battre sur tous les fronts à la fois, et ce qu'il ne parvenait pas à obtenir au grand jour d'une façon, il le prenait en douce d'une autre. Au nom d'Israël. Au nom de la Paix. De la sagesse. Et au nom de son propre droit de marquer le point et de survivre.

A quel moment de la chasse le plan s'était-il formé dans son esprit, Kurtz lui-même n'aurait probablement pas pu le dire. De tels plans naissaient au plus profond de lui-même, comme une impulsion rebelle n'attendant qu'un prétexte pour jaillir avant même qu'il n'en soit vraiment conscient. Ce plan lui vint-il quand la signature du terroriste ne laissa plus aucun doute ? Alors qu'il dégustait ses pâtes sur les collines qui dominent Bad Godesberg, et commençait à entrevoir tout le bénéfice qu'il pourrait tirer d'Alexis ? Avant. Bien avant. Il faut que tout soit terminé au printemps, avait-il déclaré à qui voulait l'entendre après une séance particulièrement orageuse du comité de direction de Gavron. Si nous ne prenons pas l'ennemi depuis l'intérieur de son propre camp, ces clowns de la Knesset et de la Défense sont capables de faire sauter la planète pour l'avoir. Certains de ses enquêteurs affirmèrent même que l'idée remontait à une date encore antérieure et que Gavron avait fait avorter un projet similaire voilà plus d'un an. Aucune importance. Il est en tout cas certain que toute l'opération était déjà mise en place quand on retrouva la piste du garçon, même si Kurtz s'évertuait à en dissimuler la teneur au regard perçant de Misha Gavron, et trafiquait ses rapports pour mieux mystifier son chef. En polonais, Gavron signifie corbeau. Sa silhouette noire et anguleuse, sa voix croassante n'auraient pu appartenir à aucune autre créature.

Trouvez le gosse, expliqua Kurtz à son équipe de Jérusalem avant d'entamer son énigmatique voyage. Il y a un gosse et il y a son ombre. Trouvez le gosse, l'ombre suivra, aucun problème. Kurtz leur enfonça cette idée dans le crâne jusqu'à ce qu'ils le haïssent; il savait imposer une pression avec autant d'acharnement qu'il savait résister aux contraintes. Il téléphonait à ses hommes depuis les endroits les plus invraisemblables, à n'importe quelle heure du jour ou de la nuit, simplement pour leur rappeler sans cesse sa présence. Alors, vous l'avez trouvé ce gosse?... Pourquoi n'arrivez-vous pas à le dénicher? Mais il maquillait toujours ses questions de telle façon que même si elles devaient parvenir aux oreilles de Gavron le Corbeau, celui-ci ne pût les comprendre. Kurtz préférait en effet attendre le moment favorable pour attaquer Gavron. Il annulait des départs, abolissait le Sabbat et utilisait ses maigres économies plutôt que de faire porter prématurément ses dépenses sur ses notes de frais. Il alla tirer des réservistes du confort de leurs planques administratives et les renvoya, sans solde, derrière leurs anciens bureaux dans le but d'accélérer les recherches. Trouvez le gosse. Il nous indiquera le chemin. Un jour, comme ça, il lui attribua un nom de code, *Yanuka,* nom affectueux signifiant gosse en araméen – ou, plus exactement, nourrisson à demi sevré. « Attrapez-moi Yanuka et je livrerai à ces clowns toute l'organisation sur un plateau. »

Mais pas un mot à Gavron. Attendons. Pas une miette au corbeau.

Dans sa chère diaspora, sinon à Jérusalem, sa collection d'alliés était ahurissante. Ne serait-ce qu'à Londres, et en se donnant tout juste la peine de modifier son sourire, il fréquenta aussi bien de respectables marchands d'art que de futurs magnats du cinéma, aussi bien de petites logeuses d'East End que des costumiers, des revendeurs de voitures douteux ou de grandes sociétés de la City. On l'aperçut plusieurs fois au théâtre, dont une hors de Londres, mais toujours pour assister à la même pièce; il y emmena un diplomate israélien chargé de questions culturelles mais avec qui il s'entretint d'un tout autre sujet. A Camden Town, il mangea à deux reprises dans un petit restaurant tenu par des Indiens originaires de Goa; à Frognal, soit à trois kilomètres au nord-ouest, il inspecta une demeure victorienne isolée baptisée *The Acre,* et la déclara parfaitement adaptée à ses besoins. Mais ce n'est qu'hypothétique, remarquez, confia-t-il à ses obligeants propriétaires; le marché ne sera conclu que si nos affaires nous conduisent par ici. Ils acceptèrent la condition, toutes les conditions, en fait. Ils étaient fiers d'avoir été choisis pour servir Israël, même si cela les contraignait à aller s'installer pendant quelques mois dans leur propriété de Marlow. Ne possédaient-ils pas un appartement à Jérusalem, où ils descendaient à chaque Pâque, après un séjour d'une quinzaine entre la mer et le soleil d'Eilat, quand ils allaient voir leurs amis et leur famille? N'envisageaient-ils pas sérieusement d'émigrer là-bas – mais pas avant que leurs enfants aient passé l'âge militaire et que le taux d'inflation ait baissé? D'un autre côté, peut-être se contenteraient-ils de Hampstead. Ou Marlow. Entre-temps, ils étaient prêts à se montrer généreux et à faire tout ce que Kurtz attendait d'eux, sans espérer quoi que ce soit en retour, ni souffler mot à quiconque.

Cependant, dans les ambassades, consulats et légations qui jalonnaient sa route, Kurtz se tenait au courant des dissensions et des événements qui agitaient présentement son pays, ainsi que des progrès qu'accomplissaient ses hommes un peu partout dans le monde. Pendant les heures d'avion, il se replongeait dans les littératures révolutionnaires de tous bords; son acolyte émacié, dont le véritable nom était Shimon Litvak, en conservait tout un choix dans sa serviette usée et lui en fourrait toujours un exemplaire dans les mains aux moments les moins appropriés. A l'extrémité dure, il lisait Fanon, Guevara et Marighella; chez les plus modérés, il prenait Debray, Sartre et Marcuse, sans parler des bonnes âmes dont les principaux sujets de préoccupation relevaient des injustices du système éducatif dans les sociétés de consommation, des horreurs de la religion et de l'atrophie de l'esprit chez l'enfant en milieu capitaliste. De retour à Jérusalem et à Tel-Aviv, où les mêmes problèmes se posent, Kurtz se retrouva dans son élément à s'entretenir avec ses agents, déborder ses rivaux et examiner les portraits exhaustifs retracés à partir de vieux dossiers, mais soigneusement réactualisés et complétés par son équipe. Il entendit un jour parler d'une maison louée à très bas prix mais dont personne ne voulait, au numéro 11 de la rue Disraeli, et, afin de mieux préserver le secret, ordonna à tous ceux qui s'occupaient de l'affaire d'aller s'installer discrètement là-bas.

« On m'a dit que vous nous quittiez déjà », lui demanda d'un ton sceptique Misha Gavron le lendemain même, lorsqu'ils se rencontrèrent à une conférence n'ayant rien à voir avec le sujet; Gavron le Corbeau avait en effet eu vent de certaines choses sans cependant en saisir véritablement le sens.

Mais Kurtz ne se laisserait pas faire, pas encore. Il prétexta l'autonomie du service opérationnel et se cacha derrière un sourire inaltérable.

Le numéro 11 était une belle villa de construction arabe, pas très grande mais assez fraîche, dont le jardin comptait un citronnier et environ deux cents chats ridiculement gavés par les épouses des officiers. L'endroit fut donc inévitablement baptisé la chatterie et donna à l'équipe une cohésion nouvelle tout en évitant, grâce au rassemblement de ses membres, un manque de coordination entre les diverses branches spécialisées, ou des fuites éventuelles. Cette installation gonfla également le prestige de l'opération, ce qui, pour Kurtz, était fondamental.

Le lendemain, l'explosion qu'il attendait mais n'était toujours pas en mesure de prévenir se produisit. Quoique épouvantable, elle servit son dessein. En Hollande, un jeune poète israélien, venu à l'université de Leyde pour y recevoir un prix, trouva la mort le matin de son vingt-cinquième anniversaire. Un colis piégé lui avait été remis à son hôtel, alors qu'il prenait son petit déjeuner. Kurtz se trouvait à son bureau quand il apprit la tragédie; il l'encaissa comme un vieux boxeur prend un crochet : il chancela, ferma les yeux une seconde, mais quelques heures à peine plus tard, il se tenait dans le bureau de Gavron, une pile de dossiers sous le bras et deux versions de son plan dans sa main libre. L'une était destinée à Gavron lui-même et l'autre, beaucoup moins précise, s'adressait au comité de direction de son chef, assemblée principalement composée de politiciens peureux et de généraux assoiffés de guerres.

Ni Kurtz ni Gavron n'étant de nature particulièrement bavarde, on ne connut pas tout de suite la teneur de l'entretien entre les deux hommes. Cependant, le lendemain matin, visiblement doté d'une certaine liberté, Kurtz rassemblait des troupes fraîches. Il employa pour cette tâche les services du zélé Litvak, ce sabra, cet apparatchik parfaitement entraîné qui savait évoluer parmi les jeunes fanatiques de Gavron, que Kurtz trouvait secrètement difficiles à manier. Le benjamin de cette famille constituée à la hâte était Oded, vingt-trois ans, issu du même kibboutz que Litvak et, comme lui, diplômé de la prestigieuse Sayaret. Le grand-père était un Géorgien de soixante-dix ans répondant au nom de Bougaschwili, raccourci en « Schwili ». Il avait un crâne chauve et luisant, les épaules voûtées, et portait toujours des pantalons rappelant ceux d'un clown : un entrejambe très bas et des jambes trop courtes. Le curieux personnage arborait de surcroît un chapeau de feutre noir qu'il ne quittait jamais. Schwili avait commencé sa carrière comme contrebandier et escroc, ce qui n'était pas rare dans son pays d'origine, puis s'était vers la quarantaine reconverti en faussaire en tout genre. Son plus bel exploit, il l'avait réussi à la Loubianka, en fabriquant de faux documents pour des codétenus, à partir de vieux numéros de la *Pravda* qu'il pilonnait pour obtenir de la pâte à papier. Une fois remis en liberté, il avait appliqué son génie au monde des arts, à la fois comme faussaire et comme expert pour le compte de célèbres galeries. Il avait eu plusieurs fois, prétendait-il, le plaisir d'authentifier ses propres faux. Kurtz appréciait Schwili et, dès que l'occasion s'en présentait, l'emmenait prendre une grosse glace au caramel, le parfum préféré du vieil homme, chez le glacier installé au pied de la colline.

Kurtz dota également Schwili des deux assistants les plus invraisemblables qu'on pût imaginer. Le premier – une découverte de Litvak – était diplômé de l'université de Londres et s'appelait Leon. Cet Israélien ne devait son enfance britannique qu'à la profession de son père, *macher* et kibboutznik envoyé en Europe pour y représenter une coopérative commerciale : *macher* qualifiant en yiddish un touche-à-tout, un individu débordant d'activité. A Londres, Leon s'était passionné pour la littérature, avait édité un magazine et fait paraître un roman demeuré totalement ignoré. Il supporta très mal ses trois années passées dans l'armée israélienne et, son service militaire terminé, alla se terrer à Tel-Aviv où il travailla pour l'un de ces hebdomadaires intellectuels qui vont et viennent comme de jolies filles. Quand Leon finit par craquer, il assurait toute la rédaction à lui seul. Pourtant, parmi la jeunesse claustrophobe et ultra-pacifiste de Tel-Aviv, il retrouva pleinement son identité de juif, et, parallèlement, ressentit le besoin indicible de débarrasser Israël de ses ennemis, passés et à venir.

« Désormais, lui dit Kurtz, tu vas écrire pour moi. Ça ne te fera pas beaucoup de lecteurs, mais tu peux être sûr qu'ils seront attentifs. »

L'autre assistant de Schwili se nommait Miss Bach et était une femme d'affaires aux manières douces originaire de South Bend, dans l'Indiana. Séduit tant par son intelligence que par son aspect non sémite, Kurtz avait engagé Miss Bach, l'avait initié à toutes sortes de disciplines pour finalement l'envoyer à Damas en tant qu'instructeur de programmation d'ordinateurs. Durant plusieurs années, la tranquille Miss Bach avait alors transmis des informations concernant la puissance et la position des systèmes radar de l'armée de l'air syrienne. Enfin rappelée, Miss Bach songeait tristement à partager la vie errante des colons de Cisjordanie, lorsqu'une nouvelle convocation de Kurtz lui épargna cette épreuve.

Schwili, Leon et donc Miss Bach : Kurtz fit de ce trio incongru son Conseil des Lettrés et lui conféra un statut spécial au sein de son armée personnelle en pleine expansion.

La tâche qui attendait Kurtz à Munich était purement administrative, mais il s'en acquitta avec une délicatesse affectée, parvenant à réduire sa nature impétueuse à la plus grande modestie qui soit. Pas moins de six membres de sa toute nouvelle équipe avaient déjà été envoyés là-bas où ils occupaient deux endroits totalement différents en deux quartiers de la ville relativement éloignés l'un de l'autre. La première équipe ne comprenait que les deux hommes de l'extérieur. Ils auraient dû être cinq en tout, mais Misha Gavron ne se décidait toujours pas à lâcher la bride à Kurtz; aussi ne furent-ils que deux à venir chercher leur chef, non à l'aéroport mais dans un café sinistre de Schwabing. Ils le conduisirent, à bord d'une vieille camionnette d'entrepreneur – encore une économie –, jusqu'au Village olympique où ils s'enfoncèrent dans l'un de ces obscurs parkings souterrains, repaires favoris de petites frappes en tout genre et de prostitués des deux sexes. Le Village ne ressemble évidemment pas du tout à un village, mais à une citadelle de béton grisâtre, désaffecté, tombant en ruine et évoquant, plus que toute autre chose en Bavière, un baraquement israélien. Afin de sortir de cet immense garage souterrain, ils lui firent emprunter un escalier répugnant dont la cage disparaissait sous les graffiti polyglottes, puis traverser de petits jardins en terrasses avant d'arriver à un duplex qu'ils avaient loué – meublé – pour très peu de temps. Dehors, ils s'exprimaient en anglais et l'appelaient monsieur, mais à l'intérieur, leur chef devenait Marty et ils s'adressaient à lui en hébreu.

L'appartement se situait au sommet d'un immeuble formant un angle, et abritait tout un bric-à-brac d'éclairage photo, de prodigieux appareils photographiques sur pied ainsi que des magnétophones et des écrans de projection. L'endroit s'enorgueillissait d'une échelle de meunier en teck et d'une loggia rustique qui gémissait lorsqu'ils s'y déplaçaient trop pesamment. Celle-ci donnait sur une chambre de quatre mètres sur trois et demi dont le pan mansardé était percé d'une lucarne; ils lui expliquèrent qu'ils avaient soigneusement recouvert cette partie du comble tout d'abord grâce à une couverture puis à de l'aggloméré et enfin avec un capitonnage de kapok maintenu par des bouts de chatterton. Les murs, le sol et le plafond avaient subi un traitement identique, ce qui conférait à l'ensemble un aspect tenant à la fois de la cellule monacale moderne et de la chambre d'aliéné. Ils avaient discrètement renforcé la porte au moyen d'une couche d'acier et y avaient ménagé un œil de verre blindé à hauteur d'homme, accrochant au-dessus une petite pancarte disant : « Chambre noire – Ne pas entrer » et, plus bas : « *Dunkelkammer-kein Eintritt!* » Kurtz pria l'un d'eux de pénétrer dans la petite pièce, de refermer la porte et de hurler aussi fort qu'il le pouvait. Ne percevant qu'un son rauque et étouffé, il leur manifesta son approbation réjouie.

Le reste de l'appartement était aéré mais, à l'image du Village olympique, affreusement décrépit. Au nord, les fenêtres offraient une vue sinistre sur la route conduisant à Dachau, où tant de juifs avaient trouvé la mort en camp de concentration; l'ironie de la situation n'échappait pas aux trois hommes, et ce d'autant moins que la police bavaroise, avec une inconscience accablante, avait basé ses escadrons volants dans les anciens bâtiments situés là-bas. Beaucoup plus près, et évoquant des événements plus récents, ils purent désigner à Kurtz le lieu même où un commando palestinien avait fait irruption dans le village israélien, tuant sur-le-champ plusieurs athlètes et prenant les autres en otage jusqu'à l'aéroport militaire, où ils les avaient abattus à leur tour. L'appartement d'à côté, l'informèrent-ils, était occupé par des étudiants vivant en communauté; celui du dessous était vide car le dernier locataire en date s'était suicidé. Ayant arpenté seul l'endroit, inspecté les entrées et les issues possibles, Kurtz décida qu'il fallait louer également le niveau inférieur et téléphona le jour même à un homme de loi de Nuremberg pour lui demander de s'occuper du contrat. Les deux agents avaient pris l'apparence de gosses lymphatiques et désœuvrés, l'un d'eux – le jeune Oded – s'étant même fait pousser la barbe. Leurs passeports les présentaient comme des Argentins, photographes professionnels, dont la spécialité exacte importait peu. Parfois, expliquèrent-ils à Kurtz, pour donner le change et paraître mener la vie irrégulière qui convenait, ils avertissaient leurs voisins qu'ils organisaient une soirée dont les seuls manifestations étaient une musique puissante diffusée jusqu'à des heures indues et des bouteilles vides dans les poubelles. Mais, en réalité, ils n'avaient jamais introduit personne dans l'appartement, à l'exception du courrier envoyé par l'autre équipe : aucun invité, aucun visiteur quel qu'il fût. Quant aux femmes, il ne fallait pas même y penser, ils les avaient chassées de leur esprit, du moins jusqu'à leur retour à Jérusalem.

Quand ils eurent fait un rapport plus que détaillé à Kurtz et discuté de points purement professionnels (moyen de transport supplémentaire, coûts de l'opération et éventuelle fixation d'anneaux métalliques dans les murs capitonnés de la chambre noire – suggestion que Kurtz approuva), ils l'emmenèrent, sur sa propre demande, marcher un peu et prendre l'air. Ils déambulèrent parmi les coûteux taudis étudiants, s'attardèrent devant une école de poterie, une autre de menuiserie et ce que l'on présentait fièrement comme la première piscine au monde à avoir été conçue pour les nourrissons, tout en déchiffrant les slogans anarchistes barbouillés sur les portes des petites maisons. Ils finirent inévitablement par se retrouver devant le pôle magnétique que constituait le bâtiment tragique où, près de dix ans auparavant, l'équipe sportive israélienne avait subi l'assaut qui ébranla l'opinion mondiale. Une plaque de pierre, gravée en hébreu et en allemand, rappelait la mémoire des onze victimes. Onze morts ou onze mille, ils éprouvaient la même colère partagée.

« N'oubliez jamais ça », leur enjoignit inutilement Kurtz tandis qu'ils regagnaient en silence la camionnette.

Ils quittèrent le Village et ramenèrent Kurtz au centre ville où il choisit de se perdre volontairement, se laissant guider par sa seule envie jusqu'au moment où les deux jeunes, qui le suivaient de près, l'informèrent d'un signal qu'il pouvait se rendre au rendez-vous suivant. L'endroit qui l'attendait formait un contraste étonnant avec le lieu précédent. Kurtz se rendait en effet au dernier étage d'une demeure assez clinquante, à haut pignon, située au cœur des quartiers chics de Munich. La rue était étroite, pavée, et extrêmement chère. Elle se prévalait d'un restaurant suisse et d'un grand couturier qui paraissait ne rien vendre mais pourtant prospère. Kurtz emprunta un escalier obscur pour se rendre à l'appartement et la porte s'ouvrit alors qu'il atteignait le dernier palier : on l'avait observé sur un petit écran de télévision en circuit fermé tandis qu'il descendait la rue. Il entra sans rien dire. Les hommes qui l'accueillirent étaient plus âgés que ceux de la première équipe, plutôt des pères que des fils. Ils avaient la pâleur de vieux détenus et une démarche résignée, encore accentuée lorsqu'ils se mouvaient les uns près des autres, les pieds en chaussettes. Il s'agissait de guetteurs professionnels et, même à Jérusalem, ils formaient une société secrète à part. Des rideaux de dentelle masquaient la fenêtre; dehors, il faisait sombre, et de même dans l'appartement, où il régnait une atmosphère de laisser-aller un peu triste. Toute une collection de matériel optique et électronique encombrait la pièce meublée en faux Biedermeier. Dans la lumière crépusculaire, les formes fantomatiques des diverses antennes intérieures ajoutaient encore au climat d'abattement.

Kurtz étreignit gravement chacun des hommes. Plus tard, tout en dégustant des crackers, du fromage et du thé, le plus âgé d'entre eux, répondant au nom de Lenny, fit à Kurtz la description détaillée de la vie que menait Yanuka, sans tenir compte du fait que, depuis maintenant des semaines, Kurtz partageait la moindre de leurs découvertes dès qu'elle intervenait : les coups de téléphone que donnait et recevait Yanuka, ses derniers visiteurs, ses dernières conquêtes. Lenny était gentil, il avait le cœur sur la main mais se montrait un peu timide à l'égard des gens qu'il ne surveillait pas. Un visage laid, aux traits trop accusés, et de trop grandes oreilles expliquaient peut-être qu'il se dissimulât au regard impitoyable du monde. Il portait un grand gilet gris tricoté, semblable à une cotte de mailles. En temps ordinaire, Kurtz se lassait très vite des détails, mais il éprouvait un profond respect pour Lenny et prêtait attention à chacune de ses paroles, acquiesçant, le félicitant, trouvant toujours l'expression juste.

« Ce Yanuka est un jeune homme tout à fait normal, fit Lenny d'un ton convaincu. Les commerçants l'aiment bien. Ses amis l'aiment bien. Tout le monde l'apprécie, Marty. Il étudie, aime s'amuser, parle beaucoup; c'est un gosse sérieux qui a des goûts très sains. » Croisant le regard de Kurtz, il se sentit un peu bête : « Il est parfois difficile de croire qu'il puisse être autre chose, Marty, je t'assure. »

Kurtz certifia à Lenny qu'il comprenait parfaitement. Il n'avait pas terminé sa phrase que la fenêtre de la mansarde située juste en face s'éclaira. Le petit rectangle de lumière jaune, point lumineux isolé sur la façade sombre, semblait un signal d'amoureux. Sans un mot, l'un des hommes de Lenny se précipita sur la pointe des pieds vers une paire de jumelles fixée à un support, tandis qu'un autre s'accroupissait devant un récepteur radio en posant un casque sur ses oreilles.

« Tu veux jeter un coup d'œil, Marty? » proposa Lenny d'un air encourageant. « Le sourire de Joshua m'indique que l'on doit très bien voir Yanuka ce soir. Si tu attends trop, il va tirer les rideaux. Qu'est-ce que tu vois, Joshua? Yanuka s'est fait beau pour sortir? A qui est-il en train de téléphoner? Une fille, à tous les coups. »

Kurtz repoussa doucement Joshua pour coller sa grosse tête contre les jumelles. Le dos voûté comme un vieux loup de mer dans la tempête, le souffle à peine perceptible, il resta ainsi un long moment à examiner Yanuka, ce nourrisson à demi sevré.

« Tu aperçois ses livres, là-bas, dans le fond? lui demanda Lenny. Ce gosse lit autant que mon père.

– C'est un bon garçon que vous avez là, déclara enfin Kurtz avec un sourire figé. Un beau gosse, y a pas à dire. » Il saisit son imperméable gris sur une chaise, choisit une manche et l'enfila lentement. « Fais simplement attention à ne pas le marier à ta fille. » Lenny prit un air plus déconfit encore que précédemment, mais Kurtz ne tarda pas à le consoler : « Tous, nous devrions te remercier, Lenny. Sois certain que nous te sommes vraiment reconnaissants. » Puis, comme après réflexion : « Continue à le photographier, sous tous les angles. La pellicule ne coûte pas si cher. »

Kurtz serra la main à chacun, compléta sa tenue avec un vieux béret bleu puis, ainsi harnaché pour affronter la cohue de l'heure de pointe, regagna la rue d'un pas vif.

Il pleuvait lorsqu'ils le récupérèrent à bord de leur camionnette, et il semblait que le ciel maussade déteignait sur l'humeur des trois hommes qui se mirent à rouler d'un endroit sinistre à un autre pour tuer le temps en attendant l'heure de l'avion de Kurtz. Oded conduisait et, à la lumière fugitive des néons, son jeune visage barbu trahissait une colère boudeuse.

« Qu'est-ce qu'il a maintenant? s'enquit Kurtz, bien qu'il sût sans doute la réponse.

– Une voiture de riche, cette fois-ci, une BMW, répondit Oded. Direction assistée, moteur à injection, cinq mille kilomètres au compteur. Il a un faible pour les voitures.

– Les bagnoles, les femmes, la vie facile, ajouta l'autre garçon depuis le siège arrière. Je me demande bien ce qui fait sa force.

– Encore une auto de location? » Kurtz s'adressait de nouveau à Oded.

« Oui, louée.

– Surveillez la voiture, leur conseilla Kurtz à tous deux. Pour nous, le moment crucial viendra lorsqu'il rendra son auto à la société de location et n'en reprendra pas d'autre. » Ils connaissaient cette phrase jusqu'à la nausée. Ils l'avaient entendue avant même de quitter Jérusalem. « L'instant décisif, c'est quand Yanuka la ramènera », n'en répéta pas moins Kurtz.

C'en fut trop soudain pour Oded. Peut-être sa jeunesse et son tempérament le poussaient-ils plus à l'emportement que ne l'avaient jugé ses sélectionneurs. Peut-être, au regard de son âge, n'eût-on pas dû lui confier une tâche nécessitant une telle patience. Il gara la camionnette le long du trottoir et tira si fort sur le frein à main qu'il faillit le déboîter.

« Pourquoi le laisse-t-on s'en sortir comme ça? demanda-t-il. Pourquoi jouer au chat et à la souris? Et s'il retourne chez lui et ne réapparaît plus? Alors, qu'est-ce qui se passera?

– Alors, on l'aura perdu.

– Eh bien, tuons-le maintenant! Ce soir. Un ordre de vous, et c'est fait! »

Kurtz le laissa déverser sa fureur.

« Nous avons l'appartement d'en face, non? Qu'on balance une roquette de l'autre côté de la rue. Nous l'avons déjà fait. Une RPG-7. Des Arabes tuant un Arabe avec une roquette russe, pourquoi pas? »

Kurtz ne disait toujours rien. Oded aurait aussi bien pu cracher sa fureur à la gueule d'un sphinx.

« Pourquoi pas, hein? » hurla de nouveau Oded.

Kurtz ne le ménagea pas, mais conserva néanmoins son sang-froid : « Parce que cela ne nous mènerait à rien, Oded, voilà pourquoi. Tu n'as donc jamais entendu ce que Misha Gavron ne cesse de répéter? C'est une expression que je reprends volontiers à mon compte. Il dit que si on veut attraper le lion, il faut d'abord attacher la chèvre. Je me demande bien qui a pu te mettre des idées pareilles dans la tête? Es-tu sérieusement en train de m'affirmer que tu veux tuer Yanuka, alors que pour dix dollars de mieux tu peux te payer le meilleur terroriste sorti de leurs rangs depuis des années?

– Bad Godesberg, c'est lui! Vienne, c'est encore lui et peut-être que Leyde aussi! On tue des juifs, Marty! Est-ce que Jérusalem s'en fout, maintenant? Combien d'autres allons-nous laisser mourir pendant qu'on joue à notre petit jeu? »

Empoignant calmement de ses grandes mains le col du blouson d'Oded, Kurtz le secoua deux fois, la seconde en envoyant cogner avec rudesse la tête du garçon contre la vitre. Kurtz ne s'excusa pas, Oded ne se plaignit pas non plus.

« Pas *lui*, *eux*, Oded. *Eux*, corrigea Kurtz, d'un ton soudain menaçant. Bad Godesberg, c'est *eux*. Ce sont *eux* encore qui ont fait Leyde. Et c'est *leur* peau que nous voulons; pas celle de six pauvres pères de famille allemands et d'un sale gosse pas très malin.

– D'accord, répliqua Oded en rougissant. Laissez-moi tranquille.

– *Non*, pas d'accord, Oded. Yanuka a des *amis*, Oded. Des *parents*. Des gens que nous ne connaissons pas encore. Tu veux bien conduire cette opération pour moi?

– J'ai dit d'accord. »

Kurtz le lâcha et Oded fit redémarrer le moteur. Le vieil homme suggéra qu'ils poursuivent leur intéressante tournée sur les traces de Yanuka. Ils descendirent donc en tressautant la rue pavée où se trouvait sa boîte de nuit préférée, passèrent devant la boutique où il se procurait ses chemises et ses cravates, devant l'endroit où il se faisait couper les cheveux, la librairie gauchisante où il aimait à feuilleter et acheter des livres. Et durant tout ce temps Kurtz, d'excellente humeur, ne cessa de sourire et d'approuver tout ce qu'il découvrait, comme s'il regardait un vieux film dont il ne pouvait se lasser, jusqu'au moment où, sur une petite place située à proximité de l'aérogare, les trois hommes durent se séparer. Debout, sur le trottoir, Kurtz tapota affectueusement l'épaule d'Oded, puis lui passa la main dans les cheveux.

« Ecoutez-moi, tous les deux. Ne tirez pas tant sur la corde. Allez vous offrir un bon repas et vous ferez porter ça sur mon compte, d'accord? »

Il avait la voix d'un meneur d'hommes qui se laisse attendrir avant la bataille. Et, dans la mesure où Misha Gavron le permettait, il n'était pas autre chose.

Le vol de nuit Munich-Berlin constitue, pour les quelques personnes qui le connaissent, l'un des derniers grands voyages empreints de nostalgie que l'Europe offre encore. L'Orient-Express, la Flèche d'Or et le Train Bleu ont beau être morts, mourants ou artificiellement ressuscités, les soixante minutes de vol nocturne au-dessus du couloir est-allemand, à bord d'un coucou branlant aux trois quarts vide de la Pan American, représentent pour ceux qui ont conservé quelques souvenirs le véritable safari d'un vieil habitué qui s'abandonne à ses penchants. La Lufthansa n'a pas le droit de survoler ce couloir. Il reste la propriété exclusive des vainqueurs, des occupants de l'ancienne capitale allemande; des historiens et des amateurs de sensations fortes; et puis d'un vieil Américain marqué par la guerre qui, avec la tranquillité docile d'un vrai professionnel, prend le vol presque tous les jours, s'assoit immanquablement à la même place et connaît le prénom de l'hôtesse, qu'il prononce dans cet affreux allemand du temps de l'occupation. Pour un peu, on a l'impression qu'il va glisser un paquet de Lucky Strike à la jeune femme et lui donner rendez-vous derrière le dépôt de vivres. Le fuselage gémit puis s'élève, les lumières clignotent, il est difficile d'admettre que l'avion n'a pas d'hélices. Votre regard plonge dans les ténèbres du territoire ennemi – pour le bombarder, pour sauter? – et vous voyez défiler vos souvenirs; les guerres se confondent : en bas du moins, d'une façon un peu trouble, le monde n'a pas changé.

Kurtz ne faisait pas exception.

Il s'était installé près du hublot et ses yeux se perdaient dans la nuit, au-delà de son propre reflet; comme à chaque fois qu'il faisait ce trajet, il se mit à contempler son existence. Quelque part dans l'obscurité courait cette même voie ferrée qu'avait empruntée le train de marchandises dans son interminable voyage en provenance de l'est; quelque part se trouvait la même voie d'évitement sur laquelle le train s'était immobilisé cinq nuits et six jours, en plein cœur de l'hiver, pour laisser la place aux convois militaires, tellement plus importants, tandis que Kurtz et sa mère, ainsi que cent dix-huit autres juifs entassés dans leurs wagons, mangeaient de la neige et mouraient de froid. « Au prochain camp, tout ira mieux », répétait sa mère pour le rassurer, pour lui donner du courage. Quelque part dans cette obscurité, sa mère s'était ensuite rangée passivement dans les rangs qui allaient à la mort; quelque part dans ces champs, le petit Sudète qu'il était avait eu faim, avait volé et tué, s'attendant sans illusion qu'un autre monde hostile le rattrape. Kurtz vit les camps d'accueil alliés, les uniformes inhabituels, le visage des enfants, aussi vieilli et creusé que l'était le sien. Un nouveau manteau, de nouvelles bottes, de nouveaux barbelés, et une nouvelle évasion, mais de chez ses libérateurs cette fois-ci. Il se revit dans les champs, se coulant des semaines durant de fermes en villages en direction du sud, ballotté là où le conduisait sa ligne de fuite, vers des terres où les nuits graduellement se réchauffaient, où l'air se chargeait du parfum des fleurs et où, pour la première fois de sa vie, il perçut le bruissement des palmiers dans le vent salin. « Ecoute-nous, pauvre petit garçon gelé, lui murmurèrent-ils. C'est le bruit que nous faisons en Israël. Vois comme la mer peut être bleue ici. » Il vit le vapeur rouillé à demi dissimulé derrière la jetée et jamais ses yeux n'avaient effleuré bateau plus grand et plus beau; le pont était si noir de la foule des têtes juives qu'il déroba une calotte lorsqu'il s'embarqua et n'osa l'enlever avant que le bateau eût quitté le port. Mais ils avaient besoin de lui, cheveux clairs ou même sans cheveux du tout. Sur le pont, de petits groupes s'étaient formés et les chefs montraient comment se servir des fusils Lee-Enfield volés. Deux jours encore le séparaient de Haïfa, mais la guerre de Kurtz venait tout juste de commencer.

L'avion opérait son virage avant l'atterrissage. Kurtz le sentit s'incliner puis vit qu'il passait au-dessus du Mur. Il ne s'était muni que d'un sac, mais le terrorisme avait rendu les services de sécurité vigilants, aussi les formalités prirent-elles assez longtemps.

Shimon Litvak attendait sur le parking dans une petite Ford. Il avait quitté la Hollande après avoir passé deux jours à examiner le carnage de Leyde. Comme Kurtz, il ne se sentait pas le droit de dormir.

« Le colis piégé a été apporté par une fille, annonça-t-il à Kurtz dès que celui-ci eut pénétré dans la voiture. Une jolie brune. En jeans. Le chasseur de l'hôtel a pensé qu'elle était étudiante et est fermement convaincu qu'elle est venue et repartie à bicyclette. Pure supposition, mais je suis tenté de le croire. Quelqu'un d'autre prétend qu'on l'a déposée devant l'hôtel à mobylette. Un paquet cadeau avec une petite carte " Joyeux anniversaire, Mordecai ". Un plan, un moyen de transport, une bombe, une fille... ça ne te rappelle rien ?

— L'explosif ?

— Du plastic russe, des lambeaux de papier, rien de compromettant.

— Une signature ?

— Un bel écheveau de fil électrique rouge inutilisé. »

Kurtz lui jeta un regard pénétrant.

« Pas de fil en trop, confessa Litvak. Quelques fragments carbonisés, oui. Mais pas de fil identifiable.

— Pas non plus de pince à linge ? demanda Kurtz.

— Cette fois, il s'est servi d'une tapette. Une charmante petite souricière. » Il mit le contact.

« Ce n'est pas la première fois, remarqua Kurtz.

— Il utilise des souricières, des pinces à linge, de vieilles couvertures de bédouin, des explosifs conventionnels, des montres bon marché sans petite aiguille, des filles faciles. Et il n'existe pas de bricoleur de bombes plus tocard que lui, même parmi les Arabes, récapitula Litvak qui haïssait l'incompétence presque aussi fort que l'ennemi qui en faisait preuve. Combien de temps t'a-t-il donné ? »

Kurtz feignit de ne pas comprendre. « *Donné ?* Qui m'a donné quoi ?

— De combien disposes-tu ? Un mois ? Deux ? Quel est le marché ? »

Mais Kurtz avait parfois tendance à éluder les détails précis.

« Le fait est qu'ils sont nombreux à Jérusalem qui préféreraient charger les moulins à vent du Liban plutôt que d'affronter l'ennemi avec leur cervelle.

— Le Corbeau est-il en mesure de les retenir? Et toi, le peux-tu? »

Kurtz sombra dans un silence inaccoutumé dont Litvak préféra ne pas le tirer. Le centre de Berlin-Ouest ignore l'obscurité et sa périphérie la lumière. Ils se dirigeaient vers la lumière.

« Tu as fait à Gadi un bien grand honneur, remarqua soudain Litvak en jetant un coup d'œil en coin à son chef. Lui rendre ainsi visite dans sa ville. De ta part, un tel voyage doit être pris comme un hommage.

— Ce n'est pas sa ville, rectifia Kurtz. Tout au plus une ville d'emprunt. Il a une bourse, un métier à apprendre, une vie à recommencer. C'est uniquement pour cela que Gadi se trouve à Berlin.

— Et il peut supporter de vivre dans une fange pareille? Même pour une nouvelle carrière? Après Jérusalem, il arrive à vivre *ici*? »

Kurtz ne répondit pas directement à la question, mais Litvak n'en attendait pas tant.

« Gadi a déjà payé sa part, Shimon. Personne n'a donné davantage, compte tenu de ses capacités. Il s'est bien battu et dans des endroits difficiles, souvent de l'autre côté de la frontière. Pourquoi n'aurait-il pas le droit de refaire sa vie? Il a bien gagné son repos. »

Mais on avait appris à Litvak à ne pas abandonner si vite la partie.

« Pourquoi le déranger alors? Pourquoi faire resurgir ce qui est terminé? S'il veut repartir à zéro, laisse-le donc tranquille.

— Parce qu'il se trouve entre deux chaises, Shimon. » Litvak lança vers Kurtz un regard insistant, mais le visage de celui-ci se perdait dans l'ombre.

« Parce qu'il hésite suffisamment pour ne pas couper les ponts. Parce qu'il réfléchit encore. »

Ils dépassèrent l'église du Souvenir et évoluèrent entre les feux glacés du Kurfürstendamm avant de retrouver le calme menaçant des banlieues sombres de la ville.

« De quel nom se sert-il en ce moment? demanda Kurtz avec un sourire indulgent dans la voix. Dis-moi comment il se fait appeler.

– Becker, répondit sèchement Litvak.

– Becker? » Kurtz exprimait un joyeux désappointement. « Où a-t-il été pêcher un nom pareil? Gadi *Becker*, il est toujours sabra?

– C'est la version allemande de la version hébraïque de la version allemande de son nom, expliqua Litvak sans la moindre pointe d'humour. A la demande de ses employeurs, il a dû reprendre son ancienne nationalité. Il n'est plus israélien, il n'est plus qu'un juif. »

Un sourire errait toujours sur les lèvres de Kurtz. « Il sort avec quelqu'un en ce moment, Shimon? Où en est-il avec les femmes?

– Une nuit par-ci, une nuit par-là. Rien de vraiment régulier. »

Kurtz se carra plus confortablement dans son siège. « Peut-être n'a-t-il besoin que de participer encore à une mission. Et puis après il pourrait retourner auprès de son épouse, à Jérusalem. Frankie est tout à fait charmante et il n'aurait pas dû la laisser tomber, à mon avis. »

Ils s'engouffrèrent dans une petite rue sordide et se rangèrent en face d'un vilain immeuble de pierre mouchetée, haut de trois étages. On y accédait grâce à une entrée à pilastre miraculeusement épargnée par la guerre. Tout contre la porte, donnant sur la rue, une boutique de vêtements proposait dans une vitrine éclairée au néon une collection de robes ternes. Une enseigne indiquait « *Vente en gros uniquement* ».

« Appuie sur la sonnette du haut, lui indiqua

Litvak. Deux coups, tu attends, et puis tu sonnes une troisième fois, il viendra t'ouvrir. Ils lui ont donné une chambre au-dessus du magasin. » Kurtz s'extirpa de la voiture. « Alors, bonne chance. Bonne chance, vraiment. »

Litvak regarda Kurtz foncer de l'autre côté de la rue. Il le regarda attaquer trop vite le trottoir de sa démarche chaloupée puis s'arrêter un peu trop brusquement devant l'entrée délabrée. Il vit le bras épais se lever en direction du bouton de la sonnette, puis la porte s'ouvrir presque aussitôt, comme si quelqu'un attendait juste derrière, ce qui, songea-t-il, était probablement le cas. Il vit Kurtz rapprocher les talons et courber les épaules pour étreindre un homme plus mince; il vit les bras de l'homme se refermer sur Kurtz en un salut viril, un salut de soldat. La porte fut close, Kurtz avait disparu derrière elle.

Litvak reprit lentement le chemin de la ville. Il considérait tout ce qu'il croisait d'un air mauvais, donnant libre cours à sa jalousie : Berlin, cette ville qu'il haïssait tant, cet ennemi ancestral et éternel; Berlin où la terreur trouvait, alors comme aujourd'hui, son terrain d'élection. Il se rendit dans une pension miteuse où personne ne semblait dormir, et lui pas davantage. A sept heures moins cinq, il était de retour dans la petite rue où il avait laissé Kurtz. Il pressa le bouton de la sonnette, attendit puis perçut un bruit de pas, assez lent; une seule personne. La porte s'ouvrit devant Kurtz qui sortit avec reconnaissance dans l'air matinal, puis s'étira comme un vieux chat. Il n'était pas rasé et avait ôté sa cravate.

« Eh bien? s'enquit Litvak, dès qu'ils se furent installés dans la voiture.

– Eh bien, quoi?

– Qu'est-ce qu'il a dit? Est-il d'accord ou bien préfère-t-il rester tranquillement à Berlin et apprendre à faire des robes pour une poignée de réfugiés polacks? »

Kurtz parut véritablement surpris. Il allait accomplir le geste qui avait tant fasciné Alexis, levant le bras gauche de façon à amener sa vieille montre dans sa ligne de mire tandis qu'il écartait sa manche de la main droite. Mais la question de Litvak l'interrompit. « S'il est *d'accord*? C'est un officier israélien, Shimon. » Puis il sourit avec tant de chaleur que Litvak ne put s'empêcher de l'imiter. « Je dois reconnaître que Gadi a commencé par dire qu'il préférait continuer à étudier toutes les finesses de son nouveau métier. Nous avons alors parlé de sa superbe mission, de l'autre côté du canal de Suez, en 1963. Ensuite, il a assuré que le plan ne marcherait jamais, alors nous avons discuté de toutes les difficultés que présentait le fait de vivre à Tripoli sous une fausse identité pour y maintenir un réseau d'agents libyens extrêmement âpres au gain – Gadi a fait cela pendant trois ans, si mes souvenirs sont bons. Enfin il a dit : « Prends « quelqu'un de plus jeune », ce qui est toujours un faux prétexte. Et nous avons évoqué les nombreux raids de nuit qu'il a accomplis au-delà du Jourdain ainsi que les limites de l'action militaire contre les bases des guérillas » – il était d'ailleurs tout à fait de mon avis. Pour terminer, nous avons abordé le plan proprement dit. Ensuite?

– Et la ressemblance? Sera-t-elle suffisante? La taille, le visage?

– Elle sera suffisante », répliqua Kurtz. Ses traits se durcirent, ses rides se creusèrent. « Nous étudions la question, ça suffit. Ne me parle plus de lui, maintenant, ou je sens que je vais l'aimer trop. »

Puis son sérieux l'abandonna et il fut pris d'un fou rire qui lui tira des larmes de fatigue et de soulagement. Le rire était contagieux et, tout en s'esclaffant, Litvak sentit sa jalousie disparaître. Ces brusques et étranges sautes d'humeur prenaient chez Litvak un caractère particulièrement accusé et témoignaient d'une nature où s'opposaient de nombreux facteurs incompatibles. A l'origine, son nom, qui signifiait « Juif de Lituanie », avait un caractère péjoratif. Comment se voyait-il? Tantôt comme un orphelin attardé de vingt-quatre ans, un kibboutznik n'ayant plus aucune famille, tantôt comme l'enfant adoptif d'une fondation orthodoxe américaine et des forces spéciales israéliennes. Ou encore comme le justicier de Dieu chargé de nettoyer le monde.

C'était un merveilleux pianiste.

L'enlèvement ne mérite que peu de commentaires. Avec une équipe entraînée, ce genre d'opération est conduit extrêmement rapidement et devient presque rituel, ou alors on ne la tente pas. Seule la valeur potentielle de la prise peut rendre l'entreprise quelque peu fiévreuse. Il n'y eut à déplorer ni coups de feu intempestifs ni autres désagréments; il ne s'agissait que de l'appropriation pure et simple d'une Mercedes bordeaux et de son occupant, le chauffeur, à quelque trente kilomètres de la frontière turque, sur une route grecque. Litvak était à la tête du commando et, comme toujours sur le terrain, il se montra excellent. De retour à Londres pour y résoudre la crise qui avait soudain éclaté au sein du Conseil des Lettrés de Schwili, Kurtz passa des heures critiques à côté du téléphone de l'ambassade israélienne. Après avoir dûment signalé que Yanuka avait rendu sa voiture sans en louer une autre, les deux jeunes observateurs de Munich suivirent le Palestinien jusqu'à l'aéroport; on n'entendit, semble-t-il, parler à nouveau de lui que trois jours plus tard, à Beyrouth, quand une équipe radio opérant dans une cave du quartier palestinien capta sa voix enjouée saluant sa sœur Fatmeh, qui travaillait dans un bureau au service de la révolution. Il lui dit qu'il séjournerait dans la capitale pendant une quinzaine de jours, pour y voir des amis; aurait-elle une soirée à lui consacrer? Il avait l'air vraiment joyeux, affirmèrent les agents : impatient, excité, passionné. Cependant, Fatmeh lui répondit froidement. Soit elle n'approuvait pas totalement sa conduite, jugèrent-ils, soit elle savait son téléphone sur écoute. Les deux, peut-être. Quoi qu'il en soit, le frère et la sœur ne se rencontrèrent pas.

On retrouva de nouveau sa trace quand il atterrit à Istanbul, où il descendit au Hilton sous passeport diplomatique chypriote et s'abandonna pendant deux jours aux charmes religieux et séculiers de la ville. Le rapport des enquêteurs en fit un musulman s'immergeant une dernière fois dans l'islam avant de retrouver la gent chrétienne d'Europe. Il se rendit à la mosquée de Suleyman le Magnifique, où on le vit prier pas moins de trois fois, pour ensuite se faire cirer ses chaussures Gucci sur la promenade herbeuse qui suit le mur d'enceinte sud. En outre, il but quelques verres de thé en compagnie de deux hommes tranquilles que l'on photographia mais ne parvint jamais à identifier : il s'agissait d'une fausse piste et non du contact qu'ils attendaient. Et il s'amusa énormément du spectacle offert par un groupe de vieillards qui, installés sur le bas-côté, tiraient, grâce à une carabine à air comprimé, des fléchettes dans une cible dessinée sur une boîte en carton. Il voulut se joindre à eux, mais ils le repoussèrent.

Dans les jardins de Sultan Ahmed, il s'assit sur un banc parmi les parterres de fleurs mauves et orangées, contempla distraitement les dômes et les minarets qui l'entouraient, ainsi que les hordes gloussantes de touristes américains, et notamment une bande d'adolescentes en shorts. Mais, curieusement, et contrairement à ses manières habituelles, il ne s'approcha pas des jeunes filles pour rire et bavarder avec elles jusqu'à se faire adopter. Il acheta des diapos et des cartes postales à de petits vendeurs à la sauvette, sans se soucier de leur prix exorbitant; il erra autour de Sainte-Sophie, admirant avec un égal plaisir les merveilles de la

Byzance justinienne et celles de la conquête ottamane;
on l'entendit même pousser une exclamation de franche stupeur devant les colonnes traînées depuis la
lointaine ville de Baalbek, située dans le pays qu'il
venait juste d'abandonner.

Mais il réserva son recueillement le plus fervent à la
mosaïque où l'on voyait Constantin et Augustin
offrant leur église et leur ville à la Vierge Marie, car
c'était là qu'il devait rencontrer son contact : un
homme longiligne et nonchalant vêtu d'un blouson,
qui devint aussitôt son guide. Yanuka avait jusque-là
refusé toutes les offres, mais les paroles que prononça
l'inconnu – ainsi sans doute que le lieu et l'heure où il
se proposa – le convainquirent immédiatement. Ils
effectuèrent côte à côte un second tour rapide de
l'intérieur, admirèrent respectueusement le très ancien
dôme, puis longèrent le Bosphore à bord d'une vieille
Plymouth américaine jusqu'à un parking situé non
loin de la route d'Ankara. La Plymouth s'éloigna; une
fois encore, Yanuka se retrouvait livré à lui-même,
mais désormais propriétaire d'une magnifique Mercedes bordeaux qu'il ramena tranquillement au Hilton et
fit enregistrer à son nom à la réception.

Yanuka s'abstint de sortir en ville ce soir-là – même
pour contempler les danseuses du ventre qu'il avait
tant appréciées la nuit précédente – et on ne le revit
donc que très tôt le lendemain matin, alors qu'il
prenait, vers l'ouest, la longue route droite et cabossée
qui conduisait au-delà des plaines, à Erdine et Ipsala.
La matinée était brumeuse et fraîche, l'horizon fermé.
Il fit halte dans un bourg où il but un café et
photographia une cigogne nichant sur le dôme d'une
mosquée. Il grimpa sur un tertre et se soulagea en
regardant la mer. La chaleur s'intensifia, les montagnes obscures prirent une teinte jaune et rouge. A sa
gauche, la mer semblait en noyer le pied. Une telle
route n'offrait à ses poursuivants que la possibilité de
le prendre « à califourchon », selon l'expression

consacrée, c'est-à-dire de placer une voiture très loin devant, et une autre très loin derrière, en priant Dieu pour qu'il ne s'engage pas dans une voie impossible à repérer, ce dont il était parfaitement capable. La nature désertique de l'endroit ne leur laissait pas d'autre solution : les seuls signes de vie à des kilomètres à la ronde étaient des campements nomades, quelques petits bergers et, de temps à autre, un homme revêche, tout habillé de noir et dont l'unique occupation sur terre semblait être d'étudier le phénomène de la marche. Arrivé à Ipsala, Yanuka affola tout le monde en empruntant la route de droite en direction de la ville au lieu de poursuivre son chemin vers la frontière. Devait-il remettre la voiture à quelqu'un? Dieu les en préserve! Et puis, nom d'un chien, qu'allait-il bien faire dans une sale petite ville frontalière de Turquie?

Le Seigneur était la réponse. Une fois de plus, dans une mosquée pouilleuse de la grand-place, à quelques lieues seulement de la chrétienté, Yanuka recommanda son âme à Allah. Voilà qui était sage, commenta sinistrement Litvak en l'apprenant. Il fut mordu en sortant par un chien qui s'enfuit avant que le jeune homme ne pût se venger. Cela aussi apparut comme un présage.

Il finit ensuite, au soulagement de tous, par reprendre la grand-route. Le poste frontière se présente ici comme un petit endroit hostile. Les Turcs et les Grecs ne s'entendent pas facilement. Le secteur est miné d'un côté comme de l'autre; terroristes et *contrebandiers* de tout poil y suivent des itinéraires et des buts illicites; les fusillades sont fréquentes et passées le plus souvent sous silence; la frontière bulgare s'étend au nord à quelques kilomètres seulement de là. Sur le territoire turc, une pancarte indique en anglais « *Faites bon voyage* », mais aucun mot aimable ne salue le voyageur grec. Il faut d'abord passer devant l'emblème turc fixé au-dessus d'un panneau militaire, puis franchir un pont enjambant une eau verte et dormante, pour se placer derrière une petite queue attendant nerveusement la fin des formalités d'émigration turques que Yanuka, fort de son passeport diplomatique, parvint à éviter, hâtant ainsi son propre anéantissement. Vient ensuite, coincé entre le poste de police turc et la douane grecque, un *no man's land* d'une vingtaine de mètres où Yanuka alla s'acheter une bouteille de vodka détaxée, puis déguster une glace sous l'œil vigilant d'un garçon rêveur aux cheveux longs nommé Reuven, qui depuis trois heures déjà s'empiffrait de brioches dans ce même café. Un imposant buste de bronze qui représentait l'Atatürk, ce visionnaire décadent, contemplant les plaines grecques hostiles, constituait le dernier ornement turc. A peine Yanuka eut-il dépassé la statue que Reuven enfourcha sa moto pour transmettre les cinq bips du signal à Litvak, qui s'était posté à trente kilomètres à l'intérieur du territoire grec – mais hors de la zone militaire –, en un endroit où la circulation se ralentissait énormément pour cause de travaux. Puis le jeune homme se dépêcha pour ne pas rater la scène.

Ils se servirent d'une fille, ce qui, vu les appétits de Yanuka, relevait du pur bon sens, et l'affublèrent d'une guitare – une très bonne idée en ce sens que, de nos jours, une guitare suffit à situer une fille, même si elle ne sait pas en jouer. De récentes observations en d'autres parties du monde leur avaient enseigné qu'une guitare est l'uniforme d'un certain pacifisme sentimental. Ils plaisantèrent pour décider s'il fallait utiliser une blonde ou une brune, connaissant sa préférence pour les premières mais le sachant toujours prêt à faire une exception. Ils optèrent finalement pour la brune qui avait, jugèrent-ils, le dos plus suggestif et la démarche plus voluptueuse, et la postèrent tout au bout de la portion de route en travaux. Ce chantier était une véritable bénédiction. Ils n'en doutaient pas. Certains croyaient même que, plutôt qu'à Kurtz ou à Litvak, c'était à Dieu – le dieu des juifs – qu'ils devaient la bonne tournure des opérations.

Il y avait d'abord le macadam; puis, sans avertissement, apparaissaient de gros graviers bleus, de vraies balles de golf mais en beaucoup plus découpés. Venait ensuite la rampe de bois bordée de feux jaunes clignotants, vitesse limitée à dix kilomètres à l'heure que seul un fou aurait dépassée. Enfin, au-delà de la rampe, la jeune fille avançait péniblement sur le bas-côté. Ne t'arrête pas de marcher, lui recommandèrent-ils : pas de gringue, contente-toi de lever le pouce. Leur seule inquiétude était que la beauté de la fille ne subjugue quelqu'un d'autre avant que Yanuka ait eu le temps de se la réserver. Un nouvel atout considérable était que la route, déjà peu fréquentée, faisait momentanément l'objet d'un sens unique. Une cinquantaine de mètres de terrain vague encombré de tracteurs, de cabanes de chantier et de tout un bric-à-brac séparaient la voie droite de la gauche. Ils auraient pu y dissimuler un régiment complet sans alerter qui que ce fût. Ils n'allèrent pourtant pas jusque-là. Le commando comprenait en tout sept personnes y compris Litvak et son bel appât. Gavron n'avait pas voulu avancer un centime de plus. Les cinq autres étaient des jeunes en tenue d'été et chaussures de sport, de ceux qui peuvent passer des journées entières à examiner leurs ongles sans que personne s'interroge jamais sur leur silence. De ceux qui passent à l'action, rapides comme l'éclair, avant de se replonger dans leur contemplation léthargique.

La matinée était déjà bien avancée; le soleil cognait et l'air s'emplissait de poussière. La majeure partie du trafic consistait en camions gris chargés de chaux ou d'argile. En une telle compagnie, la Mercedes bordeaux bien entretenue – pas neuve mais encore belle – faisait l'effet d'une voiture de mariés prise entre des camions à ordures. Elle attaqua le gravier à trente kilomètres à l'heure, ce qui était beaucoup trop rapide, et freina quand les cailloux se mirent à heurter le dessous de la caisse. Elle franchit la rampe à vingt à l'heure, ralentit à quinze, puis à dix. Lorsqu'elle dépassa la fille, tous purent voir Yanuka tourner vivement la tête pour vérifier si l'auto-stoppeuse était aussi avenante vue de face que de dos. Elle l'était. Il parcourut pensivement les cinquante derniers mètres de gravier et Litvak crut un instant avec consternation qu'il lui faudrait mettre en œuvre le plan de rechange, une opération plus compliquée qui impliquait une seconde équipe et un faux accident de la route à une centaine de kilomètres de là. Mais le vice, la nature, ou tout ce qui nous fait agir en dépit du bon sens, finirent par l'emporter. Yanuka stoppa net, baissa la vitre automatique et sortit sa tête séduisante et juvénile pour regarder joyeusement la jeune fille s'avancer vers lui d'une démarche lascive dans la lumière du soleil. Lorsqu'elle parvint à son niveau, il lui demanda si elle avait l'intention de marcher ainsi jusqu'en Californie. Elle lui répondit, en anglais également, qu'elle se dirigeait « du côté » de Thessalonique – allait-il par là? D'après la fille, il lui aurait répliqué : « Du côté que vous voulez », mais comme personne d'autre ne l'entendit, cette repartie compta au nombre des points que l'on discute toujours une fois l'opération terminée. Yanuka, pour sa part, nia absolument avoir dit quoi que ce fût, aussi la jeune fille broda-t-elle peut-être un peu autour de son triomphe. Ses yeux, son visage vraiment très attrayant et son allure lente et provocante captivèrent toute l'attention du Palestinien. Que pouvait espérer de mieux un bon Arabe venant de passer deux semaines d'une formation politique austère dans les montagnes méridionales du Liban, que cette vision enjôleuse sortie d'un harem en jeans?

Il faut ajouter que Yanuka était lui-même très mince et extrêmement séduisant, d'un beau type sémite qui s'accordait magnifiquement avec celui de la jeune fille, et qu'il émanait de lui une gaieté contagieuse. L'effet produit fut donc une attraction mutuelle, de celles qui interviennent instantanément entre deux superbes créatures lorsqu'elles ont en fait l'impression d'échanger leur propre image en faisant l'amour. L'auto-stoppeuse posa sa guitare et, conformément aux ordres, se dégagea de son sac de voyage qu'elle laissa tomber sur le sol avec reconnaissance. Selon Litvak, cette ébauche de déshabillage pouvait conduire Yanuka à faire deux choses : soit ouvrir la portière arrière depuis l'intérieur, soit sortir de la voiture et aller lui-même ouvrir le coffre. Dans l'un ou l'autre cas, il se découvrirait. Evidemment, certains modèles de Mercedes offrent la possibilité de déverrouiller le coffre depuis le tableau de bord. Mais pas celui-ci. Litvak le savait. Tout comme il savait pertinemment que le coffre était bien *fermé*; ou qu'il eût été inutile de mettre la jeune fille en scène du côté turc de la frontière, car – si authentiques que pussent paraître ses papiers, et, selon les normes arabes, ils furent tenus pour tels – Yanuka ne se serait jamais montré assez stupide pour prendre le risque de traverser une fron-tière, chargé d'un poids non déclaré aussi encom-brant.

En fait, il opta pour la solution que tous jugeaient de loin la plus désirable. Au lieu de se contenter de tendre le bras pour lever le loquet d'une des portières arrière, il préféra, sans doute pour impressionner sa future passagère, actionner le système central de fermeture, déverrouillant ainsi non une seule, mais les quatre portières à la fois. La jeune fille ouvrit celle qui se trouvait la plus près d'elle à l'arrière et, restant dehors, fourra son sac et sa guitare sur la banquette. Le temps qu'elle claque la porte et se dirige, de son pas nonchalant, vers l'avant de l'automobile dans le but évident de prendre place près du chauffeur, un homme collait un revolver contre la tempe de Yanuka tandis que Litvak, plus frêle que jamais, s'agenouillait sur le siège arrière en maintenant la tête du Palestinien en une prise savante extrêmement meurtrière et lui administrait la drogue qui, on le lui avait assuré, correspondait le mieux au dossier médical du jeune homme : les crises d'asthme de son adolescence leur avaient causé quelques soucis.

Après coup, le détail le plus marquant de toute l'opération leur sembla être le silence. Tout en attendant que le soporifique agisse, Litvak perçut distinctement, par-dessus le grondement de la circulation, le claquement de lunettes de soleil qui se brisent et, durant une fraction de seconde particulièrement horrible, il crut qu'il s'agissait du cou de Yanuka, ce qui aurait tout anéanti. Ils pensèrent d'abord qu'il avait trouvé moyen d'oublier ou d'abandonner les faux papiers et plaques d'immatriculation nécessaires à la suite de son voyage, mais ils finirent par les découvrir soigneusement rangés dans sa luxueuse valise noire, sous une pile de cravates criardes et de chemises en soie cousues main qu'ils durent s'approprier à des fins ultérieures, ainsi que sa superbe montre en or Cellini, le bracelet, en or lui aussi, et le médaillon plaqué or – sans doute un présent de sa sœur adorée Fatmeh – qu'il aimait à porter sur son cœur. Ils tirèrent un autre motif de satisfaction – d'ailleurs entièrement imputable à Yanuka – du fait que la voiture était équipée de verres fumés, empêchant ainsi le commun des mortels de voir ce qui se passait à l'intérieur. Ce détail constitua le premier d'une longue série d'exemples où le jeune homme devint victime de ses goûts trop luxueux. Faire soudain réapparaître la Mercedes dans l'ouest, puis dans le sud du pays ne présentait après cela plus aucune difficulté; ils auraient sans doute pu la conduire tout à fait normalement sans que personne s'en aperçoive. Mais, au nom de la sécurité, ils avaient loué un camion censé convoyer des abeilles vers de nouvelles ruches. Les transferts d'abeilles sont très fréquents dans la région, avait réfléchi Litvak, et le plus curieux des policiers hésite à deux fois avant de venir troubler la tranquillité de ces petits insectes.

Le seul élément imprévu fut la morsure du chien : et si la bête avait la rage? Ils se procurèrent du sérum et le lui administrèrent; il fallait tout prévoir.

Yanuka provisoirement mis hors circulation, il était fondamental de faire en sorte que personne, à Beyrouth ou ailleurs, ne remarque son absence. Ils le savaient déjà d'une nature indépendante et insouciante. Ils connaissaient sa tendance à cultiver l'acte illogique, à altérer ses plans à la dernière seconde, à la fois par fantaisie, et parce qu'il jugeait avec raison que c'était la meilleure façon de brouiller les pistes. Ils étaient au courant de sa nouvelle passion pour l'art grec et de son habitude avérée de courir les ruines dès que l'occasion s'en présentait. Lors de son dernier voyage, sans rien demander à personne, il s'était autorisé un très grand crochet par Epidaure, où il n'avait apparemment rien de particulier à faire. Cette tactique aventureuse l'avait autrefois rendu extrêmement difficile à localiser. Utilisée, comme c'était désormais le cas, contre lui, elle devenait un atout pour ses ravisseurs car, estimait froidement Litvak, ses alliés ne le contrôlaient pas mieux que ses ennemis. L'équipe s'empara de lui puis le fit disparaître. Elle attendit. Et, nulle part où elle avait des écoutes, ne retentit la moindre sonnerie d'alarme, ne se fit entendre le moindre murmure d'inquiétude. Si jamais les chefs de Yanuka se représentaient leur agent, conclut prudemment Litvak, alors sans doute le voyaient-ils comme un jeune homme en pleine possession de ses capacités intellectuelles et physiques, parti vivre un peu sa vie et – qui sait? – recruter de nouveaux soldats pour leur cause.

Ainsi la fiction, comme l'appelaient maintenant Kurtz et son équipe, pouvait commencer. Quant à savoir si elle pourrait aboutir – si elle aurait le temps, d'après la vieille montre en acier de Kurtz, de se dérouler comme prévu –, c'était une tout autre histoire. Kurtz subissait des pressions de deux ordres différents : d'une part, cela était fort simple, il lui fallait absolument progresser s'il ne voulait pas se faire destituer par Misha Gavron. D'autre part, Gavron menaçait de ne pouvoir longtemps enrayer le désir grandissant de tout régler par des solutions militaires si Kurtz ne lui donnait pas des preuves de réussite. Et Kurtz redoutait une telle situation.

« Vous êtes pire que les Anglais avec votre morale! lui lança un jour Gavron le Corbeau de sa voix croassante, lors d'une de leurs fréquentes altercations. Et regardez donc ce qu'ils font, *eux*!

– Alors peut-être devrions-nous bombarder également les Anglais », suggéra Kurtz avec un sourire meurtrier.

Mais ce n'était pas par pure coïncidence que la conversation portait alors sur les Anglais; ironiquement, c'était en effet d'Angleterre que Kurtz attendait maintenant son salut.

3

Ils furent solennellement présentés l'un à l'autre sur l'île de Mykonos, dans l'une des deux tavernes donnant sur la plage, lors d'un déjeuner tardif à l'heure où le soleil de la fin du mois d'août darde ses rayons les plus brûlants sur la Grèce. Ou, si l'on veut replacer l'événement dans un plus large contexte historique, un mois après le premier bombardement du quartier palestinien surpeuplé de Beyrouth par les avions israéliens, action visant, déclara-t-on après coup, à tenter d'anéantir les organes de commandement; aucun leader ne fut pourtant retrouvé parmi les centaines de cadavres – à moins bien sûr que l'on ne considérât ceux-ci, en majorité des enfants, comme les leaders de demain.

« Charlie, dis donc bonjour à Joseph », fit quelqu'un d'une voix excitée, et ce fut fait.

Cependant, tous deux se comportèrent comme si la présentation avait à peine eu lieu : elle, en prenant sa moue farouche de révolutionnaire et en tendant une main de collégienne anglaise empreinte d'une respectabilité résolument vicieuse; lui, en la jaugeant d'un regard calme et tolérant, curieusement dépourvu de toute ambition.

« Eh bien, Charlie, oui, bonjour », prononça-t-il sans sourire plus qu'il n'était nécessaire pour se montrer poli. Ce fut donc lui et non Charlie qui salua l'autre.

Elle remarqua qu'il avait ce tic militaire de pincer les lèvres avant de parler. Sa voix, qui trahissait un accent même s'il la contrôlait étroitement, était d'une douceur intimidante – Charlie sentait plus ce qu'elle dissimulait que ce qu'elle révélait. Son attitude envers la jeune fille fut donc tout le contraire d'une agression.

Elle se prénommait en fait Charmian, mais tout le monde l'appelait « Charlie », et parfois même « Charlie la rouge » en référence à sa couleur de cheveux et à ses positions extrémistes qui représentaient sa façon à elle de se soucier du monde et de lutter contre les injustices. Elle tranchait curieusement sur le reste de la troupe bruyante des jeunes acteurs anglais qui dormaient dans une ferme délabrée à un kilomètre à l'intérieur des terres, et descendaient journellement sur la plage en formant une famille unie et hirsute que rien ne séparait jamais. Le seul fait de se trouver dans cette ferme – pour ne pas dire sur cette île – constituait pour eux tous un véritable miracle, même si, en tant qu'acteurs, les miracles ne devaient pas les surprendre.

Ils avaient pour bienfaitrice une riche société de la City qui s'était brusquement mise à jouer les anges gardiens auprès du théâtre itinérant. Une fois terminée leur tournée en province, la demi-douzaine de membres fixes de la troupe avaient eu la surprise de se voir offrir repos et loisirs aux frais de la société. Un charter les largua là-bas, la ferme n'attendait qu'eux et une légère augmentation de salaire couvrait les dépenses. Tout semblait trop beau, trop généreux, trop soudain, trop suranné. Quand ils avaient reçu leurs invitations, tous étaient tombés d'accord pour décider gaiement que seule une bande de sales fascistes pouvait agir avec une philanthropie si désarmante. Ils avaient ensuite oublié comment ils étaient arrivés là, ne s'en souvenant que quand l'un d'entre eux levait son verre et prononçait d'une voix pâteuse le nom de la société, lui portant un toast morne, presque maussade.

Loin d'être la plus jolie des filles, Charlie n'en possédait pas moins une sensualité rayonnante et un bon cœur que son jeu ne parvenait jamais à masquer entièrement. Lucy, quoique extrêmement bête, était une fille splendide alors que Charlie, si l'on s'en tenait aux normes généralement admises, n'était pas belle et même plutôt *moche :* un nez trop grand dans un visage prématurément creusé qui pouvait se faire tour à tour enfantin, puis soudain si vieux et lugubre que, déjà effrayé par son expérience de la vie, vous vous demandiez ce qu'il allait encore advenir d'elle. Elle était parfois leur enfant trouvée, parfois leur mère, celle qui tenait les comptes, savait où se trouvait la crème anti-moustiques et le sparadrap pour les coupures aux pieds. Et dans ce rôle, comme dans tous les autres, elle se montrait toujours la plus généreuse, la plus compétente. De temps à autre, elle était leur conscience, les engueulant lorsqu'elle les prenait, à tort ou à raison, en flagrant délit de chauvinisme, de sexisme ou d'indifférence bien occidentale. C'était sa classe qui lui conférait le droit de les juger ainsi car, comme ils se

86

plaisaient à le dire, Charlie leur apportait un petit brin de noblesse : éducation en institution privée et père courtier, même si – elle ne se lassait jamais de le leur répéter – le pauvre homme avait fini ses jours derrière les barreaux pour escroquerie. Quoi qu'il en soit, la classe ressort toujours.

Enfin, elle était leur vedette incontestée. Lorsque, le soir venu, la famille se mettait à jouer de petites pièces, pour elle-même, en chapeaux de paille et peignoirs de plage, c'était toujours Charlie, quand elle daignait participer, qui surpassait les autres. S'ils choisissaient de chanter, c'était encore Charlie qui pinçait un peu trop bien les cordes de sa guitare par rapport à leurs voix; Charlie qui connaissait les chants révolutionnaires et les interprétait avec une violence presque masculine. D'autres fois, ils préféraient rester vautrés, morne conseil fumant de la marijuana et buvant du résiné à trente drachmes le demi-litre. Tous sauf Charlie, qui reposait à l'écart comme quelqu'un qui a déjà bu et fumé tout ce qu'il lui fallait depuis longtemps. « Attendez donc de voir ma révolution, leur promettait-elle d'une voix endormie. Tous autant que vous êtes, vous allez vous retrouver à cultiver les navets avant le petit déjeuner. » Les autres mimaient alors l'horreur : Mais où donc, Chas? Où tombera la première tête? « Dans cette putain de Rickmansworth, répondait-elle, faisant allusion à son enfance turbulente de banlieue. On va flanquer toutes leurs saloperies de Jaguar dans leurs piscines à la noix. » Ils laissaient à ce moment-là échapper des gémissements de terreur, tout en sachant pertinemment que Charlie avait elle-même un faible pour les voitures puissantes.

En attendant, ils l'aimaient. Indiscutablement. Et Charlie, quoi qu'elle pût prétendre, les aimait également.

Joseph, lui, comme ils l'avaient baptisé, ne faisait absolument pas partie de la famille. Il n'en était pas même, à la façon de Charlie, un membre un peu à part. Il possédait l'autonomie qui apparaît aux plus faibles comme un courage en soi. Il n'avait pas d'amis mais ne s'en plaignait pas. Il était l'étranger qui n'avait besoin de personne, pas même d'eux. Juste une serviette, un livre, une gourde, et son petit trou creusé dans le sable. Charlie seule savait que c'était un revenant.

La première fois qu'elle l'aperçut sur l'île, elle venait de perdre par knock-out sa grande bagarre avec Alastair. Il émanait de Charlie une sorte de douceur profonde qui semblait irrémédiablement attirer les brutes, et la brute du moment se trouvait être un ivrogne écossais d'un mètre quatre-vingts répondant, pour la famille, au nom de « Long Al », qui menaçait beaucoup et citait sans cesse, mais de façon erronée, l'anarchiste Bakounine. Comme Charlie, il avait les cheveux roux, la peau blanche et les yeux très bleus. Lorsqu'ils sortaient ensemble de l'eau, étincelant sous le soleil, ils semblaient appartenir à une autre race, et l'expression brûlante de leur visage montrait qu'ils le savaient. Lorsque, main dans la main et sans rien dire à personne, ils prenaient brusquement le chemin de la ferme, l'urgence de leur désir s'imposait à vous comme une douleur déjà ressentie mais rarement partagée. Mais lorsqu'ils se battaient – comme cela s'était produit la veille –, leur haine atteignait tant les âmes moins bien trempées qu'étaient Willy et Pauly, que ceux-ci disparaissaient jusqu'à la fin de l'orage. Et cette fois-ci, Charlie les avait imités : elle s'était terrée dans un coin du grenier pour y panser ses blessures. Le lendemain, parfaitement réveillée dès six heures, elle décida d'aller prendre un bain solitaire puis de se rendre en ville où elle pourrait s'offrir un quotidien anglais et un bon petit déjeuner. Elle était en train d'acheter son *Herald Tribune* quand il lui apparut : le cas typique du phénomène psychique.

C'était l'homme au blazer rouge. Il se tenait juste derrière elle et choisissait un livre de poche sans lui accorder la moindre attention. Cette fois-ci, pas de blazer rouge sombre mais un tee-shirt, un short et des sandales. C'était pourtant le même homme, sans doute possible. Ces mêmes cheveux noirs coupés court, grisonnants au bout et plantés en pointe au milieu du front; ces mêmes yeux bruns et courtois, si respectueux des passions d'autrui, et qui, pendant toute une demi-journée, ne l'avaient pas quittée, lanternes sombres au premier rang du Barrie Theatre à Nottingham : en matinée, puis à la séance du soir, ces yeux ne voyant que Charlie, chacun des gestes qu'elle exécutait. Un visage que le temps n'avait ni durci ni adouci, un visage immuable comme une empreinte. Des traits qui, pour Charlie, énonçaient une réalité forte et intangible, à l'opposé des masques multiples des acteurs.

Elle interprétait alors Jeanne d'Arc et pensait que le Dauphin allait la rendre folle à force d'en faire des kilos et de détourner l'attention de toutes les tirades qu'elle devait dire. Elle ne prit donc conscience de sa présence qu'à la dernière scène, quand elle l'aperçut, assis au milieu d'un groupe scolaire, au premier rang de l'auditorium à moitié vide. Si la lumière n'avait été si faible, elle ne l'aurait sûrement pas remarqué, mais tout leur matériel d'éclairage était resté coincé à Derby, et Charlie n'avait donc pas la vue brouillée par les feux habituellement trop vifs. Elle le prit d'abord pour un instituteur, mais au lieu de partir avec les enfants, il resta sur son siège, à lire ce qui lui sembla être le texte de la pièce ou peut-être l'introduction. Puis, lorsque le rideau se leva de nouveau pour la représentation du soir, il se trouvait toujours là, bien au milieu du rang, la contemplant du même regard froid et tranquille. Quand le rideau final tomba, elle se sentit soudain dépossédée de lui, privée de sa présence.

Quelques jours plus tard, à York, alors qu'elle ne pensait plus à lui, elle fut presque certaine de le revoir, mais un doute subsista; cette fois-ci, la scène était convenablement éclairée, l'empêchant ainsi de pénétrer l'obscurité. Et puis l'étranger ne resta pas assis à sa place entre les deux représentations. Elle aurait pourtant juré que c'était le même visage, suivant chacun de ses gestes depuis le centre du premier rang, et le même blazer rouge sombre également. Etait-ce un critique? Un producteur? Un agent? Un metteur en scène? Appartenait-il à la société qui finançait pour le moment leur troupe à la place de l'*Arts Council*? Il paraissait trop mince, d'une immobilité trop attentive pour n'être qu'un simple homme d'affaires contrôlant les investissements de sa boîte. Quant aux critiques, agents et compagnie, c'était miracle s'ils restaient un acte entier; alors deux représentations consécutives... Et lorsqu'elle le vit – ou crut le voir – pour la troisième fois, juste avant de partir en vacances, en fait lors de la toute dernière soirée de leur tournée, posté devant l'entrée des artistes du petit théâtre de l'East End, elle eut presque envie d'aller se planter devant lui pour lui demander ce qu'il cherchait – s'il était un Eventreur en herbe, un chasseur d'autographes ou juste un maniaque sexuel comme nous tous. Mais son air de vertu appliquée la retint.

Le voir ainsi maintenant – debout à moins d'un mètre d'elle, semblant apparemment ne pas la remarquer et examinant les livres avec la même attention grave qu'il lui avait consacrée quelques jours seulement auparavant – la plongea dans un trouble profond. Elle se tourna vers lui, rencontra son regard impassible et le considéra un instant plus farouchement qu'il ne l'avait jamais contemplée. Elle avait l'avantage des verres fumés qu'elle portait pour dissimuler son hématome. Vu d'aussi près, elle le trouva plus vieux qu'elle se l'était imaginé, plus mince et plus marqué. Elle songea qu'un peu de repos lui ferait du bien et se demanda si ses yeux tirés n'étaient pas dus à la fatigue du voyage en avion. Il n'eut pas le moindre tressaillement d'excitation ou de reconnaissance. Rejetant le *Herald Tribune* à sa place, Charlie battit précipitamment en retraite vers la protection d'une taverne du front de mer.

Je suis complètement cinglée, se dit-elle en portant à ses lèvres une tasse de café tremblante. Je me raconte des histoires. C'est un sosie. Je n'aurais jamais dû avaler cette sacrée pilule que Lucy m'a donnée pour me remonter après les coups de ceinture à Long Al. Elle avait lu quelque part que l'impression de *déjà vu* venait d'un manque de communication entre les yeux et le cerveau. Mais quand elle voulut regarder la route, dans la direction de l'endroit qu'elle venait de quitter, il était là, s'imposant à la vue comme à l'esprit, installé à la taverne voisine, une casquette de golf blanche vissée sur la tête pour protéger ses yeux tandis qu'il lisait son poche anglais : *Conversations avec Allende* de Debray. Elle-même avait failli l'acheter la veille.

Il est venu chercher mon âme, songea-t-elle en le dépassant d'un air dégagé afin de lui prouver qu'elle n'avait rien à craindre. Pourtant, quand ai-je pu la lui promettre ?

Il prit très vraisemblablement son poste sur la plage l'après-midi même, à moins de vingt mètres du coin où s'était installée la famille. Il portait un maillot de bain noir et sévère, et était équipé d'une gourde en fer-blanc d'où il tirait parfois quelques gorgées frugales, donnant l'impression que la première oasis se trouvait à une journée de marche au moins. Sans jamais les regarder, sans jamais leur accorder le moindre intérêt, il lisait son Debray à l'ombre de sa casquette de golf blanche trop lâche. Il suivait pourtant chacun de ses gestes, elle en était sûre, ne fût-ce qu'en raison de l'angle et de l'immobilité de sa tête si séduisante. Entre toutes les plages de Mykonos, il avait choisi la leur. Entre tous les endroits qu'offrait leur plage, il s'était perché sur la dune la plus haute qui commandait tous ses mouvements, qu'elle aille se baigner ou chercher à la taverne une autre bouteille de résiné pour Al. Il pouvait, de son abri surélevé, la dégommer quand il voulait, mais elle n'avait à sa disposition aucun moyen de le déloger. En parler à Long Al équivaudrait à s'exposer au ridicule et pire encore; elle n'avait pas du tout l'intention de lui donner une occasion aussi inespérée de tourner en dérision une de ses nouvelles lubies. Se confier à quelqu'un d'autre reviendrait au même : Al le saurait en moins d'une journée. Il ne lui restait pas d'autre solution que de garder son secret pour elle, et c'était bien ce qu'elle avait décidé de faire.

Elle n'entreprit donc rien, et lui non plus, mais elle savait qu'il attendait; elle sentait avec quelle patience disciplinée il comptait les heures. Même lorsqu'il gisait, aussi immobile qu'un mort, Charlie percevait, portée par le soleil, la mystérieuse vigilance qui émanait de son corps souple et brun. La tension semblait parfois se briser en lui et il se dressait brusquement sur ses pieds, ôtait sa casquette et descendait gravement sa dune pour rejoindre la mer, tel un guerrier privé de sa lance, puis plonger sans bruit, troublant à peine la surface de l'eau. Elle attendait; attendait encore. Il ne pouvait que s'être noyé. Mais enfin, alors qu'elle avait perdu tout espoir, il réapparaissait loin de l'autre côté de la baie, nageant tranquillement à l'indienne comme s'il avait des milles à parcourir, sa tête aux cheveux courts, noirs et étincelants, pareille à celle d'un phoque. Des bateaux à moteur fonçaient autour de lui, mais il les ignorait. Jamais non plus son visage ne se tourna en direction des filles qui se trouvaient à proximité – Charlie vérifia. Après son bain venait la suite, lente et méthodique, d'exercices physiques, avant qu'il ne se recoiffe de sa casquette de golf un peu penchée et ne se consacre de nouveau à Allende et Debray.

A qui appartient-il? se demanda-t-elle en vain. Qui lui écrit son rôle et le met en scène? Il jouait pour elle tout comme elle avait joué pour lui en Angleterre. Comme elle, il faisait partie d'une troupe. Sous la lumière brûlante du soleil qui tremblait entre le ciel et le sable, elle pouvait contempler des minutes d'affilée son corps bien fait et élancé, le prenant pour cible de ses fiévreuses élucubrations. Toi pour moi, rêva-t-elle; moi pour toi; ces enfants ne peuvent pas comprendre. Mais quand vint l'heure du déjeuner et que tous passèrent lentement devant son château pour se rendre à la taverne, Charlie enragea de voir Lucy lâcher le bras de Robert et faire à l'inconnu un salut aguicheur tout en se déhanchant.

« N'est-il pas *superbe*? lança bien haut Lucy. J'en ferais volontiers mon dessert.

— Et moi donc! s'écria Willy, plus fort encore. Tu ne crois pas, Pauly? »

Il ne leur prêta aucune attention. Dans l'après-midi, Al ramena Charlie à la ferme où ils firent l'amour violemment, sans aucune tendresse. Lorsqu'ils revinrent à la plage en début de soirée et qu'elle s'aperçut de sa disparition, Charlie se sentit malheureuse d'avoir trompé son mystérieux inconnu. Elle se demanda si elle devrait ratisser toutes les boîtes de nuit pour lui parler. Faute de pouvoir communiquer avec lui le jour, elle décida qu'il menait sans doute une vie nocturne.

Le lendemain matin, elle ne se rendit pas à la plage. Pendant la nuit, la puissance de son obsession l'avait d'abord amusée puis effrayée, et elle se réveilla avec la ferme intention d'en finir. Couchée près de la masse endormie d'Al, elle s'était imaginée passionnément amoureuse d'un inconnu à qui elle n'avait jamais adressé la parole, le prenant de toutes les façons les plus inventives, laissant tomber Al et s'enfuyant avec lui pour toujours. A seize ans, ce genre de bêtises se concevait encore; à vingt-six ans, cela devenait indécent. Larguer Al était une chose, et cela se produirait tôt ou tard – tôt, vraisemblablement. Poursuivre un rêve en casquette de golf blanche en était une autre, même en vacances à Mykonos. Aussi recommença-t-elle le même programme que la veille, mais cette fois-ci – à sa grande déception – il ne surgit pas derrière elle à la librairie, et ne prit pas non plus son café à la terrasse de la taverne voisine; sa silhouette ne se dessina pas non plus à côté de la sienne sur les vitrines du front de mer tandis qu'elle déambulait en espérant l'apercevoir. Lorsqu'elle rejoignit la famille à la taverne pour le déjeuner, elle apprit que pendant son absence ils l'avaient baptisé Joseph.

Cela n'avait rien d'exceptionnel; la famille attribuait des noms, le plus souvent tirés de pièces ou de films, à quiconque sollicitait leurs regards, et l'éthique voulait qu'une fois approuvés ces noms soient généralement adoptés. Leur Bosola de *La Duchesse d'Amalfi*[1], par exemple, était un armateur suédois au coup d'œil vicieux; leur Ophélie, une énorme mémère francfortoise qui arborait un superbe bonnet de bain à fleurs roses et pas grand-chose d'autre. Mais Joseph, lui déclarèrent-ils, devait son surnom à son apparence sémite et au peignoir rayé multicolore qu'il portait par-dessus son maillot noir lorsqu'il arrivait à la plage et repartait. Joseph aussi à cause de l'attitude distante qu'il manifestait envers ses semblables et pour son air d'avoir été élu entre tous ceux qui n'avaient pas eu la

---

1. Tragédie en cinq actes de John Webster publiée en 1623. (N.d.T.)

même chance. Joseph rejeté par ses frères, abandonné à sa gourde et à son livre.

Charlie, attablée avec eux, les regardait d'un œil de plus en plus mauvais à mesure qu'ils s'appropriaient grossièrement son secret. Alastair, qui se sentait menacé dès que l'on encensait quelqu'un sans son approbation, était occupé à remplir son verre à la chope de Robert.

« Joseph mon cul, lança-t-il avec impudence. C'est une sale tante, comme Willy et Pauly. Et puis il drague, il frime devant les nanas. J'ai envie de lui faire une grosse tête, moi, à ce mec aux yeux décavés. Sûr que je vais le cogner. »

Mais ce jour-là, Charlie en avait déjà profondément marre d'Alastair, marre d'être à la fois son esclave sadique et sa mère nourricière. Elle ne se montrait en général pas aussi corrosive, mais le dégoût qu'elle sentait monter en elle pour Alastair luttait maintenant contre le sentiment de culpabilité qu'elle éprouvait en pensant à Joseph.

« Si c'est une tante, pourquoi draguerait-il des nanas, pauvre crétin ? lui jeta-t-elle férocement en se tournant vers lui, la bouche déformée par la colère. A deux plages d'ici, il pourrait se taper les plus belles minettes de Grèce. Et tu peux en faire autant si ça te chante. »

Prenant note de cette téméraire autorisation, Alastair lui assena une gifle magistrale sur la joue, qui blanchit avant de devenir écarlate.

Les suppositions allèrent bon train jusque dans l'après-midi. Joseph était un voyeur ; c'était un rôdeur, un frimeur, un tueur, un cossard, un travelo, un Tory. Mais ce fut à Alastair que revint, comme d'habitude, le dernier sarcasme : « Ça, c'est un putain de branleur ! » vociféra-t-il en ricanant du coin des lèvres, puis il produisit un bruit de succion pour souligner la perspicacité de sa remarque.

Joseph, lui, ignorait les insultes avec un naturel que

Charlie elle-même n'osait espérer; à tel point que vers le milieu de l'après-midi, quand le soleil et le joint eurent achevé de les plonger dans un état approchant de la stupidité – sauf Charlie, une fois encore –, ils décidèrent qu'il était « cool », ce qui correspondait au compliment suprême. Ce fut comme toujours Alastair qui fit opérer à la meute ce changement radical. S'ils n'étaient pas parvenus à faire fuir Joseph, ils n'arrivaient pas non plus à l'attirer – pas même Lucy, ni les deux homosexuels non plus. Par conséquent, il était « cool », comme Alastair lui-même. Il régnait sur son territoire et tout son être le faisait savoir : personne ne me fait marcher, c'est ici que j'ai dressé mon camp. A l'aise toujours. Bakounine lui aurait donné une super-note.

« Il est cool et il me plaît bien, conclut Alastair tout en caressant pensivement le dos soyeux de Lucy, ses doigts effleurant le bord de son bikini avant de remonter vers la nuque. Si c'était une femme, je saurais *exactement* ce qu'il faudrait en faire. Pas vrai, Luce? »

La minute d'après, Lucy était debout, seule silhouette dressée dans la chaleur de la plage miroitante. « Qui parie que je ne vais pas le faire courir? » dit-elle en s'extirpant de son maillot de bain.

Lucy resplendissait, blonde, la hanche pulpeuse, à croquer. Elle jouait souvent les serveuses, les prostituées ou encore les traditionnels jouvenceaux de la pantomime anglaise, mais sa spécialité consistait à interpréter les adolescentes nymphomanes et elle savait tourner la tête à n'importe qui d'un simple battement de cils. Elle noua vaguement une sortie de bain sous sa poitrine, ramassa un pichet de vin et un gobelet de plastique, puis se dirigea vers la dune, le pichet posé sur sa tête, la démarche ondulante et la cuisse provocante, offrant ainsi une interprétation personnelle et piquante de la déesse grecque revue et corrigée par Hollywood. La jeune fille escalada la petite pente puis, arrivée près de lui, mit un genou en terre et versa le vin en maintenant la cruche très haut au-dessus du gobelet. Elle laissa les pans de son vêtement s'écarter. Lui tendant le gobelet, elle choisit de s'adresser à lui en français, ou du moins en ce qu'elle pensait être du français.

« *Aimez-vous?* » s'enquit Lucy.

Joseph sembla tout d'abord n'avoir pas même remarqué sa présence. Il tourna une page; il examina ensuite l'ombre de la jeune femme, daigna enfin se tourner sur le côté, puis, l'ayant observée d'un œil critique protégé par l'ombre de sa visière, accepta le présent et but gravement quelques gorgées, tandis qu'à vingt mètres de là les fervents supporters de Lucy applaudissaient ou poussaient des grognements de contentement imbécile dignes de la Chambre des communes.

« Vous êtes sans doute Héra », avança Joseph à l'adresse de Lucy avec autant de sentiment que s'il déchiffrait une carte routière. Ce fut alors que se produisit la terrible découverte : il avait de ces cicatrices!

Lucy eut du mal à se contenir. La plus affreuse était un petit trou rond et net, gros comme une pièce de cinq pence, et évoquant ces autocollants en forme d'impacts de balles que Willy et Pauly appliquaient sur les ailes de leur Mini; seulement celui-ci se trouvait sur le côté gauche de son estomac! Ces marques ne se voyaient pas de loin, mais au toucher elles semblaient à la fois douces et dures.

« Et vous, vous êtes Joseph », lui répondit Lucy de façon sibylline, sans savoir qui était Héra.

Une nouvelle salve d'applaudissements leur parvint au moment où Alastair levait son verre et hurlait un toast : « Joseph! Mr. Joseph, monsieur! Que votre coude ne faiblisse pas! Que sous la terre reposent vos frères jaloux!

— Venez avec nous, Mr. Joseph! » cria Robert.

aussitôt suivi par la voix furieuse de Charlie lui ordonnant de se taire.

Mais Joseph ne se joignit pas à eux. Il leva son gobelet, et, dans son imagination délirante, il sembla à Charlie que c'était à elle particulièrement que s'adressait ce salut, mais comment aurait-elle pu en être sûre à plus de vingt mètres et alors qu'elle se trouvait avec quatre autres personnes? Joseph retourna à sa lecture. Il ne marqua aucune désapprobation; il ne fit rien de positif, rien de négatif, pour citer l'expression de Lucy. Il se remit simplement sur le ventre et reprit son livre et, bon sang, il s'agissait *bien* d'une blessure par balle : sur son dos, elle distingua la cicatrice qu'avait faite le projectile en *sortant*, grosse comme un boulet de canon! En regardant plus attentivement, Lucy s'aperçut qu'il n'y avait pas une, mais toute une série de blessures : ses bras portaient de longues cicatrices à l'intérieur des coudes; des îlots de peau blanchâtre et dépourvue de poils parsemaient la face externe de ses bras; les vertèbres paraissaient *à vif,* raconta-t-elle – « comme si quelqu'un lui avait passé un morceau de laine métallique chauffée au rouge dessus » –, peut-être même qu'on lui avait fait subir un supplice? Lucy resta un moment près de lui, faisant semblant de lire par-dessus son épaule tandis qu'il tournait les pages, mais mourant en fait d'envie de lui caresser le dos car, mis à part les cicatrices, il avait une colonne vertébrale velue et qui s'encastrait entre deux blocs de muscles, de celles qu'elle préférait. Mais elle n'osa pas : l'ayant touché une fois, expliqua-t-elle par la suite à Charlie, elle n'était pas sûre de pouvoir recommencer. Elle se demanda – raconta-t-elle avec une rare et soudaine modestie – si elle ne devait pas avoir au moins le tact de frapper d'abord. L'expression resta ensuite ancrée dans la tête de Charlie. Lucy avait pensé vider la gourde pour la remplir de vin, mais il avait à peine touché à son gobelet, aussi peut-être préférait-il l'eau? Elle finit par jucher de nouveau la cruche sur sa tête puis pivota langoureusement pour rejoindre la famille à qui elle se dépêcha de débiter son rapport d'un trait avant de s'assoupir sur des genoux accueillants. On jugea Joseph plus « cool » que jamais.

L'incident qui les amena tous deux à des présentations plus officielles se produisit le lendemain après-midi, et ce fut Alastair qui en fournit l'occasion. Long Al s'en allait. Son agent venait de lui envoyer un télégramme, ce qui constituait un miracle en soi. On avait jusque-là supposé, et avec quelque raison, que son agent ne connaissait pas cette forme coûteuse de communication. Le message avait été déposé à la ferme par une Lambretta à dix heures du matin, et c'était Willy et Pauly qui, tirés de leur grasse matinée, l'avaient porté à la plage. Le câble proposait une « possibilité rôle grand film », ce que la famille accueillit comme une grande nouvelle, car Alastair n'avait qu'une ambition : obtenir des premiers rôles dans des films à gros budget, bref, avoir la vedette. « Je suis trop fort pour eux, expliquait-il chaque fois qu'on le rejetait. Il faudrait qu'ils relèvent la distribution à mon niveau; c'est ça le problème et ces porcs le savent bien. » Tous se sentirent donc très heureux pour Alastair à l'arrivée du télégramme, mais, au fond d'eux-mêmes, ils éprouvaient surtout un immense soulagement car la violence du grand rouquin finissait par les insupporter. Ils en avaient assez pour Charlie qui, à force de coups, prenait une teinte noire et violacée, et ils commençaient à craindre pour la suite de leur séjour sur l'île. Seule Charlie accepta assez mal la perspective de son départ, mais il ne s'agissait en fait que d'apitoiement sur elle-même. Comme les autres, cela faisait des jours qu'elle désirait voir Alastair disparaître à tout jamais de sa vie. Mais maintenant que le télégramme venait exaucer ses prières, la culpabilité et la peur que ne s'achève une autre de ses vies la rendaient malade.

Pour s'assurer que Long Al puisse bien prendre le vol du lendemain matin en direction d'Athènes, la famille conduisit le jeune homme au bureau d'Olympic Airways dès l'ouverture, après l'heure de la sieste. Charlie les accompagnait, mais elle était blême, flageolante et serrait les bras sur sa poitrine comme si elle avait froid.

« Cette saloperie de zinc va être plein comme un œuf, leur assura-t-elle. On ne va pas pouvoir se débarrasser de ce salaud pendant des semaines. »

Elle se trompait. Il y avait non seulement une place disponible pour Long Al, mais même un siège *réservé* à son nom, retenu par télex de Londres trois jours auparavant et confirmé la veille. Cette découverte dissipa leurs derniers doutes. Cette fois-ci, Long Al volait vers le succès. Rien de tel n'était jamais arrivé à aucun d'entre eux. A côté, la philanthropie de leur mécène pâlissait. Un agent – et entre tous, l'agent d'Al, notoirement le pire péquenot de toute la foire aux bestiaux – réservant pour lui un vrai billet d'avion, et par télex !

« Je vais lui raccourcir sa commission, moi, leur dit Alastair, avalant plusieurs *ouzos* à la file en attendant le car qui devait les ramener à la plage. J'ai pas envie d'avoir une saleté de parasite me bouffant dix pour cent de ce qui me revient pendant le restant de mes jours ; *ça*, je peux vous le certifier ! »

Un hippy aux cheveux blond filasse, un toqué qui se joignait parfois à eux, lui rappela que toute propriété était un vol.

Complètement séparée d'Alastair, souffrant pour lui, Charlie gardait un air maussade et ne buvait rien. « Al », murmura-t-elle une fois en essayant de lui prendre la main. Mais Long Al ne se montrait pas plus tendre dans la réussite qu'il l'était dans l'amour ou l'échec, et le matin même, Charlie avait eu la lèvre fendue pour s'en rendre compte, lèvre qu'elle ne cessait d'ailleurs d'effleurer pensivement du bout des doigts. Sur la plage, il poursuivit son monologue, aussi implacable que le soleil. Il faudrait d'abord que le metteur en scène lui plaise avant de signer, déclarat-il.

« Pas de ces empaffés de pédés anglais pour *moi*, pas question minette. Et pareil pour le script, j'suis pas du genre à rester assis comme un bon acteur bien gentil à ingurgiter ce qu'on lui jette pour tout recracher comme un perroquet. Tu me *connais*, Charlie. Et s'ils *veulent* savoir qui je suis, *moi*, tu vois, eh bien, ils feraient mieux de s'habituer à cette idée tout de suite, ma petite Charlie, parce que autrement, entre eux et moi, ça va être la *super*-guerre et je peux te dire que ça fera des morts, c'est moi qui te le dis! »

A la taverne, pour monopoliser toute leur attention, Long Al s'installa en bout de table, et ce fut à ce moment-là qu'il s'aperçut de la disparition de son passeport, de son portefeuille, de sa carte de crédit, de son billet d'avion et d'à peu près tout ce qu'un bon anarchiste se devrait de considérer comme les scories produites par une société aliénée.

Comme bien souvent, le reste de la famille ne saisit pas tout de suite de quoi il retournait. Ils ne crurent tout d'abord déceler que les signes annonciateurs d'une nouvelle scène entre Alastair et Charlie. Tout en grommelant des insultes à son oreille, Alastair avait saisi le poignet de la jeune fille et le lui tordait contre l'épaule. Le visage grimaçant, Charlie émit un cri de douleur étouffé, suivi d'un silence qui permit aux autres d'entendre enfin ce qu'il lui répétait sur tous les tons depuis un bon moment.

« Je t'avais pourtant dit de les foutre dans le sac, espèce de conne! Ils étaient posés là sur le comptoir de l'agence et je te l'ai dit, je te l'ai répété, je te l'avais

pourtant dit : « Prends-les et mets-les dans ton sac,
« Charlie. » Parce que les *mecs*, à part les empaffés de
pédés vicelards comme Willy et Pauly, les mecs, *ma
chérie*, ça ne trimballe pas de sacs à main, n'est-ce pas,
ma chérie? Alors, où est-ce que tu les as foutus, où?
Ce n'est pas comme ça qu'on arrête un homme qui a
rendez-vous avec son destin, tu peux me croire! C'est
pas comme ça non plus que vous allez en finir avec les
machos, même si vous en crevez de voir les succès des
mecs. J'ai du travail qui m'attend là-bas, ma petite, et
des *châteaux* à bâtir, moi! »

Ce fut à peu près en cet instant où la bataille faisait
rage que Joseph apparut. D'où venait-il précisément,
personne ne semblait le savoir – pour reprendre la
formule de Pauly, ce fut exactement comme si quelqu'un avait frotté la lampe merveilleuse. Pour autant
qu'on ait pu l'établir par la suite, il arrivait de la
gauche –, soit, en d'autres termes, de la direction de la
plage. En tout cas, il était là soudain, avec son peignoir
multicolore et sa casquette de golf enfoncée sur la tête,
tenant à la main le passeport d'Alastair, son portefeuille et son billet d'avion tout neuf, qu'il venait
apparemment de ramasser dans le sable, au pied des
marches de la taverne. Impassible, tout au plus légèrement interloqué, il observa la scène opposant les deux
amants terribles, attendant en messager distingué de
recueillir leur attention. Puis il étala ses découvertes
sur la table. Une à une. Brusquement, on n'entendit
plus dans la taverne que le petit claquement de chacun des objets heurtant le plateau. Enfin, il prit la
parole :

« Veuillez m'excuser. Il me semble que ceci va
manquer très bientôt à quelqu'un. Je suppose qu'on
devrait pouvoir s'en passer dans la vie, mais je crains
qu'en l'occurrence cela ne pose un problème. »

Seule Lucy avait jusqu'à présent entendu le son de
sa voix, et elle était alors trop partie pour en avoir
remarqué les inflexions ou le timbre. Ils ne s'atten-

daient donc pas à cet anglais sans relief, parfaitement maîtrisé et dont la moindre intonation étrangère avait été gommée. S'ils avaient *su*, ils se seraient tous empressés de l'imiter. Il y eut un instant de stupéfaction, puis un éclat de rire et enfin de la gratitude. Ils le supplièrent de s'asseoir près d'eux. Joseph protesta mais leurs cris s'intensifièrent. Il était Marc Antoine devant la foule en délire : sans eux, il n'aurait *rien* fait. Il les examina; son regard se posa sur Charlie, parcourut quelques visages puis revint sur Charlie. Enfin, avec un sourire résigné, il capitula. « Eh bien, si vous insistez », dit-il. Lucy l'embrassa comme un vieil ami. Willy et Pauly se présentèrent mutuellement. Chacun des membres de la famille affronta successivement son expression directe, et puis ce furent les yeux intensément bleus de Charlie face aux yeux bruns de Joseph, la confusion furibonde de Charlie face à la parfaite tranquillité de Joseph, tranquillité d'où tout triomphe avait été soigneusement banni – mais dont Charlie seule savait qu'elle était un masque dissimulant de tout autres motifs et pensées.

« Eh bien, Charlie, oui, bonjour. Enchanté », prononça-t-il d'une voix calme en lui serrant la main.

A ce moment-là, un hiatus dans son jeu et puis – comme s'il se libérait enfin d'une longue captivité, s'échappait pour la première fois – un sourire épanoui, aussi juvénile qu'un rire d'écolier mais deux fois plus communicatif.

« Je croyais pourtant que Charlie était un nom de garçon? objecta-t-il.

– Eh bien, je suis une fille », répliqua Charlie, et tous éclatèrent de rire. Charlie comme les autres, avant que le lumineux sourire de Joseph ne retrouve brusquement les limites très strictes de son confinement.

Pendant les quelques jours qui restaient encore à la famille, Joseph devint leur mascotte. Dans le soulagement suscité par le départ d'Alastair, ils l'avaient tous adopté d'un même élan. Lucy s'offrit à lui; il refusa, avec courtoisie et même un peu de regret. Elle transmit la triste nouvelle à Pauly qui, lui, rencontra une opposition plus forte : autre preuve impressionnante qu'il avait fait vœu de chasteté. Jusqu'au départ d'Alastair, la famille avait subi un certain relâchement. Leurs petits mariages se désagrégeaient et les nouvelles combinaisons ne parvenaient pas à enrayer le mouvement; Lucy se croyait enceinte, mais cela lui arrivait souvent, et non sans raison. Faute d'impulsion suffisante, leurs grands débats politiques s'étaient raréfiés car ils ne savaient en réalité qu'une chose : que le Système était contre eux et qu'ils étaient contre le Système. A Mykonos, cependant, le Système en question devenait quelque peu difficile à définir, surtout quand il vous avait payé le voyage jusque-là. Le soir, dans la ferme, en dînant de pain, de tomates, d'huile d'olive et de résiné, ils s'étaient mis à évoquer avec nostalgie la pluie et le froid londoniens, les rues qu'embaume le fumet du bacon au breakfast du dimanche matin. Et voilà que soudain le départ d'Alastair et l'arrivée de Joseph venaient changer les données et offrir une nouvelle perspective. Ils l'accaparèrent avec avidité. Non contents de requérir sa compagnie sur la plage et à la taverne, ils organisèrent une soirée en son honneur, une *Josephabend* comme ils l'appelèrent, et Lucy, toute à son rôle de future mère, déploya un assortiment d'assiettes en carton, de tarama, de fromages et de fruits. Se sentant trop vulnérable en l'absence d'Alastair et effrayée par le chaos de ses propres sentiments, Charlie seule demeura en retrait.

« Bande d'imbéciles, vous ne voyez donc *pas* que c'est un fumiste de quarante berges? Vous n'êtes pas aveugles, non? Mais non, vous formez vous aussi un tel lot de fumistes complètement ratés que vous ne pouvez plus vous rendre compte de *rien*! »

Ils en furent pétrifiés. Qu'était-il advenu de sa générosité coutumière? Comment pouvait-il être un fumiste, protestèrent-ils, alors qu'il n'avait jamais prétendu être quoi que ce fût? Allez, Chas, laisse-le tranquille! Mais elle ne voulait pas en entendre parler. A la taverne, un ordre naturel s'instaura autour de la grande table que Joseph, par la volonté générale, présidait sereinement, se montrant compréhensif, écoutant avec les yeux, mais restant incroyablement silencieux. Charlie, elle, et quand elle daignait venir, s'installait le plus loin possible de lui, à bougonner ou à railler tout en le méprisant pour sa trop grande disponibilité. Joseph lui rappelait son père, avouat-elle à Pauly, en conclusion de ce qui était censé être une analyse pénétrante. Il avait exactement le même charme insidieux : mais c'est *forcé,* Pauly, ça sonne complètement *faux;* elle l'avait vu au premier coup d'œil, mais surtout ne dis rien.

Pauly jura de rester bouche cousue.

Charlie traverse encore une de ses crises à propos des hommes, expliqua Pauly le soir même à Joseph; avec Charlie, cela ne se dirigeait jamais contre quelqu'un en particulier, c'était politique – sa vioque était une sorte de conformiste assez sotte, et son père un escroc pas possible, continua-t-il.

« Un père malhonnête? s'étonna Joseph avec un sourire suggérant qu'il connaissait bien l'engeance. Comme c'est fascinant. Parlez-moi donc de lui, je vous en prie. »

Pauly s'exécuta donc et tira un plaisir énorme à se confier ainsi à Joseph. Et il n'était pas le seul car, après le déjeuner ou le dîner, il en restait toujours deux ou trois pour parler à leur nouvel ami de leurs dons théâtraux, de leurs histoires sentimentales ou encore de l'angoisse permanente qu'impliquait la condition d'artiste. Quand leurs confessions risquaient de manquer de piquant, ils inventaient un peu pour n'être pas ennuyeux. Joseph les écoutait gravement jusqu'au bout, hochait gravement la tête ou souriait tout aussi gravement; mais il ne leur donnait jamais le moindre conseil, pas plus, comme ils le découvrirent bientôt pour leur plus grande surprise et leur plus grande admiration, qu'il ne répétait ce qu'on lui avait confié : il gardait pour lui ce qu'il entendait. Et le summum était qu'il ne se permettait jamais d'interférer dans leurs monologues, préférant les orienter de loin par des questions pleines de tact les concernant directement ou même – puisqu'elle occupait tant leurs pensées – ayant trait à Charlie.

Ils ignoraient jusqu'à sa nationalité. Pour une raison quelconque, Robert le déclara portugais. Un autre assura qu'il devait être arménien, l'un des survivants du génocide turc – il avait vu un documentaire sur le sujet. Pauly, qui était juif, y voyait l'Un des Nôtres, mais Pauly voyait des juifs partout, aussi les autres décidèrent-ils qu'il était sûrement arabe, pour embêter Pauly.

Mais personne ne demanda à Joseph ce qu'il était exactement, et quand ils essayèrent de le coincer sur sa profession, il se contenta de répondre qu'il avait beaucoup voyagé, mais qu'il avait récemment arrêté. A l'entendre, ils pouvaient presque croire qu'il venait de prendre sa retraite.

« Qu'est-ce que c'est alors, ta boîte, Jose ? l'interrogea Pauly, plus téméraire que les autres. Pour qui tu bosses, quoi ? Tu vois ? »

Eh bien, il ne pouvait pas dire qu'il avait à proprement parler une entreprise, répondit-il prudemment en tapotant d'un air pensif le bord de sa casquette blanche. En tout cas, il n'en avait plus. Il lisait un peu, faisait un peu de commerce et avait récemment hérité d'une petite somme d'argent, aussi supposait-il pouvoir se définir comme étant à son propre compte. Oui, c'était l'expression qui convenait, à son propre compte.

Seule Charlie ne s'estima pas satisfaite : « Alors

nous sommes tous des parasites, c'est ça, Jose? le provoqua-t-elle en s'empourprant. On lit, on fait du commerce, on claque notre fric et, de temps en temps, on se fait une petite virée dans une de ces îles grecques si excitantes? C'est ça? »

Sans se départir de son sourire serein, Joseph accepta la description. Mais elle ne suffisait pas à Charlie. La jeune fille ne se contenait plus : elle se dressa de sa chaise, le corps projeté en avant.

« Mais *qu'est-ce* qu'on lit, bon Dieu? C'est tout ce que je veux savoir. Qu'est-ce qu'on vend? J'ai bien le droit de savoir, non? » Le sourire conciliant de son interlocuteur acheva de la mettre hors d'elle. Il était tout simplement trop grand pour ses enfantillages. « Vous faites quoi, vous vendez des livres? Allez, videz votre sac. »

Il prit son temps. Cela lui arrivait parfois. La famille avait déjà baptisé ces instants de réflexion prolongée les Trois Minutes d'Avertissement de Joseph.

« Mon sac? répéta-t-il avec une stupéfaction exagérée. Mon *sac*? Charlie, je suis peut-être n'importe quoi, mais sûrement pas un voleur! »

Criant pour faire taire leurs rires, Charlie en appela désespérément aux autres. « Et qu'est-ce que vous croyez qu'il vend, de l'*air*, pauvres crétins? Qu'est-ce qu'il *fait*? Qu'est-ce qu'il trafique? » Elle se laissa retomber sur sa chaise. « Bon sang, lâcha-t-elle. Quelle bande de tarés. » Puis elle capitula, paraissant soudain cinquante ans et usée, performance à laquelle elle pouvait parvenir en un clin d'œil.

« Ne pensez-vous pas qu'il est vraiment trop ennuyeux de parler de tout cela? demanda Joseph, tout à fait affable, en voyant que personne ne venait en aide à Charlie. Il me semble que nous sommes justement venus à Mykonos pour échapper à ces notions de travail et d'argent, n'êtes-vous pas d'accord, Charlie.

— Eh bien, *Charlie* peut vous dire qu'elle a eu l'impression de parler tout le temps avec une espèce de chat du Cheshire », rétorqua-t-elle méchamment.

Soudain, quelque chose sembla se casser en elle. Elle se leva, émit une exclamation sifflante puis, rassemblant toute la force nécessaire pour chasser l'incertitude, frappa son poing contre la table. Il s'agissait de la même table que celle où ils étaient installés quand Joseph avait miraculeusement exhibé le passeport d'Alastair. La nappe de plastique glissa et la bouteille de limonade vide, leur piège à guêpes, atterrit directement sur les genoux de Pauly. Charlie commença par une bordée d'injures, les mettant tous assez mal à l'aise car, devant Joseph, ils avaient tendance à surveiller leur langage; elle l'accusa d'être une sorte de maniaque, un satyre traînant sur la plage et jouant au plus fort avec des gamins deux fois plus jeunes que lui. Elle voulut parler des séances d'espionnage de Nottingham, York et Londres, mais se sentait peu à peu perdre pied et craignait surtout de se rendre ridicule; aussi les passa-t-elle sous silence. Les autres ne surent pas très bien ce qu'il avait compris de cette première salve. Charlie avait la voix étranglée par la fureur et elle avait pris son accent des faubourgs. Tout ce qu'ils purent observer sur les traits de Joseph, si tant est qu'ils pussent y lire quelque chose, ne fut qu'un examen attentif de Charlie.

« Que désirez-vous savoir exactement, Charlie? s'enquit-il après sa pause réfléchie habituelle.

— Vous avez bien un nom, pour commencer, non?

— Vous m'en avez donné un. Joseph.

— Dites votre vrai nom! »

Un silence consterné s'abattit sur le restaurant, et même ceux qui, comme Willy et Pauly, aimaient Charlie sans restriction sentirent leur loyauté envers elle s'altérer.

« Richthoven, finit-il par répondre, comme s'il en sélectionnait un parmi un choix considérable. Comme l'aviateur, mais avec un " v ". Richthoven, répéta-t-il vivement, semblant s'animer à cette idée. Suis-je soudain différent, maintenant? Et si je suis bien le genre de type malfaisant que vous voyez en moi, pourquoi donc devriez-vous me croire?

– *Quoi* Richthoven? Quel est votre prénom? »

Une nouvelle pause avant qu'il se décide.

« Peter. Mais je préfère Joseph. Où je vis? A Vienne. Mais je voyage. Vous désirez mon adresse? Je vais vous la donner. Malheureusement, vous ne me trouverez pas dans l'annuaire.

– Donc vous êtes autrichien.

– Charlie, je vous en prie. Disons que je suis un métis d'origines européenne et orientale. Cela vous satisfait-il! »

La bande commença alors à sortir de sa torpeur pour se ranger aux côtés de Joseph et émettre quelques murmures embarrassés : « Charlie, enfin, pour l'amour de Dieu... Allez, Chas, t'es pas à Trafalgar Square... j'te jure Chas. »

Mais Charlie ne pouvait plus reculer. Projetant son bras de l'autre côté de la table, elle fit furieusement claquer ses doigts sous le nez de Joseph. Un claquement, puis un second, attirant l'attention de tous les clients, tous les serveurs du restaurant, trop heureux de profiter du spectacle.

« Passeport, s'il vous plaît! Allez, franchissez ma frontière. Vous avez bien déterré celui d'Al, montrez-moi donc le vôtre. Date de naissance, couleur des cheveux, nationalité. *Donnez!* »

Il contempla d'abord les doigts tendus, qui, sous cet angle, prenaient un aspect désagréablement importun. Il remonta ensuite vers le visage congestionné, comme pour se rassurer sur les intentions de la jeune femme. Enfin, il choisit de sourire, et ce sourire parut à Charlie une danse lente et légère à la surface d'un secret profondément enfoui, un secret qui la narguait tant par ce qu'il laissait entendre que par ses omissions.

« Je suis désolé, Charlie, mais je crains que nous, les

métis, nous y opposions farouchement. Il s'agit d'un refus bien ancré, je dirais même historique, de voir notre identité définie par des morceaux de papier. Mais vous êtes progressiste et je suis certain que vous partagez mes sentiments, n'est-ce pas? »

Il prit sa main dans la sienne puis, après avoir soigneusement replié chacun des doigts de Charlie, la lui rendit de l'autre côté de la table.

Charlie et Joseph entreprirent leur tour de Grèce la semaine suivante. De même que tant d'autres propositions fructueuses, celle-ci n'avait pas à proprement parler été formulée. S'étant complètement séparée de la bande, Charlie avait pris l'habitude d'aller marcher en ville tôt le matin, quand il faisait encore frais, puis de tuer la journée dans deux ou trois tavernes, à boire du café grec et apprendre le rôle qu'elle interpréterait à la rentrée dans *Comme il vous plaira,* pendant sa tournée dans l'ouest de l'Angleterre. Sentant qu'on l'observait, elle leva les yeux et aperçut Joseph, qui se trouvait de l'autre côté de la rue, juste en face d'elle, et sortait de la pension où elle avait découvert qu'il vivait : Richthoven, Peter, chambre 18, seul. Elle se convainquit par la suite qu'il s'agissait d'une pure coïncidence si elle avait choisi de s'asseoir à cette taverne à l'heure précise où il avait coutume de se rendre à la plage. Dès qu'il l'eut repérée, il s'approcha et vint s'installer près d'elle.

« Allez-vous-en », fit-elle.

Tout en souriant, il se commanda un café. « Je crains que vos amis ne deviennent à la longue un peu difficiles à digérer, confessa-t-il. On en vient à rechercher l'anonymat de la foule.

– Je ne vous dirai pas le contraire », reconnut Charlie.

Il regarda ce qu'elle lisait, et la seule chose dont se souvint ensuite la jeune femme fut qu'ils se retrouvèrent en train de décortiquer le rôle de Rosalind pratiquement scène par scène, mais c'était Joseph qui alimentait à lui tout seul la conversation. « Elle incarne tant de caractères en un seul, me semble-t-il. Lorsqu'on la regarde se découvrir au fur et à mesure de la pièce, on a l'impression de voir défiler tout un régiment de personnages antagonistes. Elle est bonne, elle est sage, elle est pourtant perdue d'une certaine façon, elle est trop clairvoyante, elle a même le sens du devoir social. Il me semble que vous êtes faite pour ce rôle, Charlie. »

Elle ne put se retenir. « Vous connaissez Nottingham, Jose? demanda-t-elle en le dévisageant sans se donner la peine de sourire.

– Nottingham? Je crains que non. Le devrais-je? Nottingham présente-t-il un intérêt particulier? Pourquoi me demandez-vous cela? »

Elle sentait ses lèvres la démanger. « C'est juste parce que je jouais là-bas le mois dernier. J'aurais bien aimé que vous ayez pu me voir.

– Mais c'est terriblement intéressant. Et dans quoi aurais-je eu le plaisir de vous voir? Dans quelle pièce?

– Dans *Jeanne d'Arc.* La *Jeanne d'Arc* de Shaw. Je jouais Jeanne.

– Mais c'est justement l'une de mes pièces préférées. Je crois bien ne pas passer une année sans relire l'introduction de *Jeanne d'Arc.* Allez-vous reprendre ce rôle? Peut-être aurai-je l'occasion de me rattraper?

– Nous l'avons présentée à York également, reprit-elle sans détacher son regard de celui de Joseph.

– Vraiment? Il s'agissait donc d'une tournée, comme c'est bien.

– Oui, n'est-ce pas? Vos voyages ne vous ont jamais conduit jusqu'à York?

– Hélas! je ne suis jamais monté plus haut que Hampstead, au nord de Londres. Mais j'ai entendu dire que York était une ville superbe.

« – Oh! c'est magnifique. Surtout la cathédrale. »

Elle continua de le fixer des yeux aussi longtemps qu'elle en eut le courage. Elle fouillait ses iris sombres, guettait le moindre tressaillement de cils trahissant la complicité ou l'amusement, mais rien ne perça, rien ne se manifesta.

Il est amnésique, décida-t-elle. Ou bien c'est moi. Oh! mon Dieu!

Il ne lui demanda pas si elle voulait déjeuner, ou elle aurait sûrement refusé. Il se contenta d'appeler le garçon pour s'enquérir en grec du poisson du jour. Tout cela avec autorité, sachant déjà qu'elle aimait particulièrement le poisson, levant le bras en l'air à la façon d'un guide pour interpeller le serveur. L'ayant renvoyé, il reprit ses propos sur le théâtre comme s'il n'y avait rien de plus naturel que de manger du poisson et de boire du vin à neuf heures par un matin d'été – bien que lui-même se fût commandé du Coca-Cola. Il ne parlait visiblement pas sans savoir. Peut-être ne s'était-il jamais rendu dans le nord de l'Angleterre, mais il n'en possédait pas moins une connaissance approfondie du milieu théâtral londonien qu'il n'avait jamais révélée à quiconque de la bande. En l'écoutant, elle éprouva la même impression troublante qui s'était imposée à elle dès le début : que son caractère extérieur, comme sa présence à Mykonos, ne constituait qu'un prétexte – son véritable objectif était d'ouvrir une brèche qui lui permettrait de laisser percer son autre nature, une nature foncièrement malhonnête. Elle lui demanda s'il lui arrivait souvent de passer à Londres. Il assura qu'après Vienne, Londres était la seule véritable capitale du monde.

« Dès que la plus petite occasion se présente, je la saisis au vol », déclara-t-il. Il arrivait que même son anglais eût l'air d'avoir été acquis d'une façon un peu louche. Elle s'imagina les heures de sommeil volées à emmagasiner des manuels d'expressions idiomatiques, tant par semaine.

« Mais nous avons aussi joué *Jeanne d'Arc* à Londres... il y a à peine, vous savez... enfin il y a juste quelques semaines.

– Dans le West End? Mais, Charlie, c'est tout à fait épouvantable. Comment se fait-il que je n'aie rien lu à ce sujet? Pourquoi ne m'y suis-je pas précipité?

– L'East End », corrigea-t-elle avec mauvaise humeur.

Ils se retrouvèrent le lendemain dans une autre taverne – elle n'aurait su dire si le hasard était seul responsable, mais son instinct lui dictait que non –, et il lui demanda alors avec le plus grand naturel quand commenceraient les répétitions de *Comme il vous plaira,* ce à quoi elle répondit, sans autre idée en tête que d'alimenter la conversation, pas avant octobre et, de toute façon, cela ne tiendrait sans doute pas plus de trois semaines. L'*Arts Council* avait trop dépensé pour eux, lui expliqua-t-elle, et parlait de supprimer carrément leur subvention pour la tournée. Pour souligner son effet, elle choisit d'enjoliver un peu.

« Enfin, je veux dire, ils ont juré que notre pièce serait la dernière, et pourtant nous avions été magnifiquement soutenus par le *Guardian,* et la tournée ne coûterait pas plus aux contribuables qu'un trois-centième de char d'assaut, mais qu'est-ce que vous voulez faire? »

Et quels étaient ses projets en attendant? l'interrogea Joseph avec une remarquable indifférence. En y réfléchissant longuement par la suite, Charlie constata que, curieusement, lorsqu'il avait établi qu'il avait manqué *Jeanne d'Arc*, il avait en même temps impliqué qu'ils se devaient mutuellement de réparer une telle faute d'une manière ou d'une autre.

Charlie répondit avec insouciance. Elle prendrait sans doute un job de serveuse dans un bar, dans le quartier des théâtres. Oui, serveuse. Elle retaperait son appartement. Pourquoi?

Joseph parut épouvanté. « Mais Charlie, ce n'est vraiment pas grand-chose. Votre talent mérite certainement mieux que d'être gaspillé dans des bars. L'enseignement ou un poste de fonctionnaire ne vous tentent-ils pas plus? Ne serait-ce pas plus intéressant pour vous? »

Plutôt nerveuse, elle ne put s'empêcher de lui rire au nez en rencontrant une telle candeur. « En Angleterre? Avec le chômage qu'il y a? Ça ne va pas. Qui pourrait bien me payer cinq mille livres par an pour saper l'ordre établi? C'est que, bon sang, je suis *subversive.* »

Il sourit. Il semblait surpris et dubitatif. Puis il rit, la réprimandant gentiment. « Oh! allons, Charlie. *Qu'est-ce* que cela veut dire maintenant? »

Certaine d'être contrariée, elle leva brusquement les yeux vers lui mais ne rencontra que son regard, faisant comme un barrage entre elle et lui.

« Rien de plus que ce que j'ai dit. Je suis un mauvais sujet.

— Mais que voulez-vous subvertir, Charlie? protesta-t-il vigoureusement. Vous m'apparaissez comme une personne des plus orthodoxes, vraiment. »

Quoi qu'elle pût penser ce jour-là, elle avait l'impression désagréable que la discussion ne pourrait tourner qu'en faveur de Joseph; aussi choisit-elle, pour se protéger, d'adopter une soudaine lassitude.

« On arrête là, d'accord, Jose? conseilla-t-elle d'une voix fatiguée. Nous nous trouvons sur une île grecque, c'est bien ça? En vacances, oui? Vous ne vous mêlez pas de ma politique et je ne m'occupe pas de votre passeport. »

L'allusion suffit. Elle fut frappée d'avoir un tel pouvoir sur lui au moment où, justement, elle craignait de n'en posséder aucun. On apporta leurs verres et, tout en sirotant son jus de citron, il demanda à

Charlie si elle avait eu l'occasion de visiter de nombreuses ruines antiques depuis le début de son séjour. Il ne s'agissait que d'une question de pur intérêt général et Charlie lui répondit avec la même légèreté. Long Al et elle étaient allés passer une journée à Délos pour y admirer le hiéron d'Apollon, lui apprit-elle; c'était tout. Elle se retint de lui avouer qu'Alastair s'était complètement enivré sur le bateau, ou que la journée avait été un véritable fiasco, ou qu'elle avait ensuite passé des heures dans les librairies de la ville à éplucher les guides pour en savoir plus sur le peu qu'elle avait vu. Mais elle sentait que, de toute façon, il savait déjà. Ce ne fut que lorsqu'il souleva la question de son billet de retour qu'elle commença à soupçonner une intention cachée derrière tant de curiosité. Joseph la pria de le lui montrer, et elle l'extirpa de son sac avec un haussement d'épaules indifférent. Il le lui prit des mains et l'examina attentivement.

« Eh bien, vous pourriez parfaitement vous en servir à partir de Thessalonique, finit-il par déclarer. Pourqui ne pas le faire rectifier par un de mes amis qui tient une agence de voyages? Ainsi, nous pourrions voyager ensemble », expliqua-t-il, comme si tous deux ne cherchaient que cette solution depuis le début.

Elle ne répondit rien. Il lui semblait que chacune des facettes de sa personnalité combattait l'autre : l'enfant s'opposait à la mère, la prostituée luttait contre la nonne. Ses vêtements lui irritaient la peau et le dos lui brûlait, mais elle ne trouvait toujours rien à dire.

« Je dois être à Thessalonique d'ici à une semaine, poursuivit-il. Nous pourrions louer une voiture à Athènes, passer par Delphes et remonter doucement vers le nord pendant deux jours, pourquoi pas? » Le silence de la jeune femme ne paraissait pas le gêner. « En nous arrangeant convenablement, nous ne devrions pas trop souffrir de la foule, si c'est ce qui vous préoccupe. Quand nous serons arrivés à Thessalonique, vous pourrez prendre un vol pour Londres. Nous pourrons même conduire à tour de rôle, si vous le désirez. Tout le monde prétend que vous conduisez parfaitement. Bien entendu, vous seriez mon invitée.

– Bien entendu, répéta-t-elle.

– Qu'est-ce qui vous en empêche? »

Elle songea à toutes les bonnes raisons qu'elle s'était fabriquées en prévision de ce moment ou d'un autre semblable, à toutes les phrases sèches et concises qui lui venaient lorsque des hommes plus vieux lui faisaient des avances. Elle pensa à Alastair, à l'ennui qu'elle éprouvait en sa compagnie quand ils n'étaient pas au lit, et même là, ces derniers temps. A la nouvelle page de sa vie qu'elle s'était promis de tourner. Elle se représenta la grisaille des mois de dèche et de vache enragée qui l'attendaient en Angleterre, maintenant qu'il ne lui restait plus un sou d'économie, perspective que Joseph lui avait rappelée, par hasard ou par perfidie. Elle lui jeta un regard en coin mais ne découvrit une fois encore aucun signe de supplication sur son visage : *Qu'est-ce qui vous en empêche?* et rien de plus. Elle songea à son corps souple et puissant, traçant un sillon unique à la surface de l'eau : *Qu'est-ce qui vous en empêche?* à nouveau. Elle songea au frôlement de sa main et à la note étrangement familière de sa voix : « *Charlie,* oui, *bonjour...* »..., au sourire adorable qu'elle lui avait si rarement vu depuis. Et puis elle se rappela combien de fois elle s'était dit que s'il arrivait jamais à Joseph de se laisser aller, l'éclat devait en être assourdissant et que c'était surtout cela qui l'avait attirée vers lui.

« Je ne veux pas que la bande le sache, marmonnat-elle, le nez baissé sur son verre. Vous combinez ça comme vous voulez. Sinon, ils n'auront pas fini de se foutre de moi. »

Il répliqua aussitôt qu'il partirait dès le lendemain et

116

s'occuperait de tout : « Et bien sûr, si vous préférez vraiment quitter vos amis en catimini... »

Oui, elle ne tenait même qu'à ça, lui assura-t-elle.

Voici donc, fit Joseph du même ton pragmatique, ce qu'il suggérait. Elle n'aurait su dire s'il avait déjà tout prévu à l'avance ou s'il avait simplement l'esprit pratique et efficace. Quoi qu'il en fût, elle apprécia sa précision, même si elle prit conscience par la suite qu'elle n'avait jamais espéré autre chose.

« Vous vous rendrez jusqu'au Pirée avec vos amis. Le bateau accoste généralement en fin d'après-midi, mais des grèves sont prévues pour cette semaine et il aura peut-être du retard. Juste avant l'arrivée au port, vous informerez vos amis que vous avez décidé de voir un peu le continent seule pendant quelques jours. Une décision impulsive, vous êtes connue pour cela. Ne leur en parlez pas trop tôt ou ils vont passer la traversée à tenter de vous en dissuader. Ne leur en dites pas trop, c'est signe que l'on n'a pas la conscience tranquille, ajouta-t-il avec l'autorité de quelqu'un qui connaît bien la question.

– Et si je suis à sec », laissa-t-elle échapper sans réfléchir car Alastair avait évidemment claqué son fric à elle en plus du sien. De toute façon, elle s'en serait bien mordue la langue jusqu'au sang et s'il lui avait offert de l'argent à l'instant même, elle le lui aurait jeté en pleine figure. Mais il semblait en être conscient.

« *Savent-ils* que vous êtes fauchée?

– Bien sûr que non.

– Il me semble donc que votre histoire tient toujours. »

Puis, comme si cela réglait le problème, il glissa le billet d'avion de Charlie dans la poche intérieure de sa veste.

Hé, rends-moi ça! cria-t-elle, brusquement alarmée. Mais pas – quoiqu'il s'en fallût d'un cheveu – pas tout haut.

« Quand vous vous serez débarrassée de vos amis,

prenez un taxi jusqu'à la place Kolokotroni. » Il lui épela le nom. « La course vous coûtera environ deux cents drachmes. » Il attendit de savoir si cela représentait une difficulté, mais ce n'était pas le cas; il lui en restait en fait huit cents, même si elle ne le lui dit pas. Il répéta le nom une fois encore et vérifia qu'elle l'avait bien retenu. Il était agréable de se soumettre à son efficacité toute militaire. Juste à côté de la place, poursuivit-il, se trouvait un restaurant avec une terrasse. Il lui en donna le nom – Diogène – et se permit une pointe d'humour au passage : beau nom, soupirat-il, l'un des plus beaux de l'histoire, il en aurait fallu davantage au monde et moins d'Alexandre. Il l'attendrait au Diogène. Pas sur la terrasse, mais à l'intérieur du restaurant, au calme et au frais. Reprenez après moi, Charlie : *Diogène*. Aussi absurde que cela pût paraître, elle s'exécuta passivement.

« Tout de suite après le Diogène, vous apercevrez l'hôtel Paris. Si, par hasard, j'avais un empêchement, je vous laisserais un message à la réception de cet hôtel. Demandez M. Larkos. C'est un bon ami à moi. Si vous aviez besoin de quoi que ce soit, argent ou n'importe quoi d'autre, montrez-lui ceci et il vous aidera par tous les moyens. » Il lui tendit une carte. « Vous vous souviendrez de tout cela? Mais bien sûr que vous vous en souviendrez, vous êtes actrice. Vous pouvez vous rappeler les mots, les gestes, les chiffres, les couleurs, tout ce que vous voulez. »

Richthoven Entreprise, lut-elle, *Export*, suivi par un numéro de boîte postale à Vienne.

Se sentant dangereusement, merveilleusement bien, elle s'arrêta devant un étalage et acheta une nappe au crochet pour sa vioque, ainsi qu'une calotte grecque à glands pour Kevin, sa peste de neveu. Elle choisit ensuite une douzaine de cartes postales qu'elle adressa pour la plupart à ce vieux Ned Quilley, l'imprésario incapable qui l'attendait à Londres, lui rédigeant de petits messages facétieux destinés à l'embarrasser devant les vieilles filles pincées qui composaient son personnel. « Ned, Ned, écrivit-elle sur l'une des cartes. Je te veux tout entier, attends-moi. » « Ned, Ned, une femme déchue peut-elle tomber plus bas ? » sur une autre. Mais elle opta pour un ton plus sobre dans une troisième où elle l'informa qu'elle pensait retarder son retour pour visiter un peu le continent. « Il est grand temps que ta petite Chas rehausse son niveau culturel, Ned », expliqua-t-elle, ignorant le conseil de Joseph d'en dire le moins possible. A l'instant où elle allait traverser la rue pour poster son courrier, Charlie eut l'impression d'être observée, mais quand elle se retourna, prête à tomber sur Joseph, son regard ne rencontra que le hippy aux cheveux filasse, celui qui aimait à se joindre à la famille et qui avait présidé au départ d'Alastair. Il se traînait derrière elle, sur le trottoir, les bras pendants comme ceux d'un singe. L'apercevant, il leva lentement la main droite en un salut évoquant celui du Christ. Elle le lui rendit en riant. Le trip a été dur, difficile de redescendre, songea-t-elle avec indulgence en laissant tomber une à une ses cartes dans la boîte aux lettres. Peut-être faudrait-il faire quelque chose pour lui.

La dernière carte s'adressait à Alastair et l'assurait de sentiments mensongers, mais Charlie ne la relut pas. Elle se plaisait parfois, surtout dans des moments d'incertitude, de bouleversements ou quand elle s'apprêtait à tenter une action d'éclat, à croire que son cher, son irrécupérable, son ivrogne de Ned Quilley, bientôt âgé de cent quarante printemps, représentait son seul et unique amour.

4

Dès qu'ils eurent appris que le scénario Charlie-Joseph se déroulait comme prévu, Kurtz et Litvak se présentèrent en fin de matinée, par un vendredi brumeux et mouillé, au bureau de Ned Quilley, à Soho - visite purement professionnelle visant à conclure une affaire. Ils se trouvaient dans un état proche du désespoir : depuis l'attentat de Leyde, ils avaient Gavron sur le dos à toute heure de la journée; seul retentissait dans leur tête le tic-tac implacable de la vieille montre de Kurtz. Pourtant, ils n'étaient apparemment que deux honnêtes Américains d'Europe centrale assez mal assortis, vêtus d'imperméables neufs et dégoulinants, l'un trapu, la démarche chaloupée, évoquant un peu un vieux loup de mer, l'autre jeune, dégingandé, insinuant, les lèvres imperceptiblement étirées en un sourire figé. Ils s'annoncèrent sous les noms de Gold et Karman, envoyés par la société anonyme des Créations GK, et leur papier à lettres, précipitamment imprimé, arborait pour l'attester un monogramme bleu et or semblable à une épingle de cravate des années trente. Ils avaient pris rendez-vous depuis l'ambassade, mais en s'arrangeant pour que l'employée de Quilley soit persuadée qu'ils appelaient de New York, et arrivèrent pile à l'heure comme les requins du show-business qu'ils n'étaient pas.

« Nous sommes Gold et Karman, dit Kurtz à la réceptionniste sénile de Quilley, Mrs. Longmore, à midi moins deux exactement, après s'être précipité sans hésitation sur elle en entrant. Nous avons rendez-vous à midi avec Mr. Quilley. Merci... non, nous attendrons debout, très chère. Ce n'est pas vous, par hasard, que nous avons eue au téléphone, charmante? »

Non, il ne s'agissait pas d'elle, répondit Mrs. Longmore du ton de celle qui ménage deux cinglés. Les rendez-vous relevaient du domaine de Mrs. Ellis, une tout autre personne.

« Je comprends, très chère », reprit Kurtz, nullement impressionné.

Ils procédaient souvent ainsi dans ce genre de situations : d'une manière quelque peu officielle, Kurtz, le plus massif, battant la mesure, et Litvak, le longiligne, renchérissant doucement d'une voix de fausset derrière son dos, sans jamais se départir de son petit sourire.

Il fallait, pour accéder au bureau de Ned Quilley, emprunter un escalier raide et nu, et les cinquante années d'expérience de Mrs. Longmore lui avaient enseigné que la plupart des gentlemen américains émettaient en le voyant des commentaires ironiques et reprenaient leur souffle en tournant. Mais pas Gold; ni Karman non plus. Ces deux-là, elle les regarda par la vitre, escaladèrent les marches puis disparurent de sa vue comme s'ils n'avaient jamais connu d'ascenseur. Ce doit être le jogging, songea-t-elle avant de se replonger dans son tricot à quatre livres de l'heure. Ne s'y étaient-ils pas tous mis à New York, ces derniers temps? A tourner autour de Central Park, les pauvres chéris, en évitant les sadiques et les chiens? Elle avait même entendu dire que beaucoup en mouraient.

« Monsieur, nous sommes Gold et Karman, annonça Kurtz pour la seconde fois au moment où le petit Ned Quilley leur ouvrait gaiement la porte. Je suis Gold. » Et sa grande main droite s'était déjà refermée sur celle du pauvre vieux Ned avant que celui-ci ait eu le temps de la tendre. « Mr. Quilley, monsieur... Ned... nous sommes extrêmement honorés de vous rencontrer. Vous avez bonne, très bonne réputation dans la profession.

– Et moi, monsieur, je suis Karman », expliqua Litvak, à part, tout aussi respectueusement, en lorgnant par-dessus l'épaule de Kurtz. Mais Litvak n'était pas de ceux qui vous serrent la main : Kurtz l'avait fait pour eux deux.

« Mais mon cher, protesta Ned avec un charme réprobateur très édouardien, bonté divine, mais c'est *moi* qui suis honoré, pas *vous* ! » Puis il les conduisit aussitôt vers la baie vitrée à châssis mobile qui avait fait autrefois la gloire de son père, et devant laquelle, selon la tradition, vous vous asseyiez face au marché de Soho en sirotant le sherry du vieux Quilley et en contemplant le monde qui s'activait tandis que vous traitiez d'excellentes affaires pour le vieil homme et ses clients. En effet, à soixante-deux ans, Ned Quilley se cantonnait encore dans le rôle du fils. Il ne demandait qu'à poursuivre la vie agréable inaugurée par son père. C'était un petit homme très doux, aux cheveux blancs, extrêmement soigné comme le sont souvent les gens de théâtre, doté d'une coquetterie dans l'œil, de joues bien roses et d'un air d'être à la fois agité et en retard.

« C'est un temps à ne pas mettre une prostituée dehors », remarqua-t-il en tapotant élégamment la vitre de sa petite main. Pour Ned, la vie n'était qu'insouciance. « A cette époque de l'année, nous en avons d'ordinaire une collection tout à fait convenable. Des grandes, des noires, des jaunes, de toutes les tailles et de toutes les formes. L'une d'elles est tellement vieille qu'elle était là avant moi. Mon père avait coutume de lui donner une livre à Noël. Une livre, cela ne représente plus grand-chose de nos jours. Oh ! non ! Plus rien du tout ! »

Tandis qu'ils s'esclaffaient poliment avec lui, Ned sortit une carafe de sherry de la bibliothèque à bords brisés qu'il chérissait tant, huma le bouchon de verre avec un peu trop de zèle, puis remplit à demi trois coupes de cristal sous le regard de ses deux visiteurs. Leur vigilance l'avait tout de suite frappé. Il sentait qu'ils l'évaluaient, qu'ils évaluaient les meubles, le bureau. Une pensée affreuse s'imposa – elle lui trottait dans la tête depuis le moment où il avait reçu leur lettre.

« Je voulais vous dire, vous n'êtes pas venus dans l'idée de tout racheter ou quoi que ce soit d'aussi horrible, n'est-ce pas ? » s'enquit-il nerveusement.

Kurtz émit un rire homérique et réconfortant. « Ned, ce n'est certainement pas ce que nous sommes venus faire. » Litvak riait lui aussi.

« Eh bien, c'est déjà ça, répliqua sincèrement Ned, en distribuant les verres. Savez-vous qu'aujourd'hui, *tout le monde* se fait racheter ? J'ai au bout du fil toute sorte de types que je ne connais ni d'Eve ni d'Adam et qui me proposent de l'argent. Toutes ces petites entreprises tenues de père en fils – des maisons convenables – englouties comme des n'importe quoi, c'en est choquant. Au revoir, bonne chance et à bientôt », déclara-t-il, secouant toujours la tête en signe de désapprobation.

Ned continua son rituel. Il leur demanda où ils séjournaient, et Kurtz répondit au Connaught; s'y plaisaient-ils ? Oui, c'était vraiment très agréable et ils s'y étaient tout de suite sentis chez eux. En l'occurrence, il ne mentait pas; ils avaient délibérément choisi cet hôtel et Misha Gavron aurait une attaque en voyant la note. Ned leur demanda encore s'ils trouvaient des moyens de se distraire et Kurtz lui répondit avec chaleur qu'ils appréciaient chaque instant de leur séjour. Ils devaient s'envoler pour Munich le lendemain même.

« Munich ? Bonté divine, mais qu'allez-vous donc faire là-bas ? s'exclama Ned en jouant de son âge. cultivant son rôle anachronique d'éternel dandy. Vous n'êtes pas du genre à faire des sauts de puce, me semble-t-il !

– Un financement en coproduction, lâcha Kurtz, comme si l'explication suffisait.

– Un gros financement, confirma Litvak d'une voix presque aussi imperceptible que son sourire. Le marché allemand est important à l'heure actuelle. Le théâtre est en pleine expansion là-bas, Mr. Quilley.

– Oh! je n'en doute pas. Ça, je l'ai déjà entendu dire, fit Ned avec indignation. Ils forment une puissance considérable, il faut bien l'admettre. Et ce partout. La guerre est oubliée maintenant, réléguée tout au fond des oubliettes. »

Déployant une mystérieuse énergie à agir de la façon la moins efficace possible, Ned entreprit de leur reverser un peu de sherry, feignant de n'avoir pas remarqué qu'ils n'avaient presque rien bu. Puis il gloussa et reposa la carafe. Il s'agissait d'une carafe de marine datant du XVIII siècle, évasée à la base pour rester stable par les plus gros temps. Ned avait pris l'habitude d'expliquer tout cela aux nouveaux venus, pour les mettre à l'aise. Mais quelque chose dans l'attitude concentrée de ces deux-là l'en dissuada et il n'y eut donc qu'un léger silence troublé seulement par le craquement des sièges. Dehors, la pluie avait redoublé et l'on ne distinguait plus rien.

« Ned, commença Kurtz en calculant exactement son effet, Ned, je voudrais vous expliquer un peu qui nous sommes, pourquoi nous vous avons écrit et pourquoi nous vous faisons perdre un temps précieux.

– Mais mon cher, je vous en prie, j'en serais ravi », dit Ned qui, se sentant soudain un autre homme, croisa ses jambes courtes et se composa un sourire attentif tandis que Kurtz prenait tout doucement son ton persuasif.

A son front large et fuyant, Ned supposa qu'il devait être hongrois, mais il pouvait tout aussi bien venir de Tchécoslovaquie ou de tout autre coin de ce genre. Il avait une voix riche et naturellement puissante, marquée par un accent d'Europe centrale que l'Atlantique n'avait pas encore estompé. Il s'exprimait aussi vite et aussi facilement qu'un présentateur de radio tandis que ses yeux étroits et brillants semblaient suivre tout ce qu'il disait, et que de son bras droit, à petits coups rapides et précis, il réduisait en pièces tout ce qui se trouvait à portée. Lui, Gold, était le juriste du groupe, expliqua Kurtz; Karman représentait plutôt le côté créatif, avec une formation d'écrivain, d'imprésario et de producteur, en particulier au Canada et dans le Middle West. Ils s'étaient récemment installés à New York où ils travaillaient comme producteurs indépendants et s'occupaient surtout de la mise en boîte d'émissions de télé.

« Notre rôle créatif, Ned, se limite pour quatre-vingt-dix pour cent à trouver un concept qui convienne à la fois aux réseaux et aux budgets. Le concept, nous le vendons aux commanditaires. Quant à la mise en scène, nous la laissons aux metteurs en scène. Point final. »

Il en avait terminé et avait regardé sa montre en exécutant un mouvement étrangement précipité. C'était maintenant au tour de Ned de dire quelque chose d'intelligent et il avait la réputation de s'y entendre plutôt bien. Il fronça les sourcils, tendit son verre à bout de bras et esquissa de la pointe des pieds une lente pirouette réfléchie qui faisait pendant au numéro de Kurtz. « Mais, mon cher. Si vous faites de la *mise en boîte*, mon ami, qu'avez-vous besoin de venir contacter un *agent*? protesta-t-il. J'aimerais savoir ce qui me vaut l'honneur d'un *déjeuner*? Vous comprenez ce que je veux dire? Oui? Pourquoi ce déjeuner si vous vous occupez surtout de *conception*? »

A la stupéfaction de Ned, la première réaction de Kurtz fut de partir d'un rire des plus allègres et communicatifs. Pour être honnête, Ned s'était trouvé assez spirituel et n'était pas mécontent de son jeu; mais la cause de l'hilarité de Kurtz se situait ailleurs. Les yeux étroits du visiteur se refermèrent, ses épaules massives se soulevèrent et Ned ne se souvint plus que des chaleureux éclats de la joie toute slave qui emplissait la pièce. Au même instant, son visage se parchemina, se brisant en mille sillons déconcertants. Ned avait évalué jusqu'alors l'âge de Kurtz à quarante-cinq ans au pire. Et ils avaient soudain le même âge, le front, les joues et le cou de Kurtz s'étaient desséchés, craquelés, certaines rides évoquant l'entaille profonde d'un couteau. La transformation troubla Ned. Il se sentit en quelque sorte dupé.

« Un peu comme un cheval de Troie humain, raconta-t-il plus tard à sa femme, Marjory. Tu laisses entrer un grand magnat du show-biz et tout à coup, tu te retrouves avec un vieux guignol. Ça fait un sacré effet. »

Mais ce fut cette fois-ci au tour de Litvak de fournir la réponse cruciale et si longtemps répétée à la question de Ned, la réponse dont toute la suite des opérations dépendait. Il pencha son corps long et anguleux en avant, les coudes posés sur les genoux, ouvrit la main droite, en écarta les doigts puis se saisit du majeur, à qui il sembla adresser son monologue aux accents traînants bostoniens, résultat d'un travail acharné auprès de professeurs juifs américains.

« Mr. Quilley, monsieur, commença-t-il avec une telle ferveur qu'il paraissait prêt à livrer quelque secret mystique. Voilà, nous pensons à un projet totalement original. Sans précédent et sans imitateurs. Nous prenons seize heures d'émissions télé très bien placées – disons en automne et en hiver. Nous constituons une compagnie théâtrale composée de comédiens itinérants. Toute une troupe d'excellents acteurs du répertoire, des Anglais et des Américains, un brassage de races et de personnalités, l'interaction entre les gens. Cette compagnie, nous la faisons bouger de ville en ville, chaque acteur interprétant des rôles très divers, tantôt en tête d'affiche, tantôt comme simple figurant. A leurs histoires et relations personnelles de donner

126

une dimension supplémentaire au spectacle, l'accueil du public tenant une part importante. Des matinées en direct dans chacune des villes. »

Litvak leva suspicieusement la tête, comme s'il croyait avoir entendu Quilley parler, mais il n'en était rien.

« Mr. Quilley, nous accompagnons cette troupe, reprit Litvak, ralentissant encore son débit à mesure que sa ferveur s'intensifiait. Nous voyageons dans les mêmes voitures qu'eux; nous aidons la compagnie à changer les décors; nous, le public, nous partageons leurs problèmes, leurs hôtels miteux; nous assistons à leurs querelles et leurs histoires d'amour. Nous, le public, nous répétons avec eux. Nous éprouvons avec eux le trac de la première, lisons les articles de presse le lendemain, nous réjouissons de leurs succès, souffrons de leurs échecs, écrivons à leurs parents. Nous redonnons au théâtre son esprit d'aventure, son esprit de pionnier. Nous faisons renaître les rapports comédiens-public. »

Quilley crut un instant qu'il avait fini. Mais Litvak choisissait simplement un autre doigt à étreindre.

« Nous sélectionnons des pièces du répertoire classique, sans droits à payer, nous sommes gagnants sur toute la ligne. Nous faisons une tournée. Nous prenons de jeunes acteurs, relativement peu connus, et de temps en temps une vedette pour faire bonne mesure, mais au départ, nous lançons de nouveaux talents et leur donnons la possibilité de démontrer toute l'étendue de leur art en un minimum de quatre mois – et cette période pourrait être allongée. Ré-allongée peut-être. Pour les acteurs, un moyen de se faire connaître, de la très bonne publicité, des pièces honorables, pas de saletés, rien à perdre et tout à gagner. Voilà l'idée, Mr. Quilley, et elle semble plaire à nos commanditaires. »

Puis, avant même que Quilley eût eu le temps de présenter ses félicitations, ce qu'il ne manquait jamais de faire lorsqu'on lui faisait part d'une idée, Kurtz avait à nouveau pris d'assaut la scène.

« Ned, nous voudrions engager votre Charlie », annonça-t-il puis, aussi fougueux qu'un messager shakespearien apportant des nouvelles de victoire, il balaya l'air de son bras droit, qu'il laissa en suspens.

Très excité, Ned allait parler quand il s'aperçut que Kurtz l'avait une fois encore devancé.

« Ned, nous sommes certains que votre Charlie a beaucoup d'esprit, un vrai don de comédienne et énormément de possibilités. Si vous pouvez nous rassurer concernant deux ou trois points assez importants, eh bien je pense que nous pourrons lui permettre de se faire une place au firmament du théâtre, que ni vous, ni elle n'aurez sûrement à regretter. »

Ned s'apprêta de nouveau à dire quelque chose, mais ce fut cette fois-ci Litvak qui l'en empêcha : « Nous sommes tous décidés à la lancer, Mr. Quilley. Il vous suffit de répondre à deux ou trois questions et Charlie rejoint les plus grands. »

Le silence se fit soudain, et Ned ne perçut plus que les battements de son cœur. Il pinça les lèvres puis, s'efforçant de prendre une attitude professionnelle, ajusta l'une après l'autre ses élégantes manchettes. Il rectifia la position de la rose que Marjory avait glissée le matin même dans sa boutonnière en lui rappelant, comme à l'habitude, de ne pas trop boire après déjeuner. Mais Marjory aurait sans doute pensé tout différemment si elle avait su que, bien loin de vouloir racheter Ned, ses visiteurs proposaient en fait de donner à leur petite Charlie la chance si longtemps attendue. Si elle avait su *cela*, cette bonne Marjory aurait levé toutes ses restrictions, aucun doute là-dessus.

Kurtz et Litvak burent du thé, excentricité que l'on accepta à l'*Ivy* sans trop de problèmes, quant à Ned, il ne fallut pas le persuader longtemps pour qu'il choisisse une très bonne demi-bouteille sur la carte des vins, et, puisqu'ils semblaient tant y tenir, une grande coupe givrée de chablis pour accompagner son entrée de saumon fumé. Dans le taxi, qu'ils avaient pris pour échapper à la pluie, Ned avait entrepris de leur raconter la façon amusante dont Charlie était devenue sa cliente. Il poursuivit son récit à l'*Ivy*.

« Je me suis laissé prendre à son hameçon, sa ligne et son plomb. Ça ne m'était jamais arrivé. Un vieil imbécile, voilà ce que j'étais – pas aussi vieux que maintenant, mais déjà un imbécile. Pas grand-chose à tirer du spectacle. Une petite pièce comique un peu vieillotte, légèrement arrangée pour avoir l'air moderne. Mais Charlie était absolument merveilleuse. La *douceur défendue*, voilà ce que je cherche chez les filles. » Il tenait en fait l'expression de son père. « A peine le rideau tombé, je me suis précipité dans sa loge – si on pouvait appeler ça une loge –, lui ai joué mon numéro de pygmalion et l'ai fait signer sur-le-champ. D'abord, elle ne voulait pas me croire. Elle me prenait pour un vieux cochon. Il a fallu que je retourne chercher Marjory pour la convaincre. Ha!

– Et ensuite, que s'est-il passé? s'enquit Kurtz très aimablement en lui tendant la corbeille de pain de seigle beurré. Pas une ombre au tableau, c'est ça?

– Mais vous n'y êtes pas du tout! protesta Ned, plein de naïveté. Elle était comme les autres au même âge. Ils sortent tout feu tout flamme de leur cours d'art dramatique, avec les yeux remplis d'étoiles et tout leur avenir devant eux; on leur donne un ou deux rôles; ils se croient arrivés, achètent un appartement à crédit ou autre stupidité, et puis soudain c'est fini. Le crépuscule, comme on dit. Certains tiennent bon, d'autres non.

– Charlie, elle, a tenu, souffla doucement Litvak en dégustant son thé.

– Ça oui. Et elle en a sué pour s'en sortir. Cela n'a

pas été facile, mais ça ne l'est jamais. Des années qu'elle attendait. Beaucoup trop longtemps. » Ned fut surpris de se sentir si ému et l'expression de ses deux interlocuteurs indiquait qu'ils l'étaient aussi. « Eh bien, on dirait que tout va s'arranger pour elle, maintenant. Oh! je suis heureux pour cette petite! Oh! oui, vraiment. »

Là encore, il y avait quelque chose de bizarre, rapporta par la suite Ned à Marjory. Ou peut-être s'agissait-il toujours de la même chose. Il faisait allusion à la façon dont l'attitude des deux hommes évoluait à mesure que le temps s'écoulait. Au bureau, par exemple, on lui avait à peine laissé placer un mot. Tandis qu'à l'*Ivy*, ils l'avaient écouté débiter ses tirades en hochant la tête au bon moment mais presque sans le moindre commentaire. Et ensuite... eh bien, ensuite ce fut encore une tout autre paire de manches.

« Une enfance épouvantable, bien sûr, continua Ned avec fierté. J'ai remarqué que c'était souvent le cas chez les filles. C'est ce qui les pousse en premier lieu à se réfugier dans l'imaginaire. Une façon de se cacher, de dissimuler leurs émotions. On fait semblant d'être plus heureux qu'on ne l'est. Ou plus malheureux. Voler un peu aux autres – c'est déjà la moitié du métier d'acteur. La détresse. Le vol. Mais je parle trop. A la vôtre.

– Qu'entendez-vous par épouvantable, Mr. Quilley? demanda respectueusement Litvak avec l'air de quelqu'un qui étudie tout particulièrement la notion d'épouvante. L'enfance de Charlie. Epouvantable en quel sens, monsieur? »

Sans voir ce qu'il considéra à posteriori comme un sérieux accru tant dans l'attitude de Litvak que dans le regard de Kurtz, Ned leur confia tout ce qu'il avait incidemment appris au cours de ces déjeuners-confidences qu'il offrait parfois à Charlie chez *Bianchi*, où il les emmenait tous. Une mère pas très maligne, leur dit-il. Le père, un de ces affreux escrocs, un courtier qui avait mal tourné et qui, grâce à Dieu, n'était plus; un de ces menteurs enjôleurs qui s'imaginent toujours que le Seigneur va leur glisser un cinquième as dans la manche. Il a fini sous les verrous. Mort en prison, c'est choquant.

Une fois encore, Litvak se permit une discrète intervention.

« Vous avez dit mort en prison, monsieur?

– Oui, et même enterré là-bas. La mère était si mauvaise qu'elle n'a pas voulu gaspiller d'argent pour une tombe décente.

– C'est Charlie elle-même qui vous l'a raconté, monsieur? »

Quilley ne comprenait pas.

« Mais, qui d'autre l'aurait pu?

– Pas de garantie? insista Litvak.

– Pas de *quoi*? s'exclama Ned qui sentait soudain sa peur d'une mainmise le reprendre.

– De confirmation, monsieur. Personne d'autre n'a donc attesté ses dires. Avec les actrices parfois... »

Mais Kurtz l'interrompit d'un sourire paternel : « Ned, ne faites pas attention à ce que dit ce garçon, conseilla-t-il. Mike est d'une nature extrêmement soupçonneuse, n'est-ce pas, Mike?

– C'est possible », concéda Litvak d'une voix aussi légère qu'un souffle.

Ce fut à ce moment-là seulement que Ned songea à leur demander ce qu'ils connaissaient du travail de Charlie et, à son agréable surprise, il se révéla qu'ils avaient mené leur enquête avec le plus grand sérieux. En plus de s'être procurés des bouts de film de toutes les petites apparitions de Charlie à la télévision, ils s'étaient même aventurés jusqu'à ce trou qu'est Nottingham lors de leur précédent séjour en Angleterre, pour ne pas rater sa *Jeanne d'Arc*.

« Bonté divine, quelle paire de petits cachottiers vous faites! s'écria Ned tandis que les serveurs débarrassaient leurs assiettes pour préparer l'arrivée du canard rôti. Si vous m'aviez prévenu, moi, ou Marjory, nous vous aurions conduits là-bas nous-mêmes. Vous avez été la voir dans les coulisses, l'avez emmenée dîner quelque part? Non? Eh bien, que je sois pendu! »

Kurtz se permit un instant d'hésitation et prit une voix grave. Il lança un coup d'œil interrogateur à son acolyte, Litvak, qui lui fit un petit signe d'encouragement. « Ned, commença-t-il, à dire toute la vérité, le moment ne nous semblait pas approprié vu les circonstances.

– Mais de quelles circonstances s'agissait-il? s'enquit Ned, supposant que Kurtz faisait référence à quelque règle purement morale vis-à-vis de l'imprésario. Mon Dieu, nous ne nous offensons pas pour si peu ici, vous savez! Si vous voulez lui proposer quelque chose, ne vous gênez pas. Je n'ai pas à vous donner d'autorisation écrite. Ne vous inquiétez pas, je récupérerai bien ma commission un jour! »

Et puis Ned se tut : ils avaient pris tous les deux un visage si sévère, expliqua-t-il à Marjory. On aurait dit qu'ils venaient d'avaler des huîtres avariées. Et la coquille avec.

Litvak tapotait pensivement ses lèvres minces. « Puis-je vous poser une question, monsieur?

– Mais je vous en prie, répliqua Ned, ahuri.

– Pourriez-vous nous dire, s'il vous plaît, comment – à votre avis – Charlie se comporte pendant les interviews? »

Ned reposa son verre de bordeaux. « Pendant les interviews? Oh! si c'est ce qui vous inquiète, je peux vous certifier qu'elle est du plus parfait naturel. De toute première classe. Elle sait instinctivement ce que cherche le journaliste et, si on lui laisse sa chance, comment ne pas le décevoir. C'est un vrai caméléon, croyez-moi. Je dois vous accorder qu'elle manque un peu de pratique depuis quelque temps, mais elle s'y remettra d'un coup, vous verrez. N'ayez aucune crainte là-dessus. » Il but un long trait de vin pour les rassurer. « Oh! non, vraiment. »

Mais Litvak ne semblait pas aussi remonté par ces affirmations que l'avait espéré Ned. Pinçant les lèvres en une moue inquiète et désapprobatrice, il se mit à rassembler les miettes qui jonchaient la nappe de ses longs doigts osseux. Ned finit lui aussi par baisser la tête puis la releva pour tenter de chasser les idées noires de son voisin. « Mais mon cher, protesta-t-il, indécis. Ne faites pas cette tête-là! Quel est le problème alors, puisqu'elle sait répondre aux interviews ? Il y a des kyrielles de filles qui s'y entendent pour tout flanquer par terre. Si c'est *vraiment* ce que vous cherchez, j'en ai plus qu'il ne m'en faut! »

Mais il en fallait plus pour s'attirer les bonnes grâces de Litvak. Il se contenta de jeter un bref regard vers Kurtz, l'air de dire « à toi de jouer », avant de concentrer de nouveau toute son attention sur la nappe. « Un vrai *duo*, raconta Ned à Marjory d'un ton piteux. Ils donnaient l'impression de pouvoir échanger leur rôle en un clin d'œil. »

« Ned, lui dit Kurtz, si nous engageons votre Charlie dans cette affaire, elle va voir toute sa vie déballée devant elle, et je n'*exagère* pas. Une fois qu'elle sera jusqu'au cou dans le projet, elle ne pourra plus rien cacher. Non seulement sa vie sentimentale, sa famille, ses pop-stars et ses poètes préférés. Non seulement l'histoire de son père. Mais aussi sa religion, ses positions, ses opinions.

– Et ses engagements politiques », murmura Litvak en raclant les dernières miettes. Ned en éprouva aussitôt une perte d'appétit, légère mais indubitable; il reposa son couteau et sa fourchette tandis que Kurtz débitait son monologue : « Ned, dans ce projet, nos commanditaires sont de bons Américains du Middle West. Ils ont toutes les vertus. Trop d'argent, des enfants ingrats, des résidences secondaires en Floride, des valeurs saines. Mais *surtout* des valeurs saines. Ils veulent que ces valeurs transparaissent dans leurs productions, du début à la fin. On peut en rire ou en pleurer, mais c'est la réalité, c'est la télévision, et c'est là que se trouve l'argent...

– Et c'est l'Amérique, souffla Litvak, vibrant de patriotisme, à l'adresse de son tas de miettes.

– Ned, nous serons francs avec vous. Nous ne vous cacherons rien. Lorsque nous nous sommes enfin décidés à vous écrire, nous étions tous prêts, dans la mesure où il restait encore d'autres accords à obtenir, à libérer Charlie de ses engagements en cours pour la mettre sur la voie du succès. Mais je dois vous avouer que depuis deux jours que nous sommes ici, Karman ici présent et moi-même avons glané des informations qui nous ont fait sursauter et nous poser quelques questions. Il ne s'agit pas de son talent – Charlie est vraiment très, très douée, elle est sous-employée, sérieuse et ainsi de suite. Mais de savoir si elle représente un investissement sain dans le contexte de ce projet. Si elle est absolument *montrable*. Ned, nous voulons entendre de votre bouche que ces bruits ne sont pas fondés. »

Ce fut une fois de plus Litvak qui assena le coup décisif. Abandonnant enfin ses miettes, il plia son index sous sa lèvre inférieure et contempla Ned d'un regard lugubre à travers ses lunettes à monture sombre.

« Le bruit court qu'elle est extrémiste, lâcha-t-il. On nous a dit qu'elle s'engageait à fond dans ses idéaux politiques. Qu'elle militait. On la voit souvent, paraît-il, avec un drôle de type, un anarchiste pas très équilibré. Nous ne voulons condamner personne sur de faux bruits, Mr. Quilley, mais d'après ce que nous avons entendu, elle serait un peu la mère de Fidel Castro et la sœur d'Arafat associées en un cocktail explosif. »

Ned portait son regard sur l'un, puis sur l'autre de

ses interlocuteurs, et il eut un instant l'illusion que leurs quatre yeux n'étaient contrôlés que par un seul et même nerf optique. Il essaya de dire quelque chose mais se sentit hors de la réalité. Peut-être avait-il bu son chablis plus vite qu'il n'était prudent. Son esprit ne parvenait à se concentrer que sur l'une des formules favorites de Marjory : dans la vie, une bonne affaire, ça n'existe pas.

L'effroi qui s'était emparé de Ned évoquait la panique des vieillards et des impuissants. Il ne se sentait physiquement pas à la hauteur de sa tâche, trop faible, trop fatigué. Les Américains le mettaient toujours mal à l'aise; la plupart l'effrayaient, que ce soit par l'étendue de leur savoir ou par celle de leur ignorance, ou les deux à la fois. Mais ces deux-là, qui, le visage fermé, le regardaient chercher désespérément une réponse, lui inspiraient une terreur spirituelle bien plus épouvantable que tout ce qu'il se savait prêt à endurer. Il était aussi, et cela ne lui servait à rien, profondément en colère. Il haïssait les ragots. *Quels* qu'ils fussent. Il les considérait comme le véritable fléau de sa profession. Ils avaient ruiné tant de carrières : Ned en avait horreur, il pouvait s'empourprer et se montrer presque grossier lorsqu'il se trouvait face à l'un de ces colporteurs qui ignoraient ses sentiments. Quand Quilley parlait des gens, il s'exprimait avec franchise et affection, comme il venait de le faire à propos de Charlie. C'est qu'il l'aimait vraiment, cette fille. Il lui vint même à l'esprit de dire tout cela à Kurtz, ce qui, pour Ned, aurait constitué un pas immense, et cela dut transparaître sur son visage car il s'imagina voir Litvak s'inquiéter et s'apprêter à faire un peu marche arrière tandis que les traits extraordinairement mobiles de Kurtz esquissaient un sourire engageant. Mais, comme toujours, son incurable politesse l'en empêcha; il mangeait leur pain, que diable, et puis c'étaient des étrangers, réagissant selon des normes totalement différentes. De plus, il lui fallait bien admettre, quoique à contrecœur, qu'ils avaient un travail à accomplir, des commanditaires à contenter et même, en un certain sens, le droit pour eux; et que lui, Ned, n'avait plus d'autre alternative que de jouer leur jeu ou risquer de saper le marché et avec lui, tous les espoirs qu'il fondait sur Charlie. Il devait en outre prendre en compte, dans sa trop grande pusillanimité, le fait que même si leur projet se révélait une vraie catastrophe, ce dont il ne doutait pas, que même si Charlie jetait au panier tous les textes qui lui seraient confiés, montait sur scène en état d'ébriété ou mettait du verre pilé dans la baignoire de son metteur en scène, ce qu'en véritable professionnelle elle n'imaginerait pas une seule seconde de faire, la carrière de la jeune femme, son statut, sa valeur sur un plan purement commercial prendraient enfin l'essor si longtemps espéré et devant lequel il ne fallait jamais renâcler.

Pendant tout ce temps, Kurtz, inébranlable, n'avait cessé de parler. « Nous avons besoin de votre conseil, Ned, disait-il gravement. De votre *aide*. Nous voulons être sûrs que cette histoire ne va pas nous exploser en pleine figure au deuxième jour du tournage. Car je peux vous dire quelque chose. » Un doigt court et puissant était braqué sur Ned comme un canon de revolver. « On ne verra jamais personne dans tout l'état du Minnesota filer un quart de million de dollars à une rouge, à une ennemie de la démocratie, si c'est vraiment ce qu'elle est, et ce n'est sûrement pas quelqu'un de la GK qui va leur conseiller de faire hara-kiri en l'engageant. »

Tout d'abord, du moins, Ned se reprit assez bien. Il ne présenta pas la moindre excuse. Il leur rappela, sans revenir sur quoi que ce fût, sa description de l'enfance de Charlie, et souligna qu'une tout autre jeune fille aurait fini délinquante au plus haut degré ou – comme son père – en prison. Quant à ses « engagements politiques » ou quelque autre nom qu'ils voulussent leur donner, continua-t-il, depuis les neuf années et demie que Marjory et lui la connaissaient, Charlie avait été opposante passionnée de l'apartheid – « on ne peut quand même pas le lui reprocher, si? » (ils n'en semblaient pourtant pas si certains) – pacifiste militante, soufi, manifestante antinucléaire et contre la vivisection, et, jusqu'à ce qu'elle se remette à fumer, championne des campagnes antitabagiques dans les théâtres et le métro. Et il ne doutait pas qu'avant son heure dernière, Charlie adopterait et appuierait de tout son cœur, même si de façon éphémère, les causes les plus diverses.

« Et vous ne l'avez jamais laissée tomber, Ned, remarqua Kurtz, débordant d'admiration. Je vous tire mon chapeau, Ned.

– Non, comme je n'aurais laissé tomber aucun d'eux! répliqua l'imprésario avec une fougue soudaine. De la frime tout ça, c'est une *actrice*! Il ne faut pas la prendre trop au sérieux. Les acteurs n'ont pas d'*opinions*, mon cher, et moins encore les actrices. Ils ont des lubies. Des humeurs. Des attitudes. Des engagements de vingt-quatre heures. On ne peut vraiment pas dire que tout va bien dans le monde. Les acteurs sont avides de solutions dramatiques, ils en vivent. Et pour autant que je sache, le temps que vous la sortiez de tout ce cirque et elle sera encore quelqu'un d'autre!

– Pas d'un point de vue politique, en tout cas », grommela méchamment Litvak.

Sous l'influence bénéfique du bordeaux, Ned continua encore quelque temps son morceau de bravoure. Une sorte de vertige l'envahit. Il entendait les mots résonner dans sa tête, les prononçait et se sentait à nouveau jeune, tout à fait dégagé de ses propres actions. Il leur parla des acteurs en général, de « cette horreur absolue de l'irréel » qui les poursuivait. De la façon dont, sur scène, ils exprimaient toute la souffrance du monde et dans la vie, devenaient des coupes vides n'attendant que d'être remplies. Il parla de leur timidité, de leur insignifiance, de leur vulnérabilité et de leur habitude de masquer ces faiblesses en jouant les grandes gueules et en épousant des causes extrémistes empruntées au monde des adultes. Il expliqua leur obsession du moi et le fait qu'ils se croyaient en représentation vingt-quatre heures sur vingt-quatre – en train d'enfanter, de périr sous le couteau, d'aimer. Et puis, nom de nom, il s'embrouilla, ce qui lui arrivait un brin trop souvent ces temps-ci. Il perdit le fil, perdit son élan. Le sommelier amena le chariot des liqueurs. Sous le regard sobre et froid de ses hôtes, Quilley, désespéré, choisit un marc de champagne et laissa le sommelier lui en verser une grande rasade avant de l'arrêter d'un signe. Dans l'intervalle, Litvak s'était suffisamment repris pour revenir à la charge avec une bonne idée. Il plongea ses doigts maigres à l'intérieur de sa veste et en extirpa l'un de ces porte-blocs-notes qui ressemblent à un étui à photographie vide, agrémenté d'un dos en imitation crocodile et de coins en cuivre pour maintenir les petites feuilles de papier.

« Je propose que nous commencions par le commencement, déclara doucement Litvak, s'adressant plus à Kurtz qu'à Ned. Les *quand*, les *où*, les *avec qui* et les *combien de temps*. » Il traça une colonne, sans doute réservée aux dates. « Les meetings auxquels elle a participé, les manifestations, les pétitions, les marches. Tout ce qui a pu attirer l'œil du public. Lorsque nous serons en possession de toutes les informations, nous pourrons faire une estimation valable. Décider s'il faut prendre le risque ou prendre les jambes à notre cou. Ned, quand, à votre connaissance, a-t-elle été impliquée pour la première fois?

– Ça me plaît, remarqua Kurtz. La méthode me paraît bonne. Et je pense qu'elle est tout à fait correcte vis-à-vis de Charlie. »

Il parvint à prononcer ces mots exactement comme si le plan de Litvak tombait soudain du ciel et n'était pas l'aboutissement de nombreuses heures de préparation minutieuse.

Ned s'exécuta donc. Quand il le pouvait, il maquillait un peu la réalité; il se permit même un ou deux petits mensonges, mais, dans l'ensemble, il leur répéta tout ce qu'il savait. Il se méfia, bien sûr, mais surtout après coup. Sur le moment, comme il l'expliqua ensuite à Marjory, ils l'avaient mené par le bout du nez. Non qu'il en sût énormément. Il y avait évidemment cette affaire d'anti-apartheid et d'antinucléaire mais, bon, c'était de notoriété publique de toute façon. Et puis venait cette bande du Théâtre de la Réforme Totale à laquelle elle se joignait parfois et qui s'était rendue si impopulaire en croyant malin d'interrompre les représentations du National. Et puis encore ce groupe d'Islington appelé Action Alternative, une quinzaine de dissidents trotskistes complètement cinglés. Ensuite il y avait eu ces affreux débats féministes auxquels elle avait participé à St. Pancras Town Hall, traînant Marjory avec elle pour lui montrer la lumière. Et puis, deux ou trois ans auparavant, il y avait eu ce coup de fil du poste de police de Durham, en plein milieu de la nuit, où elle lui demandait de venir payer sa caution : on l'avait arrêtée à une espèce de jamboree antinazi.

« C'est bien cet événement qui a fait tant de remous, où l'on a vu sa photo apparaître dans les journaux, Mr. Quilley?

— Non, ça c'était Reading, corrigea Ned. Cela se passait bien après.

— Durham, c'était quoi alors?

— Eh bien, je ne sais pas exactement. Pour être franc, j'évite plutôt de parler de ce genre de choses. Cela vous tombe dans l'oreille presque par inadvertance. Ne prévoyait-on pas de construire une centrale nucléaire là-bas? On oublie. Tout bêtement, on oublie. Elle s'est considérablement assagie ces derniers temps, vous savez. Elle n'est plus du tout la petite bombe qu'elle faisait semblant d'être, je peux vous l'assurer. Elle a beaucoup mûri. Oh! oui.

– Faisait semblant, Ned? répéta Kurtz d'un ton de doute.

– Parlez-nous de Reading, Mr. Quilley, dit Litvak. Que s'y est-il passé?

– Oh! le même genre de choses. L'un d'eux a mis le feu à un autobus et ils ont tous été condamnés. Ils manifestaient contre la réduction des services pour les personnes âgées, je crois. A moins que ce ne fût contre le refus d'engager des Noirs comme chauffeurs? Bien entendu, le bus était vide, s'empressa-t-il d'ajouter. Il n'y a eu *aucun* blessé.

– Grand Dieu », soupira Litvak, jetant un coup d'œil vers Kurtz dont les questions évoquaient de plus en plus ces interrogatoires en salle d'audience dans les feuilletons de télévision.

« Ned, vous venez de nous indiquer que Charlie adoptait désormais des positions moins extrémistes. C'est bien ce que vous vouliez dire?

– Oui, je le crois. Si jamais l'on peut considérer qu'elle ait eu des positions extrémistes. Ce n'est qu'une impression, mais cette bonne Marjory la partage également. Aucun doute...

– Mais Charlie vous a-t-elle fait part elle-même d'un tel revirement, Ned? l'interrompit Kurtz assez sèchement.

– Je pense simplement que si une chance comme celle-ci se présente... »

Kurtz l'ignora : « A Mrs. Quilley, peut-être?

– Eh bien, non, pas vraiment.

– Aurait-elle pu se confier à quelqu'un d'autre? Cet ami anarchiste par exemple?

– Oh! il serait le dernier à l'apprendre.

– Ned, à part vous, voyez-vous quelqu'un – réfléchissez bien, s'il vous plaît, une amie, un ami, une personne plus âgée peut-être, une relation de la famille – à qui Charlie aurait pu parler de ce changement d'opinion? Du fait qu'elle *tourne le dos* à l'extrémisme? Ned?

– Non, pas que je sache. Non, je ne vois vraiment personne. En fait, elle est assez secrète. Plus que vous ne pourriez le croire. »

Il se produisit alors quelque chose de tout à fait incroyable. Ned en fit par la suite l'exacte description à Marjory. Pour échapper aux feux croisés inquiétants et, de l'avis de Ned, complètement étudiés, de leurs regards sur lui, Quilley s'était mis à jouer avec son verre, lui consacrant toute son attention et promenant le marc tout le long de la paroi. Sentant que Kurtz avait en quelque sorte conclu son réquisitoire, il leva la tête et surprit sur ses traits une expression de soulagement évident que le vieil homme transmettait à Litvak : le véritable *plaisir* d'apprendre qu'en fin de compte, Charlie n'avait pas modifié ses convictions d'un iota. Ou, que si c'était le cas, elle n'en avait soufflé mot à personne. Ned regarda de nouveau mais l'expression s'était évanouie. Pourtant, rien, et pas même Marjory, ne put le convaincre qu'il avait rêvé.

Litvak, assistant du grand avocat, avait repris l'interrogatoire : le débit s'était fait plus rapide pour clore l'affaire.

« Mr. Quilley, monsieur, conservez-vous à votre agence des fiches individuelles concernant chacun de vos clients? Des dossiers?

– Eh bien, je suis certain que Mrs. Ellis garde cela quelque part, répondit Ned. Sûrement.

– Cela fait longtemps que Mrs. Ellis s'occupe de ces choses, monsieur?

– Oh! je pense bien. Elle était déjà là du temps de mon père.

– Et quel type d'informations classe-t-elle ainsi? Les frais – les dépenses – les commissions perçues, ce genre de détails? Ne met-elle dans ces dossiers que des documents d'affaires secs et impersonnels?

– Mon Dieu non, elle y range n'importe quoi. Les anniversaires, les fleurs qu'ils préfèrent, les restaurants. Une fois nous avons même trouvé un chausson de danse dans l'un d'eux. Il y a aussi le nom de leurs gosses, de leurs chiens. Des coupures de presse. Tout un tas de choses.

– Des lettres personnelles?

– Oui, bien sûr.

– Des lettres de Charlie? Ecrites de sa propre main et sur plusieurs années? »

Kurtz semblait gêné. Ses sourcils slaves le trahissaient : ils s'amassaient en une ligne douloureuse au-dessus de l'arête du nez.

« Karman, je pense que Mr. Quilley nous a déjà accordé beaucoup de son temps et de son expérience, fit-il sévèrement remarquer à Litvak. Si nous avons besoin d'autres informations, Mr. Quilley nous les fournira sans doute plus tard. Ou mieux encore, si Charlie accepte de discuter de tout ceci avec nous, elle nous les fournira elle-même. Ned, nous garderons de cette rencontre un souvenir inoubliable. Je vous remercie, monsieur. »

Mais Litvak ne se laissait pas si facilement écarter. Il avait l'obstination des jeunes gens : « *Nous* n'avons rien caché à Mr. Quilley, s'exclama-t-il. Enfin, Mr. Gold, je ne fais que lui demander ce que tout le monde sait déjà et ce que nos services d'immigration mettraient moins de cinq secondes à découvrir avec leurs ordinateurs. Le temps presse, vous le savez aussi bien que moi. S'il existe des documents, ses propres lettres, écrites de sa propre main, qui puissent atténuer les faits ou même prouver un certain revirement, pourquoi ne pas demander à Mr. Quilley de nous les montrer? S'il est d'accord. S'il ne veut pas, évidemment, c'est une autre histoire, ajouta-t-il d'un ton lourd de sous-entendus.

– Karman, bien sûr que Ned est d'accord », soupira

Kurtz, excédé et comme si là n'était pas la question. Puis il secoua la tête, l'air de dire qu'il ne s'habituerait jamais à l'arrogance des jeunes gens d'aujourd'hui.

La pluie s'était arrêtée. Le petit Quilley marchait entre les deux hommes qui réglaient attentivement leur pas élastique sur son allure vacillante. Il se sentait ivre, malheureux, affecté par les mauvais pressentiments qu'engendre l'alcool et que les vapeurs épaisses de la circulation ne faisaient rien pour dissiper. Mais que veulent-ils donc? ne cessait-il de se demander. A offrir la lune à Charlie une minute, et à s'émouvoir de ses engagements politiques la suivante? Et voilà que maintenant, pour des raisons qu'il ne se rappelait plus, ils s'offraient de consulter un *dossier* qui n'était en réalité qu'une collection hétéroclite de souvenirs, chasse gardée d'une employée trop âgée pour être mise à la retraite. Mrs. Longmore, la réceptionniste, les regarda entrer et Ned sut aussitôt, au coup d'œil désapprobateur qu'elle lui jeta, qu'il avait un peu forcé sur le déjeuner. Qu'elle aille au diable! Kurtz insista pour que Ned les précède dans l'escalier. Une fois dans son bureau, et pratiquement sous la menace d'un revolver, il téléphona à Mrs Ellis pour la prier de porter tout ce qui concernait Charlie dans la salle d'attente et de laisser les documents là-bas.

« Devrons-nous frapper à votre porte lorsque ce sera fini, Mr. Quilley? » s'enquit Litvak, comme s'il était sur le point d'accoucher.

La dernière image qu'il conserva d'eux les montrait assis devant la table ronde en bois de rose de la salle d'attente, entourés par une demi-douzaine de boîtes brunes et crasseuses que Mrs. Ellis semblait avoir sauvées des bombardements. On eût dit deux percepteurs penchés sur les mêmes séries de chiffres suspects, du papier et un crayon tout prêts sous le coude; Gold, le plus trapu, avait ôté sa veste et posé sa vieille montre sur la table, près de lui, comme s'il chronométrait le temps passé à ses terribles calculs. Ensuite, Quilley avait dû s'assoupir. Il se réveilla en sursautant à cinq heures pour trouver la salle d'attente déserte. Et lorsqu'il appela Mrs. Longmore, elle lui fit remarquer d'un ton sarcastique que ses invités n'avaient pas voulu le déranger.

Ned n'en parla pas à Marjory tout de suite. « Oh! *eux*, fit-il quand elle l'interrogea le soir même. Rien que deux concepteurs assez ennuyeux, j'en ai peur; ils repartaient pour Munich. *Rien* de bien intéressant.

— Des juifs?

— Oh! eh bien oui, des juifs, je suppose. Aucun doute, en fait. » Marjory acquiesça comme si elle le savait depuis le début. « Oh! mais attention, ils étaient *tout à fait* charmants », se reprit-il sans trop de conviction.

A ses heures perdues, Marjory visitait les prisonniers et elle savait désormais tout de suite quand Ned travestissait la vérité. Bill Lochheim était le correspondant de Ned à New York, et son seul ami américain. Ned lui téléphona dès le lendemain après-midi. Le vieux Loch ne les connaissait absolument pas, mais il le rappela pour lui apprendre ce que Ned savait déjà : que la GK était une toute nouvelle boîte, et qu'elle avait des commanditaires, mais de nos jours, les indépendants ne se rencontraient pas à tous les coins de rues. Quilley n'aima pas beaucoup le ton de la voix du vieux Loch. On aurait dit qu'il s'était fait avoir – pas par Quilley, qui de toute sa vie n'avait jamais trompé personne, mais par un tiers qu'il aurait consulté. Quilley sentait confusément que lui et le vieux Loch se trouvaient peut-être embarqués sur la même galère. Faisant preuve d'une témérité étonnante, il composa le numéro de la GK à New York sous un prétexte quelconque. Mais l'endroit se révéla être une boîte aux lettres pour des sociétés de province : on ne donnait aucune information sur les clients. La pensée de ses deux visiteurs et du déjeuner ne cessait plus d'obséder Ned. Il s'en voulait de ne pas leur avoir montré la porte. Il appela également l'hôtel munichois dont ils avaient mentionné le nom, et tomba sur un gérant grincheux. Herr Gold et Herr Karman y avaient séjourné une nuit mais étaient repartis tôt le lendemain matin pour raison d'affaires imprévue, expliquat-il d'un ton revêche – pourquoi donner tant de détails, alors? Toujours trop d'informations, songea Ned. Ou pas assez. Et à chaque fois, ce sentiment que les gens agissaient à l'envers de ce que leur dictait leur bons sens. Un producteur allemand, évoqué par Kurtz, affirma que c'étaient « des gens très bien, très respectables, oh, vraiment très bien ». Mais lorsque Ned lui demanda si les deux hommes s'étaient rendus à Munich récemment et sur quel genre de projet ils travaillaient ensemble, l'Allemand se fit hostile et lui raccrocha pratiquement au nez.

Il restait encore les confrères de Ned, les autres imprésarios. Ned les interrogea à contrecœur et avec une extrême désinvolture, évitant les points trop précis, créant des zones d'ombre partout.

« J'ai vu deux Américains *terriblement* charmants, l'autre jour, finit-il par confier à Herb Nolan du Lomax Stars, en s'arrêtant à la table de Herb au Garrick. Ils cherchent des contrats par ici pour des séries de télé de haut vol qu'ils sont en train de monter. Gold et machin. Tu vois qui je veux dire? »

Nolan s'esclaffa. « C'est moi qui te les ai envoyés, mon vieux. Ils m'ont d'abord posé quelques questions sur deux de *mes* monstres, et puis ils m'ont demandé plein de trucs sur ta Charlie. Si je pensais qu'elle pourrait tenir la distance. Je leur ai dit, Ned. Je leur ai dit!

– Qu'est-ce que tu leur as dit?

– Que sûrement elle pouvait tous nous envoyer au ciel, voilà ce que je lui ai dit! Hein? »

Navré par l'humour de bas étage de Herb, Ned n'insista pas. Mais le soir même, après que Marjory lui eut extorqué son inévitable confession, il lui fit part également de ses inquiétudes.

« Ils étaient tellement pressés, souligna-t-il. Ils avaient trop d'énergie, même pour des Américains. Ils m'ont travaillé comme de vrais flics, se plaignit-il. D'abord l'un, puis l'autre. De vrais terriers, ajouta Ned, changeant de métaphore. Je n'arrête pas de me demander si je ne devrais pas alerter la police, conclut-il.

— Mais, mon chéri, répondit enfin Marjory, d'après ce que tu viens de me raconter, je crains bien que la police, ce ne soit justement *eux.*

— Je vais écrire à Charlie, déclara Ned avec une grande fermeté. J'ai bien envie de lui écrire pour la prévenir, au cas où. Elle pourrait avoir des ennuis. »

Mais, même s'il avait mis son idée à exécution, il s'y serait pris trop tard. En effet, quarante-huit heures à peine plus tard, Charlie s'embarquait pour Athènes, où elle devait retrouver Joseph.

Ainsi, une fois encore, mission accomplie; une amusette, comparée au coup de grâce que devait représenter l'opération dans son ensemble; mais une amusette des plus aléatoires, et Kurtz fut le premier à le reconnaître quand, le soir même, il fit à Misha Gavron le compte rendu modeste de sa victoire. Mais qu'aurions-nous pu faire d'autre, Misha... Tu peux me le dire? Où donc se procurer un tel stock de précieuse correspondance, courant sur une période de temps aussi longue? Ils avaient bien cherché d'autres déten- teurs de lettres de Charlie – des amis, filles et garçons, sa vioque, une ancienne maîtresse d'école; ils s'étaient présentés, en deux ou trois endroits, comme les repré- sentants d'une société commerciale désireuse d'acqué- rir les manuscrits et les autographes des futurs grands.

Et puis Kurtz, après avoir arraché l'accord de Gavron, avait fait interrompre toute l'opération. Mieux vaut un grand coup que plein de petits tout aussi dangereux, avait-il déclaré.

En outre, Kurtz voulait l'intangible. Il fallait qu'il sente la chaleur et la texture de sa proie. Qui mieux que Quilley, avec toute l'innocence des relations qu'il entretenait avec elle depuis des années, aurait donc pu le satisfaire ? Alors Kurtz fonça, et, à force de volonté, gagna. Puis il s'envola dès le lendemain matin pour Munich, comme il l'avait annoncé à Quilley, bien que le type de production qui l'attendait là-bas ne corres- pondît pas exactement à ce qu'il avait laissé entendre à l'imprésario. Il fit un saut dans chacun de ses deux repaires ; insuffla un nouveau courage à ses hommes. Kurtz parvint même à ménager une agréable rencontre avec ce bon docteur Alexis : un autre long déjeuner durant lequel ils n'abordèrent presque aucun sujet important – mais de vieux amis ont-ils besoin d'autre chose que de leur présence mutuelle ?

De Munich, Kurtz prit l'avion pour Athènes, pour- suivant ainsi sa route vers le sud.

5

Le bateau accosta au Pirée avec deux heures de retard et, si Joseph n'avait pas empoché son billet d'avion, Charlie aurait volontiers fait une croix sur leur rendez-vous. Quoique, en fait, cela ne fût pas aussi sûr, car sous sa mauvaise tête apparente, Charlie était affligée d'un caractère très dépendant que ne pouvaient épanouir les relations qu'elle entretenait habituellement. D'une part, elle avait eu trop de temps pour réfléchir et, même si elle avait réussi à se convaincre que son admirateur fantomatique de Nottingham, de York et de Londres devait être quelqu'un d'autre, ou personne du tout, il restait encore au fond d'elle-même une petite voix troublante et récalcitrante. D'autre part, et contrairement aux prédictions de Joseph, il avait été extrêmement pénible d'annoncer ses projets à la famille. Lucy avait éclaté en sanglots et l'avait forcée à accepter de l'argent – « Mes cinq cents derniers drachs, Chas, prends tout. » Willy et Pauly, complètement ivres, s'étaient agenouillés sur le quai devant un public d'environ mille personnes – « Chas, ô Chas, comment peux-tu nous faire une chose pareille? » – et la jeune femme dut pour s'enfuir se frayer un chemin à travers une foule goguenarde, puis remonter la rue en courant, maintenant son sac dont la bandoulière avait cassé sous un bras, et sa guitare trop encombrante de l'autre tandis que de ridicules larmes de remords lui inondaient le visage. Oh! surprise, son sauveur se présenta sous les traits du hippy aux cheveux filasse de Mykonos : sans doute avait-il fait la traversée avec eux sans qu'elle s'en aperçoive. La dépassant à bord d'un taxi, il la fit monter avec tout son barda et la déposa à moins de cinquante mètres de l'endroit indiqué par Joseph. Il lui apprit qu'il était suédois et s'appelait Raoul. Son père se trouvait à Athènes en voyage d'affaires; Raoul espérait bien le taper un peu. Charlie fut légèrement surprise de le découvrir si lucide et de ne pas l'entendre une seule fois prononcer le nom du Christ. Un auvent bleu signalait le Diogène et un cuisinier en contre-plaqué en indiquait l'entrée.

Désolée, Jose, ce n'est ni le lieu ni l'heure. Désolée, Jose, c'était un beau rêve mais les vacances sont terminées et la place de Chas est à Londres, alors je récupère ce billet et disparais dans les airs.

Ou peut-être choisirait-elle la facilité et dirait-elle qu'on lui avait proposé un rôle.

Se sentant moche dans son jean usé et ses bottes élimées, elle réussit à passer entre les tables de la

terrasse pour arriver à l'entrée de la salle. De toute
façon, se dit-elle, il ne sera plus là – qui de nos jours
attendrait encore après deux heures de retard? – et le
billet doit se trouver à la réception de l'hôtel d'à côté.
Ça m'apprendra à courir après les play-boys de plage,
à Athènes en pleine nuit, pensa-t-elle. Pour tout
arranger, Lucy l'avait obligée à prendre quelques-unes
de ses satanées pilules la veille au soir, et les premiers
moments d'intense excitation passés, elle s'était retrouvée plongée dans un grand trou noir dont elle s'efforçait encore de sortir. Charlie préférait en général éviter
ce genre de substances mais cette hésitation entre deux
amants, car c'était ainsi qu'elle voyait maintenant la
situation, l'avait mise en état de vulnérabilité.

Elle allait pénétrer à l'intérieur du restaurant quand
deux Grecs éclatèrent de rire en apercevant la courroie
brisée de son sac. Elle se précipita vers eux et,
submergée par la colère, traita ces sales cochons
sexistes de tous les noms. Encore tremblante, elle
poussa la porte du pied et entra. Un air frais l'enveloppa, le brouhaha de la terrasse se tut et elle découvrit une salle lambrissée assez obscure où, dans un
petit coin d'ombre, se tenait Saint Joseph de l'Ile,
auteur furtif et néanmoins connu de tous les maux et
émois de la jeune femme, une tasse de café grec posée
près du coude et un livre de poche ouvert devant
lui.

Ne t'avise pas de me toucher, l'avertit-elle silencieusement tandis qu'il venait vers elle. Ne t'imagine
surtout pas que tu as des droits sur un seul de mes
doigts. Je suis fatiguée et affamée; attention, je mords
et j'ai laissé tomber la bagatelle pour au moins deux
cents ans.

Mais il ne lui prit rien de plus que sa guitare et son
sac endommagé. Et il ne lui donna rien de plus qu'une
poignée de main rapide et efficace, adressée depuis
l'autre bout de l'Atlantique. La seule réflexion qui lui
vint à l'esprit fut donc : « Vous avez mis une chemise

en soie. » Ce qui était le cas, une chemise grège agrémentée de boutons de manchette en or gros comme des cous de bouteille. « Bon sang, Jose, quelle allure! s'exclama-t-elle en détaillant le reste de sa tenue. Montre en or, bracelet en or... je n'ai pas le dos tourné que vous vous trouvez déjà une riche protectrice! » Le tout débité sur un ton mi-agressif, mi-hystérique, dans le but instinctif de le mettre aussi mal à l'aise dans ses vêtements qu'elle se sentait ridicule dans les siens. Et à quoi aurais-je dû m'attendre? songea-t-elle, furieuse – à ce qu'il porte son austère maillot de bain et une gourde?

Mais Joseph ne releva pas la remarque.

« Charlie. Bonjour. Le bateau avait du retard. Pauvre Charlie. Mais cela n'a plus d'importance. Vous êtes ici. » Là au moins il n'avait pas changé – ni triomphe, ni surprise, un simple salut dépouillé et un geste de la tête en direction du serveur. « Vous désirez un whisky ou vous laver les mains d'abord? Les toilettes sont là-bas.

– Un whisky », répondit-elle en s'affalant sur une chaise en face de lui.

L'endroit était agréable, elle le sut immédiatement. Le genre de lieu que les Grecs se gardaient pour eux.

« Oh! avant que j'oublie... » Il cherchait quelque chose derrière lui.

Que tu oublies quoi? se dit-elle, la tête dans la paume, en train de l'observer. Allez, Jose. Tu n'as jamais rien oublié de toute ton existence. Joseph avait fait apparaître de sous son banc un sac de laine tissée grec aux couleurs très pâles, et le lui présentait en choisissant délibérément d'éviter toute cérémonie.

« Puisque nous devons faire ensemble notre entrée dans le monde, voici votre trousse de sauvetage. Vous y trouverez votre billet d'avion Thessalonique-Londres, que vous pouvez faire changer à tout moment; également de quoi faire quelques courses, vous enfuir ou simplement vous changer les idées. Avez-vous eu du mal à vous débarrasser de vos amis? Je suis sûr que oui. On a toujours horreur de tromper les gens, mais surtout ceux que l'on aime. »

Il s'exprimait comme s'il avait trompé les gens toute sa vie. Comme s'il pratiquait cet exercice tous les jours avec regret.

« Il n'y a pas de parachute, se lamenta-t-elle en regardant dans le sac. Merci, Jose. » Elle répéta une deuxième fois. « Il est très beau, merci beaucoup. » Mais elle avait l'impression de ne pas croire à ce qu'elle disait. Ce devait être les cachets de Lucy, pensa-t-elle. La fatigue du voyage.

« Que diriez-vous d'un homard, maintenant? A Mykonos, vous m'avez affirmé que le homard était votre plat préféré. C'est vrai? Le chef en garde un à votre intention et n'attend qu'un ordre de vous pour l'exécuter. Qu'est-ce que vous risquez? »

Le menton toujours appuyé sur la main, Charlie laissa son humour reprendre le dessus. Avec un pauvre sourire, elle leva son poing libre et abaissa le pouce, ordonnant ainsi, tel César, la mort du homard.

« Dites-leur de ne pas se montrer trop cruels », implora-t-elle.

La jeune femme se saisit d'une des mains de Joseph et la pressa entre les siennes pour se faire pardonner sa mauvaise humeur. Il sourit, lui abandonnant sa main en pâture. Il les avait très belles, pourvues de longs doigts fermes et de muscles puissants.

« Et le vin que vous aimez, reprit Joseph. Du boutaris, du blanc très frais. C'est bien ce que vous m'aviez dit, n'est-ce pas? »

Oui, songea-t-elle en regardant la main s'éloigner d'elle par-dessus la table. C'est bien ce que je disais. Il y a dix ans, quand nous nous sommes rencontrés sur cette drôle de petite île grecque.

« Et après dîner, je serai votre Méphistophélès attitré et vous emmènerai tout en haut d'une colline pour y admirer le deuxième endroit le plus beau du monde. Vous êtes d'accord? Une randonnée mystérieuse?

– Je veux le plus beau, répondit-elle en buvant son scotch.

– Mais je ne décerne jamais de premier prix », répliqua tranquillement Joseph.

Sors-moi de là! cria-t-elle mentalement. Balance le scénariste! Trouve un nouveau script! Elle tenta un coup d'ouverture sorti tout droit de Rickmansworth.

« Alors, qu'est-ce que vous avez fabriqué pendant ces derniers jours, Jose? A part languir de mon absence, bien sûr. »

Il ne répondit pas vraiment. Au lieu de cela, il lui posa des questions sur son attente à elle, sur le voyage, sur la bande. Il sourit lorsqu'elle mentionna l'apparition providentielle du taxi de ce jeune hippy qui ne parlait pas de Jésus : il voulut savoir si elle avait eu des nouvelles d'Alastair et manifesta un dépit poli en apprenant qu'il n'en était rien. « Oh! il n'écrit *jamais* », déclara-t-elle avec un rire insouciant. Il lui demanda pour quel rôle, à son avis, on l'avait fait rentrer; elle supposait qu'il s'agissait d'un western spaghetti et il trouva cela amusant : il n'avait jamais entendu cette expression et insista pour qu'elle la lui explique. Le temps de terminer son scotch et elle commença à croire qu'elle lui plaisait peut-être, après tout. Lorsqu'elle lui parla d'Al, la façon dont elle faisait place nette pour laisser entrer un nouvel homme dans sa vie l'impressionna elle-même.

« Quoi qu'il en soit, je lui souhaite *vraiment* d'avoir du succès, c'est tout », dit-elle en sous-entendant qu'un succès le consolerait peut-être de certaines déceptions.

Mais tout en se rapprochant ainsi de Joseph, elle était assaillie par le sentiment que quelque chose n'allait pas. Elle éprouvait parfois semblable impression sur les planches, quand une scène ne fonctionnait

152

pas : que les événements se produisaient isolément les uns des autres, en une succession trop figée; que le texte était trop mince, trop pauvre. Maintenant, décida-t-elle. Fouillant dans son sac, elle en extirpa une boîte en bois d'olivier et la lui tendit de l'autre côté de la table. Il la prit parce qu'on la lui donnait mais ne comprit pas tout de suite qu'il s'agissait d'un cadeau et, avec une pointe d'amusement, elle décela une ombre d'inquiétude, de suspicion même, sur son visage, comme si quelque facteur inattendu menaçait de contrarier ses plans.

« Vous êtes censé l'ouvrir, expliqua-t-elle.

– Mais qu'est-ce que c'est? » Lui jouant un peu la comédie, il secoua l'objet, puis l'approcha de son oreille. « Dois-je commander un seau d'eau? » s'enquit-il. Il soupira comme s'il n'y avait rien à en tirer et leva le couvercle, contemplant les petits paquets de tissu ouaté qui tapissaient le fond. « Charlie. Qu'est-ce que c'est? Je suis tout à fait confus. Je voudrais que vous rameniez tout cela où vous l'avez trouvé.

– Allez-y. Ouvrez-en un. »

Il leva une main en l'air; Charlie la regarda hésiter – s'imaginant un instant la voir au-dessus de son propre corps – puis fondre sur le premier paquet qui renfermait en fait le gros coquillage rose qu'elle avait ramassé sur la plage le jour où Joseph avait quitté l'île. Il le posa solennellement sur la table puis s'empara du second présent, un petit âne grec sculpté à Taïwan qu'elle avait acheté dans la boutique de souvenirs et sur la croupe duquel elle avait peint elle-même le nom de Joseph. Le tenant à deux mains, il le tourna et le retourna pour mieux l'examiner.

« C'est un garçon », annonça-t-elle. Elle ne parvint pourtant pas à chasser le sérieux du visage de Joseph. « Et ça, c'est moi qui fais la tête », expliqua-t-elle tandis qu'il saisissait la photo couleur encadrée prise sur le Polaroïd de Robert et qui montrait la jeune femme de dos, portant un chapeau de paille et un cafetan. « J'étais furieuse et ne voulais pas qu'on me prenne. J'ai pensé que cela vous ferait plaisir. »

Ses remerciements étaient empreints d'une froide réflexion qui la glaça. Merci mais pas maintenant, semblait-il dire : merci mais ce sera pour une autre fois. Ni Pauly, ni Lucy et ni vous non plus. Elle hésita, puis finit par se décider – doucement, gentiment, en le regardant droit dans les yeux. « Jose, nous ne sommes pas obligés de continuer, vous savez. Je peux toujours me débrouiller pour prendre l'avion si vous préférez. C'est que je ne voudrais pas que vous vous croyiez obligé de...

– De quoi?

– De tenir une promesse en l'air, c'est tout.

– Ce n'était pas une promesse en l'air. J'étais sérieux. »

A son tour, maintenant. Il produisit une liasse de brochures touristiques. Charlie se déplaça spontanément pour venir s'asseoir près de lui et lui passer négligemment le bras gauche par-dessus l'épaule de façon qu'ils puissent examiner ensemble les dépliants. Il avait l'épaule aussi dure qu'un roc et presque aussi avenante, mais elle y appuya quand même son bras. Delphes, Jose : ouais, super. Elle laissa ses cheveux effleurer la joue de Joseph. Elle se les était lavés la veille à son intention. Olympe : géant. Météores : connais pas. Leurs fronts se touchaient. Thessalonique : waouh. Les hôtels où ils dormiraient : tout était prévu, tout était retenu. Elle déposa un baiser sur sa tempe, tout près de l'œil, un baiser léger, enfantin. Il sourit et lui pressa la main, comme un oncle bienveillant, si bien qu'elle cessa presque de se demander ce qui, en elle ou en lui, pouvait bien donner à cet homme le droit de la vaincre sans la moindre lutte, sans même de capitulation : ou bien d'où venait cette impression familière – le « Charlie, oui, bonjour » – qui avait fait de leur première rencontre des retrouvailles de vieux amis, et de cette nouvelle réunion une conférence concernant leur lune de miel.

Ce n'est rien, pensa-t-elle.

« Vous ne mettez jamais de blazer rouge, n'est-ce pas, Jose? demanda-t-elle avant même d'avoir envisagé la question. Enfin, bordeaux, avec des boutons de cuivre et un vague air des années vingt dans la coupe? »

Il leva lentement la tête puis considéra avec attention son regard. « C'est une plaisanterie?

– Non, non. Une simple question.

– Un blazer rouge? Mais pourquoi donc? Vous voulez que je soutienne votre équipe de football ou quoi?

– Cela vous irait très bien. C'est tout. » Il attendait toujours des explications. « Des fois, je m'imagine les gens comme ça, fit-elle, essayant de s'en sortir. C'est du théâtre. Tout dans ma tête. Vous ne connaissez pas les actrices, si? Je maquille les gens – je leur mets des barbes, toutes sortes de choses. Vous n'en reviendriez pas. Et je les habille aussi. En costume de golf. En uniforme. Tout sort de mon imagination. C'est une manie.

– Vous voudriez que je me laisse pousser la barbe, c'est ça?

– Si l'envie me prend, je vous le ferai savoir. »

Ils échangèrent un sourire – acteur et public à nouveau réunis; il cessa de la dévisager et elle en profita pour gagner les toilettes où elle put s'en prendre à elle-même, dans le miroir, tout en essayant de percer Joseph à jour. Pas étonnant qu'il soit couvert de cicatrices, songea-t-elle. Les femmes lui ont tiré dessus.

Ils avaient dîné, avaient discuté avec le sérieux dont font preuve les étrangers entre eux et il avait réglé l'addition en produisant un portefeuille en peau de crocodile qui avait sans doute coûté la moitié de la dette nationale que lui devait on ne savait quel pays.

« Vous me faites passer sur vos frais, Jose? » l'interrogea-t-elle en le voyant plier puis ranger la note.

La question resta sans réponse car soudain, et fort à propos, l'habituel génie organisateur de Joseph reprit le dessus : ils allaient être en retard.

« Voulez-vous regarder si vous voyez une vieille Opel verte aux ailes cabossées et conduite par un garçon de dix ans tout au plus? lui demanda-t-il en la poussant dans un couloir de cuisine étroit et en s'emparant de ses bagages.

– Elle est pile là », indiqua-t-elle.

La voiture attendait devant l'entrée de service, les ailes bien bosselées, comme promis. Le chauffeur déchargea Joseph des bagages de Charlie et les rangea rapidement dans le coffre. Il était blond, avait des taches de rousseur, un air très sain, un grand sourire juvénile et, effectivement, s'il n'avait plus tout à fait dix ans, il n'en paraissait pas plus de quinze. Comme tous les soirs, la nuit chaude déversait une pluie paresseuse.

« Charlie, je vous présente Dimitri, fit Joseph en la faisant asseoir sur la banquette arrière. Sa mère lui a donné la permission de se coucher tard, ce soir. Dimitri va nous conduire gentiment au deuxième endroit le plus beau du monde. » Il s'était glissé près de la jeune femme. L'automobile démarra aussitôt, de même que le commentaire touristique facétieux de Joseph. « Voilà, Charlie, ici, nous avons le sanctuaire de la démocratie grecque moderne, la place de la Constitution; vous remarquerez les nombreux démocrates qui passent leurs heures de liberté dans les restaurants. Maintenant, sur votre gauche, vous apercevez l'Olympéion et la porte d'Hadrien. Je dois cependant vous dire, avant que vous ne vous imaginiez des choses, qu'il ne s'agit pas du même Hadrien que celui de votre célèbre mur. Le modèle athénien semble beaucoup plus imaginatif, non? Plus artiste, dirais-je.

– Ça, oui », lâcha-t-elle.

Réveille-toi, se dit-elle avec colère. Vis un peu. Une promenade gratuite, un homme nouveau et superbe, la Grèce Antique, ça s'appelle *s'amuser*. Ils ralentissaient. Elle entrevit des ruines sur sa droite, mais les buissons les dissimulèrent à nouveau. L'Opel atteignit un rond-point, gravit lentement une colline pavée puis s'immobilisa. Joseph jaillit hors de la voiture, vint lui ouvrir sa portière, lui saisit la main et la mena d'un pas rapide, presque furtif, à un étroit escalier de pierre qui s'enfonçait entre deux rangées d'arbres.

« Nous devons chuchoter et, même tout bas, employer un code des plus compliqués », la prévint-il en un murmure très théâtral, et elle répliqua par une phrase tout aussi sibylline.

Son contact lui faisait comme une décharge électrique. Elle sentait ses doigts la brûler lorsqu'il la touchait. Ils suivaient un sentier de forêt, tantôt empierré, tantôt de terre sèche, mais toujours abrupt. La lune s'était cachée et il faisait très sombre, mais Joseph fonçait devant elle sans la moindre hésitation, aussi facilement qu'en plein jour. Une fois, ils traversèrent un escalier de pierre, une autre un chemin plus large et praticable, mais il repoussait la facilité. Les bois s'éclaircirent et elle aperçut sur sa droite les lumières de la ville déjà très loin au-dessous d'elle. Sur sa gauche, mais encore bien plus haut, se découpait en noir sur le ciel orangé une sorte de rocher. Elle entendit derrière elle un bruit de pas et des éclats de rire, mais il ne s'agissait que de deux gosses en train de plaisanter.

« Cela ne vous ennuie pas de marcher? s'enquit Joseph sans ralentir l'allure.

– Si, énormément.

– Vous voulez que je vous porte?

– Oui.

– Malheureusement, je me suis froissé un muscle dorsal.

– J'ai vu », dit-elle en s'accrochant plus fort à sa main.

Elle se tourna à nouveau vers la droite et distingua ce qui apparaissait au premier abord comme les vestiges d'une vieille usine anglaise, tout en fenêtres cintrées, surplombant la ville illuminée. Elle jeta un coup d'œil à gauche et le rocher se métamorphosa en une forme noire et rectangulaire, un bâtiment d'où jaillissait à un bout ce qui aurait pu être un conduit de cheminée. Puis ils s'enfoncèrent une fois encore dans les bois, environnés par le chant assourdissant des cigales et une odeur de pin assez forte pour lui piquer les yeux.

« C'est une tente, murmura-t-elle, l'obligeant à s'arrêter un instant. Ah! l'amour à la missionnaire! Comment avez-vous deviné mes désirs secrets? »

Mais il s'était remis à avancer d'un pas vif devant elle. Elle ne parvenait plus à respirer mais pouvait marcher toute la journée quand elle se sentait dans cet état-là; son essoufflement avait donc d'autres causes. Ils avaient emprunté un large chemin empierré. Devant eux, deux silhouettes grises en uniforme montaient la garde près d'une petite cabane en pierre surmontée d'une ampoule électrique qui brillait à travers un grillage. Joseph les rejoignit et Charlie perçut leur murmure de salut. La cabane se dressait entre deux portails de fer. Derrière le premier s'étendait à nouveau la ville, lointain halo de lumières vives et agitées; mais le second ne dissimulait qu'un noir d'encre, et c'était dans ces ténèbres qu'ils étaient sur le point d'être admis car elle entendit le cliquetis des clefs et le grincement des gonds au moment où la grille s'effaçait lentement. Elle fut un instant prise de panique. Qu'est-ce que je fais ici? Où suis-je? File, crétine,

158

file. Les hommes étaient des militaires ou des policiers et elle supposa à leur air embarrassé que Joseph avait dû les soudoyer. Puis tous regardèrent leur montre et Charlie distingua, au moment où il levait le poignet, l'éclat de la chemise de soie et des boutons de manchette de Joseph. Il lui fit signe d'avancer. Elle jeta un coup d'œil en arrière et aperçut deux jeunes filles se tenant en contrebas sur l'allée dallée, la tête tournée dans leur direction. Joseph l'appelait. Elle se dirigea vers le portail ouvert, sentant le regard des policiers la dévêtir, et elle se dit que jamais encore Joseph ne l'avait examinée ainsi; jamais, il n'avait manifesté directement le moindre désir pour elle. Maintenant, assaillie par tant de doutes, elle espérait ardemment qu'il allait le faire.

La grille se referma derrière elle. Il y avait d'abord des marches puis un sentier de roche glissante. Elle l'entendit lui dire de faire attention. Elle aurait aimé s'accrocher à lui mais il la fit passer devant, expliquant qu'il ne voulait pas masquer la vue. Ainsi, c'est un point de vue, songea-t-elle. La deuxième vue la plus belle du monde. La roche, sans doute du marbre, luisait même dans l'obscurité et Charlie sentait ses semelles de cuir déraper dangereusement. Une fois, elle faillit tomber mais une main la rattrapa avec une rapidité et une force qui auraient rendu Al chétif à côté. A un autre moment, elle serra le bras contre son flanc, entraînant la main de son guide contre sa poitrine. Touche, hurla-t-elle en silence. C'est à moi et il y en a deux; le gauche a un côté beaucoup plus érogène que le droit, mais quelle importance? Le sentier sinuait, la nuit s'éclaircissait et devenait plus douce, comme si elle avait retenu la chaleur du soleil. Charlie découvrit à ses pieds la ville qui semblait tomber comme une planète en fuite; au-dessus de sa tête, elle ne discerna qu'une masse sombre et découpée de tours et d'échafaudages. La rumeur de la circulation se tut, cédant la nuit aux cigales.

« Marchez doucement, maintenant, je vous prie. »

Elle comprit au son de sa voix que, quel qu'il fût, le but approchait. Le sentier se remit à zigzaguer; ils atteignirent un escalier de bois. Des marches, une langue de terrain plat, puis à nouveau des marches. Joseph avait pris un pas furtif à cet endroit et Charlie l'imita, la clandestinité les unissant de nouveau. Côte à côte, ils franchirent une porte monumentale dont l'échelle démesurée força la jeune femme à lever la tête. Elle vit alors une demi-lune rougeoyante se frayer un chemin parmi les étoiles pour venir se ficher entre les colonnes du Parthénon.

« Mon Dieu », murmura-t-elle. Charlie se sentit dépassée et, pendant quelques secondes, très seule. Elle reprit lentement sa progression, comme quelqu'un se dirigeant vers un mirage et attendant qu'il disparaisse, mais la vision subsista. Elle longea ainsi le temple jusqu'au bout, en quête d'un accès, mais les premières marches qu'elle rencontra étaient barrées par un panneau sévère indiquant *Interdit de monter*. Et puis soudain, sans raison définie, elle courait. Guidée miraculeusement, elle évoluait entre les blocs de pierre en direction de la frontière obscure de cette ville irréelle, à peine consciente de la présence de Joseph qui, en chemise de soie grège, se maintenait sans effort à sa hauteur. Elle riait et parlait en même temps; elle prononçait les mots que, lui avait-on dit, elle laissait échapper au lit – tout ce qui lui passait par la tête. Elle éprouvait la sensation de pouvoir s'évader de son corps et s'élever dans le ciel sans risque de tomber. Ralentissant l'allure, elle arriva au parapet, s'écroula sur le rebord et plongea son regard vers l'îlot illuminé encerclé par les océans noirs des plaines de l'Attique. Elle se retourna et le vit qui l'observait, à quelques pas d'elle.

« Merci », dit-elle enfin.

Charlie le rejoignit, elle lui saisit la tête à deux mains et l'embrassa sur la bouche, d'abord à la façon d'une petite fille, les lèvres closes, puis avec la langue, imprimant au corps de l'homme le mouvement voulu et scrutant son visage à chaque respiration, comme pour mesurer l'effet produit, et cette fois-ci ils restèrent enlacés suffisamment longtemps pour qu'elle sache; aucun doute possible, l'effet était positif.

« Merci, Jose », répéta-t-elle, le sentant aussitôt se soustraire à son étreinte. Il dégagea sa tête et lui prit les bras pour les replacer sagement le long de ses flancs. C'était stupéfiant, mais il l'avait abandonnée sans un mot, sans un geste.

Trompée, presque en colère, elle fixa du regard son visage immobile de sentinelle éclairé par la lune. Elle croyait autrefois tous les connaître. Les homos honteux qui faisaient semblant avant d'éclater en sanglots. Les puceaux attardés perturbés par l'ombre imaginaire de l'impuissance. Les soi-disant Don Juan et les super mâles d'opérette qui se dérobaient au dernier moment sur un brusque accès de timidité ou de conscience. Et il s'était toujours trouvé assez de véritable tendresse en elle pour qu'elle devienne la mère, la sœur ou autre chose encore et établisse un lien avec chacun d'entre eux. Mais en fouillant les deux trous sombres de ses yeux, elle perçut chez Joseph une résistance qu'elle n'avait jamais rencontrée auparavant. Il ne s'agissait ni d'une absence de désir ni d'une virilité défaillante. Charlie avait trop d'expérience pour se méprendre sur la tension et l'assurance de son étreinte. Il semblait plutôt qu'il concevait d'autres buts qui la dépassaient et qu'en se soustrayant ainsi à elle, il essayait de le lui faire comprendre.

« Faut-il que je vous remercie encore? » s'enquit-elle.

Il la contempla encore un instant en silence. Puis il leva le poignet et regarda sa montre en or à la lueur de la lune.

« Il me semble que, comme nous sommes déjà en

retard, je devrais vous montrer un peu les temples. Me permettez-vous de vous ennuyer? »

Compte tenu de l'extraordinaire décalage qui s'était établi entre eux, il attendait d'elle qu'elle l'aide à respecter son vœu d'abstinence.

« Je veux le grand jeu, Jose, déclara-t-elle, glissant un bras sous le sien et l'entraînant avec la même fierté que s'il avait été un trophée. Qui l'a construit, combien ça a coûté, à quels dieux ce temple était consacré et si ça a servi à quelque chose. Vous pouvez m'ennuyer jusqu'à ce que la vie nous sépare. »

Il ne lui vint pas même à l'idée qu'il pouvait ne pas connaître les réponses et elle avait raison. Il lui fit un cours et elle l'écouta; il la conduisit lentement d'un temple à l'autre et elle le suivit, lui tenant le bras et songeant : je serai ta sœur, ton élève, ta ce que tu voudras. Je te relèverai et dirai n'y être pour rien, je te mettrai par terre et dirai être seule responsable, et je te tirerai encore ce sourire, même s'il doit m'en coûter la vie.

« Non, Charlie, répondait-il d'un ton sérieux, les Propylées ne sont pas des déesses, mais les portes d'un sanctuaire. Le mot vient de propylon; les Grecs utilisaient le pluriel pour honorer leurs lieux sacrés.

— Vous avez tout appris exprès pour moi, Jose, c'est ça?

— Bien sûr. Tout pour vous. Pourquoi pas?

— Je pourrais en faire autant. Je suis une vraie éponge. Vous n'en reviendriez pas. Un coup d'œil dans les bouquins et je deviens aussitôt votre spécialiste. »

Il s'immobilisa; elle fit de même.

« Alors répétez-moi ce que j'ai dit », demanda-t-il.

Elle crut d'abord qu'il plaisantait, qu'il se moquait d'elle. Puis, lui saisissant les bras, elle lui fit opérer un brusque demi-tour et reprendre le chemin inverse tandis qu'elle lui débitait toutes ses phrases.

« Ça ira? » Ils étaient revenus à leur point de départ. « Ai-je droit au deuxième prix? »

Elle attendit les fameuses trois minutes d'avertissement : « Ce n'est pas le *tombeau* d'Agrippa, c'est le *monument* d'Agrippa. Sinon, à part cette petite erreur, je dirais que vous saviez votre leçon sur le bout des doigts. Félicitations. »

Au même instant, très loin en contrebas, retentit un avertisseur de voiture, trois coups calculés, et Charlie comprit qu'ils leur étaient destinés car Joseph leva aussitôt la tête et écouta comme un animal humant le vent, avant de regarder de nouveau sa montre. Le carrosse s'est transformé en citrouille, songea-t-elle; c'est l'heure où les gentils enfants se trouvent au lit et se racontent ce à quoi ils pensent tous.

Ils avaient déjà commencé à redescendre la colline quand Joseph s'arrêta pour contempler le mélancolique théâtre de Dionysos, cirque vide que seuls éclairaient la lune et les rayons diffus des lumières lointaines. C'est un dernier regard, se dit Charlie, très troublée, en examinant la forme sombre et immobile de son corps se découpant contre les feux de la ville.

« J'ai lu quelque part que le vrai théâtre ne se limitait jamais à l'expression d'un seul, déclara-t-il. Les romans, les poèmes, oui. Mais pas le théâtre. Le théâtre doit trouver une application dans la réalité. Le théâtre doit être utile. Vous croyez cela?

– A l'Institut féminin de Burton sur le Trent? répliqua-t-elle en riant. A jouer Hélène de Troie le samedi après-midi devant des retraités?

– Je suis sérieux. Dites-moi ce que vous en pensez.

– Au sujet du théâtre?

– Au sujet de son utilité. »

Sa gravité la déconcerta. Il semblait trop attendre de sa réponse.

« Eh bien, je suis d'accord, répondit-elle maladroitement. Le théâtre *devrait* être utile. Il *devrait* permettre aux gens de sentir les choses et de les partager. Il devrait... eh bien, il devrait réveiller la conscience des gens.

– Il devrait donc être vrai? Vous en êtes sûre?

– Evidemment, j'en suis sûre.

– Très bien, alors, conclut-il comme si, en ce cas, elle ne pouvait rien lui reprocher.

– Très bien, alors », répéta-t-elle gaiement.

Nous sommes complètement fous, décida-t-elle. Une vraie paire de cinglés, tous les deux. Le policier les salua lorsqu'ils furent redescendus sur terre.

Elle crut tout d'abord qu'il lui jouait un mauvais tour. La route était déserte à l'exception d'une Mercedes, garée toute seule, en évidence. Sur un banc, non loin de là, un couple s'embrassait; autrement, il n'y avait personne alentour. La Mercedes était sombre mais pas noire. Comme elle était rangée très près du talus, l'herbe dissimulait la plaque d'immatriculation avant. Charlie aimait les Mercedes depuis qu'elle roulait en voiture et elle sut tout de suite, à sa solidité, que celle-ci sortait d'un atelier de carrossier, son parfait état et les antennes dont elle était pourvue lui indiquant qu'il s'agissait là d'une fantaisie très chère au cœur de son propriétaire et équipée de tous les gadgets possibles. Joseph lui avait pris le bras et ils avaient déjà presque atteint la portière du conducteur lorsqu'elle se rendit compte qu'il s'apprêtait à l'ouvrir. Elle le vit introduire la clef dans la serrure, entendit les quatre taquets se lever en même temps et s'aperçut soudain qu'il la conduisait vers le côté passager pendant qu'elle lui demandait ce que tout cela signifiait.

« Celle-ci ne vous plaît pas? s'enquit-il avec une légèreté qu'elle trouva aussitôt suspecte. Dois-je en commander une autre? Je croyais que vous aviez un faible pour les belles voitures.

– Vous voulez dire que vous l'avez louée?

– Pas exactement. On nous l'a prêtée pour le voyage. »

Il tenait la portière ouverte. Elle ne bougea pas.

« Prêtée par qui?

– Un bon ami.

– Comment s'appelle-t-il?

– Charlie, ne soyez pas si ridicule. Herbert. Karl. Un nom, qu'est-ce que cela change? Vous préféreriez le manque de confort démocratique d'une Fiat grecque?

– Où sont mes affaires?

– Dans le coffre. Dimitri les y a mises sur mes instructions. Cela vous rassurerait-il de jeter un coup d'œil?

– Je ne vais pas rentrer là-dedans, c'est complètement dingue. »

Elle y pénétra cependant et il fut instantanément assis près d'elle, mettant le contact. Joseph portait des gants de conduite. Des gants de cuir noir, percés de petits trous sur le dessus. Il avait dû les garder dans sa poche et les enfiler en montant dans l'auto. L'or qui habillait ses poignets rutilait contre le cuir sombre. Il conduisait vite et avec adresse. Cela ne plut pas non plus à Charlie – ce n'était pas ainsi que l'on pilotait la voiture d'un ami. Sa portière était verrouillée. Il les avait toutes refermées depuis le tableau de bord, grâce au système central de fermeture. Il avait également allumé la radio d'où se déversait une musique grecque plaintive.

« Comment je fais pour ouvrir ces sacrées fenêtres? » dit-elle.

Il appuya sur un bouton et le vent tiède de la nuit balaya le visage de la jeune femme, lui apportant des senteurs de résine. Mais Joseph n'abaissa pas la vitre de plus de cinq centimètres.

« Vous faites ça souvent, n'est-ce pas? lui demanda-t-elle en haussant le ton. C'est une de vos petites manies, hein? Conduire des dames vers des destinations inconnues à deux fois la vitesse du son. »

Pas de réponse. Son regard fixait intensément la route devant lui. Qui est-il? Oh! pauvre de moi – comme disait si souvent sa vioque – qui est-il? L'intérieur de la voiture s'illumina. Charlie se retourna et aperçut des phares à une centaine de mètres derrière eux, qui ne gagnaient ni ne perdaient de terrain.

« Ils sont des nôtres ou non? » interrogea-t-elle.

Elle était déjà en train de se carrer dans son siège lorsqu'elle comprit ce qui avait aussi attiré son attention. Un blazer rouge sombre, jeté sur la banquette arrière et agrémenté des mêmes boutons de cuivre que ceux de Nottingham et de York : elle aurait parié que la coupe évoquait un peu les années vingt.

Elle réclama une cigarette.

« Pourquoi ne regardez-vous pas dans le vide-poches? » lui conseilla-t-il sans même tourner la tête. Elle ouvrit le compartiment et découvrit un paquet de Marlboro. La boîte à gants contenait également une écharpe de soie et une paire de coûteuses lunettes de soleil Polaroïd. Elle saisit l'écharpe et la renifla : le tissu sentait l'eau de toilette pour homme. Charlie prit une cigarette. De sa main gantée, Joseph lui passa l'allume-cigares du tableau de bord.

« Votre copain s'habille plutôt chic, non?

– Assez, oui. Pourquoi?

– C'est à lui le blazer rouge sur la banquette, ou à vous? »

Il lui lança un rapide coup d'œil pour la féliciter, puis reporta son regard sur la route.

« Disons que c'est à lui mais que je l'ai emprunté, répondit-il d'un ton calme tandis que la voiture prenait de la vitesse.

– Vous lui avez aussi emprunté ses lunettes de soleil, c'est ça? Vous deviez en avoir sacrément besoin, assis aussi près de la rampe que vous l'étiez. Pour un peu vous faisiez partie de la distribution. Vous vous appelez Richthoven, c'est bien ça?

– Exact.

– Prénom Peter, mais vous préférez Joseph. Domicile : Vienne. Vous faites un peu de commerce et vous étudiez un peu. » Elle s'interrompit mais il ne dit rien. « Dans une boîte, reprit-elle. Boîte postale sept cent soixante-deux, poste centrale. Je me trompe? »

Elle le vit hocher légèrement la tête pour rendre hommage à sa capacité de mémorisation. L'aiguille du compteur atteignait maintenant cent trente kilomètres heure.

« Nationalité non divulguée, métis plutôt susceptible, continua-t-elle avec désinvolture. Vous avez trois gosses et deux épouses. Le tout dans une boîte postale.

– Ni femme ni enfant.

– Jamais? Ou simplement pas au moment où nous parlons?

– Pas en ce moment.

– Ne vous imaginez pas que cela me gêne, Jose. Au contraire. J'accueille avec plaisir tout ce qui peut m'aider à vous définir. Absolument tout. Les filles sont comme ça – toutes des fouineuses. »

Elle s'aperçut qu'elle tenait toujours l'écharpe. Elle la fourra dans le vide-poches qu'elle referma d'un coup sec. La route était droite mais extrêmement étroite, l'aiguille indiquait maintenant cent quarante et Charlie sentait la panique monter en elle, s'attaquer au calme qu'elle s'était composé.

« Ça vous embêterait de m'annoncer quelque chose d'agréable? Quelque chose qui puisse mettre une personne normale à l'aise?

– Je peux vous dire pour vous rassurer que je vous ai menti aussi peu que possible et que vous allez comprendre, dans très peu de temps maintenant, les excellentes raisons de votre présence parmi nous.

– Qui ça, *nous*? » interrogea-t-elle sèchement.

Jusqu'à présent, il avait semblé agir seul. Charlie n'aimait pas du tout ce changement. Ils arrivaient à une route nationale, mais Joseph ne ralentissait pas. Elle distingua les phares de deux voitures venant à leur rencontre, puis retint son souffle tandis qu'il rétrogradait et appuyait sur le frein pour glisser la Mercedes sur la grande route juste devant les deux véhicules, en faisant assez vite pour permettre à l'automobile qui les suivait depuis un moment de s'intercaler à son tour.

« Il ne va pas y avoir de coups de feu, n'est-ce pas ? s'enquit-elle en pensant soudain aux cicatrices de Joseph. Nous ne serions pas en route pour aller faire une petite guerre quelque part, par-dessus le marché ? Voyez-vous, je ne supporte pas les coups de feu. J'ai les tympans tellement fragiles. » Le son de sa voix, chargé d'une insouciance trop fabriquée, lui devenait très vite étranger.

« Non, Charlie, il n'est pas question de coups de feu.

— *Non, Charlie, il n'est pas question de coups de feu.* La traite des blanches, alors ?

— Non, la traite des blanches non plus. »

Elle répéta cela aussi.

« Alors il ne reste plus que la drogue, c'est ça ? Vous faites bien le commerce de *quelque chose*, non ? Mais la drogue, ce n'est pas mon truc non plus, à vrai dire. Long Al me confie toujours son hasch quand nous devons traverser une frontière et après, je suis bonne à ramasser à la petite cuillère pendant des jours, juste à cause de la nervosité. » Pas de réponse. « C'est plus fort que ça ? Plus noble ? Je suis tombée complètement à côté ? » Elle tendit le bras et éteignit la radio. « Et que penseriez-vous d'arrêter tout simplement la voiture, en fin de compte ? Inutile de m'emmener où que ce soit. Vous pouvez retourner à Mykonos, dès demain, si cela vous chante, vous vous contenterez de ma doublure.

– Et je vous laisserais ici, en plein désert? Ne soyez pas si absurde.

– Faites-le tout de suite! hurla-t-elle. *Arrêtez cette foutue bagnole!* »

Ils avaient grillé un feu rouge et tourné à gauche, si brusquement que Charlie sentit sa ceinture de sécurité se bloquer et lui couper la respiration. Elle voulut se saisir du volant mais il avait levé son avant-bras avant qu'elle ait eu le temps d'esquisser le moindre geste. Il prit encore à gauche, leur faisant franchir un portail blanc puis remonter une allée bordée d'azalées et d'hibiscus. L'allée s'incurvait et la Mercedes s'engouffra dans le virage pour s'immobiliser brutalement sur une aire de gravier cerclée de cailloux peints en blanc. La seconde voiture s'arrêtait derrière eux, bouchant ainsi la sortie. Charlie entendit des pas sur le gravier. La maison était une vieille villa disparaissant sous les fleurs rouges. Sous le faisceau des phares, les fleurs semblaient des taches de sang frais. Une faible lueur émanait du porche. Joseph coupa le contact et fourra la clef dans sa poche. Se penchant par-dessus la jeune femme, il lui ouvrit la portière. L'odeur rance des hortensias et le chant familier des cigales les enveloppèrent. Il sortit de l'auto, mais Charlie resta sur son siège. Il n'y avait pas un souffle d'air, aucune sensation de fraîcheur et pas d'autre bruit que le léger frottement des fines semelles des jeunes gens qui se rassemblaient autour de la voiture. Dimitri, le chauffeur de dix ans au sourire enfantin. Raoul, le hippy aux cheveux filasse qui prenait le taxi et avait un riche papa suédois. Deux filles en jeans et sahariennes, celles-là mêmes qui les avaient suivis dans leur ascension vers l'Acropole et – maintenant qu'elle les voyait plus clairement – qu'elle avait déjà croisées une ou deux fois à Mykonos quand elle faisait du lèche-vitrines. Percevant le choc provoqué par quelqu'un qui ouvrait le coffre et en sortait ses bagages, Charlie jaillit furieusement hors de la Mercedes. « Ma guitare! vociféra-t-elle. Laissez ça tranquille, vous... »

Mais Raoul la tenait déjà sous son bras, Dimitri se chargeant de son sac. Elle allait se précipiter sur eux quand les filles lui saisirent chacune un poignet et un avant-bras puis la menèrent sans le moindre effort vers le porche.

« Où est passé ce salaud de Joseph? » hurla-t-elle.

Mais ce salaud de Joseph, une fois sa mission accomplie, avait déjà franchi la moitié des marches et ne regardait pas en arrière, comme quelqu'un qui fuit un accident. En dépassant la Mercedes, Charlie distingua à la lumière du porche les inscriptions portées sur la plaque d'immatriculation arrière. Il ne s'agissait pas du tout d'une plaque grecque. Elle était arabe, ornée de fioritures franchement hollywoodiennes autour des chiffres et, sur le coffre, juste à gauche de l'emblème Mercedes, se trouvait collé un « CD » plastifié pour corps diplomatique.

6

Les deux filles lui avaient montré les toilettes et y étaient entrées avec elle sans la moindre gêne. L'une blonde, l'autre brune, toutes deux négligées et chargées de se montrer gentilles avec la nouvelle venue. Elles portaient des chaussures de sport et la chemise flottant par-dessus leurs jeans; elles n'avaient eu aucun mal à maîtriser Charlie lorsque celle-ci avait essayé de se jeter sur elles et n'avaient répondu à ses injures que par un sourire évoquant la douceur absente des sourds.

« Moi, je suis Rachel, lui confia la brune en halet-tant lors d'une courte trêve. Et elle, c'est Rose.

Rachel... Rose, c'est entendu? Nous sommes les deux
" R ". »

Rachel était la plus avenante. Elle s'exprimait avec
l'accent moqueur du nord et ses yeux brillaient d'un
éclat joyeux; c'était le dos de Rachel qui avait séduit
Yanuka, au bord de la frontière. Coiffée de cheveux
clairs et ondulés, Rose avait un corps long et ferme
d'athlète, mais quand elle ouvrait les mains, ses paumes semblaient de vrais battoirs au bout de ses poignets minces.

« Tout ira bien, Charlie, ne t'en fais pas, lui affirma
Rose avec un accent saccadé qui aurait pu être sud-
africain.

– Tout allait très bien avant », répliqua Charlie en
s'efforçant encore de les repousser.

Elles la conduisirent ensuite à une chambre, au
rez-de-chaussée, lui donnèrent un peigne, une brosse
et un verre de thé sans sucre ni lait, puis Charlie s'assit
sur le lit à boire son thé et à blasphémer d'une voix
frémissante de colère tout en essayant de reprendre
une respiration normale. « Enlèvement d'une Actrice
Désargentée, marmonna-t-elle. Qu'est-ce qu'on réclame comme rançon, les filles? Ce que je dois à la
banque? » Mais elles se contentèrent de sourire plus
patiemment encore, encadrant, les bras le long du
corps, leur prisonnière, en attendant de pouvoir lui
faire monter le grand escalier. Arrivée au premier
palier, Charlie se rua de nouveau sur elles, le poing
fermé cette fois-ci, et projeta violemment tout son bras
en avant pour se retrouver aussitôt allongée sur le sol,
les yeux fixés sur la verrière qui couronnait la cage
d'escalier et renvoyait tel un prisme le clair de lune en
une mosaïque d'or pâle et de rose. « Mais je voulais
seulement te casser la gueule », expliqua-t-elle à
Rachel dont l'unique réponse fut un regard rayonnant
de compréhension.

C'était une vieille maison qui sentait le chat et lui
rappelait sa vioque. Elle était encombrée de vilains

meubles grecs style empire, de rideaux de velours passé et de chandeliers de cuivre. Mais eût-elle été aussi propre qu'un hôpital suisse ou aussi penchée qu'un pont de navire, la folie serait apparue d'un autre ordre, ni meilleur, ni pire. Au second étage, une jardinière lui fit encore penser à sa mère : Charlie se revit toute petite, assise près d'elle et vêtue d'une salopette en velours côtelé, en train d'écosser des petits pois dans une serre où abondaient les araucarias. Pourtant, Charlie ne parvint absolument pas à se souvenir, ni sur le moment ni après, de la moindre demeure possédant une serre, à moins qu'il ne s'agît de la toute première maison que ses parents avaient habitée à Branksome, près de Bournemouth, quand elle avait trois ans. Les trois filles s'approchèrent d'une double porte. Rachel la poussa et se rangea sur le côté tandis que Charlie découvrait une pièce immense et sombre; au centre, deux silhouettes se tenaient assises derrière une table, l'une grande et imposante, l'autre maigre et courbée, toutes deux vêtues de bruns et de gris foncés et, vues du palier, semblables à des fantômes. La jeune femme distingua des papiers éparpillés sur la table, des documents auxquels le plafonnier donnait un relief disproportionné, mais que Charlie reconnut de loin comme des coupures de presse. Rose et Rachel s'étaient effacées, semblant désormais inutiles. Rachel lui assena une petite tape sur les fesses et lui dit : « Allez, vas-y », et Charlie s'aperçut qu'elle parcourait toute seule les derniers mètres, avec l'impression d'être une vilaine souris mécanique qu'on a remontée à fond. Fais-leur une attaque, se dit-elle. Prends-toi l'estomac, feins une appendicite. Hurle. Son entrée marqua le signal pour les deux hommes de se dresser instantanément sur leurs pieds. Le maigre resta debout derrière la table, mais le grand s'avança fermement vers Charlie et sa main droite s'ouvrit comme une pince de crabe pour saisir la sienne et la serrer avant qu'elle eût pu l'en empêcher.

« Charlie, nous sommes très heureux de pouvoir vous accueillir saine et sauve parmi nous! s'exclama Kurtz d'un ton admiratif, comme si elle avait bravé tous les périls pour venir les rejoindre. Charlie, *mon* nom – il enfermait toujours sa main dans sa poigne puissante et le contact de leurs deux épidermes ne correspondait pas du tout à ce que la jeune femme s'était attendue à ressentir – *mon* nom est, faute de mieux, Marty, et quand Dieu en a eu fini avec *moi*, il lui restait encore quelques morceaux épars et il a fabriqué Mike, comme par scrupule, alors vous pouvez dire bonjour à *Mike*. Là-bas, pour reprendre un pseudonyme commode, c'est Mr. Richthoven – Joseph, comme vous l'appelez – enfin, j'imagine que c'est plus ou moins vous qui l'avez baptisé ainsi, non? »

Il avait dû pénétrer dans la pièce après elle, sans qu'elle le remarque. Le cherchant des yeux, Charlie le découvrit à l'écart des autres, en train de disposer des documents sur une petite table pliante. On avait installé sur celle-ci une lampe de chevet dont la lueur évoquant la flamme d'une bougie lui caressa le visage au moment où il se pencha en avant.

« Je pourrais bien le baptiser maintenant, ce salaud », répondit-elle.

Elle pensa à se précipiter sur lui de la même façon qu'elle l'avait fait sur Rachel : trois rapides enjambées, et une bonne gifle avant d'être ceinturée; mais elle savait que c'était impossible et elle se contenta de lui lancer une bordée d'injures que Joseph écouta d'un air de profond recueillement. Il avait troqué, apparemment à tout jamais, sa chemise en soie de chef de gang et ses boutons de manchette en or gros comme des cous de bouteilles contre un pull fin de couleur brune.

« Je vous conseille de suspendre votre jugement et votre grossièreté jusqu'à ce que vous ayez entendu ce que ces deux hommes ont à vous dire, lui répliqua-t-il sans même lever la tête et tout en continuant de classer ses papiers. Vous êtes ici en très bonne compagnie. Meilleure que celle que vous fréquentez habituellement, dirais-je. Il vous reste beaucoup à apprendre et, si vous avez de la chance, beaucoup à accomplir. Gardez donc votre énergie », lui suggéra-t-il, semblant faire pour lui-même une récapitulation distraite, sans cesser de brasser des piles de documents.

Il s'en fout, songea-t-elle amèrement. Il s'est déchargé de son fardeau et son fardeau, c'était moi. Les deux hommes se tenaient toujours debout près de leur table, attendant qu'elle s'asseye, ce qui déjà paraissait de la folie pure. Folie que de se montrer polis envers une fille qu'on vient juste d'enlever, folie que de lui faire un cours sur ce qui est bien ou mal, folie que de venir participer à un débat avec ses ravisseurs après avoir pris une bonne tasse de thé et réajusté son maquillage. Elle s'assit pourtant. Kurtz et Litvak l'imitèrent.

« Qui distribue les cartes? » plaisanta-t-elle en écrasant du poing une larme égarée. Elle distingua une mallette marron assez usée posée sur le sol entre les deux hommes; elle était ouverte, mais pas suffisamment pour révéler ce qu'elle contenait. Effectivement, les papiers qui jonchaient le bureau étaient des coupures de presse, et bien que Mike fût déjà en train de les ranger dans une chemise, Charlie reconnut sans peine les articles qui la concernaient, elle et sa carrière.

« Vous êtes bien sûrs que vous ne vous êtes pas trompés de fille? » interrogea-t-elle résolument. Elle s'adressait à Litvak, le soupçonnant à tort d'être le plus influençable en raison de sa frêle constitution. Mais elle se moquait en fait de savoir à qui elle parlait tant qu'elle restait à flot. « Seulement, si vous cherchez les trois hommes masqués qui ont braqué la banque de la 52e Rue, ils ont filé dans l'autre sens. Je n'étais que la passante innocente qui a accouché prématurément.

174

– Charlie, nous pouvons être sûrs que nous ne nous sommes pas trompés! » s'écria Kurtz, ravi, levant en même temps ses deux bras épais de la table. Il regarda Litvak, puis jeta de l'autre côté de la pièce un coup d'œil rapide mais empreint d'un froid calcul en direction de Joseph; le moment d'après, il était lancé, s'exprimant avec la fougue animale qui avait tant subjugué Quilley et Alexis ainsi que d'innombrables autres collaborateurs inespérés au cours de sa formidable carrière : les mêmes riches accents euro-américains, les mêmes gestes amples des avant-bras.

Mais Charlie était actrice, et jamais ses instincts professionnels n'avaient été plus aiguisés. Ni le torrent verbal de Kurtz ni la confusion qu'avait suscitée en elle la trahison dont elle était victime n'obscurcissaient la perception multiple qu'elle avait de la scène. Nous sommes en représentation, se dit-elle; il y a nous et eux. Tandis que les jeunes gardes se répartissaient dans l'ombre tout autour de la chambre, Charlie croyait presque entendre les retardataires marcher sur la pointe des pieds pour gagner leurs sièges de l'autre côté du rideau. Le décor, en l'examinant plus attentivement, ressemblait à la chambre à coucher d'un tyran destitué; ses kidnappeurs, aux combattants pour la liberté qui l'avaient déposé. Derrière le front large et paternel de Kurtz qui s'était assis face à elle, la jeune femme discerna, imprimé sur le mur décrépit, le contour poussiéreux de ce qui avait dû être une tête de lit impériale. Derrière le maigre Litvak pendait un miroir au cadre en volutes dorées placé en un endroit stratégique pour le plaisir d'amants défunts. Le parquet nu renvoyait un écho sourd et théâtral; la lumière du plafonnier accentuait les creux sur le visage des deux hommes et l'aspect terne de leurs costumes de partisans. Au lieu de son luxueux complet de Madison Avenue – mais Charlie ne possédait pas cet élément de comparaison – Kurtz arborait maintenant une veste militaire informe tachée de sueur sous les aisselles et dont la poche à rabat laissait dépasser toute une rangée de stylos métallisés; Litvak, lui, l'intellectuel du parti, préférait une chemisette kaki d'où ses bras blancs jaillissaient telles de petites branches dépouillées de leurs feuilles. Pourtant, Charlie avait compris au premier regard leur identité avec Joseph. Ils sont entraînés dans les mêmes buts, songea-t-elle; ils partagent les mêmes idées, les mêmes pratiques. La montre de Kurtz reposait devant lui, sur le bureau. La jeune femme pensa à la gourde de Joseph.

Deux portes-fenêtres s'ouvraient dans la façade de la maison. Deux autres donnaient sur l'arrière. On avait fermé les doubles portes qui menaient aux ailes du bâtiment, et si Charlie avait jamais conçu l'idée de se ruer vers ces issues, elle savait maintenant que c'était impossible car, malgré leur apparente langueur de dilettantes, elle avait décelé chez les gardes – à certains signes indubitables – la vigilance de professionnels. Et puis au-delà encore des sentinelles, tout au fond du décor, rougeoyaient quatre serpentins anti-moustiques évoquant des mèches d'explosif à combustion lente et répandant un parfum musqué. Enfin, derrière Charlie, la petite lampe de chevet de Joseph – malgré tout, ou peut-être justement à cause de tout, la seule lumière réconfortante de la pièce.

Elle avait déjà englobé presque tout ceci du regard avant même que la voix si riche de Kurtz n'eût empli la chambre de ses locutions sournoisement mobilisatrices. Si Charlie n'avait pas déjà deviné qu'elle s'acheminait vers une très longue nuit, cette voix martelée et inflexible le lui annonçait maintenant.

« Charlie, ce que nous voulons d'abord, c'est essayer de nous définir, essayer de nous présenter, et même si personne ici n'a tellement l'habitude de s'excuser, nous voudrions aussi vous dire que nous sommes désolés. Il est des choses qui doivent être faites. Nous en avons accompli une ou deux, un point c'est tout. Alors, pardon, bonjour et encore une fois bienvenue. Salut. »

Il s'interrompit assez longtemps pour permettre à la jeune femme de lâcher une nouvelle bordée d'injures, fit un large sourire et reprit son monologue.

« Charlie, je ne doute pas que vous mourez d'envie de nous poser une multitude de questions, et soyez assurée que nous y répondrons du mieux que nous pourrons en temps voulu. En attendant, nous allons au moins nous efforcer de vous donner quelques informations de base. Vous nous demandez qui nous sommes? » Il ne fit cette fois-ci aucune pause, s'intéressant en fait bien moins à l'effet produit par ses paroles qu'au pouvoir bienveillant qu'elles lui permettaient d'exercer sur la discussion et sur Charlie. « Charlie, tout d'abord, nous sommes des gens honnêtes, comme Joseph vous l'a déjà dit, des gens bien. Et en ce sens, comme toutes les bonnes et honnêtes gens du monde, je crois que l'on peut raisonnablement nous ranger parmi les non-sectaires et les non-alignés qui se sentent comme vous profondément concernés par les mauvaises directions que prend actuellement le monde. Si j'ajoute à tout ceci que nous sommes également citoyens israéliens, j'espère que l'écume ne va pas vous monter immédiatement à la bouche, que vous n'allez ni vomir ni vous jeter par la fenêtre, à moins bien sûr que vous ne soyez intimement convaincue qu'il faille balayer Israël de la carte, l'arroser de napalm ou en faire un joli paquet cadeau pour l'une ou l'autre de ces exigeantes organisations arabes qui se sont juré de nous éliminer. » La sentant se contracter intérieurement, Kurtz se précipita sur l'occasion. « *C'est* ce que vous pensez, Charlie? s'enquit-il en baissant le ton. Peut-être après tout. Pourquoi ne nous feriez-vous pas tout simplement part de votre avis sur la question? Vous voulez vous lever tout de suite? Rentrer chez vous? Vous avez votre billet d'avion, il me semble. Nous vous dédommagerons. Cela vous tente? »

Masquant le chaos et la terreur momentanée qui l'agitaient, Charlie se figea dans une attitude d'un calme glacé. Que Joseph fût juif, elle n'en avait plus douté depuis l'interrogatoire avorté qu'elle lui avait fait subir sur la plage. Mais Israël ne représentait pour elle qu'une abstraction confuse qui déclenchait à la fois ses instincts protecteurs et hostiles. Elle ne s'était jamais imaginé qu'elle devrait un jour affronter personnellement cette question.

« De quoi s'agit-il exactement? demanda-t-elle, ignorant la proposition de Kurtz d'interrompre les transactions avant même qu'elles ne soient commencées. D'un conseil de guerre? D'une expédition punitive? Vous allez me mettre les électrodes? C'est quoi, bon sang, la grande idée?

— Vous aviez déjà rencontré des Israéliens avant? demanda Kurtz.

— Pas que je sache.

— Avez-vous des préjugés raciaux contre les juifs en général? Les juifs en tant que juifs, point? Vous ne trouvez ni que nous puons ni que nous nous conduisons mal à table? Dites-le-nous. Nous comprenons ce genre de choses.

— Ne dites pas de conneries. » Sa voix sonnait faux, à moins que ce ne fût son ouïe qui la trompât.

« Vous vous sentez en milieu ennemi parmi nous?

— Mon Dieu, qu'est-ce qui peut vous donner une idée pareille? Mes ravisseurs deviennent toujours pour *moi* des amis à la vie à la mort », répliqua-t-elle, suscitant à sa grande surprise un éclat de rire spontané. Seul Joseph ne s'y joignit pas, étant bien trop absorbé par sa lecture, comme l'indiquait derrière Charlie le froissement des pages qu'il tournait.

Kurtz insista un peu plus lourdement. « Alors dissipez nos craintes, la pressa-t-il, toujours rayonnant

178

de la même chaleur humaine. Oublions que vous êtes en un certain sens retenue captive ici. Israël peut-il survivre ou devons-nous, nous tous ici, rassembler nos affaires et retourner dans nos anciens pays pour repartir à zéro? Peut-être préféreriez-vous que nous choisissions un morceau de Centrafrique? D'Uruguay? D'Egypte, non merci, nous avons déjà essayé et ça s'est soldé par un échec. Ou peut-être devrions-nous nous disperser à nouveau dans les ghettos d'Europe et d'Asie en attendant les prochains pogroms? Qu'en dites-vous, Charlie?

– Tout ce que je veux, c'est que vous laissiez ces pauvres Arabes tranquilles, fit-elle, contournant encore la difficulté.

– Formidable. Et cela revient à quoi, au juste?

– Arrêter de bombarder leurs camps. De les chasser de leurs terres. De passer leurs villages au bulldozer. De les torturer.

– Vous avez déjà regardé une carte du Moyen-Orient?

– Evidemment.

– Et quand vous vous êtes penchée sur cette carte, il ne vous est pas venu une seule fois à l'idée que les Arabes pourraient, eux, *nous* laisser tranquilles? » demanda Kurtz, toujours aussi pernicieusement aimable.

A son trouble et sa peur s'ajouta un certain embarras, ce qui était sans doute dans l'intention de Kurtz. Face à une réalité aussi dépouillée, les reparties effrontées de Charlie semblaient tout juste dignes d'une salle de classe. La jeune femme se sentait comme une sotte faisant la morale aux sages.

« Je ne veux que la paix », déclara-t-elle stupidement, même si en fait cela correspondait à la vérité. Elle voyait assez bien, quand l'occasion s'en présentait, une Palestine rendue comme par magie à ceux qui en avaient été chassés pour faire place aux gardiens européens plus puissants.

« En ce cas, pourquoi ne jetteriez-vous pas un nouveau coup d'œil sur la carte en vous demandant ce que veut *exactement* Israël? » lui conseilla Kurtz avec une satisfaction évidente avant d'observer une pause, semblant un silence à la mémoire de tous les êtres chers qui ne pouvaient être avec eux ce soir.

Et, fait extraordinaire, ce silence se prolongea extrêmement longtemps, car Charlie elle-même se garda de le briser. Charlie, qui cinq minutes auparavant envoyait les pires insanités à la tête de Dieu et du monde, n'avait soudain plus rien à ajouter. Ce fut donc Kurtz, et non pas elle, qui rompit le charme en prononçant ce qui ressemblait fort à une déclaration écrite à l'intention de la presse.

« Charlie, nous ne sommes pas ici pour critiquer vos engagements politiques. Vous n'allez pas nous croire car il est encore trop tôt – pourquoi donc nous croiriez-vous? – mais en fait, vos engagements nous *plaisent*. Sous tous leurs aspects. Chacun de leurs paradoxes et de leurs bonnes intentions. Nous les respectons et nous en avons besoin; il n'est pas du tout dans notre idée de nous en moquer, et je souhaite sérieusement que nous revenions sur ce sujet en temps voulu pour en discuter de façon ouverte et fructueuse. Nous avons pour but de toucher la bonté et l'humanité qui sont en vous, un point c'est tout. Nous voulons nous adresser à votre cœur généreux, humain et compatissant. A vos sentiments. A votre sens de la justice. Nous ne voulons rien vous demander qui puisse en quelque façon s'opposer à vos fortes et respectables préoccupations éthiques. Vos engagements politiques *polémiques* – ces noms que vous donnez à vos convictions – eh bien, nous préférerions les laisser mijoter sur le feu. Quant à vos convictions en elles-mêmes – aussi confuses, irrationnelles et *frustrées* qu'elles puissent être – nous les respectons pleinement, Charlie. Ceci posé, je suis certain que vous allez encore rester un peu en notre compagnie et écouter ce que nous avons à vous dire. »

Une fois de plus, Charlie dissimula sa réponse sous une nouvelle attaque : « Si Joseph est israélien, s'étonna-t-elle, qu'est-ce qu'il fout dans une bagnole arabe aussi grande? »

Le sourire qui avait si brutalement trahi son âge auprès de Quilley fissura soudain le visage de Kurtz en mille rides et sillons.

« Nous l'avons volée, Charlie, répondit-il joyeusement, et son aveu fut suivi par un nouvel éclat de rire général auquel Charlie faillit se joindre. Et ce que vous voulez savoir *ensuite*, Charlie, fit-il – annonçant donc incidemment que la question palestinienne était, du moins pour le moment, gardée au chaud sur le feu déjà mentionné précédemment – c'est ce que vous faites là avec nous et pourquoi on vous a traînée ici en prenant tant de précautions et de façon aussi cavalière. Je vais vous le dire. La raison, Charlie, en est que nous voulons vous proposer un travail. Un travail d'*actrice*. »

Il avait atteint les eaux calmes et son sourire avenant montrait qu'il le savait. Sa voix s'était faite plus lente et mesurée, comme s'il s'apprêtait à annoncer la liste des heureux gagnants : « Le plus grand rôle qu'on vous ait jamais offert, le plus exigeant, le plus difficile, certainement le plus dangereux mais certainement aussi le plus important. Et ce n'est pas d'argent que je parle. Vous pourrez avoir de l'argent en abondance, aucun problème, dites votre chiffre. » Il balaya de son gros avant-bras ces considérations financières. « Le rôle que nous vous réservons, Charlie, combine tous vos talents, tant sur le plan humain que professionnel. Votre esprit. Votre excellente mémoire. Votre intelligence. Votre courage. Mais aussi cette qualité supérieure dont j'ai déjà parlé : votre chaleur humaine.

Nous vous avons choisie, Charlie. Nous vous avons attribué le rôle. Il y avait beaucoup de concurrents au départ, des candidats de nombreux pays. Nous avons opté pour vous et c'est pour cette raison que vous êtes ici. Parmi vos fans. Tous ceux qui sont présents dans cette pièce vous ont vue jouer, tous vous admirent. Alors, mettons les choses au clair. De notre côté, il n'y a aucune hostilité. Il y a de l'affection. Il y a de l'admiration. De l'espoir. Ecoutez-nous jusqu'au bout. Votre ami Joseph vous a dit la vérité, vous êtes en bonne compagnie, comme nous le sommes avec vous. C'est vous que nous voulons. Nous avons besoin de vous. Et il y a là-bas des gens qui vont avoir encore plus besoin de vous que nous. »

Sa voix laissa un vide. Charlie avait connu des acteurs, très peu, dont la voix produisait cet effet. C'était une présence; son impitoyable bienveillance en faisait une drogue qui vous laissait, quand elle se dissipait, tout désemparé. D'abord Al qui décroche son grand rôle, songea-t-elle prise par un soudain élan d'exaltation, et maintenant c'est mon tour. La folie de sa situation lui apparaissait toujours aussi nettement, et pourtant elle parvenait à peine à refréner le sourire d'excitation qui lui démangeait les lèvres.

« Alors c'est comme ça que vous faites la distribution, oui? dit-elle, réussissant une fois encore à prendre un ton sceptique. On les assomme et on leur passe les menottes pour vous les amener? Vous procédez toujours ainsi, je suppose.

— Mais, Charlie, nous ne prétendons absolument pas qu'il s'agit ici de dramaturgie classique, répondit Kurtz d'une voix égale, lui abandonnant une fois de plus l'initiative.

— Un rôle dans quoi au juste? s'enquit-elle refoulant toujours son sourire.

— Appelez ça du théâtre. »

Elle se rappela Joseph et la gravité qui avait empreint son visage lorsqu'il avait fait allusion au théâtre du réel. « Alors ç'est une pièce, conclut-elle. Mais pourquoi ne pas le dire clairement?

– En un certain sens, c'est une pièce, concéda Kurtz.

– Elle est de qui?

– Nous nous chargeons de l'intrigue et Joseph écrit les dialogues. Grâce à votre collaboration.

– Qui sera le public? » Elle esquissa un geste en direction des ombres. « Ces charmants jeunes gens? »

Le sérieux de Kurtz surprenait et impressionnait tout autant que sa bienveillance. Ses mains calleuses se trouvèrent sur la table, sa tête s'inclina au-dessus d'elles et le plus incrédule n'aurait pu douter de la sincérité de son attitude. « Charlie, il existe dans le monde des gens qui ne verront jamais la pièce, qui ne sauront même pas qu'elle se joue et qui pourtant vous devront tout pour le restant de leur vie. Des innocents. Ceux dont vous vous êtes toujours préoccupée, pour lesquels vous avez essayé de parler, de manifester, que vous avez tenté d'aider. Dans tout ce qui suivra cet entretien, il vous faudra garder cette notion à l'esprit ou bien vous nous perdrez et vous vous perdrez vous-même, cela ne fait aucun doute. »

Elle s'efforça de détourner son regard. Sa rhétorique volait trop haut, cherchait trop à convaincre. Elle aurait préféré qu'il l'essayât sur quelqu'un d'autre.

« Mais, bon sang, qui êtes-vous donc pour décider qui est innocent? lança-t-elle violemment, se révoltant à nouveau contre le pouvoir de persuasion de son interlocuteur.

– Vous voulez dire nous en tant qu'Israéliens, Charlie?

– Je veux dire *vous*, rétorqua-t-elle en évitant le terrain dangereux.

– Je choisirai de contourner légèrement votre question, Charlie, et de dire que selon nous, il faut que quelqu'un soit véritablement très coupable pour avoir mérité de mourir.

– Qui par exemple? Qui a mérité de mourir? Les pauvres types que vous descendez en Cisjordanie? Ou ceux que vous bombardez au Liban? » Comment avaient-ils pu en arriver à parler de la mort, elle se le demandait, même en posant ces questions saugrenues. Etait-ce lui, elle? Cela ne faisait aucune différence. Il pesait déjà sa réponse.

« Ceux qui ont enfoncé les barrières humaines, Charlie, déclara-t-il avec une force soutenue. *Ceux-là*, et seulement ceux-là méritent la mort. »

Entêtée, Charlie ne capitulait toujours pas : « Y a-t-il des juifs parmi eux?

– Oui, des juifs, et des Israéliens aussi, sûrement, mais nous n'en faisons pas partie et, heureusement, ils ne concernent pas le problème qui nous occupe ce soir. »

Il possédait suffisamment d'autorité pour s'exprimer ainsi. Il détenait les réponses que les enfants attendent. Il avait l'expérience nécessaire et toutes les personnes présentes le savaient, y compris Charlie : il était homme à ne parler que de ce qu'il connaissait. Quand il posait des questions, on sentait qu'il avait lui-même répondu à d'innombrables. Quand il lançait des ordres, on savait qu'il avait déjà obéi. Quand il parlait de la mort, il était clair que la mort l'avait frôlé bien souvent et qu'elle pouvait revenir à tout moment. Et quand il décidait de donner à la jeune femme un avertissement, ce qui était précisément le cas, il évoquait des dangers qui n'avaient rien pour lui d'immatériel : « Ne prenez pas notre pièce pour un divertissement, Charlie, précisa-t-il gravement. Cela n'a rien à voir avec une quelconque forêt enchantée. Quand les feux de la rampe s'éteindront, il fera nuit noire dans la rue. Quand les comédiens riront, ils seront vraiment joyeux, mais quand ils pleureront, il est à craindre qu'ils soient désespérés et profondément malheureux. Et s'ils sont jamais blessés – et ils le seront, Charlie, n'en doutez pas – ils ne seront pas en mesure de se relever après le tomber du rideau et d'attraper le dernier bus qui les ramènera chez eux. Il n'y aura pas de flou pudique sur les scènes les plus dures, pas de congés maladie. C'est le grand jeu du début à la fin. Si c'est ce que vous voulez, et si vous pouvez vous en tirer – nous le pensons – alors écoutez-nous. Sinon, arrêtons là l'audition. »

De sa voix traînante aux accents de Boston et aussi distante qu'un signal radio émis depuis l'autre côté de l'Atlantique, Shimon Litvak fit une première remarque enrouée : « Charlie n'a jamais reculé devant un combat, Marty, jamais, objecta-t-il du ton du disciple qui rassure son maître. Ce n'est pas une *intuition*, c'est une *certitude*. Tout son dossier l'indique. »

Ils avaient déjà parcouru la moitié du chemin, raconta par la suite Kurtz à Misha Gavron lors d'un rare cessez-le-feu dans leurs relations : une femme qui accepte d'écouter est une femme qui consent, dit-il, arrachant presque un sourire à son chef.

La moitié, peut-être, et pourtant, si l'on tenait compte du temps que devait encore durer la discussion, à peine le début. Bien que tenant à exercer une certaine pression sur la jeune femme, Kurtz ne voulait surtout pas agir trop vite. Il comptait beaucoup sur une tactique très élaborée, il voulait alimenter ses frustrations, contraindre l'impatience de Charlie à devenir l'aiguillon du débat. Personne mieux que Kurtz ne comprenait les affres d'une nature trop vive dans ce monde si pesant, ni ne savait orienter mieux une telle turbulence. En quelques minutes, après son arrivée, alors que la jeune femme avait encore peur, il l'avait prise sous son aile : s'était montré un père pour l'amie de Joseph. Quelques minutes supplémentaires et il lui offrait les moyens de concilier toutes les composantes jusqu'ici désordonnées de sa vie. Il avait fait appel à l'actrice qui était en elle, à la martyre, à l'aventurière; il avait cajolé la fille et excité la concurrente. Conscient qu'au fond d'elle-même, comme la plupart des révoltés, elle n'aspirait qu'à un conformisme plus solide, il lui avait laissé entrevoir une famille dans laquelle il lui tiendrait à cœur d'entrer. Et surtout, en accumulant ainsi tant de bénéfices au-dessus de sa tête, il l'avait enrichie, ce qui – Charlie elle-même l'avait longtemps proclamé à qui voulait l'entendre – marquait le commencement de la subordination.

« Ainsi, Charlie, voici ce que nous proposons, commença Kurtz d'une voix plus lente et moins solennelle. Nous proposons une audition sans durée limitée, une série de questions à laquelle nous vous demanderons de répondre très franchement, très ouvertement, même si, pour le moment, nous ne pouvons encore vous en révéler le but. »

Il se tut mais elle ne répliqua pas et son silence exprimait désormais une soumission tacite.

« Nous vous demandons de ne pas peser vos réponses, de ne pas essayer de vous mettre à notre place, de ne chercher ni à nous plaire ni à nous faire plaisir. De nombreux passages de votre existence qui peuvent vous paraître négatifs auront sans doute pour nous une tout autre valeur. Ne tentez pas de penser pour nous. » Un petit geste sec de l'avant-bras souligna cet avertissement amical. « Question. Que se passerait-il si, maintenant ou plus tard, l'un de nous décidait d'en rester là? Charlie, laissez-moi essayer de vous expliquer cela.

– Allez-y, Mart », l'encouragea-t-elle, puis elle mit ses coudes sur la table et appuya son menton sur ses mains en lui souriant d'un air qui se voulait chargé d'une stupéfaction incrédule.

« Merci, Charlie, alors écoutez-moi attentivement, je vous prie. Selon le moment précis où vous, ou bien nous, déciderions d'arrêter, selon ce que vous saurez alors et le jugement que nous aurons porté sur vous, nous aurons deux possibilités. Première solution, nous vous arrachons une promesse solennelle, vous donnons de l'argent et vous renvoyons en Angleterre. Une poignée de main, confiance réciproque, nous restons bons amis, et de notre côté, nous gardons un œil sur vous pour nous assurer que vous respectez le contrat. Vous me suivez? »

A la fois pour échapper à son regard inquisiteur et pour dissimuler son excitation grandissante, Charlie baissa le nez vers la table. Kurtz comptait aussi sur cet élément-là, que la plupart des professionnels de l'espionnage oublient trop souvent : leur monde clandestin paraît aux profanes attirant en soi; il lui suffit de tourner sur son axe pour drainer les plus mal amarrés vers son sein.

« Deuxième solution, un peu plus sévère mais encore supportable. Nous vous mettons en quarantaine. Nous vous aimons bien mais nous craignons d'avoir atteint un point où vous pourriez compromettre notre projet, où le rôle ne pourrait plus être tenu en toute sécurité par quelqu'un d'autre du fait que vous risqueriez d'en parler autour de vous. »

Elle savait, sans même le regarder, qu'il lui souriait d'un air débonnaire, suggérant qu'une telle faiblesse de la part de Charlie serait bien humaine et compréhensible.

« Dans ce cas, Charlie, ce que nous pourrions faire, reprit-il, c'est louer une jolie petite maison quelque part, au bord de la mer, par exemple, dans un endroit agréable. Nous vous trouvons de la compagnie, des jeunes dans le genre de ceux qui sont ici. Des gens sympathiques mais qui connaissent leur métier. Nous inventons une raison pour expliquer votre absence. Une idée à la mode, qui puisse coller à votre réputation d'instabilité, un séjour mystique en Orient par exemple. »

Les doigts épais de Kurtz avaient retrouvé sa vieille montre sur la table. Ils la soulevèrent pour la reposer quinze centimètres plus près de lui. Eprouvant elle aussi le besoin de s'occuper, Charlie saisit un stylo et feignit de griffonner sur un bloc posé devant elle.

« Une fois la quarantaine terminée, on ne vous abandonne pas comme ça, loin de là. Nous vous remettons sur les bons rails, vous dotons d'une belle somme d'argent, gardons le contact avec vous et nous assurons que vous ne commettez pas d'imprudences; et, dès que tout danger est écarté, nous vous aidons à reprendre votre carrière et à retrouver vos amis. C'est là le pire qui pourrait vous arriver, Charlie, et si je vous raconte tout cela, c'est pour que vous ne vous imaginiez pas qu'en disant "non", tout de suite ou plus tard, vous allez vous retrouver morte au fond d'une rivière, une paire de bottes en béton aux pieds. Ce n'est pas dans nos habitudes. Et encore moins quand il s'agit d'amis. »

Elle gribouillait toujours. Après avoir tracé un cercle, elle le compléta d'une flèche en diagonale pour le rendre masculin. Elle avait un jour feuilleté un ouvrage de psychologie populaire qui utilisait ce symbole. Soudain, comme un homme qui en a assez d'être dérangé, Joseph prit la parole; malgré sa sévérité, sa voix ne manqua pas de troubler et de réconforter la jeune femme.

« Charlie, il ne vous suffit pas de jouer les témoins butés. C'est de votre avenir qu'ils sont en train de parler, et il pourrait comporter de nombreux risques. Allez-vous rester ainsi et les laisser disposer de votre vie sans vous consulter ou presque? C'est un engagement, vous comprenez? Charlie, allons! »

Elle dessina un autre cercle. Un autre garçon. Elle avait entendu chacun des mots de Kurtz, chacune de ses insinuations. Elle aurait pu les lui débiter tout comme elle l'avait fait pour Joseph sur l'Acropole. Elle avait l'esprit parfaitement clair et se sentait aussi éveillée qu'elle l'avait jamais été de toute sa vie, mais son instinct lui conseillait de le dissimuler, de rester en retrait.

« Et combien de temps devra durer la pièce, Mart? » demanda-t-elle d'une voix morne, ignorant l'interpellation de Joseph.

Kurtz formula différemment la question : « Eh bien, j'imagine que vous voulez savoir ce qui vous arrivera quand vous aurez terminé votre mission, c'est bien cela? »

Elle se montra merveilleuse. Une vraie mégère. Jetant son stylo à terre, elle frappa la table de sa paume ouverte : « Non, bordel, ça n'a rien à voir! Je vous ai demandé combien de temps ça va durer et ce que va devenir ma tournée de cet automne dans *Comme il vous plaira*? »

Kurtz ne laissa rien paraître de sa satisfaction à constater le pragmatisme de sa nouvelle recrue. « Charlie, répondit-il d'un ton pénétré, il n'est pas question de modifier en quoi que ce soit vos projets. Nous n'avons jamais douté que vous respecteriez cet engagement, en admettant bien sûr que la subvention soit accordée. Quant à la durée de notre affaire, votre mission pourrait prendre six semaines, ou deux ans mais nous espérons bien que ce ne sera pas le cas. Nous aimerions maintenant vous entendre dire si vous voulez passer cette audition ou bien si vous préférez souhaiter une bonne nuit à tout le monde et retourner à une vie plus sûre, mais plus ennuyeuse. Quel est votre verdict? »

Il créait ici un faux suspense, mais il voulait lui donner l'impression de conquérir en même temps que celle de se soumettre. L'impression d'avoir choisi elle-même ses ravisseurs. Elle portait une veste en denim dont l'un des boutons métalliques ne tenait plus très bien; le matin, en enfilant la veste, elle s'était promis de le recoudre pendant la traversée et puis avait oublié, toute à l'excitation de retrouver Joseph.

Elle saisit le bouton et éprouva la solidité du fil. Elle occupait le devant de la scène. Elle sentait tous les regards converger vers elle, depuis la table, depuis l'ombre, de derrière son dos. Elle perçut le raidissement de leurs corps, dont celui de Joseph, et entendit le craquement que produit toujours la tension du public quand il est accroché. Elle devinait toute la puissance de leur attente et de son propre pouvoir : allait-elle dire oui ou non ?

« Jose ? appela-t-elle sans tourner la tête.

— Oui, Charlie. »

Elle ne le regardait toujours pas, mais savait pourtant que de son îlot de lumière tamisée il guettait sa réponse avec plus d'intensité que tous les autres réunis.

« Alors c'est ça, hein ? Notre vaste et romantique tour de Grèce ? Delphes, tous les seconds endroits les plus beaux du monde ?

— Il n'est pas question de modifier quoi que ce soit à notre voyage vers le nord, répliqua Joseph, parodiant légèrement Kurtz.

— Il ne sera pas même remis ?

— Je dirais qu'il est tout à fait imminent. »

Le fil cassa et le bouton lui resta dans la main. Elle le laissa tomber sur la table et le regarda tourner avant de s'immobiliser. Pile ou face, songea-t-elle. Qu'ils transpirent un peu. Elle souffla une bouffée d'air, comme pour écarter une mèche de cheveux.

« Alors je vais attendre de voir ce que donne cette audition, pourquoi pas ? fit-elle à l'adresse de Kurtz d'un ton détaché, sans quitter le bouton des yeux. J'ai rien à perdre », ajouta-t-elle, le regrettant aussitôt. Elle avait une malheureuse tendance à en faire un peu trop dans le but de trouver une bonne chute. « Rien que je n'aie déjà perdu, de toute façon. »

Rideau, pensa-t-elle ; allez, Joseph, applaudis, et j'attendrai les critiques demain. Mais aucun son ne retentit et elle ramassa son stylo pour dessiner une fille cette fois-ci, tandis que Kurtz, peut-être sans même s'en apercevoir, déplaçait sa montre vers un endroit plus commode encore.

L'interrogatoire pouvait maintenant, avec l'aimable autorisation de Charlie, commencer sérieusement.

La lenteur est une chose, la concentration en est une autre. Kurtz ne se détendit pas une seule seconde; il provoqua Charlie, la cajola, l'endormit, la réveilla et utilisa toutes les cordes de son esprit dynamique pour resserrer les liens de leur association théâtrale naissante sans s'accorder, pas plus qu'à la jeune femme, le temps de respirer. Dieu seul et peut-être quelques rares personnes à Jérusalem, disait-on dans son service, savaient où Kurtz avait appris son répertoire – l'intensité magnétique, la prose lourde mais efficace, le flair, les ruses d'avocat. Son visage marqué, tantôt admiratif, tantôt tristement dubitatif, et qui exprimait maintenant toute la tranquillité dont elle avait besoin, devint petit à petit un public à lui tout seul, de sorte que Charlie ne joua plus que pour gagner à tout prix son approbation et celle de personne d'autre. Joseph lui-même fut oublié : relégué à une autre vie. Les premières questions de Kurtz se révélèrent à dessein anodines et disparates. On eût dit, songea Charlie, qu'il avait un formulaire de demande de passeport épinglé dans le crâne, et que la jeune femme le remplissait sans le voir. Nom de jeune fille de votre mère, Charlie. Date et lieu de naissance de votre père, si vous les connaissez, Charlie. Profession de votre grand-père; non, Charlie, de votre grand-père paternel. Suivi, sans la moindre raison compréhensible, de la dernière adresse connue d'une tante maternelle, puis de quelque détail mystérieux touchant à l'éducation de son père. Aucune de ces questions préliminaires ne la concernait directement, Kurtz suivait une tactique très étudiée. Charlie se présentait comme le sujet tabou qu'il devait scrupuleusement éviter de mentionner. Cette salve d'ouverture rapide et bon enfant n'était absolument pas destinée à lui soutirer une quelconque information, mais à inculquer à la jeune femme l'obéissance automatique, le oui-monsieur-non-monsieur de la salle de classe, dont dépendrait la suite de l'échange; Charlie, elle, sentait la sève de son art l'envahir, elle jouait, répondait, réagissait avec une obligeance sans cesse croissante. N'en avait-elle pas fait autant pour des dizaines de producteurs et de metteurs en scène – n'avait-elle pas utilisé la matière de conversations insignifiantes pour leur donner un échantillon de ses possibilités? Raison de plus pour prouver son talent maintenant, sous l'encouragement quasi hypnotique de Kurtz.

« Heidi? répéta Kurtz. *Heidi?* Curieux nom pour une sœur aînée anglaise, non?

– Pas pour Heidi, non », répliqua-t-elle allègrement, déclenchant un éclat de rire immédiat de la part des jeunes gens assis dans l'ombre. Heidi parce que ses parents avaient passé leur lune de miel en Suisse, expliqua-t-elle; et sa sœur avait été conçue là-bas. « Au milieu des edelweiss, ajouta-t-elle avec un soupir. Dans la position du missionnaire.

– Alors pourquoi *Charmian*? » interrogea Marty lorsque les rires se furent enfin apaisés.

Charlie haussa le ton pour reproduire les accents roucoulants de sa vioque : « Le nom de Charmian est venu comme cela, dans l'idée de *plaire* à une cousine éloignée, mais *très* riche, du *même* nom.

– Et ça a rapporté? demanda Kurtz en penchant la tête pour saisir ce que Litvak essayait de lui dire.

– Pas encore, répondit-elle d'un ton espiègle, imitant toujours le ton précieux de sa mère. Père, vous savez, s'en est allé, mais la cousine Charmian, hélas! ne l'a pas encore rejoint. »

Ce ne fut qu'en empruntant de semblables détours

qu'ils se rapprochèrent insensiblement du sujet qui les intéressait, soit Charlie elle-même.

« Balance », murmura Kurtz avec satisfaction en notant la date de naissance de Charlie.

Il lui fit retraverser, méticuleusement mais rapidement, toute son enfance – les établissements scolaires, les maisons, les noms des premiers amis et poneys – et Charlie lui répondait sur le même mode, se servant de tout son registre, parfois avec humour, mais toujours pleine de bonne volonté, son excellente mémoire sublimée par l'attention de son interlocuteur et par le besoin grandissant de communiquer avec lui. De l'école et de l'enfance, il semblait tout naturel – même si Kurtz ne procéda qu'avec une extrême prudence – de passer au douloureux récit de la ruine de son père, que Charlie relata tranquillement, de façon détaillée et émouvante, décrivant la manière brutale dont la nouvelle avait éclaté, puis le choc du procès, de la condamnation et de l'emprisonnement. De temps à autre, il est vrai, sa voix dérapait un peu; son regard se posait sur ses propres mains qui s'animaient de façon si gracieuse et expressive à la lumière du plafonnier; une phrase courageuse et légèrement moqueuse venait alors balayer la moindre tendance à l'apitoiement.

« Nous nous en serions mieux sortis si nous avions fait partie de la classe ouvrière, déclara-t-elle avec un sourire sage et résigné. On vous met à la porte, vous êtes de trop, les forces du capital se dirigent contre vous – c'est la vie, c'est la triste réalité mais vous savez où vous en êtes. Nous, nous n'étions pas des travailleurs. Nous étions nous, tout simplement. Du côté des nantis. Et puis tout à coup, se retrouver dans le camp des défavorisés.

– Dur », fit gravement Kurtz en secouant sa grosse tête.

Il revint en arrière, cherchant des faits concrets : la date et le lieu du procès, Charlie; la durée exacte de la peine, Charlie; le nom des avocats, si elle s'en souvenait. Ce n'était pas le cas, mais elle fit tout ce qu'elle put pour l'aider, et Litvak notait consciencieusement chacune de ses réponses, permettant à Kurtz de se consacrer entièrement à la jeune femme. Les rires s'étaient tus pour de bon maintenant. C'était comme si l'on avait supprimé le bruitage, ne laissant entendre que leurs deux voix : celle de Kurtz, et celle de Charlie. Aucun craquement, aucune toux, aucun frottement ne retentissait d'où que ce fût. Jamais de toute sa vie Charlie n'avait joué devant un public aussi attentif, aussi sensible à son numéro. Ils comprennent, pensa-t-elle. Ils savent ce qu'est mener une existence de nomades, n'avoir plus à compter que sur soi-même quand les cartes s'accumulent contre vous. Une fois, sur un ordre tranquille de Joseph, ils éteignirent les lumières et attendirent dans l'obscurité angoissante et le silence le plus total, Charlie se montrant aussi tendue que les autres, le grondement d'un quelconque raid aérien jusqu'à ce que Joseph donnât le feu vert à Kurtz qui reprit son minutieux interrogatoire. Joseph avait-il réellement entendu quelque chose ou s'agissait-il d'une façon de faire comprendre à la jeune femme qu'elle était désormais l'une d'entre eux? Pour elle, l'effet était le même : durant ces quelques secondes, elle s'était sentie leur complice, sans imaginer qu'on pût la secourir.

Il lui arrivait parfois de détacher son regard de Kurtz pour contempler rapidement les ombres somnolant à leur poste : Raoul, le Suédois, sa tête trop blonde penchée sur sa poitrine et la semelle d'une de ses chaussures de sport appuyée contre le mur; Rose, l'Afrikander, calée contre la double porte, ses jambes de coureuse étendues devant elle et ses bras croisés sous ses seins; Rachel, la fille du nord, ses mèches de cheveux noirs retombant sur son visage et ses yeux mi-clos, un doux sourire chargé de sensualité enfuie flottant sur ses lèvres. Le moindre murmure inattendu ou suspect aurait pourtant rendu à chacun d'eux toute sa vivacité.

« Quelle serait donc votre conclusion, Charlie? lui demanda gentiment Kurtz. Concernant cette toute première période de votre vie, jusqu'à ce que nous pourrions appeler la Chute...

– L'âge de l'innocence, Mart? suggéra-t-elle pour lui venir en aide.

– Exactement. L'âge de l'innocence. Définissez-moi le vôtre.

– C'était l'enfer.

– Vous voulez m'expliquer un peu pourquoi?

– La banlieue londonienne. Cela ne vous suffit pas?

– Non, pas vraiment.

– Oh! Mart. Vous êtes tellement... » La voix geignarde. Un accent de profond désespoir. Les mains exprimant la lassitude. Comment pouvait-elle lui faire comprendre? « Pour vous, ce n'est pas pareil, vous êtes juif, vous voyez ce que je veux dire? Vous avez toutes ces traditions merveilleuses, la sécurité. Même quand on vous persécute, vous savez qui vous êtes, et pourquoi vous en êtes là. »

Kurtz reconnut tristement les faits.

« Mais pour nous – de riches petits banlieusards venus de Nullepartville – pas question. Nous n'avons plus ni tradition, ni foi, ni conscience de ce que nous sommes, ni plus rien du tout.

– Vous m'avez pourtant dit que votre mère était catholique.

– Pâques et Noël. De la pure hypocrisie. Nous sommes dans l'ère postchrétienne, Mart. On ne vous l'a pas encore dit? La foi laisse un grand vide derrière elle quand elle s'en va. C'est dans ce vide que nous vivons. »

Elle croisa alors le regard ténébreux et ardent de Litvak qui la toisait sans dissimuler sa colère rabbinique.

« Elle n'allait pas à confesse ?

– N'y pensez pas. Maman n'a jamais eu quoi que ce soit à confesser ! C'est bien là le problème. Rien pour s'amuser, aucun péché, rien. Rien que l'apathie et la peur. La peur de la vie, la peur de la mort, la peur des voisins... La *peur*. Quelque part, ailleurs, des gens vrais étaient en train de vivre de vraies vies. Mais pas nous, voilà. Pas à Rickmansworth. Impossible. Je veux dire, mince... pour les gosses... Je veux dire que c'est une véritable *castration* !

– Et vous... vous n'aviez pas peur ?

– Seulement de devenir comme ma mère.

– Pourtant l'image que nous avons tous – cette vieille Angleterre figée dans sa tradition ?

– C'est fini. »

Kurtz sourit puis secoua sa tête de sage comme pour dire qu'on en apprenait toujours.

« Ainsi, vous êtes partie de chez vous dès que vous avez pu et vous êtes réfugiée dans la comédie et l'extrémisme politique, avança-t-il d'un air satisfait. Vous êtes devenue une exilée politique sur les planches. J'ai lu cela quelque part, dans une de vos interviews. Cela m'a plu. Reprenez à partir de là. »

Elle s'était remise à griffonner de nouveaux symboles psychologiques.

« Oh ! il y a eu d'autres moyens de s'évader avant *ça*, corrigea-t-elle.

– Quoi, par exemple ?

– Eh bien, le *sexe*, vous savez, expliqua-t-elle avec désinvolture. Je veux dire que nous n'avons pas encore parlé du sexe en tant que base essentielle de la révolte, non ? Ni de la drogue.

– Nous n'avons pas encore abordé la révolte, rectifia Kurtz.

– Eh bien, écoutez-moi, Mart... »

Il se produisit une chose curieuse : preuve, peut-être, qu'un public parfait peut tirer le meilleur d'une actrice et la contraindre à se dépasser de façon spontanée et inattendue. Charlie avait été à deux doigts de leur déclamer sa tirade sur les prisonniers de la société. De leur expliquer comment la découverte du moi était un prélude essentiel à l'identification au mouvement extrémiste; comment, quand on en viendrait à écrire l'histoire de la révolution nouvelle, il faudrait chercher ses vraies racines dans les salons de la classe moyenne, là où la *tolérance répressive* trouvait son milieu naturel. Au lieu de quoi elle s'entendit avec surprise énumérer à l'intention de Kurtz – ou à celle de Joseph? – ses innombrables amants de jeunesse et la liste des motifs ridicules qu'elle s'était forgés pour coucher avec eux. « Ça me dépasse complètement, Mart », insista-t-elle en ouvrant à nouveau les mains en signe d'impuissance. Ne se servait-elle pas trop de ses mains? Elle craignit que oui et les posa sur ses genoux. « Même aujourd'hui. Je n'avais pas *envie* d'eux, ils ne me *plaisaient* pas, mais je les *laissais* tout simplement faire. » Les hommes à qui elle s'était donnée par ennui, pour aérer un peu l'atmosphère viciée de Rickmansworth, Mart. Par curiosité. Des hommes pour montrer son pouvoir, pour se venger d'autres hommes, pour se venger d'autres femmes, de sa sœur, de sa vioque. Des hommes à qui elle s'était donnée par politesse, Mart, ou par lassitude devant leur persistance. Bon sang, un vrai défilé, Mart, vous n'imaginez pas! Des hommes pour soulager la tension, des hommes pour la créer. Des hommes pour l'éclairer – ses initiateurs politiques, invités dans son lit pour lui expliquer ce qu'elle ne parvenait pas toujours à comprendre dans les livres. Les désirs éphémères qui s'effritaient entre ses mains comme des porcelaines trop fragiles et la laissaient plus seule encore qu'auparavant. Ratages, ratages – tous sans exception, Mart – ou du moins voulait-elle qu'il le croie. « Mais ils m'ont *libérée*, vous ne voyez pas? Je me servais de mon propre *corps* comme je l'*entendais*! Même si ce n'était pas la bonne façon de s'en servir. C'était mon numéro à moi! »

Kurtz hochait prudemment la tête, tandis que Litvak, assis près de lui, écrivait furieusement. Mais c'était Joseph qu'elle imaginait en secret installé derrière elle. Elle le voyait les yeux levés de sa lecture, son index puissant barrant sa joue rasée pendant qu'il recevait le don qu'elle lui faisait de son ahurissante franchise. Prends-moi tout entière, lui disait-elle; offre-moi ce que les autres n'ont jamais pu m'offrir.

Puis elle se tut et son propre silence la glaça. Pourquoi avait-elle agi ainsi? Jamais encore elle n'avait interprété ce rôle-là pour personne, pas même pour elle-même. L'heure imprécise de la nuit l'avait troublée. L'éclairage, la chambre, cette sensation de voyager, de parler à des étrangers dans un train. Elle voulait dormir. Elle en avait assez fait. Ils n'avaient qu'à lui donner le rôle ou la renvoyer chez elle, ou les deux à la fois.

Mais Kurtz en décida autrement. Le moment n'était pas encore venu. Il se contenta de décréter une courte pause, ramassa sa montre et la fixa à son poignet au moyen du bracelet de grosse toile kaki. Puis il sortit précipitamment de la pièce, emmenant Litvak avec lui. Charlie guetta un bruit de pas derrière elle, s'attendant que Joseph les suive, mais en vain. Ce silence s'éternisait. Elle mourait d'envie de tourner la tête, mais n'osait pas. Rose lui apporta un verre de thé sucré, toujours sans lait. Rachel lui présenta quelques biscuits recouverts de sucre et évoquant le shortbread anglais. Charlie en accepta un.

« Tu t'en sors *super* bien, confia Rachel, le souffle coupé. Tu y as mis le paquet quand tu as parlé de l'Angleterre. Je suis restée là à boire tes paroles comme du petit-lait, ce n'est pas vrai, Rose?

– Je peux le confirmer, assura Rose.

– C'est seulement ce que je ressentais, expliqua Charlie.

– Tu veux aller aux toilettes, mon chou?

– Non merci. Jamais entre deux actes.

– Très bien », fit Rachel avec un clin d'œil.

Tout en buvant son thé, Charlie posa le coude sur le dossier de sa chaise de façon à pouvoir regarder naturellement derrière elle. Joseph avait disparu, et tous ses papiers avec lui.

La chambre à coucher où ils s'étaient retirés semblait aussi grande que la pièce qu'ils venaient de quitter et tout aussi nue. Deux lits de camp et un téléscripteur en constituaient tout l'ameublement; une porte à deux battants s'ouvrait sur une salle de bain. Becker et Litvak s'étaient assis l'un en face de l'autre, chacun sur un lit, et compulsaient leurs dossiers; un jeune homme se tenant très droit et répondant au nom de David s'occupait du téléscripteur, accumulant soigneusement près de son coude les feuilles de papier que l'appareil crachait à intervalles réguliers. Le seul autre bruit perceptible était un éclaboussement d'eau en provenance de la salle de bain où Kurtz, torse nu et tournant le dos à ses hommes, s'aspergeait devant le lavabo comme un athlète entre deux épreuves.

« C'est une fille très bien, lança Kurtz au moment où Litvak tournait une page et cochait un passage à l'aide d'un feutre. Elle est exactement ce que nous espérions. Brillante, imaginative et sous-employée.

– Elle ment comme elle respire », grogna Litvak sans quitter sa lecture. Mais l'inclinaison de son corps tout autant que l'insolence provocatrice de sa voix indiquaient clairement qu'il ne s'adressait pas à Kurtz.

« Qui s'en plaindrait? interrogea Kurtz, se mouillant de plus belle le visage. Cette nuit, elle ment pour elle-même, demain, elle mentira pour nous. Aurions-nous tout à coup besoin d'un ange? »

Le téléscripteur émit brusquement une nouvelle

mélopée. Becker et Litvak se tournèrent aussitôt vers l'appareil, mais Kurtz ne paraissait pas avoir entendu. Peut-être avait-il de l'eau dans les oreilles.

« Pour une femme, le mensonge est un moyen de protection. En protégeant la vérité, elle défend sa pudeur. Chez une femme, le mensonge est une preuve de vertu. »

Installé près du téléphone, David leva la main pour attirer l'attention.

« C'est Athènes, l'ambassade, Marty, dit-il. Ils veulent transmettre un message de Jérusalem. »

Kurtz hésita. « Dites-leur d'y aller, ordonna-t-il à contrecœur.

– Vous seul devez le lire », fit David qui se leva et traversa la pièce.

Le téléscripteur eut un sursaut. Kurtz se jeta une serviette sur les épaules, gagna le siège de David puis inséra un disque dans l'appareil avant de regarder défiler le message qui s'inscrivait désormais intelligiblement sous ses yeux. Enfin, la transmission cessa; Kurtz déchiffra l'ensemble du message puis arracha la bande de papier et la relut. Il laissa échapper un rire de colère. « Et voilà que Misha Gavron nous demande de nous faire passer pour des Américains, maintenant, annonça-t-il. N'est-ce pas charmant? « Vous ne devez « en aucun cas lui faire savoir que vous êtes citoyens « israéliens et que vous agissez de façon officielle ou « quasi officielle. » J'adore ça. C'est constructif, utile, ça tombe juste au bon moment et c'est du grand Corbeau tout craché. Jamais, de toute ma vie je n'ai travaillé pour quelqu'un à qui l'on peut autant se fier. Tu réponds " Oui répète non " », commanda-t-il sèchement au pauvre garçon étonné en lui tendant la feuille de papier. Les trois hommes se rassemblèrent pour retourner sur scène.

7

Kurtz avait choisi, pour reprendre sa conversation avec Charlie, d'adopter un ton d'épilogue bienveillant, comme s'il ne lui restait plus que quelques points de détail à vérifier avant de passer à autre chose.

« Charlie, pour en revenir à vos parents », disait-il. Litvak avait sorti un dossier de sa serviette et le tenait hors du champ de vision de la jeune femme.

« Oui, mes parents », répéta-t-elle, prenant bravement une cigarette.

Kurtz garda un instant le silence tandis qu'il examinait un document que Litvak venait de lui glisser. « Reprenons maintenant la dernière phase de la vie de votre père, sa ruine, sa disgrâce financière, etc. Pourrions-nous juste revoir le déroulement des événements? Vous êtes en pension. On vous apprend la terrible nouvelle. A partir de là, je vous prie. »

Elle ne comprit pas très bien. « D'où?

– On vous apprend la nouvelle. Que se passe-t-il ensuite? »

Elle haussa les épaules. « L'école m'a fichue dehors, je suis rentrée à la maison qui était infestée d'huissiers. Mais nous avons déjà vu tout ça, Mart. Que voulez-vous d'autre?

– Vous nous racontiez que la directrice vous a fait venir, lui rappela Kurtz après un silence. Très bien. Que vous a-t-elle dit exactement, s'il vous plaît?

– Désolée, mais j'ai demandé à l'intendante de faire vos bagages. Au revoir et bonne chance. Pour autant que je me souvienne.

– Oh! vous vous rappelez sûrement *ça*, fit Kurtz avec bonne humeur en s'inclinant pour jeter un nouveau coup d'œil sur les papiers de Litvak. Pas de sermon sur le vilain monde qui vous attendait dehors? suggéra-t-il sans s'arrêter de lire. « Gardez toujours

« une certaine retenue », ce genre de conseil? Non? Aucune explication concernant la raison pour laquelle vous deviez partir?

– Cela faisait deux trimestres que la pension n'avait pas été payée – ça ne vous suffit pas? C'est une entreprise, Marty. Il faut bien qu'ils pensent à leur compte en banque. Il s'agissait d'une école privée, vous vous rappelez? » Elle affecta une certaine lassitude. « On ne pourrait pas remettre ça à un autre jour? Je ne sais pas pourquoi mais je me sens un peu vannée.

– Oh! je suis sûr du contraire. Vous vous êtes reposée et vous avez des ressources. Ainsi vous êtes rentrée chez vous. Par le train?

– Oui, tout le trajet, et toute seule. Avec ma petite valise. Le retour au pays. » Elle s'étira et sourit à la ronde mais Joseph ne la regardait pas. Il semblait écouter une autre musique.

« Et qu'y avez-vous retrouvé exactement?

– Le chaos, je vous l'ai déjà dit.

– Mais pouvez-vous préciser un peu?

– Un camion de déménagement dans l'allée. Des hommes en blouse partout. Ma mère en larmes. Ma chambre déjà à moitié vide.

– Et Heidi?

– Pas là. Absente. Ne figure pas au nombre des présents.

– Personne n'avait été la chercher? Votre sœur aînée, la prunelle des yeux de votre père? N'habitant qu'à une vingtaine de kilomètres de là? Avec un mariage sans problème? Pourquoi Heidi n'est-elle pas venue aider?

– Sans doute enceinte, expliqua Charlie d'un ton léger en contemplant ses mains. Elle l'est toujours. »

Kurtz dévisageait Charlie et il prit tout son temps avant de parler. « Qui était enceinte, je vous prie? s'enquit-il, comme s'il avait mal entendu.

– Heidi.

– Charlie, Heidi n'attendait pas d'enfant. Sa pre-

mière grossesse n'est intervenue que l'année suivante.

— D'accord, pour une fois, elle n'était pas enceinte.

— Alors pourquoi n'est-elle pas venue pour aider sa
famille?

— Peut-être qu'elle ne voulait pas savoir. Elle est
restée en dehors, c'est tout ce dont je me souviens. Bon
sang, Mart, ça fait dix ans, j'étais une gosse, une autre
personne.

— C'était la déchéance, hein? Heidi ne pouvait
accepter ça. La faillite de votre père, j'entends.

— De quelle autre déchéance aurait-il pu s'agir? »
coupa-t-elle.

Kurtz considéra sa question d'un point de vue
rhétorique. Il s'était replongé dans ses documents,
suivant le long doigt de Litvak qui lui désignait
certains passages. « Quoi qu'il en soit, Heidi s'est
défilée et c'est sur vos jeunes épaules qu'est retombée
la responsabilité d'affronter la crise familiale, c'est ça?
Charlie, seize ans à peine, arrive à la rescousse. Une
" dégringolade dans la précarité du système capitaliste ", comme vous l'avez si bien dit vous-même. "Une
leçon de choses que vous n'avez jamais oubliée. "
Vous avez vu de vos yeux se désagréger et disparaître
toutes les fantaisies de la société de consommation,
tous les attributs de la respectabilité bourgeoise – les
jolies robes, les beaux meubles... Vous restez toute
seule. Vous prenez les choses en main. Personne ne
vient vous disputer l'emprise que vous devez assurer
sur vos parents bourgeois et pathétiques qui auraient
dû naître travailleurs, mais qui négligemment sont
venus au monde autrement. Vous les consolez, adou-
cissez leur disgrâce, leur donnez, me semble-t-il, une
sorte d'absolution. Difficile, ajouta-t-il tristement.
Très, très difficile », puis il se tut, attendant sa
réaction.

Elle ne dit rien, le regarda fixement. Elle ne pouvait
s'en empêcher. Les traits taillés à coups de serpe de

Kurtz s'étaient mystérieusement durcis, surtout autour des yeux. Mais elle continua tout de même à le dévisager; c'était une attitude qu'elle savait très bien prendre depuis l'enfance : elle se composait une figure de marbre et se mettait à penser à autre chose. Elle gagna la partie, et le sut tout de suite car Kurtz brisa le silence le premier, ce qui constituait la preuve.

« Charlie, nous sommes conscients que tout ceci vous est très douloureux, mais nous vous demandons de poursuivre vous-même le récit. Nous voyons le camion, vos biens qui quittent la maison. Qu'avons-nous ensuite ?

— Mon poney.

— Ils l'ont emmené aussi ?

— Je vous l'ai déjà dit.

— Avec les meubles ? Dans le même camion ?

— Non, dans un autre. Ne soyez pas stupide.

— Donc, il y avait deux camions. Les deux en même temps ou bien l'un après l'autre ?

— Je ne sais plus.

— Où se trouvait votre père pendant tout ce temps ? Dans son bureau ? Il regardait par la fenêtre, il regardait ses meubles s'en aller ? Comment se comporte un homme comme lui dans une telle épreuve ?

— Il était dans le jardin.

— Qu'y faisait-il ?

— Il examinait les roses. Il ne les quittait pas des yeux. Il ne cessait de répéter qu'ils ne devaient pas emmener les roses. Quoi qu'il arrive. Il n'arrêtait pas de le dire. « S'ils me prennent mes roses, je me « tuerai. »

— Et votre mère ?

— Maman s'occupait dans la cuisine. Elle préparait à manger. Elle n'avait rien trouvé d'autre à faire.

— Gaz ou électricité ?

— Electricité.

— Aurais-je mal entendu ou m'avez-vous dit que le courant avait été coupé ?

– On nous l'avait rebranché.

– Les huissiers vous laissaient la cuisinière?

– C'est la loi. Ils doivent laisser la cuisinière, une table, et une chaise par personne dans la maison.

– Des couteaux et des fourchettes?

– Un couvert par personne.

– Pourquoi n'ont-ils pas tout simplement saisi la maison? Pourquoi ne vous ont-ils pas mis dehors?

– Elle était au nom de ma mère. Elle avait insisté pour qu'il en soit ainsi des années auparavant.

– Quelle femme avisée! La maison était pourtant au nom de votre père. Et où m'avez-vous dit que la directrice de la pension avait appris la faillite de votre père? »

Elle manqua perdre le fil. Pendant une fraction de seconde, les images s'évanouirent dans sa tête, mais elle les retrouva bientôt, et avec elles, les mots dont elle avait besoin : sa mère, en foulard mauve, penchée au-dessus de la cuisinière à préparer frénétiquement le pudding préféré de toute la famille. Son père, vêtu de son blazer bleu à double boutonnage, contemplant les roses, le visage gris et hébété. La directrice, les mains derrière le dos, réchauffant sa croupe recouverte de tweed devant l'âtre éteint de son imposant salon.

« Dans la *London Gazette*, répondit-elle sans sourciller. Là où l'on publie toutes les faillites.

– La directrice était abonnée à ce journal?

– C'est possible. »

Kurtz hocha lentement la tête puis ramassa un crayon avec lequel il écrivit « c'est possible » sur un bloc placé devant lui de façon que Charlie pût lire. « Bon. Après sa faillite sont venues les accusations d'escroquerie. Je me trompe? Voulez-vous nous décrire le procès?

– Je vous l'ai déjà dit. Mon père ne nous a pas laissées y assister. Au départ, il voulait assurer lui-même sa défense – jouer les héros. Nous devions occuper les premières places et l'encourager. Quand ils lui ont montré les preuves, il a changé d'avis.

– On l'accusait de quoi?

– De détourner l'argent des clients.

– A combien a-t-il été condamné?

– Dix-huit mois, sans la remise de peine. J'ai déjà raconté tout ça, Mart. Je vous ai déjà tout dit. Qu'est-ce que ça signifie?

– Vous avez été le voir en prison?

– Il ne le permettait pas. Il ne voulait pas que nous soyons témoins de sa honte.

– Sa honte, répéta pensivement Kurtz. Sa disgrâce. La chute. Cela vous a vraiment marquée, n'est-ce pas?

– Vous préféreriez que cela n'ait pas été le cas?

– Non, Charlie, je ne crois pas. » Il observa de nouveau une courte pause. « Bon, nous y sommes. Alors vous êtes restée chez vous. Vous avez lâché l'école, renoncé à poursuivre l'instruction qu'aurait méritée votre intelligence vive, veillé sur votre mère et attendu la libération de votre père, c'est bien cela?

– Oui.

– Vous n'êtes jamais allée du côté de la prison?

– Bon sang, marmonna-t-elle, abattue. Que cherchez-vous donc, à retourner le couteau dans la plaie comme ça?

– Vous ne vous en êtes pas même approchée?

– Non! »

Elle retenait ses larmes avec un courage qu'ils ne manquaient sûrement pas d'admirer. Que pouvait-elle ressentir en ce moment? Qu'avait-elle pu ressentir alors? Ils devaient tous se le demander. Pourquoi Marty s'acharnait-il à rouvrir ses blessures les plus secrètes? Le silence semblait une interruption entre deux cris. Seul se faisait entendre le grattement du stylo à bille de Litvak, qui courait sur les feuilles d'un bloc-notes.

« Ces informations peuvent-elles vous servir,

Mike? » Kurtz s'adressait à Litvak sans quitter pourtant Charlie du regard.

« C'est parfait, souffla Litvak tout en continuant d'écrire avec frénésie. C'est culotté, ça se tient, ça peut nous servir. J'aimerais simplement savoir si elle n'aurait pas une petite anecdote accrocheuse à propos de toute cette histoire de prison. Ou plutôt un détail frappant datant d'après la sortie – pendant les derniers mois – c'est une idée, non?

– Charlie? » fit brièvement Kurtz transmettant ainsi la requête de Litvak.

Charlie fit mine de réfléchir, cherchant l'inspiration. « Eh bien, il y a eu le truc des *portes*, avança-t-elle, l'air dubitatif.

– Des *portes*? s'étonna Litvak. Quelles portes?

– Racontez-nous cela », suggéra Kurtz.

La jeune femme leva la main et se pinça délicatement la base du nez entre le pouce et l'index, signe d'un profond chagrin et d'une légère migraine. Elle avait souvent raconté cette histoire, mais jamais aussi bien que cette fois-ci. « Nous ne l'attendions pas avant un mois... il ne nous avait pas téléphoné, comment l'aurait-il pu? Nous avions déménagé. Nous vivions du secours populaire. Il est arrivé comme ça. Il paraissait plus mince, plus jeune. Les cheveux coupés court. " Salut, Chas, je suis sorti. " Il m'a embrassée. Il a pleuré. Maman était en haut, trop effrayée pour oser descendre. Il était toujours le même. Sauf pour les portes. Il n'arrivait plus à les ouvrir. Il s'approchait d'elles, s'arrêtait, prenait une pose militaire, les pieds joints, la tête baissée, et il attendait que le gardien vienne lui ouvrir.

– Et le gardien, c'était *elle,* commenta doucement Litvak en aparté, pour Kurtz. Sa propre fille. Fichtre!

– La première fois, je n'ai pas voulu le croire. Je lui ai hurlé : « Mais ouvre donc cette foutue porte! » Sa main refusait littéralement de le faire. »

Litvak écrivait comme un possédé. Kurtz, lui, se montrait moins enthousiaste. Il s'était replongé dans le dossier et son expression trahissait de sérieuses réserves. « Charlie, dans cette interview – accordée à l'*Ipswich Gazette*, c'est bien ça ? –, vous rapportez que vous et votre mère aviez pris l'habitude de vous rendre sur une colline qui dominait la prison et de faire de grands signes en direction de la cellule de votre père qui pouvait vous voir par la fenêtre. Or, vous venez de nous affirmer que vous ne vous êtes jamais approchée de cette prison. »

Charlie parvint à éclater de rire – un rire plein et convaincant, même s'il ne fut pas repris par les ombres alentour. « Mart, c'était une *interview*, déclara-t-elle, se moquant de la gravité de Kurtz.

– Et alors ?

– On a toujours tendance à enjoliver un peu ses souvenirs pour intéresser les journalistes.

– Vous êtes sûre de ne pas avoir fait la même chose ici ?

– Evidemment que j'en suis sûre.

– Votre agent, Ned Quilley, a récemment raconté à l'un de nos amis que votre père était mort en prison. Pas du tout à la maison. *Encore* des fioritures ?

– C'est Ned qui vous a dit ça, pas moi.

– C'est vrai. Vous avez raison. Au temps pour moi. »

Il referma son dossier, l'air toujours sceptique.

Elle ne put s'en empêcher. Se tournant brusquement sur sa chaise, elle interpella Joseph pour le supplier indirectement de la tirer de ce mauvais pas.

« Comment ça marche, Jose... Tout va bien ?

– C'est très impressionnant, dirais-je, répliqua-t-il, toujours aussi absorbé par ses occupations.

– C'est mieux que *Jeanne d'Arc* ?

– Mais ma chère Charlie, votre texte est bien meilleur que celui de Shaw ! »

Il ne me félicite pas, il me console, songea tristement

la jeune femme. Pourquoi prenait-il un ton si dur avec elle? Si cassant? Pourquoi se montrait-il si distant depuis leur arrivée ici?

Rose, l'Afrikander, apportait un plateau chargé de sandwiches. Rachel la suivait avec des gâteaux et un thermos de café sucré.

« On ne dort jamais par ici? » se lamenta Charlie en se servant. Personne n'entendit sa question. Ou plutôt, ils l'avaient tous entendue mais personne ne répondit.

La période douce était maintenant terminée, relayée par le moment périlleux tant attendu, l'heure incertaine de vigilance qui précède l'aube, l'heure où elle se sentirait l'esprit extrêmement clair et où sa colère atteindrait son paroxysme; autrement dit l'heure de ramener les engagements politiques de Charlie – dont Kurtz lui avait assuré que tous ici les respectaient profondément – du petit feu où ils mijotaient, sur une flamme plus violente. Une fois encore, sous la direction de Kurtz, chaque chose s'inscrivait dans une chronologie et une arithmétique particulières. Les premières influences, Charlie. Les dates, les lieux et les gens, Charlie : citez-nous vos cinq principes directeurs, vos dix premiers contacts avec le militantisme. Mais Charlie n'était plus d'humeur à se montrer objective. Son envie de dormir avait fait place à un instinct de rébellion qui commençait à la tenailler. Le ton de sa voix et ses regards tour à tour méfiants ou foudroyants auraient dû les avertir. Elle en avait assez de les voir. Assez de se prêter à cette alliance forcée, d'être traînée de pièce en pièce sans savoir ce que faisaient toutes ces mains expertes et autoritaires sur son coude ni ce que ces voix trop malignes lui susurraient à l'oreille. La victime en elle brûlait du désir de se battre.

« Ma chère Charlie, rien de tout ceci ne sortira du dossier, n'ayez crainte, assura Kurtz. Quand le dossier sera complet, nous nous arrangerons pour que rien ne s'ébruite », certifia-t-il encore. Il insista néanmoins pour lui faire examiner toute une liste fastidieuse de manifs, de sit-in, de marches, d'occupations illégales de locaux divers et de révolutions minables du samedi, en exigeant à chaque fois « les motifs » que cachaient ces actions.

« Mais bon Dieu, quand arrêterez-vous donc d'essayer de nous définir? se défendit-elle. Nous ne sommes ni logiques, ni informés, ni organisés...

– Qu'êtes-vous donc alors, ma chère Charlie? demanda Kurtz avec une patience angélique.

– Nous ne sommes pas *chère* non plus. Nous sommes des *personnes*! Des êtres humains adultes, compris? Arrêtez de vous ficher de moi!

– Charlie, mais nous ne nous fichons sûrement pas de vous. Personne ici ne se fiche de vous.

– Oh! allez vous faire foutre. »

Elle se haïssait quand elle réagissait ainsi. Elle haïssait la dureté qui émanait d'elle lorsqu'elle se sentait acculée. Elle se voyait cognant inutilement une énorme porte en bois de ses poings frêles de faible femme tandis que sa voix stridente débitait des slogans dangereux et irréfléchis. Mais en même temps, elle aimait les couleurs violentes que lui procurait la colère, cette formidable libération, ce bruit de verre brisé.

« Pourquoi avez-vous besoin de *croire* avant de rejeter? questionna-t-elle, se rappelant une des grandes expressions dont Long Al – ou était-ce quelqu'un d'autre? – l'avait gavée. Peut-être que rejeter, c'est *aussi* croire. Cela vous est-il jamais venu à l'idée? Nous ne disputons pas le même combat, Mart – le nôtre est plus juste. Ce n'est plus le pouvoir contre le pouvoir, l'Est contre l'Ouest. Ce sont les affamés contre les porcs. Les esclaves contre les oppresseurs. Vous vous croyez libre, n'est-ce pas? C'est parce que quelqu'un d'autre est enchaîné. Quand vous mangez, un être humain meurt de faim. Quand vous courez, un homme, ailleurs, ne peut pas bouger. Il faut que nous changions tout ça. »

Elle l'avait cru autrefois; sincèrement. Peut-être y croyait-elle encore. Cette vision s'était imposée à elle. Elle avait fait du porte-à-porte et avait vu le visage des inconnus s'éclairer, perdre de leur méfiance à mesure qu'elle leur apportait la bonne parole. Elle avait éprouvé cette vérité et avait manifesté en son nom : pour le droit de chacun à libérer l'esprit des autres, de se dégager mutuellement du marécage que constitue le bourrage de crâne raciste et capitaliste, et de se tourner vers ses semblables pour former avec eux une communauté libre. Là-bas, dehors et au grand jour, cette vision pouvait encore lui emplir le cœur et la pousser à accomplir des actes de courage qu'elle n'aurait jamais osé tenter la tête froide. Mais, prisonnière de ces murs et entourée par ces visages trop attentifs, elle manquait d'espace pour déployer ses ailes.

Elle essaya de nouveau, la voix plus criarde encore : « Vous savez, Mart, il y a une différence entre les gens de votre âge et ceux du mien, c'est que nous commençons à faire les *difficiles* dès qu'il s'agit de sacrifier notre vie. Nous n'avons plus tellement envie – on peut se demander pourquoi – de nous faire zigouiller pour des boîtes multinationales établies au Liechtenstein avec des comptes en banque aux Antilles Néerlandaises. » Cette tirade-là lui venait d'Al, aucun doute. Elle lui avait même emprunté son ton âpre pour la faire passer. « Nous pensons qu'il y a mieux à faire que de laisser le monde se détruire par la faute de gens que nous ne connaissons pas, que nous n'avons jamais vus et pour lesquels nous n'avons jamais voté. Aussi curieux que cela puisse paraître, nous n'aimons pas les dictatures que ce soit celle des personnes, des pays ou des institutions, et nous n'aimons pas non plus la course aux armements, les armes chimiques, le napalm, pas plus que n'importe quelle autre composante de tout ce jeu de massacre. Nous ne croyons pas qu'Israël ne doive être qu'une garnison de l'Etat impérialiste américain et nous ne considérons pas non plus les Arabes comme des sauvages pouilleux ou des cheiks décadents du pétrole. Alors, nous rejetons. Dans le but d'éviter certaines entraves... de nous protéger de certains préjudices, de délimitations arbitraires. Le rejet peut donc être positif, d'accord? Parce que *ne pas subir tout cela* est positif, compris?

— Qu'entendez-vous exactement par " laisser le monde se détruire ", Charlie, demanda Kurtz tandis que Litvak notait toujours.

— En l'empoisonnant. En le brûlant. En le pourrissant avec des ordures, le colonialisme et le conditionnement total et calculé des travailleurs et... – et la suite va me revenir dans une seconde, songea-t-elle – alors ne venez pas me demander les noms et adresses de mes cinq principaux gourous. O.K., Mart? Parce que c'est *là* qu'ils sont tous – elle se cogna la poitrine – et ne venez pas me rire au nez si je ne suis pas capable de vous réciter Che Guevara toute la nuit; contentez-vous de me demander si je veux que le monde vive et que mes enfants...

— Vous pourriez réciter Che Guevara? l'interrompit Kurtz, intéressé.

— Un moment, souffla Litvak, levant une main pour réclamer une pause et écrivant furieusement de l'autre. *Formidable.* Attendez *une* seconde, Charlie, merci.

— Pourquoi ne plaquez-vous pas tout ça pour aller vous acheter un magnétophone? » répliqua sèchement Charlie. Elle avait les joues en feu. « Ou en voler un, puisque telle est votre habitude?

— Parce que nous ne disposons pas d'une semaine pour déchiffrer les transcriptions », expliqua Kurtz. Litvak ne s'était pas arrêté. « L'oreille humaine sélectionne, vous comprenez? Pas les machines. Elles ne sont pas économiques. Vous pouvez réciter Che Guevara, Charlie? insista-t-il.

— Bien sûr que non, je ne peux pas. »

De derrière elle – à des kilomètres de là, semblait-il – la voix désincarnée de Joseph rectifia la réponse.

« Mais elle pourrait si elle l'*apprenait*. Elle a une excellente mémoire, assura-t-il, un brin de la fierté du créateur dans la voix. Il lui suffit d'entendre quelque chose pour le retenir. Si elle s'y mettait, elle pourrait apprendre tous les textes de Guevara en une semaine. »

Pourquoi s'était-il immiscé dans la conversation? Essayait-il de calmer les esprits? D'avertir quelqu'un? De s'interposer entre Charlie et sa destruction imminente? Mais Charlie n'était pas prête à sonder ces subtilités; Kurtz et Litvak, eux, s'étaient remis à discuter, cette fois-ci en hébreu.

« Ça vous gênerait de parler anglais quand je suis là, vous deux? s'indigna-t-elle.

– Un instant, très chère », fit aimablement Kurtz avant de reprendre en hébreu.

Toujours avec la même froideur quasi clinique – ceci n'est destiné qu'au dossier, Charlie – Kurtz lui fit passer méthodiquement en revue les derniers articles disparates de sa foi vacillante. Charlie, tour à tour désarçonnée et remontée, éprouvait de plus en plus le désespoir de ceux qui n'en savent pas assez; Kurtz, rarement critique, toujours courtois, examinait le dossier, s'interrompait pour échanger une phrase avec Litvak ou, en fonction de ses propres desseins détournés, jetait quelques mots sur le bloc en face de lui. Intérieurement, et tout en continuant à se débattre avec férocité, elle se voyait dans un de ces sketches improvisés qu'on leur faisait jouer au conservatoire, cherchant à se sortir d'un rôle qui perdait peu à peu de sa signification à mesure qu'elle avançait. Elle suivait ses propres gestes qui se dissociaient maintenant de ses paroles. Elle protestait, donc elle était libre. Elle criait, donc elle protestait. La jeune femme écoutait sa voix qui ne semblait plus lui appartenir. Tirée des confidences d'un amant oublié, elle cita une phrase de

Rousseau puis, d'elle ne se souvenait plus où, une formule de Marcuse. Elle vit Kurtz se redresser sur sa chaise, puis baisser les yeux, hocher pensivement la tête et reposer son crayon, ce qui lui laissa supposer qu'elle avait terminé, à moins que ce ne fût lui. Elle décida qu'étant donné la classe de son public et la pauvreté de son texte, elle s'était plutôt bien débrouillée en fin de compte. Kurtz paraissait du même avis. Elle se sentit aussitôt mieux et plus en sûreté. Kurtz aussi, apparemment.

« Charlie, je me dois de vous féliciter, déclara-t-il. Vous nous avez tout décrit avec beaucoup d'honnêteté et de franchise. Nous vous en remercions.

— Merci encore, murmura le scribe Litvak.

— Je vous en prie, rétorqua-t-elle, éprouvant le sentiment d'être laide et trop rouge.

— Vous ne voyez pas d'inconvénient à ce que je structure un peu tout ceci? s'enquit Kurtz.

— Si, j'en vois.

— Pourquoi cela? questionna Kurtz, sans surprise.

— Nous représentons l'autre solution, voilà pourquoi. Nous ne formons pas un parti, nous ne sommes pas organisés et nous n'avons pas de manifeste. Et nous sommes contre toutes vos saloperies de structures. »

Elle aurait voulu contrôler un peu mieux son langage. Ou bien que la grossièreté lui vienne plus facilement en cette docte compagnie.

Kurtz n'en commença pas moins sa récapitulation des faits, employant pour cette tâche un style des plus pesants.

« D'un côté, Charlie, il semble que nous ayons le principe de base de l'anarchisme classique tel qu'il a été prôné depuis le XVIIIe siècle.

— Mais quelle connerie!

— A savoir une véritable répulsion pour tout embrigadement. A savoir la conviction que le gouvernement est néfaste, et par conséquent, que la notion même d'Etat est néfaste; la conscience que l'association des deux contrarie la croissance naturelle et la liberté de l'individu. Vous y avez ajouté certaines positions résolument modernes. Par exemple, la répulsion pour l'ennui, la prospérité, pour ce que l'on appelle je crois la misère climatisée du capitalisme occidental. Vous n'oubliez pas non plus la misère véritable qui accable les trois quarts de la population mondiale. D'accord, Charlie? Vous vous opposez à ces définitions? Ou devons-nous considérer votre " quelle connerie " comme une chose établie, cette fois-ci? »

Elle l'ignora, préférant consacrer toute son attention à ses ongles. Mais bon sang... que voulaient *dire* encore toutes ces théories? Les rats s'étaient emparés du navire, rien de plus compliqué; le reste n'est que foutaise narcissique. Sûrement.

« Je dirais que le monde d'aujourd'hui, poursuivit Kurtz, imperturbable, que le monde d'aujourd'hui vous offre plus d'arguments allant dans ce sens que n'en ont jamais eu vos pères, car jamais les Etats n'ont été plus puissants qu'actuellement; et il en va de même pour les trusts. Quant aux possibilités d'embrigadement, elles n'ont jamais été plus nombreuses. »

Elle prit conscience qu'il la manipulait, mais ne savait plus comment s'y prendre pour résister. Il s'était tu, attendant son commentaire, mais elle ne put que détourner la tête et dissimuler la crainte qui la gagnait sous un masque de refus farouche.

« Vous vous opposez à la technologie à outrance, reprit-il d'un ton égal. Huxley l'a déjà fait bien avant vous. Vous voulez promouvoir des motivations humaines qui pour une fois laissent de côté l'esprit de compétition et l'agressivité. Mais pour y parvenir, il vous faudra d'abord supprimer l'exploitation. Comment? »

Il s'interrompit de nouveau et ses silences devenaient pour Charlie plus menaçants encore que son discours; ils évoquaient les pauses qui séparent chaque pas menant à l'échafaud.

« Vous allez arrêter avec vos airs condescendants, Mart? Ça suffit!

– D'après ce que je lis, Charlie, continua Kurtz avec une bonne humeur inébranlable, c'est lorsque nous abordons cette question de l'exploitation que nous passons de l'anarchisme, disons, *passif*, à un anarchisme *actif*. » Il se tourna vers Litvak, le faisant lui aussi monter sur le ring. « Vous aviez une remarque, Mike?

– Je dirais que c'est à partir de cette question de l'exploitation que tout se gâte, Marty, murmura Litvak. En effet, par exploitation, il faut entendre *propriété* et tout s'éclaire. Primo, l'exploiteur s'enrichit considérablement sur le dos des esclaves salariés; secundo, il les abrutit jusqu'à les persuader que l'argent est un motif valable pour se tuer au travail. On peut dire ainsi qu'il les tient deux fois.

– Très bien, fit tranquillement Kurtz. Chercher à s'enrichir est mal, donc l'argent lui-même est mauvais, donc ceux qui défendent la propriété sont néfastes, donc – puisque vous avouez franchement ne pas vouloir attendre l'évolution du processus démocratique – il faut détruire la propriété et exterminer les riches. C'est bien votre avis, Charlie?

– Dites pas de conneries! Je ne marche pas là-dedans! »

Kurtz prit une expression déçue. « Vous voulez dire que votre but n'est pas de faire rendre gorge à l'Etat voleur? Que se passe-t-il, Charlie? Pusillanime tout à coup? » Puis, s'adressant à Litvak : « Oui, Mike?

– L'Etat est tyrannique, cita Litvak pour se rendre utile. Ce sont les mots mêmes de Charlie. Elle a également mentionné la *violence* de l'Etat, le *terrorisme* de l'Etat, la *dictature* de l'Etat – tout ce qu'un Etat peut présenter de pire, conclut Litvak d'un ton quelque peu surpris.

216

– Ça ne veut pas dire que je vais assassiner des gens et braquer des banques! Nom de Dieu! Qu'est-ce que ça signifie? »

Kurtz ne fit pas attention à l'agitation de la jeune femme.

« Charlie, vous nous avez vous-même déclaré que les forces de la loi et de l'ordre ne sont rien de plus que de petits despotes au service d'une autorité usurpée. »

Litvak compléta heureusement la citation : « Et aussi que les masses populaires ne peuvent avoir accès à une véritable justice en passant par les tribunaux, rappela-t-il à Kurtz.

– Et c'est vrai! C'est tout le système qui est de la merde! Il est borné, corrompu, paternaliste, il est...

– Alors pourquoi ne le détruisez-vous pas? s'étonna Kurtz le plus plaisamment du monde. Pourquoi ne le faites-vous pas sauter et ne descendez-vous pas tous les policiers qui tenteraient de vous en empêcher, et les autres aussi pendant que vous y serez? Pourquoi ne faites-vous pas sauter la cervelle de tous les colonialistes et de tous les impérialistes qui vous tombent sous la main? Où est donc passée votre intégrité tant vantée? Qu'est-ce qui ne va pas?

– Je ne veux rien faire sauter du tout! Je veux la paix! Je veux que les gens soient libres! » insista-t-elle avec véhémence, se raccrochant désespérément à son seul principe sûr.

Mais Kurtz ne parut pas l'entendre : « Vous me décevez, Charlie. Ce soudain manque de cohérence. Vous avez tout compris. Pourquoi n'essayez-vous pas de mettre cette compréhension au service de quelque chose? Comment se fait-il que vous vous présentiez d'abord comme l'intellectuelle capable de saisir ce qui dépasse les masses leurrées par le pouvoir, pour ensuite n'avoir pas le courage de rendre un petit service – comme par exemple de *voler*... de *tuer*... ou de *faire sauter quelque chose*, un commissariat de police, pourquoi pas ? – à ces cœurs et ces esprits esclaves des puissants capitalistes ? Allons, Charlie, que devient l'action ? C'est vous, l'âme généreuse ici. Donnez-nous des actes, pas des mots. »

La gaieté communicative de Kurtz avait atteint de nouveaux sommets. Ses yeux s'étaient tant plissés qu'ils ne semblaient plus que deux fentes sombres ménagées dans sa peau malmenée. Mais Charlie elle aussi savait se battre et elle lui parlait en le regardant bien en face, en imitant sa manière d'employer les mots, en les lui envoyant à la tête, en essayant une dernière fois de lui échapper pour recouvrer la liberté.

« Ecoutez, je suis superficielle, compris, Mart ? Je suis inculte, illettrée, incapable de calculer, de raisonner et encore plus d'analyser, j'ai fréquenté des institutions scolaires très chères mais de second ordre, et regrette sincèrement – plus que tout au monde en fait – de ne pas avoir vu le jour dans un quartier pauvre des Midlands, et que mon père n'ait pas travaillé de ses mains au lieu de détourner les économies des vieilles dames ! J'en ai assez de subir des lavages de cerveau, assez d'entendre tous les jours les mille et une raisons qui m'interdisent d'aimer mon prochain comme un égal et j'ai envie d'aller me pieuter !

– Vous voulez dire que vous revenez sur vos positions déclarées, Charlie ?

– Je n'ai *pas* de position déclarée !

– Vous n'en avez pas ?

– Non !

– Pas de position déclarée, pas de participation active aux mouvements extrémistes, vous vous contentez d'être non alignée.

– Oui !

– *Pacifiquement* non alignée, souligna Kurtz avec bonhomie. Vous faites donc partie de l'extrême centre. »

Il déboutonna lentement le haut du pan gauche de

sa tunique, en palpa un instant l'intérieur de ses doigts épais pour en extirper, au milieu d'un fouillis incroyable, une coupure de presse assez longue, pliée sur elle-même et qui, vu l'endroit particulier où il l'avait rangée, différait sans doute de celles contenues dans le dossier.

« Charlie, vous avez tout à l'heure mentionné en passant un endroit dans le Dorset où Al et vous alliez assister à certaines réunions, reprit Kurtz en dépliant laborieusement le morceau de papier. " Un cours du week-end sur l'idéologie extrémiste ", vous l'avez défini ainsi, je crois. Nous n'avons pas vraiment approfondi la question à ce moment-là; il me semble que pour une raison ou pour une autre, nous avons glissé très vite sur cette partie de la discussion. Cela vous dérangerait-il que nous y revenions? »

Puis, comme pour se rafraîchir la mémoire, il entreprit de parcourir sans mot dire l'article, secouant parfois la tête en un « bien, bien » silencieux.

« Endroit intéressant, fit-il remarquer d'un ton affable tout en lisant. Entraînement au tir avec des armes factices. Les différentes techniques du sabotage – en utilisant bien sûr de la pâte à modeler en fait de plastic. Comment vivre dans la clandestinité. La survie. La philosophie de la guérilla urbaine. Et même comment prendre soin d'un invité non consentant; je lis : « séquestration d'éléments insoumis en « milieu domestique ». Cela me plaît. Quel bel euphémisme. » Il jeta un coup d'œil par-dessus l'article. « Ce rapport est-il à peu près exact ou avons-nous affaire à un exemple typique de l'exagération coutumière de la presse occidentale capitalo-sioniste? »

Elle ne croyait plus à sa bienveillance et tel était bien le souhait de Kurtz. Il voulait en effet l'inquiéter en la confrontant à l'extrémisme de ses opinions, et la forcer ainsi à se dégager des positions qu'elle venait de prendre sans s'en rendre compte. Certains interrogatoires sont menés dans le but de faire jaillir la vérité, d'autres pour susciter le mensonge. Kurtz réclamait des mensonges. Sa voix rocailleuse s'était donc nettement durcie tandis que son expression amusée se dissipait.

« Vous voulez peut-être nous dresser un tableau plus objectif des choses, Charlie? lui proposa Kurtz.

— Tout ça, c'était le cirque d'Al, pas le mien, répliqua-t-elle d'un air de défi, mais battant en retraite pour la première fois.

— Vous vous y rendiez pourtant ensemble.

— Ça faisait un week-end pas cher à la campagne à un moment où nous étions complètement fauchés. C'est tout.

— C'est tout, souffla Kurtz, la laissant se débattre dans un silence trop épais et chargé de trop de culpabilité pour qu'elle puisse le briser toute seule.

— Nous n'étions pas que tous les deux, protesta-t-elle. Ils étaient... bof... une vingtaine. Des jeunes, des comédiens. Certains n'avaient pas fini le conservatoire. Ils louaient un car, emportaient un peu de hasch et jouaient aux lits musicaux toute la nuit. Qu'y a-t-il de mal à ça? »

Kurtz n'avait pour le moment aucune opinion concernant ce qui était bien ou mal.

« *Ils*, remarqua-t-il. Et *vous*, que faisiez-vous? Vous conduisiez le car? Vous êtes très bonne conductrice, nous a-t-on dit?

— J'accompagnais Al. Je vous l'ai dit. C'était son plan à lui, pas le mien. »

Elle avait perdu prise et sombrait. Elle ne savait pas très bien comment cela s'était produit, qui lui avait écrasé les doigts pour qu'elle lâche. Peut-être s'était-elle simplement laissée aller par lassitude. Peut-être n'avait-elle cherché que cela depuis le début.

« Vous rappelez-vous combien de fois vous vous êtes adonnée à ces petites séances, Charlie? A débiter des stupidités et fumer du hasch? A pratiquer innocemment l'amour libre pendant que les autres suivaient leur entraînement de terroristes? Vous en parlez comme s'il s'agissait d'une habitude. C'est ça? C'était habituel?

— Non, ça n'avait *rien* d'habituel! C'est terminé et je ne m'y suis jamais *adonnée*!

— Pouvez-vous nous indiquer la fréquence de ces réunions, alors?

— Ce n'était pas fréquent non plus!

— Combien de fois?

— Une ou deux. C'est tout. Et puis j'ai eu la trouille. »

Tout s'écroulait, l'univers tournoyait et l'obscurité devenait plus dense. La jeune femme se sentait perdue dans un tourbillon d'air et avait pourtant l'impression d'en manquer.

Joseph, emmène-moi d'ici! Mais c'était lui qui l'y avait amenée. Elle guettait les sons qu'il pouvait produire, lui envoyait mentalement des messages, mais ne recevait rien en retour.

Kurtz la dévisageait et elle soutenait son regard. Elle aurait voulu le transpercer, le foudroyer de ses yeux étincelants de défi.

« Une ou deux fois, répéta Kurtz d'une voix pensive. C'est cela, Mike? »

Litvak leva le nez de ses notes. « Une ou deux fois, confirma-t-il.

— Pouvez-vous nous dire pourquoi vous avez eu la trouille? » demanda Kurtz.

Sans quitter son interlocutrice des yeux, il saisit le classeur de Litvak.

« C'était trop dur à supporter, avoua-t-elle en baissant le ton pour ménager son effet.

— Je n'en doute pas, repartit Kurtz en ouvrant le classeur.

— Je ne parle pas de politique, mais de sexe. C'était

221

plus que je n'en voulais vraiment. Ne soyez pas si obtus. »

Kurtz se lécha le pouce et tourna une page; il se mouilla de nouveau le pouce et tourna une autre feuille avant de marmonner quelques mots à l'adresse de Litvak, qui lui répondit tout aussi brièvement mais pas en anglais. Kurtz referma le classeur jaune pâle et le glissa dans la serviette. « " Une ou deux fois. C'est tout. Et puis j'ai eu la trouille ", psalmodia-t-il, songeur. Voulez-vous corriger cette déclaration?

– Pourquoi donc?

– Une ou deux fois, vous en êtes sûre?

– Pourquoi devrais-je dire autre chose?

– Cela fait deux au maximum, d'accord? »

Au-dessus d'elle, la lumière vacillait, à moins que ce ne fût son esprit. La jeune femme se retourna délibérément sur sa chaise. Joseph se tenait courbé sur son bureau, trop absorbé pour lever la tête. Charlie reprit sa position normale, face à Kurtz qui attendait sa réponse.

« Deux ou trois fois, lâcha-t-elle. Et alors?

– Quatre? Une ou deux pourraient-elles tout aussi bien donner quatre fois?

– Oh! allez vous faire voir!

– Je suppose que c'est une question de linguistique. « Je suis allée voir ma tante une ou deux fois l'année dernière » pourrait signifier trois fois, n'est-ce pas? Quatre fois, même. Cinq. Mais il me semble qu'on n'irait pas au-delà de cinq. Cinq devient déjà " une demi-douzaine ". » Il ne cessait de fouiller lentement dans la paperasse accumulée devant lui. « Voulez-vous remplacer ce " une ou deux " par " une demi-douzaine ", Charlie?

– J'ai dit deux maximum et je le maintiens.

– Deux?

– Oui, deux!

– Bon, deux alors. « Oui, je ne me suis rendue à ces « réunions qu'en deux occasions seulement. Les autres

« participaient peut-être à des activités paramilitaires,
« mais seul l'aspect sexuel, distrayant et social m'atti-
« rait. Amen. " Signé Charlie. Pouvez-vous dater ces
deux visites? »

Elle lui donna une date de l'année précédente, se
situant peu après qu'elle et Al eurent décidé de sortir
ensemble.

« Et l'autre fois?

— J'ai oublié. Qu'est-ce que ça peut faire?

— Elle a oublié. » Son débit s'était ralenti au point
de presque s'arrêter mais le timbre de sa voix avait
conservé toute sa puissance. Charlie eut la vision de
cette voix s'approchant lourdement d'elle comme un
animal disgracieux. « La seconde visite a-t-elle eu lieu
peu après la première ou s'est-il écoulé un grand laps
de temps entre les deux?

— Je ne sais plus.

— Elle ne sait plus. Le premier week-end était un
cours d'initiation destiné aux novices, exact?

— Oui.

— A quoi vous a-t-on initiée?

— Je vous l'ai dit, à des partouzes.

— Pas de débats, de séminaires, de cours magis-
traux?

— Il y avait des débats, oui.

— Sur quels sujets, je vous prie?

— Les principes de base.

— De quoi?

— De quoi voulez-vous que ce soit? De l'extrémisme.

— Vous vous rappelez autour de qui s'organisaient
ces débats?

— Il y a eu une lesbienne boutonneuse pour parler
du M.L.F., un Ecossais, qui a parlé de Cuba. Al
l'admirait beaucoup.

— Et la fois d'après — la seconde et la dernière, celle
dont la date est oubliée — qui a animé les discussions? »

Pas de réponse.

« Oublié, ça aussi?

– Exactement!

– Plutôt curieux, non? Vous vous souvenez parfaitement du premier week-end – l'amour, les sujets de discussion, les animateurs. Et il ne vous reste plus rien du second?

– Après avoir passé toute la nuit à répondre à vos questions de fous, non, ce n'est pas tellement curieux!

– Où allez-vous? l'interrogea Kurtz. Vous avez envie d'aller aux toilettes? Rachel, accompagne Charlie. Rose. »

Charlie était debout. Elle perçut un léger bruit de pas en provenance de l'ombre.

« Je m'en vais. J'ai le droit de choisir. Je veux sortir. Maintenant.

– Vous exercerez votre droit de choisir au moment opportun et seulement quand nous vous y inviterons. Si vous avez oublié quels étaient vos interlocuteurs lors de ce second séminaire, peut-être nous direz-vous tout de même de quelle nature étaient ces cours. »

Elle se tenait toujours debout et ne s'en sentait en fait que plus petite. Elle regarda autour d'elle et aperçut Joseph, la tête dans la main, le visage plongé dans la pénombre. Il lui apparut, dans sa frayeur, comme flottant dans une sorte de monde intermédiaire, situé entre son univers à elle et le sien. Mais, où qu'elle portât les yeux, la voix de Kurtz lui emplissait le crâne, étouffant toutes les autres présences. Charlie posa les mains sur la table et se pencha en avant; elle se trouvait dans une église étrange sans personne pour la conseiller, sans un ami pour lui indiquer s'il fallait se redresser ou s'agenouiller. Mais la voix de Kurtz semblait omniprésente et elle aurait pu s'allonger sur le sol ou s'enfuir par la fenêtre de verre teinté à des kilomètres de là, cela n'y aurait rien changé; impossible d'échapper à ce viol auditif. La jeune femme leva les mains et les croisa derrière son dos, très serrées car elle perdait le contrôle de ses gestes. Les mains jouent un rôle, elles parlent. Elles agissent. Charlie les sentait se réconforter mutuellement tels des enfants apeurés. Kurtz l'interrogeait au sujet d'une résolution.

« Vous n'en avez pas signé, Charlie?

– Je ne sais plus!

– Mais, Charlie, on adopte toujours une résolution à la fin d'une session. Il y a d'abord une discussion. Et il y a une résolution. Quelle était la motion cette fois-ci? Essayez-vous sérieusement de me dire que vous ne *saviez* pas ce que c'était, que vous ne *savez* même pas si vous l'avez signée ou non? Peut-être avez-vous *refusé* de la signer?

– Non.

– Charlie, montrez-vous raisonnable. Comment, avec l'intelligence que nous vous connaissons, pouvez-vous prétendre avoir oublié une résolution en bonne et due forme prise en clôture d'un séminaire de trois jours? Un document que vous avez préparé et repréparé... que vous avez voté... adopté ou pas adopté... signé ou pas signé? Une résolution, cela représente toute une série de procédures compliquées, pour l'amour de Dieu, Charlie. Pourquoi devenez-vous brusquement si évasive, alors que vous êtes capable de donner tant de précisions sur d'autres matières? »

Elle ne faisait plus attention. Elle se moquait tellement de tout qu'elle ne prenait même plus la peine de le lui *dire*. Elle se sentait fatiguée à mourir. Charlie avait envie de s'asseoir mais ne parvenait plus à bouger. Elle avait besoin d'une pause, d'aller aux toilettes, de retoucher un peu son maquillage et de dormir pendant au moins cinq ans. Seul, un reste de conscience théâtrale lui ordonnait de tenir le coup jusqu'à la fin.

Assis devant elle, Kurtz avait sorti un nouveau document de la serviette. Il l'examina d'un air préoccupé puis choisit de s'adresser à Litvak. « Elle a bien dit deux fois?

– Deux maximum, confirma Litvak. Vous lui avez laissé toutes les chances de rehausser son évaluation, mais elle en est restée à deux.

– Et *nous*, nous trouvons combien?

– Cinq fois.

– Mais d'où sort-elle ce chiffre deux, alors?

– Elle minimise la réalité, expliqua Litvak en s'efforçant de paraître plus déçu encore que son compagnon. Elle est à environ deux cents pour cent au-dessous de la vérité.

– Alors elle ment, prononça lentement Kurtz, comme s'il avait du mal à admettre cette conclusion.

– Cela ne fait aucun doute, répliqua Litvak.

– Je n'ai pas menti, j'ai oublié! C'était Al! J'y suis allée pour faire plaisir à Al, *rien de plus*! »

Parmi les stylos métallisés rangés dans la poche à rabat de sa veste chamois, Kurtz conservait également un mouchoir kaki. Il s'en saisit et s'en frotta machinalement le visage, terminant par la bouche. Il le remit ensuite dans sa poche. Puis il déplaça de nouveau sa montre de la gauche vers la droite, en une sorte de rituel très personnel.

« Vous voulez vous asseoir?

– Non. »

Le refus l'attrista. « Charlie, je ne vous comprends plus. Je perds toute ma confiance en vous.

– Eh bien, tant mieux! Trouvez quelqu'un d'autre à emmerder! Mais qu'est-ce que je fais ici à continuer ce petit jeu avec des truands israéliens? Allez donc piéger d'autres bagnoles arabes. Lâchez-moi les baskets. Je vous déteste! Tous autant que vous êtes! »

Charlie éprouva en prononçant ces mots une impression des plus curieuses. Elle était certaine qu'ils n'écoutaient que distraitement ce qu'elle disait, pour se concentrer surtout sur la technique de son jeu. Si quelqu'un l'avait interpellée en lui demandant : « Reprends ça, Charlie, mais un peu moins vite peut-être », elle n'aurait absolument pas été surprise. Mais Kurtz avait d'abord un point à éclaircir, et rien en ce monde créé par le Dieu des juifs – Charlie le savait maintenant – ne pourrait l'arrêter.

« Charlie, je ne comprends *pas* vos faux-fuyants », insista-t-il. Sa voix avait retrouvé un rythme plus lent mais n'avait rien perdu de sa puissance. « Je ne comprends pas ce qui oppose la Charlie qui se trouve avec nous à celle que nous donne notre dossier. Vous avez mis les pieds dans cette école révolutionnaire pour la première fois le quinze juillet de l'année dernière, dans le but d'y suivre un cours de deux jours destiné aux débutants. Les sujets portaient bien sur le colonialisme et la révolution, et vous vous êtes effectivement rendue sur place en car, en compagnie de tout un groupe de comédiens, dont Alastair. Vous y êtes retournée un mois plus tard, toujours avec Alastair, et vous avez écouté cette fois-ci, vous et vos camarades, un soi-disant exilé bolivien qui a préféré taire son nom, ainsi qu'un autre monsieur, incognito lui aussi, et qui prétendait s'exprimer au nom de l'aile provisoire de l'Armée Républicaine Irlandaise. Vous avez généreusement fait un chèque de cinq livres à chacune de ces organisations, chèques dont voici les photocopies.

– C'était pour Al! Il était à sec!

– Vous y êtes retournée une troisième fois, encore un mois plus tard, et vous avez pris part à une discussion tout à fait pathétique concernant l'œuvre du philosophe américain Thoreau. Après le débat, le verdict du groupe, et vous y avez souscrit, fut que dès qu'il s'agissait de militantisme, Thoreau se révélait un idéaliste des plus creux n'ayant qu'une compréhension pratique de l'activisme très restreinte – bref, un nullard. Vous ne vous êtes pas contentée de soutenir ce verdict, vous avez réclamé une résolution supplémentaire réclamant un plus grand extrémisme de la part de tous les camarades.

– C'était pour Al! Je voulais être acceptée par les autres! Je voulais plaire à Al! Je ne m'en souvenais plus le jour d'après!

– Cela nous amène à octobre. Vous et Alastair vous retrouvez là-bas pour assister cette fois-ci à une séance particulièrement bien venue sur le fascisme bourgeois dans les sociétés capitalistes occidentales. Vous participez activement aux groupes de discussion, régalant vos camarades de multiples anecdotes mythiques à propos de votre père escroc, de votre mère inepte et de votre éducation répressive en général. »

Charlie ne protestait même plus. Elle ne pensait ni ne voyait plus. Elle avait brouillé sa vision et saisi la chair de son pouce entre ses dents, la mordant doucement comme pour se punir. Mais elle ne pouvait pas s'empêcher d'entendre : la voix de Marty ne l'aurait pas permis.

« Enfin, comme nous l'a rappelé Mike, c'est en février de cette année qu'a eu lieu la dernière visite. Vous et Alastair suivez alors un débat dont vous avez obstinément chassé le sujet de votre mémoire, sauf tout à l'heure, lorsque vous avez cru bon d'injurier l'Etat d'Israël. En effet, cette fois-ci, la discussion portait exclusivement sur la déplorable extension du sionisme mondial et sur les liens qu'il entretient avec l'impérialisme américain. La personnalité reçue était un homme qui se présentait comme un porte-parole de la révolution palestinienne, bien qu'il ait refusé d'avouer à quelle branche de ce vaste mouvement il appartenait. Il refusa également, au sens le plus littéral du terme, de se découvrir; il avait en effet dissimulé ses traits sous une cagoule, ce qui lui donnait une apparence extrêmement menaçante. Vous souvenez-vous de cet homme, maintenant? » Il ne lui laissa pas le temps de répondre. « Il vous a parlé de sa vie héroïque de grand combattant et de tueur de sionistes. « L'arme

228

« à feu me sert de passeport pour ma patrie, vous a-t-il déclaré. Nous ne sommes plus des réfugiés! Nous « sommes un peuple révolutionnaire! » Il a alors suscité une certaine inquiétude dans l'assistance et une ou deux voix, la vôtre n'en faisait pas partie, se sont élevées pour l'accuser d'aller un peu trop loin. » Kurtz s'interrompit de nouveau mais Charlie resta muette. Il rapprocha légèrement sa montre de lui et adressa à Charlie un petit sourire triste. « Pourquoi nous avez-vous caché tout cela, Charlie? Pourquoi errer ainsi sans savoir quel nouveau mensonge inventer? Ne vous ai-je pas affirmé que nous avons besoin de votre passé tel qu'il est? Qu'il nous plaît beaucoup comme ça? »

Il attendit patiemment sa réponse, une fois encore en vain. « Nous savons que votre père n'est jamais allé en prison. Que les huissiers ne vous ont jamais rien pris, et encore moins votre poney. Votre pauvre homme de père n'a jamais rien essuyé d'autre qu'une petite faillite due à un manque de compétence et qui n'a porté tort à personne d'autre qu'à deux directeurs de banques locales. Il a été réhabilité avec tous les honneurs, si c'est bien ainsi qu'il faut dire, longtemps avant sa mort; quelques amis s'étaient cotisés pour l'aider. Quant à votre mère, elle lui est restée une épouse fidèle et dévouée jusqu'à la fin. Votre père n'a donc été pour rien dans votre abandon scolaire prématuré, vous êtes seule responsable. Vous vous étiez montrée, disons, un peu trop accessible à certains garçons du voisinage, et cela avait fini par se savoir parmi la direction de l'école. On vous a aussitôt renvoyée de l'établissement en vous accusant d'être un élément corrompu et susceptible de provoquer des scandales. Vous êtes donc retournée chez des parents bien trop indulgents à votre égard et qui, à votre grande frustration, vous ont comme d'habitude pardonné vos écarts tout en faisant de leur mieux pour avaler vos explications. Les années passant, vous avez tissé toute une histoire des plus astucieuses autour de cet incident dans le but de le rendre acceptable, et vous avez même fini par y croire, quoique au fond de vous-même, ce souvenir vous tourmente toujours et vous contraigne à prendre des directions assez curieuses. » Kurtz déplaça une fois de plus sa montre sur la table. « Nous sommes vos amis, Charlie. Vous pensez sincèrement que nous pourrions vous reprocher un tel comportement? Croyez-vous vraiment que nous ne pouvons comprendre que vos engagements politiques correspondent à l'extériorisation d'une quête restée sans réponse au moment où vous en aviez le plus besoin? Nous sommes vos *amis*, Charlie. Nous ne sommes ni médiocres, ni las, ni apathiques, ni étriqués, ni conformistes. Nous voulons partager avec vous, nous voulons vous rendre utile. Pourquoi nous débiter mensonges sur mensonges quand nous attendons de vous, du début à la fin, la vérité objective et sans fard? Pourquoi dresser ainsi un barrage entre vous et vos *amis* au lieu de nous faire pleinement confiance? »

Charlie sentit la colère l'envahir comme une marée brûlante. La fureur la remonta, la purifia; à mesure que le sentiment s'emparait d'elle, la jeune femme voyait en lui son meilleur allié. Avec tout le calcul dû à son art, elle laissa cette colère la submerger totalement pour prendre la direction des opérations tandis qu'elle-même, minuscule créature gyroscopique parvenant à conserver son équilibre et à rester debout, se retirait avec reconnaissance vers les coulisses sur la pointe des pieds pour ne plus être que spectatrice. La rage effaçait sa stupéfaction, anesthésiait la douleur de se voir découverte; elle lui clarifiait l'esprit et lui donnait une vision plus vive des choses. La jeune femme esquissa un pas en avant tout en levant le poing pour en frapper son tortionnaire; mais il était trop avisé, trop difficile à intimider, on l'avait trop souvent frappé déjà. Et puis, elle avait d'autres comptes à régler derrière elle.

C'était effectivement Kurtz qui, en manipulant Charlie de la sorte, avait mis le feu aux poudres. Mais c'était la ruse de Joseph, la cour qu'il lui avait faite, et ses mystérieux silences qui avaient provoqué la véritable humiliation. Charlie fit volte-face et avança de deux grandes enjambées dans sa direction, s'attendant à être aussitôt ceinturée. Il n'en fut rien. Elle repoussa violemment la table d'un coup de pied et regarda la lampe voltiger gracieusement dans les airs avant de retomber, brusquement arrêtée par le fil, avec un fracas étonné. La jeune femme serra de nouveau le poing, pensant que Joseph allait réagir. Il ne bougea pas et le coup, asséné avec toute la force dont elle était capable, l'atteignit à la tempe. Elle lui hurla tous les mots orduriers dont elle gratifiait habituellement Long Al et la vacuité oppressante d'une vie embrouillée mais tellement étriquée, tout en espérant qu'il allait l'arrêter ou la frapper en retour. Elle cogna encore, de l'autre main, aveuglée par le désir de lui faire mal et de laisser des traces. Elle attendait toujours qu'il se défende, mais les yeux bruns et familiers continuaient de l'observer, aussi immobiles que des balises côtières dans la tempête. Elle lui porta un autre coup de son poing à demi fermé et sentit ses jointures craquer tandis que le sang coulait sur le menton de Joseph. « Salaud, fasciste! » criait-elle sans fin, consciente de gaspiller son souffle et ses forces. Elle vit Raoul, le hippy aux cheveux filasse, debout près de la porte, et l'une des filles – Rose, l'Afrikander – barrer la porte-fenêtre au cas où Charlie essaierait de se précipiter sur la véranda; elle souhaita désespérément devenir folle et que tout le monde la plaigne; elle aurait voulu n'être qu'une pauvre démente à qui l'on pardonnerait tout et non une imbécile de petite actrice extrémiste qui s'inventait des personnages minables et avait renié père et mère pour embrasser des convictions trop hâtives auxquelles elle n'avait pas le courage de renoncer – de toute façon, que lui avait-on proposé jusque-là pour les remplacer? Elle entendit la voix de Kurtz ordonner à tout le monde en anglais de ne pas bouger. Elle vit Joseph se détourner puis tirer un mouchoir de sa poche pour se tamponner la lèvre, ne montrant pas plus de réaction à l'égard de Charlie que s'il avait eu devant lui un enfant de cinq ans en train de faire une colère. Elle le traita une fois encore de « Salaud! » et lui donna une claque retentissante sur le côté de la tête, si forte qu'elle se tordit le poignet et en éprouva un engourdissement passager. Puis elle se sentit épuisée et affreusement seule, n'aspirant qu'à recevoir les coups de Joseph.

« Je vous en prie, Charlie, lui dit tranquillement Kurtz, depuis sa chaise. Vous avez lu Frantz Fanon. La violence est une force purificatrice, vous vous rappelez? Elle nous libère de nos complexes d'infériorité, dissipe notre peur et nous rend le respect de nous-mêmes. »

Il ne restait plus à la jeune femme qu'une seule issue et elle n'hésita pas. Elle se voûta et enfouit son visage dans ses mains, éclatant en sanglots. Sur un signe de Kurtz, Rachel quitta son poste et vint lui passer le bras autour des épaules, geste que Charlie commença par refuser avant de se laisser faire.

« Trois minutes, pas une de plus, indiqua Kurtz tandis que les deux filles se dirigeaient vers la porte. Qu'elle ne change pas de vêtements et n'ait pas le temps d'endosser une nouvelle identité, je veux qu'elle revienne aussitôt. Le moteur ne doit pas ralentir. Charlie, arrêtez un moment. Attendez. J'ai dit arrêtez-vous. »

Charlie obtempéra, mais sans se retourner. Elle se tint immobile, s'efforçant d'exprimer sa douleur avec son dos et se demandant misérablement si Joseph soignait bien son visage meurtri.

« Vous vous en êtes très bien sortie, Charlie, déclara

Kurtz sans complaisance. Je vous félicite. Vous avez perdu pied, mais vous vous êtes reprise. Vous avez menti, vous vous êtes embrouillée, mais vous avez tenu bon, et quand vos derniers supports ont lâché, vous avez piqué une vraie rage et vous en êtes prise au monde entier. Nous sommes tous fiers de vous. Nous allons maintenant vous imaginer une meilleure histoire à raconter. Dépêchez-vous, d'accord? Il ne nous reste que très, très peu de temps maintenant. »

Arrivée dans la salle de bain, Charlie s'appuya le front contre le mur en sanglotant tandis que Rachel lui faisait couler de l'eau dans le lavabo et que Rose attendait, par précaution, à l'extérieur.

« Je me demande comment tu peux supporter l'Angleterre une seule minute, fit remarquer Rachel en préparant du savon et une serviette. J'y suis restée quinze ans avant qu'on s'en aille. J'ai cru en mourir. Tu connais Macclesfield? C'est l'enfer. Enfin quand tu es juif en tout cas. Toute cette bourgeoisie, cette froideur, cette hypocrisie. Je crois que c'est l'endroit le plus triste du monde, Macclesfield, enfin pour un juif. Je me frottais la peau avec du citron quand je me lavais, parce qu'ils me disaient que j'avais la peau grasse. Ne t'approche pas toute seule de cette porte, tu seras gentille, sinon il faudra que je t'en empêche. »

L'aube se levait et il était donc temps de se coucher, mais elle avait regagné sa place parmi eux et n'aurait pour rien au monde voulu être ailleurs. Ils lui avaient brièvement raconté de quoi il était question, ils avaient effleuré le sujet comme un projecteur balayant une entrée obscure, lui laissant simplement entrevoir ce que ces ténèbres dissimulaient. Imaginez-vous, lui dirent-ils... et ils lui décrivirent l'amant idéal qu'elle n'avait jamais rencontré.

Ses réticences étaient vaincues. Ils voulaient bien d'elle. Ils la connaissaient maintenant parfaitement; ils étaient conscients de ses faiblesses et de sa pluralité. Pourtant, ils la voulaient toujours. Ils l'avaient enlevée pour mieux la secourir. Après toutes les errances de sa vie passée, ils lui fournissaient une voie droite. Après toute la culpabilité et la dissimulation qu'elle avait montrées venait leur approbation. Après tous les mots qu'elle avait prononcés s'imposaient leurs actes, leur sobriété, la ferveur que trahissaient leurs yeux limpides, leur authenticité, leur fidélité inaltérable, de quoi combler la vacuité qui béait et hurlait en elle tel un démon fatigué depuis qu'elle était assez vieille pour se souvenir. Elle se sentait une plume prise dans un tourbillon quand soudain, à son soulagement étonné, ce tourbillon devint le leur, et il la menait désormais quelque part.

Elle se détendit et les laissa la porter, la diriger, la manipuler. Merci mon Dieu, songea-t-elle : une patrie, enfin. Vous interpréterez votre propre rôle, mais plus encore, lui dirent-ils – qu'avait-elle donc jamais fait d'autre? Votre rôle qui nécessitera absolument tous vos talents de comédienne... Cela peut vous donner une idée. L'idée que vous voudrez, pensa-t-elle.

Oui, j'écoute. Oui, je comprends.

Ils avaient cédé la place d'honneur, au centre de la table, à Joseph. Litvak et Kurtz l'encadraient, aussi figés que deux satellites. Là où elle l'avait frappé, la chair de son visage était à vif et une série de petites ecchymoses suivait l'ossature de sa joue gauche. Des rais de lumière matinale filtraient à travers les volets fermés pour tomber sur le parquet et le plateau de bois posé sur ses tréteaux. Les voix se turent.

« Je n'ai pas accepté encore? » demanda-t-elle à Joseph.

Il fit non de la tête. Une barbe naissante soulignait les creux de son visage. Le plafonnier accusait une toile de lignes très fines autour de ses yeux.

« Explique-moi encore à quoi cela va servir », suggéra-t-elle.

Elle perçut l'intensité de leur attention tendue à l'extrême. Litvak, ses mains blanches croisées devant lui et une férocité jusque-là insoupçonnée dans son regard humide; Kurtz, sa figure de prophète sans âge parsemée de poussières argentées. Et, toujours postés tout autour de la pièce, les jeunes gens concentrés et impassibles comme des premiers communiants.

« Ils t'ont dit que tu allais sauver des vies, Charlie », répliqua Joseph d'un ton détaché dont tout effet théâtral avait été rigoureusement banni. Malgré le tutoiement nouveau, n'avait-elle pas entendu une certaine contrainte dans sa voix? Si tel était le cas, cela accentuait encore la gravité de ses paroles. « Que tu rendras des enfants à leurs mères et que tu contribueras à redonner la paix à des gens pacifiques. Ils t'ont dit que grâce à toi, des femmes et des hommes innocents continueront à vivre. Grâce à toi, Charlie.

– Et toi, qu'est-ce que tu dis? »

Il choisit une réponse des plus mornes.

« Pourquoi serais-je ici sinon? S'il s'agissait de l'un des nôtres, cette mission serait un sacrifice, une forme d'expiation. Pour toi... peut-être n'est-ce pas tellement différent après tout.

– Et toi, où seras-tu?

– Nous resterons toujours aussi près que possible.

– Je n'ai pas dit vous, mais toi, Joseph.

– Je ne serai pas loin, bien sûr. Ce sera mon travail. »

Et seulement mon travail, laissait-il entendre; même Charlie n'aurait pu se méprendre sur le sens de sa phrase.

« Joseph vous accompagnera tout le temps, Charlie, précisa doucement Kurtz. Joseph est un très bon, un excellent professionnel. Joseph, parle-lui maintenant du facteur temps, je te prie.

– Nous avons extrêmement peu de temps devant nous, dit Joseph. Chaque heure compte. »

Kurtz souriait toujours et semblait attendre que Joseph continue, mais celui-ci en avait terminé.

Elle avait dit « oui ». Sûrement. Ou du moins, elle avait dû accepter la phase suivante car elle perçut un léger mouvement de soulagement dans la salle et, à sa grande déception, rien de plus. Son imagination débridée lui avait donné la vision d'un auditoire applaudissant à tout rompre : un Mike épuisé, enfouissant sa tête dans ses mains pour pleurer sans honte; un Marty qui, comme le vieil homme qu'il était devenu, lui posait ses grandes mains sur les épaules et – ma fille, mon enfant – pressait son visage rugueux sur sa joue de jeune fille. Des jeunes, ses fans en chaussures de sport, qui se précipitaient pour la toucher. Et un Joseph qui l'enlaçait. Mais il semblait que dans le théâtre du réel, les gens n'agissaient pas ainsi. Kurtz et Litvak se dépêchaient de ranger des papiers, de refermer des attaché-cases. Joseph s'entretenait avec Dimitri et Rose, l'Afrikander. Raoul débarrassait les vestiges du thé et des gâteaux secs. Seule Rachel paraissait se préoccuper de ce qu'il advenait de leur nouvelle recrue. Elle lui prit le bras et la conduisit vers le palier pour, lui promit-elle, aller se reposer un peu. Elles n'avaient pas atteint la porte que Joseph prononça doucement le nom de Charlie. Il la dévisageait, le regard empli d'une curiosité pensive.

« Alors, bonne nuit, répéta-t-il, comme si ces mots eux-mêmes constituaient pour lui une énigme.

– Bonne nuit à toi aussi », rétorqua Charlie avec un sourire las qui aurait dû marquer le signal du tomber de rideau. Il n'en fut rien. Suivant Rachel dans le couloir, la jeune femme eut la stupéfaction de se retrouver dans le club que fréquentait son père, à Londres, en train de gagner l'annexe réservée aux femmes, pour le déjeuner. Elle s'immobilisa et regarda autour d'elle pour tenter de repérer la source de l'hallucination. Et puis elle comprit : il s'agissait du cliquetis incessant d'un téléscripteur invisible qui crachait les derniers cours de la Bourse. Elle supposa que le bruit venait de derrière une porte mal fermée. Mais Rachel lui fit presser le pas avant qu'elle ait eu le temps de localiser l'endroit.

Les trois hommes, eux, étaient revenus dans la chambre à coucher où le caquetage du décodeur avait, tel un clairon, battu le rappel. Becker et Litvak observaient Kurtz, qui, voûté devant le bureau, déchiffrait avec une expression de profonde incrédulité le dernier télégramme urgent, inattendu et strictement personnel tout juste arrivé de Jérusalem. Postés derrière lui, ses deux compagnons voyaient des taches sombres de transpiration s'élargir sur le dos de sa chemise, évoquant une blessure qui s'épanche. Le radio les avait laissés : Kurtz l'avait envoyé au lit dès que le texte codé de Jérusalem avait commencé à s'imprimer. Il régnait sur le reste de la maison un silence total. Si dehors des oiseaux chantaient ou des autos circulaient, aucun des trois hommes ne les entendait. Ils ne percevaient que les va-et-vient de l'imprimante.

« Je ne t'ai jamais vu aussi bon, Gadi », déclara Kurtz, pour qui habituellement le travail fourni n'était jamais assez satisfaisant. Il s'exprimait en anglais, langue dans laquelle était rédigé le message de Gavron. « Impérieux, magnanime, incisif. » Il déchira une feuille et attendit que la suivante soit imprimée. « Exactement ce qu'une fille un peu paumée peut rechercher chez un homme. N'est-ce pas, Shimon ? » L'appareil reprit sa course.

« Certaines personnes à Jérusalem – Mr. Gavron, pour ne nommer que lui – ont renâclé quand j'ai donné ton nom. Litvak aussi d'ailleurs. Mais moi, j'avais confiance. » Marmonnant un juron, il déchira la feuille suivante. « Je leur ai dit que Gadi était le meilleur homme que j'avais jamais eu, reprit-il. Un cœur de lion, une tête de poète, mot pour mot. Je leur ai dit aussi qu'une vie passée dans la violence n'avait pas suffi à te durcir. Comment réagit-elle, Gadi? »

Il tourna la tête et l'inclina de côté, guettant la réponse de Becker.

« Tu ne t'en es pas rendu compte? » répliqua celui-ci.

Si tel était le cas, Kurtz ne jugea pas utile de le confirmer tout de suite. Le message terminé, il fit pivoter sa chaise en tenant les pages verticalement devant lui de façon que la lumière du bureau puisse les éclairer par-dessus son épaule. Mais, curieusement, ce fut Litvak qui brisa le silence – Litvak qui laissa échapper un cri strident d'énervement et d'impatience, prenant ses deux compagnons par surprise. « Ils ont fait sauter une autre bombe! cria-t-il. Dis-le-nous! Où? Combien d'entre nous ont-ils tués cette fois-ci? »

Kurtz secoua lentement la tête en signe de dénégation, et sourit pour la première fois depuis qu'il avait reçu le texte.

« Une bombe, peut-être, Shimon. Mais personne n'en est mort. Pas encore.

– Laisse-le lire, conseilla Becker. Il va te faire marcher. »

Mais Kurtz préféra leur résumer les faits. « Misha Gavron nous salue et nous envoie trois nouveaux messages, expliqua-t-il. Message un : certaines installations seront bombardées au Liban, mais aucun doute que les personnes vraiment visées ne se trouveront pas à l'intérieur. Message deux » – il mit de côté ses feuilles de papier – « le message deux est un ordre tout aussi fin et judicieux que celui que nous avons reçu plus tôt dans la soirée. Nous aurions déjà dû laisser tomber le charmant docteur Alexis. Plus de contact. Misha Gavron a transmis son dossier à de grands psychologues très avisés qui l'ont déclaré fou à lier. »

Litvak se remit à protester. Peut-être était-ce ainsi que se manifestait son extrême fatigue. Ou peut-être était-ce la chaleur, la nuit avait été absolument étouffante. Kurtz, toujours souriant, le ramena doucement sur terre.

« Calme-toi, Shimon. Notre cher patron assure ses arrières, c'est tout. Si Alexis saute le pas et qu'éclate un scandale remettant en cause les relations que notre pays entretient avec un allié dont nous avons grandement besoin, c'est Marty Kurtz qui se fera taper sur les doigts. Si Alexis reste avec nous, sait tenir sa langue et fait ce qu'on lui dit, alors Misha Gavron récolte gloire et honneur. Tu sais comment Misha me traite. Je suis son juif.

— Et le troisième message ? s'enquit Becker.

— Notre chef nous rappelle qu'il ne nous reste que très peu de temps. La meute est à ses trousses, soi-disant. En fait, il veut dire à *nos* trousses, évidemment. »

Suivant le conseil de Kurtz, Litvak sortit ranger sa brosse à dents. Resté seul avec Becker, Kurtz laissa échapper un soupir de soulagement et, l'allure beaucoup plus décontractée, se dirigea vers le lit de camp, ramassa un passeport français, l'ouvrit, et en étudia tous les détails pour les fixer dans sa mémoire. « Tu es le dépositaire de notre succès, Gadi, déclara-t-il tout en lisant. Quelque chose à savoir, un besoin particulier, tu me demandes. »

Becker acquiesça d'un hochement de tête.

« Les gosses m'ont dit que vous faisiez un beau couple là-bas, sur l'Acropole. Ils ont même dit : de vraies stars de cinéma.

— Tu les remercieras pour moi. »

Saisissant une vieille brosse et un peigne, Kurtz s'approcha du miroir et s'efforça de séparer ses cheveux suivant une raie régulière.

« Une affaire comme celle-ci, avec une fille, une idée, je la laisse à la discrétion de celui qui s'en occupe, remarqua-t-il d'un ton réfléchi sans cesser de se coiffer. Parfois, il vaut mieux garder une certaine distance, parfois... » Il fourra brosse et peigne dans une valise ouverte.

« Garder ses propres distances », précisa Becker.

La porte s'ouvrit. Litvak, en costume de ville et un porte-documents à la main, attendait impatiemment la compagnie de son chef.

« Nous sommes en retard », déclara-t-il avec un coup d'œil venimeux en direction de Becker.

Malgré les pressions toujours plus fortes auxquelles Charlie avait été soumise, la jeune femme était restée libre de choisir – c'était du moins l'avis de Kurtz. Il avait insisté sur ce point depuis le début. Leur plan devait absolument s'appuyer, assurait-il, sur une base saine de moralité. Lors de la première phase de l'élaboration du plan, il avait bien été question de manipulation, de domination et même d'un asservissement sexuel à un Apollon beaucoup moins scrupuleux que Gadi Becker; on avait parlé de soumettre la jeune femme à des conditions extrêmement perturbantes pendant plusieurs nuits avant de lui tendre une main secourable. Après avoir étudié son dossier, les psychologues avisés de Gavron proposèrent toute une série de solutions plus stupides les unes que les autres et dont certaines faisaient appel à la manière forte. Mais ce fut en définitive le jugement pratique de Kurtz et son expérience des opérations qui l'emportèrent sur le bataillon d'experts toujours plus fourni qui sévissait à Jérusalem. Les volontaires se battent mieux et plus longtemps, avait affirmé Kurtz. Ils trouvent en eux-mêmes des raisons de se convaincre. En outre, quand vous demandez une dame en mariage, mieux vaut ne pas l'avoir violée avant.

D'autres, et Litvak en faisait partie, s'étaient prononcés pour une jeune Israélienne à qui l'on aurait forgé un passé similaire à celui de Charlie. Litvak, comme les autres d'ailleurs, était viscéralement opposé à l'idée que l'on pût compter sur la loyauté d'un gentil, à plus forte raison quand il s'agissait d'un sujet anglais. Kurtz avait réagi avec la même véhémence. Il aimait le naturel qu'il trouvait en Charlie et ne convoitait que l'original, se méfiant d'une imitation. Les égarements idéologiques de la jeune femme ne l'avaient pas découragé le moins du monde; plus elle se sentirait perdre pied, avait-il dit, plus elle serait heureuse d'être ramenée sur la terre ferme.

Une autre école de pensée – l'équipe pouvait au moins se targuer d'être démocratique, si l'on exceptait la tyrannie naturelle de Kurtz – avait prôné une approche de la jeune femme beaucoup plus lente et plus graduelle, commençant avant même l'enlèvement de Yanuka et se terminant par une offre franche et directe dans la ligne classique du recrutement des espions. Une fois encore, Kurtz étouffa la suggestion dans l'œuf. Une fille du tempérament de Charlie ne se décidait pas après des heures de réflexion, leur cria-t-il à la figure – tel n'était pas en fait le tempérament de Kurtz non plus. Mieux valait concentrer les efforts! Mieux valait tout préparer jusqu'au moindre détail et emporter son adhésion en un assaut unique et formidable! Lorsqu'il eut lui-même observé la jeune femme, Becker lui donna raison : une adhésion impulsive était préférable.

Mais bon sang, et si elle dit non? avaient-ils tous demandé, Gavron le premier. Tant de préparatifs pour être plaqués devant l'autel!

Dans ce cas, nous en serons pour un peu de temps, un peu d'argent et quelques prières, répliquait Kurtz. Il n'en démordait pas, même si, en compagnie plus intime – c'est-à-dire avec sa femme et parfois Becker –, il confessait qu'il jouait à quitte ou double. Mais peut-être ne fallait-il voir là qu'une coquetterie. Kurtz avait repéré Charlie depuis l'apparition de celle-ci au cours d'entraînement révolutionnaire. Il avait noté son nom, fait faire une enquête et s'était bien pénétré de sa personnalité. On prend les outils, on ne pense qu'à l'objectif à atteindre et on improvise, avait-il coutume de dire. Il faut adapter les opérations aux ressources dont on dispose.

Mais pourquoi la traîner jusqu'en Grèce, Marty? Avec tous les autres? Sommes-nous une œuvre de bienfaisance maintenant, pour prodiguer nos précieux fonds secrets à une bande d'acteurs anglais déracinés?

Mais Kurtz se montra intraitable. Il réclama dès le début une certaine marge financière, sachant pertinemment qu'on la lui rognerait par la suite. Puisque l'odyssée de Charlie devait commencer en Grèce, souligna-t-il, pourquoi ne pas l'y conduire un peu à l'avance? Le dépaysement et la magie d'une telle situation faciliteraient la renonciation de la jeune femme à certaines liaisons. Que le soleil la rende plus malléable. Et comme Alastair ne la laisserait jamais partir seule, qu'il y aille aussi – et disparaisse au moment psychologique, la privant ainsi de tout soutien moral. Enfin, puisque les acteurs se rassemblent toujours en tribus – ne se sentent en sécurité que sous la protection du troupeau – et comme aucun autre moyen naturel ne se présentait pour attirer le couple à l'étranger... Les préparatifs continuèrent donc, un argument en entraînant un autre, pour aboutir à la seule démarche logique, la fiction, celle-ci devenant une toile qui prenait au piège quiconque tentait de s'en débarrasser.

Quant au départ d'Alastair, il fournit le jour même, à Londres, un amusant post-scriptum à tous leurs plans. La scène eut lieu dans l'antre du pauvre Ned Quilley, à une heure où Charlie dormait encore et où Ned s'autorisait un petit rafraîchissement dans l'intimité de son bureau de manière à pouvoir affronter les rigueurs du déjeuner. Il était en train de déboucher la carafe quand il fut interrompu par une bordée d'injures prononcée avec des accents mâles et celtiques qui semblaient provenir de la loge de Mrs. Longmore. La harangue s'achevait sur un violent « Allez me tirer cette vieille bique de son trou avant que j'aille le sortir de là moi-même ». Se demandant qui de ses clients les plus fantasques avait pu choisir de piquer une crise de nerfs en écossais juste avant le déjeuner, Quilley se dirigea prudemment vers la porte et colla son oreille contre le panneau. Il ne parvint pas à reconnaître la voix. Un instant plus tard une cavalcade retentit dans les escaliers et la porte s'ouvrit violemment sur la silhouette vacillante de Long Al. Ned le reconnut pour l'avoir déjà aperçu dans la loge de Charlie, où le jeune homme avait l'habitude d'attendre la fin des représentations, une bouteille à la main, lors de ses longues périodes d'oisiveté. Il était sale, affichait une barbe de trois jours, et était soûl comme un âne. Prenant son plus beau style pickwickien, Quilley s'efforça de lui demander ce que signifiait un tel outrage, mais ce fut peine perdue. En outre, l'imprésario avait déjà dû affronter bien des scènes similaires, et l'expérience lui avait enseigné que mieux valait parler le moins possible.

« Espèce de vieux pédé méprisable, commença aimablement Alastair en agitant l'index juste sous le nez de Quilley. Alors, vieille pédale, on joue les méchants comploteurs ? Je vais te casser ta sale petite gueule.

— Mais cher ami, répliqua Quilley. Pour quelle raison ?

— Je vais appeler la police, Mr. Ned ! cria d'en bas Mrs. Longmore. Je fais *tout de suite* leur numéro !

— Asseyez-vous et racontez-moi votre histoire, fit sévèrement Quilley, sinon Mrs. Longmore va appeler la police.

– Je fais le numéro! » confirma Mrs. Longmore qui s'était déjà prêtée en plusieurs occasions à cette petite mise en scène.

Alastair s'assit.

« Alors, déclara Quilley, battant le rappel de toute sa férocité. Que diriez-vous d'une tasse de café noir pendant que vous m'expliquez en quoi j'ai bien pu vous offenser? »

La liste était longue : Quilley lui avait joué un tour de cochon. Pour le bien de Charlie. Il s'était fait passer pour une pseudo-compagnie de cinéma; avait persuadé l'agent d'Alastair d'envoyer un télégramme à Mykonos; avait monté toute une machination avec l'aide d'amis très malins qu'il connaissait à Hollywood; payé des billets d'avion et tout fait pour que Long Al passe pour un imbécile devant la bande. Et tout ça pour que lui, Alastair, lâche les baskets à Charlie.

Petit à petit, Quilley finit par débrouiller l'histoire. Une société de production cinématographique de Hollywood, se présentant sous le nom de Pan Talent Celestial, avait appelé l'agent d'Al depuis la Californie, pour lui expliquer que leur acteur principal était tombé malade et qu'ils voulaient tout de suite faire tourner un bout d'essai à Alastair dans des studios londoniens. Ils se chargeraient de tous les frais. Quand ils apprirent qu'Alastair se trouvait en Grèce, ils convinrent d'envoyer un chèque certifié d'un millier de dollars à son agent. Alastair rentra de vacances tout excité, puis se croisa les pouces pendant une semaine à attendre son bout d'essai fantôme. « TENEZ-VOUS PRÊT » lui disaient les télégrammes. Tout par télégramme, remarquez bien. « ARRANGEMENTS IMMINENTS. » Ce fut le neuvième jour que, dans un état frisant la démence, Alastair reçut une convocation pour les studios Shepperton. Demandez un certain Pete Vyschinsky, studio D.

Aucun Vyschinsky. Nulle part. Aucun Pete.

L'agent d'Alastair téléphona au numéro qu'on lui

avait donné à Hollywood. Une standardiste l'informa que la Pan Talent Celestial avait résilié son abonnement. L'imprésario appela alors certains collègues. Aucun d'entre eux n'avait jamais entendu parler de la Pan Talent Celestial. Catastrophe. Alastair avait une tête pour réfléchir et, au terme des deux jours de soûlerie qu'il avait déduits de ses mille dollars de dédommagement, il avait abouti à la conclusion que la seule personne susceptible de lui jouer un tel tour était Ned Quilley, surnommé « Quilley le terrible » dans la profession, et qui n'avait jamais caché ni son animosité pour Alastair, ni sa conviction que le jeune homme était à l'origine des ridicules engagements politiques de Charlie. Al avait donc décidé de venir tordre de ses mains le cou de Quilley. Cependant, après quelques tasses de café, il se mit à assurer son hôte de son admiration éternelle, et Quilley pria Mrs. Longmore de lui appeler un taxi.

Le soir même, installés dans le jardin pour jouir avant le dîner du coucher de soleil – les Quilley avaient récemment fait l'achat d'assez beaux meubles d'extérieur; du fer forgé mais coulé dans des moules victoriens originaux – Marjory écouta gravement le récit de son mari puis, au grand trouble de celui-ci, éclata de rire.

« Quelle petite peste, s'exclama-t-elle. Elle a dû se dénicher un homme très riche qui a écarté le gosse à coups de billets de banque! »

Puis elle remarqua l'expression de Quilley. Une société de production américaine construite sur du vent. Des numéros de téléphone qui ne répondent plus. Des metteurs en scène introuvables. Et tout ceci tournant toujours autour de Charlie. Et de son Ned.

« Et il y a pire encore, geignit Ned.

– Quoi, mon chéri?

– Ils ont dérobé toutes ses lettres.

– Ils ont dérobé *quoi*? »

Toutes les lettres écrites de sa main, répondit Quil-

245

ley. Sur une période d'au moins cinq ans. Tous les petits *billets-doux* si bavards et si personnels qu'elle gribouillait quand elle partait en tournée ou quand elle se sentait seule. De vraies merveilles. Ses portraits au crayon de producteurs et d'autres membres de la troupe. Les charmants petits dessins qu'elle aimait bien faire quand elle était joyeuse. Disparus. Subtilisés de son dossier. C'étaient ces deux affreux Américains qui ne buvaient pas – Karman et son horrible acolyte. Mrs. Longmore ne s'en était pas remise. Mrs. Ellis en était tombée malade.

« Ecris-leur une lettre bien sentie », conseilla Marjory.

Mais cela servirait à quoi ? s'interrogea misérablement Quilley. Et à quelle adresse l'envoyer ?

« Parles-en à Brian », suggéra-t-elle.

Brian était certes son avoué, mais qu'était-il donc censé faire dans une situation pareille ?

Quilley pénétra lentement dans la maison et alla se servir un remontant avant d'allumer la télévision qui diffusait les nouvelles du soir – des images d'un nouvel attentat sauvage. Des ambulances, des policiers étrangers évacuant les blessés. Mais Quilley ne se sentait pas d'humeur à regarder d'aussi frivoles distractions. On avait *pillé* le dossier de Charlie, ne cessait-il de se répéter. Le dossier d'une *cliente*, bon sang. Dans mon *propre* bureau. Et le fils du vieux Quilley qui fait la sieste à côté pendant qu'ils accomplissent leur forfait ! Cela faisait des années qu'il n'avait pas été aussi hors de lui.

8

Elle n'eut pas conscience d'avoir rêvé lorsqu'elle s'éveilla. Ou peut-être, tel Adam, s'éveilla-t-elle pour découvrir que le rêve était réalité car la première chose qu'elle aperçut fut un verre de jus d'orange posé près du lit, et la seconde Joseph qui arpentait la chambre d'un air affairé, ouvrant les placards et tirant les rideaux pour laisser le soleil inonder la pièce. Charlie fit semblant de dormir et l'observa à travers ses yeux mi-clos, comme elle l'avait fait sur la plage, à Mykonos. La ligne de son dos couturé. Les premiers grisonnements du temps sur ses tempes aux cheveux noirs. Et puis de nouveau la chemise de soie et ses accessoires d'or massif.

« Quelle heure est-il? demanda-t-elle.

— Trois heures. » Il tira d'un coup sec sur le rideau. « Assez dormi. Il est temps de nous mettre en route. »

Et une chaîne en or, songea-t-elle; avec un médaillon dissimulé à l'intérieur de la chemise.

« Et ta lèvre, comment ça va? s'enquit Charlie.

— Hélas! trois fois hélas, il semble que je ne pourrai plus jamais chanter. » Il se dirigea vers une vieille armoire peinte et en sortit un cafetan bleu qu'il posa sur une chaise. Charlie ne distingua aucune marque sur son visage si ce n'étaient des cernes de fatigue sous les yeux. Il ne s'est pas couché, se dit-elle, songeant à la concentration avec laquelle il avait étudié toute la nuit ses documents; il a terminé ses devoirs.

« Tu te souviens bien de notre conversation de ce matin, avant que tu n'ailles te coucher, Charlie? Quand tu te lèveras, j'aimerais, s'il te plaît, que tu enfiles cette robe et que tu prennes les sous-vêtements neufs qui sont dans cette boîte. Aujourd'hui, je te préfère en bleu et les cheveux défaits. Pas de couettes.

— De tresses. »

Il ignora la correction. « Ces vêtements sont un cadeau et j'adore te dire comment t'habiller, quel style tu dois prendre. Lève-toi, s'il te plaît, et examine bien la chambre. »

Elle était nue. Pressant le drap sur sa gorge, elle s'assit précautionneusement. Une semaine auparavant, il avait pu se rassasier de la vue de son corps. Mais c'était une semaine auparavant.

« Retiens bien tout ce qu'il y a dans cette chambre. Nous sommes amants, nous nous cachons, et c'est ici que nous avons dormi cette nuit. Cela s'est passé comme cela s'est passé. Nous nous sommes retrouvés à Athènes, puis nous sommes venus ici, dans cette maison vide. Pas de Marty, pas de Mike, rien que nous deux.

— Mais qui es-tu alors?

— Nous avons garé la voiture là où nous l'avons garée. Le porche était déjà allumé. J'ai ouvert la porte d'entrée avec une clef et nous nous sommes aussitôt précipités, main dans la main, vers le grand escalier.

— Et les bagages?

— Juste ma serviette et ton sac. Je portais les deux.

— Comment faisais-tu pour me tenir la main, en ce cas? »

Elle pensa qu'elle devançait ses propos, mais la précision de la question parut le satisfaire.

« Comme la lanière du sac est cassée, je l'avais coincé sous mon bras droit. Je tenais la serviette de la main droite. Je te donnais donc la main gauche. Nous avons trouvé la chambre exactement comme tu la vois, prête à nous accueillir. Nous avons commencé à nous embrasser avant même d'atteindre la porte. Nous ne pouvions contenir plus longtemps notre désir. »

En deux enjambées il était près du lit, fouillant

parmi les couvertures tombées sur le sol pour en extirper le chemisier de Charlie, qu'il brandit sous ses yeux. Deux boutons avaient été arrachés et toutes les boutonnières béaient, déchirées.

« La passion, commenta-t-il d'un ton aussi neutre que s'il annonçait le jour de la semaine. C'est bien le terme?

– Entre autres.

– La passion, alors. »

Il mit le chemisier de côté et s'autorisa un petit sourire strict. « Une tasse de café?

– Ce serait super!

– Du pain? Un yaourt? Des olives?

– Du café, ce sera parfait. » Il allait sortir quand elle lui lança d'une voix un peu plus forte : « Désolée de t'avoir frappé, Jose. Tu aurais dû lâcher un de tes cerbères israéliens pour qu'il me tombe dessus avant que l'idée me vienne seulement à l'esprit. »

La porte se referma et elle entendit ses pas s'éloigner dans le couloir. Elle se demanda s'il reviendrait jamais. Avec l'impression d'évoluer dans un univers irréel, Charlie quitta prudemment le lit. C'est de la pantomime, se dit-elle – Boucles d'Or dans la maison de l'ours. Les vestiges témoignant de leur orgie imaginaire l'entouraient : une bouteille de vodka, aux deux tiers pleine, flottant dans un seau à glace. Deux verres sales. Une coupe de fruits, deux assiettes contenant des pelures de pomme et des pépins de raisin. Le blazer rouge accroché au dossier d'une chaise. La belle serviette de cuir noir munie de poches extérieures, accessoire indispensable à la virilité de tout jeune cadre dynamique. Pendu à la porte, un kimono Hermès style karaté – pour lui encore, de la soie lourde et noire. Dans la salle de bain, son propre sac d'écolière en éponge serré contre le fourre-tout en veau retourné de Joseph. Elle trouva deux serviettes et utilisa celle qui était sèche. Après examen, le cafetan bleu se révéla assez beau, en coton épais, sagement échancré et portant encore l'étiquette de la boutique cousue dans l'encolure : Zelide, Rome et Londres. Noirs et à sa taille, les sous-vêtements étaient dignes d'une poule de luxe. Sur le sol, une sacoche de cuir neuve et des sandales chic à talons plats. Elle en essaya une, qui lui allait. Elle s'habilla et était en train de se brosser les cheveux quand Joseph revint dans la chambre, un plateau à la main. Son pas pouvait être pesant mais aussi tellement léger que le son semblait alors avoir été coupé. C'était un homme qui savait varier à volonté ses approches.

« Tout cela me semble parfait, déclara-t-il en posant le plateau sur la table.

– *Parfait?*

– Tu es belle. Superbe. Radieuse. Tu as vu les orchidées? »

Non, pas encore, mais elle les voyait maintenant, et son estomac se serra, exactement comme sur l'Acropole : un bouquet d'or et de roux et, glissée contre le rebord du vase, une petite enveloppe blanche. Charlie acheva ostensiblement de se coiffer puis alla déloger l'enveloppe de son perchoir avant de s'installer dans une chaise longue. Joseph resta debout. La jeune femme tira de l'enveloppe un carton blanc portant les mots : « Je t'aime » tracés d'une écriture penchée n'ayant rien de britannique, et la signature familière : « M ».

« Eh bien? Cela ne te rappelle rien?

– Tu sais très bien ce que ça me rappelle, fit-elle sèchement alors que la mémoire lui revenait avec un temps de retard.

– Alors, dis-le-moi.

– Nottingham, le Barrie Theatre. York, le Phoenix. Stratford, le Cockpit. Et toi, affalé au premier rang à me bouffer des yeux.

– La même écriture?

– La même écriture, le même message et les mêmes fleurs.

– Tu me connais sous le nom de Michel. " M "
pour Michel. »

Il ouvrit la belle serviette noire et entreprit d'y
ranger ses vêtements. « Je corresponds exactement à
l'homme que tu attendais depuis toujours, lâcha-t-il
sans même la regarder. Il ne te suffit pas de te souvenir
de tout pour remplir ta mission, il faut que tu y croies,
que tu le sentes, que tu le rêves. Nous construisons une
autre réalité, une réalité meilleure. »

Charlie posa le carton puis se versa un peu de café,
opposant une lenteur voulue à la précipitation de
Joseph.

« Meilleure d'après qui? interrogea-t-elle.

– Tu as passé tes vacances à Mykonos, en compagnie d'Alastair, mais en secret, tu brûlais de me
retrouver, moi, Michel. » Il s'engouffra dans la salle de
bain et en ressortit avec sa trousse de veau retourné.
« Pas Joseph, mais Michel. Dès que les vacances
s'achèvent, tu te précipites à Athènes. Sur le bateau, tu
racontes à tes amis que tu préfères passer quelques
jours toute seule. Mensonge. Tu as rendez-vous avec
Michel. Pas Joseph, Michel. » Il fourra la trousse dans
la serviette. « Tu prends un taxi jusqu'au restaurant où
tu dois me rejoindre. Moi, Michel. En chemise de soie.
Du homard au dîner. Le cadre reste le même. J'ai
apporté des dépliants pour te montrer ce que nous
allons visiter ensemble. Nous mangeons ce que nous
avons mangé, tout en échangeant des propos tendres
d'un ton légèrement excité, bref une réunion secrète
d'amoureux. » Il alla décrocher le kimono de la porte.
« Je laisse un pourboire généreux et empoche l'addition, comme tu l'as remarqué. Puis je t'emmène sur
l'Acropole pour une visite fabuleuse et interdite. Un
taxi spécial, le mien, nous attend et j'appelle le
chauffeur Dimitri...

– Ainsi donc c'était là le seul but de ta balade sur
l'Acropole, le coupa-t-elle d'une voix neutre.

– Ce n'est pas moi qui t'ai emmenée sur l'Acropole,

251

c'est Michel, rappelle-toi. Michel est fier de son don pour les langues, de ses qualités d'organisateur. Il apprécie un certain romantisme, le lyrisme même, les élans soudains. Il est ton magicien.

– Je n'aime pas les magiciens.

– Il s'intéresse aussi sincèrement, quoique superficiellement, à l'archéologie, comme tu as pu le constater.

– Qui m'a embrassée, alors? »

Il plia soigneusement le kimono avant de le ranger dans la serviette. C'était la première fois que Charlie voyait un homme faire convenablement ses bagages.

« Il a en fait une raison plus pragmatique de te conduire sur l'Acropole : il veut prendre possession de la Mercedes de façon discrète et préfère, pour des motifs personnels, ne pas l'amener en ville à une heure de pointe. Tu ne t'étonnes pas de voir la Mercedes; tu l'acceptes comme faisant partie de la magie d'être avec moi, comme tu acceptes le parfum de clandestinité qui accompagne chacun de nos gestes. Tu acceptes tout. Dépêche-toi, s'il te plaît. Nous avons un long trajet devant nous et beaucoup de choses à dire.

– Et toi? questionna-t-elle. Tu es amoureux de moi ou c'est de la comédie? »

Attendant sa réponse, elle eut l'impression de le voir physiquement s'écarter pour laisser la flèche filer vers le visage obscur de Michel.

« Tu aimes Michel et tu crois que Michel t'aime aussi.

– Je me trompe?

– Il te dit qu'il t'aime et il te le prouve. Que te faut-il de plus pour être convaincue? Tu ne peux pas savoir ce qui se passe à l'intérieur de la tête d'un homme. »

Il s'était remis à parcourir la chambre, vérifiant tous les détails. Puis il s'arrêta devant le carton signé Michel.

« A qui appartient cette maison? demanda Charlie.

— Je ne réponds jamais à ce genre de questions. Ma vie reste un mystère pour toi. Il en est ainsi depuis notre première rencontre et je n'ai pas l'intention de changer cette situation. » Il prit le carton et le lui tendit. « Garde-le dans ton sac neuf. Il faut qu'à partir de maintenant, tu te mettes à chérir ces petits souvenirs de moi. C'est clair dans ton esprit? »

Il avait à demi sorti la bouteille de vodka du seau à glace.

« Je suis un homme, il est donc naturel que je boive plus que toi. Je ne supporte pas très bien l'alcool; cela me donne des maux de tête et me rend parfois nauséeux. Mais j'aime la vodka. » Il replongea la bouteille dans le seau. « Toi, tu en prends un petit verre parce que j'ai l'esprit large, mais en règle générale, je désapprouve les femmes qui boivent. » Il saisit une assiette sale et la lui montra. « Je suis gourmand de sucreries; j'aime le chocolat, les gâteaux et les fruits. Surtout les fruits. Le raisin, mais à condition qu'il soit blanc, comme le raisin de mon village natal. Et toi, Charlie, qu'est-ce que tu as mangé?

— Rien du tout. Pas dans ce genre de situation. Je fume juste mon clope d'après l'amour.

— Je crains ne pas accepter qu'on fume dans la chambre. Je l'ai toléré dans le restaurant d'Athènes parce que je suis très libéral. Dans la Mercedes, à la rigueur, je fais une exception pour toi. Mais jamais dans la chambre à coucher. Si par hasard tu as eu soif pendant la nuit, tu as bu de l'eau du robinet. » Il enfila le blazer rouge sombre. « Tu as remarqué si le robinet faisait du bruit?

— Non.

— Alors il n'en a pas fait. Ça dépend des fois.

— Il est Arabe, n'est-ce pas? » demanda-t-elle sans le quitter des yeux. « Il est ton archétype de l'Arabe

253

phallocrate. C'est sa voiture que vous avez fau-chée ? »

Il refermait la serviette. Se raidissant, il dévisagea un instant la jeune femme d'un air à la fois évaluateur et, elle ne put s'empêcher de le ressentir, trop distant.

« Ce n'est pas un Arabe ordinaire, ni un phallocrate ordinaire. Il n'a en fait absolument rien d'*ordinaire*, et encore moins à tes yeux. Approche-toi du lit, s'il te plaît. » Il attendit qu'elle s'exécute tout en l'observant attentivement. « Cherche sous mon oreiller. Douce-ment... fais attention ! Je dors toujours à droite. »

Prudemment, comme il le lui commandait, elle glissa la main sous l'oreiller froid, imaginant le poids de la tête endormie de Joseph pesant dessus.

« Tu l'as trouvé ? Je t'ai dit de faire attention. »

Oui, Jose, elle l'avait trouvé.

« Prends-le doucement. Le cran de sécurité n'est pas mis. Michel n'a pas l'habitude de prévenir avant de tirer. Cette arme est comme notre enfant. Elle partage tous nos lits. Nous l'appelons " notre enfant ". Même aux moments les plus passionnés, nous ne dérangeons jamais cet oreiller et nous n'oublions jamais ce qu'il y a dessous. C'est notre façon de vivre. Tu comprends bien maintenant que je n'ai rien d'ordinaire ? »

Elle contemplait l'arme, qui reposait si sagement au creux de sa paume. Petite, brune et bien proportion-née.

« Tu as déjà manié ce genre de revolver ? s'enquit Joseph.

— Souvent.

— Où ? Contre qui ?

— Sur scène. Pendant des soirs et des soirs. »

Elle le lui tendit et le regarda ranger le revolver dans la poche intérieure de son blazer avec la même désinvolture que s'il s'était agi d'un portefeuille. Elle le suivit en bas des escaliers. La maison était déserte et curieusement fraîche. La Mercedes les attendait dans l'allée. Elle n'eut d'abord qu'une envie : partir, aller n'importe où, prendre la route avec lui. Le pistolet l'avait effrayée et elle éprouvait le besoin de bouger. Mais tandis que Joseph faisait démarrer la voiture, Charlie se retourna et embrassa du regard la façade jaune et décrépite, les fleurs rouges, les volets, les vieilles tuiles rouges. Elle s'aperçut trop tard combien cette maison était belle, combien elle lui apparaissait accueillante maintenant qu'ils partaient. C'est la maison de mon enfance, décida-t-elle – d'une des multiples enfances que je n'ai jamais vécues. C'est la demeure que je n'ai jamais quittée que pour aller me marier; Charlie non plus en bleu mais en blanc, ma vioque en pleurs et adieu tout ceci.

« Et nous, nous existons aussi? lui demanda-t-elle alors qu'ils rejoignaient la circulation du soir. Ou bien n'y a-t-il place que pour les deux autres? »

Les trois minutes d'avertissement précédèrent une fois de plus la réponse. « Evidemment, nous existons. Pourquoi pas? » Puis vint le merveilleux sourire pour lequel Charlie se serait bien damnée. « Nous obéissons à la loi de Berkeley, tu comprends. Si nous n'existons pas, comment le pourraient-ils? »

Qu'est-ce que la loi de Berkeley? s'interrogea-t-elle. Mais elle était trop fière pour le lui demander.

Pendant les vingt premières minutes qu'indiqua la montre à quartz du tableau de bord, Joseph parla à peine. Mais Charlie ne sentit aucune détente dans ce silence; il s'agissait plutôt d'une préparation méthodique avant l'attaque.

« Alors, Charlie, déclara-t-il brusquement, tu es prête? »

Je suis prête, Jose.

« Le vendredi 26 juin, tu interprètes Jeanne d'Arc au Barrie Theatre de Nottingham. Tu ne joues pas avec ta troupe habituelle; tu as été choisie à la dernière minute pour remplacer une actrice qui ne pouvait

255

remplir ses engagements. Les décors arrivent tard, l'éclairage n'est pas encore là, tu as répété toute la journée et deux membres du personnel ont la grippe. Tout ceci est clair dans ta mémoire?

– C'est comme si j'y étais. »

La légèreté de la réponse lui tira un regard interrogateur qui, apparemment, ne lui apprit rien de répréhensible. L'obscurité tombait rapidement en cette fin d'après-midi, mais la concentration de Joseph semblait procéder du même caractère immédiat que la lumière du soleil. Il est dans son élément, songea-t-elle; c'est ce qu'il sait le mieux faire dans la vie; cet élan impitoyable constitue l'explication qui manquait jusqu'à présent.

« Quelques minutes avant le lever du rideau, on remet, à l'entrée des artistes, un bouquet d'orchidées brun doré accompagné d'un message adressé à Jeanne. " Jeanne, je vous aime infiniment. "

– Il n'y a pas d'entrée des artistes.

– Il existe une entrée prévue pour les livraisons à remettre en coulisses. Ton admirateur, quel que soit son nom, sonne à la porte et fourre les orchidées dans les bras du portier, un certain Mr. Lemon, avec un billet de cinq livres. Mr. Lemon, assez impressionné par le généreux pourboire, promet de te porter les fleurs aussitôt...l'a-t-il fait?

– Se précipiter dans les loges des femmes sans prévenir est la spécialité de Lemon.

– Bon. Dis-moi maintenant ce que tu as fait en recevant le bouquet. »

Elle hésita. « C'était signé " M "?

– M, c'est ça. Qu'as-tu fait?

– Rien du tout.

– Ridicule. »

Charlie se sentit piquée au vif : « Qu'est-ce que tu voulais que je fasse? Il me restait environ dix secondes avant d'entrer en scène. »

Un camion chargé de terre et qui roulait du mauvais

côté de la chaussée leur fonçait droit dessus. Avec une aisance majestueuse, Joseph fit monter la Mercedes sur le bas-côté puis accéléra pour lui faire regagner la route.

« Ainsi tu as balancé pour trente livres d'orchidées dans ta corbeille à papier, haussé les épaules, et puis tu es montée sur scène. Parfait. Je te félicite.

– Je les ai mises dans de l'eau.

– Et dans quoi as-tu mis l'eau ?

Cette question inattendue donna plus d'acuité à ses souvenirs. « Dans un pot d'argile peint. Le matin, le Barrie fait aussi école des beaux-arts.

– Donc, tu as trouvé un pot, tu l'as rempli d'eau et tu as mis les fleurs dedans. Bon. Et quels étaient tes sentiments pendant ce temps ? Tu étais émue ? Excitée ? »

La question la prit en quelque sorte à contre-pied. «J'ai simplement repris mon rôle, répondit-elle en gloussant sans raison. J'ai attendu de voir qui allait se présenter. »

Ils s'étaient arrêtés à cause d'un feu rouge. L'immobilité créait une nouvelle intimité.

« Et le " je vous aime " ? s'enquit-il.

– C'est du théâtre, non ? Tout le monde aime tout le monde, à un certain moment. Pourtant, le " infiniment " m'a plu. Ça avait de la gueule. »

Le feu passa au vert et ils redémarrèrent.

« Tu n'as pas pensé à regarder si tu reconnaissais quelqu'un dans le public ?

– Je n'avais pas le temps.

– Et pendant l'entracte ?

– Là, j'ai cherché. Mais je n'ai vu personne que je connaissais.

– Et après la pièce, qu'est-ce que tu as fait ?

– Je suis allée me changer et puis j'ai traîné un peu. Alors je me suis dit qu'il valait mieux faire une croix dessus et je suis rentrée chez moi.

– Chez toi, c'est-à-dire à l'Astral Commercial Hotel, près de la gare. »

Plus rien désormais ne l'étonnait de la part de Joseph. « L'Astral Commercial and Private Hotel, confirma-t-elle. Près de la gare.

– Et les orchidées?

– Je les ai emportées avec moi.

– Pourtant, tu n'as pas demandé à Mr. Lemon à quoi ressemblait celui qui les avait apportées?

– Le lendemain. Pas le jour même, non.

– Et que t'a-t-il répondu?

– Il m'a dit un homme à l'air étranger mais convenable. Je lui ai demandé l'âge approximatif; il m'a fait un clin d'œil en soufflant " juste le bon ". J'ai essayé de retrouver un " M " étranger, mais sans succès.

– Pas un seul " M " étranger dans toute ta petite ménagerie personnelle? Tu me déçois.

– Pas l'ombre d'un. »

Ils eurent tous deux un bref sourire, mais sans se regarder.

« Bien, passons maintenant au deuxième jour; le samedi, en matinée, et puis comme d'habitude en soirée...

– Et toi, tu étais là, c'est bien ça? En plein milieu du premier rang, avec ton beau blazer rouge et entouré d'une bande d'écoliers qui n'arrêtaient pas de tousser et d'avoir envie de faire pipi. »

Agacé par une telle désinvolture, il concentra un instant toute son attention sur la route, puis, lorsqu'il reprit son interrogatoire, sa voix s'était empreinte d'une gravité que trahissait également le froncement sévère de ses sourcils.

« Charlie, s'il te plaît, je voudrais que tu me décrives exactement ce que tu ressentais. Nous sommes en milieu d'après-midi et les rideaux trop minces laissent passer la lumière du jour; les spectateurs ont davantage l'impression de se trouver dans une immense salle de classe que dans un théâtre. Je suis assis au premier rang; j'ai, à n'en pas douter, l'air étranger, quelque chose d'étranger dans l'attitude, dans ma façon de m'habiller; le moins que l'on puisse dire, c'est que l'on me remarque parmi tous les enfants. Tu as déjà la description que Lemon t'a faite de moi et de plus, je ne te quitte pas des yeux. Tu ne te dis à aucun moment que je dois être l'homme aux orchidées, celui qui signe mystérieusement " M " et qui prétend t'aimer infiniment?

– Bien sûr que si. Je l'ai su tout de suite.

– Comment? Tu m'as montré à Lemon?

– Je n'en ai pas eu besoin. Je savais, c'est tout. Quand je t'ai vu là, qui ne me quittais pas des yeux, j'ai pensé, tiens, salut, c'est toi. Toi, qui que *tu* sois. Et puis le rideau de fin de matinée est tombé, mais tu es resté sur ton siège, montrant ton billet pour la séance suivante...

– Comment sais-tu ça? Qui te l'a dit? »

Ça aussi, c'est bien ton genre, songea-t-elle en ajoutant ce trait à l'album si difficile à compléter qu'elle réunissait sur lui : dès que tu obtiens ce que tu veux, tu deviens soudain d'une méfiance typiquement masculine.

« Tu l'as dit toi-même. C'est une petite compagnie dans un théâtre minable. Ce n'est pas si souvent qu'on reçoit des orchidées – un bouquet tous les dix ans, pas plus – ni qu'on voit des mecs friqués rester deux séances de suite. » Elle ne put se retenir de lui demander : « Ça t'a beaucoup ennuyé, Jose? La pièce... vraiment? Deux fois de suite, comme ça? Ou est-ce que tu as trouvé des trucs pas mal? »

– Ça a été le jour le plus ennuyeux de ma vie », répliqua-t-il sans la moindre hésitation. Son expression figée s'évanouit soudain pour laisser place à son merveilleux sourire, donnant réellement l'impression qu'il venait d'échapper aux barreaux qui le retenaient prisonnier. « En fait, je t'ai trouvée tout à fait parfaite », ajouta-t-il.

Elle ne contesta pas cette fois-ci son choix de l'adjectif.

« Tu veux bien foncer dans quelque chose, maintenant, Jose? L'endroit me convient parfaitement. Je mourrai ici. »

Et avant qu'il eût pu l'en empêcher, elle lui avait saisi la main et déposait un baiser passionné sur la jointure de son pouce.

La route était droite mais défoncée; de chaque côté, les arbres et les collines disparaissaient sous une poussière lunaire provenant d'une cimenterie avoisinante. Joseph et Charlie se trouvaient à l'intérieur d'une capsule, et la proximité des autres véhicules ne faisait que renforcer l'intimité de leur univers. Il lui réinventait leur rencontre et elle croyait la vivre en imagination. Elle était un soldat, ou du moins apprenait à l'être.

« Alors raconte-moi, maintenant. Mis à part les orchidées, as-tu reçu d'autres cadeaux pendant que tu te produisais au Barrie Theatre?

— La boîte, répondit-elle avec un haussement d'épaules, sans même faire mine de réfléchir.

— Quelle boîte, je te prie? »

Elle s'attendait à cette question et mimait déjà son aversion pour Joseph, croyant que c'était l'attitude qu'il espérait d'elle. « Oh! une blague fumeuse. Un crétin qui m'a envoyé une boîte au théâtre. En recommandé.

— Quand était-ce?

— Le samedi. Le jour où tu es resté aux deux représentations.

— Et qu'y avait-il dans la boîte?

— Rien. C'était un écrin vide. Une boîte vide en recommandé.

— Comme c'est curieux. Et l'adresse, l'adresse sur le paquet? Tu l'as examinée?

— Ecrite en grandes capitales, au stylo à bille.

— Mais si c'était en recommandé, il devait bien y avoir le nom de l'expéditeur.

— Illisible. Ça ressemblait à Marden. Mais c'était peut-être Hordern. Et l'adresse d'un hôtel du coin.

— Où l'as-tu ouvert?

— Dans la loge, entre les deux représentations.

— Seule?

— Oui.

— Et qu'en as-tu fait?

— J'ai cru que c'était quelqu'un qui s'en prenait à moi pour des raisons politiques. Cela s'était déjà produit. Des lettres d'injures, du genre " vendue aux nègres " ou " sale coco pacifiste ". Une bombe puante jetée par la fenêtre de ma loge. J'ai cru qu'il s'agissait des mêmes.

— Tu n'as pas établi la moindre relation entre les orchidées et la boîte vide?

— Jose, mais j'*aimais* les orchidées! Et *toi* aussi tu me plaisais. »

Il avait immobilisé la voiture. Une aire de stationnement en plein milieu d'une zone industrielle. Des poids lourds les dépassaient dans un bruit d'enfer. Elle crut un instant qu'il allait tout changer et la prendre dans ses bras, tant la tension qui envahissait la jeune femme se montrait fantasque et paradoxale. Il n'en fit rien. Au lieu de cela, il plongea la main dans la poche de sa portière et en extirpa une enveloppe rembourrée postée en recommandé, dont le rabat était maintenu par un cachet de cire et qui renfermait une petite forme dure et carrée; la copie exacte de celle reçue au Barrie Theatre. Le cachet de la poste de Nottingham, le vingt-cinq juin. Sur l'enveloppe, au stylo à bille bleu, le nom de Charlie et l'adresse du théâtre. Au dos, le griffonnage de l'expéditeur.

« Et maintenant, la fiction commence, annonça tranquillement Joseph tandis qu'elle retournait lente-

ment l'enveloppe entre ses mains. Nous allons superposer une nouvelle histoire sur l'ancienne réalité. »

Trop proche de lui pour se sentir sûre d'elle, Charlie
ne répondit rien.

« La journée a été trépidante, cela c'est vrai. Tu es
dans ta loge, attendant le début de la deuxième
représentation. Le paquet, encore intact, t'attend. Tu
as combien de temps avant de remonter sur scène?

— Une dizaine de minutes, à peine.

— Très bien. Ouvre le paquet maintenant. »

Elle lui jeta un coup d'œil mais il fixait l'horizon
hostile du regard. Charlie baissa la tête vers l'enveloppe, la tourna de nouveau vers Joseph puis glissa un
doigt sous le rabat qu'elle arracha enfin. Le même
écrin rouge, plus lourd cependant qu'à Nottingham.
Une petite enveloppe blanche, ouverte, et un carton
blanc à l'intérieur. *Pour Jeanne, le génie de ma liberté*,
lut-elle. *Vous êtes merveilleuse. Je vous aime!* L'écriture était facilement reconnaissable, mais le « M »
était remplacé par la signature « Michel », tracée en
lettres amples, le « l » final revenant sur lui-même en
une longue queue soulignant l'importance du nom.
Charlie saisit l'écrin et perçut un petit choc, étouffé
mais excitant.

« Mes dents de lait, fit-elle d'un ton facétieux sans
pourtant parvenir à briser la tension qui les raidissait
tous les deux. Je l'ouvre? Qu'est-ce que c'est?

— Comment le saurais-je? Fais ce que tu aurais
fait. »

Elle souleva le couvercle. Un lourd bracelet d'or
incrusté de pierres bleues reposait sur le coussinet de
satin.

« Mince, souffla-t-elle en refermant vivement le
couvercle. Que faut-il que je fasse pour mériter *ça*?

— Très bien, voilà donc ta première réaction, commenta aussitôt Joseph. Tu regardes, tu marmonnes
une exclamation et tu refermes la boîte. Souviens-toi

bien de cela. A partir de maintenant, telle a été ta réaction. »

Elle rouvrit l'écrin, prit le bracelet et le soupesa dans le creux de sa main. Mais elle ne connaissait rien aux bijoux, mis à part la pacotille qu'elle portait parfois sur scène.

« C'est du vrai? demanda-t-elle.

— Tu n'as malheureusement pas d'experts sous la main pour te conseiller. Décide toute seule.

— C'est ancien, finit-elle par déclarer.

— Très bien, tu décides que c'est ancien.

— Et lourd.

— Ancien et lourd. Cela ne sort pas d'une pochette-surprise, ce n'est pas une babiole pour enfant mais un véritable article de bijouterie. Qu'est-ce que tu fais? »

L'impatience dont il faisait preuve les séparait l'un de l'autre : elle, pensive et troublée, lui, si pragmatique. Elle examina la sertissure, les poinçons, mais cela ne lui apprenait rien non plus. Elle gratta légèrement le métal du bout de l'ongle. L'or était lisse, glissant.

« Tu as très peu de temps devant toi, Charlie. Tu dois monter sur scène dans une minute trente secondes. Que fais-tu? Tu le laisses dans ta loge?

— Mon Dieu, non.

— On t'appelle. Tu dois agir, Charlie. Tu dois décider.

— Arrête de me bousculer! Je demande à Millie de le garder pour moi. Millie est ma doublure. Elle est souffleuse, aussi. »

L'idée ne lui convint pas du tout.

« Tu ne lui fais pas assez confiance. »

Charlie se sentait au bord du désespoir. « Je le mets dans les chiottes, proposa-t-elle. Derrière la chasse d'eau...

— Trop évident.

— Dans la corbeille à papier. En entassant des trucs dessus.

– On pourrait venir la vider. Réfléchis un peu.

– Jose, fous-moi la... je le mets derrière les produits de maquillage! C'est ça. En haut, sur une étagère. Ça fait des années que personne n'y a passé un coup de chiffon.

– Parfait. Tu le mets au fond de l'étagère, et tu te dépêches d'aller prendre ta place. En retard. Charlie, Charlie, où étais-tu passée? Le rideau se lève. D'accord?

– D'accord, concéda-t-elle en expirant au moins cinq litres d'air.

– Et *maintenant*, qu'est-ce que tu ressens? A propos du bracelet – de celui qui te l'a offert?

– Eh bien, je suis... je suis épouvantée, non?

– Pourquoi épouvantée?

– Eh bien, je ne peux accepter un truc pareil... ça représente de l'argent... c'est un objet de valeur.

– Mais tu l'as *déjà* accepté. Tu as signé pour l'obtenir et tu viens de le cacher.

– Seulement, jusqu'à la fin de la représentation.

– Et ensuite?

– Eh bien, je le rends, non? »

Semblant se détendre un peu, il poussa un soupir de soulagement, comme si Charlie confirmait enfin ses thèses. « Et entre-temps, qu'est-ce que tu ressens?

– Qu'est-ce que tu veux que je ressente? Je n'en reviens pas, je suis ébranlée.

– Il se trouve à quelques mètres de toi, Charlie. Ses yeux ne te quittent pas. C'est la troisième fois qu'il voit la pièce. Il t'a offert des orchidées, un bijou, et t'a déjà avoué deux fois qu'il t'aimait. Une fois qu'il t'aimait tout court, et une fois infiniment. Il est beau. Beaucoup plus séduisant que moi. »

Charlie se sentait trop irritée pour prêter attention à l'autorité toujours plus intense qui émanait de Joseph lorsqu'il lui décrivait son soupirant.

« Alors, je mets tout mon cœur dans mon jeu, répondit-elle avec l'impression d'être à la fois stupide et prise au piège. Mais ça ne veut pas dire qu'il a gagné le match, pas même un set », ajouta-t-elle sèchement.

Tout doucement, comme s'il ne voulait pas déranger Charlie, Joseph remit le moteur en marche. Les derniers rayons du soleil avaient disparu et sur la route ne traînaient plus que quelques retardataires. Ils longeaient le golfe de Corinthe. De l'autre côté de l'eau plombée, une file de camions-citernes roulaient vers l'ouest, semblant attirés magnétiquement par le halo rougeâtre laissé par le soleil. Au-delà, la chaîne des montagnes dessinait une masse sombre dans la lumière crépusculaire. La route bifurqua et ils entreprirent la longue ascension des lacets interminables qui menaient à un ciel purifié.

« Tu te souviens comme je t'ai applaudie? s'enquit Joseph. Tu te souviens comme je t'ai attendue, rappel après rappel? »

Oui, Jose, je m'en souviens. Mais elle n'était pas sûre d'avoir réellement prononcé les mots.

« Maintenant, tu dois te rappeler le bracelet aussi. »

Elle obéit. Un effort d'imagination dédié à Joseph – un cadeau destiné à son bienfaiteur, le bel inconnu. Le dernier acte terminé, elle était donc retournée sur scène pour saluer le public, puis, à peine libre, elle s'était précipitée dans sa loge, avait récupéré le bracelet sur l'étagère, s'était démaquillée à une vitesse record et avait sauté dans ses vêtements de ville pour le rejoindre au plus vite.

Si elle avait adhéré jusque-là à la version de Joseph, Charlie fit brusquement marche arrière, tardivement secourue par un soudain sens des convenances. « Attends un peu... Une seconde, là... pourquoi ne serait-ce pas à *lui* de venir *me* rejoindre? C'est lui qui tient les rênes. Pourquoi ne me contenterais-je pas de rester tranquillement dans ma loge à attendre qu'il se montre au lieu de courir après lui?

– Peut-être que le courage lui manque. Il t'admire trop, pourquoi pas? Tu lui as fait perdre la tête.

– D'accord, mais pourquoi ne resterais-je pas sagement dans ma loge, pour *voir*? Rien qu'un peu.

– Charlie, qu'as-tu l'intention de faire? *Qu'est-ce* que tu lui dis dans ta tête?

– Je lui dis : " Je ne peux accepter, reprenez ceci ", répliqua-t-elle, vertueuse.

– Très bien. Alors prendras-tu sérieusement le risque de le laisser filer – disparaître à tout jamais – en abandonnant un cadeau si précieux que tu ne veux sincèrement pas accepter? »

Elle se résigna donc de mauvaise grâce à sortir de sa loge.

« Mais comment, et où, le trouver? Où cherches-tu d'abord? » interrogea Joseph.

La route était dégagée mais il conduisait lentement de façon à ne pas laisser le présent trop pénétrer dans leur passé imaginaire.

« Je cours vers l'arrière du théâtre, répondit Charlie sans réfléchir. Je prends la porte de service et fais le tour du théâtre pour le retrouver sur le trottoir, en train de sortir.

– Pourquoi ne pas traverser la salle?

– Parce qu'une foule compacte bouche toutes les issues, tout simplement. Il serait déjà parti avant que j'arrive à passer. »

Il examina la réponse. « Si tu sors, alors tu dois prendre un imperméable. »

Il avait encore raison. Charlie avait oublié la pluie qui tombait cette nuit-là sur Nottingham; une averse suivant l'autre pendant toute la durée des représentations. Elle recommença son récit. Après s'être changée à la vitesse de la lumière, elle avait donc enfilé son imperméable neuf – un imper français acheté en solde chez Liberty –, serré la ceinture, puis foncé sous une pluie battante dans la ruelle qui donnait sur la rue de l'entrée principale...

« Tu arrives devant le théâtre pour t'apercevoir que le public s'est massé sous la marquise en attendant que la pluie cesse, l'interrompit Joseph. Pourquoi souris-tu ?

— Je dois avoir mon foulard jaune sur la tête. Tu sais bien, le Jaeger que m'a rapporté mon spot publicitaire à la télé.

— Nous notons donc que malgré ta hâte de te débarrasser du bracelet, tu n'oublies pas ton foulard jaune. Bon. Vêtue d'un imperméable et d'un foulard jaune, Charlie se précipite sous la pluie à la recherche de son trop ardent admirateur. Elle arrive devant l'entrée bondée du théâtre – peut-être en criant " Michel ! Michel ! " Oui ? Magnifique. Elle s'égosille cependant en vain. Michel n'est pas là. Que fais-tu alors ?

— As-tu *écrit* toute cette histoire, Jose ?

— Ne t'occupe pas de cela.

— Je retourne dans ma loge ?

— Il ne te vient pas à l'idée de regarder dans la salle ?

— Mince, d'accord... oui, je regarde.

— Par où entres-tu ?

— Par l'orchestre. C'est là que tu étais assis.

— Que Michel était assis. Tu pousses donc les battants qui conduisent à l'orchestre. Hourra, ils cèdent. Mr. Lemon n'a pas fermé à clef. Tu pénètres dans la salle, te diriges lentement vers les sièges.

— Et le voilà, souffla-t-elle. Qu'est-ce que c'est ringard.

— Mais ça marche encore.

— D'accord, admettons.

— Il est toujours assis dans le même fauteuil, au milieu du premier rang, regardant intensément le rideau comme s'il voulait faire réapparaître sa Jeanne, génie de sa liberté, la Jeanne qu'il aime infiniment.

– Je trouve ça *épouvantable*, murmura Charlie, mais il l'ignora.

– Cela fait maintenant sept heures qu'il n'a pas bougé de ce siège. »

Je veux rentrer chez moi, songea-t-elle. Je veux dormir seule et tout mon soûl dans ma chambre de l'Astral Commercial and Private. Combien de destins peut-on croiser en une seule journée? Le surcroît d'assurance, le charisme dont Joseph faisait preuve lorsqu'il parlait de l'inconnu avaient en effet cessé d'échapper à Charlie.

« Tu hésites, et puis tu prononces son nom. " Michel! " Le seul que tu connaisses. Il se tourne vers toi mais ne se lève pas. Il ne sourit ni ne parle ni ne cherche en aucune façon à faire étalage de son charme.

– Alors que fait-il, ce casse-pieds?

– Rien. Il te fixe d'un regard passionné et insondable, te laissant l'initiative. Il peut te paraître arrogant, romantique, mais en tout cas, il n'est pas ordinaire et n'a absolument pas l'air de s'excuser ni d'être timide. Il est venu te chercher. Il est jeune, cosmopolite, bien habillé. Un homme riche, un homme d'action montrant tous les signes d'une parfaite assurance. » Joseph passa à la première personne. « Tu t'approches de moi, comprenant déjà que la scène ne se déroule pas comme tu l'avais prévu. Ce n'est plus moi, mais toi qui dois apparemment donner des explications. Tu tires le bracelet de ta poche. Tu me le tends. Je ne bouge pas. Tu es bien entendu complètement trempée. »

La route se faisait sinueuse à l'assaut des montagnes. La voix autoritaire de Joseph, associée au rythme hypnotique des courbes régulières, contraignait la jeune femme à s'enfoncer plus avant dans le labyrinthe de la fiction.

« Tu dis quelque chose, mais quoi? » N'obtenant aucune réponse, il lui dicta ses paroles. « " Je ne vous

connais pas. Je vous remercie, Michel, je suis extrêmement flattée. Mais je ne vous connais pas et ne peux
accepter un tel cadeau. " Tu dirais cela, n'est-ce pas?
Oui, tu le dirais. Mieux peut-être. »

Elle l'entendait à peine. Elle se tenait devant lui,
dans le théâtre, lui tendant l'écrin tout en fouillant ses
yeux sombres. Mes bottes toutes neuves, pensa-t-elle;
les cavalières marron que je me suis achetées à Noël.
La pluie a dû abîmer le cuir, mais quelle importance?

Joseph poursuivait son conte de fées. « Je ne dis
toujours rien. L'expérience théâtrale t'aura déjà appris
que rien ne vaut le silence pour établir la communication. Si le misérable ne veut pas parler, que te
reste-t-il à faire? Tu n'as plus qu'à prendre toi-même
la parole. Maintenant, dis-moi ce que tu me dis. »

Une timidité insolite lutta soudain contre l'imagination débordante de la jeune femme.

« Je lui demande qui il est.

— Je m'appelle Michel.

— Ça, je le sais déjà. Michel comment?

— Pas de réponse.

— Je te demande ce que tu es venu faire à Nottingham.

— Tomber éperdument amoureux de vous. Continue.

— Bon Dieu... Jose...

— Continue!

— Il ne peut pas me dire une chose pareille!

— Alors dis-le-lui!

— Je lui fais entendre raison. J'essaie de lui faire
comprendre.

— Comment, Charlie? Il t'attend. Parle-lui!

— Je dirais...

— Oui?

— « Ecoutez Michel... C'est très gentil... Je suis
« très flattée. Mais, je suis désolée... C'est vraiment
« trop. »

Joseph parut déçu. « Charlie, tu dois y mettre plus de cœur, la réprimanda-t-il d'un ton sévère. Il est arabe – même si tu ne le sais pas encore vraiment, tu t'en doutes un peu – et tu lui refuses un cadeau. Recommence.

– « Ce ne serait pas honnête, Michel. Les gens « s'éprennent souvent d'actrices... d'acteurs... cela se « produit tous les jours. Ce n'est franchement pas une « raison pour que vous vous ruiniez... au nom d'une « simple... illusion. »

– Bien. Ensuite? »

Les mots lui venaient plus facilement. Elle avait horreur de cette façon qu'il avait de la rudoyer, comme elle avait horreur des metteurs en scène en général, mais elle ne pouvait en nier l'efficacité. « " L'illusion est la substance même de notre art, Michel. Le public vient s'asseoir ici dans l'espoir d'être ensorcelé. Les comédiens montent sur ces planches avec le désir de vous envoûter. Cette fois-ci, nous avons réussi. Mais je ne peux accepter. Il est magnifique. " » Elle regarda le bracelet. « " Bien trop beau. Je ne peux rien accepter. Nous vous avons abusé. Il ne s'est rien produit d'autre. Le théâtre est un leurre. Comprenez-vous? Une escroquerie. On vous a trompé! "

– Je ne parle toujours pas.

– Eh bien, mime-le!

– Pourquoi? Es-tu déjà à court d'arguments? Ne te sens-tu pas un peu coupable? Un si jeune garçon – si séduisant – qui dilapide son argent en orchidées et bijoux coûteux?

– Bien sûr que si! Je te l'ai déjà dit!

– Alors sauve-moi, insista-t-il avec impatience. Protège-moi de mes coups de foudre.

– Mais j'essaie!

– Ce bracelet m'a coûté des centaines de livres – cela, tu es capable de le deviner. Des milliers même. J'ai pu le voler pour toi. Tuer. Mettre mes biens au clou. Tout pour toi. Je n'ai pas l'esprit clair, Charlie! Sois bonne! Exerce ton pouvoir! »

Charlie s'était mentalement assise près de Michel. Les mains crispées sur les genoux, elle s'était légèrement penchée en avant, le visage grave, pour tenter de le raisonner. Elle devenait son infirmière, sa mère. Son amie.

« Je lui dis qu'il serait très déçu s'il me connaissait réellement.

— Les mots exacts, s'il te plaît. »

Elle prit une longue inspiration et se lança : « "Ecoute, Michel, je ne suis qu'une fille ordinaire. Mes collants sont filés, j'ai un découvert à la banque et je n'ai vraiment rien d'une Jeanne d'Arc, crois-moi. Je ne suis ni vierge ni guerrière, quant à Dieu, lui et moi on ne se parle plus depuis qu'on m'a mise à la porte du lycée avec pour motif " – mais cela, je ne le dirais pas – " que je suis Charlie, une petite coureuse, une sale capitaliste. "

— Parfait. Continue.

— " Michel, tu dois revenir sur terre. Tout ce que je veux c'est t'aider, tu comprends? Alors reprends ceci, garde ton argent et tes illusions... et merci. Merci, sincèrement. Merci. Point final et rideau. " »

— Mais tu ne veux pas qu'il conserve ses illusions, la reprit sèchement Joseph. Je me trompe?

— D'accord. Qu'il les perde, ses satanées illusions!

— Comment se termine la scène?

— Elle se termine, c'est tout. Je pose le bracelet sur le fauteuil voisin du sien et je m'en vais. Si je me dépêche, j'aurai juste le temps d'attraper l'autobus pour ne pas manquer le poulet trop sec de l'Astral. »

Joseph semblait horrifié. Ses traits trahissaient son désarroi et sa main lâcha le volant en un rare mouvement de supplication.

« Mais, Charlie, comment peux-tu faire une chose pareille? Ne comprends-tu pas que tu me laisses peut-être aller au suicide? Errer toute la nuit dans les rues de Nottingham balayées par la pluie? Seul? Alors que toi, tu pourras contempler mes orchidées et mon message dans la chambre douillette de ton hôtel élégant?

— Elégant! Tu parles, c'est bourré de puces!

— Tu n'as donc aucun sens des responsabilités? Toi qui es toujours la première à défendre les opprimés... tu te désintéresses d'un pauvre garçon que ta beauté, ton talent, ta fougue révolutionnaire ont ensorcelé? »

Elle voulut protester mais n'en eut pas le temps.

« Tu as du cœur, Charlie. D'autres pourraient considérer Michel comme une sorte de play-boy raffiné, mais pas toi. Tu fais confiance aux gens. Et tu es compréhensive avec Michel cette nuit-là. Tu oublies ta petite personne et tu t'inquiètes pour lui. »

Devant eux, un village délabré se découpa contre le ciel, formant comme un palier sur la pente qu'ils gravissaient. Charlie distingua les lumières d'une taverne au bord de la route.

« De toute façon, ta réponse compte peu à ce moment-là car Michel choisit enfin de parler », reprit Joseph en jetant vers la jeune femme un rapide coup d'œil inquisiteur. « D'une voix douce et pleine de charme, avec un accent mi-français, mi-indéterminé, il s'exprime sans la moindre timidité ni gêne. Il te déclare que peu lui importent les raisonnements, tu es la femme qu'il attend depuis toujours, il veut devenir ton amant, le soir même de préférence, et il ne cesse de t'appeler Jeanne quand tu lui répètes que ton nom est Charlie. Si tu acceptes de dîner avec lui, et si tu ne veux toujours pas de lui à la fin de la soirée, alors il envisagera peut-être de reprendre le bracelet. Tu refuses, il doit le reprendre maintenant; tu as déjà quelqu'un et puis il faut être raisonnable, où trouver un restaurant ouvert à dix heures et demie, un samedi soir de pluie dans une ville comme Nottingham?... Tu dirais bien cela, n'est-ce pas?

— Il n'y a que d'infâmes gargotes, admit-elle en évitant de le regarder.

— Et ce dîner – dirais-tu littéralement que ce dîner est un rêve impossible?

— Il ne reste que les Chinois ou les " Fish and Chips. "

— Il n'en demeure pas moins que tu viens de lui faire une concession dangereuse.

— Laquelle? demanda-t-elle, vexée.

— Tu n'as fait qu'une objection d'ordre pratique. « Nous ne pouvons dîner ensemble parce qu'il n'y a « plus de restaurants. » Tu pourrais tout aussi bien dire que nous ne pouvons coucher ensemble parce qu'il n'y a pas de lit. Michel perçoit la nuance. Il balaie tes hésitations. Il connaît un endroit et y a déjà réservé une table. Donc, rien ne nous empêche d'aller dîner. Non? »

Il fit déboîter la Mercedes pour la ranger dans l'allée de gravier qui menait à la taverne. Emerveillée par l'aisance avec laquelle il passait de la fiction d'hier à la réalité présente, envahie par une exaltation perverse d'être ainsi harcelée par lui, et soulagée de savoir qu'en fin de compte, Michel ne l'avait pas laissée partir, Charlie demeura immobile sur son siège. Joseph ne bougea pas non plus. Elle se tourna vers lui et remarqua, à la lueur irréelle des ampoules colorées de la taverne, qu'il avait baissé les yeux sur les mains qu'elle tenait toujours serrées sur ses genoux, la droite sur le dessus. Son visage, pour autant que la lumière un peu magique lui permettait d'en déchiffrer les traits, parut à la jeune femme fixe et inexpressif. Il tendit le bras et saisit le poignet droit de Charlie avec une assurance prompte et quasi médicale, puis il le leva, révélant sous la manche le bracelet d'or qui l'entourait, rutilant dans la pénombre.

« Bravo, je te félicite, dit-il d'un ton impassible. Vous les Anglaises, vous ne perdez pas de temps! »

Elle dégagea brutalement sa main. « Qu'y a-t-il

donc? fit-elle avec sécheresse. On est jaloux, c'est ça?»

Elle n'avait aucun moyen de le blesser. Son visage ne marquait pas. Qui es-tu? se demandait-elle en vain tout en le suivant dans l'auberge. Lui? Ou toi? Ou personne?

9

Quoi que Charlie eût pu penser, elle ne constituait pas, cette nuit-là, l'unique centre de l'univers de Joseph; ni de Kurtz; et encore moins de Michel.

Bien avant que Charlie et son amant fictif n'aient fait leurs adieux à la villa athénienne – soit à un moment où ils étaient censés dormir dans les bras l'un de l'autre, épuisés par une nuit d'amour – Kurtz et Litvak se trouvaient chastement installés sur des sièges très éloignés l'un de l'autre à bord d'un avion de la Lufthansa à destination de Munich. Kurtz voyageait sous passeport français et Litvak, canadien. Après l'atterrissage, Kurtz se rendit aussitôt au Village Olympique, où l'attendaient impatiemment ses prétendus photographes argentins, et Litvak à l'hôtel Bayerischer Hof, où il fut accueilli par un expert en explosifs répondant au nom de Jacob, curieux homme vêtu d'une veste de daim maculée et qui, un éternel soupir aux lèvres, gardait avec lui un sac en plastique empli de cartes et plans à grande échelle. Se prétendant géomètre, Jacob avait passé les trois jours précédents à relever laborieusement des mesures le long de l'auto-route Munich-Salzbourg. Il avait pour mission de calculer les effets probables de l'explosion d'une charge très puissante sur le bord de la route, de très bonne heure un jour de semaine, et dans des condi-tions météorologiques et de circulation très variables.

Les deux hommes discutèrent longuement les suggestions de Jacob dans le salon de l'hôtel et devant une succession impressionnante de tasses d'un excellent café, puis, à bord d'une voiture de location, parcoururent la totalité des cent quarante kilomètres d'autoroute concernés en gênant par leur lenteur la circulation pressée, et en s'arrêtant dès que les aménagements l'autorisaient et même, parfois, quand rien n'était prévu à cet effet.

De Salzbourg, Litvak continua seul jusqu'à Vienne où une autre équipe l'attendait, avec de nouveaux visages et de nouveaux moyens de transport. A l'intérieur d'une salle de conférence insonorisée de l'ambassade israélienne, il la mit au courant des opérations; puis, ayant survolé tous les points importants, et lu les derniers bulletins en provenance de Munich, Litvak et son équipe se mirent en route pour le sud en un convoi évoquant une file hétéroclite d'excursionnistes. Arrivés près de la frontière yougoslave, ils étudièrent les moindres parkings, gares et places de marché avec la franche curiosité de touristes avant de se répartir dans plusieurs pensions modestes de la région de Villach. Son filet ainsi tendu, Litvak se dépêcha de retourner à Munich pour assister aux derniers préparatifs de l'appât.

Lorsque Kurtz arriva pour prendre les rênes, l'interrogatoire de Yanuka durait déjà depuis plus de trois jours et s'était jusqu'alors déroulé dans un calme éprouvant.

« Vous disposerez de six jours maximum avec lui, avait déclaré Kurtz à ses deux spécialistes de l'interrogatoire. Au bout de six jours, il sera trop tard pour rattraper vos erreurs, et les siennes. »

Il s'agissait d'une mission comme Kurtz les aimait. S'il avait pu se trouver en trois endroits à la fois au lieu de deux, il s'en serait volontiers chargé lui-même mais, cela étant impossible, il choisit de déléguer ses pouvoirs à ce couple de vieux routiers de la manière douce, ces deux armoires à glace célèbres pour leurs talents refoulés de comédiens et leur sinistre bonhomie. D'après ce que l'on en savait, ils n'étaient ni parents ni amants, mais travaillaient ensemble depuis si longtemps qu'un certain mimétisme s'était produit entre les deux hommes, et, quand Kurtz les convoqua pour la première fois dans la maison de la rue Disraeli, leurs quatre mains reposèrent tout le temps sur le bord de la table comme les pattes de deux gros chiens. Kurtz avait commencé par s'adresser à eux d'un ton rude, d'abord parce qu'il les enviait, ensuite parce qu'il considérait encore cette délégation comme une défaite. Il ne leur avait donné qu'un très vague aperçu des opérations, puis leur avait ordonné d'étudier le dossier de Yanuka et de ne se représenter devant lui que quand ils le connaîtraient par cœur. Lorsqu'ils étaient revenus, trop rapidement à son goût, il les avait véritablement cuisinés, les bombardant de questions concernant l'enfance de Yanuka, son train de vie, son comportement, enfin tout ce qui aurait pu les désarçonner. Ils lui répondirent impeccablement. Alors, de mauvaise grâce, Kurtz avait fait venir son Conseil des Lettrés, soit Miss Bach, Leon l'écrivain et le vieux Schwili, qui, au cours des dernières semaines, avaient rassemblé leurs originalités pour former une équipe parfaitement soudée. Le compte rendu que leur fit alors Kurtz se posa en véritable chef-d'œuvre de l'art abscons.

« Miss Bach, ici présente, supervise les opérations, elle tire toutes les ficelles », avait-il annoncé en guise de présentation. Malgré trente-cinq ans de pratique, son hébreu était toujours aussi déplorable. « Miss Bach recueille la matière première qu'on lui transmet. Elle rédige les communiqués qui sont envoyés aux équipes. Elle fournit à Leon les textes dont il a besoin, vérifie ses compositions et s'assure qu'elles s'insèrent bien dans le plan général de la correspondance. » Si les deux nouveaux venus n'avaient pas saisi grand-chose auparavant, ils en comprenaient encore moins maintenant. Mais ils étaient restés silencieux. « Une fois que Miss Bach a approuvé une composition, elle convoque Leon et Mr. Schwili ensemble. » Cela faisait au moins un siècle que personne n'avait donné du « Mister » à Schwili. « Au cours de cette réunion, ils décident du papier, de l'encre, des stylos, des conditions physiques et émotionnelles du rédacteur à l'intérieur d'un contexte fictif donné. Est-il, ou est-elle en forme ou dans un état dépressif? Est-il ou est-elle en colère? L'équipe considère pour chaque détail imaginé l'ensemble de la fiction sous tous ses aspects. » Petit à petit, et malgré l'intention de leur nouveau chef de sous-entendre ses informations plutôt que de les communiquer, les deux enquêteurs avaient commencé à entrevoir les contours du plan dans lequel ils s'inscrivaient désormais. « Miss Bach peut également posséder dans ses dossiers un échantillon original d'écriture – lettre, carte postale, calepin – susceptible de servir de modèle. Mais elle peut ne pas en avoir. » Kurtz avait souligné chacune de ces possibilités d'un mouvement du bras droit exécuté par-dessus le bureau dans la direction de ses deux interlocuteurs. « Une fois terminés ces préparatifs, et pas avant, Mr. Schwili se met au travail. Ses faux sont magnifiques. Mr. Schwili n'est pas simplement un faussaire, c'est un *artiste*, avait-il insisté – et que cela soit bien clair. Dès qu'il a fini son œuvre, Mr. Schwili la remet à Miss Bach qui vérifie tous les détails, s'occupe des empreintes, du classement, de l'enregistrement. Des questions? »

Leur humble sourire plaqué sur les lèvres, ils lui avaient répondu qu'ils n'en avaient aucune à poser.

« Commencez par la fin, aboya Kurtz tandis qu'ils se retiraient. Vous pourrez toujours revenir au début plus tard, s'il reste assez de temps. »

Ils s'étaient ensuite retrouvés plusieurs fois pour

résoudre un problème délicat : comment convaincre Yanuka de coopérer en un délai aussi court? Une fois de plus, on fit appel aux chers psychologues de Misha Gavron, on écouta jusqu'au bout leurs propositions puis on leur montra la porte. Une conférence sur les drogues hallucinogènes et dysleptiques eut plus de succès et il fallut courir après d'autres spécialistes de l'interrogatoire qui avaient déjà efficacement utilisé ces substances. Comme toujours s'ajouta donc aux projets à long terme cette atmosphère d'improvisation de dernière minute qui plaisait tant à Kurtz et à toute son équipe. Lorsque leur mission fut parfaitement mise au point, Kurtz envoya ses deux enquêteurs à Munich avec un peu d'avance pour qu'ils puissent préparer les éclairages, le bruitage, et apprendre leur rôle aux geôliers. Ils débarquèrent en Allemagne avec l'allure de deux musiciens de jazz, vêtus à la Louis Armstrong et portant d'encombrantes valises de métal bosselé. Le Conseil de Schwili suivit deux jours plus tard et s'installa discrètement dans l'appartement du dessous; ils se présentèrent comme des marchands de timbres professionnels venus à Munich pour une importante vente aux enchères. Les voisins n'y trouvèrent rien à redire. Des juifs, chuchotèrent-ils, mais quelle importance aujourd'hui? Cela faisait longtemps qu'ils ne choquaient plus. Et bien sûr, c'étaient des marchands, que voulez-vous qu'ils fassent d'autre? Pour leur tenir compagnie, outre le petit ordinateur de Miss Bach, ils disposaient de magnétophones, d'écouteurs, de caisses entières de boîtes de conserve et d'un jeune homme mince surnommé « Samuel le pianiste » qui maniait le petit téléscripteur relié au propre poste de commande de Kurtz. Samuel gardait toujours sur lui, dans une poche spéciale de son gilet molletonné, un gros Colt qui cognait contre la table lorsque le jeune homme transmettait des messages. Il affichait la même tranquillité que le David de la maison d'Athènes; par le comportement, ils auraient pu être jumeaux.

Ce fut à Miss Bach qu'incomba la répartition des chambres. Elle donna, en raison de sa bonne insonorisation, la chambre d'enfant à Leon. Sur les murs, un cerf aux yeux mouillés broutait des marguerites géantes. A Samuel revint la cuisine et ses accès à la cour intérieure dans laquelle il monta son fil antenne, y suspendant des chaussettes d'enfant. Mais quand Schwili aperçut la pièce qui lui était réservée – à la fois pour dormir et travailler – il laissa échapper un gémissement d'horreur.

« Ma lumière! Mon Dieu, mais regarde ma lumière! On ne pourrait pas même imiter l'écriture de sa propre grand-mère là-dedans! »

Leon, esprit fébrile et créatif, se sentit déboussolé face à un orage aussi inattendu, mais la pratique Miss Bach situa aussitôt le problème : Schwili avait besoin de la lumière du jour pour travailler, mais aussi, après tant d'années d'emprisonnement, pour la paix de son âme. En un tournemain, elle avait téléphoné à l'étage, fait descendre les deux pseudo-Argentins et déplacer les meubles comme les pièces d'un jeu de construction; le bureau de Schwili trouva sa place devant la baie vitrée de la salle de séjour qui donnait sur un coin de ciel et de verdure. Miss Bach installa elle-même un léger rideau pour le protéger des regards indiscrets et demanda à Leon de confectionner une rallonge pour sa superbe lampe italienne. Enfin, sur un signe de tête de Miss Bach, ils laissèrent Schwili seul, quoique Leon continuât secrètement de l'observer depuis sa porte.

Assis à son bureau, dans la lumière du couchant, Schwili entreprit de disposer son papier, ses encres et ses stylos si précieux selon un ordre très précis, comme s'il préparait un examen capital pour le lendemain. Puis il ôta ses boutons de manchette et commença à se frotter les mains pour les réchauffer. Il ne faisait pourtant pas froid dans la pièce, même pour un vieux prisonnier. Il retira son chapeau. Il tira ensuite sur chacun de ses doigts, un à un, faisant bruyamment craquer ses jointures. Alors, il se prépara à attendre, comme il avait attendu toute sa vie d'adulte.

La vedette qu'ils s'apprêtaient tous à recevoir atterrit le soir même à Munich, en provenance de Chypre. Aucune horde de journalistes n'accueillit son arrivée; en fait, il fut débarqué sur une civière et accompagné par un médecin et un infirmier. Le médecin en était indubitablement un, même si son passeport était faux; quant à Yanuka, on le présentait comme un homme d'affaires anglais de Nicosie transporté d'urgence à Munich pour y subir une intervention cardiaque. Une liasse impressionnante de documents médicaux confirmait le scénario mais les autorités allemandes ne lui accordèrent pas un regard. Un simple coup d'œil sur le visage sans vie du patient leur apprit visiblement tout ce qu'ils voulaient savoir. Une ambulance les conduisit, toutes sirènes dehors, en direction de l'hôpital, puis bifurqua au dernier moment dans une petite rue avant de s'engager, au cas où les choses auraient tourné mal, dans la cour fermée d'un entrepreneur de pompes funèbres dévoué à leur cause. Au Village Olympique, on vit les deux photographes argentins et des amis à eux sortir un grand panier à linge en osier portant l'indication « ATTENTION FRAGILE » de leur vieux minibus et le porter jusqu'à l'ascenseur de service; les voisins ne doutèrent pas qu'ils ajoutaient encore une pièce à leur stock de plus en plus énorme de matériel. Amusés, ils se demandèrent si les marchands de timbres du dessous allaient se plaindre de leurs goûts musicaux : les juifs se plaignent toujours de tout. Pendant ce temps, chez les Argentins, on déballait le trophée, et le médecin vérifiait que rien ne s'était cassé durant le voyage. Quelques minutes plus tard, ils allongèrent le jeune homme sur le sol de la cellule capitonnée où il devait normalement revenir à lui au bout d'une demi-heure, quoique en fait la cagoule opaque dont ils lui avaient recouvert la tête risquât de retarder le processus d'éveil. Le docteur partit peu après. C'était un homme scrupuleux et, inquiet de ce qu'il allait advenir de Yanuka, il avait expressément demandé à Kurtz qu'on n'exigeât rien de lui pouvant s'opposer à son éthique médicale.

Quoi qu'il en soit, Yanuka commença moins de quarante minutes plus tard à tirer sur ses chaînes, d'abord celles des poignets puis celles des genoux, enfin sur les quatre à la fois, comme une chrysalide s'efforçant de briser son enveloppe, jusqu'à ce qu'il se rende compte, sans doute, qu'il était ligoté face contre terre; à ce moment en effet, il s'arrêta, parut analyser sa situation, puis laissa échapper un grognement interrogateur. Enfin, sans le moindre avertissement, la tempête éclata : Yanuka se mit à pousser des rugissements de rage et d'angoisse, il se tordit, se cabra et se jeta dans tous les sens avec une vigueur qui fit doublement apprécier la présence des chaînes à ses ravisseurs. Après quelques instants de ce spectacle, les deux enquêteurs cédèrent leur place aux gardes pour qu'ils puissent assister à la fin de l'orage. Yanuka avait probablement été gavé d'histoires à faire dresser les cheveux sur la tête à propos de la brutalité des méthodes israéliennes. Dans son affolement, il espérait certainement que ces rumeurs s'avèrent, que son attente soit comblée. Mais ses geôliers se firent un devoir de le décevoir. Ils avaient reçu l'ordre de jouer les gardes sinistres, de se tenir à distance et de ne pas recourir à la violence, même s'il leur en coûtait – surtout à Oded, le benjamin. Depuis l'arrivée honteuse de Yanuka dans l'appartement, le regard du jeune Oded s'était assombri de haine. Chaque jour qui s'écoulait le rendait plus malade et grisâtre; au sixième, ses épaules s'étaient complètement raidies à force de tension : Yanuka était vivant sous le même toit que lui.

Yanuka sembla enfin s'assoupir et les deux enquêleurs décidèrent qu'il était temps de commencer. Ils passèrent donc des enregistrements de circulation matinale, allumèrent une multitude de projecteurs très blancs et allèrent ensemble lui porter son petit déjeuner – il n'était en fait pas encore minuit – en commandant aux gardiens de le détacher pour qu'il puisse manger comme un être humain et non comme un chien. Ensuite, pleins de sollicitude, ils le délivrèrent eux-mêmes de sa cagoule, voulant que la première image perçue par le prisonnier soit celle de leurs deux visages européens penchés sur lui avec une expression inquiète et paternelle.

« Qu'on ne lui remette jamais ces choses-là », ordonna doucement en anglais l'un des deux hommes aux gardiens avant de lancer d'un geste courroucé et hautement symbolique les chaînes et la cagoule dans un coin.

Les geôliers se retirèrent – Oded en marquant un dégoût appuyé – et Yanuka consentit à avaler quelques gorgées de café sous le regard de ses deux nouveaux protecteurs. Ils le savaient dévoré par la soif car ils avaient, avant son départ, demandé au médecin de faire en sorte qu'il en soit ainsi. Le café devait donc sembler exquis au prisonnier, quelles que soient les substances qui y étaient mêlées. Ils savaient également qu'il n'avait pas récupéré toute sa conscience et que certaines zones importantes de son esprit restaient sans défense – qu'il aurait par exemple du mal à repousser la compassion qu'on lui offrait. Après plusieurs visites similaires, faites parfois à quelques minutes seulement d'intervalle, les deux complices jugèrent que le moment était venu de se jeter à l'eau, soit de se présenter. Dans ses grandes lignes, cette partie du plan d'ensemble avait été la première conçue, mais elle avait subi quelques modifications.

Ils étaient, annoncèrent-ils en anglais, observateurs de la Croix-Rouge. Ils étaient ressortissants suisses mais attachés ici, à la prison. Ils n'avaient pas le droit de lui révéler de quelle prison il s'agissait ni où elle se trouvait, mais lui laissèrent entendre que c'était en Israël. Ils lui montrèrent d'impressionnants laissez-passer protégés par des pochettes de plastique fatiguées qui permettaient de voir leurs photographies tamponnées et le sigle de la Croix-Rouge en filigrane, visant à éviter, comme pour les billets de banque, les contrefaçons trop faciles. Ils lui expliquèrent qu'ils étaient chargés de contrôler que les Israéliens respectaient bien les règles établies par la convention de Genève concernant les prisonniers de guerre – et Dieu savait combien cela était délicat – et de fournir à Yanuka un lien avec l'extérieur, dans la mesure autorisée par la législation de la prison. Ils faisaient tout ce qu'ils pouvaient pour qu'on le transfère dans le quartier des Arabes, mais avaient cru comprendre qu'un « interrogatoire serré » devait bientôt commencer et que les Israéliens refusaient obstinément de le sortir de son isolement avant. Parfois, soupirèrent-ils, les Israéliens se laissaient aveugler par leurs obsessions et en oubliaient totalement leur image de marque. Ils prononcèrent le mot « interrogatoire » avec une certaine répugnance, comme s'ils regrettaient de ne pas en connaître un meilleur. Comme convenu, Oded revint à ce moment-là pour s'occuper des sanitaires et les deux hommes se turent aussitôt jusqu'à son départ.

Ils lui présentèrent ensuite un grand formulaire imprimé et l'aidèrent à le remplir lui-même : le nom ici, mon ami, adresse, date de naissance, parents les plus proches, c'est comme ça, occupation – eh bien, étudiant fera l'affaire, non? – diplômes, religion, et désolés de vous ennuyer avec tout cela mais c'est le règlement. Malgré une certaine réticence au début, Yanuka s'exécuta d'assez bonne volonté, et ce premier signe de coopération fut accueilli avec une tranquille satisfaction par le Conseil des Lettrés qui attendait en bas – même si l'écriture, à cause des drogues, apparaissait des plus puériles.

En prenant congé, les deux enquêteurs tendirent à Yanuka un fascicule imprimé en anglais lui indiquant ses droits et, avec un clin d'œil et une petite tape sur l'épaule, deux barres de chocolat suisse. Et ils l'appelèrent par son prénom, Salim. Depuis la pièce voisine, ils l'observèrent durant une heure, grâce à des lampes à infrarouge, en train de sangloter et de secouer la tête, allongé dans une obscurité totale. Puis ils firent un peu de lumière avant de pénétrer joyeusement dans sa cellule en clamant : « Regarde ce que nous t'apportons, Salim; allons, réveille-toi, c'est le matin. » Ils lui tendirent une lettre adressée à son nom. Le cachet était de Beyrouth, l'enveloppe confiée aux bons soins de la Croix-Rouge et barrée d'un tampon indiquant l'accord de la censure de la prison. Au bas de la lettre figurait la signature de sa sœur tant aimée Fatmeh, celle qui lui avait offert le porte-bonheur doré qui pendait à son cou lors de son enlèvement. Le don de caméléon de Leon avait fourni l'accent véridique de l'affection sévère dont faisait preuve Fatmeh à l'égard de son frère, Miss Bach en avait tiré un texte et Schwili avait contrefait l'écriture. Les lettres que Yanuka avait reçues de sa sœur alors qu'il était surveillé leur avaient servi de modèles. Fatmeh assurait Salim de tout son amour et souhaitait qu'il sache faire preuve de courage quand le moment viendrait. Par « moment », elle semblait faire allusion à cet interrogatoire tant redouté. Elle avait décidé de quitter son ami et son travail de bureau pour reprendre, lui écrivait-elle, son service d'aide au dispensaire de Sidon; elle ne pouvait plus supporter de vivre si loin de la frontière de sa chère Palestine en sachant Salim dans une telle situation. Elle l'admirait et l'admirerait toujours, Leon lui en donnait sa parole. Jusque dans la tombe et au-delà encore, Fatmeh continuerait d'aimer un frère si brave et héroïque, Leon y veillait. Yanuka accepta la lettre avec une indifférence feinte, mais à peine se retrouvat-il seul qu'il se laissa tomber dévotement à terre, le visage levé et légèrement tourné de côté, tel un martyr attendant l'épée, tout en étreignant la lettre de Fatmeh sur sa joue.

« Je demande de quoi écrire », commanda-t-il fièrement aux gardiens lorsque ceux-ci revinrent une heure plus tard pour balayer sa cellule.

« Je demande du papier! Je demande à voir les représentants de la Croix-Rouge! Je demande, en vertu de la Convention de Genève, à écrire une lettre à ma sœur Fatmeh! Oui! »

Ces réclamations reçurent également un accueil favorable à l'étage du dessous, elles constituaient en effet la preuve que la première offre du Conseil des Lettrés avait été acceptée par Yanuka. On envoya aussitôt une dépêche à Athènes. Les gardiens s'éclipsèrent, visiblement pour en référer à leur supérieur, puis réapparurent porteurs d'un petit paquet de feuilles de la Croix-Rouge. Ils donnèrent aussi à Yanuka un imprimé intitulé « Conseils aux Prisonniers » lui indiquant que seules les lettres en anglais seraient transmises, étant bien entendu qu'elles ne devraient receler aucun message secret. Mais pas de stylo. Yanuka exigea un stylo, supplia qu'on lui en donne un, cria, pleura, attitudes se succédant comme au ralenti, mais les garçons lui répliquèrent fort distinctement qu'il n'était pas fait mention de stylos dans la Convention de Genève. Une demi-heure plus tard, les deux Suisses, submergés par une juste colère, firent irruption dans la cellule; ils lui apportaient un de leurs propres stylos où figuraient les mots : « Pour l'Humanité. »

Scène après scène, la comédie se poursuivit encore quelques heures tandis que Yanuka, dans un état de vulnérabilité totale, luttait en vain pour tenter de repousser la main qu'on lui tendait. La lettre qu'il écrivit en réponse à Fatmeh représentait un classique du genre : trois pages d'une prose décousue où se mêlaient conseils, apitoiement sur soi-même et positions courageuses, prose qui fournissait à Schwili son premier échantillon « propre » de l'écriture de Yanuka dans des conditions de tension affective, et à Leon un parfait avant-goût de son style en anglais.

« Ma chère sœur, dans moins d'une semaine maintenant, j'affronterai l'épreuve fatidique de ma vie et je ne doute pas que ton âme généreuse m'assistera », écrivait-il. Cela aussi fit l'objet d'un message spécial. « Faites-moi tout parvenir, avait dit Kurtz à Miss Bach. Pas de silences. Si rien ne se passe, alors il faut me signaler que rien ne se passe. » Puis, d'un ton plus féroce à l'adresse de Leon : « Et toi, surveille qu'elle me fasse bien un compte rendu au moins toutes les deux heures. Ou encore mieux, toutes les heures. »

La lettre que Yanuka venait d'adresser à Fatmeh marqua le début d'une véritable correspondance. Parfois, leurs lettres se croisaient; parfois, Fatmeh répondait à ses questions alors qu'il venait à peine de les formuler et lui demandait en retour de satisfaire sa propre curiosité.

Commencez par la fin, leur avait ordonné Kurtz. La fin, en l'occurrence, représentait des kilomètres de bavardages apparemment sans importance. Des heures durant, les deux enquêteurs s'entretinrent avec Yanuka sans jamais se départir de leur bienveillance, jouant, ou du moins devait-il le penser, de leur inébranlable sincérité suisse pour lui redonner courage, pour l'armer moralement en prévision du jour où les cerbères israéliens le conduiraient à son interrogatoire. D'abord, ils sondèrent ses positions concernant tous les sujets qu'il acceptait d'aborder, le flattant tant par leur attitude à la fois intéressée et respectueuse que par la compréhension dont ils faisaient preuve. Ils lui confessèrent que la politique n'avait jamais été leur fort : ils avaient toujours eu une tendance naturelle à placer l'homme au-dessus des idées. L'un d'eux cita même un vers de Robert Burns, qui se révéla, par le plus grand des hasards, l'un des poètes préférés de Yanuka aussi. Parfois, il semblait presque que les deux hommes attendissent de Yanuka qu'il les convertît à sa façon de penser tant ils se montraient réceptifs à ses arguments. Ils lui demandèrent comment il réagissait face au monde occidental après y avoir passé plus d'un an, puis écoutèrent avec ravissement la liste des généralités coutumières : l'individualisme des Français, la cupidité des Allemands, la décadence des Italiens.

Et l'Angleterre ? s'enquirent-ils innocemment.

Oh ! l'Angleterre, c'était pire que tout ! répliqua-t-il d'un ton catégorique. L'Angleterre était en pleine décadence, en pleine faillite et ne savait où elle allait ; l'Angleterre était l'agent de l'impérialisme américain ; l'Angleterre représentait tout ce qu'il y avait de négatif et son plus grand crime avait été de livrer la Palestine, sa patrie, aux sionistes. Il se perdit dans de nouvelles récriminations contre Israël et ils se gardèrent bien de l'interrompre. Ils ne voulaient surtout pas qu'il puisse soupçonner trop tôt l'intérêt tout particulier qu'ils portaient à ses séjours en Grande-Bretagne. Ils changèrent donc de sujet et le questionnèrent sur son enfance – ses parents, son village en Palestine – constatant avec une satisfaction muette que jamais il ne mentionna son frère aîné, que même dans sa situation actuelle, Yanuka avait définitivement rayé son grand frère de sa vie. Ils notèrent donc que malgré toute la sympathie qu'il éprouvait pour eux, Yanuka n'abordait jamais que des questions qu'il jugeait inoffensives pour sa cause.

Ils écoutèrent avec une compassion stoïque ses récits d'atrocités sionistes et ses souvenirs de gardien de but de l'équipe de football victorieuse de Sidon. « Raconte-nous ton meilleur match, le prièrent-ils. Parle-nous de ton meilleur arrêt. Parle-nous de la coupe que tu as remportée et de la cérémonie, quand le grand Abu Ammar lui-même te l'a mise entre les mains ? »

Yanuka s'exécuta, mais en hésitant et avec une certaine timidité. Au-dessous, les magnétophones tournaient et Miss Bach confiait chaque information à son petit appareil de mise en mémoire, ne s'interrompant que pour donner ses communiqués à Samuel le pianiste qui s'empressait de les transmettre à David, son homologue d'Athènes. Leon, lui, s'isolait dans son paradis personnel. Les yeux mi-clos, il s'immergeait dans l'anglais parlé très particulier de Yanuka : dans son débit pressé et impulsif; dans ses brusques images exagérément littéraires; dans son rythme et son vocabulaire; dans sa façon de changer de sujet sans crier gare, en plein milieu d'une phrase. De l'autre côté du couloir, Schwili traçait ses lettres, tout en marmonnant et gloussant. Mais Leon remarqua que parfois, il s'arrêtait et sombrait dans un soudain désespoir. Quelques instants plus tard, Leon l'apercevait, arpentant doucement sa chambre, en faisant lentement le tour, pris soudain d'une sympathie de vieux prisonnier pour le malheureux garçon enfermé là-haut.

Pour aborder la question de l'agenda, ils avaient imaginé un autre stratagème, mais extrêmement hasardeux. Ils avaient attendu le troisième jour, c'est-à-dire le moment où ils avaient, comme ils savaient si bien le faire, tiré le maximum de Yanuka en utilisant la seule conversation. Et même à ce moment-là, alors qu'il était trop tard pour recourir à une autre solution, ils craignaient tellement de briser la confiance fragile que leur accordait Yanuka qu'ils durent, avant de poursuivre, se répéter que Kurtz le voulait ainsi. Les guetteurs avaient découvert l'agenda le lendemain de l'enlèvement de Yanuka. Trois d'entre eux, vêtus de combinaisons jaune canari et portant l'insigne d'une société de nettoyage, avaient pénétré dans l'appartement du jeune homme. Une clef de la maison et une lettre d'instructions quasi authentique signée de la main du propriétaire de Yanuka leur donnaient tous les droits. Ils sortirent de leur camionnette du même jaune un escabeau et tout un attirail d'aspirateurs et de balais à franges. Puis ils fermèrent la porte, tirèrent les rideaux et fouillèrent chaque parcelle de l'appartement pendant huit heures d'affilée; pas un objet qui ne fût sondé ou photographié avant d'être remis en place et recouvert d'une fine couche de poussière. Ils découvrirent le petit agenda de cuir brun, cadeau de Middle East Airlines dont Yanuka avait dû utiliser les services pour venir, fixé derrière la bibliothèque, non loin du téléphone. Ils savaient qu'il en possédait un, mais ne l'avaient pas trouvé parmi ses affaires lors de son enlèvement. Et voilà qu'à leur plus grande joie, ils venaient de mettre la main dessus. Le carnet contenait des informations en arabe, en français, en anglais. D'autres qui semblaient indéchiffrables dans quelque langue que ce fût, d'autres encore dans des codes relativement simples. La plupart des notes faisaient référence à des rendez-vous à venir, mais certaines avaient été ajoutées après coup : « Ai vu J., téléphoné à P. » Outre l'agenda, les trois guetteurs dénichèrent des documents qu'ils cherchaient particulièrement : dans une enveloppe rebondie en papier bulle contenant une liasse de reçus gardés en vue du jour où Yanuka se mettrait à faire le compte de ce que lui avaient coûté les opérations. Se conformant aux ordres, l'équipe subtilisa aussi l'enveloppe.

Mais comment interpréter les informations recueillies dans l'agenda? Comment les déchiffrer sans l'aide de Yanuka?

Et par conséquent, comment obtenir la coopération de Yanuka?

Ils envisagèrent d'augmenter sa dose de drogues puis repoussèrent l'idée. Ils craignaient de lui obscurcir totalement l'esprit. Recourir à la violence serait revenu à briser définitivement l'image de bienveillance qu'ils avaient eu tant de mal à imposer. Et cette éventualité même révoltait véritablement leur conscience professionnelle. Ils préférèrent construire sur les bases qu'ils avaient déjà jetées : sur la peur, la dépendance et sur l'imminence du terrible interrogatoire israélien qu'il attendait toujours. Ils commencèrent donc par apporter au jeune homme une lettre urgente de Fatmeh, l'une des compositions les plus brèves et les meilleures de Leon : « Je viens d'apprendre que le moment est très proche maintenant. Je te supplie, je t'implore de faire preuve de courage. » Ils allumèrent la lumière pour qu'il puisse la lire puis l'éteignirent et le laissèrent seul plus longtemps qu'à l'accoutumée. Dans une obscurité impénétrable, ils lui firent entendre des cris étouffés, le cliquetis lointain de portes de cellules que l'on ouvre et le bruit sourd d'un corps inerte et enchaîné traîné sur les dalles du couloir. Alors, ils passèrent un enregistrement d'un air funèbre palestinien joué par des cornemuses militaires; Yanuka se crut peut-être mort. En tout cas, il ne bougea pas beaucoup. Ils lui envoyèrent les geôliers qui le déshabillèrent, lui enchaînèrent les mains derrière le dos et lui mirent des fers aux chevilles. Puis ils le laissèrent à nouveau seul, semblant ne jamais devoir revenir. Ils l'entendirent répéter « Oh! non, oh! non », inlassablement.

Ils revêtirent Samuel le pianiste d'une blouse blanche, l'équipèrent d'un stéthoscope et l'envoyèrent écouter, sans y prêter d'ailleurs le moindre intérêt, le rythme cardiaque de Yanuka. Le tout dans le noir, le prisonnier ne distinguant peut-être que le reflet de la blouse blanche s'affairant autour de son corps. Puis il se retrouva seul une fois encore. A la lueur des infrarouges, ils le regardèrent frissonner et transpirer; il sembla même envisager à un moment la possibilité de se tuer en se cognant la tête contre le mur, seul mouvement que lui permettaient ses chaînes. Mais eût-il frappé la paroi toute une année durant, l'épaisseur de kapok qui tapissait sa cellule ne lui aurait pas permis d'en tirer la moindre satisfaction. Ils lui firent entendre d'autres hurlements puis laissèrent s'installer le silence le plus total. Ils tirèrent alors un coup de feu dans la nuit. La détonation retentit si soudaine et si nette que Yanuka sursauta violemment. Il se mit à crier, mais à voix basse, comme s'il ne parvenait pas à augmenter le son.

C'est le moment qu'ils choisirent pour entrer en action.

Les gardiens pénétrèrent d'abord dans sa cellule; l'air décidé, ils le prirent chacun par un bras et le dressèrent sur ses pieds. Ils s'étaient vêtus très légèrement, donnant l'impression de devoir affronter un travail exténuant. A peine eurent-ils le temps de traîner le corps tremblant de Yanuka jusqu'à la porte de la cellule qu'apparurent ses deux sauveurs suisses, l'expression même de l'inquiétude et du courroux plaquée sur leurs bons visages. Les deux nouveaux venus bloquèrent le passage, provoquant une discussion longue et véhémente avec les gardiens. Les mots étant échangés en hébreu, Yanuka n'en saisissait pas tout le sens, mais il ne pouvait manquer d'en percevoir la nuance définitive, il s'agissait bien d'une dernière chance. Il fallait encore l'accord du gouverneur pour que l'on puisse interroger Yanuka, protestaient les deux Suisses : l'arrêté six, neuvième alinéa de la Convention de Genève spécifiait clairement qu'il était interdit d'exercer une coercition intensive sans l'autorisation du gouverneur et la présence d'un médecin. Mais les gardiens se moquaient éperdument de la Convention et ne s'en cachèrent pas. La Convention, elle finissait par leur sortir par les yeux, dirent-ils en faisant la mimique appropriée. Ils en vinrent presque aux mains et la bagarre ne fut évitée que grâce à l'infinie patience des deux Suisses. Ils tombèrent enfin d'accord pour se rendre tous les quatre auprès du gouverneur, qui devrait trancher sur-le-champ. Ils sortirent donc en coup de vent, laissant une fois de plus Yanuka seul dans l'obscurité. Le jeune homme ne tarda pas à se prosterner devant le mur pour prier, quoiqu'il ne disposât plus d'aucun moyen tangible de savoir où se trouvait l'Orient.

Les deux Suisses revinrent enfin, seuls cette fois-ci, mais l'air extrêmement préoccupé. Ils apportaient avec eux l'agenda de Yanuka, agenda qui, si petit qu'il pût être, n'en semblait pas moins avoir retourné la situation. Ils détenaient également ses deux passeports de rechange, l'un français et l'autre chypriote, retrouvés dissimulés sous les lames du parquet de son appartement, et le passeport libanais qu'il avait sur lui au moment de son enlèvement.

Puis ils lui expliquèrent le problème. Laborieusement. Mais avec un rien d'inquiétant dans l'attitude qui leur était nouveau – pas une menace, plutôt un avertissement. Ils lui apprirent qu'à la demande des Israéliens, les autorités ouest-allemandes avaient fouillé son appartement de Munich. Elles y avaient découvert cet agenda, les deux passeports et une multitude d'indices concernant ses déplacements des derniers mois, sur lesquels elles se proposaient maintenant « d'enquêter sérieusement ». Les Suisses avaient protesté auprès du gouverneur, prétextant qu'une telle procédure n'était ni légale, ni utile. Qu'on les laisse montrer les documents au prisonnier, avaient-ils suggéré, il saurait fournir les explications nécessaires. Par décence, que l'on invite le prisonnier à faire une déclaration – une déclaration écrite si tel était le désir du gouverneur – au lieu de l'y forcer. Il mentionnerait ses déplacements des six mois écoulés avec les dates, les lieux de rendez-vous, les noms des personnes rencontrées, les lieux de séjour et les papiers sous lesquels il avait voyagé. Si l'honneur militaire lui dictait la réserve, avaient-ils dit, alors le prisonnier l'indiquerait aux endroits concernés. Les informations divulguées, elles, feraient au moins gagner un peu de temps pendant qu'eux deux continueraient à protester.

Arrivés là, ils s'aventurèrent jusqu'à lui donner un conseil personnel. Par-dessus tout, il faudra être *précis*, le supplièrent-ils en installant une table pliante, lui remettant une couverture et lui délivrant les mains. Ne révèle pas ce que tu veux garder secret, mais assure-toi bien que tu ne leur dis que la vérité. Rappelle-toi que nous avons une réputation à défendre. Pense à ceux qui viendront après toi. Si tu ne veux pas faire de ton mieux pour nous, alors fais-le pour eux. Ils prononcèrent ces dernières phrases d'une façon qui laissait entendre que Yanuka se trouvait déjà à mi-chemin du martyre. Pour quelle raison, cela importait peu; il ne pouvait alors être sûr que d'une chose : la terreur qui lui emplissait l'âme.

Le scénario était mince, ils le savaient depuis le début. Il y eut même un moment, assez long, où ils craignirent d'avoir perdu la confiance de Yanuka. Celui-ci fixa en effet chacun d'eux d'un regard direct et soutenu, comme s'il cherchait à écarter le voile de tromperie qui lui masquait ses tortionnaires. Mais leurs relations n'avaient jamais été fondées sur la clarté, pourquoi l'ambiguïté se serait-elle levée maintenant? Yanuka accepta le stylo qu'ils lui tendaient et ils lurent dans ses yeux suppliants qu'il ne désirait plus que d'être encore trompé.

Le lendemain – vers midi en temps réel – Kurtz arriva directement d'Athènes pour examiner l'ouvrage de Schwili et donner son feu vert afin que soient rendus à qui de droit l'agenda, les passeports et les factures, agrémentées de quelques petits ajouts innocents.

C'était à Kurtz que revenait également la tâche de repartir au début de l'histoire. Mais tout d'abord, confortablement installé dans l'appartement du dessous, il convoqua toute son équipe à l'exception des gardiens, pour que chacun lui résume, à son rythme et à sa manière, les progrès accomplis. Sans quitter ses gants de coton blanc et sans accuser le moins du monde la fatigue de toute une nuit passée à interroger

Charlie, Kurtz étudia le discours de chacun, écouta attentivement les enregistrements des moments cruciaux, et regarda avec admiration le mini-ordinateur de Miss Bach afficher l'emploi du temps détaillé de Yanuka durant ces dernières semaines : dates, numéros de vol, heures d'arrivées, hôtels. Il continua ensuite d'observer le petit écran tandis que Miss Bach faisait en sorte que sur la réalité se superpose la fiction : « A écrit à Charlie, du City Hotel de Zürich, lettre postée à l'arrivée aéroport Charles de Gaulle, à 18 h 20... a vu Charlie à l'Excelsior Hotel, Heathrow... a téléphoné à Charlie depuis la gare de Munich... » A chaque insertion s'ajoutait une série de détails additionnels : quelle facture et quelle note de l'agenda faisaient référence à telle rencontre; où figuraient délibérément des trous et des passages obscurs, car dans une reconstruction rien ne devait jamais paraître trop clair, trop évident.

Une fois ces opérations terminées – le soir tombait déjà – Kurtz retira ses gants, troqua sa tenue contre un véritable uniforme de l'armée israélienne orné d'un insigne de colonel et de quelques décorations crasseuses au-dessus de la poche gauche, et parvint à comprimer sa personnalité jusqu'à ne plus être que l'image même de l'officier de réserve ayant sombré dans l'administration d'une prison militaire. Puis il monta à l'étage, et se dirigea vivement, sur la pointe des pieds, vers la lucarne d'où il examina longuement le prisonnier. Ensuite, il envoya Oded et son compagnon en bas avec l'ordre de ne les déranger, lui et Yanuka, sous aucun prétexte. S'exprimant en arabe, d'une voix morne et bureaucratique, Kurtz commença par poser à Yanuka quelques questions simples et monotones, des points de détail : la provenance de telle amorce, de tel explosif ou de telle voiture, l'endroit exact où lui et la fille s'étaient retrouvés avant qu'elle place la bombe de Bad Godesberg. Les connaissances si précises de Kurtz, révélées avec une quasi-indifférence, emplirent

Yanuka d'effroi. Il se mit à crier et à ordonner à Kurtz de se taire pour raisons de sécurité. Kurtz ne cacha pas sa stupéfaction.

« Mais pourquoi devrais-je me taire ? » protesta-t-il avec cette bêtise manifeste qui n'épargne personne demeuré trop longtemps en prison, qu'il s'agisse des gardiens ou des détenus. « Si votre grand frère ne veut pas se taire, que me reste-t-il donc à passer sous silence ? »

Il formula la question sans effet, comme si elle ne représentait que le résultat logique de ce que tout le monde savait. Tandis que Yanuka le dévisageait d'un air affolé, Kurtz ajouta quelques informations le concernant et que seul son frère pouvait connaître. Rien de magique à cela. Après tant de semaines passées à fouiller la vie quotidienne du jeune homme, à enregistrer ses coups de téléphone et intercepter sa correspondance – sans parler du dossier constitué deux ans auparavant à Jérusalem –, il n'était pas étonnant que Kurtz et son équipe fussent tout aussi bien renseignés que Yanuka lui-même sur des éléments comme les adresses sûres où il déposait ses lettres, le système naïf par lequel on lui transmettait ses ordres, le point exact où Yanuka, ainsi qu'eux-mêmes, était coupé de ses propres organes de commande. Mais ce qui distinguait Kurtz de ses prédécesseurs, c'était l'indifférence avec laquelle il assenait ses informations, et avec laquelle il accueillait les réactions de Yanuka.

« Où est-il ? se mit à hurler le jeune homme. Qu'avez-vous fait de lui ? Mon frère ne parlera pas ! Il ne parlera jamais ! Comment avez-vous fait pour le capturer ? »

Quelques instants suffirent pour établir les termes du marché. En bas, l'équipe, qui s'était réunie autour du haut-parleur, fut saisie d'une sorte d'admiration craintive en entendant comment, trois heures après son arrivée, Kurtz avait balayé les dernières défenses de Yanuka. En tant que gouverneur, mon devoir se limite aux tâches administratives, expliqua-t-il. Votre frère se trouve actuellement dans une cellule de l'infirmerie, en bas, il est un peu fatigué; nous espérons bien sûr qu'il s'en sortira, mais il ne pourra marcher avant plusieurs mois. Lorsque vous aurez répondu aux questions suivantes, je vous signerai une autorisation vous permettant de partager sa chambre et de le soigner. Si vous refusez, alors vous ne bougerez pas d'ici. Puis, pour appuyer ses dires, Kurtz produisit la photo Polaroïd en couleurs qu'ils avaient montée, montrant le visage à peine reconnaissable du frère de Yanuka, qui émergeait d'une couverture de la prison maculée de sang tandis que deux gardes l'emportaient de la salle d'interrogatoire.

Mais une fois encore, le génie de Kurtz ne s'arrêta pas là. Lorsque Yanuka se mit véritablement à parler, Kurtz eut aussitôt à cœur de susciter la passion du pauvre garçon; le vieux geôlier éprouvait brusquement le besoin d'entendre tout ce que le grand guerrier avait appris à son élève. Quand Kurtz redescendit avec les autres, l'équipe avait à peu près tiré tout ce qu'il était possible d'obtenir de Yanuka – ce qui, comme ne tarda pas à le souligner Kurtz, ne leur apprenait strictement rien concernant les déplacements de son frère aîné. Ces résultats permirent en outre de confirmer l'adage du vieux spécialiste de l'interrogatoire, selon lequel la violence physique est contraire à l'éthique et à l'esprit de la profession. Kurtz insista tout particulièrement auprès d'Oded, lui faisant un véritable cours de morale. Si l'on est absolument contraint de recourir à la violence, et il ne reste parfois pas d'autre solution, alors il faut toujours s'attaquer à l'esprit, jamais au corps, recommanda-t-il. Pour Kurtz, tout était matière à tirer des leçons, si seulement les jeunes pouvaient faire un peu attention.

Il prêcha les mêmes idées auprès de Gavron, mais avec moins d'effet.

Cependant, même après ce succès, Kurtz ne voulait, ou peut-être ne pouvait pas se reposer. Tôt, le lendemain matin, la question de Yanuka n'attendant plus que son règlement final, Kurtz se rendit dans le centre de Munich pour remonter un peu son équipe de surveillance que la disparition du jeune Palestinien avait fort abattue. Que lui est-il arrivé? s'écria le vieux Lenny – le garçon avait un si bel avenir devant lui, il était si doué! Sa mission charitable terminée, Kurtz fit route vers le nord où il devait retrouver ce bon docteur Alexis, sans tenir compte du fait que Misha Gavron le lui avait interdit, en raison de la nature notoirement fantasque de l'Allemand.

« Je lui dirai que je suis américain », promit-il à Litvak avec un large sourire en se rappelant le télégramme ridicule que Gavron lui avait envoyé à Athènes.

Kurtz se sentait pourtant d'un optimisme mesuré. Nous avançons, dit-il à Litvak; et Misha ne me frappe que quand je me tiens tranquille.

10

La taverne était moins accueillante que celles de Mykonos. Un téléviseur noir et blanc palpitait comme un drapeau que personne ne saluait devant une clientèle de vieux montagnards trop fiers pour prêter attention aux touristes, même lorsqu'il s'agissait d'une belle Anglaise aux cheveux roux portant cafetan bleu et bracelet d'or. Mais dans l'histoire que Joseph lui contait, Charlie dînait avec Michel dans le grill-room désert d'une auberge située à la sortie de Nottingham et dont Michel avait soudoyé le patron pour qu'il accepte de leur ouvrir sa salle. La pauvre voiture de Charlie se trouvait, comme d'habitude, en réparation dans le dernier garage fétiche de la jeune femme, à Camden. Mais Michel possédait une conduite intérieure Mercedes, sa marque préférée; il l'avait laissée garée devant l'entrée des artistes du théâtre et y avait sans traîner fait monter Charlie; dix minutes s'écoulèrent sous l'incessante pluie de Nottingham. Et ce n'était pas l'un des accès de colère de Charlie ou un moment de doute qui, ici ou là-bas, allait interrompre le flot narratif de Joseph.

« Il porte des gants, fit remarquer Joseph. C'est une manie chez lui. Tu t'en aperçois mais tu ne dis rien. »

Avec le dos ajouré, songea-t-elle. « Comment conduit-il?

— Il n'est pas vraiment doué pour ça, mais tu ne lui en tiens pas rigueur. Tu lui demandes où il habite et il te répond qu'il a fait toute la route depuis Londres pour te voir. Tu lui demandes ce qu'il fait et il te dit qu'il est " étudiant ". Alors, tu lui demandes où il étudie et il te répond « en Europe » avec l'air de dire que le terme Europe ne convient pas vraiment. Quand tu insistes un peu, pas trop, il t'explique qu'il change de villes tous les semestres, au gré des cours et des conférences données. Il ajoute que les Anglais ne comprennent pas ce système. Et il prononce le mot " Anglais " avec une nuance hostile dans la voix, tu ne sais pas pourquoi, mais tu le ressens nettement. Que demandes-tu ensuite?

— Où il vit pour le moment?

— Il se montre évasif, comme moi. Parfois à Rome, d'autres fois à Munich, à Paris aussi, cela dépend. Vienne. Il ne te dit pas qu'il n'a qu'une boîte postale pour adresse, mais ne te cache pas qu'il est célibataire, ce que tu n'apprends pas sans une certaine satisfaction. » Il sourit. « Tu lui demandes quelle ville il préfère, il élude la question : cela n'a pas d'importance; tu voudrais savoir sur quoi portent ses études, il te répond " la liberté "; alors tu lui demandes d'où il vient et il te déclare que sa patrie est actuellement occupée par l'ennemi. Comment réagis-tu?

— Je suis troublée.

— Cependant, avec l'entêtement qui te caractérise, tu insistes encore et il finit par lâcher le nom de *Palestine*. Il ne le dit pas, il le proclame. Dans sa bouche, *Palestine* devient un défi, un cri de guerre. » Joseph la dévisageait avec une telle intensité qu'elle ne put réprimer un sourire nerveux et détourna les yeux. « En outre, Charlie, je te rappellerai que, si tu étais très liée à Alastair à l'époque, celui-ci se trouvait en sûreté à Argyll où il tournait un spot publicitaire pour quelque produit dénué d'intérêt, et tu avais appris qu'il sortait avec sa partenaire féminine. Exact?

— Exact, répondit-elle, se rendant compte avec surprise qu'elle rougissait.

— Maintenant, tu dois donc me dire ce que tu éprouves vraiment en entendant ce garçon passionné prononcer le nom *Palestine* dans une auberge de Nottingham par une nuit pluvieuse. Disons qu'il te le demande lui-même. Oui, il te pose la question. Pourquoi pas? »

Oh! bon sang, songea-t-elle, quelle est la couleur du cheval blanc d'Henri IV?

« J'ai beaucoup d'admiration pour le peuple palestinien.

— Je vous en prie, appelez-moi Michel.

— Je l'admire vraiment, Michel.

— Pourquoi?

— Pour ce qu'il a enduré. » Elle se sentit un peu bête. « Parce qu'il ne capitule pas.

— Ridicule. Nous, les Palestiniens, ne sommes qu'une poignée de terroristes mal élevés, qui aurions dû nous faire depuis longtemps à la perte de notre patrie. Nous ne sommes rien d'autre que d'anciens cireurs de chaussures, de petits vendeurs des rues, de jeunes délinquants avec une mitraillette dans les mains, des vieux qui refusent d'oublier. Ou alors, trouvez une meilleure définition, je vous en prie. Dites-moi ce que vous pensez. Je respecterai vos opinions. Je t'appelle toujours Jeanne, ne l'oublie pas. »

Elle prit une longue inspiration. Ces week-ends d'éducation politique n'auront pas été tout à fait inutiles, en fin de compte. « Bon, d'accord. Voilà. Les Palestiniens – c'est-à-dire vous – forment un peuple de fermiers aux traditions ancestrales, un peuple respectable qu'on a chassé injustement de ses terres en 1948 pour calmer les sionistes... et permettre à l'Occident d'avoir un pied en territoire arabe.

– Tes paroles ne sont pas pour me déplaire. Continue, s'il te plaît. »

Tant de détails lui revenaient sous la pression insidieuse de Joseph, Charlie n'en revenait pas. Des tirades entières de pamphlets oubliés, les explications d'amants de passage, les harangues de combattants pour la paix, des extraits d'ouvrages juste parcourus... tout se pressait dans sa tête tels des alliés fidèles accourant à son aide. « Vous êtes le produit d'un complexe de culpabilité des Européens envers les juifs... on vous a fait payer un holocauste dans lequel vous n'étiez pour rien... vous êtes victimes d'une politique d'expropriation et d'expatriation impérialiste, raciste et anti-arabe...

– Et d'une politique meurtrière, compléta doucement Joseph.

– Meurtrière. » Hésitant de nouveau, elle croisa le regard si lointain de son interlocuteur qui la contemplait fixement, et, comme à Mykonos, elle ne sut pas ce qu'elle devait y lire. « Quoi qu'il en soit, voilà comment je vois les Palestiniens », conclut-elle d'un ton badin. Puis, comme il ne disait rien : « C'est bien ce que tu me demandais, non ? »

Elle le regardait toujours, attendant qu'on lui dise qui elle devait être. Sous l'emprise de Joseph, la jeune femme avait rejeté ses convictions comme autant de scories d'une existence révolue. Elle les reniait toutes en bloc, à moins que Joseph ne lui ordonnât le contraire.

« Tu remarqueras qu'il ne parle pas pour ne rien dire, dit enfin Joseph, avec une froideur qui faisait douter de son aptitude à sourire. Il s'est tout de suite adressé à ce qu'il y a de plus sérieux en toi. Il se montre pour certaines choses extrêmement méticuleux. Ainsi, cette nuit, il a tout préparé à l'avance – le menu, le vin, les chandelles, même la conversation. Nous pourrions dire qu'il a organisé, avec une efficacité à l'israélienne, une véritable campagne pour essayer de prendre à lui tout seul sa Jeanne tant convoitée.

– C'est infâme, commenta gravement Charlie en examinant le bracelet.

– En tout cas, il te répète que tu es la meilleure comédienne du monde, ce qui, j'en suis certain, ne t'est pas absolument désagréable. Il persiste à t'appeler Jeanne d'Arc, mais tu commences à accepter sa façon de mêler le théâtre et la vie. Il voue depuis toujours à Jeanne d'Arc une profonde admiration. C'était une femme, et pourtant, elle est parvenue à réveiller la conscience de la paysannerie française et à soulever le peuple de France contre l'oppresseur impérialiste britannique. C'était une vraie révolutionnaire et elle a allumé la flamme de la liberté pour éclairer tous les opprimés du monde. Elle a mué les esclaves en héros. Voilà en résumé son analyse critique. La voix divine que Jeanne entend n'est rien d'autre que sa propre conscience révolutionnaire qui la presse de lutter contre le colonialisme. Il ne peut en aucun cas s'agir de la voix de Dieu car Michel a décidé une fois pour toutes que Dieu était mort. Peut-être ne t'étais-tu pas rendu compte de la portée de ton rôle pendant que tu l'interprétais? »

Charlie jouait toujours avec le bracelet. « Oh! *certaines* implications avaient dû m'échapper », reconnut-elle avec insouciance, puis elle leva la tête, ne rencontrant chez Joseph qu'une désapprobation implacable. « Oh! assez, soupira-t-elle.

– Charlie, je te conseille du fond du cœur de ne jamais jouer de ton esprit occidental avec Michel. Il a un sens de l'humour des plus capricieux et n'apprécie pas beaucoup de faire l'objet de plaisanteries, surtout de la part d'une femme. » Un silence pour laisser à Charlie le temps de se pénétrer de la recommandation. « Très bien. La nourriture est épouvantable, mais tu n'y prêtes pas attention. Il a demandé des steaks sans savoir que tu traverses une de tes phases végétariennes. Tu en avales quelques bouchées pour ne pas le vexer. Plus tard, dans une lettre, tu lui avoueras que c'était le steak le plus mauvais de ta vie, mais aussi le meilleur. Pendant qu'il te parle, tu n'arrives pas à te concentrer sur autre chose que sa voix vibrante et passionnée et son beau visage arabe qui te contemple à la lueur des chandelles. D'accord? »

Elle hésita un instant puis sourit. « D'accord.

– Il t'aime, il aime ton talent, il aime Jeanne d'Arc. Il te dit qu'aux yeux des colonialistes britanniques, Jeanne était une criminelle. « Il en a toujours été ainsi « pour ceux qui se battent au nom de la liberté. « George Washington, le Mahatma Gandhi, Robin « des Bois. Les soldats clandestins de la lutte irlan- « daise pour la liberté. » Les idées se sont pas neuves, tu t'en rends compte, mais sa voix si riche de ferveur orientale, si pleine d'une, comment dirais-je – d'une spontanéité animale? – leur confère un effet hypnotique; les vieux clichés prennent une cure de jouvence et sont comme la redécouverte de l'amour. Il reprend : « Pour les Anglais, celui qui s'élève contre la terreur « du colonialisme devient aussitôt un terroriste. Les « Anglais sont tous mes ennemis, tous sauf vous. Les « Anglais ont livré mon pays aux sionistes, ils ont « envoyé des bateaux entiers de juifs chez nous avec la « mission de transformer l'Orient en Occident. *Allez*

« domestiquer l'Orient pour nous, ont-ils dit aux juifs.
« Les Palestiniens ne valent rien, mais vous en ferez
« de bons larbins. Les vieux colons britanniques
« étaient trop fatigués, trop las, alors ils ont laissé la
« place aux nouveaux colons, suffisamment implaca-
« bles et zélés pour couper définitivement le cordon.
« Les Anglais leur ont dit : Ne vous en faites pas pour
« les Arabes. Nous vous promettons de regarder de
« l'autre côté pendant que vous réglerez ce pro-
« blème. » Ecoute. Tu m'écoutes?

— Jose, mais je n'arrête pas.

— Pour toi, Michel est un prophète, cette nuit-là.
Jusque-là, personne n'a jamais déployé une telle force
de fanatisme pour toi seule. Lorsqu'il parle, la conviction, l'engagement, la dévotion font rayonner son
visage. En théorie, bien sûr, il prêche une convertie,
mais en réalité, il donne un cœur au tas informe de tes
vagues principes gauchisants. Cela aussi, tu lui en feras
part dans une lettre, même s'il ne semble pas très
logique de donner un cœur à un tas informe. Tu veux
qu'il t'enseigne son savoir et c'est ce qu'il fait. Tu
attends de lui qu'il exploite ta culpabilité d'être
Anglaise et il répond à cette attente. Il balaie d'un seul
coup le mur de cynisme derrière lequel tu t'abrites. Tu
te sens renaître. Comme il est loin des petits préjugés
bourgeois que tu n'es pas encore parvenue à gommer
en toi! Loin de tes opinions occidentales conçues en
dilettante! Oui? » s'enquit-il doucement, comme si
elle lui avait posé une question. Elle secoua la tête et
Joseph disparut à nouveau, submergé par la ferveur de
son double arabe.

« Il ignore que, déjà, tu te ranges théoriquement à
son côté; il exige de toi que tu fasses corps avec sa
cause, que tu te convertisses. Il t'accable de chiffres
comme si c'était toi qui en étais responsable. Depuis
1948, plus de deux millions d'Arabes chrétiens et
musulmans chassés de leur patrie et privés de tous
droits civiques. On a rasé leurs maisons, leurs villages

– il t'en donne le nombre exact – volé leurs terres en vertu de lois qu'ils n'avaient pas élaborées – il énumère les dunams, c'est-à-dire les milliers de mètres carrés perdus. Tu lui demandes des précisions qu'il s'empresse de te fournir. Et puis, quand les Palestiniens sont arrivés en terre d'exil, ils se sont fait massacrer par leurs frères arabes et traiter comme la lie du monde. Les Israéliens ne cessent de bombarder leurs camps pour la simple raison qu'ils refusent de capituler. Parce que ne pas se laisser dépouiller sans rien dire, c'est être un terroriste, alors que la colonisation, le bombardement des réfugiés et l'extermination d'un peuple ne sont que de malheureux impératifs politiques. Parce que dix mille Arabes morts valent moins cher que le cadavre d'un seul juif. Ecoute-moi. » Il se pencha en avant et saisit les poignets de la jeune femme. « En Occident, il n'est pas un seul esprit libéral qui hésiterait à condamner les injustices commises au Chili, en Afrique du Sud, en Pologne, en Argentine, au Cambodge, en Iran, en Irlande du Nord ou autre point du monde dont les problèmes sont à la mode. » Son étreinte se resserra. « Mais qui fait aujourd'hui preuve de suffisamment de courage pour parler tout haut de la plaisanterie la plus cruelle de l'histoire, pour proclamer qu'en trente ans les Israéliens ont fait des Palestiniens les nouveaux juifs de la terre? Sais-tu comment les sionistes parlaient de mon pays avant de s'en emparer? « Une terre sans peuple « pour un peuple sans terre. » *Nous n'existions pas!* Mentalement, les sionistes avaient déjà commis un génocide, il ne leur restait plus qu'à passer à l'acte. Quant à vous, les Anglais, vous avez été les architectes de ce grand dessein. Tu sais comment est né Israël? Une puissance européenne n'a rien trouvé de mieux que de faire cadeau d'un territoire arabe à un lobby juif, et cela sans consulter un seul habitant du pays concerné. Cette puissance, c'était l'Angleterre. Veux-tu que je te *décrive* comment est né Israël?... Il est tard? Tu es fatiguée peut-être? Faut-il que tu rentres à ton hôtel? »

Tout en lui donnant les réponses qu'il attendait, Charlie parvint encore à s'émerveiller intérieurement des paradoxes que présentait un homme qui pouvait jongler ainsi avec tant d'ombres antagonistes sans en laisser tomber une seule. La flamme d'une bougie brûlait entre eux deux. Le cylindre de cire était enfoncé dans le col d'une bouteille noire et graisseuse autour de laquelle ne cessait de virevolter un vieux papillon de nuit ivre, que Charlie chassait parfois du revers de la main, faisant scintiller le bracelet. A la lueur de la bougie, et tandis que Joseph tissait sa fiction autour de la jeune femme, celle-ci observait ses traits solides et disciplinés se superposer sur ceux de Michel comme deux images imprimées sur une même plaque photographique.

« Ecoute-moi. Tu m'écoutes bien?

– Oui, Jose, j'écoute. Oui, Michel, j'écoute.

– Je suis né d'une famille patriarcale dans un village situé non loin de la ville de Khalil, celle que les juifs appellent Hébron. » Il s'interrompit, son regard sombre la contemplant intensément. « *Khalil*, répéta-t-il. Souviens-toi de ce nom; il représente beaucoup pour moi pour diverses raisons. Tu t'en souviendras? Répète-le! »

Elle s'exécuta. Khalil.

« Khalil est un grand centre de la pure foi islamique. En arabe, le nom signifie l'ami de Dieu. Les gens de Khalil, ou Hébron, constituent l'élite de la Palestine. Je vais te raconter une petite histoire qui va te faire bien rire. On dit que le seul endroit dont les juifs ne sont jamais partis serait la montagne d'Hébron, située au sud de la ville. Il se pourrait donc que du sang juif coule dans mes veines. Mais je n'en ai pas honte. Je ne suis pas antisémite, seulement antisioniste. Tu me crois? »

Il n'attendit pas d'être rassuré; il n'en avait pas besoin.

« Je suis le plus jeune d'une famille de quatre frères et deux sœurs. Tous, nous travaillions la terre et mon père était le *mukhtar*, le chef, élu par les sages du village. Mon village était renommé pour ses figues et son raisin, pour ses guerriers et pour ses femmes, belles et obéissantes comme toi. La plupart des villages ne doivent leur célébrité qu'à une seule chose. Le mien se distinguait par bien des côtés.

– Naturellement, murmura Charlie, mais il était bien trop perdu dans son histoire pour entendre le sarcasme.

– Mais on le connaissait surtout pour les sages conseils de mon père, qui préconisait une société où vivraient ensemble chrétiens, juifs et musulmans, de la même façon exactement que leurs prophètes cohabitent harmonieusement au paradis, sous l'autorité d'un Dieu unique. Je te parlerai beaucoup de mon père, de ma famille et de mon village. Maintenant et plus tard. Mon père admirait les juifs. Il avait étudié le sionisme et aimait à les inviter au village pour parler avec eux. Il avait forcé mes frères aînés à apprendre l'hébreu. La nuit, quand j'étais enfant, j'écoutais les paysans chanter le récit de guerres lointaines. Le jour, j'allais faire boire le cheval de mon grand-père et écoutais les histoires des voyageurs et des colporteurs. Lorsque je te décris ce paradis sur terre, tu as l'impression d'entendre un poème. Je sais transmettre les sensations. J'ai un véritable don de conteur. Je fais revivre pour toi la place du village où nous dansions le *dabke* et écoutions le *oud* pendant que les vieux jouaient au jacquet en fumant leur narghileh. »

Elle ne comprenait pas tous les mots, mais fit preuve de suffisamment de prudence pour ne pas l'interrompre.

« En réalité, et je l'admets sans peine, je me souviens de très peu de choses. Je me contente de répéter

306

les souvenirs de mes frères aînés, car c'est ainsi que se perpétuent nos traditions dans les camps. De plus en plus, à mesure que les générations s'éteignent, nous devons faire revivre notre patrie à travers les réminiscences des plus vieux. Les sionistes te diraient que nous ne possédions pas de culture, que nous n'existions pas. Ils te diraient que nous étions des dégénérés, que nous vivions dans des taudis de boue séchée et que nous nous vêtions de haillons malodorants. Ils te répéteraient mot pour mot ce qu'on disait autrefois des juifs en Europe. Mais, qu'il s'agisse des juifs ou des Palestiniens, la vérité est la même : nous formons un peuple noble. »

Un mouvement de sa tête aux cheveux noirs suggéra que sur ce point, ses deux identités étaient tombées d'accord.

« Je te décris notre existence paysanne et les multiples systèmes extrêmement complexes qui assuraient la cohésion de notre village. Les vendanges, la façon dont le village tout entier se rendait dans les vignes sous le commandement du *mukhtar*, mon père. Je te raconte comment mes grands frères ont commencé leur éducation dans une école fondée sous le mandat, par vous, les Anglais. Tu vas rire, mais mon père avait également foi en les Anglais. Je te laisse imaginer le café, maintenu au chaud à toute heure de la journée dans l'auberge du village, pour que jamais personne ne pût dire un jour de nous : « Ce village est trop pauvre « et ses habitants ne savent pas accueillir les étran- « gers. » Veux-tu savoir ce qu'il est advenu du cheval de mon grand-père? Il a dû le vendre contre un fusil pour pouvoir se défendre contre les sionistes quand ceux-ci attaquaient. Mais en fait, ce sont les sionistes qui ont abattu mon grand-père, et ils ont obligé mon père à assister à l'exécution. Mon père, qui avait cru en eux.

– Cela aussi, c'est vrai?

– Bien sûr. »

Elle n'aurait su dire qui de Joseph ou de Michel lui avait répondu, mais elle ne doutait pas que c'était bien là l'effet recherché.

« Je parle toujours de la guerre de 1948 comme de " la Catastrophe ". Je ne dis jamais la guerre, toujours la Catastrophe. Je t'explique donc que la Catastrophe de 48 a révélé les faiblesses fatales d'une société pacifique. Nous n'étions pas organisés pour nous battre et ne pouvions nous défendre contre un agresseur armé. Notre économie, comme notre culture, s'épanouissait surtout dans de petites communautés autonomes. Comme les juifs d'Europe avant l'holocauste, nous manquions d'unité politique et c'est ce qui nous a perdus. De plus, nos communautés se battaient trop souvent entre elles, fléau qui empoisonne le monde tout entier, et peut-être aussi le monde juif. Sais-tu ce qu'ils ont fait de mon village, ces sionistes? Et tout cela parce que nous n'avons pas fui comme les autres? »

Elle le savait, elle ne le savait pas. Quelle importance, de toute façon, il ne lui accordait pas la moindre attention.

« Ils ont rempli des tonneaux de pétrole et d'explosifs, puis leur ont fait dévaler la montagne pour mettre le feu à nos femmes et à nos enfants. Il me faudrait une semaine entière pour te décrire les tortures infligées à mon peuple. Les mains tranchées. Les femmes violées puis brûlées. Les enfants aveuglés. »

Une fois encore, elle tenta de le sonder, de découvrir s'il croyait vraiment à ce qu'il disait; mais il ne laissa percer aucun indice derrière le masque de gravité intense qu'il avait adopté et qui pouvait convenir à chacune de ses personnalités.

« Je te souffle les mots " Deir Yassine ". Les connais-tu? Sais-tu ce qu'ils signifient? »

Non, Michel, c'est la première fois que je les entends.

308

Il parut satisfait. « Alors, maintenant, demande-moi : « Qu'est-ce que Deir Yassine? »

S'il te plaît, Michel, qu'est-ce que Deir Yassine?

« Comme depuis le début, je te réponds comme si j'avais assisté à ces événements. Le 9 avril 1948, dans le petit village arabe de Deir Yassine, deux cent cinquante-quatre paysans – des femmes, des vieillards et des enfants – sont massacrés par une troupe sioniste pendant que les hommes sont aux champs. On tue les fœtus dans le ventre des femmes enceintes. La plupart des corps sont jetés au fond d'un puits. En moins de quelques jours, près de cinq cent mille Palestiniens auront fui leur pays. Le village de mon père représente une exception. « Nous resterons, dit-il. Si nous nous « exilons, les sionistes ne nous laisseront jamais reve-« nir. » Il croyait même que vous, les Anglais, alliez vous porter à notre secours. Il ne comprenait pas qu'il vous fallait, pour satisfaire vos ambitions impérialistes, un allié occidental servile installé au cœur du Moyen-Orient. »

Charlie sentit le poids de son regard sur elle et se demanda si Joseph était conscient du retrait qui s'opérait en elle, ou s'il avait choisi délibérément de l'ignorer. Elle ne comprit que plus tard qu'il cherchait à l'éloigner de lui pour la faire se ranger aux côtés du camp opposé.

« Mon père a continué à s'accrocher à ce qui restait de notre village pendant près de vingt ans après la Catastrophe. Certains le traitaient de collaborateur. Ils ne savaient pas. Ils n'avaient jamais senti le couperet sioniste suspendu au-dessus de leur tête. Partout, dans les régions voisines, on chassait les gens, on les battait, on les emprisonnait. Les sionistes confisquaient leurs terres, rasaient leurs maisons pour reconstruire des camps interdits aux Arabes. Mais mon père était un homme sage et pacifique, et il réussit pendant un certain temps à tenir tête aux sionistes. »

Charlie éprouva une fois encore l'envie de lui

demander si tout cela était vrai, mais elle n'en eut pas le temps.

« Mais, pendant la guerre de 67, quand les tanks ont foncé sur notre village, nous aussi avons dû fuir de l'autre côté du Jourdain. Les yeux embués de larmes, mon père nous a tous réunis en nous commandant de rassembler nos biens. " Les pogroms vont commencer ", nous a-t-il dit. Alors moi, le plus jeune, je lui ai demandé ce qu'était un pogrom. Et il m'a répondu : « C'est ce que les Européens ont fait subir aux juifs, et « c'est ce que les sionistes nous font subir maintenant. « Ils ont remporté une grande victoire et pourraient se « permettre de se montrer magnanimes. Mais la vertu « n'entre pas dans leur programme politique. » Je me souviendrai jusqu'à ma mort de mon père, si fier, pénétrant dans la cabane qui allait devenir notre foyer. Il est resté longtemps immobile sur le seuil, réunissant tout son courage pour entrer. Il ne pleurait pas, mais il s'est assis sur une caisse remplie de ses livres et est demeuré ainsi des jours entiers sans rien manger. Ces quelques jours l'avaient soudain vieilli de vingt ans. " Je suis entré dans ma tombe ", a-t-il déclaré. " Ce taudis est mon cercueil. " Notre exil en Jordanie avait fait de nous des apatrides, privés de papiers, de droits, d'avenir et de travail. Mon école? Un abri de tôle plein à craquer que se disputent des mouches bien grasses et des enfants affamés. C'est le Fatah qui se charge de mon enseignement. Il y a beaucoup à apprendre. Comment se servir d'un fusil. Comment se battre contre l'agresseur sioniste. »

Il se tut et la jeune femme crut d'abord qu'il lui souriait, mais son expression ne trahissait aucune gaieté.

« Je me bats, donc j'existe, énonça-t-il calmement. Sais-tu de qui sont ces mots, Charlie? D'un sioniste. D'un sioniste idéaliste, patriote et amoureux de la paix, un sioniste qui, par des méthodes terroristes, a causé la mort de nombreux Britanniques et de nombreux Palestiniens; mais, comme c'est un sioniste, ce n'est pas un terroriste, non, c'est un héros, un patriote. Et sais-tu qui il était, ce sioniste pacifiste et civilisé, quand il a dit ces mots? Il était premier ministre d'un pays qu'ils appellent Israël. Et sais-tu d'où il venait, ce sioniste premier ministre et terroriste? De Pologne. Pourrais-tu m'expliquer, je te prie – toi, Anglaise éduquée, à un simple paysan apatride – pourrais-tu m'expliquer comment il se fait qu'un Polonais soit devenu le chef de mon pays, la Palestine? Un Polonais qui n'existe que parce qu'il se bat? Pourrais-tu me démontrer par quels principes de la justice anglaise, de l'impartialité et du *fair-play* britannique, cet homme dirige mon pays? Et *nous* traite de terroristes? »

La question échappa à Charlie avant qu'elle eût pu la retenir. Elle ne voulait pas lui lancer de défi. Mais il jaillit tout seul du chaos que Joseph avait provoqué en elle : « Et toi, le pourrais-tu? »

Il ne répondit pas et, pourtant, n'éluda pas la question. Il la reçut. Charlie eut un instant l'impression qu'il l'attendait. Puis il rit, d'un rire un peu forcé, saisit son verre et le leva.

« Bois à ma santé, ordonna-t-il. Allez. Lève ton verre. L'histoire appartient aux vainqueurs. Aurais-tu oublié cela? Bois avec moi! »

D'un geste hésitant, elle obéit.

« A Israël, ce pays minuscule et généreux, déclara-t-il. A son étonnante survie, bien aidée par les sept millions de dollars quotidiens des subsides américains et par la toute-puissance du Pentagone soumise à ses moindres caprices. » Il reposa son verre sans même l'avoir porté à ses lèvres. Charlie l'imita. A son grand soulagement, il lui sembla que ce geste marquait, du moins temporairement, la fin du psychodrame. « Et toi, Charlie, tu écoutes. Intimidée. Stupéfiée. Par son romantisme, sa beauté, son fanatisme. Il ne montre aucune réticence, ne semble pas sujet aux inhibitions occidentales. Le scénario fonctionne-t-il ou bien ton imagination rejette-t-elle cette greffe dérangeante? »

Lui prenant la main, elle se mit à explorer sa paume du bout du doigt. « Et il parle suffisamment bien l'anglais pour exprimer tout ça? s'enquit-elle pour gagner du temps.

– Il possède un vocabulaire qui tient souvent du jargon et un stock impressionnant d'expressions rhétoriques, de statistiques plutôt douteuses, et de citations obscures. Malgré tout, il parvient à transmettre la fougue de son esprit juvénile, passionné, et expansif.

– Et qu'est censée faire Charlie pendant tout ce temps? Je me contente de rester là, la gueule enfarinée, à boire chacune de ses paroles? Ou est-ce que je l'encourage? Qu'est-ce que je fais?

– D'après le script, ton rôle se limite à une présence passive. A la lueur de la bougie, Michel t'a quasi hypnotisée. C'est du moins ce que tu lui affirmeras dans une de tes lettres. « Tant que je vivrai, je « n'oublierai jamais ton beau visage qui me regardait « à la flamme de la chandelle, lors de cette première « nuit que nous avons passée ensemble. » Trouves-tu cela trop chargé, trop mélo? »

Elle lui lâcha la main.

« Quelles lettres? D'où sors-tu toutes ces lettres sans arrêt?

– Contentons-nous pour l'instant d'admettre que tu vas lui écrire. Je te repose ma question, le scénario fonctionne-t-il? Ou bien ne nous reste-t-il plus qu'à liquider l'auteur et à rentrer chacun chez soi? »

Charlie prit une gorgée de vin. Puis une autre.

« Ça fonctionne. Jusque-là, ça fonctionne.

– Et la lettre, cela ne t'empêchera pas de dormir?

– Si tout cela n'apparaissait pas dans une lettre d'amour, où donc?

– Parfait. Donc, tu lui écris bien de cette façon et c'est bien ainsi que se déroule la pièce jusqu'à présent.

Il ne reste qu'une correction à faire. Ce n'est pas la première fois que tu rencontres Michel. »

Perdant tous ses réflexes d'actrice, elle reposa le verre avec un claquement sec.

Une excitation nouvelle s'était emparée de Joseph.

« Ecoute-moi bien, lui dit-il, en se penchant en avant, la lueur de la bougie se reflétant sur ses tempes dorées comme un rayon de soleil sur un heaume. Ecoute-moi bien, répéta-t-il. Tu m'écoutes? »

Il ne prit pas la peine d'attendre sa réponse.

« Une citation. D'un philosophe français. « Le plus « grand crime est de ne rien faire par crainte d'en faire « trop peu. » Cela t'évoque-t-il quelque chose?

– Nom de Dieu, souffla Charlie, qui aussitôt croisa les bras sur sa poitrine en un geste de défense.

– Puis-je continuer? » La demande n'appelait aucune autorisation. « Cela ne te rappelle pas quel-qu'un? « Il n'existe qu'une seule lutte des classes, et « c'est celle qui oppose les colonisés aux colonialistes, « les exploités aux capitalistes. Notre tâche est de « porter la guerre chez ceux qui l'ont déclenchée. « Chez ces milliardaires racistes qui considèrent le « tiers-monde comme leur propriété privée. Chez ces « émirs corrompus et enrichis par le pétrole, qui ont « vendu le patrimoine arabe. »

Il s'interrompit, observant Charlie, qui s'était caché la tête dans les mains.

« Arrête, Jose, murmura-t-elle. Ça suffit, va te faire voir.

– « Chez ces fauteurs de guerre impérialistes qui « fournissent les armes à l'agresseur sioniste. Chez « cette bourgeoisie occidentale complètement incons-« ciente qui se pose à la fois en esclave et en protec-« teur du système qu'elle a créé. »

Il s'exprimait d'une voix à peine audible, ce qui ne conférait que plus de force à ses propos.

« Le monde nous somme de ne plus nous attaquer à « des femmes et à des enfants innocents. Mais je peux

« vous certifier qu'il n'existe plus désormais d'inno-
« cence. Pour chaque enfant qui meurt de faim dans le
« tiers monde, il y a un petit occidental qui lui ôte le
« pain de la bouche... »

– Arrête, répéta la jeune femme à travers ses doigts,
ne comprenant que trop où il voulait en venir. J'en ai
assez. Je me rends. »

Il n'en poursuivit pas moins sa récitation.

« J'avais six ans quand on m'a chassé de mon pays.
« J'avais huit ans quand je suis entré dans l'Ashbal.
« Pardon, qu'est-ce que l'Ashbal? » Allez, Charlie.
C'est toi qui as posé cette question. Ne me dis pas le
contraire. Tu as levé la main. « Pardon, qu'est-ce que
« l'Ashbal? » Et qu'ai-je répondu?

– La milice des enfants, dit-elle, le visage toujours
enfoui dans ses mains. Je n'en peux plus, Jose. Je vais
avoir un haut-le-cœur.

– « J'avais dix ans quand j'ai dû me cacher dans un
« abri de fortune pour me protéger des bombarde-
« ments syriens. J'en avais quinze quand ma mère et
« ma sœur ont péri sous les bombes sionistes. » Vas-y,
Charlie, continue. Donne-moi donc la suite. »

Elle lui avait repris la main et la cognait doucement
sur la table pour le faire taire.

– « Si les enfants sont assez grands pour subir les
« raids aériens, alors ils le sont assez pour se battre »,
lui rappela-t-il. Et s'ils deviennent des colonisateurs?
Alors? Allez!

– Alors il faut les tuer, chuchota Charlie malgré
elle.

– Et si ce sont leurs mères qui les nourrissent et leur
enseignent à nous prendre nos maisons, à bombarder
notre peuple en exil dans des camps?

– Alors les mères deviennent l'ennemi au même
titre que leurs maris. Jose...

– Et que devons-nous faire d'elles?

– Il faut les tuer aussi. Mais je n'en ai pas cru un

mot quand il nous a dit ça, et je n'y crois toujours pas. »

Joseph passa outre ses protestations. Il lui faisait déjà sa déclaration d'amour éternel.

« Ecoute-moi. Tout en te délivrant mon message lors de ce débat dans le Dorset, par les ouvertures de ma cagoule noire, j'observais ton visage extasié tourné vers moi. Ta chevelure rousse. Tes traits vigoureux de révolutionnaire. N'est-il pas amusant qu'en cette première rencontre j'aie tenu, moi, le devant de la scène, tandis que toi, tu faisais partie des spectateurs?

– Je n'étais pas extasiée du tout! Je trouvais que tu dépassais les bornes et j'ai eu assez de bon sens pour ne pas te l'envoyer dire! »

Il ne pensa pas même à s'excuser.

« Quoi que tu aies pu penser à l'époque, ici, dans cette auberge de Nottingham, tu subis complètement mon pouvoir hypnotique et tu corriges aussitôt tes souvenirs. Bien que tu n'aies pu distinguer alors mon visage, tu m'assures que chacune de mes paroles est restée gravée dans ta mémoire. Pourquoi pas?... Allons, Charlie! C'est dans ta lettre! »

Elle ne voulait pas capituler. Pas encore. Pour la première fois depuis le début du récit de Joseph, Michel lui apparaissait soudain comme un être de chair, une personne à part entière. Elle se rendit compte qu'elle s'était jusqu'alors servie des traits de Joseph pour tenter de se représenter son amant imaginaire, de la voix de Joseph pour le faire parler. Et maintenant, comme une cellule qui se divise, les deux hommes devenaient des êtres indépendants et antagonistes; Michel prenait corps. Elle revit la salle de conférence poussiéreuse, les portraits cornés de Mao et les bancs d'écoliers couverts de graffiti. Elle revit les rangées de têtes inégales allant de l'afro à la « Jésus-Christ », de la « Jésus-Christ » à l'afro, et Long Al, avachi près d'elle et plongé dans un ennui embrumé par l'alcool. Puis, sur l'estrade, elle revit la silhouette isolée et mystérieuse de notre aimable représentant de la Palestine. Plus petit que Joseph, il semblait peut-être un peu plus trapu mais son masque noir, son ample chemise kaki et son keffieh noir et blanc ne permettaient pas de s'en assurer. En tout cas, il était plus jeune – cela, aucun doute – et plus fanatique. Elle se rappela sa bouche évoquant celle d'un poisson et que la prison de tissu rendait inexpressive. Elle se souvint du mouchoir rouge noué, comme par défi, autour du cou et des mains gantées qui marquaient le rythme de ses phrases. Et surtout, elle réentendit sa voix, non pas gutturale comme elle s'y était attendue, mais posée et cultivée, formant un contraste macabre avec le message sanguinaire qu'elle délivrait. Pourtant, cette voix ne ressemblait pas non plus à celle de Joseph. Elle perçut de nouveau les silences que le Palestinien observait avant de reformuler une phrase, obsédé, contrairement à Joseph, par la correction grammaticale : « *Pour nous, fusil et Retour ne font qu'un... celui qui ne nous soutient pas dans notre révolution est un impérialiste... ne rien faire, c'est souscrire à l'injustice...* »

« Je t'ai aimée tout de suite, déclarait Joseph, du ton rêveur du souvenir. Ou c'est du moins ce que je t'affirme maintenant. A peine le débat terminé, je demande qui tu es, mais je ne veux pas t'aborder devant tant de monde. Je n'oublie pas non plus que je n'ai pas pu te montrer mon visage, qui est mon meilleur atout. Je décide donc d'aller te chercher au théâtre. Je me renseigne et suis ta trace jusqu'à Nottingham. Et me voilà. Je vous aime infiniment, signé Michel! »

Comme pour se faire pardonner, Joseph fit mine de se préoccuper du bien-être de Charlie, lui reversant du vin, commandant du café – pas trop sucré, comme tu l'aimes. Voulait-elle se laver les mains? Non merci, ça va très bien comme ça. A la télévision, les informations montraient des images d'un homme politique souriant qui descendait la passerelle d'un avion. Il arriva à la dernière marche sans encombre.

Son moment de bonté terminé, Joseph parcourut lentement la taverne du regard, puis s'arrêta sur Charlie. Sa voix résonnait maintenant exempte de toute passion.

« Donc, Charlie, tu es sa Jeanne. Son unique amour. Son obsession. Le personnel de l'auberge a quitté son service et nous sommes seuls dans la salle. Ton amant démasqué et toi. Il est minuit passé et j'ai bien trop parlé, même si je ne t'ai presque rien dit de mes sentiments, ni ne t'ai rien demandé concernant ce que toi tu éprouves, toi que j'aime plus que tout, toi qui suscites en moi des émotions jamais éprouvées, et cetera. Demain, c'est dimanche et tu ne joues pas; j'ai retenu une chambre à l'auberge. Je n'essaie pas de te persuader de monter. Ce n'est pas mon genre. Peut-être aussi que je respecte trop ta dignité. Ou peut-être suis-je trop fier pour songer que tu as besoin d'être persuadée. Soit tu viendras à moi comme une sœur d'armes, une amante libre et consentante, comme une égale prête à se battre... soit tu ne viendras pas du tout. Comment réagis-tu? Eprouves-tu la soudaine envie de retourner près de la gare, à l'Astral Commercial and Private Hotel? »

Charlie le dévisagea puis détourna les yeux. Une demi-douzaine de réponses moqueuses lui brûlaient la langue mais elle les retint. Le visage masqué de la conférence n'était de nouveau plus qu'une abstraction. C'était Joseph et non l'étranger qui lui posait cette question. Et que restait-il à dire quand elle s'imaginait déjà couchée à son côté, la tête brune de Joseph appuyée contre son épaule, le corps puissant et couturé de Joseph allongé tout près du sien, quand elle ne désirait que de libérer la véritable nature de Joseph?

« Après tout, Charlie – comme tu nous l'as dit toi-même –, tu as déjà couché avec un certain nombre d'hommes, me semble-t-il.

– Un certain nombre pour le moins, convint-elle, soudain fascinée par la salière de plastique.

– Tu portes le somptueux bracelet qu'il t'a offert. Tu te trouves seule dans une ville sinistre. Il pleut. Il t'a émerveillée – il a flatté l'actrice, enflammé la révolutionnaire. Comment peux-tu lui refuser ce qu'il désire?

– Il m'a aussi payé à dîner, lui rappela Charlie. Même si j'étais au régime végétarien.

– Il représente exactement ce à quoi peut rêver une petite Occidentale qui s'ennuie, me semble-t-il.

– Jose, je t'en prie, murmura-t-elle sans même pouvoir lever les yeux.

– Très bien, conclut-il sèchement avant de réclamer l'addition. Félicitations. Tu as enfin rencontré l'âme sœur. »

Son attitude s'était empreinte d'une curieuse brusquerie. Elle eut l'impression ridicule que sa soumission lui avait déplu. Elle le regarda régler l'addition, puis empocher la fiche. Elle le suivit dans l'obscurité du dehors. Je suis la fille aux deux fiancés, pensa-t-elle. Si tu aimes Joseph, prends Michel. Il m'a livrée à son fantôme dans son théâtre du réel.

« Au lit, il t'apprend que son vrai nom est Salim, mais cela doit rester absolument secret, reprit Joseph d'un ton détaché tandis qu'ils pénétraient dans la voiture. Il préfère que tu l'appelles Michel. A la fois, par souci de sécurité et parce qu'il éprouve déjà une certaine attirance pour la décadence européenne.

– Je préfère Salim.

– Mais tu l'appelles Michel. »

Tout ce que tu voudras, songea-t-elle. Mais sa passivité n'était qu'une comédie, comédie qu'elle se jouait d'abord à elle-même. Tout au fond, bien enfouie, elle sentait sa colère se réveiller, sensation très lointaine mais qui montait, montait...

L'hôtel évoquait un atelier d'usine, bas et allongé. Il ne restait apparemment plus de place où se garer, mais un minibus Volkswagen blanc s'avança pour leur permettre de se ranger et Charlie reconnut la silhouette de Dimitri au volant. Etreignant les orchidées comme Joseph le lui avait indiqué, elle le suivit à travers le parking jusqu'à l'entrée de l'hôtel, mais à contrecœur et en conservant une certaine distance. Joseph lui avait pris sa sacoche et portait également son élégante serviette noire. Donne-moi ça, c'est mon sac. Dans le hall, elle aperçut du coin de l'œil Raoul et Rachel qui se tenaient sous le néon sinistre à déchiffrer les horaires des excursions du lendemain. Elle les foudroya du regard. Joseph se dirigea vers la réception et elle se rapprocha pour le voir signer le registre, bien qu'il lui eût recommandé de ne pas le faire. Un nom arabe, nationalité libanaise, l'adresse d'un appartement à Beyrouth. Une attitude méprisante : un homme important, toujours prêt à s'offusquer. Rien à redire, se dit-elle tristement tout en s'efforçant de le haïr. Pas de gestes inutiles, de la classe, tu te mets dans la peau du personnage. Le réceptionniste lança vers la jeune femme un coup d'œil lubrique mais lui épargna les grossièretés auxquelles elle était habituée. Le portier chargeait leurs bagages sur un énorme chariot d'hôpital. Je porte un cafetan bleu, un bracelet d'or et des sous-vêtements sortis tout droit de chez Persephone, et j'arrache les yeux au premier péquenot qui me traite de pute. Joseph lui prit le bras et elle ressentit une véritable brûlure au contact de sa main. Charlie se libéra. De l'air. Aux accents d'un chant grégorien, ils suivirent leurs bagages le long d'un couloir gris jalonné de portes aux tons pastels. Leur chambre était extrêmement luxueuse, ce qui signifiait un lit immense et une propreté aussi aseptique que celle d'une salle d'opération.

« Bon Dieu ! » s'exclama-t-elle, examinant la pièce d'un regard mauvais.

Le portier, surpris, se retourna, mais la jeune femme ne lui prêta aucune attention. Elle nota la présence d'une coupe de fruits, d'un seau à glace et d'une bouteille de vodka attendant près du lit. Celle d'un vase pour les orchidées. Elle les y laissa tomber. Joseph donna un pourboire au portier, le chariot s'éloigna dans un grincement et ils se retrouvèrent brusquement seuls devant ce lit grand comme un terrain de football, deux fusains encadrés représentant des taureaux minoens qui donnaient à la chambre une petite touche érotique de bon ton, et un balcon avec vue imprenable sur le parking. Charlie sortit la bouteille de vodka du seau à glace et s'en versa une bonne rasade avant de s'écrouler sur le bord du lit.

« A la tienne, mon vieux » lança-t-elle.

Joseph se tenait toujours debout, la dévisageant d'un air inexpressif. « A la tienne, Charlie, répliqua-t-il, bien qu'il n'eût pas de verre.

– Alors, que fait-on, maintenant ? Un Monopoly ? Ou est-ce enfin le moment de la grande scène tant attendue ? » Elle ne put s'empêcher d'élever la voix. « Je voudrais bien savoir qui on est maintenant, comme ça, histoire de se renseigner ? *Qui* ? Tu piges ? Tout bêtement qui on est ?

– Tu sais très bien qui nous sommes, Charlie. Nous sommes deux amants profitant agréablement de leur lune de miel en Grèce.

– Je croyais que nous nous trouvions dans une auberge de Nottingham.

– Nous jouons tous les rôles en même temps. Je pensais que tu l'avais compris. Nous mettons au point le passé et le présent.

– Parce qu'il ne nous reste que très peu de temps, c'est ça ?

– Disons plutôt parce que des vies humaines sont en jeu. »

Elle prit une nouvelle gorgée de vodka et sa main ne tremblait pas le moins du monde. Une telle maîtrise de ses mouvements trahissait toujours chez elle un accès de profonde colère. « Des vies juives, corrigea-t-elle.

– Sont-elles différentes des autres?

– J'ai bien l'impression que oui! Merde alors! Kissinger peut foutre autant de bombes qu'il veut sur la gueule des Cambodgiens, personne ne lève le petit doigt. Les Israéliens ont le droit de réduire tous les Palestiniens qu'ils veulent en bouillie. Mais quand deux malheureux rabbins sont descendus à Francfort ou ailleurs... ça c'est de la supercatastrophe, une immense perte au niveau international, je me trompe? »

Elle s'adressait à un ennemi invisible, un point situé bien au-delà de Joseph, mais elle le vit cependant faire un pas dans sa direction et s'imagina un bref instant qu'il allait d'un seul geste supprimer en elle toute notion de doute ou de choix. Il se contenta pourtant d'aller jusqu'à la baie vitrée pour ouvrir la porte. Peut-être éprouvait-il le besoin d'entendre le bruit de la circulation pour couvrir les mots de Charlie.

« Toutes ces morts sont des catastrophes, déclara-t-il d'un ton neutre en regardant par la fenêtre. Demande-moi plutôt ce qu'éprouvent les habitants de Kiryat Shmonah quand les obus palestiniens leur tombent dessus. Demande à ceux qui vivent dans les kibboutzim de te décrire la plainte des fusées Katioucha qui foncent sur eux à plus de quarante à la fois pendant qu'ils précipitent leurs enfants au fond des abris en leur disant que c'est un jeu. » Joseph se tut et lui lança un regard las, semblant avouer qu'il n'avait lui-même que trop entendu ses propres arguments. « Quoi qu'il en soit, reprit-il d'un ton plus ferme, la prochaine fois que tu tiendras ce genre de raisonnement, je te conseille de ne pas oublier que Kissinger est juif. Cela tient également une place dans la rhétorique politique assez élémentaire de Michel. »

Charlie porta son poing à sa bouche et s'aperçut qu'elle pleurait. Il s'approcha du lit et prit place à côté d'elle; la jeune femme crut qu'il allait poser le bras sur son épaule, l'abreuver de nouvelles paroles sages et morales, ou tout simplement la prendre, solution qu'elle aurait de loin préférée, mais il ne fit rien de tel. Il la laissa sangloter et Charlie finit par rêver qu'il pleurait aussi. Mieux que n'importe quels mots, le silence de Joseph sembla adoucir leur situation. Ils restèrent ainsi longtemps, très longtemps l'un près de l'autre, et les hoquets de Charlie se muèrent bientôt en un profond soupir d'épuisement. Mais il n'esquissait toujours aucun mouvement, ni pour se rapprocher d'elle, ni pour s'en éloigner.

« Jose, murmura-t-elle avec désespoir en lui reprenant la main. Mais qui es-tu, bon sang? Que ressens-tu *vraiment* derrière toute ta cuirasse? »

Levant la tête, elle se mit à écouter les bruits de la vie qui emplissaient les chambres voisines. Les grognements maussades d'un enfant rebelle au sommeil. Une violente scène de ménage. Elle perçut des pas sur le balcon et se retourna pour voir pénétrer dans la chambre une Rachel en survêtement portant un sac en éponge et un thermos.

Charlie était allongée, trop fatiguée pour parvenir à dormir. Jamais Nottingham ne pourrait ressembler à cela. Elle entendit le son étouffé d'une conversation téléphonique à travers le mur, et crut reconnaître la voix de Joseph. Elle dormait dans les bras de Michel. Elle dormait dans les bras de Joseph. Elle eut envie d'Al. Elle se trouvait à Nottingham avec l'homme de ses rêves, bien au chaud dans son lit, à Camden, dans la chambre que sa vioque continuait à appeler la chambre d'enfant. Elle restait couchée comme lorsqu'elle était petite, après sa chute de cheval, regardant se dérouler le film de sa vie et explorant son esprit comme elle avait autrefois exploré son corps, palpant chaque centimètre carré pour estimer le dommage. Au bout du monde, de l'autre côté du lit, Rachel lisait un poche de Thomas Hardy à la lueur d'une lampe minuscule.

« Il a quelqu'un, Rache? demanda Charlie. Qui lui lave ses chaussettes et lui cure ses pipes?

– Il vaudrait mieux que tu le lui demandes à lui, mon chou.

– C'est pas toi?

– Ça ne marcherait pas, non? Pas à la longue en tout cas. »

Charlie parut s'assoupir tout en s'efforçant de le visualiser. « Il s'est battu, fit-elle remarquer.

– Mieux que tout le monde, répliqua Rachel avec une certaine satisfaction. Et il continue.

– Comment a-t-il fait pour se bagarrer autant alors?

– Ce n'est pas vraiment lui qui choisissait, tu sais », répondit Rachel, toujours plongée dans sa lecture.

Charlie essaya encore une fois : « Il a été marié. Qu'est-il advenu de sa femme?

– Désolée, mon chou.

– On se demande si elle a sauté toute seule ou si elle a été poussée, plaisanta Charlie, ignorant la rebuffade. On peut vraiment se poser la question. Pauvre petite, il lui fallait tenir le rôle d'au moins six caméléons à la fois rien que pour prendre le bus avec ce mec-là. »

Elle demeura un moment immobile.

« Et toi, comment t'es-tu embarquée là-dedans, Rache? » s'enquit-elle, et, à sa grande surprise, Rachel posa son livre ouvert sur son ventre et se mit à lui raconter son histoire. Ses parents étaient des juifs orthodoxes de Poméranie. Après la guerre, ils s'étaient installés à Macclesfield et avaient fait fortune dans l'industrie textile. Des succursales en Europe et un atelier à Jérusalem, énuméra-t-elle sans la moindre fierté. Ils voulaient que Rachel fasse des études à Oxford avant d'entrer dans l'entreprise familiale, mais la jeune fille avait préféré se pencher sur la Bible et l'histoire juive à l'université hébraïque.

« Ça s'est passé comme ça », expliqua-t-elle quand Charlie voulut connaître l'étape suivante.

Mais comment? Charlie insista. Pourquoi? Qui s'est chargé de te recruter, Rache, qu'est-ce qu'ils t'ont dit?

Rachel ne répondit pas directement aux questions de Charlie, elle lui donna plutôt la raison de son engagement. Elle connaissait l'Europe, et elle savait ce qu'était l'antisémitisme, raconta-t-elle. Et elle avait voulu montrer à tous ces sabras prétentieux, ces petits héros qui sévissaient à l'université, qu'elle aussi pouvait se battre pour Israël, au même titre que n'importe quel garçon.

« Et Rose? » s'enquit Charlie, exploitant le filon au maximum.

Le cas de Rose était plus compliqué, répliqua Rachel comme si le sien était tout à fait naturel. Rose avait participé au mouvement des Jeunesses Sionistes en Afrique du Sud, puis était venue en Israël en se demandant si elle n'aurait pas mieux fait de rester en Afrique pour lutter contre l'apartheid.

« Elle se donne vraiment à fond parce qu'en fait elle ne sait pas exactement où elle en est », expliqua Rachel en se replongeant dans *Le Maire de Casterbridge* avec une fermeté qui coupait court à la discussion.

Pléthore d'idéaux, songea Charlie. Il y a deux jours, je n'en avais aucun. En avait-elle davantage maintenant? Nous verrons cela demain matin. Dans un demi-sommeil, elle se plut à imaginer des gros titres. « UNE STAR QUI REDESCEND SUR TERRE. » « JEANNE D'ARC CONDUIT L'ACTIVISME

PALESTINIEN AU BUCHER. » Très bien, Charlie, c'est ça, dors bien.

La chambre de Becker ne se trouvait qu'à quelques mètres de celle de Charlie. Elle contenait des lits jumeaux, la direction de l'hôtel semblant ignorer qu'on peut voyager seul. Becker s'était allongé sur l'un d'eux et contemplait l'autre, dont il était séparé par une table de nuit surmontée d'un téléphone. Dans dix minutes, il serait une heure trente et ce serait le moment. Après pourboire, le portier de nuit avait promis de faire passer l'appel. Gadi se sentait parfaitement réveillé, comme toujours à cette heure-ci. A force de se concentrer trop intensément, de se détendre trop lentement. De ramener ce qu'il fallait au premier plan pour refouler toutes les autres pensées. La sonnerie retentit à l'heure dite et la voix de Kurtz l'accueillit aussitôt. D'où appelle-t-il, s'interrogea intérieurement Becker. Il perçut un fond musical et devina qu'il s'agissait d'un hôtel. L'Allemagne, se rappela-t-il. Un hôtel allemand en liaison directe avec un autre hôtel à Delphes. Kurtz s'exprimait en anglais pour ne pas attirer l'attention, et avec une désinvolture apparente qui aurait trompé l'oreille la plus attentive. Oui, tout se passait très bien, lui assura Becker; l'affaire se déroulait sans encombre et il n'y avait aucun problème en vue pour l'instant. Comment cela se présente-t-il avec notre dernière acquisition? demanda-t-il.

« Nous obtenons toute la coopération espérée, l'informa Kurtz du ton chargé qu'il employait généralement pour rallier ses troupes éparpillées. Tu peux revenir au magasin quand tu veux, tu ne seras pas déçu par la marchandise. Entre autres. »

Becker terminait rarement ses conversations téléphoniques avec Kurtz. C'était un vieux rite entre eux deux : chacun devait s'efforcer de couper le premier la communication. Cette fois-ci, pourtant, Kurtz écouta jusqu'au bout ce que Becker avait à lui dire et ce dernier en fit autant. Lorsqu'il reposa le combiné, Becker aperçut son image séduisante se refléter dans le miroir, et il la contempla avec un dégoût non dissimulé. Elle lui fit un instant l'effet d'être un feu de naufrageur et il éprouva l'envie morbide et violente de l'éteindre pour de bon : *Mais qui es-tu, bon sang?... Que ressens-tu vraiment?* Il se rapprocha du miroir. J'ai l'*impression* de contempler un ami défunt en espérant qu'il va revivre, voilà ce que je ressens. J'ai l'*impression* de rechercher en quelqu'un d'autre des espoirs morts depuis longtemps, mais en vain. J'ai l'*impression* d'être un acteur, comme toi, de multiplier les personnalités parce que l'originale manque, oubliée en route, quelque part. Mais en vérité, je ne ressens rien du tout, parce que les sentiments sont subversifs et contraires à la discipline militaire. Par conséquent, je ne ressens rien, mais je me bats, donc j'existe.

Une fois dans la rue, il marcha avec impatience, faisant de grandes enjambées et regardant loin devant lui, comme si la marche l'ennuyait et que les distances fussent toujours trop courtes. La ville semblait prête pour l'attaque, atmosphère qu'en plus de vingt ans il avait connu trop souvent dans de trop nombreuses villes. Les gens avaient déserté les rues, aucun cri d'enfant ne venait troubler la nuit. Rasez les maisons. Tirez sur tout ce qui bouge. Les cars et les voitures garés le long du trottoir avaient été abandonnés par leurs propriétaires et Dieu seul savait quand ceux-ci récupéreraient leurs biens. Le regard rapide de Becker se glissait parfois vers une porte ouverte ou le portail d'une allée sombre, mais guetter ainsi lui était habituel et ne ralentissait en rien son allure. Parvenu à une rue latérale, il leva la tête pour déchiffrer la plaque, mais continua néanmoins son chemin avant de tourner brusquement au niveau d'un chantier. Un minibus criard était rangé près d'un gros tas de briques. Tout à côté, des piquets d'étendage penchaient lamentablement, camouflant trente mètres de fil-antenne. Une musique étouffée s'échappait du véhicule. La porte s'ouvrit, le canon d'un pistolet fut braqué sur le visage de Becker tel un œil qui le scrutait, puis disparut. « Shalom », fit une voix respectueuse. Becker monta dans la camionnette et referma la portière derrière lui. La musique ne parvenait pas à couvrir totalement le cliquetis irrégulier du petit téléscripteur. David, le radio de la maison d'Athènes, se tenait courbé sur l'appareil; deux des hommes de Litvak lui tenaient compagnie. Sans autre salut qu'un hochement de tête, Becker s'installa sur la banquette rembourrée et se mit à déchiffrer l'épaisse liasse de feuilles qui l'attendait.

Les deux garçons le regardaient avec admiration. Il sentit leurs esprits avides compter ses médailles; sans doute connaissaient-ils mieux que lui ses actes d'héroïsme.

« Elle a l'air très bien, Gadi », déclara le plus téméraire des deux.

Becker ignora la remarque. Parfois, il cochait un paragraphe, d'autres fois, il soulignait une date. Lorsqu'il eut terminé, il tendit les feuillets aux garçons et leur demanda de lui faire réciter son rôle jusqu'à ce qu'il s'estimât satisfait.

De retour à l'air libre, il ne put s'empêcher de s'arrêter près de la fenêtre pour entendre leurs voix enthousiastes parler de lui.

« Le Corbeau l'a mis à la tête de toute une entreprise, une grande usine textile, ultra-moderne, près d'Haïfa, lançait le jeune téméraire.

– Super, répliqua l'autre. Qu'on se mette à la retraite et que Gavron fasse de nous des millionnaires. »

11

Pour ses retrouvailles interdites, mais primordiales, avec le bon docteur Alexis, Kurtz avait ce soir-là adopté une attitude complice réservée aux confrères estimés, et à laquelle se mêlait un parfum de vieille amitié. Sur la suggestion de Kurtz ils se rejoignirent non pas à Wiesbaden, mais un peu plus au sud à Francfort, où la foule est plus dense et plus mobile, dans un grand hôtel sans luxe, achalandé par les congrès et qui accueillait cette semaine des disciples de l'industrie du jouet en peluche. Alexis avait proposé d'organiser la rencontre chez lui, mais Kurtz avait refusé d'un ton lourd de sens que le bon docteur ne manqua pas de remarquer. Ils s'étaient donné rendez-vous à vingt-deux heures, et la plupart des clients de l'hôtel étaient déjà sortis, en quête de jouets d'une nature bien différente. Le bar était aux trois quarts vide et les deux hommes n'avaient l'air que de deux industriels parmi les autres, qui refaisaient le monde au-dessus d'une coupe de fleurs artificielles. Et, d'une certaine façon, c'était effectivement ce qu'ils faisaient. Une musique sirupeuse emplissait la salle, mais le barman écoutait un récital de Bach sur un petit transistor.

Depuis leur première rencontre, le démon qui animait autrefois Alexis semblait s'être calmé. Les premières ombres de l'échec planaient sur lui comme les signes avant-coureurs de la maladie, et son sourire télévisuel s'était chargé d'une modestie nouvelle et peu seyante. Kurtz, qui s'attendait à devoir assener le coup de grâce, s'en aperçut aussitôt avec soulagement – Alexis, lui, s'en rendait compte avec nettement moins de soulagement tous les matins lorsque, dans l'intimité de sa salle de bain, il tendait la peau autour de ses yeux, essayant de sauver les derniers vestiges d'une jeunesse qui s'enfuyait. Kurtz lui transmettait les amitiés de Jérusalem et lui apportait, en témoignage de sympathie, une petite bouteille d'eau trouble dont l'étiquette certifiait qu'il s'agissait de l'eau du Jourdain. Il avait appris que la nouvelle Mme Alexis attendait un enfant et assura que cette eau sacrée venait fort à propos. Alexis fut très touché par l'attention, plus, à vrai dire, que par l'heureux événement qui l'avait motivée.

« Ma parole, vous l'avez su avant moi, protesta-t-il quand il eut examiné le flacon avec un émerveillement poli. Je n'en ai pas même encore parlé au bureau. »

Il disait vrai : son silence avait constitué une sorte d'ultime tentative pour nier, et donc empêcher la conception.

« Vous le leur annoncerez quand tout sera terminé et vous vous excuserez », suggéra Kurtz, non sans avoir une idée derrière la tête. Avec la tranquillité de ceux qui ne s'embarrassent pas de cérémonies, ils burent à la santé et à l'avenir de l'enfant à naître du docteur Alexis.

« On m'a dit que vous étiez chargé d'un travail de coordination, maintenant? s'enquit Kurtz, une étincelle dans le regard.

– A la santé de tous les coordinateurs », répliqua gravement Alexis, et tous deux reprirent donc une autre gorgée. Ils se mirent d'accord pour s'appeler par leurs prénoms, mais Kurtz en resta néanmoins au vouvoiement. Il ne voulait en rien diminuer son ascendant sur Alexis.

« Puis-je vous demander ce que vous coordonnez, Paul?

– Herr Schulmann, je me dois de vous informer que les liaisons avec les services amis n'entrent plus désormais dans mes attributions officielles », dit Alexis en parodiant délibérément la syntaxe de Bonn. Il attendit que Kurtz l'interrogeât plus avant.

Mais Kurtz choisit de lui faire part de ses déductions, qui en fait étaient plutôt des informations.

« Un coordinateur a des responsabilités administratives dans des secteurs aussi importants que les transports, la formation, le recrutement, et la comptabilité des services opérationnels. Il intervient également dans les transferts entre agences fédérales et agences nationales.

– Vous avez oublié les congés, objecta Alexis une fois encore tout autant amusé qu'horrifié par la précision des renseignements de l'Israélien. Vous voulez une rallonge de congé? Venez me voir à Wiesbaden et je vous donnerai quelques jours. Nous sommes dotés d'une commission très puissante qui ne s'occupe que de cela. »

Kurtz promit qu'il n'y manquerait pas – il était grand temps qu'il prenne un peu de vacances, confessa-t-il. Cette allusion au surmenage rappela à Alexis le temps où lui aussi travaillait sur le terrain, et il entreprit de raconter une affaire durant laquelle il n'avait pas dormi – littéralement pas dormi, Marty, pas même somnolé – pendant trois nuits de suite. Kurtz l'écouta avec intérêt et sympathie. C'était une oreille attentive, qualité qu'Alexis ne rencontrait que trop rarement à Wiesbaden.

« Vous savez, Paul, dit Kurtz lorsqu'ils eurent discuté ainsi un moment, moi aussi j'ai rempli les fonctions de coordinateur, une fois. Mon supérieur avait jugé que je ne m'étais pas bien conduit. » Kurtz émit un petit sourire de tristesse complice. « Alors, il m'a nommé coordinateur. Je me suis tellement emmerdé qu'au bout d'un mois, j'ai écrit au général Gavron pour lui dire qu'il était une nullité. « Général, « ceci est officiel, Marty Schulmann vous traite de « nullité. » Il m'a convoqué dans son bureau. Vous avez déjà rencontré Gavron? Non? Il est tout petit, tout ratatiné, avec une grosse tignasse de cheveux noirs. Toujours excité. Toujours en mouvement. Il

m'a hurlé : « Schulmann, qu'est-ce que ça veut dire? A
« peine un mois et vous me traitez de nullité? Com-
« ment m'avez-vous percé à jour? » Tout ça d'une
voix fêlée, comme si on l'avait fait tomber quand il
était petit. « Général, je lui ai répondu, s'il vous
« restait une once d'amour-propre, vous me renverriez
« dans les rangs de mon ancienne unité, là où je ne
« peux pas vous insulter en face. » Et vous savez ce
qu'a fait Misha? Il m'a mis à la porte, et puis il m'a
monté en grade. Voilà comment j'ai récupéré mon
unité. »

Alexis trouva l'histoire d'autant plus amusante
qu'elle lui rappelait l'époque révolue où il faisait figure
d'indomptable, chéri des médias, parmi les fonction-
naires infatués de la hiérarchie de Bonn. Puis la
conversation glissa le plus naturellement du monde sur
l'attentat de Bad Godesberg, qui, après tout, avait été à
l'origine de leur première rencontre.

« J'ai entendu dire que l'affaire progressait enfin un
petit peu, fit remarquer Kurtz. Ils ont réussi à remonter la piste de la fille jusqu'à Orly, ce n'est déjà pas
mal, même s'ils ne connaissent pas encore son identité. »

Alexis ne cacha pas son irritation d'entendre ainsi
un homme qu'il admirait et respectait tant, faire un
éloge aussi peu mesuré. « Vous trouvez ça pas mal?
J'ai eu hier entre les mains les derniers résultats de
l'enquête. Une fille a pris le vol Orly-Cologne le jour
de l'attentat, croient-ils. Elle portait un jean, croient-
ils. Un foulard, une jolie silhouette, peut-être blonde,
et puis? Les Français ne retrouvent même pas trace de
son embarquement. Enfin, c'est ce qu'ils disent.

— Peut-être est-ce parce qu'elle n'a pas pris un vol
pour Cologne, Paul, suggéra Kurtz.

— Mais comment fait-elle pour atterrir à Cologne si
elle ne s'embarque pas pour Cologne? s'étonna Alexis,
sans comprendre vraiment l'objection de Kurtz. Ces

crétins n'arriveraient même pas à retrouver la trace d'un éléphant dans un tas de cacao. »

Les tables voisines restaient inoccupées, et la musique de Bach, passant sur la radio, ajoutée à *Oklahoma,* que déversaient les haut-parleurs, suffisaient à couvrir certaines bêtises.

« Imaginez qu'elle prenne un billet pour une autre destination, commença patiemment Kurtz. Madrid, par exemple. Elle embarque bien à Orly, mais avec un billet pour Madrid. »

Alexis accepta l'hypothèse.

« Elle prend un billet Paris-Madrid et, arrivée à Orly, elle se présente au contrôle. Elle passe ensuite dans la salle d'attente, munie de sa carte d'embarquement, à destination de Madrid, puis va s'asseoir en un endroit convenu à l'avance. Elle attend. Près d'une porte de départ, pourquoi pas? La porte dix-huit, peut-être. Disons qu'elle attend près de la porte dix-huit. Quelqu'un s'approche d'elle, une jeune fille, et lui glisse quelque formule de connivence. Elles se rendent aux toilettes et échangent leurs billets. Belle organisation. Du travail bien propre. Elles échangent également leurs passeports. Pour des filles, cela ne pose pas de problèmes particuliers. Un peu de maquillage, une perruque. Vous savez, Paul, si vous réfléchissez, toutes les jolies filles se ressemblent. »

L'aphorisme plut énormément à Alexis qui, déçu par son second mariage, en était arrivé aux mêmes tristes conclusions. Mais il ne s'attarda pas sur la question; toute sa vigilance de policier s'était réveillée et il sentait déjà l'imminence de la révélation d'informations capitales. « Et quand elle atterrit à Bonn? s'enquit-il en allumant une cigarette.

– Elle atterrit sous passeport belge. Un assez joli faux, exemplaire d'une série tirée en Allemagne de l'Est. Un garçon barbu l'attend à l'aéroport avec une moto volée équipée de fausses plaques. Grand, jeune et barbu : c'est tout ce que la fille sait, et personne n'en sait plus d'ailleurs, car ces gens sont très forts en matière de sécurité. Une barbe? Qu'est-ce qu'une barbe? Et puis il ne retire pas son casque. Dès qu'il s'agit de sécurité, ces gens prévoient le moindre détail. Ils sont vraiment hors pair. Oui, c'est cela, hors pair. »

Alexis dit qu'il s'en était déjà aperçu.

« Dans cette opération, le garçon ne joue qu'un rôle de coupe-circuit, reprit Kurtz. Il n'a rien d'autre à faire. Il sert d'interrupteur. Il vient chercher la fille, s'assure que personne ne la suit, lui fait faire un petit tour avant de la conduire là où elle recevra des instructions. » Il se tut. « Il y a une vieille ferme près de Mehlem. On l'appelle Haus Sommer. Tout au bout de l'allée, au sud de la propriété, on trouve une grande aménagée. L'allée donne sur une petite route qui conduit directement à l'autoroute. Sous la chambre, il y a un garage et, dans le garage, il y a une Opel immatriculée à Siegburg; le chauffeur est déjà au volant. »

Cette fois-ci, à la stupéfaction ravie de Kurtz, Alexis le comprit à demi-mot. « Achmann, prononça-t-il dans un souffle. Achmann, le célèbre Achmann de Düsseldorf! On est tous malades, ma parole. Comment se fait-il que personne n'ait pensé à cet homme?

— Achmann, bien vu, fit Kurtz à son élève d'un ton approbateur. Haus Sommer appartient bien au docteur Achmann de Düsseldorf, dont la famille renommée possède une entreprise florissante de bois en gros, quelques magazines et une chaîne de sex-shops. A côté de cela, il dirige également la publication de calendriers représentant de romantiques paysages allemands. Mais la grange aménagée appartient à la fille du docteur Achmann, Inge, et a constitué le théâtre de bien des conférences marginales auxquelles participaient surtout de riches explorateurs de l'âme humaine, déçus par la société. A l'époque en question,

Inge avait prêté la maison à un ami dans le besoin, un ami qui avait lui-même une petite amie...

– Et ainsi de suite, compléta Alexis avec admiration.

– Ecartez la fumée et vous en trouvez d'autre. Le feu couve toujours. C'est ainsi que ces gens travaillent. C'est ainsi qu'ils ont toujours opéré. »

Lorsqu'ils se terraient dans des grottes de la vallée du Jourdain, songea Alexis, tout excité. Avec le surplus de fil électrique roulé en écheveau. Avec des bombes bikinis qu'on peut fabriquer dans son arrière-cour.

A mesure que Kurtz parlait, les traits et l'allure générale d'Alexis semblaient se détendre mystérieusement, métamorphose qui n'échappait pas à l'Israélien. Les rides d'inquiétude et la fatigue physique qui déprimaient tant Alexis s'étaient évanouies. Il se tenait maintenant assis bien droit, ses petits bras confortablement croisés sur sa poitrine, un sourire de jeunesse retrouvée sur les lèvres et sa tête grisonnante légèrement penchée en avant, pour se laisser totalement subjuguer par le superbe numéro de son mentor.

« Puis-je vous demander à partir de quoi vous échafaudez ces théories passionnantes? » questionna Alexis en tentant d'afficher un certain scepticisme.

Kurtz fit mine de réfléchir; les révélations de Yanuka lui apparaissaient pourtant aussi nettement que s'il se trouvait encore assis près du jeune homme, dans la cellule capitonnée de Munich, en train de lui maintenir la tête pendant qu'il toussait et sanglotait. « Eh bien, Paul, nous sommes maintenant en possession des plaques d'immatriculation de l'Opel, d'une photocopie du contrat de location de l'auto, et d'une déposition signée par l'un des complices », avoua-t-il, puis – en espérant que ces maigres indices suffiraient pour le moment à étayer ses théories – il reprit son récit.

« Le barbu laisse la fille devant la grange et s'en va

pour ne plus reparaître. La fille, elle, met la robe bleue bien sage, une perruque, et s'arrange de façon à plaire à l'attaché du travail crédule et un peu trop affectueux. Elle monte dans l'Opel, et c'est un autre jeune homme qui la conduit à la maison visée. Ils s'arrêtent en route pour amorcer la bombe. Oui ?

– Le garçon, interrogea Alexis, avide d'en savoir plus. Le connaît-elle ou bien ne sait-elle rien de lui ? »

Se refusant absolument à en dire davantage à propos du rôle joué par Yanuka, Kurtz éluda la question et se contenta de sourire. Son silence ne fut pas mal interprété, car Alexis voulait maintenant tous les détails, mais comprenait que son attente ne pouvait être systématiquement comblée, ce qui était tout à fait l'effet recherché.

« Sa mission accomplie, le chauffeur change les plaques d'immatriculation, et les papiers de la voiture, puis emmène la jeune fille à Bad Neuenahr, ravissante petite ville d'eaux au bord du Rhin, où il la laisse, reprit Kurtz.

– Et après ? »

Kurtz adopta soudain un débit plus lent, comme si chaque mot menaçait de faire échouer son plan si complexe ; ce qui était effectivement le cas. « Après, je dirais – mais ce n'est qu'une supposition – que la fille est présentée à quelqu'un qui l'admire en secret, quelqu'un qui lui donne peut-être quelques leçons ce jour-là. Qui lui apprend à armer une bombe. A régler la minuterie, à piéger un objet. Je dirais aussi, mais il s'agit toujours d'une supposition, que cet admirateur a déjà retenu une chambre d'hôtel quelque part et que, stimulé par leur réussite commune, le couple commence une nuit d'amour des plus passionnées. Le lendemain matin, alors qu'ils récupèrent de cette nuit de plaisir, la bombe explose – avec un peu de retard, mais quelle importance ? »

Alexis se projeta en avant, l'excitation le rendant presque accusateur.

« Et le *frère*, Marty? Le grand héros qui a déjà tué tant d'Israéliens? Où se trouve-t-il pendant tout ce temps? A Bad Neuenahr, c'est ça, en train de se payer un peu de bon temps avec sa petite poseuse de bombe, oui? »

Mais le visage de Kurtz s'était figé en une expression impassible que l'enthousiasme du bon docteur Alexis ne fit qu'intensifier.

« Où qu'il se trouve, il commande une opération efficace, remarquablement fractionnée et répartie entre les participants, sans rien laisser au hasard, répliqua Kurtz, l'air satisfait. Le barbu ne possède que la description de la fille, rien de plus. Pas même le but de sa venue. La fille ne connaît que le numéro de la moto. Le chauffeur de l'Opel est au courant du but de l'opération, mais ne connaît pas le barbu. Tout cela est vraiment pensé. »

Kurtz sembla ensuite frappé de soudaine surdité; ses questions n'obtenant plus pour toute réponse qu'un sourire angélique, Alexis ressentit le besoin urgent de commander de nouveaux whiskies. En vérité, le bon docteur se sentait en manque d'oxygène. Sa vie semblait s'être jusqu'alors écoulée à un rythme très lent, et plus lent encore durant ces derniers mois. Et puis soudain, voilà que le grand Schulmann l'entraînait dans une course folle dont il n'aurait pas même osé rêver.

« Et vous n'êtes venu en Allemagne que pour transmettre ces informations à vos confrères officiels allemands, je suppose », lança Alexis d'un air provocant.

Kurtz laissa passer un long silence avant de répondre, silence durant lequel il parut jauger Alexis des yeux comme de la pensée. Puis il esquissa le geste qu'Alexis admirait tant, écartant sa manche tout en levant le poignet pour regarder sa montre. Le bon docteur songea alors combien sa vie se passait de façon morne et lente tandis que Kurtz semblait trouver la sienne toujours trop courte.

« A Cologne, ils vous en seront très reconnaissants, soyez-en sûr, insista Alexis. Mon excellent successeur – vous vous souvenez de lui, Marty? – en tirera un immense succès personnel. Avec le concours des médias, il deviendra le policier le plus brillant et le plus populaire d'Allemagne. J'ai raison, n'est-ce pas? Et tout cela grâce à vous. »

Kurtz acquiesça d'un large sourire. Il avala une toute petite gorgée de whisky et se tamponna les lèvres avec un vieux mouchoir kaki. Puis il appuya son menton dans le creux de sa main et soupira, sous-entendant qu'il aurait préféré ne pas parler de cela, mais que puisque Alexis mettait le sujet sur le tapis, il allait le faire.

« Voilà, Paul, Jérusalem s'est longuement penché sur la question, confessa-t-il, et nous ne sommes pas aussi certains que vous semblez l'être que votre successeur corresponde au type d'homme dont nous cherchons absolument à améliorer l'avenir. » Alors, que décider? semblaient s'interroger ses sourcils. « Il nous est cependant apparu qu'il nous restait une autre solution, et que nous pouvions peut-être la creuser avec vous, et considérer votre réaction. Peut-être, nous sommes-nous dit, existerait-il un moyen par lequel notre bon docteur Alexis pourrait transmettre ces informations à Cologne pour notre compte? A titre privé. A la fois de façon officielle et non officielle, si vous comprenez ce que je veux dire. En se fondant sur son esprit d'initiative et sa sagesse de vue. Nous nous sommes donc posé la question. Nous pourrions peut-être aller voir Paul et lui dire ceci : « Paul, vous êtes « un ami d'Israël. Acceptez ceci. Servez-vous-en. Pro-« fitez-en. Prenez-le comme un cadeau et ne donnez « vos sources à personne. » Pourquoi toujours pousser l'homme qui ne convient pas dans ces cas-là? nous sommes-nous demandé. Pourquoi ne pas choisir le bon, pour une fois? Pourquoi ne pas traiter avec des amis alors que tel est au départ notre principe? Pour leur faire gagner de l'avancement; pour les récompenser de leur loyauté envers nous. »

Alexis feignit de ne pas comprendre. Il était devenu passablement écarlate et ses protestations trahissaient une certaine hystérie. « Mais, Marty, écoutez-moi, je ne possède aucune source d'informations! Je ne suis pas opérationnel, je ne suis plus qu'un bureaucrate! Vous croyez qu'il me suffit de décrocher mon téléphone – " Allô Cologne, ici Alexis, je vous conseille de vous rendre immédiatement à Haus Sommer. Là-bas, vous arrêterez la fille d'Achmann et embarquerez tous ses petits copains pour les interroger "? Suis-je donc un prestidigitateur – un alchimiste – pour tirer de si magnifiques informations d'un simple courant d'air? Mais à quoi pensent-ils, à Jérusalem? Qu'un vulgaire coordinateur peut en un tour de main devenir un sorcier? » Le ridicule de ses propos devenait gênant et lui donnait une impression croissante d'irréalité. « Dois-je demander qu'on arrête tous les motards barbus ayant l'air vaguement italien? On va se foutre de moi! »

Il était à court d'arguments et Kurtz l'aida à s'en sortir car c'était bien ce qu'Alexis attendait. Il se trouvait dans l'état d'esprit d'un enfant qui critique l'autorité pour mieux s'assurer de son emprise.

« Personne ne parle d'arrestation, Paul. Pas encore. Pas de notre côté en tout cas. Personne ne cherche la moindre action publique, et surtout pas à Jérusalem.

– Qu'est-ce que vous voulez, alors? questionna Alexis d'un ton brusquement irrité.

– La justice », répondit doucement Kurtz. Mais son sourire direct et inaltérable transmettait un tout autre message. « La justice, un peu de patience, un peu de sang-froid, beaucoup d'inventivité, beaucoup d'imagination de la part de ceux qui acceptent de jouer notre jeu. Permettez-moi de vous demander quelque chose, Paul. » Sa grosse tête se rapprocha brusquement; sa main puissante se posa sur l'avant-bras du docteur. « Imaginons, imaginons maintenant un informateur tout à fait anonyme et dont l'existence doit rester top secret – j'entends par là un Arabe haut placé, Paul, un Arabe du centre modéré, qui aime l'Allemagne, qui l'admire, et qui détient certaines informations concernant des opérations terroristes qu'il désapprouve – imaginons que cet homme ait vu le docteur Alexis à la télévision, il y a de cela quelque temps. Imaginons par exemple, qu'installé dans sa chambre d'hôtel, à Bonn – ou Düsseldorf, ou ailleurs – il ait allumé son poste de télévision, pour se distraire, et que soit apparu sur l'écran le beau docteur Alexis, un juriste, soit, un policier, mais aussi un homme spirituel, un homme intelligent, pragmatique, un humaniste jusqu'au bout des ongles – bref, un homme –, d'accord?

– Imaginons, répondit Alexis, l'esprit à demi assourdi par l'ampleur des mots de Kurtz.

– Et cet Arabe, Paul, il vient vous voir, reprit Kurtz. Il ne veut parler à personne d'autre. Son instinct lui dicte qu'il peut vous faire confiance et il refuse d'avoir affaire avec aucune autre personnalité allemande. Il passe outre la police, les ministres, les services de renseignements. Il repère votre numéro dans l'annuaire et vous téléphone, disons, chez vous. Ou à votre bureau, comme vous préférez – à vous de décider. Vous le rencontrez ici, dans cet hôtel. Ce soir même. Vous prenez ensemble deux whiskies, qu'il vous laisse payer. Le grand Alexis – il ne veut personne d'autre. Cette solution vous semble-t-elle présenter quelque avantage, pour un homme que l'on a injustement privé du déroulement logique de sa carrière? »

Lorsqu'il revécut par la suite cette scène dans sa mémoire, ce qui lui arriva fréquemment au fil d'humeurs contradictoires où se mêlaient la stupéfaction, la fierté ainsi qu'une horreur totale et incontrôlée,

Alexis se mit à considérer les paroles qui suivirent comme la justification détournée de ce que Kurtz gardait à l'esprit.

« Les terroristes s'en sortent de mieux en mieux, ces derniers temps, se plaignit Kurtz d'un air sombre. « Introduisez un agent, Schulmann, m'a hurlé Misha « Gavron, à moitié couché sur son bureau. – C'est « ça, général, lui ai-je répondu. Je vous trouve un agent. « Je le forme, l'aide à se faire une réputation, à attirer « l'attention des gens qu'il faut, je le donne en pâture « à l'opposition. Je fais tout ce que vous demandez. Et « vous savez ce que les terroristes vont faire en « premier? lui ai-je demandé. Ils vont exiger de lui « qu'il prouve ses convictions. Qu'il descende un « gardien de banque ou un soldat américain. Ou qu'il « fasse sauter un restaurant. Ou qu'il apporte une jolie « valise à une charmante personne, qu'il la réduise en « pièces. C'est bien ce que vous voulez? C'est ce que « vous aimeriez me voir faire, général? Introduire un « agent dans la place et puis m'installer confortable- « ment pour le regarder tuer les nôtres pour le compte « de l'ennemi? » Il adressa une fois encore à Alexis le triste sourire de celui qui est lui aussi à la merci de supérieurs déraisonnables. « Les organisations terro- ristes ne traînent pas de poids morts, Paul. Et je l'ai dit à Misha. Elles ne s'embarrassent pas de secrétaires, de dactylos, de spécialistes du codage ou de tous ceux qui pourraient tout naturellement devenir des agents sans avoir à prendre place en première ligne. Ces milieux-là exigent de nouvelles formes d'infiltration. « Au- « jourd'hui, si vous voulez détruire l'objectif terro- « riste, lui ai-je expliqué, vous devez presque vous « constituer votre propre formation terroriste « d'abord. » Vous croyez qu'il m'a écouté? »

Alexis ne put refréner plus longtemps sa fascination. Il se rapprocha de Kurtz, les yeux brillants d'excita- tion, en saisissant la nuance de risque contenue dans la question. « Et vous l'avez fait, Marty? murmura-t-il. Ici, en *Allemagne*? »

Kurtz, comme souvent, ne répondit pas directement, et son regard slave semblait déjà considérer un point situé bien au-delà d'Alexis, un nouveau jalon le long de sa route solitaire et tortueuse.

« Supposons que je doive vous faire part d'un accident, Paul, suggéra-t-il du ton de celui qui choisit une option parmi la multitude que lui propose son esprit fertile. Un accident qui se produirait dans, disons, quatre jours environ. »

Le concert du barman était terminé et l'homme remettait bruyamment de l'ordre, indiquant ainsi qu'il voulait partir. Sur la proposition de Kurtz, ils gagnèrent le hall de l'hôtel et se tapirent dans un coin, tête contre tête, tels deux passagers sur le pont d'un bateau balayé par les vents. Deux fois au cours de leur entretien, Kurtz jeta un coup d'œil sur sa vieille montre d'acier et s'excusa précipitamment pour aller donner un coup de fil; plus tard, quand Alexis se renseigna, simplement pour satisfaire sa curiosité oisive, il apprit que le premier coup de téléphone avait été adressé à un hôtel de Delphes, en Grèce, et avait duré douze minutes payées comptant, tandis que l'autre renvoyait à un numéro impossible à identifier à Jérusalem. A trois heures passées, un groupe de travailleurs immigrés en combinaisons usées fit irruption dans la salle, muni d'un énorme aspirateur vert qui évoquait un canon Krupp. Mais Kurtz et Alexis continuèrent de converser par-dessus le ronflement. L'aube était déjà levée depuis longtemps lorsque les deux hommes quittèrent l'hôtel et se serrèrent la main, concluant ainsi leur marché. Mais Kurtz prit bien garde de ne pas trop remercier sa dernière recrue. Il savait pertinemment qu'une gratitude excessive serait le meilleur moyen de perdre Alexis.

Ce fut un Alexis rajeuni qui se précipita chez lui puis, après s'être rasé, changé, et attardé suffisamment longtemps pour convaincre sa jeune épouse du caractère extrêmement secret de sa mission, arriva à son bureau de verre et de béton avec une expression de mystérieuse satisfaction qu'il n'avait pas présentée depuis des mois. Le service remarqua qu'il plaisantait beaucoup et se permettait même quelques commentaires audacieux concernant ses collègues. Tout à fait l'Alexis d'avant, raconta le personnel; il montra même un certain sens de l'humour, quoique l'humour n'eût jamais été son point fort. Il demanda du papier à lettres et, faisant sortir jusqu'à son secrétaire personnel, entreprit d'écrire à ses supérieurs un rapport très long et volontairement flou où il était question d'un contact avec « une source orientale haut placée, rencontrée alors que j'occupais encore mes précédentes fonctions », et d'une foule d'informations nouvelles portant sur l'attentat de Bad Godesberg – aucune d'entre elles ne présentant encore une importance suffisante pour avoir d'autre but que d'attester le sérieux de l'informateur, et celui du bon docteur qui contrôlait ses dires. Alexis réclamait certains pouvoirs et certains moyens, ainsi qu'un compte en banque opérationnel ouvert en Suisse et débitable à sa seule et entière discrétion. Il n'était pas particulièrement âpre au gain, même s'il fallait avouer que son remariage lui avait coûté cher et que son divorce l'avait littéralement ruiné. Mais il avait conscience qu'en cette époque matérialiste, les gens accordaient la plus grande valeur à ce qui leur coûtait le plus.

Et pour finir, il fit une prédiction angoissante que Kurtz lui avait dictée mot pour mot, et lui avait fait relire ensuite. Elle était assez imprécise pour ne rien empêcher, mais donnait suffisamment de détails pour faire de l'effet quand elle se serait réalisée. Des rapports non confirmés faisaient état de livraisons importantes d'explosifs à Istanbul par l'intermédiaire d'une organisation extrémiste islamique turque, dans le but d'accomplir des actions antisionistes en Europe de l'Ouest. Il fallait s'attendre à un nouvel attentat dans les jours qui suivaient. Des bruits couraient sur une cible éventuelle dans le sud de l'Allemagne. Il fallait alerter tous les postes frontières et polices locales. Pas d'autres détails. L'après-midi même, Alexis était convoqué par ses supérieurs. Le soir, il eut un long entretien téléphonique clandestin avec son grand ami Schulmann, pour recevoir ses félicitations et encouragements, de même que de nouvelles instructions.

« Ils mordent à l'hameçon, Marty! s'écria-t-il en anglais, tout excité. Ce sont de vrais moutons. Nous pouvons les manipuler comme nous voulons! »

Alexis a mordu à l'hameçon, déclara Kurtz à Litvak, de retour à Munich, mais il va falloir faire sacrément attention qu'il ne s'égare pas. « Mais qu'est-ce que fait Gadi avec cette fille? marmonna-t-il en consultant sa montre.

– C'est parce qu'il ne supporte plus l'idée de tuer! répliqua Litvak avec une jubilation qu'il ne put dissimuler. Tu crois que je ne m'en suis pas aperçu? Tu t'imagines que toi non plus, tu ne le vois pas? »

Kurtz lui ordonna de se taire.

12

La colline exhalait des senteurs de thym et semblait représenter pour Joseph quelque chose d'important. Il l'avait cherchée sur la carte et y avait conduit Charlie d'abord en voiture, puis à pied. L'air pénétré, il gravissait maintenant la pente devant la jeune femme, dépassant des rangées de ruches clayonnées, des bosquets de cyprès, traversant des champs caillouteux couverts de fleurs jaunes. Le soleil n'avait pas encore atteint son zénith et le pays n'apparaissait que comme une multitude de plis montagneux brun sombre. A l'est, Charlie put embrasser du regard les immensités argentées de la mer Egée avant que la brume ne les confonde avec le ciel. L'air embaumait le miel et la résine, il résonnait du tintement des clochettes pendues au cou des chèvres. Une brise légère cuisait le profil de Charlie et lui collait sa robe au corps. La jeune femme s'accrochait au bras de Joseph, mais celui-ci, trop concentré, semblait ne pas s'en apercevoir. Charlie crut à un moment distinguer Dimitri, assis sur une barrière, mais comme elle laissait échapper une exclamation, Joseph la pria sèchement de ne pas le saluer. Une autre fois, elle aurait juré avoir vu la silhouette de Rose se découper sur l'horizon, mais quelques secondes plus tard, la vision avait disparu.

Jusqu'à présent, leur journée s'était déroulée suivant une chorégraphie propre, et la jeune femme avait laissé Joseph la diriger avec son impatience habituelle. Elle s'était éveillée de bonne heure pour trouver Rachel penchée au-dessus d'elle, lui disant qu'elle serait gentille de passer l'autre robe bleue, celle à manches longues. Charlie prit une douche rapide puis retourna, complètement nue, dans la chambre; mais Rachel n'était plus là et elle trouva Joseph installé devant un plateau de petit déjeuner pour deux et en train d'écouter le bulletin d'informations en grec que déversait la radio, image aux yeux du monde de son compagnon de nuit. Elle battit précipitamment en retraite vers la salle de bain et il dut lui tendre les vêtements par la porte entrouverte; ils avalèrent très vite leur petit déjeuner sans échanger un mot. En bas, dans le hall de l'hôtel, il paya en liquide et empocha la note. Lorsqu'ils furent près de la Mercedes, Joseph rangeant les bagages, Charlie découvrit Raoul, le hippy, couché à moins de deux mètres du pare-chocs arrière, occupé à examiner le moteur d'une moto

surchargée, et Rose qui se tenait allongée sur l'herbe,
la hanche provocante, en train de manger un petit
pain. Charlie se demanda depuis combien de temps ils
étaient là et pourquoi ils devaient surveiller ainsi la
voiture. Joseph prit le volant pour parcourir les deux
kilomètres qui les séparaient des sites antiques, gara la
Mercedes, puis, bien avant que les autres mortels
n'aient commencé à faire la queue sous un soleil
torride, il avait entraîné la jeune femme de l'autre côté
des grilles, pour lui faire faire une visite guidée et à
nouveau strictement privée du centre du monde. Il lui
montra le temple d'Apollon, les vestiges d'un mur
dorique et son hymne gravé, la pierre symbolisant le
nombril de l'univers. Il lui montra les Trésors et la
piste de course tout en la gratifiant d'un cours sur les
multiples guerres qui avaient été menées pour posséder l'Oracle. Mais son attitude ne trahissait plus la
même désinvolture que sur l'Acropole. Charlie s'imagina son guide avec une liste imprimée dans la tête,
liste dont il rayait chaque ligne au fur et à mesure qu'il
la promenait.

De retour près de la voiture, il lui tendit les clefs.

« Moi? s'étonna-t-elle.

– Pourquoi pas? Je croyais que tu avais un faible
pour les belles autos. »

Ils se dirigèrent vers le nord, empruntant des routes
désertes et sinueuses. Au début, Joseph évalua surtout
la conduite de la jeune femme, lui donnant l'impression qu'elle repassait son permis, mais il ne réussit pas
à la rendre nerveuse et elle ne parvint pas non plus à
l'inquiéter, car il ne tarda pas à déplier une carte
routière sur ses genoux sans plus prêter attention à la
conductrice. La Mercedes réagissait merveilleusement:
l'asphalte se mua bientôt en une piste de gravillons et,
à chaque virage un peu délicat, un nuage de poussière
s'élevait dans la lumière matinale pour se perdre dans
un paysage splendide. Joseph replia brusquement sa
carte et la remit dans la pochette de sa portière.

« Alors, Charlie, te sens-tu prête? » s'enquit-il, aussi vivement que s'il répétait sa question après une longue attente. Puis il reprit son récit.

Ils se trouvaient toujours à Nottingham, au paroxysme de leur passion. Ils venaient de passer deux nuits et un jour dans l'auberge, le registre pouvant en témoigner.

« Si on le questionne, le personnel se souviendra d'un couple répondant à notre description. Notre chambre donnait à l'ouest du bâtiment, sur un jardinet individuel. On te conduira là-bas en temps voulu pour que tu puisses te rendre compte par toi-même. »

Ils avaient passé la plupart du temps au lit, rapporta-t-il, à parler politique, à se raconter leur vie et faire l'amour. Il semble que les seules interruptions aient été quelques promenades dans la campagne autour de Nottingham, mais à chaque fois, le désir des deux amants devenait si impérieux qu'il les ramenait bien vite à l'auberge.

« Pourquoi ne pas se contenter de la voiture? demanda-t-elle pour essayer de lui arracher un sourire. J'adore ce genre de petits imprévus.

– Je respecte tes goûts, mais malheureusement, Michel se montre assez timide en ce qui concerne ces questions, et il préfère l'intimité d'une chambre à coucher. »

Charlie ne se laissa pas démonter : « Et ses prouesses? »

Joseph tenait déjà une réponse toute prête. « Selon nos sources les mieux informées, il ne fait pas preuve de beaucoup d'imagination, mais il est d'un enthousiasme illimité et sa virilité est tout à fait impressionnante.

– Merci », fit gravement Charlie.

Tôt le lundi matin, reprit-il, Michel était reparti pour Londres mais Charlie, qui n'avait pas de répétition de toute la matinée, dut rester à l'auberge, abandonnée, le cœur brisé. Joseph résuma sèchement son chagrin.

« Le jour est triste comme un deuil. Il pleut toujours. Souviens-toi du temps. Tu commences par pleurer tellement que tu ne parviens pas à te lever. Tu restes couchée dans ce lit encore imprégné de la chaleur de son corps, à sangloter. Il t'a dit qu'il essaierait de te rejoindre à York la semaine suivante, mais tu es persuadée que tu ne le reverras plus jamais. Que fais-tu ensuite ? » Il ne lui laissa pas le temps de répondre. « Tu t'assois devant la coiffeuse trop petite et tu contemples dans le miroir l'empreinte de ses mains sur ton corps, tu regardes tes larmes couler. Puis tu ouvres le tiroir et en sors une chemise portant le nom de l'auberge. A l'intérieur de la chemise, tu trouves du papier à en-tête de l'auberge et un stylo à bille publicitaire. Et tu te mets aussitôt à lui écrire. Cinq pages. Tu lui décris ce que te révèle le miroir, tu lui décris tes pensées les plus secrètes. Cette lettre sera la première de la multitude que tu lui enverras. Cela correspond-il à ce que tu ferais ? En plein désespoir ? Après tout tu écris toujours des lettres sous le coup de l'émotion.

— Si j'avais son adresse, oui, j'écrirais.

— Il t'a donné une adresse à Paris. » Joseph la lui transmit. Aux bons soins d'un bureau de tabac de Montparnasse. Enveloppe adressée à Michel, faire suivre, S.V.P., pas de nom de famille.

« Le soir même, tu lui écris à nouveau, dans la tristesse de l'Astral Commercial and Private Hotel. Le lendemain matin, à peine réveillée, tu recommences. Le moindre bout de papier à lettres qui traîne fait l'affaire. Pendant les répétitions, les entractes, les moments les plus inattendus, tu lui écris des lettres passionnées, spontanées, d'une sincérité absolue. » Il lui jeta un coup d'œil. « Cela ne te paraît pas bizarre, n'est-ce pas ? insista-t-il. Tu agirais vraiment comme ça ? »

Combien de fois un homme a-t-il besoin d'être rassuré? se demanda Charlie. Mais il s'était déjà replongé dans son récit. Et, ô joie inespérée – malgré ses prévisions pessimistes – Michel vint la voir non seulement à York, mais aussi à Bristol, et, mieux encore, à Londres, où il passa toute une nuit de rêve dans l'appartement que Charlie louait à Camden. Toute une nuit de passion. Et c'est là, expliqua Joseph, – avec la même satisfaction que s'il exposait une prémisse mathématique compliquée – « dans ton propre lit, chez toi, entre deux promesses d'amour éternel, que nous avons projeté ces vacances grecques dont nous sommes en train de jouir en ce moment même ».

Un long silence suivit. Charlie conduisait tout en réfléchissant. Enfin nous y voilà. De Nottingham à la Grèce en une heure de route.

« Il était prévu que je retrouve Michel après Mykonos? demanda-t-elle d'un ton sceptique.

– Pourquoi pas?

– Mykonos avec Al, toute la bande, je les plante sur le bateau pour retrouver Michel au restaurant d'Athènes et nous partons tous les deux?

– C'est cela.

– Pas Al, déclara-t-elle enfin. Amoureuse de toi, je n'aurais jamais emmené Al à Mykonos. Je l'aurais plaqué. Il n'était pas invité par les sponsors, c'est lui qui s'est accroché. Jamais deux hommes à la fois, ce n'est pas mon genre. »

Il balaya son objection d'un geste de la main. « Michel n'exige pas de toi ce type de loyauté; il ne la respecte pas lui-même et ne te la demande pas. C'est un soldat, un ennemi de la société à laquelle tu appartiens; il peut être arrêté d'un moment à l'autre. Il peut se passer six mois comme une semaine avant que vous puissiez vous revoir. Tu crois vraiment qu'il voudrait soudain te voir vivre comme une nonne? Que tu languisses, piques des crises de nerfs ou confies ton secret à tes meilleures amies? Ridicule. Tu coucherais avec tout un bataillon s'il te le demandait. » Ils dépassèrent une chapelle située au bord de la route. « Ralentis », commanda-t-il, avant d'examiner à nouveau la carte.

Ralentis, gare-toi. Marche...

Joseph avait accéléré le pas. Le sentier menait à un groupe de cabanes abandonnées, puis débouchait sur une carrière désaffectée creusée dans la pierre comme un cratère de volcan, au sommet de la colline. Au pied du front de taille, Joseph découvrit un vieux bidon d'huile. Sans un mot, il le remplit de petits cailloux pendant que Charlie l'observait avec stupéfaction. Puis il ôta son blazer rouge, le plia et le posa délicatement sur le sol. Le revolver pendait contre sa poitrine, glissé dans un étui de cuir qui rejoignait la ceinture, la crosse légèrement inclinée vers l'avant sur une courroie qui passait sous l'aisselle droite. Joseph portait un autre étui sur l'épaule gauche, mais celui-ci était vide. Il saisit le poignet de Charlie pour la faire accroupir près de lui, à l'arabe.

« Bon. Nottingham fait désormais partie du passé, de même que York, Bristol et Londres. Aujourd'hui redevient aujourd'hui, soit le troisième jour de notre grande lune de miel grecque; nous sommes bien censés nous trouver ici, après avoir passé toute la nuit à faire l'amour dans notre hôtel de Delphes. Nous nous sommes levés tôt et Michel t'a une fois encore fait entrevoir le berceau de notre civilisation. Tu as conduit la Mercedes et j'ai pu constater que ce qu'on m'avait dit est tout à fait vrai : tu aimes conduire, et, pour une femme, tu conduis très bien. Je t'ai maintenant amenée ici, sur cette colline, mais tu ne sais pas pourquoi. Comme tu l'as remarqué, je me montre assez renfermé. Je semble lutter contre le doute, sur le point peut-être de prendre une grande décision. Les efforts que tu fais pour me distraire ajoutent encore à mon agacement. Tu te demandes ce qui se passe. Notre amour est-il en train d'évoluer? Ou as-tu fait quelque chose qui m'a déplu? S'il s'agit d'évolution, dans quel sens? Je te fais asseoir ici... près de moi... voilà... et je sors mon revolver. »

Fascinée, Charlie le regarda extirper prestement l'arme de son étui pour en faire le prolongement naturel de sa main.

« Tu vas avoir l'immense privilège, partagé par nul autre, d'apprendre l'histoire de ce revolver, et, pour la première fois » – sa voix se ralentit pour accentuer l'importance de la déclaration – « je vais te parler de mon grand frère, dont l'existence même représente un secret militaire dont seuls quelques rares camarades d'une fidélité absolue ont connaissance. Je vais te parler de lui parce que je t'aime, et parce que... » Il hésita.

Parce que Michel adore dévoiler des secrets, songea-t-elle, mais elle n'aurait pour rien au monde voulu gâcher sa pièce.

« Parce que j'ai décidé aujourd'hui que j'allais commencer à t'initier au combat pour notre armée clandestine. Ne m'as-tu pas sans cesse pressé – dans tes lettres, pendant nos étreintes – de te donner une chance de prouver ta loyauté en agissant pour moi? Nous allons aujourd'hui entamer ce long apprentissage. »

Une fois encore, elle remarqua son apparente facilité à endosser sa personnalité arabe. Comme la nuit précédente, dans la taverne où elle avait eu parfois du mal à distinguer lequel de ces deux esprits antagonistes s'adressait à elle, elle écoutait maintenant, subjuguée, le style arabe assez orné qu'avait emprunté Joseph pour continuer son récit.

« Durant toute la vie nomade que j'ai dû mener jusqu'à aujourd'hui en tant que victime de l'usurpateur sioniste, mon grand frère a brillé au-dessus de moi telle une étoile. Que ce soit en Jordanie, dans notre premier camp, là où mon école n'était qu'une masure de tôle envahie par les mouches. Que ce soit en Syrie, où nous avons dû fuir lorsque les tanks jordaniens nous ont chassés de notre camp. Que ce soit au Liban, où les sionistes nous bombardaient depuis la mer et depuis les airs, aidés en cela par les chi'ites. Que ce soit maintenant, accablé par tant de pertes, je ne manque jamais de penser à mon frère, le grand héros absent, mon frère, dont les exploits, que me raconte à voix basse ma sœur adorée Fatmeh, représentent ce que je cherche plus que tout au monde à égaler. »

Il ne lui demandait plus si elle l'écoutait.

« Je ne le rencontre que très rarement et toujours dans le plus grand secret. Parfois à Damas. D'autres fois à Amman. Un ordre de lui : viens. Et je passe une nuit à son côté, à boire ses paroles, à me réjouir de sa noblesse de cœur, de son intelligence aiguë de chef, de son courage. Un soir, il m'a fait venir à Beyrouth. Il venait de rentrer d'une mission extrêmement risquée dont je ne devais rien savoir si ce n'est qu'elle avait constitué une victoire totale sur les fascistes. Il m'a emmené avec lui pour écouter parler un grand homme politique, un Libyen, un orateur doué d'un sens de la rhétorique et de la persuasion formidable. Ce fut le plus beau discours qu'il m'ait jamais été donné d'entendre. Je pourrais te le réciter par cœur. Tous les peuples opprimés de la terre auraient dû entendre les paroles qu'a prononcées ce grand homme libyen ce soir-là. » Le pistolet reposait bien à plat sur sa paume. Il le présentait à Charlie pour qu'elle le recouvre de sa propre main. « Le cœur battant d'excitation, nous avons quitté le lieu secret où s'était tenue la conférence et nous sommes rentrés à pied, dans l'aube qui se levait sur Beyrouth. Nous marchions bras dessus, bras dessous, à l'arabe. J'avais les yeux embués de larmes. Mû par une soudaine impulsion, mon frère s'est arrêté et m'a embrassé, là, sur le trottoir. Je sens encore son visage plein de sagesse pressé contre le mien. Il a sorti ce pistolet de sa poche et me l'a glissé dans la main, comme ceci. » Saisissant la main de Charlie, il y déposa l'arme, mais sans retirer sa propre paume, en orientant le canon vers la paroi de la carrière. « C'est « un cadeau, m'a-t-il dit. Pour venger notre peuple, « pour le libérer de ses chaînes. Le cadeau d'un « combattant à un autre. C'est avec ce pistolet que j'ai « fait mon serment sur la tombe de mon père. » Et moi, je n'ai rien trouvé à répondre. »

Sa main fraîche n'avait pas quitté celle de Charlie, la forçant à étreindre le revolver, et la jeune femme avait l'impression que sa paume et ses doigts tremblants ne faisaient plus partie d'elle-même.

« Charlie, pour moi, ce revolver est sacré. Je te le dis parce que j'aime mon frère, que j'aimais mon père et que je t'aime, toi. Je vais t'apprendre comment t'en servir, mais avant, je te demande de baiser ce pistolet. »

Elle le regarda, puis baissa les yeux sur l'arme. Mais le visage fanatique de Joseph ne lui offrit aucun répit. De sa main libre, il s'empara du bras de la jeune femme et l'aida à se relever.

« Nous nous aimons, l'as-tu oublié? Nous sommes tous deux des camarades au service de la révolution. Nous nous accordons parfaitement tant sur le plan intellectuel que physique. Je suis arabe, je suis passionné et j'aime les mots comme les gestes. Embrasse ce revolver.

– Mais, Jose, je ne peux pas faire ça. »

Elle s'adressait alors à Joseph et ce fut Joseph qui lui répondit.

« Qu'est-ce que tu crois, Charlie, que nous prenons le thé dans un salon anglais? Que le fait d'être beau garçon oblige Michel à s'amuser? Comment aurait-il pu apprendre à s'amuser, alors que ce revolver représente la seule chose qui lui donne une valeur en tant qu'homme? » interrogea Joseph, tout à fait logique.

Charlie fit non de la tête tout en fixant l'arme du regard. Mais cet entêtement ne sembla pas irriter son guide.

« Ecoute, Charlie. La nuit dernière, pendant que nous faisions l'amour, tu m'as demandé : « Michel, où « est le champ de bataille? » Et sais-tu ce que j'ai fait? J'ai posé ma main sur ton cœur et je t'ai dit : « « Nous menons une *jihad* et le champ de bataille se « trouve ici. » Tu es mon disciple. Jamais ton sens de la mission n'a été aussi exalté. Sais-tu ce que c'est – une *jihad*? »

Charlie avoua son ignorance d'un signe de tête.

« La *jihad* est ce que tu attendais avant de me rencontrer. La *jihad*, c'est la guerre sainte. Tu vas vraiment tirer le premier coup de feu de notre guerre sainte. Embrasse ce pistolet. »

Elle hésita, puis pressa ses lèvres contre le métal bleuté du canon.

« Bien, déclara-t-il en s'éloignant brusquement d'elle. A partir de maintenant, cette arme fait partie de nous deux. Elle est à la fois notre honneur et notre étendard. Tu le sens? »

Oui, Jose, je le sens. Oui, Michel, je le sens. Ne me redemande plus jamais une chose pareille. Elle frotta involontairement ses lèvres contre son poignet, comme pour en enlever du sang. Elle se haïssait, elle le haïssait et commençait à douter de sa propre raison.

« C'est un Walther PPK, était en train de lui expliquer Joseph lorsqu'elle se remit à l'écouter. Il n'est pas très lourd mais rappelle-toi qu'un automatique constitue toujours un compromis entre la discrétion, la maniabilité et l'efficacité. C'est ainsi que Michel s'exprime quand il te parle des armes, car c'est ainsi que son frère lui en a parlé. »

Debout derrière elle, il guida sa hanche pour la placer à la perpendiculaire de la cible, les jambes bien écartées. Puis il enferma la main de Charlie dans son poing, mêlant ses doigts aux siens et lui maintenant le bras complètement tendu, le canon du revolver pointé sur le sol, exactement entre les deux pieds de la jeune femme.

« Le bras gauche mou et détendu. Comme ça. » Il l'aida à prendre la position désirée. « Les deux yeux bien ouverts, tu lèves lentement le canon jusqu'à ce qu'il soit dans la ligne de mire de la cible. En gardant toujours le bras bien tendu. Oui. Quand je dirai feu, tu tireras deux fois, baisse le canon vers le sol, tiens-toi prête. »

Elle replaça docilement le revolver comme il le lui indiquait. « Feu », commanda-t-il, et elle leva le bras d'un mouvement raide, suivant ses instructions; Charlie pressa la gâchette, mais rien ne se produisit.

« Cette fois-ci », dit-il en ôtant le cran de sécurité.

Elle recommença son geste, appuya de nouveau sur la gâchette et le revolver fit un tel bond dans sa main qu'on l'eût pu croire lui-même atteint par une balle. Charlie tira encore et sentit son cœur s'emplir de la même excitation qu'elle avait éprouvée lorsque, pour la première fois, elle avait fait sauter un cheval ou s'était baignée nue dans la mer. Elle abaissa le canon. Joseph répéta son ordre, le revolver se redressa, beaucoup plus vite que précédemment; deux détonations retentirent, très rapprochées l'une de l'autre, puis une série de trois, à tout hasard. Puis le mouvement s'accéléra. Charlie n'attendit plus le commandement de Joseph, elle se mit à tirer à volonté, le claquement des balles emplissant l'air de toutes parts tandis que le sifflement des ricochets allait se perdre dans la mer, au-delà de la vallée. Charlie vida son chargeur puis laissa pendre son bras le long de son corps, le cœur battant, les poumons pleins des senteurs du thym et de la poudre.

« Qu'est-ce que ça donne? demanda-t-elle en se tournant vers lui.

– Va voir. »

Le laissant où il était, elle se précipita vers le bidon. Elle eut du mal à admettre ce qu'elle découvrit : le bidon ne présentait aucun impact de balle.

« Mais que s'est-il passé? s'écria-t-elle, indignée.

– Tu l'as raté, répliqua Joseph en lui prenant l'arme.

– C'était des balles à blanc!

– Absolument pas.

– J'ai fait exactement comme tu m'as dit!

– D'abord, tu ne devrais pas tirer d'une seule main. Pour une fille d'une cinquantaine de kilos, qui a des poignets épais comme des allumettes, c'est tout à fait ridicule.

– Alors pourquoi m'as-tu indiqué cette façon-là? »

Il se dirigeait vers la voiture, conduisant Charlie par le bras. « Puisque c'est Michel qui t'apprend à tirer, tu dois tirer comme lui. Il ne sait pas du tout tirer à deux mains. C'est son frère qui lui a montré la position. Tu voudrais que je te mette partout l'étiquette *made in Israel*?

– Pourquoi fait-il comme ça? insista-t-elle avec colère en lui saisissant le bras. *Pourquoi* ne sait-il pas tenir un revolver correctement? Pourquoi ne le lui a-t-on pas appris?

– Je te l'ai dit. C'est son frère qui l'a initié.

– Alors pourquoi son frère ne lui a-t-il pas appris comme il faut? »

Elle voulait réellement connaître la réponse. Elle se sentait humiliée et prête à faire une scène. Il sembla s'en apercevoir puisqu'il finit par sourire ce qui, d'une certaine façon, équivalait à une capitulation.

« " Dieu a voulu que Khalil ne tire qu'avec une main ", te répond-il.

– Pourquoi? »

Il éluda la question d'un mouvement de tête. Ils arrivèrent à la voiture.

« Son frère aîné s'appelle Khalil?

– Oui.

– Tu as dit que c'était le nom arabe d'Hébron ? »

Il parut satisfait, quoique étrangement distrait. « C'est vrai aussi. » Il mit le contact. « Khalil, notre ville. Khalil, mon frère. Khalil, l'ami de Dieu, le prophète hébreu Abraham que l'Islam respecte et qui repose dans notre très ancienne mosquée.

– Khalil, alors, répéta Charlie.

– Khalil, conclut-il brièvement. Souviens-t'en. Et aussi des circonstances au cours desquelles il a prononcé ce nom. Parce qu'il t'aime. Parce qu'il aime son frère. Parce que tu as embrassé le pistolet de son frère et que vous êtes désormais du même sang. »

La voiture amorça la descente de la colline, Joseph à son volant. Charlie ne savait plus du tout qui elle était, en admettant qu'elle l'eût jamais su. Le son de ses coups de feu lui résonnait encore aux oreilles. Le goût du métal lui imprégnait encore les lèvres, et quand son guide lui désigna l'Olympe, elle ne discerna qu'un amas de nuées blanches et noires évoquant un nuage atomique. Joseph ne se montrait pas moins préoccupé qu'elle, mais une fois encore, ses visées les dépassaient tous deux, et, tout en conduisant, il ne cessait d'assener des multitudes de petits détails, sans jamais perdre le fil de son inlassable récit. Khalil à nouveau. Leur vie commune avant que l'aîné ne parte combattre. Nottingham, le choc de deux âmes sœurs. Fatmeh et l'amour immense qu'il lui porte. Ses autres frères, morts. Ils rejoignirent la route côtière. La circulation beaucoup trop rapide y faisait un vacarme assourdissant; des vestiges de cabanes jonchaient les plages souillées et les tours des usines semblaient à Charlie des prisons qui n'attendaient qu'elle.

La jeune femme s'efforça de rester éveillée pour l'écouter mais la fatigue eut raison d'elle. Sa tête s'abandonna sur l'épaule de Joseph et, pour un moment, Charlie s'évada.

A Thessalonique, leur hôtel était un vieil édifice de style édouardien orné de dômes que la lumière de projecteurs mettait en valeur, et d'où se dégageait un air de circonstance. Leur suite était située au dernier étage et comprenait une alcôve pour les enfants, une salle de bain longue de plus de six mètres et des meubles des années 20 complètement rayés qui créaient une atmosphère familière. Charlie avait allumé la lumière, mais il lui ordonna de l'éteindre. Joseph avait fait monter de quoi manger mais ni l'un ni l'autre n'y avaient touché. Tournant le dos à la jeune femme, il se planta devant la baie vitrée et contempla la place verdoyante qui précédait un front de mer baigné de lune. Charlie s'assit sur le lit. Dans la chambre flottaient les accords égarés d'une musique grecque venue de la rue.

« Alors, Charlie.

— Alors, Charlie, répéta-t-elle doucement, attendant l'explication qui lui était due.

— Tu t'es engagée dans mon combat. Mais quel combat? Comment sont livrées les batailles? Je t'ai parlé de la cause, je t'ai parlé de l'action : nous croyons, donc nous agissons. Je t'ai dit que la terreur est un théâtre et qu'il faut parfois tirer les oreilles du monde pour qu'il écoute la voix de la justice. »

Charlie remua nerveusement.

« Dans mes lettres, au cours de nos discussions, je t'ai à plusieurs reprises promis de te faire entrer dans l'action. Mais j'ai tergiversé. J'ai retardé le moment. Jusqu'à ce soir. Peut-être n'ai-je pas suffisamment confiance en toi. Peut-être en suis-je venu à trop t'aimer pour te voir ainsi jetée en première ligne. Tu ne sais pas vraiment laquelle de ces deux explications est la bonne, mais tu t'es parfois sentie blessée par mon mutisme touchant à ces questions, comme en témoignent tes lettres. »

Encore ces lettres, songea-t-elle. Toujours ces lettres.

« Comment donc deviendras-tu concrètement mon petit soldat? C'est ce dont nous allons parler ce soir. Ici. Dans le lit sur lequel tu t'es assise. Lors de cette dernière nuit de notre lune de miel grecque. Lors d'une nuit qui est peut-être notre dernière nuit ensemble, car tu n'es jamais sûre de me revoir un jour. »

Il se tourna vers elle, sans précipitation. On eût dit qu'une même retenue entravait son corps et sa voix. «Tu pleures énormément, fit-il remarquer. Je pense que tu dois pleurer ce soir. Tout en m'étreignant. Tout en me jurant fidélité éternelle. D'accord? Tu pleures et, entre tes sanglots, je te dis que le moment est venu. Que demain, tu auras ta chance. Que demain matin, tu pourras accomplir la promesse que tu m'as faite sur l'arme du grand Khalil. Je te commande... je te demande – très lentement, presque majestueusement, il retourna près de la fenêtre – de faire traverser la frontière yougoslave à la Mercedes, et de la conduire vers le nord, jusqu'en Autriche. Quelqu'un prendra le relais là-bas. Te sens-tu capable de faire cela? Toi toute seule? Que réponds-tu? »

En surface, elle ne sentait rien sinon la préoccupation de présenter comme Joseph une apparente absence de tout sentiment. Ni peur, ni conscience du danger, ni surprise : elle leur avait fermé à tous la porte avec violence. Voilà, pensa-t-elle. Charlie, tu y es. Une mission de chauffeur. Eh bien, allons-y. Elle le regardait fixement, la mâchoire serrée, dans cette même attitude qu'elle prenait lorsqu'elle mentait.

« Alors... qu'est-ce que tu lui réponds? la pressa-t-il en se moquant un peu. Toute seule, lui rappela-t-il. Cela fait un assez bon bout de chemin, tu sais. Mille trois cents kilomètres, toute la Yougoslavie à traverser – c'est déjà beaucoup pour une première mission. Qu'en dis-tu?

– Pourquoi ce voyage? » s'enquit-elle.

Elle n'aurait su dire s'il avait choisi volontairement de ne pas comprendre sa question : « Pour de l'argent. Pour marquer ton entrée dans le théâtre du réel. Pour que tu puisses mériter tout ce que Marty t'a promis. » Son esprit semblait aussi fermé à Charlie qu'il le lui était peut-être à lui-même. Il avait pris un ton cassant et désapprobateur.

« Je te demandais le véritable but de ce voyage. Que contient la voiture ? »

Les trois minutes d'avertissement avant que sa voix ne reprenne, plus autoritaire encore. « Quelle importance, ce que contient la voiture ? Un message militaire. Des documents... Tu penses donc devoir connaître tous les secrets de notre grand mouvement dès le premier jour de ton engagement ? » Un silence suivit, mais Charlie ne répondit rien. « Conduiras-tu la Mercedes, oui ou non ? C'est tout ce qui importe. »

Elle ne voulait pas des réponses de Michel. Elle attendait celles de Joseph.

« Pourquoi ne conduit-il pas cette voiture lui-même ?

— Charlie, en tant que nouvelle recrue, il n'entre pas dans tes attributions de discuter les ordres. Evidemment, si quelque chose te choque » – qui était-il ? Charlie croyait voir son masque glisser, mais sans savoir de quel masque il s'agissait. « Si tu soupçonnes soudain – dans le cadre de la fiction – que cet homme t'a manipulée, que toute l'adoration qu'il dit te porter, que son charme, ses promesses d'amour éternel... » Il parut de nouveau perdre pied. N'était-ce que le fruit de son imagination et de ses désirs, ou osait-elle supposer que, dans cette demi-obscurité, il s'était laissé gagner par quelque sentiment qu'il aurait préféré garder enfoui tout au fond de lui-même ?

« Je veux simplement dire qu'à ce stade – sa voix retrouva toute sa force –, si tu as l'impression d'y voir enfin clair, ou si tu sens le courage te manquer, alors, bien sûr, tu dois refuser.

– Je t'ai posé une question. Pourquoi ne prends-tu pas toi-même le volant – toi, Michel? »

Il se replongea vivement dans la contemplation de la rue, et Charlie eut l'impression qu'il avait beaucoup de choses à étouffer avant de répondre. « Voilà ce que te dit Michel, et rien de plus, commença-t-il avec une patience tendue. Quoi que puisse contenir l'auto – il pouvait la voir de la fenêtre, garée sur la place et surveillée par le minibus Volkswagen –, c'est en tout cas vital pour notre grande lutte, et c'est aussi très dangereux. Que l'on trouve dans cette voiture de la littérature subversive, des documents ou autres genres de marchandises, des messages peut-être, il serait extrêmement compromettant de se faire arrêter pendant ces treize cents kilomètres. Et aucune influence – qu'il s'agisse de pressions diplomatiques ou d'avocats habiles – ne pourrait empêcher le chauffeur de passer un très mauvais quart d'heure. Si tu ne penses qu'à ta propre peau, prends ce que je viens de te dire en considération. » Puis il ajouta, d'une voix fort différente de celle de Michel : « Après tout, tu as ta vie. Tu n'es pas des nôtres. »

Si légère qu'eût pu être la défaillance de Joseph, elle avait donné à Charlie une assurance tout à fait nouvelle. « Je t'ai demandé pourquoi il ne la conduisait pas lui-même. J'attends toujours la réponse. »

Il se reprit une fois encore, mais avec un peu d'exagération. « Charlie! Je suis un activiste palestinien. On sait que je me bats pour la cause. Je voyage sous un faux passeport, toujours à la merci d'un contrôle. Mais pour toi, une jolie Anglaise inspirant confiance; pour toi qui n'es pas fichée, qui a l'esprit vif et du charme, cela ne constitue aucun danger. Cela devrait te suffire! »

– Tu viens juste de me dire que c'était dangereux.

– Mais non. Michel t'assure que ça ne l'est pas. Pour lui, à la rigueur, mais pour toi, sûrement pas. « Fais-le pour moi, te dit-il. Fais-le et sois-en fière.

« Fais-le au nom de notre amour et de la révolution.
« Fais-le au nom de tout ce que nous nous sommes
« juré. Fais-le pour mon frère. Toutes tes promesses
« ne signifient-elles donc rien? Te contentais-tu de
« proférer des mensonges hypocrites de petite Occi-
« dentale quand tu te prétendais révolutionnaire? » Il
s'interrompit. « Fais-le parce que si tu refuses, ta vie
sera plus vide encore que quand je t'ai trouvée sur
cette plage.

– Plutôt au théâtre », corrigea-t-elle.

Il négligea la remarque. Il lui tournait le dos, son
regard toujours posé sur la Mercedes. Il était redevenu
Joseph, le Joseph qui appuyait ses voyelles, qui soignait ses phrases et dont la mission était de sauver des
vies innocentes.

« Voilà où tu en es. Devant ton Rubicon. Tu sais ce
que c'est, le Rubicon? Tu arrêtes maintenant, tu
rentres chez toi, empoches un peu d'argent, oublies la
révolution, la Palestine, Michel, tu oublies tout.

– Ou?

– Ou tu conduis la voiture. Ta première action
d'éclat pour la cause. Toute seule. Treize cents kilomètres. Alors?

– Où seras-tu? »

Son calme ne présentait plus de faille et il s'était à
nouveau dissimulé derrière Michel. « Par l'esprit, je
serai avec toi, mais je ne pourrai pas t'aider. Personne
ne le pourra. Tu seras seule à assumer une action
criminelle visant à soutenir ce que le monde appellerait un groupe terroriste. » Il reprit la parole, mais
cette fois en tant que Joseph. « Certains des gosses
t'escorteront, mais ils ne pourraient rien faire si les
choses tournaient mal, sinon nous en informer, Marty
et moi. La Yougoslavie ne soutient pas particulièrement Israël. »

Charlie ne s'avoua pas vaincue. Son instinct de
conservation le lui commandait. Elle s'aperçut qu'il
s'était de nouveau tourné vers elle et croisa son regard

sombre, sachant qu'il voyait son visage tandis que le sien était à contre-jour. Contre qui te bats-tu? songea-t-elle; contre toi ou contre moi? Pourquoi veux-tu toujours être l'ennemi?

« La scène n'est pas terminée, lui rappela-t-elle. Je t'ai demandé – je vous ai demandé – ce que contenait la voiture. Tu – qui que tu sois – veux que je la conduise. Il faut que je sache ce qu'il y a dedans. Maintenant. »

Elle crut qu'elle allait devoir patienter. Elle s'attendait à trois nouvelles minutes d'avertissement tandis que l'esprit de Joseph sélectionnait les options avant d'afficher ses réponses délibérément cassantes. Elle se trompait.

« Des explosifs, répliqua-t-il de son ton le plus détaché. Quatre-vingt-dix kilos de plastic russe divisés en petits pains de deux cent cinquante grammes. Du très bon matériel, tout neuf, bien préparé, capable de résister au froid comme au chaud et pouvant exploser par pratiquement toutes les températures.

– Oh! Contente d'apprendre qu'il a été soigneusement préparé, fit Charlie d'une voix enjouée, en repoussant l'afflux soudain de ses sentiments. Où est-il caché.

– Sous le capitonnage, dans le châssis, le toit, les sièges. C'est un vieux modèle, et il a l'avantage d'avoir des poutrelles tubulaires.

– A quoi doit servir ce plastic?

– A notre combat.

– Mais pourquoi s'emmerde-t-il à aller chercher son truc en Grèce? Pourquoi ne pas se le procurer en Europe?

– Mon frère applique certaines lois du secret et il m'oblige à les respecter scrupuleusement. Il ne fait confiance qu'à un petit cercle de personnes extrêmement restreint, et ne veut pas l'élargir. En vérité, il ne fait pas plus confiance aux Arabes qu'aux Européens.

On est seul à pouvoir trahir ce qu'on a fait tout seul.

— Et, en l'occurrence, quelle forme revêtira notre combat? D'après toi? » s'enquit Charlie de cette même intonation badine et trop dégagée.

Il n'hésita pas non plus. « Il s'agit de liquider les juifs de la Diaspora. Ils ont dispersé le peuple de Palestine et nous allons les punir au sein même de leur Diaspora, clamant ainsi notre souffrance aux yeux et aux oreilles du monde. Nous voulons par ce moyen réveiller aussi la conscience du prolétariat endormi, ajouta-t-il avec un peu moins d'assurance.

— Eh bien, cela me paraît très raisonnable.

— Merci.

— Alors, toi et Marty... vous vous êtes dit que ce serait une bonne idée de me faire aller jusqu'en Autriche pour les aider un peu. » Elle inspira une goulée d'air, se leva et se dirigea, la mine décidée, vers la fenêtre. « Tu ne voudrais pas me prendre dans tes bras, s'il te plaît, Jose? Ce n'est pas pour te draguer. Mais c'est juste que je commençais à me sentir seule là-bas. »

Un bras se posa sur son épaule et elle frissonna violemment. S'abandonnant contre sa poitrine, elle pivota légèrement de façon à pouvoir l'enlacer, le presser contre elle, et elle sentit à son grand soulagement le corps de Joseph se détendre et lui rendre son étreinte. Charlie ne savait plus sur quoi se concentrer, son esprit lui semblait un œil ouvert sur un paysage immense et inattendu. Pourtant, ce qui lui apparaissait maintenant le plus clairement n'était pas le danger que constituait ce voyage en voiture, mais le voyage tellement plus vertigineux qui l'attendait, cette longue route que jalonnaient les camarades sans visage de l'armée qu'elle s'apprêtait à rejoindre. M'envoie-t-il ou me retient-il? s'interrogea-t-elle. Il ne le sait pas. Il s'efforce en même temps de se réveiller et de dormir. Le bras de Joseph toujours posé sur son épaule,

Charlie sentit monter en elle un nouveau courage. Sous l'influence de la chasteté volontaire de son guide, elle avait fini par croire confusément que son corps androgyne ne lui plaisait pas. Et brusquement, pour des raisons qu'il lui restait encore à comprendre, ce dégoût d'elle-même l'avait quittée.

« Continue de me convaincre, lui dit-elle sans le lâcher. Fais ton boulot.

– Cela ne te suffit-il pas de savoir que Michel t'envoie en mission mais ne veut pourtant pas que tu y ailles? »

Elle ne répondit pas.

« Faut-il que je te cite Shelley – " La beauté impétueuse de la terreur? " Faut-il que je te rappelle nos multiples serments – que nous sommes prêts à tuer parce que nous sommes prêts à mourir?

– Je ne pense pas que les mots puissent changer quoi que ce soit maintenant. J'en ai une indigestion, je crois. » Elle avait enfoui son visage dans la poitrine de Joseph. « Tu m'as promis de rester avec moi, lui dit-elle, et elle sentit l'étreinte de l'homme se relâcher tandis que sa voix se durcissait.

– Je t'attendrai en Autriche, répliqua-t-il d'un ton qui cherchait plus à la rebuter qu'à la convaincre. C'est l'engagement de Michel. C'est aussi le mien. »

Elle recula un peu et lui prit la tête entre ses mains, comme elle l'avait fait sur l'Acropole, scrutant ses traits à la lumière du dehors. Elle eut alors l'impression qu'il s'était fermé, telle une porte, et qu'il ne la laisserait plus jamais ni entrer ni sortir. A la fois glacée et excitée, elle retourna vers le lit où elle se rassit. Sa voix avait pris une assurance nouvelle qui l'impressionna elle-même. Elle gardait les yeux fixés sur le bracelet qu'elle tournait pensivement dans la pénombre.

« Donc, qu'est-ce que tu veux, toi? demanda-t-elle. Toi, Joseph? Charlie reste-t-elle pour accomplir sa mission, ou se tire-t-elle en empochant le fric? Quel est ton scénario *personnel*?

– Tu connais tous les risques. A toi de décider.

– Toi aussi tu les connais. Mieux que moi. Et depuis le début.

– Marty et moi-même t'avons donné tous les arguments. »

Elle dégrafa le bracelet et le laissa glisser dans le creux de sa main. « Nous sauvons des vies innocentes. En admettant bien sûr que je transporte ces explosifs. Mais il y a aussi ceux – des imbéciles – qui pourraient croire que davantage de vies seraient épargnées si je ne transportais *pas* ces explosifs. Si j'ai bien compris, ils se tromperaient complètement?

– A long terme, si tout se passe bien, ils auraient tort. »

Il lui tournait de nouveau le dos et s'était apparemment replongé dans l'étude du paysage.

« Si l'on considère que c'est Michel qui me parle, alors c'est facile, reprit-elle non sans raison en fixant le bracelet à son autre poignet. Tu m'as fait perdre la tête; j'ai baisé le revolver et n'ai qu'une hâte : monter sur les barricades. Si nous ne croyons pas à cette version-là, tous tes efforts de ces derniers jours n'auront servi à rien. Ce n'est pas le cas. C'est le rôle que tu m'as attribué et c'est celui que je tiendrai. Je conduirai la voiture. »

Elle le vit acquiescer d'un léger signe de tête. « Et si c'est Joseph qui parle, quelle différence cela fait-il? Si je refuse, je ne te reverrai plus jamais. Cela signifierait le retour à Nullepartville après une poignée de main généreuse pour le dérangement. »

A sa stupéfaction, elle remarqua qu'il ne l'écoutait plus. Il redressa les épaules et laissa échapper un profond soupir; il regardait toujours par la fenêtre, un point situé très loin vers l'horizon. Il prit la parole et elle crut tout d'abord qu'il cherchait à esquiver le coup qu'elle lui avait porté. Mais à mesure qu'elle écoutait,

Charlie se rendit compte qu'il lui expliquait pourquoi, selon lui, ils n'avaient jamais eu ni l'un ni l'autre réellement le choix.

« Je pense que Michel apprécierait cette ville. Avant l'occupation allemande, six mille juifs vivaient assez tranquillement ici, de ce côté-ci de la colline. Des postiers, des marchands, des banquiers. Des Sefardim. Ils étaient venus d'Espagne après avoir traversé les Balkans. Quand les Allemands sont partis, il n'en restait plus un seul. Ceux qui n'avaient pas été exterminés s'étaient réfugiés en Israël. »

Charlie s'allongea sur le lit. Joseph se tenait toujours près de la baie vitrée, observant les feux de la rue, qui mouraient. Elle se demanda s'il viendrait à elle, sachant qu'il n'en ferait rien. Elle perçut le grincement du divan lorsque Joseph se coucha dessus, son corps parallèle au sien et n'en étant séparé que par une distance longue comme la Yougoslavie. La jeune femme le désirait plus qu'elle n'avait jamais désiré aucun homme, la peur du lendemain intensifiant encore ce désir.

« Tu as des sœurs et des frères, Jose? demanda-t-elle.

— Un frère.

— Que fait-il?

— Il est mort pendant la guerre des Six Jours.

— La guerre qui a chassé Michel de l'autre côté du Jourdain », dit-elle. Elle ne s'était pas attendue à une réponse aussi franche, mais elle sut qu'il ne lui mentait pas. « Et toi aussi tu t'es battu dans cette guerre?

— Je suppose.

— Et dans celle d'avant, celle dont je ne me rappelle pas la date?

— 56.

— Oui?

— Oui.

— Et dans celle d'après? Celle de 73?

— Sans doute.

366

– Pourquoi te battais-tu? »

Nouveau silence.

« En 56, parce que je voulais être un héros. En 67, pour la paix. Et en 73 – il semblait avoir du mal à se souvenir – en 73, pour Israël.

– Et maintenant? Pourquoi te bats-tu maintenant? »

Parce que c'est comme ça, songea-t-elle. Pour sauver des vies. Parce qu'on me l'a demandé. Pour que dans mon village, on puisse danser le *dabke* et écouter les récits des voyageurs près du puits.

« Jose?

– Oui, Charlie.

– Comment as-tu attrapé ces cicatrices? »

Dans l'obscurité, ses silences exhalaient la même fièvre qu'un feu de camp.

« Les brûlures, dirais-je, je me les suis faites en restant dans un tank. Les balles, je les ai reçues en m'en échappant.

– Quel âge avais-tu?

– Vingt ans. Vingt et un. »

J'avais huit ans quand je suis entré dans l'Ashbal, rêva-t-elle. J'en avais quinze...

« Et ton père, qui c'était? poursuivit-elle, bien décidée à conserver son élan.

– Un pionnier. L'un des premiers colons.

– Il venait d'où?

– De Pologne.

– Quand?

– Dans les années 20. Pendant la troisième *Aliyah*, si tu sais à quoi cela correspond. »

Elle ne le savait pas, mais cela importait peu pour l'instant.

« Et qu'est-ce qu'il faisait?

– Il travaillait dans le bâtiment. De ses mains. Il a fait une ville d'une simple dune de sable. Tel-Aviv. Un socialiste, mais un socialiste pragmatiste. Il n'était pas très croyant. Il ne buvait pas et n'a jamais eu plus de quelques dollars en poche.

« – Et toi aussi, tu aurais aimé vivre comme ça? » s'enquit-elle.

Il ne va pas répondre, se dit-elle. Il dort déjà. Ne l'ennuie pas.

« J'ai opté pour de plus hautes sphères », répliqua-t-il sèchement.

Ou ce sont elles qui ont opté pour toi, songea-t-elle; c'est toujours ainsi que se présente la notion de choix quand on naît enfermé. Puis, très vite, elle s'endormit.

Mais Gadi Becker, le guerrier endurci, gisait patient et éveillé, contemplant l'obscurité et écoutant le souffle irrégulier de sa jeune recrue. Pourquoi lui avait-il parlé ainsi? Pourquoi s'ouvrir ainsi à elle à l'heure même où il l'envoyait accomplir sa première mission? Il n'avait par moments plus confiance en lui-même. Il voulut faire jouer ses muscles mais s'aperçut seulement que les cordes de la discipline ne les raidissaient plus comme autrefois. Il voulut regarder devant lui, mais ne put que considérer le passé et s'étonner de sa marge d'erreur. Quel est mon but, pensa-t-il, la lutte ou la paix? Il se sentait trop vieux pour l'une et pour l'autre. Trop vieux, pour continuer, trop vieux pour s'arrêter. Trop vieux pour se donner, mais pourtant incapable de refuser. Trop vieux pour ne pas reconnaître l'odeur de la mort avant de tuer.

Il prêta de nouveau l'oreille à la respiration de Charlie, qui se calmait avec le sommeil. Levant, un peu à la façon de Kurtz, son poignet devant son visage, il déchiffra le cadran lumineux de sa montre. Puis, si doucement que, même éveillée, Charlie aurait eu du mal à l'entendre, il enfila le blazer rouge sombre et se glissa hors de la chambre.

Le réceptionniste de nuit avait l'esprit vif, et un simple coup d'œil sur les vêtements coûteux de son visiteur lui fit sentir la proximité d'un généreux pour-boire.

« Avez-vous des formulaires de télégramme? » demanda Becker d'un ton autoritaire.

L'homme plongea littéralement sous son comptoir.

Becker se mit à écrire. De grandes lettres soignées à l'encre noire. Il connaissait l'adresse par cœur – aux bons soins d'un avocat de Genève; Kurtz la lui avait communiquée depuis Munich, après s'être assuré auprès de Yanuka qu'elle était toujours valable. Le texte aussi, il le savait par cœur. Cela commençait par « Ayez la gentillesse d'informer votre client » et fai-sait référence à des obligations arrivant à échéance « d'après les normes stipulées dans notre contrat ». Le message comprenait quarante-cinq mots, et lorsqu'il les eut relus, il y ajouta la signature raide et appliquée que lui avait enseignée patiemment Schwili. Puis il tendit le formulaire au réceptionniste, et adjoignit cinq cents drachmes pour le remercier.

« Je voudrais que vous l'envoyiez deux fois, vous comprenez? Le même message, deux fois. La première maintenant, par téléphone, et la seconde demain matin, à la poste. Ne le faites pas faire par un chasseur, chargez-vous-en personnellement et faites-moi ensuite monter dans ma chambre la confirmation du mes-sage. »

Le réceptionniste ferait tout ce que désirait le gen-tleman. Il avait entendu parler des pourboires arabes et en avait longtemps rêvé. Et cette nuit, voilà qu'il lui en tombait un du ciel. Il aurait été ravi de rendre bien d'autres services au gentleman, mais hélas! celui-ci resta sourd à son offre. Désespéré, le réceptionniste regarda sa proie sortir de l'hôtel, puis se diriger tout droit vers le front de mer. Le minibus de transmission était garé sur le parking. Il était l'heure pour le grand Gadi Becker de compléter son rapport et de s'assurer que tout se présentait bien pour le jour J.

13

Le monastère se dressait à deux kilomètres de la
frontière, dans une cuvette de galets et de joncs. C'était
un édifice triste et désacralisé dont les toits s'étaient
affaissés et dont la cour ne présentait plus que des
cellules éventrées aux murs de pierre décorés de jeunes
hulas peintes dans un style psychédélique. Leur voca-
tion chrétienne oubliée, les bâtiments avaient été
transformés en boîte de nuit, mais, imitant les moines,
le propriétaire avait fui. La Mercedes bordeaux trônait
sur l'ancienne piste de danse en ciment, tel un cheval
de guerre qu'on parait avant la bataille; à côté, la
championne qui allait le monter et Joseph, l'organisateur, qui s'occupait des derniers préparatifs. C'est ici
que Michel t'a conduite pour changer les plaques
d'immatriculation et te dire au revoir, Charlie; c'est ici
qu'il t'a donné les faux papiers et les clefs de l'auto.
Rose, essuie donc cette portière, ce n'est pas bien fait.
Rachel, qu'est-ce que ce bout de papier par terre? Il
était redevenu Joseph le perfectionniste, qui prenait
garde aux plus infimes détails. Le minibus était rangé
près du mur d'enceinte, son antenne se balançant
doucement dans la brise tiède.

Les plaques munichoises étaient déjà mises en place,
un « D » allemand poussiéreux avait été substitué à
l'autocollant diplomatique. Tous les détritus indésira-
bles avaient disparu. Becker entreprit alors avec un
soin méticuleux de les remplacer par des souvenirs

éloquents : un guide de l'Acropole tout corné et fourré dans la poche d'une portière où on l'avait oublié; des pépins de raisin dans le cendrier et des fragments d'écorce d'orange sur le sol; des bâtons d'esquimaux grecs et des bouts d'emballage de chocolat. Et puis deux tickets d'entrée validés pour les ruines de Delphes ainsi qu'une carte de Grèce Esso dont la portion de route entre Delphes et Thessalonique était marquée au feutre, et sur laquelle figuraient, près de l'endroit où Charlie avait tiré au revolver et manqué sa cible, des annotations en arabe écrites de la main de Michel. Un peigne dont les dents étaient maculées de la lotion capillaire allemande de Michel et auquel s'accrochaient quelques cheveux noirs. Une paire de gants de conduite en cuir imprégnés de la sueur de Michel. Un étui à lunettes Frey, de Munich, qui avait abrité les verres teintés accidentellement brisés lors de l'enlèvement de leur propriétaire.

Il soumit enfin Charlie au même examen minutieux, son regard se posant sur ses chaussures, puis sur son visage en passant par le bracelet, avant de parcourir de nouveau tout le corps habillé dans le sens inverse. Puis il se tourna – à contrecœur, sembla-t-il à Charlie – vers une petite table à tréteaux où s'étalait le contenu revu et corrigé du sac de la jeune femme.

« Range tout cela dedans, maintenant, s'il te plaît », ordonna-t-il enfin après une nouvelle vérification. Joseph la regarda enfouir tous les objets à sa façon à elle : d'abord le mouchoir, puis le rouge à lèvres, le permis de conduire, la monnaie, le portefeuille, les petits souvenirs, les clefs et tout l'attirail soigneusement étudié qui, si on l'examinait, pourrait attester la fiction compliquée de ses vies enchevêtrées.

« Et les lettres? » s'enquit Charlie. Joseph ne réagit pas. « S'il m'a écrit toutes ces lettres passionnées, je les trimbalerais partout avec moi, non?

– Michel ne te le permet pas. Il t'a donné des instructions très strictes : tu dois les conserver dans un endroit sûr de ton appartement et surtout, tu ne dois jamais traverser une frontière avec ces lettres en ta possession. Cependant... » Il tira de la poche de sa veste un petit agenda recouvert d'une feuille de cellophane protectrice. Il s'agissait d'un carnet toilé et garni d'un petit crayon fixé sur la tranche. « Comme tu n'as pas d'agenda, nous en avons rempli un à ta place », expliqua Joseph. Charlie le saisit avec précaution et ôta le papier cellophane. Elle extirpa le crayon de sa languette; l'extrémité présentait quelques marques de dents : elle n'avait jamais pu s'empêcher de mordiller ses crayons. La jeune femme parcourut une demi-douzaine de pages. Schwili n'y avait pas noté grand-chose mais, grâce au flair de Leon et à l'ordinateur de Miss Bach, Charlie aurait pu signer chacune des annotations. Rien concernant la période de Nottingham : Michel avait surgi sans avertir. Pour York, un grand « M » et un point d'interrogation, le tout entouré d'un cercle. Sur la même page, dans un coin, un membre viril long et quelque peu pensif, de ceux qu'elle traçait quand elle rêvassait. Sa voiture apparaissait : *Fiat chez Eustace à 9 heures.* Sa mère aussi : *Anniversaire de maman dans une semaine. Chercher cadeau.* Et même Alastair : *Une pub pour Kellogg's dans l'île de Wight?* Elle se rappela qu'il n'y était pas allé; *Kellogg's* s'était trouvé une vedette plus sobre et de plus grande envergure. Au moment de ses règles, quelques traits ondulés et, une ou deux fois, une pointe d'humour : *hors service.* Tournant les feuillets du carnet pour arriver à ses vacances en Grèce, elle découvrit le nom de Mykonos, tracé en grandes majuscules rêveuses, ainsi que les heures de départ et d'arrivée du charter. Mais lorsqu'elle parvint au jour de son arrivée à Athènes, une volée d'oiseaux bleu et rouge toutes ailes déployées l'attendait, tracée au stylo à bille sur une double page et évoquant un peu un tatouage de marin. Charlie laissa tomber l'agenda dans le sac qu'elle referma avec un claquement sec. C'en était trop. Elle se sentait violée, salie. Elle n'éprouvait qu'une envie : rencontrer des gens nouveaux qu'elle pourrait encore surprendre, des gens incapables d'imiter ses sentiments et son écriture avec une perfection qui la faisait douter d'elle-même. Peut-être Joseph comprenait-il cela. Peut-être le devina-t-il à la soudaine brusquerie de la jeune femme. Elle l'espérait. De sa main gantée, il lui tenait la portière ouverte. Charlie s'installa rapidement derrière le volant.

« Vérifie encore une fois tes papiers, commanda-t-il.

— Pas la peine, lâcha-t-elle en regardant droit devant elle.

— Numéro de la voiture ? »

Elle le lui donna.

« Date d'immatriculation ? »

Elle débita toutes les informations : histoire dans l'histoire dans l'histoire. L'automobile appartenait à un médecin en vue de Munich – elle en fournit le nom – avec qui elle sortait habituellement. La Mercedes était assurée et enregistrée au nom du docteur, voir les faux papiers.

« Et pourquoi ce médecin ne t'accompagne-t-il pas ? C'est Michel qui te pose toutes ces questions, tu comprends bien ? »

Elle comprenait. « Il a dû prendre l'avion à Thessalonique ce matin, pour une urgence. J'ai accepté de me charger de la voiture. Il était venu faire une conférence à Athènes et nous en avons profité pour visiter un peu.

— Où as-tu fait sa connaissance ?

— En Angleterre. C'est un ami de mes parents – il soigne leurs lendemains de cuite. Mes parents sont fabuleusement riches, comprenez l'allusion.

— En dernier recours, tu peux utiliser les mille dollars que Michel a mis dans ton sac pour la durée du voyage. On ne sait jamais le temps que tu pourrais faire perdre à ces gens ou les ennuis que tu pourrais leur causer : une petite pièce leur paraîtrait peut-être souhaitable. Quel est le nom de sa femme?

– Renate, et je ne peux pas l'encaisser.

– Les enfants?

– Christoph et Dorothea. Et je serais pour eux une mère merveilleuse si seulement Renate pouvait aller voir ailleurs si j'y suis. Je voudrais partir maintenant. Rien d'autre?

– Si. »

Que tu m'aimes, par exemple, lui suggéra-t-elle mentalement. Que tu as un peu mauvaise conscience de m'envoyer comme ça traverser la moitié de l'Europe avec un chargement de plastic russe de la meilleure qualité.

« Ne sois pas trop sûre de toi, lui conseilla-t-il, sans plus de sentiment que s'il examinait son permis de conduire. Les douaniers ne sont pas tous des imbéciles ou des maniaques sexuels. »

Charlie s'était promis de ne pas faire d'adieux, et peut-être Joseph en avait-il décidé de même.

« Allez, Charlie », lança-t-elle en mettant le contact.

Il ne lui fit aucun geste, aucun sourire. Il est possible qu'il lui ait renvoyé son « Allez, Charlie », mais si ce fut le cas, elle n'entendit pas. La jeune femme parvint à la route nationale; le monastère et ses occupants temporaires disparurent de son rétroviseur. Elle parcourut assez vite environ deux kilomètres avant d'arriver à la hauteur d'une vieille flèche peinte indiquant « *Jugoslawien* ». Puis elle ralentit, prenant le rythme de la circulation. La chaussée s'élargit, devenant une aire de stationnement. Charlie aperçut une file d'autocars, une autre de voitures et une rangée de drapeaux de tous les pays, dont les couleurs, brûlées par le soleil, avaient pris des tons pastel. Je suis anglaise, allemande, israélienne et arabe. Elle se rangea derrière une décapotable. Deux garçons occupaient les sièges avant, deux filles celui de l'arrière. Charlie se demanda s'ils travaillaient pour Joseph. Ou pour Michel. Ou pour une police quelconque. C'était ainsi qu'elle commençait à entrevoir le monde : il fallait que chacun appartienne à quelqu'un d'autre. Un homme en uniforme gris lui fit impatiemment le geste d'avancer. Tout était prêt. Les faux papiers, les fausses explications. On ne lui demanda ni les uns ni les autres. Elle était de l'autre côté.

Debout, tout en haut de la colline, bien au-dessus du monastère, Joseph abaissa ses jumelles et regagna le minibus qui attendait.

« Colis posté », dit-il brièvement à l'adresse de David, qui s'empressa de taper les mots sur son clavier. Il aurait tapé n'importe quoi pour Becker, risqué n'importe quoi, tué n'importe qui. Becker représentait pour le jeune homme une véritable légende vivante, le summum de ce qu'on pouvait atteindre, le héros qu'il n'aurait de cesse d'imiter.

« Marty vous répond " Félicitations " », annonça respectueusement le garçon.

Mais le grand Becker ne parut pas entendre.

Elle conduisit éternellement. Elle conduisit, le bras douloureux à force d'étreindre le volant, le cou l'élançant à force de tenir ses jambes trop raides. Elle conduisit, l'estomac nauséeux après la peur. Puis nauséeux à nouveau lorsque la peur revint. Puis plus mal encore quand le moteur cala; bravo, songea-t-elle, nous allons piquer une petite crise. *Si cela t'arrivait,* lui avait dit Joseph, *laisse tout tomber. Cours vers le premier carrefour, fais-toi prendre en stop, débarrasse-toi des papiers, prends le train. Et surtout éloigne-toi au maximum de tout ça.* Mais maintenant que les dés en étaient jetés, elle ne pouvait plus suivre ces conseils : c'eût été comme de quitter un spectacle au milieu. Elle s'assourdit de musique; elle éteignit la radio, mais le vacarme des camions l'assourdit plus encore. Elle se trouvait dans un sauna, elle crevait de froid, elle chantait à tue-tête. Elle n'avançait pas, elle bougeait seulement. Elle bavarda gaiement avec son défunt père et sa vioque : « Voilà, mère, j'ai fait la connaissance de cet Arabe tout à fait *charmant, merveilleusement* bien éduqué, *extraordinairement* riche et cultivé, et nous n'avons pas arrêté de baiser de l'aube au crépuscule, du crépuscule à l'aube... »

Elle conduisit en faisant le vide dans son esprit, en prenant du recul par rapport à ses pensées. Elle se força à demeurer spectatrice plutôt que sujet. Oh! regarde, un village; oh! regarde, un lac, se disait-elle, sans jamais se permettre la moindre incursion dans son chaos intérieur. Je suis libre, détendue, et je m'amuse comme une petite folle. Elle déjeuna de fruits et de pain achetés dans la boutique d'une station-service. Ainsi que d'une glace – cela lui avait pris comme une envie de femme enceinte. Une glace yougoslave jaunâtre et gorgée d'eau, sur l'emballage de laquelle figurait une fille dotée d'une poitrine opulente. Elle croisa une fois un auto-stoppeur et fut terriblement tentée de passer outre les ordres de Joseph et de le prendre. Sa solitude lui parut tout à coup tellement insupportable qu'elle aurait fait n'importe quoi pour garder l'inconnu près d'elle : l'épouser dans l'une de ces petites chapelles disséminées sur les collines pelées, le violer dans l'herbe jaunie des bas-côtés. Mais jamais, au cours de ces centaines d'années et de kilomètres de route, jamais elle ne voulut admettre qu'elle transportait quatre-vingt-dix kilos d'explosif soviétique de première qualité divisé en petits pains de deux cent cinquante grammes répartis dans toute la voiture. Ou que ce modèle assez ancien de Mercedes présentait bien des avantages pour ce genre de transport. Ou qu'il s'agissait de très bon matériel, tout neuf, bien préparé, capable de résister au froid comme au chaud et pouvant exploser par pratiquement toutes les températures.

Fonce, ma fille! ne cessait-elle de se répéter, parfois même tout haut. *Il fait beau et tu es une pute de luxe conduisant la Mercedes de ton amant.* Elle déclama des vers de *Comme il vous plaira*, d'autres extraits de son tout premier rôle. D'autres encore tirés de *Jeanne d'Arc.* Mais elle chassa complètement Joseph de ses pensées; jamais de sa vie elle n'avait rencontré cet Israélien, jamais elle ne l'avait désiré, jamais elle n'avait changé d'idéaux ou de religion pour lui, et jamais elle n'était devenue sa créature tout en prétendant être celle de son ennemi; jamais elle ne s'était préoccupée ni inquiétée des conflits intérieurs qui se déroulaient en lui.

A six heures du soir, et malgré son envie de continuer à rouler toute la nuit, elle aperçut l'enseigne peinte que personne ne lui avait dit de guetter, et s'exclama : « Tiens, comme cet endroit a l'air charmant! Je vais l'essayer. » Comme ça, tout bêtement. Elle avait prononcé les mots à voix haute, peut-être à l'adresse de sa vioque. Elle parcourut encore un kilomètre dans ce paysage montagneux et l'hôtel annoncé apparut, exactement tel que celui-qui-n'existait-pas l'avait décrit : construit sur des ruines et agrémenté d'une piscine et d'un terrain de golf. Lorsqu'elle pénétra dans le hall, devinez sur qui elle tomba? Ses vieux copains Rose et Dimitri, qu'elle avait rencontrés à Mykonos et qui se trouvaient ici par le plus grand des hasards. Eh, regarde, c'est Charlie, quelle coïncidence, on dîne ensemble? Ils mangèrent un méchoui près de la piscine, nagèrent puis, quand il fallut rentrer et que Charlie assura ne pas pouvoir dormir, ils jouèrent au Scrabble dans la chambre de la jeune femme, comme un prisonnier et ses deux gardiens à la veille de l'exécution. Charlie somnola quelques heures mais, dès six heures du matin, elle se trouvait déjà sur la route. Ce fut en milieu d'après-midi qu'elle rejoignit la file d'attente patientant à la frontière autrichienne et se soucia tout à coup terriblement de son apparence.

Elle portait un chemisier sans manches extrait du trousseau de Michel; elle s'était soigneusement brossé les cheveux et ses trois rétroviseurs lui renvoyaient une image très satisfaisante. La plupart des véhicules passaient sans qu'on les arrêtât, mais elle ne voulait pas compter sur ce genre de chance, pas une seconde fois. On demandait aux autres automobilistes leurs papiers, et certains devaient se soumettre à une fouille en règle. Charlie se demanda si on les choisissait au hasard, ou si les douaniers étaient prévenus à l'avance, ou s'ils se laissaient guider par quelques indications mystérieuses. Deux hommes en uniforme parcouraient lentement la file, s'immobilisant devant la vitre du conducteur de chaque voiture. L'un était en vert, l'autre en bleu, ce dernier ayant incliné sa casquette de façon à avoir l'air d'un as de l'aviation. Tous deux regardèrent en direction de Charlie, puis firent sans se presser le tour de la Mercedes. La jeune femme sentit un coup de pied donné dans un pneu arrière, et elle eut envie de lancer un « Ouille, ça fait mal », mais se retint en songeant à ce que Joseph, l'homme barré de sa mémoire, lui avait dit : ne fais pas le premier pas, conserve tes distances, pense à ce qui te semble nécessaire et n'en fais que la moitié. L'homme en vert lui demanda quelque chose en allemand et elle lui répondit « Pardon? » en anglais. Elle lui tendait son passeport britannique, profession actrice. L'homme s'en saisit, examina la photographie, et le tendit à son collègue. Ils avaient l'air de deux bons garçons; elle ne s'était pas rendu compte à quel point ils étaient jeunes. Blonds, pleins de sève, le regard franc, et le hâle permanent des montagnards. Premier choix, voulut-elle leur certifier, prise d'une terrible envie suicidaire; c'est moi, Charlie, évaluez-moi.

Leurs quatre yeux ne la quittaient pas tandis qu'elle répondait à leurs questions, chacun leur tour. Non, fit-elle, juste quelques paquets de cigarettes grecques et une bouteille d'ouzo. Non, pas de cadeaux, je vous assure. Elle regarda ailleurs, résistant à la tentation de faire un peu de charme. Oh! il y avait bien une bricole pour sa mère, mais sans aucune valeur. Pas plus de dix dollars. Banalités : ne les laisse pas cogiter. Ils ouvrirent sa portière et demandèrent à voir sa bouteille d'ouzo, mais elle soupçonna que s'étant rassasiés de ce que promettait son chemisier, ils étaient curieux d'admirer ses jambes pour se faire une meilleure idée. La bouteille se trouvait dans un panier placé près d'elle sur le plancher. Elle se penchait au-dessus du siège passager pour l'en extirper quand, involontairement ou presque, sa jupe s'ouvrit, révélant sa cuisse gauche jusqu'à la hanche. La jeune femme leva la bouteille pour la leur montrer et sentit au même moment un objet froid et humide heurter sa peau nue. *Mais, c'est un coup de couteau!* Elle poussa un petit cri, pressa aussitôt la main sur sa cuisse et eut la surprise d'y découvrir, imprimé à l'encre bleue, le tampon attestant son arrivée en République autrichienne. Elle éprouva une telle fureur qu'elle faillit se précipiter sur eux; elle éprouva une telle reconnaissance qu'elle faillit éclater d'un rire incontrôlable. Sans les recommandations de Joseph, elle les aurait embrassés pour leur incroyable, leur adorable, leur innocente générosité. Elle avait réussi, elle était formidable. Charlie jeta un coup d'œil dans son rétroviseur pour voir les deux chéris lui faire de timides signes d'adieu pendant au moins trente-cinq minutes d'affilée, sans se préoccuper des files de voitures en attente.

Jamais Charlie n'avait tant aimé les douaniers.

L'interminable guet de Shimon Litvak avait commencé très tôt le matin, huit heures avant que l'on ne signale Charlie saine et sauve de l'autre côté de la frontière autrichienne, deux nuits et un jour après que Joseph eut expédié ses deux télégrammes à l'avocat de Genève pour qu'il les transmette à son client. L'après-midi était bien avancé et Litvak avait déjà supervisé trois relèves de la garde. Personne pourtant ne semblait en avoir assez, personne ne semblait subir la moindre baisse d'attention, et le problème de Litvak n'était pas de maintenir son équipe éveillée, mais plutôt de persuader ses hommes de se reposer quand il n'avait pas besoin d'eux.

De son poste de commandement – la fenêtre de la suite nuptiale d'un vieil hôtel – Litvak embrassait du regard une ravissante place de marché carinthienne dont les principaux points d'attraction étaient deux tavernes traditionnelles avec des tables en terrasse, un petit parking, et une jolie petite station de chemin de fer très ancienne, dont le bureau du chef de gare était surmonté d'un dôme en oignon. La taverne la plus proche de Litvak avait pour nom le *Cygne Noir* et s'enorgueillissait d'un accordéoniste, un jeune homme pâle et renfermé qui jouait trop bien pour se sentir à l'aise et s'empourprait dès qu'une voiture passait trop près, ce qui arrivait assez souvent. La seconde s'appelait *Aux Armes du Charpentier* et arborait une superbe enseigne dorée constituée à partir d'outils d'artisans. *Aux Armes du Charpentier* avait une certaine classe : nappes blanches et truites, que l'on pouvait choisir dans un aquarium placé dehors. Peu de piétons s'aventuraient dehors à cette heure de la journée; une chaleur lourde et poussiéreuse plongeait le tableau dans une agréable somnolence. Devant le *Cygne Noir*, deux jeunes filles buvaient du thé et s'amusaient à écrire ensemble une lettre qui était en fait la liste exhaustive de tous les numéros des véhicules qui entraient sur la place ou en sortaient. A la terrasse de l'autre taverne, un jeune prêtre concentré lisait son bréviaire en sirotant un verre de vin, et dans le sud de l'Autriche, il ne viendrait à personne l'idée de demander à un prêtre de s'en aller. En vérité, le prêtre se prénommait Udi, diminutif d'Ehud, l'assassin gaucher du roi Moab, et comme son illustre prédécesseur, il était gaucher, armé jusqu'aux dents, et avait été posté là au cas où il y aurait de la bagarre. Il était secondé par un couple d'Anglais d'âge moyen qui, installés dans le parking à l'ombre de leur Rover, semblaient digérer un repas copieux en faisant la sieste. Ils gardaient néanmoins, coincées entre leurs pieds, quelques armes à feu, et, à portée de la main, toute une quincaillerie du même ordre. Leur radio était réglée sur la fréquence du minibus garé à quelque deux cents mètres de là, sur la route de Salzbourg.

Litvak avait en tout neuf hommes et quatre filles. Il aurait préféré disposer de trois personnes de plus, mais ne se plaignait pas. Il aimait le risque, et la tension le remplissait toujours d'une sensation de bien-être. Je suis vraiment fait pour ça, songea-t-il; il se le disait toujours dans les moments d'attente précédant l'action. Il se sentait très calme, le corps et l'esprit au repos pendant que son équipage restait allongé sur le pont, à rêvasser d'un petit ami, d'une petite amie, ou encore de promenades estivales en Galilée. Pourtant, au moindre souffle d'air, chacun d'eux serait à son poste avant même que les voiles aient pu frémir.

Litvak murmura un mot de code dans son casque et reçut la réponse convenue. Ils s'exprimaient en allemand pour ne pas attirer l'attention. Leur couverture se trouvait être tantôt un radio-taxi d'une société de Graz, tantôt un hélicoptère des services de secours d'Innsbruck. Ils changeaient fréquemment de longueur d'ondes et utilisaient toute une série de signaux d'appel très embrouillés.

Il était quatre heures lorsque Charlie et sa Mercedes arrivèrent tranquillement sur la place, et l'une des sentinelles postées sur le parking entonna facétieusement trois notes de fanfare dans son micro. Charlie eut du mal à trouver où se garer, mais Litvak avait décidé que personne ne devait l'aider. Qu'elle se débrouille, on ne va pas lui mâcher le travail. Un espace finit par se libérer; Charlie s'empressa d'y ranger la Mercedes, descendit de voiture, s'étira, se massa le dos, puis alla récupérer son sac et sa guitare dans le coffre. Elle est très bien, dut reconnaître Litvak en l'observant à travers ses lunettes. Quel naturel. Ferme l'auto maintenant. C'est ce qu'elle fit aussitôt. Allez, glisse la clef dans le pot d'échappement. Le geste fut exécuté prestement, au moment où elle se baissait pour ramasser ses bagages; puis la jeune femme prit lentement la direction de la gare, sans regarder ni à droite, ni à gauche. Litvak se remit à attendre. La chèvre est attachée, se dit-il, citant une expression favorite de Kurtz. Il ne nous manque plus que le lion. Il cracha un mot dans son micro et perçut la confirmation de son ordre. Il se représenta Kurtz dans l'appartement de Munich, penché au-dessus du petit téléscripteur tandis que le minibus lui transmettait le message. Il imagina le mouvement inconscient et si évocateur de ses gros doigts étirant nerveusement son sourire immuable; le geste de l'avant-bras épais tandis qu'il consultait sa montre. Enfin, nous pénétrons dans l'obscurité, songea Litvak en contemplant le soleil qui déclinait. L'obscurité que nous attendons depuis tant de mois.

Une heure s'écoula. Le bon prêtre Udi régla sa modeste addition puis s'éloigna de son pas recueilli au long d'une ruelle où un appartement très sûr lui permettrait de se reposer et de changer d'aspect. Les deux filles avaient enfin terminé leur lettre et réclamaient un timbre. Lorsqu'elles l'eurent obtenu, elles s'en allèrent rejoindre le faux prêtre. Litvak surveilla avec satisfaction la relève : un travailleur immigré italien venant prendre un café et acheter un journal milanais; une vieille camionnette de blanchisseur; deux auto-stoppeurs affamés. Une voiture de police s'engagea sur la place et exécuta trois tours d'honneur très lents, mais ni le chauffeur ni son collègue ne prêtèrent la moindre attention à la Mercedes bordeaux dont les clefs se trouvaient dans le pot d'échappement. A sept heures quarante, provoquant un regain d'excitation parmi les guetteurs, une grosse femme se dirigea tout droit vers la portière du conducteur, tenta d'enfoncer sa clef dans la serrure, prit une expression de stupéfaction très comique, puis s'éloigna à bord d'une Audi rouge. Elle s'était trompée de marque. A huit heures, une moto puissante passa si rapidement que personne n'eut le temps de relever son numéro, puis repartit en rugissant. Un passager, des cheveux longs, peut-être une fille. Apparemment deux gosses en bordée.

« Les contacts? » demanda Litvak dans son micro.

Les avis étaient partagés. Trop inconscients, déclara une voix. Allure trop rapide, fit une autre. Pourquoi courir le risque de se faire arrêter par la police? Litvak voyait les choses différemment. Il s'agissait d'un premier tour de reconnaissance; il en était certain, mais préféra se taire pour ne pas les influencer. Il se remit à attendre. Le lion est venu renifler, pensa-t-il. Reviendra-t-il?

Il était dix heures. Les restaurants commençaient à se vider. Un calme profond et campagnard recouvrait peu à peu la petite ville. Mais la Mercedes n'avait pas bougé d'un millimètre et la moto n'avait pas réapparu.

S'il ne vous est jamais arrivé de surveiller une voiture inoccupée, sachez qu'il n'y a rien de plus stupide à surveiller, et Litvak n'en était pas à sa première. Au bout d'un certain temps, le simple fait de garder le véhicule en ligne de mire vous rappelle combien une automobile est une machine idiote dès que l'homme n'est plus là pour lui donner un sens. Et combien l'homme lui-même est une créature stupide d'avoir conçu une telle machine. Au bout de deux heures, vous prenez véritablement l'automobile en horreur et vous vous mettez à rêver d'un monde de chevaux et de piétons. D'un monde où la vie serait à nouveau faite de chair, et non plus de ces sales petits morceaux de métal. De votre kibboutz et de ses orangeraies. Du jour où le monde entier connaîtra enfin le risque qu'il y a à répandre le sang juif.

Vous avez soudain envie de faire sauter toutes les voitures ennemies de la terre et de libérer Israël une fois pour toutes.

Ou bien vous vous rendez compte que c'est le sabbat, et que selon la Loi, mieux vaut sauver une âme en ne respectant pas le sabbat, que de l'observer en ne sauvant pas cette âme.

Ou bien encore que vous vous apprêtez à épouser une jeune fille sans charmes et très pieuse dont vous n'êtes pas particulièrement amoureux, à vous installer à Herzliya avec un crédit sur les bras, et à tomber dans le piège de la paternité sans un seul mot de protestation.

Ou bien vous vous mettez à réfléchir au Dieu des juifs et à établir des parallèles bibliques avec votre situation actuelle.

Mais quoi que vous pensiez ou ne pensiez pas, et quoi que vous fassiez, si vous avez subi le même entraînement que Litvak, si vous êtes responsable de l'opération, et si vous êtes de ceux pour qui la perspective de lutter contre les tortionnaires des juifs constitue une drogue ne laissant aucun repos, alors vous ne quittez pas cette voiture des yeux, ne serait-ce qu'une seconde.

La moto était revenue.

D'après la montre à cadran lumineux de Litvak, cela faisait cinq minutes trente secondes, soit une éternité, qu'elle se trouvait sur la place. De son poste, près de la fenêtre de la chambre obscure de l'hôtel, à une vingtaine de mètres à vol d'oiseau, Litvak l'observait depuis son arrivée. C'était une moto superbe, une grosse cylindrée japonaise immatriculée à Vienne et dont le guidon, très haut, avait été commandé spécialement. L'engin avait pénétré sur la place en roue libre, dans une sorte de clandestinité. Il était monté par le pilote, vêtu de cuir, casqué et dont le sexe restait encore à déterminer, et par son passager, un garçon large d'épaules aussitôt surnommé Cheveulong, qui portait un jean, des tennis et un petit foulard de héros noué autour du cou. La moto s'était garée non loin de la Mercedes, mais pas assez près pour qu'on puisse suspecter quoi que ce soit. Litvak aurait agi de même.

« Groupe au complet », murmura-t-il dans son casque, recevant immédiatement quatre réponses positives. Litvak se sentait tellement sûr de son affaire que si le couple avait pris peur et choisi de s'enfuir, il aurait sans hésitation donné l'ordre de tirer, même s'il en eût alors résulté la fin de toute l'opération. De la cabine de sa camionnette de blanchisseur, Aaron se serait redressé et les aurait réduits en pièces en plein milieu de la place; Litvak serait alors descendu vider un nouveau chargeur sur toute cette boucherie pour plus de sûreté. Mais, et cela valait bien, bien mieux, personne ne se mit à courir. Les deux inconnus restèrent assis sur leur engin, se débattant avec leurs courroies et leurs boucles pendant un temps interminable, comme le font souvent les motards, quoique en fait cela ne durât pas plus de deux minutes. Ils continuaient à respirer un peu l'atmosphère de la place, vérifiant les issues, les voitures garées là, et les fenêtres, dont celles de Litvak – mais l'équipe s'était déjà assurée depuis longtemps que rien ne se voyait de la rue.

Une fois la période de réflexion terminée, Cheveulong descendit mollement de sa monture, et commença à marcher tranquillement, tournant innocemment la tête vers la Mercedes lorsqu'il la dépassa, sans doute pour s'assurer que la clef de contact dépassait bien du pot d'échappement. Mais – Litvak apprécia le professionnalisme de l'homme – il n'esquissa pas le moindre mouvement en direction de la voiture et continua d'avancer vers la gare, où se trouvaient les toilettes publiques. Il s'engouffra dans le hall pour en ressortir aussitôt, espérant ainsi prendre par surprise quiconque aurait eu la mauvaise idée de le suivre. Personne ne s'y était risqué. De toute façon, les filles ne le pouvaient pas, et les garçons étaient beaucoup trop malins. Cheveulong repassa donc devant la Mercedes et Litvak le supplia de se baisser pour s'emparer des clefs : il lui fallait une preuve décisive. Mais Cheveulong lui refusa ce plaisir. Il retourna à la moto, que chevauchait toujours son compagnon, visiblement au cas où un départ précipité se serait révélé nécessaire. Cheveulong prononça quelques mots à l'adresse de son complice, puis retira son casque, exposant, d'un petit mouvement insouciant de la tête, son visage à la lumière.

« *Luigi* », souffla Litvak dans son casque, donnant ainsi le nom de code.

Il éprouva en même temps un instant rare et fugitif d'intense satisfaction. Alors, c'est toi, pensa-t-il calmement. Rossino, l'apôtre de la solution pacifique. Litvak le connaissait parfaitement. Il savait les noms et adresses de ses petites amies, de ses copains, de ses parents de droite à Rome, et de son mentor de gauche, de l'académie de musique de Milan. Il avait lu la feuille clandestine napolitaine qui continuait à publier ses articles moralisateurs prônant la non-violence comme la seule voie acceptable. Litvak était au courant des soupçons que Jérusalem portait depuis longtemps sur lui et des efforts répétés mais vains des Israéliens pour prouver la culpabilité du jeune homme. Il connaissait l'odeur de Rossino, la pointure de ses chaussures, et il commençait à deviner le rôle que ce pacifiste avait joué à Bad Godesberg et ailleurs; en fait, comme tous les autres, il savait très exactement quel était le meilleur traitement à lui faire subir. Mais pas tout de suite. Loin de là. Ce compte-là ne serait réglé que lorsque le long voyage qu'ils venaient d'entamer serait derrière eux.

Elle a fait du bon travail, se dit joyeusement Litvak. En nous permettant de coincer ce type-là, elle justifie le chemin parcouru jusqu'ici. C'était une fille bien, quoiqu'elle ne fût pas juive, ce qui, selon le jeune Israélien, était exceptionnel.

C'était maintenant au tour du conducteur de descendre de la moto. Il céda la place à Rossino derrière le guidon spécialement conçu, s'étira et entreprit d'ôter son casque.

Il s'agissait en fait d'une fille.

Les verres légèrement grossissants de Litvak lui montrèrent une jeune fille mince et blonde, aux traits délicats, et qui, malgré la maîtrise avec laquelle elle pilotait la grosse cylindrée, avait une allure presque éthérée. Parvenu à ce stade de son examen, Litvak refusa catégoriquement de se demander si elle ne s'était pas par hasard embarquée à Orly, soi-disant pour Madrid, et si elle n'avait pas l'habitude de livrer des valises pleines de disques à de jeunes amies suédoises. Car s'il s'était laissé aller à ce genre de considérations, la haine accumulée par toute l'équipe aurait fini par déborder leur sens de la discipline. La plupart d'entre eux avaient déjà tué, et lorsqu'un cas comme celui-ci se présentait, ce n'était pas le remords qui les arrêtait. Litvak choisit donc de se taire; il laissa ses hommes faire eux-mêmes la corrélation entre les deux affaires, rien de plus.

Comme son compagnon, la jeune fille se rendit aux toilettes. Elle prit d'abord un petit sac sur le porte-bagages, confia son casque à Rossino, et traversa, tête nue, la place vers la gare, pour pénétrer dans le hall où, contrairement à son complice, elle demeura. Une fois encore, Litvak attendit qu'elle se saisisse de la clef en passant, mais elle n'en fit rien. Comme celle de Rossino, sa démarche était souple et déliée, dépourvue de la moindre hésitation. C'était assurément une très belle fille – pas étonnant que ce pauvre attaché du travail ait succombé. Litvak reporta son attention sur l'Italien. Légèrement dressé sur sa selle, celui-ci penchait la tête, comme s'il écoutait quelque chose. Bien sûr, devina Litvak en prêtant lui aussi l'oreille au faible grondement : le train de vingt-deux heures vingt-quatre en provenance de Klagenfurt. Dans un lent frémissement, le train s'immobilisa le long du quai. Les premiers voyageurs aux yeux battus émergèrent dans le hall. Deux taxis s'avancèrent pour se ranger devant la sortie. Deux ou trois automobiles particulières s'éloignèrent. Un groupe de touristes fatigués apparut, une vraie marée, chacun d'eux portant le même badge.

Allez, maintenant, supplia Litvak. *Prends cette voiture et file avec la circulation. Montre donc pourquoi tu es là.*

Il ne s'attendait pourtant pas au plan qu'ils avaient préparé. Un vieux couple faisait la queue pour obtenir un taxi, et, juste derrière, une jeune fille très sage semblait les accompagner, comme une garde-malade, ou une demoiselle de compagnie. Elle portait un tailleur brun à veste croisée et un petit chapeau très strict assorti dont elle avait laissé les bords baissés. Litvak la remarqua, comme il nota beaucoup d'autres personnes dans le hall – d'un œil clair et entraîné, rendu plus aiguisé encore par la tension. Une jolie fille, tenant à la main un petit sac de voyage. Le vieux couple héla un taxi, la jeune fille restant juste derrière lui pour regarder la voiture approcher. Les deux personnes âgées montèrent dans le taxi; la jeune fille les aida, leur passant tout leur bric-à-brac – de toute évidence, leur fille. Litvak se concentra de nouveau sur la Mercedes, puis sur la moto. S'il pensa à la fille en brun, il l'imagina dans le taxi s'éloignant avec ses parents. Evidemment. Ce ne fut que lorsqu'il se remit à examiner le groupe de touristes fatigués qui se dirigeaient vers deux cars garés à proximité qu'il se rendit compte avec un sursaut de joie qu'il s'agissait de *sa* fille, de *notre* fille, de la fille de la moto : elle s'était rapidement changée dans les toilettes et l'avait complètement abusé. Puis elle s'était collée à ce vieux couple pour pouvoir traverser discrètement la place. Litvak se réjouissait toujours lorsqu'il la vit déverrouiller la portière avec sa propre clef, jeter son sac dans l'auto et s'installer sagement derrière le volant, aussi innocente que si elle se rendait à l'église, puis s'éloigner, le bout de la clef brillant toujours à l'extrémité du pot d'échappement. Ce dernier petit détail enchanta l'Israélien. Comme c'est évident! et combien astucieux! Deux télégrammes, deux clefs : notre chef préfère multiplier ses chances par deux.

Il donna alors le mot de code et regarda sa troupe s'arracher discrètement à son poste : les deux filles à bord de la Porsche; Udi au volant de sa grosse Opel ornée d'un drapeau européen à l'arrière; et puis l'acolyte d'Udi, sur une moto bien moins belle que celle de Rossino. Litvak resta près de la fenêtre, à contempler la place qui se vidait lentement comme une salle de spectacle après le tomber du rideau. Les automobiles démarraient, les cars emmenaient leur chargement de passagers, les piétons disparaissaient, les lumières s'éteignaient autour du hall de gare, et il perçut le bruit d'une grille que l'on refermait pour la nuit. Seules les deux tavernes tardaient encore.

Puis la réponse qu'il attendait retentit dans son casque. « *Ossian* »; la voiture se dirige vers le nord.

« Et Luigi? demanda-t-il.

— En direction de Vienne.

— Attendez », ordonna Litvak, qui ôta son casque pour pouvoir réfléchir plus clairement.

Il lui fallait opérer un choix immédiat, et toute sa formation lui avait justement appris à le faire. Il était impossible de suivre à la fois Rossino et la fille. Les hommes manquaient. En théorie, il devait suivre les explosifs, donc la fille, mais il hésitait : Rossino était insaisissable et constituait une prise importante, alors que la Mercedes était facilement repérable et sa destination pratiquement certaine. Il atermoya encore un instant. Les écouteurs crachotèrent. Il les ignora, tentant de se représenter la logique de la fiction dans son esprit. L'idée de laisser échapper Rossino lui était presque insupportable. Pourtant, le jeune Italien constituait à coup sûr un maillon important de la chaîne ennemie et, comme le répétait souvent Kurtz, comment Charlie pourrait-elle remonter cette chaîne si on la brisait? Rossino pourrait retourner à Vienne certain que tout s'était bien déroulé : s'il était un maillon important, il représentait également un témoin crucial. Quant à la fille, elle n'était qu'une exécutante; elle servait de chauffeur, posait des bombes, constituait la chair à canon de leur grand mouvement. De plus, Kurtz avait déjà tout préparé pour son avenir, alors que celui de Rossino pouvait attendre.

Litvak remit son casque. « Suivez la voiture. Que Luigi s'en aille. »

Sa décision prise, Litvak se permit un sourire de satisfaction. Il connaissait par cœur la disposition des véhicules. Venait d'abord le second d'Udi sur sa moto, puis la blonde dans la Mercedes bordeaux, suivie de l'Opel. Ensuite, très loin derrière, les deux filles dans la Porsche, se tenant prêtes à remplacer l'un ou l'autre dès qu'on leur en donnerait l'ordre. Litvak passa en revue tous les jalons postés le long de la route jusqu'à la frontière allemande. Il s'imagina l'histoire tirée par les cheveux qu'Alexis aurait inventée pour éviter que la Mercedes ne soit arrêtée à la douane.

« Vitesse? » interrogea Litvak en jetant un coup d'œil sur sa montre.

D'après Udi, elle roule très doucement, lui répondit-on. Cette jeune dame ne veut pas avoir de problème avec la police, et sa cargaison ne la met pas très à l'aise.

Elle n'a pas tort, songea Litvak en reposant son casque. Si j'étais à sa place, cette voiture me ferait frémir de peur.

Il descendit dans le hall de l'hôtel, sa serviette à la main. Il avait déjà réglé la note, mais il l'aurait payée une deuxième fois si on le lui avait demandé : cette nuit, il aimait le monde entier. Sa voiture radio l'attendait dans le parking de l'hôtel. Avec un calme qu'il devait à sa longue expérience, il mit le contact et partit à la suite du convoi. Que saura-t-elle exactement? Combien de temps leur faudrait-il pour le découvrir? Pas trop vite, se dit-il; il faut d'abord attacher la chèvre. Il se remit à penser à Kurtz et imagina avec un plaisir douloureux sa voix bourrue et infatigable qui le couvrait de louanges dans un hébreu abominable. Litvak se sentait pleinement heureux de songer qu'il allait remettre à Kurtz un si beau sacrifice.

Salzbourg attendait toujours de connaître l'été. Une brise fraîche et printanière balayait les montagnes, et la Salzach répandait un parfum de mer. Charlie avait tant dormi pendant le voyage, qu'elle ne comprenait pas comment ils pouvaient se trouver là. De Graz, ils avaient pris l'avion jusqu'à Vienne, mais le vol n'avait, semblait-il, duré que cinq secondes, aussi avait-elle dû sombrer aussitôt dans le sommeil. A Vienne, une voiture de location les attendait, une belle BMW. Charlie s'était rendormie, et, lorsqu'ils pénétrèrent dans Salzbourg, elle se réveilla en sursaut, croyant que la voiture avait pris feu, mais il ne s'agissait que du soleil couchant se reflétant sur la carrosserie.

« Au fait, pourquoi Salzbourg? » lui avait-elle demandé.

Parce que c'est l'une des villes de Michel, avait répondu Joseph. Parce que c'est sur le chemin.

« Sur le chemin de quoi? » insista-t-elle, mais elle ne rencontra encore que son silence.

Leur hôtel présentait un patio couvert, des balustres dorés et des plantes grasses dans des urnes de marbre. Leur suite donnait directement sur les eaux brunes et rapides puis, au-delà de la rivière, sur plus de dômes encore que ne devait en contenir le Paradis. Plus loin, dans la montagne, surgissait un château relié à la ville par un téléphérique.

« J'ai besoin de marcher un peu », déclara Charlie.

Elle prit un bain et s'endormit dans l'eau. Joseph dut cogner fort à la porte pour la réveiller. Elle s'habilla puis se laissa guider par Joseph qui, comme toujours, savait quels endroits lui montrer et devinait ce qui lui plairait le plus.

« C'est la dernière nuit que nous passons ensemble, n'est-ce pas? s'enquit-elle, et cette fois-ci, il ne se dissimula pas derrière Michel pour lui répondre.

– Oui, c'est la dernière, Charlie. Demain, il nous

reste une visite à rendre, et puis tu retourneras à Londres. »

S'accrochant des deux mains à son bras, elle parcourut avec lui les ruelles étroites et les places qui communiquaient entre elles comme des enfilades de salons. Ils s'arrêtèrent devant la maison où Mozart était né, et les touristes apparurent à Charlie comme le public inconscient et joyeux d'une matinée.

« Je m'en suis bien sortie, hein, Jose? Je m'en suis bien tirée, dis-le.

— Tu t'en es tirée parfaitement », reconnut-il – mais, curieusement, sa réserve toucha plus encore la jeune femme que le compliment.

La beauté des églises de poupées dépassait tout ce qu'elle avait imaginé, avec leurs autels dorés à volutes, leurs anges sensuels et leurs tombes où les morts semblaient encore rêver au plaisir. Un juif se faisant passer pour musulman me fait découvrir mon héritage chrétien, pensa-t-elle. Mais lorsqu'elle lui demanda des informations plus précises, il se contenta d'acheter un superbe guide de la ville et en enfouit le ticket dans son portefeuille.

« Je crains que Michel n'ait pas eu encore le loisir de se lancer dans l'époque baroque, donna-t-il pour toute explication, pourtant Charlie devina à nouveau en lui l'ombre de quelque obstacle inexpliqué.

— Tu veux rentrer maintenant? » proposa-t-il.

Charlie fit non de la tête. Que cela dure encore un peu. La nuit s'épaissit, la foule se dispersa; des portes les plus inattendues s'échappaient des sons de chorales. Ils allèrent s'asseoir au bord de la rivière et écoutèrent le concert assourdissant des vieilles cloches se répondant inlassablement. Puis ils se remirent à marcher, et elle se sentit soudain si faible qu'il dut la prendre par la taille pour l'empêcher de s'écrouler.

« Manger, commanda-t-elle, tandis qu'il la guidait vers l'ascenseur. Champagne, musique. »

Mais le temps qu'il appelle la réception, elle s'était déjà profondément endormie sur le lit, et rien au monde, pas même Joseph, n'allait la réveiller.

Elle était couchée comme sur le sable de Mykonos, son bras replié sur le visage, et Becker la contemplait assis dans son fauteuil. Les premières lueurs de l'aube traversaient les rideaux. Des senteurs de feuilles fraîches et de bois lui montaient aux narines. Un orage avait éclaté pendant la nuit, si violent et soudain qu'on eût dit un train express s'écrasant au fond de la vallée. Becker s'était approché de la fenêtre et avait regardé la ville vaciller sous les assauts d'éclairs immenses et prolongés, il avait regardé la pluie danser sur les dômes miroitants. Mais Charlie n'avait pas bronché, et il avait fini par aller se pencher au-dessus d'elle, tendant l'oreille vers la bouche de la jeune femme pour s'assurer qu'elle respirait.

Il lança un coup d'œil sur sa montre. Fais des plans, se dit-il. Bouge. Laisse l'action étouffer le doute. La table du dîner était toujours mise dans le renfoncement vitré de la chambre, chargée de nourriture intacte et d'un seau à glace dont la bouteille de champagne n'avait pas été ouverte. Prenant chaque couvert à tour de rôle, il entreprit d'extirper la chair du homard de sa carapace, de salir les assiettes, tourner la salade, déranger les fraises, ajoutant ainsi une nouvelle fiction à toutes celles qu'ils avaient déjà vécues ensemble : le dîner de gala de Salzbourg; Charlie fêtant, avec Michel, la réussite de sa première mission au service de la révolution. Il emporta la bouteille de champagne dans la salle de bain et referma la porte pour ne pas réveiller la jeune femme en tirant le bouchon. Puis il versa le liquide dans le lavabo, faisant ensuite couler l'eau. Il vida la chair de homard, les fraises et la salade dans la cuvette des toilettes et dut tirer la chasse d'eau une deuxième fois, les aliments refusant de disparaître du premier coup. Il laissa suffisamment de champagne au fond de la bouteille pour pouvoir en verser un peu dans son verre et quelques gouttes dans celui de Charlie, après l'avoir préalablement enduit de rouge à lèvres pris dans son sac. Puis il retourna près de la fenêtre où il avait passé la majeure partie de la nuit et regarda les montagnes bleutées trempées de pluie. Je suis un alpiniste las de la montagne, songea-t-il.

Il se rasa, puis enfila le blazer rouge sombre. Becker se dirigea ensuite vers le lit, tendit la main pour réveiller sa compagne, mais la retira avant. Un refus, comme une sorte d'immense fatigue, s'était emparé de lui. Il se rassit dans le fauteuil, les yeux fermés, et se contraignit à les ouvrir; il sursauta, sentant le poids de la rosée du désert s'accrocher à sa tenue de combat, respirant l'odeur du sable humide avant que le soleil ne l'ait complètement asséché.

« Charlie? » Il tendit de nouveau le bras, cette fois pour lui toucher la joue, mais il se rabattit sur le poignet. Charlie, c'est un triomphe; Marty assure que tu es une vedette, que tu lui as fait découvrir toute une palette de nouveaux personnages. Il a appelé son Gadi cette nuit, mais tu n'as rien entendu. Il t'a dite meilleure que Garbo. Il a affirmé que rien ne pourrait nous arrêter. Charlie, réveille-toi. Nous avons beaucoup à faire. Charlie.

Mais à voix haute, il se contenta de prononcer son nom, puis il descendit payer la note et récupérer la dernière fiche du voyage. Il sortit ensuite pour aller chercher la BMW derrière l'hôtel. L'aube lui apparut comme la veille le coucher du soleil, fraîche et encore printanière.

« Tu dois me dire au revoir, puis partir comme pour une promenade, lui indiqua-t-il. Dimitri te conduira séparément à Munich. »

14

Charlie pénétra dans l'ascenseur sans mot dire. Il sentait le désinfectant, et les graffiti s'incrustaient profondément dans le vinyle gris. Elle avait concentré toute la dureté dont elle était capable sur ses traits, comme lorsqu'elle participait à des manifs, des sit-in ou autres parties de plaisir de ce type. Elle se sentait excitée, soupçonnant une conclusion imminente. Dimitri enfonça le bouton de la sonnette et ce fut Kurtz lui-même qui ouvrit la porte. Joseph apparut derrière lui et, derrière Joseph, une vieille plaque de cuivre représentant saint Christophe en train de bercer un enfant.

« Charlie, c'est formidable, *vous* êtes formidable, déclara aussitôt Kurtz avec douceur et sincérité en prenant la jeune femme dans ses bras pour la presser contre son cœur. Charlie, c'est extraordinaire.

– Où est-il? » demanda Charlie qui regardait au-delà de Joseph vers la porte déjà refermée. Dimitri n'était pas même entré. Une fois la jeune femme à bon port, il avait repris l'ascenseur en sens inverse.

S'exprimant toujours comme s'ils se trouvaient dans une église, Kurtz choisit de contourner la question. « Il va très bien, Charlie, assura-t-il en la libérant de son étreinte. Un peu fatigué par les déplacements, c'est bien naturel, mais il va très bien. Des verres fumés, Joseph, ajouta-t-il. Donne-lui des lunettes. En avez-vous, mon enfant? Voici un foulard pour dissimuler ces beaux cheveux. Conservez-le. » C'était un joli foulard de soie verte. Kurtz l'avait gardé tout prêt dans sa poche. Debout, l'un à côté de l'autre, les deux hommes la regardèrent se confectionner une coiffe d'infirmière devant un miroir.

« Une simple précaution, expliqua Kurtz. Nous ne

serons jamais assez prudents dans cette affaire. N'est-ce pas, Joseph? »

Charlie avait tiré de son sac un poudrier tout neuf, et elle rajusta son maquillage.

« Charlie, cette scène pourrait se révéler assez pénible », l'avertit Kurtz.

Elle rangea le compact et sortit son rouge à lèvres.

« Si le mal au cœur vous prenait, rappelez-vous simplement qu'il a tué de nombreux êtres humains innocents, lui conseilla-t-il. Tout le monde a un visage humain, et ce garçon ne fait pas exception. Tant de charme, de talent, de possibilités gâchés. Cela ne fait jamais plaisir à voir. Lorsque nous serons entrés, je ne veux pas vous entendre prononcer un mot. Souvenez-vous bien de cela. Laissez-moi parler. » Il ouvrit une porte. « Vous le trouverez très calme. Nous avons dû faire en sorte qu'il soit ainsi pendant le voyage et durant tout son séjour ici. Autrement il est en parfaite santé. Aucun problème. Ne lui parlez pas, c'est tout. »

Joli duplex comme on les fait maintenant, mais pas très entretenu, remarqua-t-elle automatiquement. Elle enregistra aussi l'élégante échelle de meunier, la loggia rustique et la balustrade de fer forgé. La cheminée de style anglais et les fausses braises peintes sur toile. Les projecteurs placés bien en évidence et accompagnés par des appareils photos montés sur des trépieds. Le gros magnétophone posé sur ses pieds et le gracieux sofa incurvé Marbella en caoutchouc mousse, qui était en fait dur comme du bois. Charlie s'y installa pourtant, et Joseph à son côté. Nous devrions nous tenir la main, songea-t-elle. Kurtz s'était emparé d'un combiné téléphonique gris et appuyait sur le bouton d'appel. Il prononça quelques mots en hébreu, en levant la tête vers la loggia. Puis il reposa le combiné et sourit à Charlie d'un air rassurant. Elle respirait des odeurs d'hommes, de poussière, de café et de foie haché. L'odeur de milliers de cigarettes consumées. Elle repéra un autre parfum, mais sans pouvoir l'identifier à cause des multiples possibilités qui lui venaient à l'esprit, allant du crin de son premier poney à la transpiration de son premier amant.

Puis ses pensées se ralentirent et elle faillit s'endormir. Je suis malade, se dit-elle. J'attends les résultats de mes examens médicaux. Docteur, docteur, dépêchez-vous de me les donner. Elle nota la présence d'une pile de magazines et regretta de ne pas en avoir un sur les genoux pour renforcer cette idée de salle d'attente. Joseph lui aussi avait levé la tête vers la loggia. Charlie l'imita, mais après un petit moment seulement car elle voulait se donner l'impression d'avoir déjà accompli ce geste un nombre incalculable de fois, au point de connaître la vue par cœur; l'impression d'être une cliente dans une présentation de mode. La porte donnant sur la loggia s'ouvrit, livrant passage à un garçon barbu qui avançait à reculons en se dandinant d'une démarche déséquilibrée et qui parvenait à exprimer sa colère, même de dos.

Durant un instant, elle ne distingua rien d'autre, puis apparut une sorte de ballot rouge sombre assez bas suivi par un jeune homme rasé de frais et dont l'expression disait moins la colère qu'une profonde piété.

Enfin, elle comprit. Ils étaient trois, et non deux, mais le garçon du milieu, portant un blazer rouge, était soutenu par les deux autres : son bel Arabe, son unique amour, sa marionnette échappée du théâtre du réel.

Oui, songea-t-elle, très loin derrière ses verres fumés, et avec un grand calme. Oui, c'est assez ressemblant, compte tenu de la différence d'âge et de la maturité indéfinissable de Joseph. Parfois, dans ses élucubrations, elle s'était servie des traits de Joseph pour deviner ceux de l'amant de ses rêves. A d'autres moments, elle avait imaginé un visage tout différent à partir du souvenir assez flou qu'elle gardait du Palestinien masqué observé lors du débat, et elle se sentait maintenant frappée de constater combien elle s'était peu trompée. Ne trouves-tu pas la bouche un *millimètre* trop étirée aux commissures? se demanda-t-elle. La sensualité n'est-elle pas un *tout petit brin* trop chargée? Les narines trop épatées? La taille trop marquée? Charlie pensa se lever et courir pour le protéger, mais sur scène, cela ne se fait pas, pas si cela ne figure pas dans le script. Et puis elle n'aurait jamais pu se libérer de Joseph.

Mais pendant une seconde, elle manqua perdre tout contrôle d'elle-même. Pendant cette seconde-là, elle fut tout ce que Joseph avait dit qu'elle était – l'ange salvateur et libérateur de Michel, sa Jeanne d'Arc, son esclave, son étoile. Elle avait joué de toute son âme pour lui, elle avait dîné avec lui aux chandelles dans une auberge minable, partagé son lit, adhéré à sa révolution, porté son bracelet, bu sa vodka, épuisé son corps et lui avait laissé le sien en pâture. Pour lui, elle avait conduit la Mercedes, embrassé le revolver et apporté du meilleur T.N.T. russe aux armées assiégées de la libération. Elle avait avec lui célébré la victoire dans un hôtel du bord de l'eau à Salzbourg. Elle avait dansé avec lui de nuit sur l'Acropole, et il avait fait revivre pour elle l'histoire de l'humanité; et elle sentait une folle culpabilité la submerger en songeant qu'elle avait pu envisager d'autres amours.

Il était tellement beau, aussi beau que Joseph l'avait promis. Plus beau, même. Il émanait de lui ce charme absolu que Charlie et celles de sa race savaient reconnaître immanquablement : il faisait partie de cette élite et il le savait. Il avait un corps mince et parfait; des épaules bien dessinées et des hanches très étroites. Des sourcils de battant barraient son visage de Pan enfant couronné d'une masse de cheveux noirs et raides. Rien de ce qu'on lui avait administré pour le calmer n'avait suffi à atténuer la passion de son caractère et la lueur rebelle qui animait ses yeux de braise.

Il paraissait tellement enfantin – un petit paysan tombé d'un olivier avec une collection de phrases toutes faites et un œil de pie pour les jouets brillants, les jolies filles et les voitures rutilantes. Avec une indignation bien paysanne portée contre ceux qui l'ont chassé de sa ferme. Viens, mon bébé, viens voir maman dans son lit, elle t'apprendra un peu les mots compliqués de la vie.

Ils le portaient sous les bras et ses pieds chaussés de Gucci ne parvenaient pas à attraper les marches qui dévalaient sous lui. Cela semblait l'embarrasser car un sourire fugitif passa sur ses lèvres et il lança un regard honteux vers ses jambes indisciplinées.

Ils le conduisaient vers elle, et elle ne fut pas certaine de pouvoir le supporter. Elle se tourna vers Joseph pour le lui faire savoir, mais croisa son regard qui la contemplait fixement. Elle l'entendit dire quelque chose, mais au même instant, le gros magnétophone se mit à émettre des sons puissants et elle fit volte-face pour découvrir ce cher Marty, penché au-dessus de l'appareil et s'efforçant de baisser le ton.

La voix était douce et dotée d'un fort accent étranger, exactement comme elle se la rappelait de ce fameux week-end. Elle débitait des slogans provocateurs avec une verve incertaine.

« *Nous sommes les colonisés! Nous parlons au nom des natifs et contre les colons!... Nous parlons pour les muets, nous nourrissons les bouches aveugles, nous encourageons les oreilles muettes!... Nous, les animaux aux sabots dociles, avons fini par perdre patience!... Nous vivons par la loi que le feu fait naître chaque jour!... Nous sommes les seuls dans le monde entier à n'avoir rien à perdre!... Nous combattrons tous ceux qui prétendront prendre en main notre terre!* »

Les deux garçons l'avaient installé sur le sofa, à

l'autre bout de la courbe, presque en face de Charlie. Il ne parvenait pas à conserver son équilibre et semblait toujours entraîné en avant, contraint d'utiliser ses avant-bras pour se redresser. Le jeune Palestinien gardait ses mains collées l'une sur l'autre, comme enchaînées. Ses gardiens ne lui avaient pourtant passé au poignet qu'une gourmette en or, pour compléter sa tenue de scène. Le barbu se tenait, la mine boudeuse, debout derrière lui; son camarade rasé avait pris place à côté du prisonnier. Tandis qu'en fond sonore, la voix enregistrée continuait à faire entendre ses accents triomphants, Charlie vit Michel remuer les lèvres pour essayer de rattraper les mots. Mais le rythme était devenu trop rapide pour celui qui avait prononcé ces phrases, les intonations trop puissantes. Il abandonna donc peu à peu ses efforts et se contenta d'émettre un sourire stupide et contrit qui rappela à la jeune femme son père après son attaque.

« *Un acte de violence n'est plus criminel... quand il est perpétré pour lutter contre la force d'un Etat... jugé criminel par les terroristes.* » Bruit de froissement de papier au moment où il tournait une autre page. La voix se fit plus embarrassée, légèrement hésitante : « *Je t'aime... Tu es ma liberté... Maintenant, tu es l'une des nôtres... Nos corps et notre sang ne font plus qu'un... tu m'appartiens... mon petit soldat... mais, s'il vous plaît, pourquoi dois-je dire cela?* » Silence étonné. « *S'il vous plaît, monsieur. Qu'est-ce que cela signifie? Je vous pose une question.* »

« Montrez-lui ses mains », ordonna Kurtz lorsqu'il eut éteint le magnétophone.

Saisissant l'une des mains de Michel, le garçon glabre l'ouvrit vivement et la présenta à Charlie comme s'il s'agissait d'un échantillon de marchandise.

« Tant qu'il vivait dans les camps, le travail manuel lui faisait des mains calleuses, expliqua Kurtz en venant les rejoindre. Maintenant, c'est un grand intellectuel. De l'argent, des filles, de bons repas, la vie facile. Je me trompe, mon petit gars? » Il s'était rapproché par l'arrière du sofa, et il posa sa large paume sur la tête de Michel pour la tourner vers lui. « Tu es un grand intellectuel, c'est bien ça? » Sa voix n'exprimait ni cruauté ni ironie. Il aurait tout aussi bien pu s'adresser à un fils dévoyé – son visage trahissait la même tendresse. « Mais tu fais faire le travail par les filles à ta place, n'est-ce pas, mon petit gars? En fait, il s'est même servi de l'une d'elles comme d'une bombe, raconta-t-il à Charlie. Il l'a mise dans l'avion avec une très belle valise. L'avion a explosé. Je suppose qu'elle n'était pas au courant. Ce n'est pas très joli, n'est-ce pas, mon petit gars? Cela ne se fait pas avec une dame. »

Charlie reconnut soudain l'odeur qu'elle n'avait pu identifier en entrant : il s'agissait de la lotion après-rasage que Joseph laissait dans toutes les salles de bain qu'ils n'avaient jamais partagées. Ils avaient dû en asperger le jeune Palestinien pour l'occasion.

« Tu ne veux rien dire à cette dame? demandait Kurtz. Ne veux-tu pas lui souhaiter la bienvenue dans notre villa? Je commence à me poser des questions : pourquoi refuses-tu de coopérer maintenant? » Peu à peu, cédant à l'insistance de Kurtz, Michel ouvrit les yeux et raidit légèrement son corps. « Veux-tu dire bonjour bien poliment à cette jeune dame? Veux-tu la saluer? Bonjour? Tu veux lui dire bonjour, mon petit gars? »

Bien sûr qu'il le voulait : « Bonjour, articula Michel, dont la voix semblait la réplique apathique de celle enregistrée.

— Ne dis rien, souffla doucement Joseph à l'oreille de Charlie.

— Bonjour, *madame*, insista Kurtz, sans le moindre sadisme cependant.

— Madame, concéda Michel.

— Qu'on lui fasse écrire quelque chose », ordonna Kurtz, qui le laissa s'éloigner.

Les deux garçons le firent s'asseoir à une table et posèrent devant lui de quoi écrire, mais ils ne purent en tirer grand-chose. Kurtz ne sembla pas s'en formaliser. Regardez comment il tient son stylo, disait-il. Observez la façon dont ses doigts se placent naturellement pour l'écriture arabe.

« Peut-être une nuit vous êtes-vous réveillée et l'avez-vous trouvé en train de faire des comptes ? Vous comprenez ? C'est à cela qu'il ressemblait. »

La jeune femme s'adressait à Joseph, mais sans proférer un son. *Emmène-moi. Je crois que je vais mourir.* Elle perçut le choc des pieds de Michel lorsqu'ils lui firent remonter les escaliers, le transportant hors de portée de voix. Mais Kurtz ne lui accorda aucun répit, pas plus qu'il ne s'en accorda à lui-même.

« Charlie, il nous reste encore une chose à faire avant d'en terminer avec tout ceci. Je pense qu'il vaut mieux nous en débarrasser dès maintenant, même s'il doit vous en coûter un peu. Il est des choses que l'on ne peut éviter. »

Le salon était parfaitement calme, un salon d'appartement, comme tant d'autres. S'accrochant au bras de Joseph, elle suivit Kurtz à l'étage. Elle ne sut pas pourquoi, mais elle trouva rassurant de boiter un peu, comme Michel.

La rampe de bois était encore humide de transpiration. On avait collé sur les marches des bandes qui semblaient être de papier émeri, mais quand Charlie posa le pied dessus, elle n'entendit pas le petit crissement attendu. La jeune femme nota tous ces détails avec beaucoup de précision, car il est des moments où les détails représentent le seul lien qui reste avec la réalité. La porte des toilettes était grande ouverte, mais un second coup d'œil montra à la nouvelle venue qu'en fait, il n'y avait pas de porte du tout, juste une embrasure; aucune chaîne non plus ne pendait à la chasse d'eau. Sans doute que quand vous deviez garder un prisonnier des jours entiers, se dit-elle, même si ce prisonnier était complètement drogué, il vous fallait penser à ces choses, préparer votre maison en conséquence. Ce ne fut que lorsqu'elle eut réfléchi sérieusement à toutes ces questions primordiales qu'elle s'autorisa à admettre qu'elle venait de pénétrer dans une chambre capitonnée, meublée d'un seul lit collé au mur du fond. Michel se trouvait allongé sur le lit, nu à l'exception de son médaillon d'or, les mains crispées sur son sexe, le ventre à peine marqué à la pliure de son corps. Sur ses épaules, les muscles étaient pleins et ronds, sur sa poitrine, ils devenaient plus plats et plus larges, soulignés d'ombres si nettes qu'elles paraissaient tracées à l'encre de Chine. Sur l'ordre de Kurtz, les deux garçons le mirent debout et lui écartèrent les bras, révélant un sexe circoncis, beau, harmonieux. Sans prononcer une parole et avec une moue désapprobatrice, le garçon barbu indiqua une tache de naissance blanche sur le flanc gauche, sorte de tache de lait; puis le contour incertain d'une cicatrice, un coup de couteau, sur l'épaule droite; puis le touchant filet de duvet noir qui partait du nombril. Silencieusement, toujours, ils lui firent opérer un demi-tour, et Charlie songea à Lucy et à son goût pour certain type de dos : la colonne vertébrale enserrée dans deux blocs de muscles. Et cette fois-ci, aucune cicatrice ne venait troubler la pureté d'une telle beauté.

Ils le firent tourner de nouveau sur lui-même, mais Joseph semblait considérer qu'il ne fallait pas abuser des bonnes choses, car il entraînait déjà Charlie au bas des escaliers, marchant très vite, un bras passé autour de la taille de la jeune femme, l'autre main lui tenant le poignet si fort qu'il lui faisait mal. Elle s'enferma suffisamment longtemps dans les toilettes de l'entrée pour vomir, puis n'eut plus qu'un désir, sortir de cet appartement. Partir loin d'eux, partir loin d'elle-même, de son esprit, de son corps.

Elle courait. C'était jour d'éducation physique. Elle courait aussi vite qu'elle pouvait; les dents de béton qui se découpaient contre le ciel semblait tomber à sa rencontre. Les jardins des terrasses lui apparaissaient bordés de coquets petits chemins de brique, des signaux miniatures lui indiquaient des lieux qu'elle ne parvenait pas à déchiffrer, des tubes aériens de plastique bleu et jaune faisaient des bandes de couleur défilant au-dessus de sa tête. Elle courait de toutes ses forces, gravissait puis dévalait des marches, prenant un intérêt tout particulier à la végétation qu'elle croisait, aux élégants géraniums, aux buissons fleuris mais chétifs, aux mégots de cigarettes et aux taches de terre nue qui semblaient autant de tombes anonymes. Joseph ne la quittait pas et elle lui hurlait de s'en aller, de la laisser; un vieux couple assis sur un banc sourit avec nostalgie en voyant cette querelle d'amoureux. Charlie parcourut ainsi deux grandes terrasses, puis elle atteignit un parapet qui donnait, beaucoup plus bas, sur un parking. Elle ne se suicida pourtant pas : elle avait déjà décidé que ce n'était pas son genre et qu'elle préférait vivre avec Joseph plutôt que mourir avec Michel. Elle s'immobilisa, à peine essoufflée. La course lui avait fait du bien; elle devrait courir plus souvent. Elle lui réclama une cigarette, mais il n'en avait pas. Il l'attira vers un banc; elle s'assit, puis se releva aussitôt, par esprit de contradiction. La jeune femme savait par expérience que les scènes affectives ne paraissent pas très convaincantes quand les protagonistes marchent, aussi eut-elle soin de rester plantée près du banc.

« Je te conseille de garder ta sympathie pour les innocents, l'avertit Joseph, coupant court à ses invectives.

– Il *était* innocent avant que vous ne l'inventiez! »

Prenant son silence pour du désarroi, et son désarroi

pour de la faiblesse, Charlie s'interrompit et feignit de contempler l'horizon monstrueux. « C'est *nécessaire*, « fit-elle d'un ton mordant. Je ne serais pas ici si cela « n'était pas *nécessaire*. » Je cite. « Aucun tribunal « honnête au monde ne nous condamnerait pour ce « que nous te demandons de faire. » Je cite toujours. C'est toi qui disais cela, je crois. Veux-tu retirer tes paroles ?

— Non, je ne pense pas.

— *Je ne pense pas !* Eh bien, tu ferais mieux d'en être sacrément sûr, non ? Parce que s'il y a quelques doutes à lever dans cette histoire, j'aimerais autant que ce soit les miens. »

Toujours debout, elle concentra toute son attention sur un point situé juste devant elle, quelque part au centre de l'immeuble d'en face qu'elle étudiait soudain avec l'intérêt d'un acheteur potentiel. Mais Joseph était resté assis, ce qui déséquilibrait complètement la scène. Ils auraient dû se trouver face à face, très près l'un de l'autre. Ou bien il aurait dû se placer derrière elle, et examiner la même trace de craie.

« Ça t'embête si nous faisons un petit calcul ? demanda-t-elle.

— Je t'en prie.

— Il a tué des juifs.

— Il a tué des juifs et il a tué des passants innocents qui n'étaient pas juifs et n'avaient rien à voir avec toute cette affaire.

— Je te jure que j'aimerais bien écrire un livre sur la culpabilité de tous les passants innocents que vous persécutez. Je commencerais par parler de vos bombardements au Liban et à partir de là, je passerais à un secteur plus large. »

Assis ou pas, il revint à la charge beaucoup plus vite qu'elle ne l'avait escompté.

« Le livre est déjà fait, Charlie. Il s'appelle l'Holocauste. »

Elle esquissa du pouce et de l'index un petit judas par lequel elle se mit à examiner un lointain balcon.

« D'un autre côté, toi aussi tu as tué des Arabes, je suppose.

– Evidemment.

– Beaucoup?

– Assez.

– Mais seulement pour te défendre. Quand un Israélien tue, c'est toujours pour se défendre. » Aucune réponse. « *J'ai tué assez d'Arabes*, signé Joseph. » Toujours pas de réaction. « Un Israélien qui a tué assez d'Arabes. Ça c'est une trouvaille pour le bouquin. »

Elle portait une jupe de tartan sortie du trousseau de Michel, et elle avait tout récemment découvert qu'elle était pourvue de poches. La jeune femme y fourra les mains et entreprit de faire voler les pans du vêtement, prétendant étudier l'effet produit.

« *Vous* êtes de vrais salauds, hein? lança-t-elle avec insouciance. De véritables salopards. Tu dirais le contraire? » Elle n'avait cessé d'examiner sa jupe, tout à fait passionnée par le mouvement ample du tissu. « Et toi, tu es vraiment le plus salaud d'entre tous, non? Parce que tu joues sur tous les tableaux. Un coup, tu es Joseph au cœur sensible, l'autre, tu deviens Joseph le guerrier héroïque. Alors qu'en réalité, tu n'es qu'un sale petit juif pilleur de terres et assoiffé de sang. »

Non seulement, il se leva, mais il la frappa. Deux fois. En prenant d'abord la peine de lui retirer ses lunettes de soleil. Plus fort et plus vite qu'elle n'avait jamais été frappée, les deux fois sur la même joue. La première gifle fut assenée avec une telle puissance que Charlie en éprouva un sentiment de triomphe pervers et projeta son visage dans la direction d'où elle venait. Nous sommes quittes, songea la jeune femme en se souvenant de la maison d'Athènes. Le second coup lui parut une nouvelle explosion dans le cratère laissé par le précédent. Lorsque ce fut terminé, Joseph la poussa sur le banc pour qu'elle puisse pleurer toutes les larmes de son corps, mais elle était bien trop fière pour lui offrir ce plaisir. M'a-t-il giflée pour son bien ou pour le mien? se demanda-t-elle. Elle espérait de tout son cœur qu'il l'avait fait pour lui-même; qu'au bout de la douzième heure de leur mariage de fous, elle avait enfin réussi à percer sa réserve. Mais un coup d'œil sur son visage fermé et son regard léger, détaché, lui indiqua que si l'un d'eux était malade, c'était elle et non lui. Il lui tendit un mouchoir qu'elle refusa d'un geste vague.

« Ce n'est rien », marmonna-t-elle.

Elle lui prit le bras, et il la reconduisit lentement le long de l'allée bétonnée. Le même vieux couple leur sourit quand ils le croisèrent. Des enfants, se dirent les vieux époux – comme nous dans le temps. A se battre comme des chiffonniers une minute pour se retrouver au lit la suivante, et que ce soit meilleur encore qu'avant.

L'appartement du dessous ressemblait beaucoup à celui qu'ils venaient de quitter, mais il n'offrait ni loggia ni prisonnier et, tout en lisant ou tendant l'oreille, elle arrivait parfois à se convaincre qu'elle n'était jamais montée plus haut – que l'appartement du dessus était une chambre des horreurs sortie tout droit des profondeurs obscures de son inconscient. Mais un coup sourd venant du plafond, et provoqué par les jeunes gens qui remballaient leur matériel photographique et se préparaient à la fin de leur séjour, la contraignait alors à admettre que le duplex était aussi réel que l'endroit où elle se trouvait maintenant : plus réel même, puisque les lettres étaient factices, alors que Michel était un être de chair.

Ils s'assirent en cercle, tous les trois, et Kurtz se lança dans l'un de ses préambules coutumiers, mais dans un style plus incisif, moins sinueux qu'à l'habitude. Peut-être jugeait-il que Charlie avait maintenant fait ses preuves en tant que soldat, qu'elle était devenue un vétéran « ayant déjà à son crédit des tas d'informations nouvelles et passionnantes », comme il le déclara lui-même. Sur la table trônait la malette qui contenait les lettres mais, avant de l'ouvrir, Kurtz jugea utile de rappeler à Charlie en quoi consistait la « fiction », terme qu'il avait en commun avec Joseph. D'après la fiction, loin d'être seulement une amoureuse passionnée, la jeune femme se présentait également comme une épistolière infatigable à qui il ne restait plus, durant les longues absences de Michel, que ce moyen d'expression. Tout en lui expliquant cela, Kurt enfila une paire de gants de coton bon marché. Ces lettres ne constituaient donc pas une simple facette des relations qui unissaient Charlie à Michel; elles représentaient « le seul endroit où vous pouviez vivre à découvert, dire vos vrais sentiments, Charlie ». Ces lettres témoignaient de l'amour de plus en plus obsessionnel que Charlie portait à Michel – et cela souvent avec une franchise désarmante – mais aussi du réveil de sa conscience politique et de son glissement vers un « activisme global » qui reconnaissait tout naturellement la « relation » entre l'ensemble des luttes contre l'oppresseur dans le monde. Une fois rassemblées, elles formaient le journal d'une « personne excitée tant sur un plan émotionnel que sexuel » à mesure qu'elle passait d'une vague position de protestation à un activisme à part entière impliquant le recours à la violence.

« Et comme nous ne pouvions, en la circonstance, compter sur vous, pour nous fournir un éventail complet de votre style littéraire, conclut-il en ouvrant la malette, nous avons décidé de les rédiger à votre place. »

Evidemment, se dit-elle. Elle se tourna vers Joseph qui était assis le dos bien droit et l'air particulièrement innocent, les paumes coincées entre ses genoux, comme un homme qui de sa vie n'avait jamais frappé personne.

Elles se trouvaient dans deux paquets bruns, l'un beaucoup plus gros que l'autre. Kurtz choisit le plus petit d'abord et le défit maladroitement de ses doigts gantés avant d'étaler les documents bien à plat. Charlie reconnut l'écriture d'écolier de Michel. Puis il ouvrit le second et, à la façon dont un rêve se matérialise, la jeune femme sut aussitôt que ces lettres avaient été écrites de sa main. « Les lettres de Michel sont des photocopies, lui disait Kurtz; les originales vous attendent en Angleterre. Vos lettres à vous, mon enfant, sont originales et appartiennent donc à Michel, vous êtes bien d'accord?

– Evidemment », répliqua-t-elle, tout haut cette fois-ci, en regardant instinctivement dans la direction de Joseph, et plus particulièrement de ses mains enfermées qui s'efforçaient tant de nier toute responsabilité.

Elle lut d'abord les lettres de Michel parce qu'elle sentait qu'elle lui devait son attention. Il y en avait une douzaine, allant des franchement érotiques et passionnées aux très brèves et autoritaires. « Je t'en prie, n'oublie pas de numéroter tes lettres. Si tu ne les numérotes pas, alors n'écris pas. Je ne peux apprécier tes lettres si je ne suis pas certain de les recevoir toutes. Ma sécurité est en jeu. » Les passages d'éloges extasiés concernant la façon de jouer de la jeune femme s'entrecoupaient d'exhortations très sèches à n'interpréter que « des rôles ayant une portée sociale pour réveiller les consciences ». Charlie devait aussi « éviter d'accomplir en public des actes susceptibles de révéler tes vrais engagements ». Finis désormais les cours de formation extrémiste, les manifestations et les rassemblements. Elle devait se comporter « de manière bourgeoise » et feindre de se reconnaître dans les normes capitalistes. Il lui fallait laisser entendre qu'elle avait « renoncé à la révolution », tout en continuant en secret « et par tous les moyens, à lire les grands auteurs révolutionnaires ». Ces lettres contenaient beaucoup d'erreurs de logique, de fautes de syntaxe et d'orthographe. Il y était fait mention de « notre prochaine réunion », référence sans doute à la Grèce; on y parlait à plusieurs reprises de raisin blanc, de vodka, et de « prendre des réserves de sommeil avant de nous retrouver enfin ».

A mesure qu'elle lisait, Charlie commençait à se forger une image nouvelle et plus humble de Michel, une image soudain beaucoup plus proche du prisonnier qu'ils retenaient là-haut. « C'est un enfant, murmura-t-elle en jetant un coup d'œil accusateur à Joseph. Tu l'as tellement gonflé. Ce n'est qu'un gosse. »

Ne recevant aucune réponse, elle se tourna vers ses propres lettres et les ramassa délicatement, comme s'il s'agissait de la solution d'un grand mystère. « Les livres d'école », fit-elle à voix haute avec un sourire niais en les examinant rapidement. En effet, grâce aux archives de ce pauvre Ned Quilley, le vieux Géorgien avait su reproduire, non seulement le goût très éclectique de Charlie en matière de papier à lettres – des dos de menus, des additions de restaurant, des feuilles aux en-têtes des hôtels, des théâtres et des pensions qui jalonnaient sa route – mais aussi les variations spontanées qu'affectait son écriture, allant des gribouillis puérils de la tristesse naissante aux caractères passionnés et pourtant fermes de la femme amoureuse, en passant par l'écriture lasse de l'actrice enterrée dans un bled mais qui espérait une petite amélioration, et par le style de l'apprentie révolutionnaire érudite qui se donnait le mal de citer des passages entiers de Trotski, mais oubliait un « r » à arrivé.

Grâce à Leon, sa prose n'était pas rendue avec moins de précision; Charlie ne put s'empêcher de rougir en s'apercevant à quel point ils avaient imité ses hyperboles colorées, ses brusques glissements vers un style philosophique maladroit et creux, ses déchaînements de fureur contre la politique du gouvernement conservateur. Contrairement à celles de Michel, ses allusions à leurs retrouvailles charnelles prenaient un tour graphique et parfaitement explicite; ses allusions à ses parents étaient grossières et ses souvenirs d'enfance se chargeaient de colère et de rancœur. Charlie retrouva Charlie la romancière, Charlie la pénitente, Charlie la salope. Elle rencontra ce que Joseph appelait l'Arabe en elle – la Charlie qui aimait sa propre rhétorique, celle dont les notions de vérité s'inspiraient moins de ce qu'il était advenu réellement que de ce qu'il aurait dû advenir. Lorsqu'elle eut parcouru toutes les lettres, la jeune femme rassembla les deux piles puis, la tête posée dans les mains, les relut toutes, mais comme une véritable correspondance, ses cinq lettres pour une seule de Michel, les réponses aux questions qu'il lui posait, les faux-fuyants de Michel aux questions qu'elle lui posait.

« Je te remercie, Jose, déclara-t-elle enfin sans lever la tête. Non, vraiment, merci du fond du cœur. Si tu voulais juste me prêter ton flingue un petit moment, j'irais faire un tour et me faire sauter la cervelle. »

Kurtz riait déjà, mais personne ne se joignit à sa bonne humeur. « Mais, Charlie, je ne pense pas que cela soit très juste pour notre ami Joseph. Il s'agissait là d'un travail d'équipe. Nous nous y sommes mis à beaucoup pour obtenir un tel résultat. »

Kurtz avait encore une dernière requête : les enveloppes qui contiennent vos lettres, mon enfant. Il les tenait toutes prêtes sur lui, voyez, elles n'étaient ni affranchies ni oblitérées et il n'y avait pas encore glissé les lettres, dans le but de les faire réouvrir par Michel. Charlie serait-elle assez aimable? C'était surtout pour les empreintes, expliqua-t-il. D'abord, les vôtres, ensuite celles des postiers, et enfin celles de Michel. Cependant, il restait encore un petit détail : il fallait que les timbres et les rabats soient fixés par la salive de Charlie; il voulait aussi connaître son groupe sanguin, au cas où un petit malin aurait l'idée de vérifier : surtout, n'oubliez jamais qu'ils ont avec eux des hommes vraiment très forts, comme nous l'a encore démontré hier soir votre excellent travail.

Elle se rappela la longue étreinte paternelle de Kurtz parce qu'elle lui sembla sur le moment aussi inévitable et nécessaire qu'un lien parental. Pourtant, elle ne parvint plus par la suite à se souvenir des adieux de Joseph, les derniers de la série : ni de la façon dont ils s'étaient déroulés ni du lieu. Les instructions, oui; le retour à Salzbourg, oui : une heure et demie dissimulée à l'arrière du fourgon de Dimitri, et pas de bavardages après l'extinction des feux. Elle se souvint également de l'atterrissage à Londres, de son impression d'être plus seule qu'elle l'avait jamais été de sa vie; du parfum de la tristesse britannique qui l'avait accueillie à peine l'avion posé, et lui avait rappelé quelles étaient les origines de ses engagements extrémistes : l'indolence insidieuse du pouvoir, le désespoir muselé des déshérités. Les bagagistes de l'aéroport observaient une grève du zèle et il y avait des arrêts de travail dans les chemins de fer ; les toilettes pour dames lui donnèrent un avant-goût de prison. Charlie se plia aux formalités habituelles et, comme toujours, le douanier désœuvré l'arrêta pour lui poser quelques questions, à la différence que, cette fois-ci, la jeune femme se demanda s'il n'avait pas une bonne raison de l'interroger ainsi.

Rentrer à la maison, c'est un peu comme partir à l'étranger, songea-t-elle en rejoignant la foule découragée qui faisait la queue pour le bus. On va faire sauter tout ça et repartir à zéro.

15

L'enseigne Romanz annonçait un motel installé au milieu des sapins, sur une petite butte en bordure d'autoroute. Les bâtiments, vieux d'un an à peine, avaient été tout spécialement conçus pour les amoureux nostalgiques du roman courtois, avec ses cloîtres crépis au béton, ses mousquets de plastique et ses éclairages au néon de couleur. Kurtz occupait le dernier chalet de la rangée et jouissait d'une fenêtre à jalousie gris plomb donnant sur la voie en direction de Munich. Il était deux heures du matin, moment de la nuit que Kurtz affectionnait. Il s'était douché, rasé, avait préparé du café à l'aide d'un appareil très astucieux, bu du Coca-Cola pris dans le réfrigérateur aux contours de teck et passé le reste du temps à faire ce qu'il faisait actuellement : assis dans l'ombre, en manches de chemise devant le petit secrétaire, une paire de jumelles près du coude, il regardait les phares des autos balayer le tronc des arbres avant de poursuivre leur route vers l'ouest. A cette heure-ci, la circulation n'était pas très dense, environ cinq véhicules à la minute, et avec la pluie, ils avaient tendance à se regrouper.

La journée avait été très longue et, s'il fallait compter les nuits, la nuit aussi, mais Kurtz considérait que la lassitude obscurcissait le cerveau. Cinq heures de sommeil devaient suffire à n'importe qui et représentaient déjà trop pour lui. Quoi qu'il en soit, la journée avait été longue; elle n'avait en fait commencé que lorsque Charlie les avait quittés. Il avait fallu vider les appartements du Village Olympique et Kurtz avait lui-même supervisé l'opération; il savait que sa détermination à tout prendre en main donnait toujours à ses gosses un peu plus de nerf. Il avait fallu aussi ranger les lettres de Charlie dans le logement de

Yanuka, entreprise que Kurtz avait une fois encore dirigée. De son poste d'observation, de l'autre côté de la rue, il avait pu regarder les guetteurs se glisser dans l'appartement, et il avait attendu leur retour pour les féliciter et leur promettre que leur veille longue et héroïque ne tarderait pas à être récompensée.

« Que lui est-il arrivé? avait demandé Lenny d'un ton geignard. Ce garçon a tout son avenir devant lui, Marty. Ne l'oublie pas. »

Kurtz avait répondu de façon assez sibylline : « Oui, Lenny, ce garçon a un avenir devant lui, mais pas avec nous, c'est tout. »

Shimon Litvak s'installa derrière Kurtz, au bout du grand lit. Il avait ôté son imperméable dégoulinant d'eau pour le laisser tomber par terre, à ses pieds. Il semblait avoir été dupé et ne cachait pas son énervement. Becker s'était assis à l'écart des deux autres, sur une coquette chaise capitonnée, et, entouré par un petit halo de lumière, il avait le même aspect solitaire que dans la maison d'Athènes, tout en entretenant cependant l'atmosphère de vigilance qui régnait avant la bataille.

« La fille ne sait rien, fit Litvak avec indignation à l'adresse du dos impassible de Kurtz. Elle n'a pas toute sa tête. » Sa voix avait monté d'un ton et laissait percer un léger tremblement. « Elle est hollandaise, elle s'appelle Larsen et croit que Yanuka l'a recrutée alors qu'elle faisait partie d'une communauté de squatters à Francfort. Mais elle n'en est pas très sûre parce qu'elle a couché avec tellement d'hommes qu'elle a un peu oublié. Yanuka l'a emmenée plusieurs fois avec lui en voyage, il lui a appris à tirer n'importe comment et l'a prêtée à son grand frère pour qu'il puisse se délasser et se divertir. De ça, elle s'en souvient. Même quand il s'agissait de la vie amoureuse de Khalil, ils utilisaient des coupe-circuits et changeaient d'endroits à chaque fois. Elle trouvait cela plutôt lassant. Entre-temps, elle a piloté des voitures, posé une ou deux bombes pour eux et volé quelques passeports. Par amitié. Parce qu'elle est anarchiste. Parce que c'est une faible d'esprit.

– Une fille bien commode, dit pensivement Kurtz, s'adressant moins à Litvak qu'à son propre reflet dans la vitre.

– Elle avoue Godesberg et elle reconnaît Zürich à moitié. Avec un peu de temps, elle finirait par l'avouer complètement. Mais pas Anvers.

– Et Leyde? » interrogea Kurtz.

Sa voix faisait maintenant entendre le même enrouement que celle de Litvak et, de l'endroit où était assis Becker, il devait sembler que les deux hommes souffraient de la même affection de la gorge, de la même contraction des cordes vocales.

« Pour Leyde, un non catégorique, répliqua Litvak. Non, non, et encore non. Elle passait des vacances avec ses parents à ce moment-là. A Sylt. Où cela se trouve-t-il?

– C'est une île, tout au nord de la côte allemande, répondit Becker, et Litvak le regarda comme s'il soupçonnait une insulte.

– Elle nous retarde tellement, se lamenta Litvak en se tournant de nouveau vers Kurtz. Elle s'est mise à parler vers midi, et trois heures à peine plus tard, elle revenait sur tout ce qu'elle avait dit. « Non, je n'ai « jamais dit ça. Vous mentez. » Nous avons dû retrouver les endroits sur les bandes, les lui faire écouter, mais elle n'arrêtait pas de crier que c'était du trucage, et elle a commencé à nous cracher dessus. C'est une tête de mule hollandaise complètement cinglée.

– Je comprends », commenta Kurtz.

Mais Litvak réclamait plus que de la compréhension : « Si on la tape, elle se fout en colère et devient plus butée encore. Si on arrête de la taper, elle reprend du poil de la bête et il n'y a plus rien à en tirer, à part des insultes. »

416

Kurtz se tourna à demi, de manière que s'il avait voulu regarder quelqu'un, il n'aurait pu s'agir que de Becker.

« Elle marchande, poursuivit Litvak du même ton aigu et pleurnichard... Nous sommes juifs, alors elle marchande. « Je vous dis ça et vous me laissez la vie « sauve, *d'accord?* Je vous raconte ceci et vous me « laissez partir, *d'accord?* » Il fit brusquement volte-face en direction de Becker. « Alors, que dit notre héros? interrogea-t-il. Peut-être devrais-je la faire succomber à mon charme? Faire en sorte qu'elle tombe amoureuse de moi? »

Kurtz regardait sa montre, et au-delà. « Quoi qu'elle puisse savoir, c'est déjà du passé, fit-il remarquer. Tout ce qui compte maintenant, c'est de décider ce que nous allons faire d'elle. Et quand. » Sa manière de s'exprimer montrait bien que la réponse finale devrait venir de lui. « Comment fonctionne la fiction, Gadi? demanda-t-il à Becker.

– Ça marche », répondit celui-ci. Il les laissa patienter un moment. « Rossino s'est servi d'elle à Vienne pendant deux jours, puis il l'a conduite dans le sud pour prendre livraison de la voiture. Jusque-là, tout est vrai. Ensuite, elle se rend à Munich avec la Mercedes et y retrouve Yanuka. Là, la fiction commence, mais ils seront les seuls à le savoir. »

Litvak s'empressa de reprendre l'histoire : « Ils se retrouvent à Ottobrunn. C'est un village situé au sud-est de la ville. De là, ils vont quelque part et font l'amour. L'endroit exact, quelle importance? Personne ne viendra vérifier tous les détails. Ils peuvent faire ça dans la voiture. De toute façon, elle aime ça, elle le dit elle-même. Mais ce qu'elle préfère, c'est faire l'amour avec des guerriers, comme elle les appelle. Ils peuvent aussi prendre une chambre quelque part, et le propriétaire aurait tellement peur qu'il ne se ferait jamais connaître. Ce genre de trous est tout à fait normal. Ceux d'en face s'attendent à en rencontrer.

– Et cette nuit? s'enquit Kurtz en jetant un coup d'œil vers la fenêtre. Maintenant? »

Litvak n'aimait pas les questions directes. « Eh bien, ils sont dans la Mercedes et filent vers Munich. Pour y faire l'amour. Pour faire un coup et dissimuler le reste du plastic. Qui le saura jamais? Pourquoi faudrait-il fournir une explication pour tout?

– Et où est-elle en ce moment? insista Kurtz qui réunissait ses informations tout en continuant de réfléchir. Vraiment?

– Dans le fourgon, répondit Litvak.

– Où est le fourgon?

– Près de la Mercedes. Dans l'allée. Tu as donné l'ordre, alors nous l'avons transportée là.

– Et Yanuka?

– Lui aussi dans la camionnette. C'est leur dernière nuit ensemble. Nous les avons drogués tous les deux, comme convenu. »

Kurtz reprit ses jumelles, mais ne les porta pas complètement à ses yeux avant de les reposer. Puis il croisa ses mains et les contempla d'un air soucieux.

« Suggère-moi une autre méthode, proposa-t-il, parlant visiblement à Becker. Nous la faisons venir chez nous, la planquons au fin fond du Néguev et l'enfermons là-bas, dans le désert. Et après? Ils vont se demander ce qu'elle est devenue. A peine aura-t-elle disparu qu'ils imagineront le pire. Ils penseront qu'elle a déserté. Ou qu'Alexis a mis la main dessus. Ou les sionistes. De toute façon, ils se diront que leurs plans sont menacés, et leur réaction sera à coup sûr de dissoudre l'équipe et de renvoyer chacun chez soi. » Il résuma : « Il faut qu'ils aient la preuve que personne ne l'a touchée à part Dieu et Yanuka. Il faut qu'ils sachent qu'elle est aussi morte que Yanuka. Tu n'es pas d'accord, Gadi? Ou dois-je lire sur ton visage que tu as une meilleure idée? »

Kurtz attendit tranquillement, mais le regard de Litvak, rivé sur Gadi Becker, restait hostile et accusateur. Peut-être Litvak craignait-il de ne rencontrer qu'innocence au moment où il avait tant besoin que l'on partageât avec lui la culpabilité.

« Non », lâcha Becker après une éternité. Mais Kurtz ne se méprit pas sur l'expression de soumission volontaire qui lui durcissait les traits.

Et puis, soudain, Litvak fut sur lui – la voix si tendue, si nerveuse, que les mots semblaient jaillir de l'endroit qu'il venait de quitter. « *Non*? répéta-t-il. Non quoi? Non à l'opération? Qu'est-ce que ça veut dire, *non*? »

– Non signifie qu'il ne nous reste pas d'autre solution, expliqua Becker, toujours au même rythme. Si nous épargnons la Hollandaise, ils n'accepteront jamais Charlie. Vivante, Miss Larsen est aussi dangereuse que Yanuka. Si nous voulons continuer, c'est maintenant qu'il faut décider.

– *Si* », souligna Litvak avec mépris.

Kurtz rétablit l'ordre avec une nouvelle question.

« Elle ne connaît vraiment aucun nom qui pourrait nous être utile? demanda-t-il à Litvak, visiblement désireux d'être contredit. Rien qui nous donne une raison de continuer l'interrogatoire? Un motif pour la garder? »

Litvak haussa les épaules en signe d'impuissance. « Elle connaît une grosse Allemande du Nord répondant au nom de Edda. Mais elle ne l'a vue qu'une fois. A part ça, il y a une autre fille dont elle a entendu la voix au téléphone, un coup de fil de Paris. Et puis sinon, il y a Khalil, mais Khalil ne laisse pas de cartes de visite. Elle est cinglée, rappela-t-il. Elle est tellement droguée qu'il suffit de rester près d'elle pour se sentir partir.

– Alors, c'est une impasse », conclut Kurtz.

Litvak finissait déjà de boutonner son imperméable sombre. « Une impasse, c'est bien le mot », acquiesçat-il avec un sourire sans joie. Il ne bougeait toujours pas vers la porte, attendant l'ordre précis.

Kurtz avait encore une dernière question. « Quel âge a-t-elle?

– Elle aura vingt et un ans la semaine prochaine. Qu'est-ce que ça change? »

Très lentement, en étudiant ses gestes, Kurtz se leva lui aussi et fixa Litvak d'un regard autoritaire depuis l'autre bout de la chambre étroite, encombrée de meubles sculptés évoquant ceux d'un pavillon de chasse, et d'ornements en fer forgé.

« Demande à chaque gosse individuellement, Shimon, ordonna-t-il. Demande-leur s'ils veulent se désister. Pas besoin de donner des explications et ils ne seront pas marqués pour autant. Un vote libre et qui ne lésera personne.

– Je leur ai déjà posé la question, dit Litvak.

– Alors recommence. » Kurtz leva le poignet pour vérifier l'heure. « Appelle-moi dans une heure exactement. Pas avant. Ne fais rien avant de m'avoir parlé. »

Avant que la circulation ne soit au plus faible, sous-entendait-il. Avant que j'aie pris mes dispositions.

Litvak sortit. Becker n'avait pas bougé.

Kurtz téléphona tout d'abord à sa femme, Elli, en P.C.V., car il se montrait toujours extrêmement pointilleux dès qu'il s'agissait des dépenses.

« Reste où tu es, s'il te plaît, Gadi », dit-il doucement au moment où Becker se levait pour partir. Kurtz se flattait en effet de n'avoir rien à cacher de sa vie privée. Becker dut ainsi écouter durant une dizaine de minutes des informations aussi essentielles que la façon dont Elli s'en sortait avec son groupe d'études bibliques, ou dont elle arrivait à faire ses courses malgré la voiture en panne. Il n'eut pas besoin de demander à Kurtz pourquoi il avait choisi un tel moment pour s'entretenir de ces problèmes avec son épouse. Lui-même s'était comporté pareillement il n'y avait pas si longtemps. Kurtz voulait éprouver ses racines avant l'assassinat. Il voulait entendre Israël lui parler de vive voix.

« Elli va parfaitement bien, déclara-t-il gaiement à Becker en raccrochant. Elle t'embrasse et te fait dire de rentrer au plus vite. Elle est tombée sur Frankie voilà deux jours de cela. Ta femme avait l'air en forme. Tu lui manques un peu mais elle va bien. »

Kurtz réserva son deuxième coup de téléphone à Alexis, et, si Becker n'avait pas connu son ami depuis longtemps, il aurait pu penser au début que ce coup de fil était du même ordre que le précédent : un appel à un intime. Kurtz écouta d'abord les nouvelles familiales de son agent; il s'enquit de l'enfant à naître – oui la mère et le futur bébé se trouvaient en parfaite santé. Mais une fois ces préliminaires terminés, Kurtz s'arma de courage et fonça tout droit au but. Il avait en effet senti, au cours de ses dernières conversations avec Alexis, que le dévouement de celui-ci semblait s'étioler.

« Paul, il paraîtrait que l'accident dont nous avons parlé récemment devrait se produire d'un instant à l'autre, et que ni vous ni moi ne puissions rien faire pour l'empêcher, alors prenez donc de quoi écrire », annonça-t-il d'un ton enjoué. Puis, passant à un allemand sec et efficace, il lui déversa un flot d'instructions : « Pendant les vingt-quatre heures qui suivront l'ordre officiel, vous limiterez vos investigations aux cités universitaires de Francfort et de Munich. Vous ferez alors savoir que les principaux suspects font partie d'un groupe d'activistes gauchistes connu pour entretenir des relations avec une cellule parisienne. Vous avez noté? » Il s'interrompit pour permettre à Alexis de tout écrire.

« Le deuxième jour, après midi, vous vous présenterez à la poste centrale de Munich et y prendrez une lettre adressée poste restante à votre nom, reprit Kurtz lorsque son interlocuteur lui eut apparemment indiqué de continuer. Vous y trouverez l'identité de votre première coupable, une jeune Hollandaise, ainsi que certaines dates et informations concernant sa participation à plusieurs incidents antérieurs. »

Kurtz assenait maintenant ses ordres au rythme de la dictée et d'une voix impérieuse : l'enquête ne devrait pas commencer dans le centre-ville de Munich avant le quatorzième jour; tous les résultats des expertises médico-légales devraient être remis en priorité à Alexis et ne seraient dévoilés qu'une fois triés par Kurtz; des rapprochements avec d'autres incidents ne pourraient être faits en public qu'après l'accord de Kurtz. Entendant son agent renâcler, Kurtz éloigna un peu le récepteur de façon que Becker puisse saisir lui aussi. « Mais, Marty, écoutez... mon ami... il faut quand même que je vous pose une question...

– Allez-y.

– De *quoi* sommes-nous en train de parler, Marty? Un accident, ça n'a rien à voir avec un pique-nique. Nous vivons dans un pays démocratique et civilisé, vous comprenez ce que je veux dire? »

Si Kurtz comprenait, il n'en fit rien savoir.

« Ecoutez, Marty, je dois vous demander quelque chose. Quelque chose à quoi je tiens et sur quoi j'insiste particulièrement. Pas de dégâts ni de pertes de vies humaines. C'est la condition. Nous sommes amis. Vous me suivez? »

Kurtz suivait très bien, comme en témoignèrent ses réponses concises. « Paul, soyez assuré qu'aucun bien allemand ne sera endommagé. Un peu de tôle froissée, rien de plus. Pas de casse.

– Et les vies humaines. Bon sang, Marty, nous ne sommes pas des *sauvages*! » s'écria Alexis avec une soudaine inquiétude.

La voix de Kurtz exprimait désormais un calme inaltérable. « Aucun sang innocent ne sera répandu, Paul. Vous avez ma parole. Aucun citoyen allemand ne risquera la moindre égratignure.

– Puis-je en être sûr?

– Vous n'avez pas le choix », conclut Kurtz avant de raccrocher sans laisser son numéro.

Habituellement, Kurtz ne se servait pas du téléphone avec la même légèreté, mais comme c'était maintenant Alexis qui supervisait les écoutes téléphoniques, il se sentait en droit de prendre le risque.

Litvak appela dix minutes plus tard. Allez-y, commanda Kurtz; feu vert; exécution.

Ils attendirent, Kurtz toujours posté près de la fenêtre et Becker installé sur sa chaise, les yeux tournés vers le ciel nocturne et tourmenté. Kurtz saisit la poignée et ouvrit la croisée, écartant au maximum les deux battants pour laisser entrer dans la chambre le vacarme de la circulation en provenance de l'autoroute.

« Pourquoi ces risques inutiles », murmura-t-il comme s'il se prenait en flagrant délit de négligence.

Becker commença de compter à la cadence du soldat. Tant pour mettre en scène les deux corps. Tant pour la dernière vérification. Tant pour s'éloigner. Tant pour que l'on signale de chaque côté qu'il n'y avait plus de véhicule en vue. Tant pour évaluer une fois encore le prix de la vie humaine, même quand les êtres concernés semblent à peine mériter d'appartenir au genre humain. Même quand ils n'en font pas partie du tout.

Ce fut comme toujours l'explosion la plus terrible jamais entendue. Pire que Godesberg, pire qu'Hiroshima, pire que toutes les batailles où Becker s'était battu. Sans bouger de sa chaise, le regard porté très loin, au-delà de la silhouette de Kurtz, il vit une boule de feu orangée s'élever du sol puis disparaître, emportant avec elle les étoiles tardives et les premières lueurs du jour. Une poussée de fumée noire et graisseuse suivit aussitôt pour combler le vide créé par les gaz en expansion. Becker discerna des débris qui volaient dans les airs et un jet de fragments noirâtres qui s'échappait en tournoyant de l'arrière – une roue, un peu de goudron, de la chair calcinée, qui aurait su le dire? Il vit le rideau se frotter affectueusement contre le bras nu de Kurtz et sentit le souffle chaud d'un sèche-cheveux sur son visage. Il perçut, semblable à celui que produiraient des insectes, le bourdonnement des objets durs frémissant les uns contre les autres et, bien avant que ce son ne se soit calmé, les premiers cris d'indignation, les aboiements des chiens et les frottements de pas effrayés tandis que les gens se rassemblaient en pantoufles sous l'allée couverte qui reliait les chalets entre eux. Des phrases absurdes retentissaient, dignes de ces films catastrophes où l'on voit des navires sombrer : « Maman! Où est maman! Je ne trouve plus mes bijoux. » Il entendit une femme crier de façon hystérique que les Russes arrivaient, et une autre voix tout aussi apeurée lui assurer qu'il ne devait s'agir que d'un réservoir de pétrole qui avait sauté. Quelqu'un déclara que c'était sûrement à cause des militaires – tout ce qu'ils déplacent, la nuit, c'en est une honte! Il y avait une radio près du lit. Kurtz resta devant la fenêtre, mais Becker préféra allumer le poste, tombant sur un bavardage local pour insomniaques. Il le laissa cependant en marche pour guetter un éventuel bulletin d'informations. Toutes sirènes hurlantes et lumières bleues clignotantes, une voiture de police arriva en trombe. Puis plus rien. Puis les pompiers, bientôt suivis par une ambulance. La musique s'interrompit, laissant la place au premier flash : une explosion inexpliquée à l'ouest de Munich, cause inconnue, pas d'autres détails. Autoroute fermée des deux côtés, prière aux automobilistes de suivre la déviation.

Becker éteignit la radio et alluma la lumière. Kurtz ferma la fenêtre, tira les rideaux puis s'assit sur le lit avant d'ôter ses chaussures, sans même les délacer.

« J'ai, ah! j'ai eu des nouvelles de l'ambassade de Bonn, l'autre jour, Gadi, dit Kurtz comme si cela lui revenait tout juste en mémoire. Je leur ai demandé de se renseigner un peu sur ces Polonais avec lesquels tu travailles, à Berlin. De vérifier leurs comptes. »

Becker resta muet.

« Et il semble que cela ne se présente pas très bien. On dirait qu'il va nous falloir te trouver d'autre argent, ou d'autres Polonais. »

Ne recevant toujours pas de réponse, Kurtz leva lentement la tête pour voir Becker qui le contemplait depuis l'embrasure de la porte, et quelque chose dans l'attitude de son ami embrasa d'un coup sa colère.

« Tu as quelque chose à me dire, Mr. Becker? Veux-tu faire une petite mise au point morale qui puisse te mettre de meilleure humeur? »

Ce n'était visiblement pas le cas et Becker disparut en refermant doucement la porte derrière lui.

Kurtz avait encore un dernier coup de fil à donner : il devait appeler Gavron, directement chez lui. Il tendit la main vers le combiné, hésita, puis renonça. Que le petit Corbeau attende, songea-t-il, sentant la colère se ranimer en lui. Il lui téléphona quand même. La conversation commença doucement, chaque phrase étant contrôlée, raisonnable. Ils se saluaient toujours ainsi. Les deux hommes s'exprimaient en anglais et se servaient des noms de code décidés pour la semaine.

« Nathan? C'est Harry. Salut. Comment va ta femme? Formidable, remercie-la et transmets-lui mes amitiés. Nathan, tu sais, nos deux petites chèvres? Elles viennent d'attraper un mauvais rhume. Cela fera sûrement plaisir à tous ces gens qui n'arrêtent pas de réclamer. »

En écoutant les réponses neutres que lui croassait Gavron, Kurtz sentit son corps se mettre à trembler. Mais il se contraignit encore à maîtriser sa voix. « Je crois, Nathan. que ton grand jeu commence, maintenant. Tu me dois bien de faire en sorte que soient relâchées certaines pressions pour laisser notre affaire mûrir. Je t'ai fait des promesses, elles sont été tenues, un certain degré de confiance est donc établi, un peu de patience. » De tous les hommes et femmes qu'il connaissait, Gavron était le seul à lui faire prononcer des paroles qu'il regrettait par la suite. Mais Kurtz se contrôlait toujours. « Personne ne s'attend à gagner une partie d'échecs avant le petit déjeuner, Nathan. J'ai besoin d'air, tu m'entends? D'air, de liberté, d'un peu de terrain devant moi. » La colère le submergea soudain : « Alors tu vas me faire tenir tous ces cinglés tranquilles, compris. Va donc faire le tour du marché pour me trouver un peu d'appui, ça changera! »

La communication fut coupée. Kurtz ne sut jamais si l'interruption était due à l'explosion ou bien à Misha Gavron : il ne rappela pas pour le savoir.

DEUXIÈME PARTIE

LA CAPTURE

16

PENDANT trois semaines interminables, et tandis que
Londres subissait sa mue automnale, Charlie vécut en
état de semi-réalité, oscillant entre l'incrédulité et
l'impatience, entre l'attente excitée et la terreur con-
vulsive.

Tôt ou tard, ils prendront contact avec toi, ne
cessait-il de lui répéter. C'est obligatoire. Et il entreprit
de la préparer psychologiquement à cette rencontre.

Pourquoi devaient-ils se manifester? Charlie ne le
savait pas et il ne lui dit rien, préférant se murer dans
sa réserve. Mike et Marty essaieraient-ils de faire de
Michel leur agent, comme ils en avaient fait un d'elle?
La jeune femme passait des jours à s'imaginer Michel
prenant en route la fiction qu'ils avaient bâtie pour lui,
et apparaissant devant elle, brûlant de lui donner son
dû d'amour. Joseph encourageait insensiblement sa
schizophrénie, poussait Charlie toujours plus près des
bras de son double absent. Michel, mon amour; viens
à moi. Aime Joseph mais rêve à Michel. Au début, elle
osait à peine se regarder dans un miroir, tant elle était
convaincue que ses traits devaient trahir son secret.
Son visage lui paraissait tiré par l'information honteuse qu'il dissimulait; sa voix et ses gestes lui semblaient alourdis par une masse d'eau qui la coupait du
reste de l'humanité : je tiens mon spectacle solo

vingt-quatre heures sur vingt-quatre; il y a d'un côté le monde, et moi de l'autre.

Puis, lentement, à mesure que le temps s'écoulait, sa crainte de dévoiler le secret fut remplacée par un petit dédain affectueux pour ces innocents qui n'arrivaient pas à voir ce qu'on leur agitait tous les jours sous le nez. J'étais comme eux, pensa-t-elle. Ils sont tels que j'étais avant de passer de l'autre côté du miroir.

Envers Joseph, elle reprenait la technique qu'elle avait mise au point lors de sa traversée de la Yougoslavie. Il était l'ami à qui elle rendait compte de chacun de ses actes et décisions; il était l'homme aimé pour lequel elle prenait un ton badin et se maquillait. Il était son ancre, son confident, le prince qu'elle inventait. Il était le génie qui surgissait aux endroits les plus inattendus, qui devinait toujours avec une sûreté extraordinaire le lieu où elle se rendrait – tantôt un arrêt d'autobus, tantôt une bibliothèque, ou une laverie automatique où elle restait assise parmi les mères fatiguées, à contempler son linge qui tourbillonnait sous la lumière crue des néons. Mais jamais elle n'admettait son existence. Il demeurait totalement en dehors de sa vie, hors de portée, hors du temps – mis à part leurs rendez-vous furtifs, qui la soutenaient. Mis à part Michel, son double.

Pour les répétitions de *Comme il vous plaira*, la compagnie avait loué une vieille salle d'exercice de l'Armée Territoriale située près de Victoria Station, et Charlie s'y rendait tous les matins, contrainte tous les soirs de se laver les cheveux pour en faire disparaître l'odeur de bière militaire.

Elle se laissa inviter par Quilley chez Bianchi et le trouva bizarre. Il avait l'air de vouloir la prévenir de quelque chose, mais quand elle lui demanda franchement de quoi il s'agissait, il battit en retraite en prétendant que la politique était l'affaire de chacun et que c'était pour défendre cette liberté qu'il s'était engagé pendant la guerre. Mais il but affreusement.

Après l'avoir aidé à régler l'addition, Charlie partit se fondre dans la foule londonienne et ressentit l'impression de marcher devant elle-même; de suivre sa silhouette intangible qui s'échappait de son propre corps pour fendre la cohue. Je ne fais plus partie intégrante de la vie. Je suis perdue à tout jamais. Mais à peine eut-elle le temps de formuler ses sensations qu'elle perçut le frôlement d'une main contre son coude : Joseph fit quelques pas à son côté avant de disparaître dans les entrailles d'un Marks & Sparks. L'effet de ces apparitions sur la jeune femme n'avait pas tardé à se manifester. Elles la maintenaient dans un état constant de vigilance, et, si elle se montrait honnête avec elle-même, de désir. Un jour sans lui n'était plus un jour; un simple regard de lui et son cœur, son corps tout entier, se troublait comme celui d'une gamine.

Elle lisait les très respectables journaux du dimanche et se penchait sur les toutes dernières révélations concernant Sackville-West – à moins que ce ne fût Sitwell – pour s'émerveiller de l'inconséquence hautaine de l'esprit anglais dominant. Elle observait le Londres qu'elle avait oublié et y trouvait partout des motifs expliquant sa révolte par la voie de la violence. La société telle qu'elle la voyait était une plante morte; sa tâche était de l'arracher pour utiliser le sol à de meilleures fins. Les visages résignés des vendeurs se traînant comme des esclaves enchaînés le lui disaient; le vieux désespéré et le flic aux yeux venimeux aussi. De même que les petits Noirs qui erraient en regardant passer les Rolls-Royce, et les banques coquettes qui affichaient une dignité séculaire et de vertueux gardes-chiourme en guise de directeurs. Les sociétés immobilières qui attiraient les naïfs dans leurs pièges; les marchands de bière, les bureaux de paris, les flaques de vomissure... Charlie n'avait pas beaucoup d'efforts à fournir pour que Londres devienne une poubelle remplie d'espoirs avortés et d'âmes déçues. Grâce à l'influence de Michel, la jeune femme construisait des ponts imaginaires entre l'exploitation capitaliste dans les pays du tiers monde et le pas de sa porte, à Camden Town.

A être vécue si intensément, la vie lui envoya même la vision d'un homme à la dérive, un symbole à n'en pas douter. Très tôt, un dimanche matin, alors qu'elle se promenait le long du canal de Regent's Park – en fait pour se rendre à l'un de ses rendez-vous avec Joseph – elle entendit le son d'un instrument à cordes assez grave qui égrenait un negro-spiritual. Le canal s'ouvrit soudain, découvrant, au milieu d'une décharge de meubles boiteux, un vieux Noir sorti tout droit de *La Case de l'Oncle Tom*, assis sur un radeau amarré, et jouant du violoncelle pour une bande d'enfants fascinés. La scène semblait tirée d'un film de Fellini; c'était trop kitsch; c'était un mirage, une vision inspirée surgie de son inconscient.

Quoi qu'il en soit, la vision devint pendant plusieurs jours le point de référence intime de tout ce qui l'entourait, trop intime même pour qu'elle en parlât à Joseph : il se moquerait d'elle ou pire encore, il lui donnerait une explication rationnelle.

Elle coucha à plusieurs reprises avec Al, à la fois parce qu'elle voulait éviter une scène, et parce que, après sa longue traversée du désert avec Joseph, son corps l'exigeait; et puis Michel le lui avait commandé. Elle ne laissa cependant pas Alastair pénétrer dans son appartement, car il était de nouveau sans toit et elle craignait qu'il n'essaie de s'y installer; il l'avait déjà fait autrefois et elle avait dû jeter ses vêtements et son rasoir à la rue pour se débarrasser de lui. De toute façon, son appartement contenait maintenant des secrets qu'elle n'aurait pour rien au monde voulu partager avec Al : son lit était désormais celui de Michel, le revolver de celui-ci avait reposé sous l'oreiller, et ni Al ni personne d'autre ne pourrait la forcer à le désacraliser. Joseph avait également averti la jeune femme que le grand rôle d'Al était tombé à l'eau et, sachant combien son petit ami supportait mal que l'on blessât sa fierté, elle prit soin de se montrer très prudente.

Leurs premières retrouvailles passionnées eurent lieu dans le pub qu'il fréquentait habituellement, et Charlie découvrit le grand philosophe entouré de deux ferventes disciples. Tout en se dirigeant vers lui, elle songea : il va sentir Michel; Michel imprègne mes vêtements, ma peau, mon sourire. Mais Al se montra bien trop occupé à faire preuve d'indifférence pour sentir quoi que ce fût. De la pointe du pied, il lui tira une chaise et, tout en s'asseyant, la jeune femme pensa : mon Dieu, dire qu'il y a un mois c'était ce minus qui m'apprenait ce qui fait tourner le monde. Quand le pub ferma, ils se rendirent chez un ami pour y réquisitionner une chambre, et Charlie fut effrayée de constater qu'elle s'imaginait Michel entrant en elle, le visage de Michel penché sur le sien, le corps brun de Michel pesant sur le sien dans la pénombre – Michel, son petit terroriste à elle, Michel, la conduisant au vertige. Mais au-delà de Michel se dissimulait encore une autre silhouette, Joseph se livrant enfin; Joseph, dont la sexualité ardente et réprimée se libérait, dont le corps couturé et l'esprit blessé s'abandonnaient à elle.

Outre les journaux du dimanche, Charlie lisait parfois les quotidiens capitalistes et écoutait les informations prédigérées des radios de grande consommation, mais elle ne découvrit pas la moindre allusion à une jeune Anglaise rousse qui aurait fait passer du plastic russe de très haute qualité en Autriche. J'ai rêvé. C'était une autre fille, encore une de mes petites lubies. Sinon, les événements du monde avaient pratiquement cessé de l'intéresser. Elle parcourut un article sur le bombardement par les Palestiniens de la ville d'Aachen, puis un autre concernant les représailles israéliennes sur un camp du Liban, raid tuant un nombre important de civils. Elle apprit la fureur populaire qui montait en Israël et éprouva un juste frisson en lisant une interview d'un général israélien qui promettait de résoudre le problème palestinien « en le prenant à la racine ». Mais après sa brutale initiation aux rouages du complot, Charlie ne croyait plus désormais aux versions officielles des faits. Les seules nouvelles qu'elle suivait sans arrière-pensées concernaient le panda femelle du zoo de Londres, dont la froideur amoureuse défrayait la chronique – les féministes assuraient que toute la faute en incombait au mâle. Et puis le zoo constituait l'un des lieux de prédilection de Joseph. Ils se retrouvaient là-bas, sur un banc, parfois simplement pour se prendre la main comme des amoureux avant de reprendre chacun leur chemin.

Bientôt, lui disait-il. Bientôt.

A se maintenir ainsi à la surface, à jouer en permanence pour un public invisible, à surveiller chacun de ses mots, chacun de ses gestes, craignant le moindre moment d'oubli, Charlie se rendit compte qu'elle s'appuyait énormément sur le rite. Les week-ends, elle se rendait généralement à Peckham pour animer un groupe théâtral d'enfants. Cela se passait dans une grande salle voûtée, assez vaste pour y jouer Brecht, et Charlie prenait beaucoup de plaisir à mettre ainsi les gosses en action. Ils projetaient de monter une pantomime rock pour Noël, de l'anarchie pure.

Le vendredi, elle allait parfois rejoindre Al au pub, et le mercredi, elle portait deux canettes de bière brune à Miss Dubber, qui était une ancienne girl et habitait tout à côté. Miss Dubber souffrait d'arthrite, de rachitisme, de nécrose et de bien d'autres maux plus graves encore, et elle maudissait son corps avec une véhémence qu'elle réservait autrefois à des amants trop pingres. Charlie, elle, lui emplissait la tête de merveilleux potins imaginaires concernant les derniers scandales du monde du show-business, et toutes deux éclataient d'un rire tellement perçant que les voisins montaient le son du téléviseur pour couvrir le vacarme.

Sinon, Charlie ne supportait aucune compagnie, quoique son métier d'actrice lui eût déjà fourni une bonne demi-douzaine de familles qu'elle aurait pu appeler à tout moment si l'envie l'en avait prise.

Elle bavarda un jour avec Lucy au téléphone; elles se promirent de se revoir, mais sans fixer de date. Elle retrouva Robert à Battersea, mais le petit peuple de Mykonos lui apparaissait comme des amis de lycée perdus de vue depuis dix ans; la jeune femme avait l'impression que sa vie ne lui appartenait plus assez pour la partager avec eux. Elle dîna chez un Indien avec Willy et Pauly, mais les deux garçons songeaient à rompre et la soirée fut loupée. Elle essaya quelques amis intimes d'existences précédentes, mais sans plus de succès; alors, elle se résigna à la vie de vieille fille. Elle se mit à arroser les arbustes de sa rue quand le temps devenait sec, et à déposer des poignées de noix dans des coupes métalliques sur le rebord de sa fenêtre, pour les moineaux bien sûr, mais aussi parce que cela constituait un signe de connivence avec Joseph, de même que l'autocollant pour le Désarmement Mondial sur sa voiture et l'étiquette de cuir frappée d'un « C » de cuivre qu'elle avait attachée à sa sacoche. Il les appelait ses signaux de sécurité et lui rappelait régulièrement leur usage. La disparition de n'importe lequel d'entre eux signifierait un appel au secours. Une écharpe de soie blanche ne quittait jamais le sac de la jeune femme; la porter n'aurait pas été un signe de reddition mais aurait indiqué « Ils sont venus », si jamais ils se décidaient. Elle tenait maintenant son agenda, le reprenant là où le Conseil des Lettrés l'avait laissé; elle termina un canevas qu'elle avait acheté avant les vacances : Lotte à Weimar, pleurant à en mourir sur la tombe de Werther. Toujours moi, version classique. Elle écrivit d'interminables missives à son amant absent mais finit peu à peu par ne plus les poster.

Michel, mon amour, ô Michel, je t'en prie, viens.

Mais elle évitait soigneusement les appartements squattés et les librairies parallèles d'Islington où elle avait l'habitude de débarquer pour y prendre un café dans une ambiance léthargique; et plus soigneusement encore les révoltés de St Pancras pour qui elle distribuait auparavant des pamphlets prônant la cocaïne, parce que personne d'autre ne se dévouait pour le faire. Elle récupéra enfin sa voiture, une Fiat gonflée qu'Alastair avait bousillée, chez Eustace, son garagiste préféré, et décida d'aller pour son anniversaire jusqu'à Rickmansworth où elle pourrait porter à sa vioque la nappe qu'elle lui avait achetée à Mykonos. En règle générale, Charlie craignait ces visites comme la peste : le piège du repas dominical avec ses trois légumes et son *pie* à la rhubarbe suivi par la liste détaillée de tous les maux que le monde avait réservés à sa mère depuis leur dernière rencontre. Mais cette fois-ci, à sa grande surprise, tout se passa parfaitement bien. Elle dormit là-bas et, le lendemain matin, mit un foulard sombre, surtout pas le blanc, et conduisit sa mère à la messe en prenant bien garde de ne pas penser à la dernière fois où elle s'était coiffée d'un foulard. Une fois à genoux, elle sentit renaître en elle un reste inattendu de piété et mit avec ferveur ses diverses identités au service de Dieu. La musique de l'orgue lui tira des larmes, ce qui lui fit douter en fin de compte du contrôle qu'elle croyait exercer sur elle-même.

C'est parce que je ne veux pas m'avouer qu'il faut rentrer à la maison, se dit-elle.

Elle se sentait déconcertée par la façon surnaturelle dont son appartement s'était modifié pour accueillir la nouvelle personnalité qu'elle s'efforçait si précautionneusement d'endosser : un changement de décor dont l'ampleur ne se manifesta que peu à peu. De toute sa vie nouvelle, la métamorphose insidieuse de son appartement durant son absence était ce qui la troublait le plus. Jusqu'à présent, ce studio lui était apparu comme l'endroit le plus sûr du monde, une sorte de Ned Quilley architectural. Elle l'avait hérité d'un acteur au chômage, qui, après avoir trempé dans des histoires de cambriolage, s'était retiré en Espagne avec son petit ami. Le lieu en question se situait tout au nord de Camden Town et au-dessus d'un café tenu par un Indien de Goa, qui s'animait vers deux heures du matin et restait ouvert jusqu'à sept heures pour servir des *samosas* et des petits déjeuners de friture. Afin d'atteindre son escalier, Charlie devait se faufiler entre la cuisine et les toilettes puis traverser une cour, ce qui lui laissait le temps d'être suivie des yeux par le patron, le cuisinier et le petit ami rondouillard de celui-ci, sans parler de l'occupant éventuel des waters. Lorsqu'elle parvenait au haut de l'escalier, il lui fallait encore franchir une autre porte avant de pénétrer dans le domaine sacré, constitué d'un grenier pourvu du meilleur lit de la terre, d'une salle de bain et d'une cuisine dûment comptabilisés dans le loyer.

Et voilà qu'elle perdait brusquement ce havre de paix et de consolation. Ils le lui avaient volé. Elle avait l'impression d'avoir sous-loué l'appartement à quelqu'un d'autre pendant son absence, quelqu'un qui y aurait apporté tout un tas de modifications pour la remercier. Mais comment avaient-ils pu entrer sans se faire remarquer? Lorsqu'elle se renseigna au café, ils ne savaient rien. Elle découvrit par exemple dans le tiroir de son bureau les lettres de Michel, entassées dans le fond – tous les originaux dont elle avait lu les photocopies à Munich. Elle trouva aussi, dissimulés derrière une planche brisée de la salle de bain, là où elle conservait son herbe à l'époque où elle fumait, ses fonds de lutte : trois cents livres en vieux billets de

437

cinq. Elle les déplaça pour les cacher sous une lame du parquet, puis les remit dans la salle de bain, puis de nouveau sous le parquet. Il y avait aussi les petits souvenirs, les témoignages de son histoire d'amour glanés depuis le premier jour, à Nottingham : les pochettes d'allumettes au nom de l'auberge; le stylo à bille avec lequel elle lui avait écrit ses premières lettres à Paris; les toutes premières orchidées rousses séchées et pressées entre les pages de la *Cuisine de Mrs. Beeton*; la première robe qu'il lui avait offerte à York, et ils s'étaient rendus ensemble dans la boutique; les affreuses boucles d'oreilles qu'il lui avait données à Londres, si laides qu'elle ne pouvait les porter que pour lui faire plaisir. En fait, elle s'était attendue à ces ajouts, Joseph l'avait plus ou moins prévenue de leur présence. Ce qui la troublait véritablement, c'était qu'à force de vivre avec ces petits détails, ils semblaient lui appartenir plus qu'elle-même : dans la bibliothèque, prudemment dédicacés par Michel et trop souvent feuilletés, des dépliants sur la Palestine; sur le mur, l'affiche pro-palestinienne représentant le visage de crapaud du premier ministre israélien étalé de manière peu flatteuse au-dessus de silhouettes de réfugiés arabes; punaisées à côté, toute une série de cartes en couleurs indiquant les nouvelles frontières de l'expansion israélienne depuis 1967, Tyr et Sidon étant marqués par un point d'interrogation tracé évidemment de la main de Charlie après qu'elle eut appris les prétentions de Ben Gourion sur ces deux villes; la pile de périodiques mal imprimés de propagande anti-israélienne en langue anglaise.

C'est tout à fait moi, constata-t-elle en passant lentement en revue les nouveautés; dès que quelque chose me branche, il faut que j'achète la boutique.

Mais cette fois-ci, ce n'est pas moi. Ils ont tout fait.

La réflexion ne lui fut pas d'un grand secours, et

avec le temps, la distinction entre eux et elle commença de se brouiller dans son esprit.

Michel, pour l'amour de Dieu, t'ont-ils attrapé?

Peu après son retour à Londres, elle se rendit comme prévu à la poste de Maida Vale, présenta ses papiers d'identité et ne reçut qu'une seule lettre en échange, postée à Istanbul et arrivée visiblement juste après son départ pour Mykonos. *Mon amour. Athènes est pour très bientôt maintenant. Je t'aime.* Signé « M ». Une simple note griffonnée pour lui donner du courage. Mais la vue de ce signe concret de communication la perturba profondément. Des hordes d'images enfouies se libérèrent pour la hanter. Les pieds de Michel, chaussés de Gucci et dérapant sur les marches. Son beau corps sans force soutenu par ses deux geôliers. Son visage hâlé, trop jeune pour la conscription. Sa voix trop riche, trop innocente. Le médaillon d'or battant doucement la peau brune de sa poitrine dénudée. Joseph, je t'aime.

Elle alla ensuite tous les jours à la poste, parfois deux fois par jour, et devint très vite l'attraction de l'endroit, ne fût-ce que parce qu'elle repartait toujours les mains vides et la mine plus déprimée; un morceau de bravoure tout en finesse qu'elle travaillait avec beaucoup de soin et auquel Joseph, dans son rôle de professeur clandestin, assista plus d'une fois en achetant des timbres au guichet voisin.

Durant le même temps, et dans l'espoir de lui tirer un souffle de vie, Charlie envoya à Michel trois lettres adressées à Paris, le suppliant de lui écrire, lui criant son amour et lui pardonnant à l'avance son silence. Ces trois lettres constituaient en fait les premières qu'elle composait et écrivait elle-même. Elle éprouva mystérieusement un certain soulagement dans le fait de les poster; elles authentifiaient en quelque sorte les précédentes, ainsi que les sentiments artificiellement inspirés à la jeune femme. A chaque nouvelle lettre qu'elle rédigeait, on lui indiquait une boîte aux lettres différente, et Charlie supposait que quelqu'un passait derrière elle pour couvrir l'enveloppe, mais elle avait appris à ne jamais se retourner ni même y penser. Elle repéra un jour Rachel dans la vitre d'un Wimpy, mal fagotée et l'air tellement anglais. Un autre jour, ce furent Raoul et Dimitri qui la dépassèrent à moto. Elle envoya son dernier message à Michel en exprès, du même bureau postal où elle réclamait en vain du courrier, et griffonna en hâte un « mon amour je t'en prie je t'en prie oh! je t'en prie écris » au dos de l'enveloppe affranchie tandis que Joseph attendait patiemment derrière elle.

Elle en vint peu à peu à concevoir la vie de ces récentes semaines comme une page écrite en caractères gras et en italiques. Le caractère gras représentait le monde dans lequel elle évoluait. L'italique symbolisait le monde dans lequel elle se faufilait dès que l'autre ne la regardait pas. Aucune liaison, même avec le mieux marié des hommes, n'avait jamais constitué un tel secret pour elle.

Leur balade à Nottingham eut lieu le cinquième jour. Joseph se montra d'une prudence exceptionnelle. Au volant d'une Rover, il passa la prendre un samedi soir à la sortie d'une station de métro isolée, et la ramena le dimanche après-midi. Il lui avait apporté une très belle perruque blonde, de quoi se changer et un manteau de fourrure, le tout dans une valise. Il avait organisé un dîner tardif qui se révéla aussi épouvantable que l'original; au milieu du repas, Charlie avoua éprouver la peur absurde que le personnel puisse la reconnaître malgré sa perruque et son manteau de fourrure, et cherche à savoir ce qu'il était advenu de son véritable amant.

Ils montèrent dans la chambre, des lits jumeaux très

sages que, dans la fiction, ils avaient rapprochés en disposant les matelas dans l'autre sens. Elle crut un instant que la réalité allait rejoindre cette fiction. Quand elle sortit de la salle de bain, Joseph était allongé de tout son long sur le lit et la regardait; elle se coucha près de lui et posa la tête sur sa poitrine, puis elle leva son visage vers lui et entreprit de l'embrasser, choisissant soigneusement l'endroit avant d'y déposer un baiser : le bord des tempes, les joues, et enfin les lèvres. Il leva la main pour la retenir, puis souleva la tête pour embrasser Charlie à son tour, la main toujours posée sur la joue de la jeune femme, les yeux ouverts. Puis, tout doucement, il la repoussa et s'assit. Un dernier baiser : au revoir.

« Ecoute », lui dit-il en prenant son manteau.

Il souriait. Son beau, son merveilleux sourire empreint de douceur. Elle tendit l'oreille et perçut le martèlement de la pluie de Nottingham sur le carreau – cette même pluie qui les avait cloués au lit pendant deux nuits et un jour.

Le lendemain matin, ils refirent avec nostalgie les petites excursions inaugurées par Charlie et Michel dans la campagne environnante, promenades inter-rompues alors par la montée du désir qui les ramenait systématiquement à l'auberge. Tout ceci, lui expliqua Joseph, pour lui donner une mémoire visuelle des événements et raffermir ainsi sa confiance en elle. Entre ces leçons, et apparaissant presque comme une détente, il lui enseignait d'autres choses. Les signaux silencieux, comme il les appelait; et une méthode qui consistait à écrire des messages secrets à l'intérieur d'un paquet de Marlboro, méthode que Charlie ne parvenait pas à prendre au sérieux.

Ils se retrouvèrent plusieurs fois chez un costumier, derrière le Strand, en général après les répétitions.

« Alors mon chou, vous venez pour l'essayage? » lui demandait une gigantesque dame blonde d'une soixantaine d'années, toujours vêtue de robes fluides, à chaque fois que Charlie pénétrait dans le magasin. « Suivez-moi, mon chou », ajoutait la dame en lui désignant une arrière-chambre où Joseph attendait, évoquant un client dans l'antre d'une prostituée. Tu vas symboliser l'automne, songea-t-elle en remarquant une nouvelle fois le givre qui commençait à saupoudrer ses cheveux et la pointe rosée qui avivait ses joues maigres; ce sera toujours vrai.

Le principal souci de la jeune femme était de ne jamais savoir comment le joindre : « Où habites-tu? Comment faire pour te trouver? »

Par Cathy, répondait-il. Tu connais les signaux de sécurité, et tu as Cathy.

Cathy représentait pour Charlie un lien de communication vital, la partie accessible du bureau de Joseph, celle qui préservait l'impénétrabilité de Joseph. Tous les soirs entre six et huit heures, Charlie se glissait dans une cabine téléphonique, jamais la même, et composait un numéro du West End pour que Cathy l'aide à supporter l'existence : comment s'étaient passées les répétitions, quelles étaient les nouvelles d'Al et de la bande, comment allait Quilley, et lui avait-il parlé de rôles éventuels pour l'avenir, avait-elle déjà passé des auditions pour le cinéma, avait-elle besoin de quelque chose? Les conversations duraient souvent plus d'une demi-heure. Au début, Charlie en voulut à Cathy, en ce qu'elle freinait ses relations avec Joseph, mais, peu à peu, la jeune femme se mit à attendre impatiemment ces entretiens téléphoniques car Cathy se révéla posséder beaucoup d'esprit et pas mal de bon sens. Charlie se la représentait comme une personne chaleureuse et désintéressée qui était peut-être canadienne : l'une de ces psychologues imperturbables qu'elle allait voir à la Tavistock Clinic après son expulsion du lycée, à une époque où ça ne tournait pas très rond dans sa tête. Cela n'était pas si mal vu de la part de Charlie, car si Miss Bach n'était pas canadienne, mais américaine, elle appartenait à une famille de médecins depuis des générations.

La maison de Hampstead que Kurtz avait louée pour ses guetteurs était une très grande demeure située dans un quartier extrêmement calme prisé par les moniteurs d'auto-écoles. Ses propriétaires, suivant la suggestion de leur bon ami Marty de Jérusalem, s'étaient retirés à Marlow, mais leur maison n'avait rien perdu de son élégance paisible et raffinée. On y trouvait des tableaux de Nolde dans le salon, une photographie de Thomas Mann signée dans la serre où trônait également un oiseau encagé qui se mettait à chanter quand on le remontait, une bibliothèque pourvue de fauteuils de cuir craquants et une salle de musique équipée d'un piano à queue Bechstein. Il y avait aussi une table de ping-pong à la cave, et, derrière la maison, un jardin désordonné où se désagrégeait un court de tennis grisâtre, inutilisable, dont les enfants avaient fait le terrain d'un nouveau jeu, une sorte de golf-tennis qui tirait parti de toutes les bosses et crevasses. La façade était agrémentée d'une loge minuscule sur laquelle l'équipe avait posé ses pancartes indiquant « Groupe d'Etudes Humanistes et Hébraïques, entrée réservée aux étudiants et au personnel », ce qui, à Hampstead, n'étonnait personne.

Ils étaient quatorze en tout, dont Litvak, mais s'étaient répartis sur les quatre étages avec une telle discrétion, avec des manières si furtives, si félines, qu'il eût été difficile d'affirmer que la maison était habitée. Leur moralité n'avait jamais constitué un problème, et la maison de Hampstead acheva de la rendre à toute épreuve. Ils aimaient ces meubles sombres et le sentiment que chacun des objets qui les entouraient semblait en savoir beaucoup plus qu'eux. Travailler toute la journée et souvent une partie de la nuit, puis revenir dans ce temple de l'existence juive agréable et se conformer à cet héritage leur plaisait. Quand Litvak jouait du Brahms, et il en jouait merveilleusement, Rachel elle-même, qui était une fan de pop-music, oubliait ses préjugés pour descendre l'écouter. Au début – et ils n'hésitaient jamais à le lui rappeler – elle s'était montrée très rétive à l'idée de revenir en Angleterre et avait même insisté pour ne pas voyager avec un passeport britannique.

Ce fut donc dans le meilleur état d'esprit possible qu'ils commencèrent leur attente, comme un système d'horlogerie bien réglé. Ils évitèrent, sans même en avoir reçu l'ordre, les pubs et les restaurants du coin ainsi que tout contact superflu avec le voisinage. D'autre part, ils prenaient soin de s'envoyer du courrier, d'acheter du lait, de prendre le journal, enfin d'accomplir toutes les petites choses que les curieux remarquent quand elles ne sont pas faites. Ils se promenaient beaucoup à bicyclette et découvrirent avec une joie sans bornes combien de juifs distingués et parfois discutés les avaient précédés en ces lieux. Aucun d'entre eux ne manqua de se rendre, l'esprit partagé, devant la maison de Friedrich Engels, ou la tombe de Karl Marx au cimetière de Highgate. Ils se fournissaient en moyens de transport dans un joli petit garage peint en rose et installé à la sortie de Haverstock Hill, garage dont la vitrine s'ornait d'une vieille Rolls-Royce argentée portant l'inscription « Pas à Vendre », et qui appartenait à un certain Bernie. Bernie était un gros homme bougonnant au visage sombre, qui tenait toujours une cigarette à demi consumée entre ses lèvres et, à la façon de Schwili, ne quittait jamais son feutre bleu, même pour taper ses factures. Il disposait de camionnettes, d'automobiles, de motos et d'un énorme stock de plaques minéralogiques. Le jour de l'arrivée de l'équipe, il accrocha une grosse pancarte : « LOCATION SUR CONTRAT UNIQUEMENT. INUTILE DE SE PRÉSENTER. » « Tu parles d'une bande d'enculés, raconta-t-il grossièrement à des collègues.

444

Une compagnie de cinéma, qu'y m'ont dit. Ils ont loué tout ce que j'avais dans la boutique, et ils m'ont payé en bons biftons... Alors, hein, comment tu veux dire non? »

Et tout ceci, jusqu'à un certain point, était vrai puisque c'était la fiction dont ils étaient convenus ensemble. Mais Bernie en savait en réalité beaucoup plus. Lui aussi, en son temps, avait fait une chose ou deux.

Pendant ce temps, et presque quotidiennement, des parcelles d'informations leur parvenaient via l'ambassade de Londres, telles des nouvelles d'une bataille lointaine. Rossino s'était représenté à l'appartement de Yanuka, à Munich, cette fois accompagné par une blonde qui semblait correspondre à leurs théories concernant la fille nommée Edda. Un tel était allé voir Un tel à Paris, à Beyrouth, à Damas, ou encore à Marseille. L'identification de Rossino avait permis d'ouvrir de nouvelles voies dans des douzaines de directions différentes. Pas moins de trois fois par semaine, Litvak faisait un exposé sur la situation et laissait s'instaurer le débat. Lorsqu'il disposait de photographies, il organisait de véritables séances de lanterne magique, faisant un rapide commentaire sur les divers noms connus, les comportements observés, les goûts personnels et les méthodes de travail. Il arrangeait régulièrement des concours de devinettes, distribuant des récompenses amusantes aux gagnants.

Parfois, mais pas trop souvent, le grand Gadi Becker se glissait dans la salle pour entendre les derniers mots, s'asseyait tout au fond, à l'écart des autres, puis disparaissait à peine la réunion terminée. De la vie séparée qu'il menait, ils ne savaient rien, et ils ne s'attendaient pas qu'il en soit autrement : Becker s'occupait des agents, un rôle à part; c'était Becker, le héros méconnu de plus de missions secrètes qu'ils n'avaient, pour la plupart, fêté d'anniversaires. Ils le surnommaient affectueusement « le loup des steppes » et se racontaient des histoires terribles à demi inventées sur ses hauts faits.

L'appel arriva le dix-huitième jour. Un télex de Genève les mit sur leurs gardes et un câble de Paris leur donna la confirmation. En moins d'une heure, les deux tiers de l'équipe étaient sur la route et roulaient vers l'ouest sous une pluie sombre.

17

La compagnie avait pour nom les Hérétiques et avait entamé sa tournée à Exeter, devant une assemblée sortie tout droit de la cathédrale : femmes en mauve de demi-deuil, vieux prêtres aux yeux mouillés. Lorsqu'ils ne jouaient pas en matinée, les comédiens erraient dans la ville en bâillant, et le soir, après la représentation, ils devaient avaler du vin et du fromage avec de très sérieux disciples des Arts, car cet échange de bons procédés avec les autochtones était de règle. Après Exeter, ils s'étaient rendus à Plymouth et avaient joué à la base navale, devant de jeunes officiers déroutés qui s'arrachaient les cheveux pour décider si l'on pouvait temporairement considérer les machinistes comme des gentlemen et les admettre au mess.

Mais Plymouth, comme Exeter, avait semblé terriblement excitant, presque perverti, comparé à la petite ville minière aux murs de granit dégoulinants d'eau qui les avait accueillis au fin fond de la Cornouailles : des ruelles tortueuses disparaissant sous la brume marine et des arbres rabougris dont les coups de vent faisaient des bossus. La troupe dut se répartir dans une demi-douzaine d'auberges et le sort conduisit Charlie dans un îlot de pignons d'ardoise entouré d'hortensias, où le grondement des trains à destination de Londres donnait à la jeune femme l'impression d'être une naufragée accablée par la vision d'une voile lointaine. Le théâtre avait été improvisé à l'intérieur d'une salle de sport et, du haut de la scène trop bruyante, les acteurs respiraient les vapeurs de chlore émanant de la piscine et percevaient le martèlement paresseux des balles de squash à travers le mur. Le public se composait de brigades fichu-et-pot-au-feu dont les yeux rassasiés et envieux vous disaient bien qu'elles feraient mille fois mieux que vous si jamais elles s'abaissaient à essayer. Enfin, les comédiens devaient se contenter des vestiaires pour toute loge, et c'est là que l'on apporta les orchidées – pendant que Charlie se maquillait, dix minutes avant le lever du rideau.

Elle les aperçut tout d'abord dans le long miroir qui surmontait les lavabos, bouquet enveloppé de papier blanc et humide, qui franchissait la porte. Puis elle vit les fleurs hésiter avant d'approcher d'une allure incertaine dans sa direction. Mais elle poursuivit son maquillage comme si elle n'avait jamais vu la moindre orchidée de sa vie. Le bouquet était couché, tel un bébé enveloppé de papier, dans les bras d'une vestale de Cornouailles, une jeune fille d'une quinzaine d'années nommée Val, dotée de tresses noires et d'un sourire insipide. Des orchidées rousses.

« Je par ces présentes vous déclare être la noble Rosalind », dit Val d'un ton espiègle.

Un silence hostile s'abattit aussitôt, durant lequel toute la gent féminine de la troupe put savourer l'inconvenance de Val. Avant d'entrer en scène, les acteurs sont toujours très nerveux et extrêmement silencieux.

« Je suis Rosalind, concéda Charlie, sans grand secours. Pourquoi? » Elle saisit alors son *eye-liner* pour bien montrer combien la réponse l'intéressait peu.

Courageusement, Val prit le temps de déposer les fleurs dans le lavabo avant de détaler tandis que Charlie s'emparait de l'enveloppe, bien en vue pour que quiconque le voulait pût l'observer. *A Miss Rosalind*. Ecriture cursive, un stylo à bille bleu au lieu de l'encre noire. A l'intérieur, une carte de visite en bristol. Le nom n'était pas imprimé mais saillait en relief, en capitales penchées et acérées. *ANTON MESTERBEIN, GENEVA*. Au-dessous, un seul mot, *Justice*. Pas d'autre message, et pas de « Jeanne, esprit de ma liberté » non plus.

Elle reporta toute son attention sur sa deuxième paupière et œuvra si soigneusement que cette paupière semblait ce qu'il y avait de plus précieux sur terre.

« Qui est-ce, Chas? » lui demanda une bergère installée devant le lavabo voisin. Elle sortait à peine du lycée et n'avait pas plus de quinze ans d'âge mental.

Les sourcils froncés par la concentration, Charlie examinait son œuvre d'un œil critique.

« Ça a dû lui coûter un paquet, tu crois pas, Chas? insista la bergère.

– Tu crois pas, Chas? » parodia Charlie.

C'est lui!

C'est un signe de lui!

Alors pourquoi n'est-il pas là? Pourquoi le mot n'est-il pas écrit de sa main?

Ne te fie à personne, lui avait conseillé Michel. *Mais surtout, méfie-toi de ceux qui prétendent me connaître.*

C'est un piège. Ce sont ces salauds de flics. Ils savent pour la traversée de la Yougoslavie. Ils veulent me faire marcher pour mettre la main sur Michel.

Michel, Michel! Mon amour, ma vie... dis-moi ce qu'il faut faire!

Elle entendit qu'on criait son nom : « Rosalind... où est passée Charlie, bon sang? Charlie, pour l'amour de Dieu. »

Dans le couloir, un groupe de nageurs portant serviette autour du cou regarda d'un air morne une jeune femme rousse sortir du vestiaire des dames en habit râpé de paysan élisabéthain.

Elle parvint à dire son rôle. Peut-être même réussit-elle à jouer aussi. Pendant l'entracte, le metteur en scène, un esprit monacal qu'ils surnommaient Frère Mycroft, lui demanda avec un air bizarre si cela ne la dérangerait pas d' « en faire un peu moins », et elle promit humblement d'y veiller. Mais elle l'entendait à peine, bien trop occupée à détailler les rangs à moitié vides, en quête d'un bout de blazer rouge.

En vain.

Elle distingua d'autres visages – ceux de Rachel, de Dimitri, par exemple – mais sans les reconnaître. Il n'est pas là, se dit-elle avec désespoir. C'est un piège. C'est la police.

Une fois dans le vestiaire, elle se changea rapidement, mit son foulard blanc, puis traîna jusqu'à ce que le portier la mette dehors. Dans le hall, dressée tel un spectre à tête blanche parmi les athlètes qui s'en allaient, elle attendit encore, les orchidées pressées contre sa poitrine. Une vieille dame lui demanda si elle les avait cultivées elle-même. Un écolier lui réclama un autographe. La bergère la tira par la manche : « Chas... la soirée, bon sang... Val te cherche *partout*! »

Les portes du complexe sportif se refermèrent derrière elle. Charlie se laissa envelopper par l'air nocturne, et une soudaine rafale de vent faillit la faire tomber sur la chaussée. Elle se dirigea en chancelant vers sa voiture, déverrouilla la portière, déposa les fleurs sur le siège du passager puis referma sa porte. Elle eut du mal à mettre le contact, mais une fois en marche, l'auto fila comme un cheval galopant vers son écurie. Tout en descendant la rue qui débouchait sur la grand-route, la jeune femme vit dans son rétroviseur les phares d'une autre voiture s'allumer derrière elle et la suivre à distance égale jusqu'à son auberge.

Elle se gara et entendit la bourrasque tyranniser les hortensias. Charlie s'enroula dans son manteau, y enfouit également les orchidées, puis piqua un sprint vers la porte de l'établissement. Il y avait quatre marches, et elle les compta deux fois; la première en les franchissant d'un bond, et la seconde en les regardant, pantelante, depuis le bureau de la réception, tandis que quelqu'un les montait après elle d'un pas léger mais décidé. Aucun client n'était en vue, ni dans le salon, ni dans le hall. La seule âme en vie était Humphrey, un gros garçon dickensien qui jouait les portiers de nuit.

« Pas *six*, Humph, corrigea-t-elle gaiement alors qu'il cherchait sa clef. *Seize*. Allez, mon chou. Là, tout en haut de la rangée. Ah, et puis donne-moi vite cette lettre d'amour qui est là avant de la filer à quelqu'un d'autre. »

Elle saisit la feuille de papier pliée en espérant qu'elle venait de Michel, puis laissa son visage exprimer une déception contenue lorsqu'elle découvrit que c'était un message de sa sœur lui disant : « Bonne chance pour ce soir », ce qui constituait la façon de Joseph de lui murmurer : « Nous sommes avec toi », mais si bas qu'elle entendit à peine.

Derrière elle, la porte du hall s'ouvrit puis se referma. Des pieds masculins se rapprochaient sur le tapis. Charlie s'autorisa un rapide coup d'œil au cas où il se serait agi de Michel. Ce n'était pas lui, comme l'indiqua clairement sa mine déconfite. Ce n'était qu'un homme parmi tant d'autres, un homme qui n'avait rien à voir avec elle. Un garçon mince et d'un calme inquiétant, qui avait des yeux sombres et bienveillants. Il portait un trench-coat en gabardine brune agrémenté d'un empiècement militaire pour donner un peu plus de carrure aux épaules. Une cravate brune assortie aux yeux qui allaient avec le manteau. Et d'inévitables souliers bruns à bouts renforcés et surpiqûres. Rien d'un homme de justice, décida Charlie – plutôt un homme à qui l'on avait refusé la justice. Un garçon de quarante ans dépossédé très tôt de sa justice.

« Miss Charlie? »

Une bouche trop charnue sur un menton trop pâle.

« Je vous transmets les amitiés d'une connaissance commune, Michel, Miss Charlie. »

Charlie crispa ses traits comme quelqu'un s'apprêtant à recevoir un châtiment. « Michel qui? » répliqua-t-elle. La jeune femme s'aperçut qu'aucun des muscles de son interlocuteur ne tressaillait, et à son tour se figea complètement, un peu à la façon dont on se fige devant un tableau, une statue, ou un policier immobile.

« Michel de Nottingham, Miss Charlie. » Un accent suisse plus prononcé, presque accusateur. La voix doucereuse, comme si la justice était un sujet secret. « Michel m'a prié de vous faire porter ces orchidées dorées et de vous emmener dîner en son nom. Il a insisté pour que vous acceptiez. S'il vous plaît. Je suis le meilleur ami de Michel. Venez. »

Vous? pensa-t-elle. Son ami? Michel ne compterait sûrement pas sur un ami comme vous pour sauver sa peau. Mais elle laissa à son visage le soin d'exprimer son mépris.

« Je suis également chargé de représenter Michel d'un point de vue juridique, Miss Charlie. Michel a droit à la protection pleine et entière de la loi. Venez, maintenant, je vous prie. »

Le geste lui demanda un grand effort, mais elle le voulait ainsi. Les orchidées pesaient affreusement lourd, et il y avait un grand espace à franchir pour les faire passer de ses bras dans ceux de l'homme. Mais elle y parvint; elle trouva en elle assez de force et de courage, et l'inconnu se pencha pour recevoir les fleurs. Puis elle trouva aussi le ton effronté qu'il fallait pour prononcer les mots qu'elle avait préparés.

« Vous tombez mal, lui dit-elle. Je ne connais aucun Michel de Nottingham, et d'ailleurs, je ne connais aucun Michel de nulle part. Et nous ne nous sommes pas non plus rencontrés à Monte-Carlo l'été dernier. Ce n'était pas mal, mais je suis fatiguée. Fatiguée de vous tous. »

Se tournant vers le comptoir pour prendre sa clef, elle se rendit compte que Humphrey, le portier, lui parlait de quelque chose de primordial. Sa figure rutilante tremblotait, et il tenait un crayon en suspens au-dessus d'un grand cahier.

« J'ai *dit*, souffla-t-il, indigné et avec un accent du nord à couper au couteau : à quelle heure désirez-vous qu'on vous monte votre petit déjeuner, miss?

– Neuf heures, mon chou, et surtout pas avant. » Elle se dirigea d'un pas las vers l'escalier.

« Un journal, miss? » demanda Humphrey.

Elle se retourna et le dévisagea avec insistance. « Mon Dieu », murmura-t-elle.

Humphrey semblait soudain très excité. Sans doute pensait-il que seul un ton très vif pourrait réveiller sa cliente.

« Le journal du matin! Pour lire! Lequel voulez-vous?

– Le *Times*, mon chou », répondit-elle.

Humphrey se replongea dans une apathie satisfaite. « Le *Telegraph*, dit-il en écrivant. Le *Times* sur commande seulement. » Charlie avait déjà commencé à se hisser sur les marches du grand escalier qui menait aux ténèbres tristement célèbres du palier.

« Miss Charlie! »

Tu prononces encore une fois ce nom-là, songea-t-elle, et je redescends foutre une baffe sur ton joli petit passe-montagne suisse. Elle gravit encore deux marches avant qu'il ne prenne à nouveau la parole. Elle ne s'était pas attendue à de telles ressources de la part de l'homme.

« Michel sera très heureux d'apprendre que Rosalind portait son bracelet, ce soir! Et qu'elle le porte encore maintenant, si je ne me trompe! A moins qu'il ne s'agisse du cadeau d'un autre monsieur? »

La tête de Charlie, puis tout son corps pivotèrent en direction de l'inconnu. Il tenait les orchidées du bras gauche, le droit pendant le long de son flanc comme une manche vide.

« Je vous ai dit de vous en aller. Sortez. S'il vous plaît... d'accord? »

Mais, comme le trahissait sa voix hésitante, elle protestait désormais sans grande conviction.

« Michel m'a demandé de vous commander du homard et une bouteille de boutaris. Du boutaris blanc et bien frais, a-t-il précisé. J'ai d'autres messages de lui également. Il ne manquera pas d'être fâché quand il apprendra que vous avez refusé son hospitalité, il se sentira insulté. »

C'en était trop. Il ne pouvait être que son ange de malheur venant réclamer l'âme qu'elle avait trop facilement engagée. Mais qu'il mente, qu'il soit de la police ou un simple maître-chanteur, elle le suivrait jusqu'en enfer s'il pouvait la conduire à Michel. Cahotant sur ses talons, elle descendit les marches d'un pas lourd et s'approcha du comptoir.

« Humphrey? » Elle posa sa clef puis prit le crayon des mains molles du garçon pour écrire le nom CATHY sur le bloc de papier glacé devant lui. « C'est une Américaine, compris? Une copine. Si elle appelle, dis-lui que je suis partie avec une demi-douzaine d'amoureux. Dis-lui que je passerai peut-être demain midi. C'est clair? » s'enquit-elle.

Elle arracha la feuille de papier du bloc et la fourra dans la poche de poitrine du garçon, puis elle déposa un baiser distrait sur sa joue tandis que Mesterbein l'observait avec l'irritation contenue d'un amant attendant son dû pour la nuit. Une fois dehors, il sortit une torche suisse fonctionnelle. Le faisceau éclaira l'auto-collant Hertz, petit point jaune sur le pare-brise de sa voiture. L'homme ouvrit la portière du côté passager et prononça un « S'il vous plaît », mais Charlie se dirigea tout droit sur sa Fiat, s'y installa, mit le contact et attendit. Elle remarqua, alors que l'autre voiture roulait devant elle, que l'homme portait un béret noir pour conduire, et que les bords trop enfoncés don-naient l'impression qu'il s'agissait d'un bonnet de bain, excepté qu'il faisait saillir plus encore les oreilles.

Ils avançaient très lentement à cause des nappes de brouillard. A moins peut-être que Mesterbein ne rou-lât toujours de cette manière car il jetait sans cesse derrière lui des coups d'œil agressifs de conducteur ordinairement prudent. Ils franchirent une colline puis firent route vers le nord au travers d'une lande déser-tique. Le brouillard s'éclaircit, laissant voir les poteaux télégraphiques dressés comme des aiguilles tirant leur fil contre le ciel nocturne. Une lune grecque atrophiée perça brièvement les nuages avant qu'ils ne l'englou-tissent de nouveau. A un carrefour, Mesterbein s'arrêta pour consulter une carte. Puis il indiqua la gauche, d'abord avec son clignotant, ensuite en esquissant un mouvement tournant de sa main blanche. Oui, Anton, j'ai compris ton message. Elle le suivit au bas d'une colline, puis dans un village; Charlie baissa la vitre pour laisser la voiture s'emplir d'air salin. Le souffle lui ouvrit la bouche en un cri. Elle le suivit sous une banderole en lambeaux indiquant « *East West Times-harer Chalets Ltd* », puis sur une route étroite et nouvelle conduisant, au milieu des dunes, à une mine d'étain désaffectée se découpant sur l'horizon, et enfin à une grande pancarte « Venez en Cornouailles ». De chaque côté de la route, des bungalows de planches, toutes lumières éteintes. Mesterbein se gara et Charlie rangea sa Fiat juste derrière, laissant la vitesse en première à cause de la pente. Le frein recommence à râler, se dit-elle; il faudra la ramener chez Eustace. Il sortit. La jeune femme l'imita et verrouilla sa voiture. Le vent était tombé; ils se trouvaient du côté abrité de la péninsule. Des mouettes tournoyaient au ras du sol et criaient comme si elles avaient perdu un objet précieux. La torche à la main, Mesterbein saisit le coude de Charlie pour la guider.

« Laissez-moi », lui dit-elle. Il poussa un portail qui grinça. Une lumière passa au loin. Un court chemin bétonné, puis une porte bleue où était inscrit « Varech ». Mesterbein tenait une clef déjà prête. La porte s'ouvrit; il entra le premier puis s'effaça pour lui laisser le passage tel un agent immobilier montrant la maison à une cliente potentielle. Il n'y avait pas de porche, et, d'une certaine façon, pas d'avertissement. Charlie le suivit donc à l'intérieur, il referma la porte derrière elle et elle se retrouva dans un salon. Elle respirait une odeur de linge humide et aperçut des taches de moisissure sur le plafond. Une grande blonde en costume de velours essayait d'introduire une pièce dans un compteur électrique. Quand elle les vit entrer, elle tendit le cou avec un sourire, puis sauta sur ses pieds en repoussant une mèche de longs cheveux dorés.

« Anton! Oh, c'est trop gentil! Tu m'as amené Charlie! Bienvenue à toi, Charlie. Et tu le seras deux fois plus si tu veux bien me montrer comment fonctionne cette machine impossible. » Saisissant Charlie par les épaules, elle l'embrassa vivement sur les deux joues. « Oh! écoute, Charlie, je voulais te dire que tu étais vraiment formidable ce soir dans ce Shakespeare, hein? N'est-ce pas, Anton? Superbe, vraiment. Moi, c'est *Helga*, d'accord? » Pour elle, visiblement, les noms n'étaient qu'un jeu. « *Helga*. Oui? Comme toi tu es Charlie, moi, c'est Helga. »

Elle avait des yeux gris, lumineux, et, comme ceux

de Mesterbein, dangereusement innocents. Il émanait d'eux une simplicité de militants dans ce monde trop compliqué. Etre vrai, c'est être indompté, se dit Charlie, citant mentalement une expression tirée des lettres de Michel. Je sens, donc j'agis.

Retiré dans un coin de la pièce, Mesterbein répondit à retardement à la question de Helga. Il était en train de mettre son trench-coat de gabardine sur un cintre. « Oh! elle était très impressionnante, naturellement. »

Les mains de Helga reposaient toujours sur les épaules de Charlie, ses gros pouces lui effleurant doucement le cou. « Est-ce que c'est difficile d'apprendre tant de mots par cœur, Charlie? demanda-t-elle en enveloppant du regard le visage de la visiteuse.

— Cela ne me pose pas de problème, répondit la jeune femme en se libérant.

— Tu apprends vite, alors? » Helga prit la main de Charlie et lui colla une pièce de cinquante pence dans le creux de la paume. « Viens, montre-moi. Montre-moi comment fonctionne cette formidable invention des Anglais qu'on appelle le *feu*. »

Charlie s'accroupit devant le compteur, leva la poignée, introduisit la pièce, baissa la poignée et laissa la pièce disparaître avec un léger tintement. Le chauffage se mit en marche en émettant une plainte de protestation.

« Incroyable! Oh! Charlie! Mais tu sais, c'est tout à fait moi. Je n'ai absolument pas l'esprit technique, s'empressa d'expliquer Helga comme s'il s'agissait là d'un détail important qu'une nouvelle amie se devait de connaître. Je suis complètement contre la propriété, alors, si je ne possède rien, comment pourrais-je savoir comment les choses marchent? Anton va traduire : Je crois en *Sein, nicht Haben.* » L'ordre était digne d'une despote de maternelle. Helga parlait assez bien l'anglais pour se débrouiller toute seule. « As-tu lu Erich Fromm, Charlie?

– Elle veut dire, l'être, non la possession, traduisit lugubrement Mesterbein tout en regardant les deux femmes. Voilà l'essence même de la morale de Fräulein Helga. Elle croit au bien fondamental, et aussi à la suprématie de la Nature sur la Science. Moi aussi, ajouta-t-il, comme s'il voulait s'interposer entre les deux femmes.

– As-tu lu Erich Fromm? répéta Helga qui rejeta une nouvelle fois ses cheveux blonds en arrière et pensait déjà à tout autre chose. J'en suis tombée complètement amoureuse. » Elle s'accroupit devant le feu, les mains tendues devant elle. « Dès que j'admire un philosophe, j'en deviens amoureuse. Ça aussi, c'est moi tout craché. » La grâce superficielle de ses mouvements ne dissimulait pas complètement sa raideur d'adolescente. Elle portait des talons plats pour faire oublier sa taille.

« Où est Michel? s'enquit Charlie.

– Fräulein Helga ne sait pas où est Michel, lança sèchement Mesterbein depuis l'autre bout de la pièce. Elle n'est pas juriste. Elle n'est venue ici que pour le voyage et la justice. Fräulein Helga ne sait rien des activités de Michel, ni de ses déplacements. Asseyez-vous, je vous prie. »

Charlie resta debout. Mais Mesterbein s'assit sur une chaise, croisant ses mains blanches et nettes sur ses genoux. Son trench-coat enlevé, il arborait maintenant un complet marron neuf. On eût dit un cadeau d'anniversaire de sa mère.

« Vous m'avez dit que vous aviez des nouvelles de lui », protesta Charlie, la voix légèrement tremblante et les lèvres gourdes.

Toujours accroupie, Helga l'observait. Elle pressait pensivement l'ongle de son pouce contre ses solides incisives.

« Quand l'avez-vous vu pour la dernière fois, s'il vous plaît? » demanda Mesterbein.

Charlie ne savait plus lequel d'entre eux regarder. « A Salzbourg, répondit-elle.

— Salzbourg n'est pas une date, que je sache, fit remarquer Helga, du même endroit.

— Il y a cinq semaines. Six. Où est-il?

— Et à quand remontent les dernières nouvelles que vous avez eues de lui? interrogea Mesterbein.

— Dites-moi où il est! Que lui est-il arrivé? » Elle se tourna brusquement vers Helga. « Où est-il?

— Personne n'est venu vous voir? poursuivit Mesterbein. Pas d'amis à lui? La police?

— Peut-être n'as-tu pas aussi bonne mémoire que tu le dis, Charlie, suggéra Helga.

— Dites-nous avec qui vous avez eu des contacts, Miss Charlie, reprit Mesterbein. Tout de suite. C'est de la plus haute importance. Nous sommes ici pour raison d'urgence.

— Une actrice pareille, elle peut mentir quand elle veut, constata Helga tout en contemplant Charlie de ses yeux immenses et innocemment interrogateurs. Comment pourrions-nous avoir confiance en une femme qui sait tellement bien faire semblant?

— Nous devons nous montrer très prudents », accorda Mesterbein, comme s'il prenait une bonne disposition pour l'avenir.

Leur petit duo laissait présager un certain sadisme : ils jouaient déjà sur une douleur qu'elle n'avait pas encore ressentie. Charlie dévisagea Helga, puis Mesterbein. Les mots lui échappèrent. Elle ne pouvait les retenir plus longtemps.

« Il est mort, n'est-ce pas? » souffla-t-elle.

Helga parut ne pas entendre. La contemplation l'absorbait totalement.

« Oh! oui, Michel est mort, avoua Mesterbein d'une voix morne. Naturellement je suis désolé. Fräulein Helga aussi est désolée. Nous sommes tous les deux désolés. Et, d'après les lettres que vous lui écriviez, vous aussi vous êtes sûrement désolée.

– Mais peut-être qu'elle faisait semblant aussi dans les lettres, Anton », lui rappela Helga.

Cela lui était déjà arrivé une fois, à l'école. Trois cents filles alignées le long des murs du gymnase, la directrice au milieu de la salle, attendant que la coupable se dénonce. Comme la plupart, Charlie avait regardé autour d'elle, en quête de la voleuse. Serait-ce *celle-ci*? Je parie que c'est *elle*. Elle ne rougissait pas, elle avait l'air sérieux et innocent et elle n'avait – c'était vrai et fut démontré de façon irréfutable par la suite – elle n'avait absolument rien volé du tout. Pourtant, ses genoux s'étaient soudain dérobés et elle s'était affaissée, se sentant tout à fait bien de la taille à la tête, mais se trouvant dans l'impossibilité de bouger les jambes. Et c'était ce qui se produisait maintenant. Rien de calculé, non; elle tomba avant même d'en avoir pris conscience, avant même d'avoir assimilé l'énormité de ce qu'elle venait d'apprendre, avant même que Helga pût tenter de la rattraper. Elle chavira et heurta le sol avec une force qui fit osciller l'ampoule qui pendait du plafond. Helga s'agenouilla très vite près de la jeune femme, murmura quelque chose en allemand et posa une main féminine et rassurante sur son épaule – un mouvement de tendresse spontané. Mesterbein se pencha pour l'examiner, mais sans la toucher. Il semblait plutôt s'intéresser à la façon dont elle pleurait.

Elle avait la tête couchée de côté, la joue appuyée sur son poing serré de sorte que les larmes fuyaient en travers du visage au lieu de ruisseler vers le bas. Peu à peu, à mesure qu'il l'observait, les larmes de Charlie parurent le réjouir. Il hocha timidement la tête, comme pour marquer son approbation; il suivit Helga lorsqu'elle transporta la jeune femme jusqu'au divan où celle-ci s'allongea, le visage enfoui dans les coussins rugueux, les mains collées à la figure, et pleurant comme seuls les endeuillés ou les enfants savent le faire. Le tumulte, la colère, la culpabilité, le remords, la terreur : Charlie percevait chacun de ces sentiments comme une phase d'un rôle maîtrisé mais profondément ressenti. Je le savais; je ne le savais pas; je n'osais pas même y penser. Bande de tricheurs, sales tricheurs fascistes, salauds, vous avez tué mon amour du théâtre du réel.

Sans doute prononça-t-elle une partie de tout cela à voix haute. En fait, elle savait pertinemment ce qu'elle laissait échapper. Elle contrôlait et sélectionnait ses phrases étranglées alors même que le chagrin l'étreignait : *Salauds de fascistes, espèces de porcs, ordures, oh! mon Dieu, Michel.*

Un silence, puis elle entendit la voix égale de Mesterbein l'inviter à développer son idée, mais elle l'ignora et continua de rouler sa tête en tous sens, les mains toujours plaquées sur son visage. Elle hoqueta, réprima un haut-le-cœur et les mots se bloquèrent dans sa gorge, butèrent contre ses lèvres. Les larmes, la souffrance, les sanglots répétés ne lui posèrent aucun problème – elle adhérait parfaitement à la source de sa douleur et de sa rage. Elle n'eut pas besoin de penser aux derniers moments de son père, dont la mort avait été hâtée par son expulsion du lycée, ni de se dépeindre comme une enfant perdue dans la cruauté de la vie adulte, comme elle le faisait d'habitude. Il lui suffisait de penser à ce jeune Arabe à demi sauvage, qui avait fait renaître toutes ses réserves d'amour, qui avait donné à sa vie le sens qui lui faisait tant défaut, et qui maintenant était mort, pour que les larmes jaillissent à volonté.

« Elle dit que ce sont les sionistes, remarqua en anglais Mesterbein à l'adresse de Helga. Pourquoi dit-elle que ce sont les sionistes alors que c'était un accident? La police nous a assurés qu'il s'agissait d'un accident. Pourquoi dirait-elle le contraire? C'est très dangereux d'aller contre ce qu'affirme la police. »

Peut-être Helga avait-elle trop entendu cette phrase-là, ou peut-être s'en moquait-elle, en tout cas, elle était allée mettre une cafetière sur la plaque électrique. Puis, agenouillée près de la tête de Charlie, elle ramena pensivement la masse de cheveux roux de la jeune femme en arrière, lui découvrant le visage de sa main puissante en attendant que les pleurs cessent et que les explications commencent.

La cafetière se mit soudain à vibrer; Helga se leva et alla s'en occuper. Les joues toujours ruisselantes de larmes, Charlie s'assit sur le divan, serrant sa tasse à deux mains, courbée au-dessus du liquide fumant comme pour en inhaler les vapeurs. Helga passa le bras autour des épaules de sa protégée tandis que Mesterbein s'asseyait en face d'elles, observant les deux femmes depuis l'ombre de son monde ténébreux.

« C'était une explosion accidentelle, déclara-t-il. Sur l'autoroute Salzbourg-Munich. D'après la police, sa voiture était remplie d'explosifs. Une centaine de kilos. Pourquoi? Pourquoi donc ces explosifs auraient-ils explosé tout d'un coup, sur une autoroute?

– Tes lettres sont en sûreté, murmura Helga en écartant une nouvelle mèche des cheveux de Charlie pour la lui ramener affectueusement derrière l'oreille.

– C'était une Mercedes, précisa Mesterbein. Immatriculée à Munich, mais la police prétend que les plaques sont fausses. Pareil pour les papiers. Des faux. Pourquoi mon client conduisait-il une voiture bourrée d'explosifs sous de faux papiers et fausses plaques minéralogiques? C'était un étudiant, pas un poseur de bombes. En réalité, c'est une conspiration, j'en suis persuadé.

– Tu connais cette voiture, Charlie? » lui souffla Helga dans l'oreille, la serrant plus tendrement encore contre elle pour lui soutirer une réponse. Mais Charlie ne parvenait pas à chasser de son esprit la vision de son amant réduit en pièces par cent kilos de plastic russe caché dans toutes les parties de la Mercedes : un véritable enfer anéantissant le corps qu'elle adorait. Et elle ne pouvait chasser la voix de son autre mentor sans nom lui répétant : *méfie-toi d'eux, mens-leur, nie tout ce qu'ils te diront, rejette, refuse.*

« Elle a dit quelque chose, fit Mesterbein d'un ton accusateur.

– Elle a dit "Michel", répondit Helga en séchant un nouveau torrent de larmes à l'aide d'un mouchoir providentiel tiré de son sac.

– Une *fille* est morte aussi, ajouta Mesterbein. Ils affirment qu'elle se trouvait avec lui dans la voiture.

– Une Hollandaise, précisa Helga, si près que Charlie sentit le souffle de l'Allemande contre son oreille. Une blonde. Une très belle fille.

– Apparemment, ils sont morts ensemble, reprit Mesterbein en montant un peu la voix.

– Tu n'étais pas la seule, Charlie, expliqua Helga sur le ton de la confidence. Tu n'avais pas l'usage exclusif de notre petit Palestinien, tu sais. »

Pour la première fois, depuis qu'ils lui avaient asséné la nouvelle, Charlie prononça une phrase cohérente.

« Je ne l'ai jamais demandé, murmura-t-elle.

– La police prétend que la Hollandaise était une terroriste, se plaignit Mesterbein.

– Ils disent que Michel aussi était un terroriste, ajouta Helga.

– Ils affirment que la Hollandaise avait déjà posé plusieurs bombes pour le compte de Michel, renchérit Mesterbein. Ils disent aussi que Michel et la fille préparaient un nouvel attentat, et qu'ils ont trouvé dans la voiture un plan de Munich sur lequel le Centre Commercial Israélien était marqué de la main de Michel. Sur l'Isar, ajouta-t-il. Un dernier étage – une cible vraiment très difficile. Vous a-t-il parlé de cet attentat, Miss Charlie? »

Charlie grelottait et elle avala un peu de café, ce qui parut faire autant plaisir à Helga qu'une réponse.

« Voilà! Enfin elle se réveille. Tu veux encore du café, Charlie? J'en fais réchauffer? Tu veux manger? Nous avons des œufs, du fromage, des saucisses, tout ce que tu veux. »

Tout en faisant non de la tête, Charlie se laissa guider par Helga jusqu'aux toilettes, où elle resta assez longtemps : elle s'aspergea le visage d'eau froide et essaya de vomir en regrettant de ne pas comprendre suffisamment d'allemand pour suivre la conversation hachée et agitée qui lui parvenait à travers la porte trop mince.

Lorsqu'elle sortit, elle vit Mesterbein debout près de la porte d'entrée, revêtu de son trench-coat en gabardine.

« Miss Charlie, je vous rappelle que Fräulein Helga a droit à la pleine protection de la loi », déclara-t-il avant de franchir le seuil de la maison.

Enfin seules. Entre filles.

« Anton est un vrai génie, lança Helga en riant. Il est notre ange gardien. Il hait la loi, alors bien sûr, il tombe amoureux de ce qu'il hait le plus. Tu ne crois pas?... Charlie, il faut que tu sois toujours d'accord avec moi, sinon je ~uis horriblement déçue. » Elle se rapprocha. « La violence n'est pas le but, déclarat-elle, reprenant une conversation qu'elles n'avaient pas entamée. Jamais. Nous faisons un acte de violence, ensuite nous faisons une action pacifique, pour nous c'est pareil. Pour nous, le but, c'est d'être logique, de ne pas rester de côté pendant que le monde se dirige tout seul, mais de transformer des opinions en convictions, et ces convictions en actions. » Elle s'interrompit, étudiant l'effet de sa déclaration sur son élève. Leurs têtes se touchaient presque. « L'action, c'est la réalisation de soi, mais c'est aussi le but. D'accord? » Un nouveau silence, mais toujours pas de réponse. « Tu veux que je te dise un truc qui va t'étonner complètement? Je m'entends parfaitement bien avec mes parents. Pour toi, c'est différent. Ça se voit dans tes lettres. Anton aussi. Bien sûr, ma mère est la plus intelligente, mais mon père... » Elle s'arrêta une fois encore et parut soudain énervée par le silence de Charlie et par son nouvel accès de larmes.

« Ça suffit, Charlie. *Arrête*, maintenant, d'accord? Nous sommes jeunes. Tu l'aimais et nous pouvons le comprendre, mais il est mort. » Sa voix s'était curieusement durcie. « Il est mort, mais nous ne sommes pas des individualistes, et l'expérience personnelle compte peu pour nous. Nous sommes des combattants et des travailleurs. Arrête de pleurer. »

Elle saisit le coude de Charlie et l'aida à se lever pour lui faire parcourir lentement la pièce de long en large.

« Ecoute-moi. Tout de suite. Une fois, j'ai eu un petit ami très riche, Kurt. Un vrai fasciste, un type complètement primitif. Je le voyais pour le sexe, un peu comme Anton, mais j'essayais aussi de l'éduquer. Et puis un jour, l'ambassadeur allemand en Bolivie, un *Graf* quelque chose, a été exécuté par l'armée libre. Tu te souviens de ça? Kurt, qui ne connaissait même pas le type en question, s'est aussitôt mis en rage : « Les porcs! Bande de terroristes! Quels ingrats! » Alors je lui ai dit : « Kurt – c'est comme ça qu'il s'appelait – « mais qui plains-tu? Il y a des gens qui meurent de « faim tous les jours en Bolivie. Pourquoi se lamenter « sur la mort d'un Graf? » Tu es d'accord avec cette façon de voir les choses, Charlie? Oui? »

Charlie haussa légèrement les épaules. Helga lui fit faire demi-tour afin de repartir dans l'autre sens.

« Maintenant, je vais te donner un argument plus dur. Michel est un martyr, mais les morts ne peuvent pas se battre, et il y a déjà beaucoup d'autres martyrs. Un soldat est mort. La révolution continue. Oui?

– Oui », réussit à émettre Charlie.

Elles étaient revenues près du divan. Helga saisit son

précieux sac et en extirpa une flasque de whisky sur laquelle Charlie remarqua la mention hors taxes. L'Allemande dévissa le bouchon et tendit le flacon à sa compagne.

« A Michel! s'exclama-t-elle. Buvons à Michel. Dis-le: à Michel. »

Charlie avala une gorgée et fit la grimace. Helga lui reprit la bouteille.

« Assieds-toi, maintenant, Charlie. Je veux que tu t'asseyes. Tout de suite. »

La jeune femme obéit sans protester. Helga se pencha au-dessus d'elle.

« Tu m'écoutes et tu réponds à mes questions, d'accord? Je ne suis pas venue ici pour m'amuser, tu comprends? Pas pour discuter non plus. J'aime bien discuter, mais pas maintenant. Dis "oui".

— Oui, prononça faiblement Charlie.

— Il était très attiré par toi. C'est un fait prouvé. En fait, il était même amoureux fou. Nous avons trouvé une lettre inachevée de lui sur le bureau de son appartement, une lettre géniale pleine d'amour et de sexe. Pour toi, seulement. Et puis avec de la politique aussi. »

Lentement, comme si le sens de ce qu'elle venait d'entendre ne lui parvenait que graduellement, Charlie prit une expression avide. « Où est-elle? demanda la jeune femme, le visage rouge et gonflé par les pleurs. Donnez-la-moi!

— On en fait des photocopies. Dans une opération, tout doit être examiné, tout doit être reproduit objectivement. »

Charlie fit mine de se lever.

« C'est à moi! rendez-la-moi!

— Cette lettre appartient à la révolution. Peut-être l'auras-tu plus tard. On verra. » Helga la repoussa sans grande douceur sur le divan. « Cette voiture. La Mercedes qui joue maintenant les urnes funéraires. Tu

lui as fait passer la frontière allemande? Pour Michel?
Une mission? Réponds-moi.

— L'Autriche, chuchota Charlie.

— A partir d'où?

— Par la Yougoslavie.

— Charlie, j'ai l'impression que la précision n'est pas
ton fort : *à partir d'où*?

— De Thessalonique.

— Et Michel t'accompagnait, bien sûr, pendant tout
le voyage. Je crois qu'il procédait souvent ainsi.

— Non.

— Non quoi? Tu as conduit toute seule? Une telle
distance? C'est ridicule! Je n'en crois pas un mot. Tu
mens sur toute la ligne.

— Quelle importance? » répondit Charlie qui
replongea dans l'apathie.

Pour Helga, cela semblait en avoir. Elle était furieuse. « Bien sûr, pour toi, ça n'a pas d'importance! Si
tu es une espionne, pourquoi cela en aurait-il? Je suis
déjà certaine de ce qui s'est passé. Je n'ai même plus
besoin de poser de questions si ce n'est par pure
formalité. Michel t'a recrutée, il a fait de toi sa
maîtresse clandestine, et, dès que tu l'as pu, tu es allée
raconter ton histoire à la police pour te protéger et
gagner des montagnes d'argent. Tu es une espionne de
la police. Je vais rapporter tout ça à certaines personnes très efficaces que nous connaissons et qui sauront
s'occuper de toi, même s'il leur faut attendre vingt ans.
Ils auront ta peau.

— Super, lâcha Charlie. Formidable. » Elle éteignit
sa cigarette. « Vas-y, Helg. C'est exactement ce qu'il
me faut. Tu veux bien me les envoyer? Chambre seize,
en haut de l'hôtel. »

Helga s'était dirigée vers la fenêtre et elle tira le
rideau, apparemment pour rappeler Mesterbein.
Regardant par la vitre, Charlie vit que la petite voiture
de location avait le plafonnier allumé, et que la

silhouette chapeautée de Mesterbein se tenait, impassible, derrière le volant.

Helga cogna au carreau. « Anton? Anton, viens ici tout de suite, nous avons une espionne parmi nous! » Mais, et c'était exactement ce qu'elle voulait, sa voix ne portait pas jusqu'à la voiture. « Pourquoi Michel ne nous a-t-il jamais parlé de toi? demanda-t-elle en refermant le rideau puis en se retournant vers Charlie. Pourquoi te garder ainsi pour lui tout seul? Pourquoi t'a-t-il gardée dans sa manche pendant tant de mois? C'est trop absurde!

– Il m'aimait.

– *Quatsch!* Il se servait de toi. As-tu toujours ses lettres – celles qu'il t'a écrites?

– Il m'a ordonné de les détruire.

– Mais tu ne l'as pas fait. Bien sûr que non. Comment aurais-tu pu t'y résoudre? Tu es une petite imbécile sentimentale, ce qui se voit tout de suite dans tes lettres. Tu as profité de lui, profité de son argent – des vêtements, des bijoux, les hôtels – et puis tu l'as vendu à la police. Evidemment que tu l'as fait! »

Se trouvant tout près du sac de Charlie, Helga s'en saisit, puis, sans réfléchir, en vida le contenu sur la table. Elle n'était malheureusement pas d'humeur à remarquer les superbes preuves qu'on y avait astucieusement glissées – l'agenda, le stylo à bille de Nottingham, la pochette d'allumettes au nom du Diogène d'Athènes –, elle ne cherchait que des indices démontrant la trahison de Charlie, pas sa dévotion.

« Cette radio. »

Un petit appareil japonais muni d'un réveil qui lui servait pour les répétitions.

« Qu'est-ce que c'est? C'est un truc d'espions. D'où ça vient? Pourquoi trimbalerais-tu une radio dans ton sac autrement? »

L'abandonnant à ses préoccupations, Charlie lui tourna le dos pour fixer des yeux sans le voir le chauffage allumé. Helga tripota les boutons du poste et parvint à capter un peu de musique. Elle éteignit l'appareil et le repoussa avec irritation.

« Dans la dernière lettre de Michel, celle qu'il n'a pas postée, il dit que tu as embrassé le revolver. Qu'est-ce que ça veut dire?

– Ça veut dire que j'ai embrassé son revolver. » Puis elle se corrigea : « Enfin, le revolver de son frère. »

La voix de Helga se fit plus aiguë. « Son frère? Quel frère?

– Il avait un frère aîné. Son héros. Un grand soldat. Son frère lui avait donné l'arme et Michel m'a demandé de l'embrasser, pour marquer mon engagement. »

Helga l'examinait d'un air dubitatif. « C'est Michel qui t'a dit ça?

– Mais non, je l'ai lu dans le journal!

– *Quand* t'a-t-il raconté ça?

– En Grèce, sur une colline.

– Et quoi d'autre, sur son frère... Allez! » Elle criait presque.

« Michel l'adorait. Je l'ai déjà dit.

– Des faits. Je veux des faits. Que t'a-t-il dit d'autre à propos de son frère? »

Mais une petite voix souffla à Charlie qu'elle était allée assez loin. « C'est un secret militaire, déclarat-elle en prenant une nouvelle cigarette.

– T'a-t-il dit où il est? Ce qu'il fait? Charlie, je t'ordonne de me répondre! » Elle se rapprocha. « La police, les services secrets, peut-être les sionistes, tous te recherchent déjà. Nous entretenons de très bonnes relations avec certains éléments de la police allemande. Ils savent que ce n'est pas la Hollandaise qui a fait traverser la Yougoslavie à la voiture. Ils ont des signalements. Ils ont assez d'informations pour t'inculper. Si nous le voulons, nous pouvons t'aider. Mais pas avant que tu nous répètes tout ce que Michel t'a appris concernant son frère. » Elle se pencha jusqu'à ce que ses grands yeux clairs ne fussent plus qu'à quelques centimètres de ceux de Charlie. « Il n'avait pas le droit de te parler de son frère. Tu n'avais aucun droit de savoir. Dis-le-moi maintenant. »

Charlie considéra les propos de Helga, puis, après mûre réflexion, les rejeta.

« Non », répondit-elle.

Elle pensait continuer : j'ai promis et ne reviendrai pas dessus... je n'ai pas confiance... foutez-moi la paix. Mais quand elle eut entendu son simple « non », elle jugea qu'il sonnait bien mieux tout seul.

Fais en sorte qu'ils aient besoin de toi, lui avait dit Joseph. *Penses-y comme à quelqu'un qui te ferait la cour. Tu compteras beaucoup plus pour eux s'ils ne peuvent pas te posséder.*

Helga était maintenant d'un calme extraordinaire. La comédie avait pris fin. Elle était entrée dans une phase de froideur extrême, ce que Charlie comprenait parfaitement car elle aurait pu agir de même.

« Ainsi, tu as conduit la voiture jusqu'en Autriche. Et alors?

— Je l'ai laissée où on m'avait dit de le faire. Nous nous sommes retrouvés et puis nous sommes allés à Salzbourg.

— Comment?

— Avion et voiture.

— Ensuite? A Salzbourg?

— Nous sommes allés à l'hôtel.

— Le nom de l'hôtel, s'il te plaît?

— Je ne m'en souviens pas. Je n'ai pas fait attention.

— Décris-le alors.

— Il était grand, assez ancien et donnait sur une rivière. C'était très beau, ajouta-t-elle.

— Et vous avez fait l'amour. Il s'est montré très viril et, comme d'habitude, il a joui plusieurs fois.

— Nous sommes allés nous promener.

– Et après la balade, vous vous êtes envoyés en l'air. Ne sois pas ridicule, s'il te plaît. »

Une fois encore, Charlie la fit attendre un peu. « Nous en avions l'intention, mais je me suis endormie tout de suite après dîner. La conduite m'avait épuisée. Il a essayé de me réveiller à plusieurs reprises, et puis il y a renoncé. Le matin, quand je me suis réveillée, il était déjà habillé.

– Alors tu l'as accompagné à Munich, c'est ça?

– Non.

– Qu'as-tu fait en ce cas?

– J'ai pris un avion pour Londres dans l'après-midi.

– Qu'avait-il comme voiture?

– Une auto de location.

– Quelle marque? »

Charlie feignit de ne pas se le rappeler.

« Pourquoi n'es-tu pas allée avec lui à Munich?

– Il ne voulait pas que nous traversions la frontière ensemble. Il a dit qu'il avait du travail à faire.

– Du travail à faire? Il t'a *dit* ça? N'importe quoi! Quel travail! Pas étonnant que tu aies pu le trahir!

– Il m'a dit qu'il était chargé de prendre la Mercedes et de la laisser quelque part pour son frère. »

Cette fois-ci, Helga ne fit preuve d'aucun étonnement, pas même d'indignation, en apprenant l'ampleur inimaginable des indiscrétions de Michel. Son esprit était entré en action et c'était sur l'action que reposait toute sa foi. Elle se précipita vers la porte et l'ouvrit à toute volée pour faire signe à Mesterbein de rentrer sur-le-champ. Elle fit volte-face, les mains sur les hanches, et contempla Charlie de ses grands yeux clairs qui n'exprimaient plus qu'un vide menaçant et inquiétant.

« Tu me fais tout à coup penser à Rome, Charlie, remarqua-t-elle. Tous les chemins mènent à toi. C'est trop absurde. Tu es sa maîtresse cachée, tu conduis sa voiture, tu passes sa dernière nuit avec lui. Savais-tu ce que contenait cette voiture quand tu l'as conduite?

– Des explosifs.

– Ridicule. Quel genre?

– Du plastic russe. Quatre-vingt-dix kilos.

– C'est la police qui t'a appris ça. Ils t'ont menti. La police ment toujours.

– C'est Michel qui me l'a dit. »

Helga émit un rire faux et énervé. « Oh! Charlie! Maintenant, je ne crois plus un mot de ce que tu racontes. Tu me mens sur toute la ligne. » Mesterbein surgit d'un pas silencieux derrière elle. « Anton, tout est clair. Notre petite veuve est une menteuse, j'en suis sûre. Nous ne ferons rien pour l'aider. Partons tout de suite. »

Mesterbein dévisageait Charlie, Helga la dévisageait. Aucun d'eux ne semblait pourtant à moitié aussi sûr de soi que le laissaient entendre les paroles de Helga. De toute façon, Charlie s'en moquait. Elle restait affalée comme une poupée de chiffons, ignorant tout ce qui l'entourait pour se concentrer uniquement sur son malheur.

S'asseyant près d'elle, Helga passa un bras autour de ses épaules indifférentes. « Quel était le nom du frère? interrogea-t-elle. Allez. » L'Allemande déposa un baiser sur la tempe de Charlie. « Peut-être pourrions-nous devenir tes amis. Nous devons nous montrer prudents, faire un peu d'esbroufe. C'est normal. D'accord, dis-moi d'abord le nom de Michel.

– Salim, mais j'avais promis de ne jamais m'en servir.

– Et le nom de son frère?

– Khalil », souffla-t-elle. Elle se remit à pleurer. « Michel l'adorait, ajouta-t-elle.

– Et son nom de guerre? »

Charlie ne comprit pas, et peu lui importait. « C'était un secret militaire », répondit-elle.

Elle avait décidé de conduire tant que ses forces le lui permettraient – une nouvelle Yougoslavie à traverser. Je vais lâcher la pièce et puis aller à Nottingham pour me tuer sur le lit même que nous avons partagé à l'auberge.

Elle parcourait de nouveau la lande déserte, son compteur indiqua près de cent trente kilomètres à l'heure et la voiture faillit quitter la chaussée. Charlie s'arrêta et arracha brusquement ses mains du volant. Les muscles de sa nuque semblaient se tordre comme du fer rouge et elle avait mal au cœur.

Charlie s'était assise sur le bas-côté, la tête pendant entre ses genoux. Un couple de poneys sauvages s'étaient rapprochés pour l'observer. L'herbe était haute et trempée de rosée. Charlie s'en mouilla les mains puis se les pressa sur le visage pour se rafraîchir. Une moto la dépassa lentement, et elle vit un jeune homme la regarder, l'air de se demander s'il devait s'arrêter pour l'aider. Elle suivit entre ses doigts la silhouette qui disparut à l'horizon. Un des nôtres, un des leurs? Elle retourna à la voiture et nota le numéro; pour une fois, elle ne se fiait pas à sa mémoire. Les orchidées de Michel gisaient sur le siège du passager; elle les avait réclamées en partant.

« Charlie, enfin, ne sois donc pas aussi ridicule! s'était exclamée Helga. Tu es vraiment trop sentimentale. »

Je t'emmerde, Helg. Elles sont à moi.

Elle roulait sur un haut plateau dénué d'arbres, un paysage de roses, de bruns et de gris. Le soleil levant se reflétait dans son rétroviseur. Sa radio ne voulait retransmettre que des émissions françaises. Charlie avait l'impression qu'il s'agissait de questions et de réponses concernant des problèmes de filles, mais la signification des mots lui échappait.

Elle croisait une caravane bleue endormie, rangée dans un champ. Une Land-Rover vide était garée à côté et, près de la Land-Rover, du linge de bébé pendait à un étendage télescopique. Où avait-elle déjà vu une corde à linge comme celle-ci auparavant? Jamais. Absolument jamais.

Elle était allongée sur son lit, à l'auberge, et regardait le jour éclairer le plafond, écoutait les colombes roucouler sur le rebord de sa fenêtre. *Le plus dangereux sera de redescendre le flanc de la montagne,* lui avait dit Joseph. Elle perçut un bruit de pas furtifs dans le couloir. Ce sont eux. Mais qui, eux? Toujours la même question. Bordeaux? Non, commissaire, jamais de ma vie je n'ai conduit de Mercedes bordeaux, alors sortez de ma chambre. Une goutte de sueur glacée dévala son estomac dénudé. La jeune femme se représenta mentalement la goutte traversant son nombril puis atteignant ses côtes avant de tomber sur le drap. Un craquement du parquet, une respiration légèrement essoufflée : il regarde par le trou de la serrure. Un petit coin de papier blanc apparut sous la porte. Il se mit à bouger, à grandir. Le gros Humphrey lui apportait son *Daily Telegraph.*

Elle avait pris un bain puis s'était habillée. Maintenant, elle conduisait lentement, prenant les petites routes et s'arrêtant dans une ou deux boutiques en chemin, comme le lui avait appris Joseph. Elle s'était vêtue n'importe comment et ses cheveux pendaient dans tous les sens. Personne n'aurait pu douter de sa détresse en observant ses gestes raides et sa mise négligée. La route s'assombrit; des ormes malades se refermèrent sur la jeune femme, dissimulant presque une vieille église de Cornouailles tapie dans les branchages. Charlie immobilisa de nouveau la voiture puis alla pousser la grille de fer. Les tombes semblaient très anciennes. Très peu portaient des inscriptions. Charlie en découvrit une située à l'écart des autres. Un suicide? Un meurtre? Non, un révolutionnaire. Elle s'agenouilla puis déposa respectueusement les orchidées au bout de la tombe où, ainsi en avait-elle décidé, se trouvait sa tête. Funérailles impulsives, songea-t-elle en pénétrant dans l'atmosphère froide et confinée de l'église. C'est bien ainsi que Charlie aurait agi, dans le théâtre du réel.

Elle continua à errer de la sorte une heure encore, s'arrêtant sans autre raison, peut-être, que de s'appuyer contre une grille et de contempler un champ. Ou de s'appuyer sur une grille et de ne rien contempler du tout. Elle dut attendre midi pour être certaine que la moto avait cessé de la filer. Et même alors, elle fit encore plusieurs grands détours et s'agenouilla dans deux autres églises avant de rejoindre la route nationale conduisant à Falmouth.

L'hôtel était une ancienne ferme au toit de tuiles emboîtées, plantée au bord de l'Estuaire de Helford et agrémentée d'une piscine couverte, d'un sauna, et de clients qui ressemblaient eux-mêmes à des hôteliers. Charlie s'était déjà rendue dans les autres hôtels du coin, mais ne connaissait pas encore celui-ci. Lui s'était inscrit à la réception comme éditeur allemand et avait apporté avec lui toute une pile de livres illisibles pour le prouver. Il avait offert un généreux pourboire aux standardistes, leur expliquant qu'il avait des correspondants dans le monde entier, qui ne tenaient pas toujours compte de ses heures de sommeil. Les garçons et portiers le considéraient comme une bonne affaire, debout à toute heure de la nuit. Il avait passé ainsi les quinze derniers jours, sous des noms et des prétextes différents à chaque fois, à suivre discrètement l'itinéraire de Charlie en un safari solitaire à l'intérieur de la péninsule. Il s'était allongé sur des lits et, comme Charlie, avait contemplé des plafonds. Il s'était entretenu avec Kurtz, au téléphone, et suivait heure par heure les progrès de Litvak. Il n'avait parlé à Charlie que très rarement, lui offrant quelques repas frugaux et lui enseignant d'autres manières de communiquer secrètement. Il avait été tout autant le prisonnier de Charlie qu'elle avait été sa prisonnière.

Il lui ouvrit la porte et elle le dépassa avec un froncement de sourcils forcé, sans savoir ce qu'elle devait éprouver. Assassin. Salaud. Ordure. Mais elle ne se sentait aucun goût pour les scènes obligatoires; elle les avait déjà toutes jouées, son deuil s'était consumé. Charlie attendait qu'il s'avance vers elle et l'enlace, mais il ne bougea pas. La jeune femme ne lui avait jamais vu un visage aussi grave et elle préféra garder ses distances. De profonds cernes d'inquiétude soulignaient les yeux de Joseph. Il portait une chemise blanche dont les manches étaient roulées jusqu'au coude – du coton, pas de la soie. Charlie se concentra sur le tissu, consciente, en fin de compte, de ce qu'elle éprouvait. Pas de boutons de manchette. Pas de médaillon autour du cou. Pas de souliers Gucci non plus.

« Tu es tout seul alors », fit-elle remarquer.

Il ne comprit pas ce qu'elle voulait dire.

« Tu peux bien oublier le blazer rouge, non? Tu es toi, et personne d'autre. Tu as éliminé ton propre garde du corps. Tu n'as plus personne derrière qui te cacher. »

Elle ouvrit son sac et lui tendit le petit réveil-radio. Il ramassa le modèle original sur la table et le laissa tomber dans le sac ouvert. « Oui, c'est vrai, fit-il avec un petit rire en refermant le sac de Charlie. Notre relation sera désormais plus directe, dirais-je.

– Qu'est-ce que ça a donné? » s'enquit Charlie. Elle s'assit. « J'avais l'impression d'être aussi géniale que Sarah Bernhardt.

– Bien meilleure encore. D'après Marty, tu as fait ce qui s'est vu de mieux depuis que Moïse a redescendu la montagne. Peut-être même depuis que Moïse l'a gravie. Si tu veux, tu peux t'arrêter maintenant avec tous les honneurs. Ils te doivent suffisamment. Plus que cela même.

Ils, songea-t-elle. Jamais *nous*. « Et, d'après Joseph?

– Tu avais affaire à des gens importants, Charlie. A la tête de l'organisation. Ce n'était pas du cinéma.

– Tu crois que je les ai eus? »

Il vint s'asseoir à côté d'elle. Tout près, mais sans la toucher.

« Etant donné que tu es toujours en vie, nous devons supposer que, pour l'instant, tu les as dupés, répondit-il.

– Allons-y », décida-t-elle.

Un joli petit magnétophone attendait sur la table. Charlie tendit le bras devant Joseph et alluma l'appareil. Sans autre préambule, et comme le couple de vieux époux qu'ils étaient devenus, ils se mirent à décortiquer les informations. Car, si la camionnette radio de Litvak avait reçu l'intégralité de la conversation de la nuit telle que l'avait transmise le petit réveil-radio astucieusement trafiqué, il restait encore à extraire et filtrer l'or pur que représentaient les impressions de Charlie.

18

Le jeune homme vif qui s'était présenté à l'ambassade israélienne de Londres portait un long pardessus de cuir et des lunettes rondes; il disait s'appeler Meadows. La voiture, une Rover verte, immaculée, était beaucoup trop puissante pour les routes britanniques. Kurtz s'était installé à l'avant pour rester près de Meadows. Litvak rongeait son frein sur la banquette arrière. Kurtz se montrait embarrassé et quelque peu médiocre, ce qui lui arrivait toujours lorsqu'il se trouvait en présence de supérieurs ex-coloniaux.

476

« Vous venez juste d'arriver, n'est-ce pas, monsieur? s'enquit Meadows avec désinvolture.

– De la veille, comme d'habitude, répondit Kurtz qui vivait à Londres depuis une semaine.

– Vous auriez dû nous le faire savoir, monsieur. Le commandant aurait pu vous faciliter les choses à l'aéroport.

– Oh! vous savez, nous n'avions pas *tant* de choses que ça à déclarer, Mr. Meadows! » protesta Kurtz, et tous deux éclatèrent de rire, heureux de constater que la liaison s'établissait si bien. A l'arrière, Litvak se joignit à eux mais sans grande conviction.

La Rover roula à belle allure jusqu'à Aylesbury, puis s'engagea, toujours très vite, dans de jolis chemins. Elle s'arrêta devant un portail de grès surmonté de coqs en pierre. Un panneau rouge et bleu indiquait « No.3 TLSU », une barrière blanche fermait l'entrée. Meadows laissa ses deux passagers seuls pendant qu'il pénétrait dans la loge. Des yeux sombres les surveillaient depuis la fenêtre. Aucune automobile en vue, aucun lointain grondement de tracteur. La vie alentour semblait se faire rare.

« Ça a l'air pas mal, dit Kurtz en hébreu tandis qu'ils patientaient.

– Magnifique, répondit Litvak à l'adresse d'un éventuel microphone. Et puis les gens sont sympathiques.

– La crème, renchérit Kurtz. Parmi les meilleurs dans le métier, aucun doute. »

Meadows revint, la barrière se leva et ils évoluèrent pendant un temps étonnamment long à travers les paysages inquiétants de l'Angleterre paramilitaire. Des sentinelles en uniforme bleu et bottes Wellington remplaçaient les doux pur-sang qui auraient dû brouter là. Des baraquements de brique sans fenêtres dépassaient à peine le niveau du sol. Ils admirèrent au passage un exercice d'attaque et une piste d'atterrissage privée délimitée par des cônes orangés. Des passerelles de corde avaient été jetées par-dessus un cours d'eau à truites.

« Un véritable rêve, déclara poliment Kurtz. C'est tout à fait superbe, Mr. Meadows. Ce serait magnifique d'avoir ce genre d'installations chez nous, mais comment le pourrions-nous?

– Merci », répliqua Meadows.

La maison avait dû paraître vénérable, mais sa façade disparaissait désormais sous l'horrible couche de peinture bleue réglementaire, et, dans les jardinières des fenêtres, les fleurs rouges s'alignaient strictement sur la gauche. Un autre jeune homme les attendait à l'entrée et leur fit monter aussitôt un escalier rutilant de pin bien astiqué.

« Je suis Lawson », se présenta-t-il, le souffle court, comme s'ils étaient déjà en retard; puis il cogna courageusement la double porte de ses jointures. « Entrez! aboya une voix à l'intérieur.

– Mr. Raphael, de Jérusalem, monsieur, annonça Lawson. De petits problèmes d'embouteillage, j'en ai peur, monsieur. »

Le commandant Picton resta assis juste ce qu'il fallait de temps pour se montrer grossier. Il saisit un stylo puis, avec un froncement de sourcils, inscrivit sa signature au bas d'une lettre. Il leva ensuite la tête et fixa Kurtz de ses yeux jaunâtres. Puis il baissa le front comme s'il voulait foncer droit sur quelqu'un et se dressa lentement, se dépliant complètement jusqu'à obtention de la pose militaire.

« Bonjour, Mr. Raphael », déclara-t-il. Puis il émit un sourire pingre, suggérant que les sourires n'étaient pas de saison.

Il était grand, de type aryen, ses cheveux clairs partagés par une raie nette comme un coup de rasoir. L'homme était fort, doté d'un visage épais, et il respirait la violence avec ses lèvres serrées et son regard de taureau. Il s'exprimait dans la langue pénible et maladroite des officiers supérieurs de la police, et empruntait ses bonnes manières à la société des gentlemen, mais pouvait abandonner l'un et l'autre sans avertissement dès que l'envie l'en prenait. Le commandant gardait un mouchoir taché glissé dans sa manche gauche, et portait une cravate frappée de couronnes dorées vous indiquant clairement qu'il frayait en général en meilleure compagnie que la vôtre. C'était un antiterroriste qui s'était fait tout seul, « un peu soldat, un peu flic et un peu bandit », comme il aimait à le répéter, et qui appartenait à la génération mythique de sa profession. Il avait chassé le communiste en Malaisie, le Mau-Mau au Kenya, le juif en Palestine, l'Arabe à Aden et l'Irlandais à peu près partout. Il en avait fait sauter des mecs, avec les Scouts[1] des Trucial States, et, à Chypre, il n'avait manqué Grivas que d'un cheveu, ce dont il parlait avec regret lorsqu'il avait un peu bu – mais gare à qui osait le plaindre! Il avait joué les seconds dans bien des endroits, le premier rôle rarement, car il y avait eu d'autres ombres au tableau.

« Misha Gavron est-il en forme? s'enquit-il en choisissant une touche sur son téléphone et en la pressant si fort qu'elle aurait pu rester coincée.

– Misha se porte comme un charme, commandant! » répondit Kurtz d'un ton enthousiaste, avant de lui demander à son tour des nouvelles de son supérieur. Mais Picton ne s'intéressait pas du tout à ce que Kurtz avait à lui dire, surtout s'il s'agissait de son chef.

Un étui à cigarettes soigneusement poli et portant les signatures de frères d'armes gravées sur son couvercle trônait sur le bureau. Picton l'ouvrit et le présenta à Kurtz, ne fût-ce que pour lui en faire admirer le lustre. L'Israélien objecta qu'il ne fumait pas. Picton remit l'objet à sa place exacte, comme dans une vitrine. On frappa à la porte et deux hommes furent

1. Petit avion de reconnaissance. (N.d.T.)

introduits, l'un vêtu de gris, l'autre de tweed. L'homme en gris était un Gallois d'une quarantaine d'années, un poids coq dont la mâchoire inférieure portait des marques de griffes. Picton le présenta comme « mon inspecteur principal ».

« J'ai bien peur de ne m'être jamais rendu à Jérusalem, monsieur, s'excusa l'inspecteur principal en se dressant sur la pointe des pieds et en tirant sur les pans de sa veste pour tenter de prendre quelques centimètres. Ma femme ne demanderait qu'à aller passer Noël à Bethléem, mais moi, je me suis toujours contenté de Cardiff, oh! oui. »

L'homme en tweed était le capitaine Malcolm; il possédait cette classe naturelle que Picton enviait parfois et haïssait toujours. Il émanait de Malcolm une courtoisie feutrée qui constituait une agression en soi.

« Très flatté, monsieur, vraiment », assura-t-il à Kurtz avec sincérité, puis il lui tendit la main avant même que Kurtz eût avancé la sienne.

Cependant, lorsque vint le tour de Litvak, Malcolm ne parut pas saisir son nom tout de suite : « Vous pouvez répéter, mon vieux? demanda-t-il.

– Levene, prononça Litvak d'une voix un peu plus audible. J'ai le bonheur de travailler ici avec Mr. Raphael. »

Une grande table était préparée pour une conférence. Aucune photographie ne décorait la salle – aucun portrait de femme encadré, pas même celui de la reine. Les fenêtres à guillotine donnaient sur une cour déserte. Le seul détail surprenant était une odeur lancinante d'essence réchauffée donnant l'impression qu'un sous-marin venait juste de passer par là.

« Eh bien, pourquoi ne pas lâcher la bombe maintenant, Mr... » – l'hésitation se prolongeait vraiment trop – « Raphael, c'est cela? » décréta Picton.

La phrase avait au moins le mérite de ne pas manquer d'à-propos. Au moment même où Kurtz ouvrait sa serviette pour distribuer ses documents, un coup sourd et prolongé retentit, provoqué par une explosion en milieu contrôlé.

« J'ai *connu* un Raphael, autrefois, déclara Picton en ouvrant son dossier pour y jeter un coup d'œil rapide, à la façon dont on parcourt un menu. Nous en avions même fait un maire durant un certain temps. Un jeune type. J'ai oublié la ville. Ce n'était pas vous, n'est-ce pas? »

Kurtz déplora avec un sourire triste de ne pas avoir eu cette chance.

« Aucun lien? Raphael... comme le peintre? » Picton tourna plusieurs pages. « Mais, on ne peut jamais être sûr, n'est-ce pas? »

Kurtz faisait preuve d'une patience angélique. Litvak lui-même, qui le connaissait déjà sous une bonne centaine de facettes différentes, n'aurait pu prévoir que son chef saurait ainsi museler tous les démons qui l'assaillaient d'ordinaire. Son énergie tapageuse s'était totalement évanouie pour faire place à un sourire servile d'esclave. Sa voix même, du moins au début, avait pris des accents timides et hésitants.

« " Merterbaïne ", lut l'inspecteur principal. C'est bien ainsi que cela se prononce, n'est-ce pas? »

Le capitaine Malcolm, désireux de montrer sa culture linguistique, intercepta la question. « " Mesterbaïne ", c'est ça, Jack.

– Les signalements se trouvent dans la poche de gauche, messieurs, indiqua Kurtz avec indulgence, les laissant examiner leurs dossiers un peu plus longtemps. Commandant, il nous faut votre engagement officiel concernant l'usage et la répartition de ces documents. »

Picton leva lentement sa tête blonde. « Par écrit? » s'étonna-t-il.

Kurtz lui adressa un sourire confus. « La parole

d'un officier anglais suffira sûrement à Misha Gavron, répondit-il, attendant toujours quelque chose.

– Eh bien, d'accord », concéda l'Anglais, visiblement submergé par la fureur. Kurtz passa rapidement à un sujet moins délicat : Anton Mesterbein.

« Le père est un Suisse conservateur, un gentleman propriétaire d'une villa au bord du lac, commandant, et on ne lui connaît pas d'autre intérêt que de faire de l'argent. La mère est une libre penseuse de la gauche extrémiste. Elle passe six mois de l'année à Paris où elle tient un salon très populaire parmi la communauté arabe...

– Ça vous dit quelque chose, Malcolm ? interrompit Picton.

– Peut-être, monsieur.

– Le jeune Anton, le fils, est un juriste assez aisé, poursuivit Kurtz. Des études de sciences politiques à Paris et de philosophie à Berlin. Un an de droit et de politique à Berkeley. Un semestre à Rome, quatre ans à Zurich, diplômé *magna cum laude*.

– Un intellectuel », cracha Picton. Il aurait pu dire de la même façon « un lépreux ».

Kurtz admit cependant la définition. « Sur le plan politique, nous pourrions dire que Mr. Mesterbein tient surtout de sa mère... mais, sur le plan financier, il penche plutôt du côté du père. »

Picton laissa échapper un gros rire d'homme privé du sens de l'humour. Kurtz se tut assez longtemps pour goûter avec lui la fine plaisanterie.

« La photographie que vous avez devant vous a été prise à Paris mais, en fait, Mr. Mesterbein exerce sa profession à Genève, dans un petit cabinet réservé aux étudiants extrémistes, aux ressortissants du tiers monde et aux travailleurs immigrés. Font aussi partie de sa clientèle un certain nombre d'organisations progressistes à court d'argent. » Kurtz tourna une page, invitant son assistance à faire de même. Il portait une paire de grosses lunettes sur le bout du nez, ce qui lui donnait le museau de souris d'un employé de banque.

« Vous voyez qui c'est, Jack? demanda Picton à l'inspecteur principal.

– Pas du tout, monsieur.

– Qui est la blonde assise avec lui, monsieur? » interrogea le capitaine Malcolm.

Mais Kurtz suivait une ligne bien définie et, malgré ses airs dociles, il n'allait pas se laisser manipuler par Malcolm.

« En novembre dernier, à Berlin Est, reprit Kurtz, Mr. Mesterbein a participé à une conférence organisée par de soi-disant juristes pour la Justice, durant laquelle les Palestiniens ont bénéficié d'un temps de parole exagérément long. Ou peut-être est-ce un jugement partial de ma part, ajouta-t-il avec un humour teinté d'humilité, qui ne suscita aucun rire. En avril, répondant à une invitation faite lors de cette conférence, Mr. Mesterbein entreprend sa première visite connue à Beyrouth. Là-bas, il rend visite à deux organisations comptant parmi les plus rapidement opposées au régime.

– A la recherche de nouveaux clients, c'est ça? » demanda Picton.

Tout en posant sa question, Picton serra le poing droit et frappa l'air. La main ainsi dégourdie, il griffonna quelques mots sur le calepin posé devant lui. Puis il déchira la feuille et la tendit à l'affable Malcolm qui, après avoir souri à la ronde, quitta tranquillement la pièce.

« Au retour de ce voyage à Beyrouth, poursuivit Kurtz, Mr. Mesterbein a fait escale à Istanbul, où il s'est entretenu avec certains activistes clandestins turcs dont le but est, entre autres, l'élimination du sionisme.

– Des types plutôt ambitieux, alors », commenta Picton.

Cette fois-ci, la plaisanterie venant de Picton, tout le monde s'esclaffa, excepté Litvak.

Avec une rapidité surprenante, Malcolm était déjà rentré de sa petite course. « Rien de *tellement* joyeux, j'en ai peur », murmura-t-il d'une voix doucereuse puis, ayant rendu la feuille de papier à Picton, il sourit à Litvak et reprit sa place. Mais Litvak semblait s'endormir; il avait posé son menton dans ses longues mains et gardait le visage baissé sur son dossier fermé. Heureusement, la position de ses doigts empêchait que l'on pût lire son expression.

« Vous avez informé la Suisse de tout ceci, n'est-ce pas? s'enquit Picton, qui posa le message de Malcolm dans un coin.

— Nous n'en avons pas encore parlé aux Suisses, commandant, avoua Kurtz d'un ton qui suggérait que cela posait un problème.

— Je croyais que vous étiez en excellents termes avec les Suisses, s'étonna Picton.

— Nous le sommes, mais Mr. Mesterbein a un certain nombre de clients partiellement ou totalement résidents en Allemagne Fédérale, ce qui nous met dans une position assez embarrassante.

— Je ne vous suis pas, déclara Picton, l'air buté. Je pensais que vous vous étiez rabibochés avec les Boches depuis longtemps. »

Le sourire de Kurtz semblait peut-être incrusté dans ses joues, mais sa réponse fut un modèle de fuite narquoise. « Vous avez raison, commandant, néanmoins Jérusalem a le sentiment – étant donné la susceptibilité de nos sources et la complexité des affinités politiques de l'Allemagne à l'heure actuelle – que nous ne pouvons avertir nos amis suisses sans avertir également leurs homologues allemands. Ce serait un poids trop lourd à imposer aux Suisses dans leurs relations avec Wiesbaden. »

Les silences de Picton produisaient eux aussi leur petit effet. Son regard bilieux et incrédule avait autrefois fait merveille avec des hommes de moindre envergure trop préoccupés de leur avenir proche.

« Vous êtes sans doute au courant de la façon dont ils ont remis ce tordu d'Alexis sur le devant de la scène, n'est-ce pas? » interrogea Picton à brûlepourpoint. Kurtz commençait à l'intéresser : s'il ne connaissait pas l'homme proprement dit, l'espèce lui était familière.

Kurtz répondit que, naturellement, il était au courant. Mais cela ne sembla pas le troubler outre mesure, car il passa au deuxième document.

« Une seconde », fit doucement Picton. Il examinait le document 2 de son dossier. « Je connais ce bellâtre. C'est le génie qui s'est fait sauter sur l'autoroute de Munich il y a un mois. Il avait une petite poule hollandaise avec lui, non? »

Laissant un instant de côté son bouclier de feinte humilité, Kurtz accéléra le rythme. « Oui, commandant, et nous savons que le véhicule et les explosifs de ce malheureux accident avaient été fournis par les contacts de Mr. Mesterbein à Ankara, et qu'ils étaient arrivés à Munich via la Yougoslavie et l'Autriche. »

Picton saisit la feuille de papier que lui avait rapportée Malcolm, puis se mit à la rapprocher et à l'éloigner de son nez comme s'il était myope, ce qui n'était pas le cas. « On m'apprend que notre boîte magique, en bas, ne contient pas un seul Mesterbein, déclara-t-il avec une désinvolture étudiée. Ni dans les listes blanches, ni dans les noires, pas même chez les pédés. »

Kurtz parut plutôt satisfait : « Mais, commandant, cela ne constitue en aucun cas une preuve d'inefficacité de la part de vos services. En fait, voilà quelques jours encore, Jérusalem croyait Mr. Mesterbein audessus de tout soupçon. Il en va de même pour ses complices.

– Y compris la blonde? » demanda le capitaine Malcolm, revenant sur la compagne de Mesterbein.

Kurtz se contenta de sourire, puis il rajusta ses lunettes afin de ramener l'attention de son auditoire sur le document suivant. Il s'agissait d'une des multiples photographies prises par l'équipe de surveillance depuis l'immeuble d'en face, et elle montrait Yanuka, de nuit, s'apprêtant à rentrer chez lui. Elle était un peu floue, comme le sont souvent les clichés à infrarouges pris à très petite vitesse, mais permettait malgré tout d'identifier sans peine le sujet. Yanuka se trouvait en compagnie d'une grande blonde vue de trois quarts. Elle se tenait un peu en retrait pendant qu'il introduisait la clef dans la serrure de la porte d'entrée, et ne faisait qu'une avec la jeune femme qui avait déjà attiré l'attention du capitaine Malcolm sur la photo précédente.

« Où sommes-nous maintenant? questionna Picton. Ce n'est plus Paris, les immeubles ne conviennent pas.

– Munich », répondit Kurtz.

Il précisa l'adresse.

« Et *quand* ? »

Picton avait employé un ton si sec qu'il aurait pu donner l'impression de s'adresser à l'un de ses subalternes.

Mais Kurtz choisit une fois encore d'ignorer la question. « La dame se nomme Astrid Berger », continua-t-il. Le regard jaune de Picton se posa sur lui avec un air de suspicion avertie.

Privé de la parole depuis trop longtemps, le policier gallois avait décidé de lire les détails de la vie de Mlle Berger à voix haute : « Berger, Astrid, alias Edda, « alias Helga »... alias qui vous voulez... « née à « Brême en 1954, fille d'un riche armateur. » Vous évoluez dans de beaux milieux, dirais-je, Mr. Raphael. « A suivi les cours des universités de Brême et de « Francfort, diplômée de sciences politiques et de « philosophie en 1978. Ecrit occasionnellement dans « des journaux satiriques ou extrémistes ouest-alle-

« mands. Dernier domicile connu à Paris, en 1979, « nombreux séjours au Moyen-Orient... » »

Picton le coupa brutalement. « Encore une de ces foutues intellectuelles. Cherchez-la, Malcolm. »

Tandis que Malcolm quittait à nouveau la pièce, Kurtz reprit sans tarder l'initiative.

« Si vous voulez bien être assez aimable pour comparer les dates qui sont là, commandant, vous verrez que le tout dernier voyage de Miss Berger à Beyrouth intervient en avril de cette année, et correspond donc au séjour là-bas de Mr. Mesterbein. Elle se trouvait également à Istanbul lors de l'escale de Mr. Mesterbein. Ils n'ont pas pris le même avion, mais ont dormi dans le même hôtel. Oui, Mike. Je vous en prie. »

Litvak présentait des photocopies du registre de l'hôtel, indiquant les noms de Mr. Anton Mesterbein, de Miss Astrid Berger, et daté du 18 avril. A côté, mais beaucoup plus réduite par la photocopie, se trouvait la note payée par Mesterbein : le Hilton d'Istanbul. La porte s'ouvrit de nouveau puis se referma pendant que Picton et l'inspecteur principal étudiaient les documents.

« NF pour Astrid Berger aussi, monsieur. Est-ce possible ? annonça Malcolm avec un sourire des plus pitoyables.

– Non Fiché, c'est bien cela, n'est-ce pas ? » s'enquit aussitôt Kurtz.

Picton saisit son portemine en argent à deux mains et se mit à le faire tourner devant ses yeux de dyspeptique.

« C'est cela, répliqua-t-il pensivement. C'est cela. Venons-en à l'essentiel, Mr. Raphael. »

La troisième photographie dont disposait Kurtz – ou, comme l'appelait avec impertinence Litvak, la troisième carte dans sa manche – était un faux si bien réussi qu'il avait échappé à l'équipe d'experts de Tel-Aviv chargée d'examiner toute une série de clichés trafiqués ou non. Elle montrait Charlie et Becker s'approchant de la Mercedes dans le parking de l'hôtel, à Delphes, le matin de leur départ. Becker portait la sacoche de Charlie et sa propre serviette de cuir noir. Charlie était vêtue de sa belle parure grecque et se chargeait de sa guitare. Becker arborait le blazer rouge, la chemise de soie, et les souliers Gucci. Sa main gantée se tendait vers la portière côté chauffeur de la Mercedes. Il était également affublé de la tête de Michel.

« Commandant, cette photo a été prise par un coup de chance quinze jours avant l'accident de Munich, où, comme vous le disiez justement, un couple de terroristes a eu le malheur de se tuer avec ses propres explosifs. La rousse que l'on voit au second plan est un sujet britannique. Son compagnon l'appelait " Jeanne " et elle l'appelait " Michel ", ce qui ne correspond absolument pas au nom inscrit sur son passeport. »

Le changement d'atmosphère évoqua une soudaine baisse de température. L'inspecteur principal adressa un rictus à Malcolm qui s'efforça de lui renvoyer un sourire; mais le sourire du capitaine, cela devenait de plus en plus évident, n'avait pas grand-chose à voir avec ce que l'on prend généralement pour de l'humour. En fait, c'était l'immobilité pesante de Picton qui attirait toute l'attention – son refus, semblait-il, d'accepter toute autre information que ce que montrait la photographie posée devant lui. En faisant allusion à un sujet britannique, Kurtz s'était aventuré, comme par inadvertance, sur le territoire sacré de Picton, ce qu'un homme averti ne faisait qu'à ses risques et périls.

« *Par un coup de chance*, murmura Picton entre ses lèvres serrées tout en continuant d'examiner la photo. Un *bon ami* qui, justement, avait son appareil sur lui, je suppose – ce genre de coup de chance-là. »

Kurtz sourit timidement mais ne dit rien.

« Il fait comme ça une ou deux photos, et puis il les

envoie à Jérusalem, au cas où. Un terroriste qu'il a pris comme ça, en passant... et il s'est dit que ça pourrait peut-être avoir une utilité. »

Le sourire de Kurtz s'élargit et, à sa grande surprise, il vit les lèvres de Picton s'étirer elles aussi en un rictus qui se voulait avenant.

« Eh bien, je pense *effectivement* me rappeler des amis de ce genre. Maintenant que j'y réfléchis, vous avez vraiment des relations partout. Dans les sphères les plus hautes, les moins relevées, les plus riches... » Il sembla, durant un instant assez délicat, que certaines frustrations datant du service de Picton en Palestine menaçaient de remonter à la surface, poussées par sa mauvaise humeur. Mais Picton se contint. Il se composa une nouvelle figure et baissa le ton. Puis il réussit à décrisper son sourire pour le rendre presque amical. De toute façon, la bonhomie de Kurtz était à toute épreuve, et Litvak déformait tant le bas de son visage avec ses doigts que personne n'eût pu déterminer s'il était pris d'un fou rire ou bien d'une rage de dents.

L'inspecteur principal se racla la gorge puis, avec une simplicité toute galloise, tenta d'intervenir au bon moment.

« Bien, même si l'on admet qu'elle *est* anglaise, monsieur, ce qui me paraît encore à vérifier, il n'y a pas à ma connaissance de loi en Angleterre interdisant de coucher avec des Palestiniens, non? Nous ne pouvons mettre tout le pays à la recherche de cette dame pour un tel motif! Bon sang, si nous...

– Il y a autre chose, l'interrompit Picton en regardant Kurtz droit dans les yeux. *Beaucoup* plus. »

Mais son intonation suggérait plus encore : *Il leur reste toujours quelque chose*, disait-il en vérité.

Sa bonne humeur et sa courtoisie toujours intactes, Kurtz invita son auditoire à examiner la Mercedes, à droite sur la photographie. Qu'on lui pardonne son ignorance en matière de voitures, mais son équipe lui avait assuré qu'il s'agissait d'un modèle d'exposition de couleur bordeaux, pourvu d'une antenne radio à l'avant, de deux rétroviseurs extérieurs, d'un système de fermeture central et de ceintures de sécurité à l'avant seulement. Tous ces détails, poursuivit-il, et bien d'autres qui n'étaient pas visibles ici, correspondaient exactement à la description de la Mercedes qui avait explosé accidentellement près de Munich, et dont une grande partie de l'avant avait miraculeusement subsisté.

Malcolm trouva soudain la solution. « Mais enfin, monsieur... toute cette histoire comme quoi elle serait anglaise... ne serait-elle pas plutôt la *Hollandaise*? Rousse, blonde – cela ne prouve rien. *Anglais* ne ferait en ce cas référence qu'à la langue dans laquelle ils s'exprimaient.

– Suffit, ordonna Picton qui s'alluma une cigarette sans en offrir une seule. Laissez-le parler », ajouta-t-il. Il avait posé ses deux poings fermés sur la table, de chaque côté du dossier.

« Nous savons aussi par d'autres sources, commandant, déclara Kurtz d'une voix plus forte, que lors de sa traversée de la Yougoslavie, cette Mercedes était pilotée par une jeune femme possédant un passeport britannique. Son ami ne l'a pas accompagnée, il s'est rendu à Salzbourg par un vol d'Austrian Airways. C'est par cette même compagnie qu'il a fait réserver une chambre luxueuse à Salzbourg à l'hôtel Österreichischer Hof où nous avons appris que le couple s'est inscrit sous le nom de M. et Mme Laserre, bien que la dame ne comprît pas le français mais seulement l'anglais. On se rappelait très bien la dame pour son allure remarquable, ses cheveux roux, l'absence d'alliance, pour sa guitare qui amusa un peu, et aussi pour le fait qu'elle a quitté l'hôtel très tôt le matin en compagnie de son mari, mais est revenue seule dans l'après-midi. Le portier principal se souvient d'avoir appelé un taxi pour conduire Mme Laserre à l'aéroport de Salzbourg, il se rappelle même l'heure exacte, quatorze heures, juste avant qu'il ne quitte son service. Il a proposé de confirmer sa réservation et de s'assurer que l'avion ne serait pas retardé, mais Mme Laserre a refusé, sans doute parce qu'elle ne voyageait pas sous ce nom-là. On a dénombré trois vols en partance de Salzbourg à l'heure correspondante, l'un d'entre eux étant un vol d'Austrian Airlines à destination de Londres. La jeune femme du guichet se souvient très distinctement d'une Anglaise rousse qui s'est présentée avec un billet charter Thessalonique-Londres non utilisé et qui voulait le faire transformer, ce qui n'était pas possible. L'Anglaise a donc dû acheter un aller simple plein tarif, qu'elle a payé presque entièrement en billets de vingt dollars américains. »

« Arrêtez d'être aussi timoré, gronda Picton. Son nom ? » Puis il écrasa sa cigarette avec une violence extrême, continuant à la presser contre le cendrier longtemps après qu'elle se fut éteinte.

En réponse à sa question, Litvak faisait déjà passer à la ronde des photocopies de la liste des passagers. Il était livide et semblait souffrir. Lorsqu'il eut terminé sa distribution, il se servit un peu d'eau de la carafe, bien qu'il eût à peine soufflé mot de toute la matinée.

« A notre grande consternation, commandant, nous n'avons tout d'abord pas trouvé de Jeanne, confessa Kurtz alors que tous parcouraient la liste. Notre seule piste était une Charmian. Vous avez son nom devant vous. La dame du guichet a confirmé : numéro trente-huit sur sa liste. Elle se souvenait même de la guitare. Un heureux hasard a fait qu'elle est elle-même fervente admiratrice du grand Manitas de Plata, et que la guitare de l'Anglaise l'a vraiment frappée.

— Encore une bonne amie », commenta brutalement Picton, déclenchant une quinte de toux chez Litvak.

Le dernier document de Kurtz provenait également de la serviette de Litvak. Kurtz le réclama les deux mains tendues, et Litvak y déposa une série de photos encore légèrement collantes. Kurtz les répartit sommairement. Elles montraient Mesterbein et Helga dans le hall de départ d'un aéroport. Mesterbein fixait le vide d'un regard abattu tandis que, derrière lui, Helga achetait une demi-bouteille de whisky détaxé. Mesterbein portait un bouquet d'orchidées enveloppées dans du papier absorbant.

« L'aéroport Charles-de-Gaulle, Paris, il y a trente-six heures, dit mystérieusement Kurtz. Berger et Mesterbein avant de s'embarquer pour Exeter via Gatwick. Mesterbein a réservé une automobile chez Hertz pour qu'elle les attende à l'aéroport d'Exeter à leur arrivée. Ils sont rentrés à Paris hier, même trajet mais sans les orchidées. Berger voyageait sous le nom de Maria Brinkhausen, nationalité suisse, une nouvelle identité qu'il faudrait ajouter à sa liste déjà longue. Son passeport faisait partie de la série que fabriquent les Allemands de l'Est à l'usage des Palestiniens. »

Malcolm n'avait pas attendu l'ordre. Il ouvrait déjà la porte.

« Dommage que vous n'ayez pas de clichés d'eux arrivant à Exeter, regretta Picton d'un ton lourd de sous-entendus, tandis que tous attendaient.

— Mais, commandant, vous savez très bien que nous ne pouvons nous permettre cela, protesta Kurtz avec conviction.

— Vraiment? dit Picton. Oh!

— Nos supérieurs sont convenus d'un marché réciproque, monsieur. Ne pas marcher sur les plates-bandes de l'autre sans autorisation écrite.

— Oh! ça », lâcha Picton.

Le policier gallois fit encore montre de ses trésors de diplomatie. « Elle viendrait donc d'Exeter, monsieur? demanda-t-il à Kurtz. Une fille du Devon? Vous n'imaginez tout de même pas qu'une petite provinciale puisse se lancer comme ça dans le terrorisme, je suppose? »

Mais les informations de Kurtz semblaient s'arrêter

à la côte britannique. L'assemblée perçut un bruit de pas gravissant le grand escalier, puis le crissement des bottes en daim de Malcolm. Le Gallois, jamais découragé, revint à la charge.

« Je ne sais pas pourquoi mais, pour moi, les roux ne vont pas avec le *Devon*, déplora-t-il. Et à vrai dire, pour être honnête, surtout pas les *Charmian*. Bess, Rose, à la rigueur..., je verrais assez bien une Rose. Mais pas une Charmian, pas dans le Devon. Dans le centre, peut-être. Il me semble que *Charmian* est presque à coup sûr de Londres. »

Malcolm pénétra dans la pièce avec circonspection, décomposant soigneusement chacun de ses pas. Il avait les bras chargés d'une pile de dossiers : fruit des incursions de Charlie dans la gauche militante. Le bas de la pile avait beaucoup souffert du temps et des manipulations. Des coupures de presse et des pamphlets polycopiés dépassaient.

« Eh bien, monsieur, déclara Malcolm avec un grognement de satisfaction en posant son fardeau sur la table, il me semble que si ce n'est pas la fille que nous cherchons, ça en a pourtant bien l'air!

– Manger », aboya Picton, puis, ayant grogné toute une série d'ordres furibonds à ses subordonnés, il conduisit ses invités à une immense salle à manger embaumant le chou et la cire.

Un lustre oblong pendait au-dessus d'une table gigantesque, deux chandelles brûlaient, et deux majordomes en veste d'un blanc éclatant guettaient leurs moindres désirs. Picton mangeait, le visage inexpressif; Litvak, d'une pâleur mortelle, piquait sa nourriture avec des gestes d'invalide. Kurtz, lui, ne tenait aucun compte de l'énervement de ses voisins. Il bavardait à bâtons rompus, sans jamais aborder leur affaire, évidemment : il doutait que le commandant pût reconnaître Jérusalem, s'il avait un jour la chance de retourner là-bas; il appréciait sincèrement son premier repas dans un mess d'officiers anglais. Picton ne resta pas même assis tout le long du déjeuner. Par deux fois, le capitaine Malcolm l'appela près de la porte pour échanger avec lui quelques mots chuchotés; une autre fois, son supérieur le demanda au téléphone. Et quand on apporta le pudding, il se leva aussi brusquement que s'il avait été piqué, tendit sa serviette damassée au majordome puis s'en alla, apparemment pour donner lui-même un coup de fil, mais peut-être en fait pour se plonger dans le placard fermé à clef de son bureau, où il conservait quelques provisions personnelles.

Mis à part les sentinelles omniprésentes, le parc était aussi désert qu'une cour de récréation le premier jour des vacances, et Picton le parcourait avec l'impatience capricieuse d'un propriétaire, jetant des coups d'œil maussades en direction de la clôture et frappant de sa canne tout ce qui lui déplaisait. Kurtz trottait joyeusement à moins de trente centimètres de lui. De loin, ils auraient pu passer pour un prisonnier et son garde, quoiqu'il eût été difficile de déterminer qui était qui. Derrière eux, Shimon Litvak traînait la jambe en portant les deux serviettes, et, derrière Litvak, venait Mrs. O'Flaherty, la célèbre chienne alsacienne de Picton.

« Mr. Levene aime bien écouter, n'est-ce pas? laissa échapper Picton assez fort pour que Litvak puisse entendre. Une bonne oreille, une bonne mémoire aussi? Ça me plaît.

– Mike est très réservé, commandant, répondit Kurtz avec un sourire soumis. Mike me suit partout.

– Plutôt boudeur, on dirait. Mon chef préfère un tête-à-tête, si cela ne vous dérange pas. »

Kurtz se retourna et lança quelques mots en hébreu à Litvak. Celui-ci ralentit pour se trouver hors de portée de voix. Curieusement – ni Kurtz ni Picton n'auraient su expliquer pourquoi même s'ils étaient prêts à l'admettre –, un sentiment de camaraderie s'installa entre les deux hommes dès qu'ils furent seuls.

L'après-midi était gris et venteux. Picton avait prêté à Kurtz un duffle-coat qui lui donnait l'air d'un vieux loup de mer. Picton, lui, portait un Warm anglais, et l'air vif du dehors n'avait pas tardé à lui raviver le teint.

« C'était vraiment très aimable à vous de faire tout ce chemin pour nous parler de cette fille, dit Picton en manière de défi. Mon chef a l'intention de faire un mot à ce vieux Misha.

– Misha appréciera sûrement, répliqua Kurtz.

– Enfin, c'est quand même drôle. Maintenant, c'est vous qui nous tuyautez sur nos propres terroristes. A une époque, c'était plutôt le contraire. »

Kurtz prononça quelques phrases apaisantes concernant la roue de l'histoire, mais Picton n'avait rien d'un poète.

« Bien sûr, c'est votre opération, coupa Picton. Vos sources, votre tournée. Mon chef ne s'est pas laissé impressionner. Tout ce que nous avons à faire, c'est de rester bien sages et de faire ce qu'on nous commandera », ajouta-t-il avec un regard en coin.

Kurtz assura que de nos jours plus rien ne fonctionnait sans une certaine coopération, et Picton parut un instant sur le point d'exploser. Ses yeux jaunâtres s'agrandirent et son menton se ficha dans son cou pour y rester. Mais il se contenta, peut-être pour se calmer, d'allumer une cigarette, se plaçant le dos au vent et arrondissant ses larges mains de catcheur afin d'abriter la flamme.

« En attendant, vous serez stupéfié d'apprendre que vos informations ont été confirmées, dit Picton d'un ton lourd d'ironie tout en jetant son allumette. Berger et Mesterbein ont bien pris un Paris-Exeter aller et retour. Une voiture de louage Hertz les attendait à l'arrivée à Exeter. Le compteur a enregistré six cent soixante-quinze kilomètres. Mesterbein a payé avec une carte de crédit American Express à son nom. On ne sait pas où ils ont passé la nuit, mais je suis certain que vous nous l'apprendrez en temps voulu. »

Kurtz observa un silence vertueux.

« Quant à la fille, poursuivit Picton avec la même légèreté forcée, vous serez tout aussi surpris d'apprendre qu'elle fait actuellement une tournée théâtrale au fin fond de la Cornouailles. Elle fait partie d'une troupe classique, les Hérétiques, que j'aime bien d'ailleurs, mais cela non plus, vous ne le saviez pas, hein? On assure à son hôtel qu'un homme répondant au signalement de Mesterbein est venu la prendre après la représentation et qu'elle n'est rentrée qu'au petit matin. Elle n'a pas l'air farouche, votre petite dame. » Il s'autorisa un silence massif que Kurtz feignit de ne pas remarquer. « Quoi qu'il en soit, je voulais vous dire que mon chef est à la fois un officier et un gentleman, et qu'il vous accordera toute l'aide dont vous aurez besoin. Mon chef vous est vraiment très reconnaissant. Il est reconnaissant et touché. Il a un faible pour les juifs et pense que c'était vraiment très bien de votre part de prendre la peine de venir jusqu'ici pour nous mettre sur la piste de cette fille. » Il foudroya Kurtz du regard. « Mon chef est encore jeune, vous comprenez. C'est un grand admirateur de votre beau pays. Il a toute confiance et n'est pas disposé à écouter le moindre des soupçons malveillants que *je* pourrais concevoir. »

Picton s'immobilisa devant un grand hangar vert et fit tambouriner sa canne contre la porte métallique. Un garçon en chaussures de sport et survêtement bleu les fit pénétrer dans le gymnase vide. « Samedi », fit Picton, sans doute pour expliquer l'atmosphère de désertion qui régnait dans le local. Puis il entreprit une furieuse inspection des lieux, tantôt vérifiant l'état des vestiaires, tantôt passant son doigt énorme sur les

496

barres parallèles pour s'assurer qu'il ne s'y trouvait pas de poussière.

« J'ai appris que vous aviez recommencé à bombarder ces camps, reprit Picton d'un ton accusateur. Une idée de Misha, hein? Il n'a jamais su faire dans la dentelle quand la grosse artillerie suffisait. »

Kurtz voulut lui avouer tout à fait sincèrement que le processus de décision tel qu'il se pratiquait dans les hautes sphères de la société israélienne avait toujours constitué pour lui un mystère, mais Picton n'était pas enclin à écouter ce genre de réponses.

« Eh bien, il ne s'en tirera pas comme ça. Vous le lui direz de ma part. Ces Palestiniens n'ont pas fini de venir vous obséder. »

Cette fois-ci, Kurtz se borna à sourire et à hocher la tête pour marquer son incompréhension du monde actuel.

« Misha Gavron sortait de l'Irgoun, n'est-ce pas? s'enquit Picton par pure curiosité.

– De la Haganah, corrigea Kurtz.

– Et vous alors? » insista Picton.

Kurtz affecta l'attitude timide et contrite du défavorisé. « Par bonheur ou non, commandant, les Raphael sont arrivés en Israël trop tard pour être de quelque utilité aux Britanniques, répondit-il.

– Pas de craques avec moi, dit aussitôt Picton. Je sais très bien où Misha va pêcher ses amis. C'est moi qui l'ai mis là où il est.

– C'est ce qu'il m'a dit », répliqua Kurtz avec son sourire à toute épreuve.

Le jeune sportif leur tenait une porte ouverte. Ils la franchirent. Une grande vitrine présentait un assortiment d'armes silencieuses et artisanales : une massue dont la tête était hérissée de pointes, une épingle à chapeau couverte de rouille et au bout de laquelle était fixée une poignée de bois, des seringues de fortune, et un garrot improvisé.

« Les étiquettes s'effacent, aboya Picton à l'adresse

du jeune homme lorsqu'il eut contemplé un moment les instruments avec nostalgie. De nouvelles étiquettes avant lundi, exécution ou vous aurez de mes nouvelles. »

Puis il sortit dans l'air du dehors, Kurtz trottinant aimablement à son côté. Mrs. O'Flaherty, qui les avait attendus, tomba aux pieds de son maître.

« Bon, que voulez-vous? fit enfin Picton, comme un homme qui se calme à contrecœur. Et ne me dites pas que vous êtes venu m'apporter un billet doux de Misha le Corbeau, car je ne vous croirai pas. De toute façon, quoi que vous puissiez me dire, il est douteux que j'y croie. Je suis difficile à convaincre dès qu'il s'agit de vous tous. »

Kurtz sourit et secoua la tête, montrant ainsi qu'il appréciait l'humour anglais de Picton.

« Voilà, monsieur, Misha le Corbeau considère qu'en l'occurrence une arrestation pure et simple serait tout à fait hors de question. Ceci en raison de la position délicate de nos sources, naturellement, expliqua-t-il, se plaçant en position de simple messager.

— Je croyais que vous ne teniez vos sources que de très bons amis, fit remarquer Picton d'un ton mauvais.

— Et même si Misha était d'accord pour une arrestation en bonne et due forme, poursuivit Kurtz toujours souriant, il se demande quelles charges pourraient être portées contre la jeune femme et devant quel tribunal. Qui serait en mesure de prouver que les explosifs se trouvaient déjà à bord de la Mercedes quand elle la pilotait? Elle prétendra que le plastic y a été mis après. Cela ne nous laisserait, me semble-t-il, qu'un motif d'inculpation bien léger : avoir traversé la Yougoslavie avec de faux papiers. Et d'ailleurs, où *sont* ces papiers? Comment prouver qu'ils ont existé? C'est extrêmement mince.

— Extrêmement, reconnut Picton. On dirait que Misha apprend le droit sur ses vieux jours? s'étonna-t-il avec un regard en coin. C'est bien la première fois que j'entends parler d'un braconnier qui devient garde-chasse.

— Et puis — c'est ce que pense Misha —, il faut songer à ce qu'elle représente. Tant qu'elle reste où elle est, elle nous est à tous très précieuse. Tant qu'elle reste dans cette position de presque innocence. Que *sait*-elle exactement? Qu'est-elle à même de *divulguer*? Prenez le cas de Miss Larsen.

— Larsen?

— La Hollandaise qui a trouvé la mort dans ce malheureux accident près de Munich.

— Oui, et alors? » Picton s'immobilisa puis se tourna vers Kurtz pour le contempler d'un air de plus en plus méfiant.

« Miss Larsen elle aussi conduisait des autos et rendait quelques menus services à son petit ami palestinien. Il s'agissait, d'ailleurs, du même garçon que pour notre jeune Anglaise. Miss Larsen a même accepté de poser des bombes. Deux. Peut-être trois. Sur le papier, Miss Larsen était extrêmement impliquée. » Kurtz secoua tristement la tête. « Mais en matière de renseignement, c'était une outre vide. » Sans tenir compte de la proximité menaçante de Picton, l'Israélien leva les mains et les ouvrit pour souligner à quel point l'outre était vide. « Ce n'était qu'une petite groupie qui aimait bien jouer, qui aimait le danger, les garçons, qui aimait plaire. Mais elle ne savait rien. Aucune adresse, aucun nom, aucun plan.

— Comment savez-vous cela? demanda Picton d'un ton accusateur.

— Nous avons eu une petite conversation avec elle.

— Quand?

— Il y a quelque temps. Un certain temps déjà. Le petit marchandage habituel avant de la relâcher dans l'arène. Vous savez comment cela se passe.

– C'est-à-dire cinq minutes avant de la faire sauter, je suppose », suggéra Picton, fixant toujours Kurtz de ses yeux jaunâtres.

Mais rien ne devait altérer le sourire de Kurtz. « Si cela pouvait être aussi facile, soupira-t-il.

– Je vous ai demandé ce que vous vouliez, Mr. Raphael.

– Nous voulons la faire agir, commandant.

– C'est bien ce que je pensais.

– Nous voulons qu'elle sente un peu l'odeur du roussi, mais ne soit pas arrêtée. Nous voulons qu'elle prenne peur, tellement peur qu'elle en vienne à reprendre contact avec ses amis, ou bien que ce soient eux qui viennent la chercher. Nous voulons qu'elle nous conduise à eux. C'est ce que nous appelons un agent inconscient. Evidemment, nous partagerions le bénéfice de l'opération avec vous, et lorsque ce serait terminé, vous pourriez disposer à votre aise de la dame et des informations recueillies.

– Elle a déjà repris contact avec eux, objecta Picton. Ils sont venus la voir en Cornouailles et lui ont même apporté un bouquet de fleurs, non?

– Commandant, nous voyons plutôt cette rencontre comme une sorte d'exercice de prospection. Nous craignons qu'elle ne connaisse aucune suite si personne n'intervient.

– Mais bon Dieu, comment savez-vous *ça*? » La voix de Picton trahissait à la fois colère et admiration. « Je vais vous le dire, moi. Vous étiez collés contre le trou de la serrure! Pour qui me prenez-vous, Mr. Raphael? Pour le dernier des couillons? Cette fille travaille pour vous, Mr. Raphael, je le sais parfaitement! Je vous connais trop bien, foutus Israéliens, je connais ce sale nabot de Misha et je commence à vous connaître *vous* aussi! » Le ton avait monté de façon alarmante. Picton accéléra le pas pour se calmer un peu. Puis il attendit que Kurtz l'ait rejoint. « Je crois que j'ai un très joli scénario en tête tout d'un coup,

Mr. Raphael, et j'aimerais assez vous en faire part. Puis-je?

— Ce sera un honneur, commandant, répondit aimablement Kurtz.

— Merci. D'habitude, on se sert de viande froide. On trouve un beau cadavre, on l'habille et on le laisse à un endroit où l'ennemi ne manquera pas de tomber dessus. « Salut, fait l'ennemi. Qu'est-ce que c'est que « ça? Un mort avec une mallette? Regardons ce qu'il y « a dedans. » Il regarde et trouve un petit message. « Ça alors, s'écrie l'ennemi, ce devait être un courrier! « Lisons le message et tombons dans le piège. » C'est ce qu'il fait, et nous, nous sommes couverts de médailles. On appelle ça de la " désinformation ", ça sert à égarer l'ennemi et c'est très bien ficelé. » Les sarcasmes de Picton inquiétaient tout autant que sa colère. « Mais pour vous et Misha, c'est beaucoup trop simple. La bande de fanatiques trop savants que vous formez a préféré aller plus loin. « Pas de cadavre pour « nous, oh! non! Nous, il nous faut du *vivant*. Un peu « d'Arabe, un peu de Hollandais. » Alors vous avez trouvé un Arabe et une Hollandaise et vous les avez fait sauter dans une belle Mercedes. La leur. Ce que j'ignore — et je l'ignorerai toujours car même sur vos lits de mort, vous et Misha continuerez de tout nier, n'est-ce pas? —, c'est où vous avez introduit votre désinformation. Mais vous l'avez placée quelque part, et ils ont mordu à l'appât. Ou ils n'auraient pas apporté ces superbes fleurs, non? »

Secouant tristement la tête pour marquer combien il appréciait l'histoire amusante de Picton, Kurtz fit mine de s'écarter, mais Picton le retint où il était d'un geste sûr et souple de policier.

« Vous direz tout cela à votre sale petit Gavron. Si j'ai raison et si vous avez recruté un sujet britannique sans notre consentement, j'irai personnellement faire un tour dans votre lopin de terre pour lui arracher les couilles. Compris? » Mais soudain, et comme contre sa volonté, Picton se détendit et ses lèvres s'étirèrent en un sourire presque tendre. « Que disait donc ce vieux diable, déjà? se souvint-il. Il parlait de tigres, c'est ça? Vous savez sûrement. »

Kurtz lui aussi employait l'expression. Il la prononça avec son rictus de pirate. « Pour prendre le lion, il faut d'abord attacher la chèvre. »

Le moment de complicité entre adversaires passé, les traits de Picton se durcirent à nouveau. « S'agissant du niveau officiel, Mr. Raphael, vous avez les compliments de mon chef et le marché est conclu », déclarat-il sèchement. Il tourna les talons et se dirigea d'un pas vif vers la demeure, laissant Kurtz et Mrs. O'Flaherty trottiner derrière lui. « Et puis dites-lui aussi, ajouta Picton en pointant sa canne sur Kurtz pour affirmer une dernière fois son autorité coloniale, qu'il sera bien aimable de ne plus se servir de nos passeports anglais. Si les autres peuvent se débrouiller sans, alors ce salaud de Corbeau peut en faire autant. »

Lors du trajet de retour vers Londres, Kurtz fit asseoir Litvak à l'avant pour qu'il apprenne les bonnes manières anglaises. Meadows, qui avait pris de l'assurance, désirait parler du problème de la Cisjordanie : comment trouver une solution à toute cette affaire, sans léser les Arabes, bien sûr, monsieur, qu'en pensez-vous? Les abandonnant à leur conversation futile, Kurtz se laissa submerger par des souvenirs qu'il avait jusque-là contenus.

Il existe à Jérusalem une potence encore en état mais où personne désormais ne se fait plus pendre. Kurtz la connaissait bien : tout près du vieux quartier russe, sur la gauche quand vous arrivez, par une route à moitié goudronnée, et que vous vous arrêtez devant un portail très ancien conduisant à ce qui fut autrefois la prison centrale de Jérusalem. Les pancartes indiquent « ACCÈS AU MUSÉE » mais aussi « LE PALAIS DE

L'HÉROÏSME », et un vieil homme un peu fêlé traîne devant le bâtiment et vous invite à entrer d'une révérence en balayant le sol poussièreux de son chapeau plat et noir. L'entrée est de quinze shekels, mais augmente régulièrement. C'est ici que les Anglais pendaient les juifs durant le Mandat, à un nœud coulant bordé de cuir. Très peu de juifs en fait, alors que des dizaines d'Arabes y étaient morts; mais deux amis de Kurtz avaient été exécutés là, à l'époque où il faisait partie de la Haganah avec Misha Gavron. Kurtz aurait tout aussi bien pu subir le même sort. Les Anglais l'avaient emprisonné deux fois, interrogé quatre fois, et s'il lui arrivait encore de souffrir parfois de maux de dents, il les devait, d'après son dentiste, aux coups qu'il avait reçus de la main d'un jeune officier, aujourd'hui mort, dont les manières, sinon l'apparence, lui rappelaient un peu Picton.

Mais un type bien malgré tout, songea Kurtz avec un sourire intérieur alors qu'il évaluait le nouveau pas franchi. Un peu grossier peut-être; la langue et la main un peu lourdes; et puis un penchant bien regrettable pour l'alcool – c'était toujours dommage. Mais la violence cachait chez lui une certaine finesse d'esprit. Misha Gavron avait toujours affirmé avoir appris beaucoup de lui.

19

Ce fut le retour à Londres et l'attente. Pendant les deux semaines d'automne mouillé qui suivirent la terrible nouvelle apportée par Helga, la Charlie de son imagination était entrée dans un enfer morbide où la soif de vengeance la consumait. Je suis en état de choc; je suis une veuve obsédée et solitaire qui n'a personne vers qui se tourner. Je suis un soldat privé de son général, une révolutionnaire coupée de sa révolution. Cathy elle-même l'avait abandonnée. « A partir de maintenant, tu dois te débrouiller sans nounou, lui avait dit Joseph avec un sourire forcé. Nous ne pouvons plus nous permettre de te laisser faire toutes les cabines téléphoniques. » Leurs rencontres durant cette période furent rares et purement professionnelles; il la prenait généralement quelque part en voiture suivant un plan très élaboré. Il l'emmenait parfois dans des restaurants écartés de la périphérie londonienne; un jour, ils allèrent se promener à Burnham Beeches, une autre fois ce fut le Zoo de Regent's Park. Mais où qu'ils se trouvent, il lui parlait de son état d'esprit et l'avertissait sans cesse d'éventualités diverses qu'il se refusait toujours à définir précisément.

Que vont-ils faire maintenant? demanda-t-elle.

Ils vérifient; ils te surveillent; ils réfléchissent sur ton cas.

Elle s'inquiétait parfois des bouffées d'hostilité imprévues qu'elle ressentait à l'égard de Joseph, mais, comme un bon docteur, il s'empressait de lui affirmer que ces symptômes étaient absolument normaux dans sa situation. « Mais je représente l'archétype même de l'ennemi! J'ai tué Michel, et à la première occasion, je te tuerai aussi. Il est tout à fait naturel que tu me considères avec la plus grande méfiance, non? »

Merci pour l'absolution, pensa-t-elle, s'émerveillant en secret des innombrables facettes que présentait leur schizophrénie commune; comprendre, c'est pardonner.

Et puis vint un jour où il lui annonça qu'ils devaient momentanément cesser de se voir, sauf en cas d'extrême urgence. Il semblait savoir que quelque chose allait se produire, mais refusait de lui préciser quoi, de crainte qu'elle ne réagisse plus avec spontanéité. Ou même ne réagisse plus du tout. Il ne serait pas loin, lui assura-t-il, rappelant ainsi la promesse faite dans la villa d'Athènes : tout près – mais pas présent – et par intermittence. Ensuite, lorsqu'il eut, peut-être délibérément, exacerbé chez la jeune femme son sentiment d'insécurité, il la renvoya à la vie isolée qu'il avait inventée pour elle; mais cette solitude avait désormais pour leitmotiv la mort de l'être aimé.

L'appartement qu'elle avait tant chéri devenait peu à peu, grâce à une négligence appliquée, un mausolée désordonné à la mémoire de Michel, un lieu sale, et tranquille comme une chapelle. Les livres et les pamphlets qu'il lui avait donnés gisaient sur le sol et la table, ouverts à des passages soulignés. La nuit, prise d'insomnies, elle s'asseyait à son bureau, un cahier d'écolier posé au milieu du fouillis, et se mettait à recopier des phrases de ses lettres. Le but était de réunir une biographie secrète de Michel qui le présenterait à un monde meilleur comme le Che Guevara arabe. Elle pensa même reprendre contact avec un éditeur marginal qu'elle connaissait : « Lettres Nocturnes d'un Assassin Palestinien », imprimé sur du mauvais papier et bourré de coquilles. Tous ces préparatifs trahissaient une folie certaine, et Charlie s'en rendait parfaitement compte dès qu'elle prenait un peu de recul. Mais d'un autre côté, elle était consciente que cette folie était indispensable à sa santé mentale; soit il y avait le rôle, soit il n'y avait rien du tout.

Elle ne s'aventurait que rarement dans le monde extérieur, mais une nuit, pour se prouver plus encore sa volonté de porter le drapeau de Michel dans la bataille – il ne lui restait plus qu'à trouver le champ de bataille – elle assista à une réunion de camarades au-dessus du pub St Pancras. Charlie prit place parmi les Complètement Timbrés, dont la plupart étaient déjà bourrés à mort avant même de monter. Mais elle resta jusqu'au bout, et effraya tant l'assistance qu'elle-même en lançant contre le sionisme sous toutes ses manifestations fascistes et exterminatrices une diatribe des plus violentes qui, au grand amusement de son autre elle-même, provoqua quelques protestations énergiques des représentants de l'extrême gauche juive.

A d'autres moments, elle fit mine de persécuter le pauvre Quilley au sujet de ses futurs rôles – qu'advenait-il de ses auditions? Bon Dieu, Ned, j'ai besoin de travailler! Mais à la vérité, la scène perdait de son piquant. Charlie se dévouait corps et âme – pour aussi longtemps que cela devait durer et malgré les périls de plus en plus grands – au théâtre du réel.

Enfin, les avertissements commencèrent, comme les craquements d'un grain tout proche dans le gréement.

Le premier vint de ce pauvre Ned Quilley, sous la forme d'un coup de fil beaucoup plus matinal qu'à l'habitude, visiblement pour se venger de l'appel que Charlie lui avait adressé la veille. Mais la jeune femme sut aussitôt qu'il s'agissait d'une corvée que Marjory lui avait ordonné de faire à son arrivée au bureau, avant qu'il n'oublie, ou ne manque de courage, ou ne prenne un remontant. Non, expliqua Quilley, il n'avait rien à lui proposer, mais voulait annuler leur déjeuner d'aujourd'hui. Ce n'est pas grave, répondit Charlie, s'efforçant poliment de dissimuler sa déception : ils avaient fixé ce déjeuner pour fêter la fin de la tournée et parler des possibilités à venir. Elle avait véritablement attendu ce repas comme une trêve qu'elle pouvait décemment se permettre.

« Aucun problème », insista-t-elle, puis elle attendit qu'il lui dévide un chapelet d'excuses. Au lieu de quoi il choisit la direction opposée et préféra enfoncer stupidement le couteau en se montrant désagréable.

« Je ne pense pas que ce soit vraiment le moment, déclara-t-il avec hauteur.

– Ned, que se passe-t-il? Ce n'est pas le Carême. Qu'est-ce qui t'arrive? »

La légèreté affectée à laquelle elle recourut pour lui

faciliter les choses ne fit qu'accentuer l'emphase de Quilley.

« Charlie, je me demande surtout ce qui t'arrive à *toi*, commença-t-il du haut de sa chaire. J'ai moi-même été jeune et peut-être pas aussi étriqué que tu pourrais le penser, mais, si la moitié de ce que l'on raconte est vrai, je ne peux m'empêcher de considérer qu'il vaudrait mieux, infiniment mieux pour toi et pour moi... » Pourtant, restant malgré tout son Quilley chéri, il ne pouvait se résoudre à assener le coup final, aussi se contenta-t-il de dire : « Enfin qu'il serait préférable de remettre notre rendez-vous jusqu'à ce que tu aies repris tes esprits. »

Il était clair que dans le scénario de Marjory, il se devait de raccrocher aussitôt, ce qu'il finit par faire après plusieurs fausses sorties et non sans y être largement aidé par Charlie. La jeune femme s'empressa de composer le numéro de son bureau et tomba, comme elle le désirait, sur Mrs. Ellis.

« Que se passe-t-il, Pheeb ? Qu'est-ce qui me rend si repoussante, tout d'un coup ?

– Oh ! Charlie, mais *qu'as*-tu donc fabriqué ? fit Mrs. Ellis à voix basse de peur que la ligne soit sur écoute. La police a passé toute une matinée ici à poser des questions sur toi. Ils étaient trois et nous ont interdit d'en parler.

– Qu'ils aillent se faire foutre », lança bravement Charlie.

Encore une de leurs sempiternelles vérifications, se dit-elle. La Brigade d'Investigation Discrète, débarquant avec ses gros sabots pour remettre son dossier à jour pour Noël. Ils le faisaient régulièrement depuis qu'elle avait suivi les stages de formation extrémiste. Cependant, cette visite-là semblait différente. Toute une matinée et trois policiers. C'était déjà la classe au-dessus.

Ensuite, il y eut le coiffeur.

Charlie avait pris rendez-vous pour onze heures et,

déjeuner ou pas, elle décida de s'y rendre. Le salon était tenu par une généreuse Italienne répondant au nom de Bibi. Elle se rembrunit en voyant entrer Charlie et lui dit qu'elle allait s'occuper d'elle personnellement aujourd'hui.

« Tu es encore sortie avec un homme marié? cria-t-elle en shampouinant les cheveux de Charlie. Tu n'as pas bonne mine, tu sais? Tu as été méchante et tu as volé le mari de quelqu'un? Hein, qu'est-ce que tu fais, Charlie? »

Trois hommes, avoua Bibi quand Charlie eut réussi à la faire parler. Hier.

Ils ont dit qu'ils étaient des Impôts, qu'ils voulaient vérifier le livret de rendez-vous de Bibi, et ses comptes pour la T.V.A.

Mais en réalité, c'était Charlie qui les intéressait.

« – Qui est cette Charlie, ici », ils ont demandé. « Vous la connaissez donc bien, Bibi? » Alors moi j'ai « dit : « Très bien, et Charlie est une bonne fille, elle « vient souvent. » « Oh! elle vient souvent, hein? Elle « vous raconte ses histoires de cœur, n'est-ce pas? « Avec qui elle est en ce moment? Où est-ce qu'elle « dort? » Plein de questions sur tes vacances – avec qui tu es partie, où tu es partie après la Grèce. Moi, j'ai rien dit. Fais confiance à Bibi. » Mais à la porte, lorsque Charlie eut réglé ce qu'elle devait, Bibi se montra, pour la première fois depuis qu'elles se connaissaient, un peu désagréable. « Ne reviens pas pendant quelque temps, d'accord? J'aime pas les ennuis, j'aime pas la police. »

Moi non plus, Bib. Crois-moi, moi non plus. Et surtout pas ces trois play-boys. *Plus vite les autorités entendront parler de toi, plus vite nous forcerons la main à l'adversaire*, l'avait prévenue Joseph. Mais il ne lui avait pas dit que cela allait se passer comme ça.

Ensuite, moins de deux heures plus tard, ce fut le joli garçon.

Elle venait de manger un hamburger et se mit à marcher sous la pluie, parce que, stupidement, elle se disait que tant qu'elle marchait, elle ne craignait rien, et encore moins si c'était sous la pluie. Elle se dirigea vers l'ouest, pensant vaguement se rendre à Primrose Hill, puis changea d'avis et sauta dans un bus. Il s'agissait sans doute d'une coïncidence, mais en jetant un coup d'œil en arrière, elle vit un homme prendre un taxi à moins de cinquante mètres du bus : et en y repensant, le taxi n'affichait déjà plus libre quand l'homme lui avait fait signe.

Garde toujours en tête la logique de la fiction, lui avait dit et redit Joseph. *Une faiblesse et tu sabotes toute l'opération. Colle à la fiction, et quand ce sera fini, nous réparerons les torts.*

Proche de la panique, elle pensa filer chez le costumier et demander Joseph d'urgence. Mais sa loyauté envers lui la retint. Elle l'aimait sans honte et sans espoir. Dans ce monde qu'il avait bouleversé pour elle, il était le seul élément constant à la fois dans la réalité et dans la fiction.

Alors, elle alla au cinéma et c'est là que le joli garçon essaya de la draguer; et elle fut à deux doigts de le laisser faire.

Il était grand, malicieux, portait un long manteau de cuir tout neuf et une paire de lunettes rondes, et quand il se rapprocha d'elle pendant l'entracte, elle crut bêtement qu'elle le connaissait mais était trop troublée pour le remettre. Elle lui rendit donc son sourire.

« Salut, comment ça va? s'écria-t-il en s'asseyant près d'elle. Charmian, c'est cela? Ouah, vous étiez formidable, dans *Alpha Bêta* l'année dernière! N'étiez-vous pas tout à fait merveilleuse? Prenez donc du pop-corn. »

Soudain, rien ne collait plus : le sourire insouciant n'allait pas avec la mâchoire de squelette, les verres ronds tranchaient avec les yeux de rat, le pop-corn contredisait les souliers bien cirés, et le manteau de cuir s'opposait à la pluie. Il était tombé du ciel dans le seul but d'arrêter Charlie.

« Vous voulez que j'appelle le directeur ou vous vous en allez tranquillement? » demanda-t-elle.

Il ne perdit pas son bagou pour autant, protestant, minaudant, lui demandant si elle n'était pas gouine, et, lorsqu'elle se rua dans l'entrée pour trouver du renfort, le personnel semblait s'être évanoui comme neige au soleil excepté la petite noire du guichet qui feignit d'être occupée à compter sa monnaie.

Rentrer chez elle exigeait plus de courage qu'elle n'en possédait, plus que Joseph n'était en droit d'en attendre d'elle, et elle pria pendant tout le trajet pour qu'elle se brise la cheville, se fasse renverser par un bus ou perde à nouveau connaissance. Il était sept heures du soir quand elle arriva : l'heure creuse pour le café. Le cuisinier la gratifia d'un sourire lumineux, et, comme à l'habitude, son petit ami joufflu la salua d'un grand geste semblant sous-entendre qu'elle était un peu marteau. Une fois dans son appartement, au lieu d'allumer la lumière, elle s'assit sur le lit, les rideaux grands ouverts, et examina dans le miroir la façon dont les deux hommes du trottoir d'en face flânaient sans jamais se parler ni regarder dans la direction de sa fenêtre. Les lettres de Michel se trouvaient toujours sous une lame du parquet; de même le passeport de Charlie et ce qui subsistait de sa caisse de lutte. *Ton passeport constitue désormais un document dangereux*, l'avait prévenue Joseph dans son petit cours concernant le nouveau statut de la jeune femme depuis la mort de Michel : *Il n'aurait jamais dû te laisser l'utiliser pour conduire la Mercedes. Ton passeport doit maintenant prendre place parmi tes autres secrets.*

Cindy, songea Charlie.

Cindy était une pauvre fille du nord qui faisait le service de nuit au café du dessous. Son petit ami antillais se trouvait en prison pour voies de fait, et

510

Charlie donnait à la jeune fille des leçons de guitare gratuites pour l'aider à passer son temps.

« Cind, écrivit Charlie. Voilà un cadeau d'anniversaire même si ton anniversaire ne tombe pas vraiment maintenant. Emmène-la chez toi et travaille jusqu'à ce que tu sois crevée. Tu es douée, alors ne laisse pas tomber. Prends aussi la serviette à partitions, mais comme une imbécile, j'ai oublié la clef chez maman. Je te la rapporterai la prochaine fois que j'irai. De toute façon, tu n'es pas encore prête pour jouer ce qu'il y a dedans. Gros bisous, Chas. »

La serviette en question avait appartenu à son père. C'était un sac robuste de style édouardien, pourvu de solides coutures et de fortes serrures. Charlie y fourra les lettres de Michel, son passeport et toute une pile de partitions. Puis elle descendit serviette et guitare au café.

« C'est pour Cindy », indiqua-t-elle au cuisinier, qui se mit à glousser en rangeant le tout dans les toilettes pour dames où s'entassaient déjà l'aspirateur et les bouteilles vides.

Charlie remonta chez elle, alluma la lumière, tira les rideaux et revêtit ses peintures de guerre rituelles car c'était le soir de Peckham et rien au monde, pas même ses amants défunts, ne l'empêcherait d'aller faire répéter la pantomime à ses gamins. Elle rentra peu après onze heures; rien à signaler sur le trottoir; Cindy avait pris livraison de ses cadeaux. Charlie composa le numéro d'Al : elle avait soudain affreusement besoin d'un homme. Pas de réponse. Le salaud était parti baiser ailleurs. Elle essaya d'appeler deux mecs de réserve, mais sans succès. Son téléphone résonnait bizarrement, mais vu l'état dans lequel elle se trouvait, peut-être s'agissait-il de ses oreilles. Avant de se mettre au lit elle jeta un dernier coup d'œil par la fenêtre pour découvrir que ses deux gardiens avaient repris leur faction sur le trottoir.

Le lendemain, rien ne se produisit sinon que, quand

elle appela chez Lucy, s'attendant à demi à y trouver Al, celle-ci lui affirma qu'Al s'était volatilisé et qu'elle avait téléphoné à la police, aux hôpitaux, à tout le monde.

« Essaie la fourrière de Battersea », lui conseilla Charlie. Mais lorsqu'elle eut regagné son appartement, son bon vieil Al ne tarda pas à l'appeler, en pleine hystérie alcoolique.

« Amène-toi ici *tout de suite*. Ecrase, et tu ferais mieux de te ramener *maintenant*. »

Charlie se mit en route, sachant à peu près ce qui l'attendait. Sachant qu'il ne subsisterait plus un seul coin de sa vie où le danger n'avait pas pénétré.

Al s'était casé chez Willy et Pauly, qui en fin de compte ne se séparaient plus. Charlie s'aperçut en arrivant qu'il avait réuni tout un fan-club. Robert avait amené une nouvelle petite amie aux lèvres peintes en blanc et aux cheveux mauves, appelée Samantha. Mais c'était comme d'habitude Al qui occupait le devant de la scène.

« Et vous pourrez me dire tout ce que vous voudrez! hurlait-il quand Charlie entra. Ça y *est*! C'est la guerre! Oh! oui, ça y est, la guerre à *mort*! »

Il continua à tempêter ainsi jusqu'à ce que Charlie lui crie de la fermer et de lui raconter ce qui s'était passé.

« Ce qui s'est passé, ma vieille? *Passé?* Il s'est passé que la contre-révolution est passée à l'attaque, voilà ce qui s'est passé, et que leur première victime, c'était bibi!

– Mais parle donc anglais, merde! » hurla à son tour Charlie, qui eut presque le temps de devenir folle avant de pouvoir lui soutirer les faits bruts.

Il sortait du pub quand trois gorilles lui étaient tombés dessus à bras raccourcis, raconta Al. Un, deux à la rigueur, il aurait pu s'en tirer, mais ils étaient trois, de vraies armoires à glace, qui l'attaquaient de front. Mais ce ne fut que lorsqu'il se retrouva dans la voiture de police, à moitié émasculé, qu'il se rendit compte qu'il venait d'être arrêté par les cognes sous une accusation bidon d'outrage aux bonnes mœurs.

« Et tu sais très bien de quoi ils voulaient parler, en fait, hein ? » Il tendit le bras vers Charlie. « De toi, ma vieille ! De toi et moi et de nos conneries de politique, comme je te le dis ! Et ne compterions-nous pas, par hasard, quelques activistes palestiniens parmi nos amis ? Et en attendant, ils me disent que j'ai montré ma bite à un joli petit flic dans les chiottes du Rising Sun, en exécutant de la main droite des mouvements de nature masturbatoire. Et quand ils ne me disent pas *ça*, ils me racontent qu'ils vont m'arracher les ongles les uns après les autres et qu'ils vont me coller dix ans à Sing Sing pour avoir fomenté des complots anarchistes sur des îles grecques avec mes sales petits copains extrémistes, Willy et Pauly par exemple. Je te dis que ça y *est*, pouffiasse ! C'est le jour J et la première ligne, c'est nous. »

Ils l'avaient frappé sur l'oreille avec une telle violence qu'il ne s'entendait plus parler, raconta Al ; il avait les couilles comme des œufs d'autruche et vise un peu les bleus qu'il avait sur le bras. Ils l'avaient gardé vingt-quatre heures en tôle et interrogé durant six heures. Ils lui avaient bien proposé de téléphoner, mais sans lui filer de pièce de monnaie, et quand il avait réclamé un annuaire, ils l'avaient perdu et il ne put même pas appeler son agent. Et puis ils avaient inexplicablement abandonné l'accusation d'outrage aux bonnes mœurs pour le laisser partir sous caution.

Participait à la réunion un garçon nommé Matthew, un apprenti comptable au menton proéminent et en quête d'une autre vie ; il avait un appartement. A sa stupéfaction, Charlie l'y accompagna et dormit avec lui. Comme elle ne répétait pas le lendemain, elle avait eu l'intention d'aller voir sa mère, mais en se réveillant, vers midi, dans le lit de Matthew, elle ne s'en sentit pas le courage et téléphona pour annuler la visite. La police ne s'y attendait sûrement pas, car lorsque Charlie arriva devant le café indien ce soir-là, elle tomba sur une fourgonnette garée en bordure de trottoir et sur un sergent montant la garde devant la porte ouverte; le cuisinier, qui se tenait derrière lui, jeta à la jeune femme de grands sourires empreints d'un embarras tout oriental.

Ça y est, songea-t-elle avec calme. Le grand jour. Ils montrent enfin le bout de leur nez.

Le sergent était du type petits yeux méchants et coupe en brosse, qui hait le monde entier mais particulièrement les Indiens et les jolies filles. Peut-être fut-ce en raison de cette haine qu'il ne comprit pas qui pouvait être Charlie au moment même où la tension dramatique touchait au paroxysme.

« Le café est fermé pour l'instant, lui lança-t-il d'un ton sec. Circulez. »

Le deuil suscite ses propres réactions.

« Quelqu'un est mort? s'enquit Charlie d'une voix inquiète.

– Si c'est le cas, on ne m'en a rien dit. Un cambrioleur présumé a été repéré sur les lieux. Nos officiers enquêtent. Circulez maintenant. »

Peut-être travaillait-il depuis trop longtemps et avait-il l'esprit embrumé. Peut-être n'imaginait-il pas avec quelle rapidité une fille impulsive est capable de réfléchir et de foncer. Quoi qu'il en soit, une fraction de seconde suffit à Charlie pour plonger dans le café et claquer la porte derrière elle, tout en courant. La salle était déserte et tous les appareils éteints. La porte de son appartement était fermée mais des chuchotements masculins lui parvenaient à travers le panneau. En bas, le sergent hurlait et cognait contre la porte. « Revenez tout de suite. Sortez de là », entendit-elle, de façon assourdie. *Clef*, se dit-elle, et elle ouvrit son sac. Au lieu de prendre la clef, elle aperçut le foulard blanc et le mit sur sa tête, métamorphose éclair entre deux scènes. Puis elle pressa le bouton de la sonnette, deux petits coups rapides et assurés. Elle poussa ensuite le battant de sa boîte aux lettres.

« Chas? Tu es là? C'est moi, Sandy. »

Les voix se turent, Charlie perçut un bruit de pas puis un « Harry, dépêche-toi! » murmuré. La porte s'entrouvrit et la jeune femme se retrouva soudain nez à nez avec un petit homme furieux aux cheveux et costume gris. Derrière lui, elle vit toutes les reliques tant chéries de Michel éparpillées sur le sol, son lit retourné, ses affiches décollées, son tapis roulé et le parquet descellé. Elle remarqua un appareil photo fixé sur un trépied et un autre homme qui en dirigeait l'objectif sur quelques lettres de sa mère. Elle vit des ciseaux, des tenailles, et son dragueur à lunettes rondes de cinéma, agenouillé au milieu d'une pile de vêtements neufs, et elle comprit tout de suite qu'elle n'interrompait pas l'enquête mais le cambriolage lui-même.

« Je voudrais voir Charmian, ma sœur, dit-elle. Mais qui êtes-vous donc?

– Elle n'est pas là », répondit l'homme aux cheveux gris.

Charlie saisit une nuance d'accent gallois dans sa voix, et nota une marque de griffure sur sa mâchoire.

La dévisageant toujours, il aboya soudain : « Sergent Mallis, sergent Mallis, raccompagnez cette dame et prenez ses coordonnées! »

Puis il lui claqua la porte au visage. D'en bas lui parvenaient toujours les cris du malheureux sergent. Elle descendit doucement les marches, mais s'arrêta au premier palier pour se glisser contre les piles de carton qui la séparaient de la porte de la cour. Elle était fermée, mais pas au verrou. La cour donnait sur une ruelle et la ruelle sur la rue où vivait Miss Dubber. En passant devant sa fenêtre, Charlie cogna au carreau et lui fit un grand bonjour de la main. Elle ne sut jamais comment elle y parvint, comment elle trouva assez de présence d'esprit pour cela. Puis elle continua de marcher, mais ni bruit de pas ni vociférations ne la poursuivirent, aucune voiture ne démarra en trombe derrière elle. Elle arriva dans la grand-rue et enfila en chemin un gant de cuir, comme Joseph lui avait indiqué de faire au moment où elle serait dénichée. Elle aperçut un taxi libre et le héla. Eh bien, voilà, se dit-elle joyeusement, nous y sommes. Ce ne fut que longtemps, longtemps après, dans une vie ultérieure, que l'idée lui vint qu'ils l'avaient peut-être laissée s'échapper sciemment.

Joseph avait décrété que la Fiat de Charlie n'était plus en état de rouler, et elle l'avait admis, bien qu'à contrecœur. Elle procéda donc par étapes, sans rien précipiter. Elle raisonnait pour se calmer. Après le taxi, nous prendrons le bus, se dit-elle, nous marcherons un peu, et puis nous prendrons le métro. Elle se sentait l'esprit aiguisé, mais devait ordonner ses pensées; sa gaieté l'avait abandonnée; elle savait qu'elle devait contrôler étroitement chacune de ses réactions avant de faire le moindre geste, car, si elle le ratait, c'était toute la pièce qui serait manquée. Joseph le lui avait assuré et elle le croyait.

Je me suis enfuie. Ils me courent après. Bon sang, Helg, qu'est-ce que je dois faire?

Tu ne dois appeler à ce numéro qu'en cas d'extrême urgence, Charlie. Si tu nous appelles pour rien, nous serons très fâchés, tu comprends?

Oui, Helg, j'ai compris.

Charlie alla s'asseoir dans un pub et commanda l'une des vodkas de Michel, se remémorant la suite de recommandations dont l'avait gracieusement abreuvée Helga pendant que Mesterbein restait terré dans sa voiture. Assure-toi que personne ne te suit. Ne te sers pas du téléphone d'un parent ou d'un ami. N'utilise pas non plus la cabine du coin, du haut ou du bas de ta rue, ni celle du trottoir d'en face.

Jamais, tu m'entends? Tous ces appareils sont extrêmement dangereux. N'oublie jamais que les flics peuvent poser une table d'écoute en quelques minutes. Et ne te sers jamais deux fois du même téléphone. Tu m'entends, Charlie?

Oui, Helg, je t'entends parfaitement.

Charlie descendit du taxi et aperçut un homme qui contemplait une vitrine obscure et un autre qui s'éloignait tout doucement du premier pour se diriger vers une automobile pourvue d'une antenne. Elle sentit la terreur la submerger, à tel point qu'elle voulut se coucher par terre, pleurer, tout raconter et supplier le monde de la reprendre. Les personnes qui se trouvaient devant elle semblaient aussi effrayantes que celles qui la suivaient, la bordure fantomatique du trottoir conduisait à un point horrible et indistinct qui était celui de sa propre perte. Helga, supplia-t-elle; oh! Helga, tire-moi de là. Elle monta dans un bus qui allait dans la mauvaise direction, attendit un peu, monta dans un autre, puis se remit à marcher; elle supprima le trajet en métro : la seule idée de descendre sous terre l'effrayait. Alors, elle céda à l'envie de prendre un autre taxi, et ne cessa de regarder par la vitre arrière. Personne ne la suivait. La rue était déserte. Assez de marcher, assez d'attraper des métros et des bus.

« Peckham », indiqua-t-elle au chauffeur, et elle s'offrit le luxe de le faire arrêter juste devant les portes.

La salle dont ils se servaient pour les répétitions se situait derrière l'église. Il s'agissait d'une sorte de grange qui jouxtait un terrain de jeux mis en pièces depuis longtemps par les enfants. Pour y arriver, Charlie dut descendre une allée bordée d'ifs. Aucune lumière ne brillait, mais elle sonna à cause de Lofty, le vieux boxeur à la retraite. Lofty faisait office de gardien de nuit, mais depuis les restrictions budgétaires il ne venait plus que trois nuits par semaine tout au plus et, au grand soulagement de la jeune femme, son coup de sonnette ne suscita aucun bruit de pas. Elle déverrouilla la porte et pénétra dans le bâtiment. L'air froid et monastique lui rappela l'église de Cornouailles où elle était entrée après avoir déposé sa gerbe au révolutionnaire inconnu. Elle referma la porte derrière elle et craqua une allumette. La flamme vacilla contre le vert miroitant du carrelage et la haute voûte en pin de la charpente victorienne. « Loftiii », appela-t-elle joyeusement pour se donner du courage. L'allumette s'éteignit, mais Charlie parvint à trouver la chaîne de la porte et la glissa dans son logement. Sa voix, le bruit de ses pas et le cliquetis de la chaîne résonnèrent pendant un temps interminable dans l'obscurité d'encre.

Elle s'imagina des chauves-souris et autres objets de répulsion; des algues s'accrochant à son visage. Un escalier muni d'une rampe métallique menait à un balcon qu'on avait par dérision baptisé « la salle commune », et qui, depuis la visite clandestine de Charlie au duplex de Munich, lui faisait penser à Michel. S'agrippant à la rampe, elle gravit les marches, puis, arrivée en haut, se tint immobile à fouiller du regard les ténèbres de la salle pour s'accoutumer au noir. Elle finit par discerner la scène, puis les nuages orageux et psychédéliques de sa toile de fond, et enfin les encorbellements et le plafond. Elle remarqua l'éclat argenté de leur unique projecteur, un phare transformé par les soins d'un gosse originaire des Bahamas qui l'avait piqué dans un cimetière de voitures. Sur le balcon trônait un vieux divan, et, à côté, une table au revêtement de plastique clair accrochait les lueurs de la ville qui entraient par la fenêtre. Sur la table se trouvaient le téléphone noir réservé au personnel, ainsi qu'un cahier où chacun était censé indiquer ses appels personnels et qui déclenchait six bonnes crises tous les mois.

Charlie s'assit sur le divan, puis attendit que son estomac se dénoue et que son pouls descende au-dessous des trois cents pulsations minute. Ensuite, elle posa le téléphone sous la table. Le tiroir de cette même table contenait habituellement deux bougies gardées là en cas de panne de l'installation électrique, ce qui arrivait fréquemment, mais quelqu'un les avait subtilisées. Charlie confectionna donc une torche en tordant une page d'un vieux journal paroissial qu'elle déposa dans une tasse à thé sale avant de l'enflammer. Avec la table au-dessus et la balustrade sur le côté, la flamme était bien dissimulée, mais Charlie préféra tout de même l'éteindre, son numéro à peine composé sur le cadran. Le numéro comprenait quinze chiffres, et, la première fois, le combiné se contenta de lui mugir à l'oreille. La seconde, la jeune femme se trompa et fut accueillie par un Italien furieux et vociférant. La troisième, son doigt glissa. Mais, la quatrième, elle obtint un silence pensif suivi de la sonnerie lointaine d'un poste continental. Puis, après un long moment retentit enfin la voix stridente de Helga s'exprimant en allemand.

« C'est Jeanne, annonça Charlie. Tu te souviens de moi ? » Nouveau silence pensif.

« Où es-tu, Jeanne ?

— Mêle-toi de ce qui te regarde.

— Tu as des problèmes, Jeanne ?

— Pas vraiment. Je voulais simplement te remercier d'avoir envoyé les cognes chez moi. »

Puis elle sentit avec jouissance sa bonne vieille colère reprendre le dessus, et elle la laissa faire avec un abandon auquel elle n'était plus parvenue depuis ce jour qu'elle devait rayer de sa mémoire, ce jour où Joseph l'avait emmenée voir son petit Arabe chéri avant de le mettre en pièces pour servir d'appât.

Helga l'écouta jusqu'au bout sans l'interrompre. « Où es-tu? » s'enquit-elle quand Charlie sembla avoir terminé. Elle parlait de mauvaise grâce, comme si elle enfreignait des règles qu'elle s'était fixées.

« Aucune importance, répliqua Charlie.

– Peut-on te joindre quelque part? Dis-moi où tu seras durant les prochaines quarante-huit heures.

– Non.

– Peux-tu me retéléphoner dans une heure?

– Impossible. »

Un long silence.

« Où sont les lettres?

– En sûreté. »

Un nouveau silence.

« Prends un papier et un crayon.

– Inutile.

– Prends-les quand même. Tu n'es pas en état de retenir les choses convenablement. Tu es prête? »

Ni une adresse, ni un numéro de téléphone. Mais des indications de rues, une heure et le trajet à suivre pour y arriver. « Fais exactement ce que je te dis. Si tu ne le peux pas, si tu as des problèmes, appelle au numéro qui figure sur la carte d'Anton et dis que tu veux joindre Petra. Apporte les lettres. Tu as compris? Petra, et n'oublie pas les lettres. Si tu ne les apportes pas, nous serons extrêmement fâchés contre toi. »

Charlie raccrocha puis perçut le son d'un applaudissement discret venant de la salle, en bas. Elle s'approcha de la balustrade et regarda par-dessus. Une joie incommensurable la submergea lorsqu'elle vit Joseph, assis tout seul en plein milieu du premier rang. Elle fit volte-face et se précipita dans les escaliers. Quand elle atteignit la dernière marche, il l'attendait déjà en bas, les bras tendus. Il craignait qu'elle ne trébuche dans l'obscurité. Il l'embrassa, et l'embrassa encore; puis il lui fit remonter l'escalier, portant un panier d'une main, et de l'autre la serrant contre lui sans jamais la lâcher, même sur les degrés les plus étroits.

Il avait apporté du saumon fumé et une bouteille de vin. Il les avait posés sur la table sans les déballer. Il savait que les assiettes se trouvaient sous l'évier et qu'il fallait brancher le petit radiateur électrique à la prise libre de la cuisinière. Joseph avait également apporté une thermos de café et deux couvertures plutôt râpées dénichées dans l'antre de Lofty. Il plaça la thermos près des assiettes, puis descendit vérifier que les grandes portes victoriennes étaient bien fermées, tirant le verrou de l'intérieur. Et Charlie sut, malgré le manque de clarté – le dos de Joseph et la secrète assurance de ses mouvements l'indiquaient à la jeune femme –, qu'il exécutait des gestes qui n'étaient pas prévus au programme, qu'il fermait les portes à tous les univers pour préserver le leur. Il s'assit près d'elle, sur le divan, et l'enveloppa d'une couverture : il fallait vraiment commencer à se préoccuper du froid qui sévissait dans la salle; et du tremblement qui agitait Charlie. Le coup de fil à Helga l'avait terrorisée, de même le regard meurtrier du policier dans son appartement, de même l'accumulation des jours d'attente à ne savoir que la moitié des choses, ce qui était bien, bien pire que de ne rien savoir du tout.

La seule lumière émanait du petit chauffage électrique et elle projetait sur les traits de Joseph une lueur verticale évoquant les feux de la rampe qu'on utilisait autrefois dans les théâtres. Charlie se rappela ce qu'il lui avait dit en Grèce : que les projecteurs qui éclairaient les ruines constituaient un acte de vandalisme moderne, car les temples avaient été construits pour être vus sous le soleil, pas au-dessus. Il avait passé son bras autour de ses épaules, sous la couverture, et Charlie se rendit compte à quel point elle paraissait menue contre lui.

« J'ai maigri », lui dit-elle, comme pour l'avertir.

Il ne répondit pas, mais la serra plus étroitement

afin de mieux contrôler le tremblement de la jeune femme, de l'absorber et le faire sien. Charlie prit conscience qu'elle n'avait jamais douté, malgré ses fuites et ses masques, qu'il fût par essence un homme bon, éprouvant une sympathie instinctive pour les gens en général; qu'il fût, dans la guerre comme dans la paix, un homme tourmenté qui haïssait de causer le mal. Elle posa la main sur son visage et fut heureuse de constater qu'il ne s'était pas rasé, parce que cette nuit, elle ne voulait pas penser qu'il avait tout calculé, même si c'était loin d'être leur première nuit, loin d'être leur cinquantième – ils étaient déjà de vieux habitués de la passion, ayant derrière eux la moitié des hôtels d'Angleterre, ayant vécu la Grèce, Salzbourg et Dieu seul savait combien d'autres vies encore; parce qu'il lui apparaissait soudain très clairement que toute cette fiction partagée n'avait servi qu'à annoncer cette nuit de faits bien réels.

Ayant écarté sa main, il attira la jeune femme à lui; il lui embrassa les lèvres, elle ne répondant qu'avec chasteté, attendant qu'il enflamme les passions dont ils avaient si souvent parlé. Elle adora ses mains, ses poignets. Jamais mains ne s'étaient montrées plus sensibles. Il lui caressait le visage, le cou, la poitrine, et elle se retenait de lui rendre ses baisers pour goûter pleinement la saveur de l'instant; il m'embrasse maintenant, il me caresse, il me déshabille, il s'allonge contre moi, nous sommes nus, nous sommes sur la plage, sur le sable rugueux de Mykonos, nous sommes des temples violés par un soleil brillant au-dessous de nous. Il rit, et s'écartant d'elle, déplaça le radiateur. Et jamais de toutes ses nuits d'amour elle n'avait rien vu de plus beau que ce corps penché sur la lueur rougeoyante, le feu plus vif encore là où la peau s'embrasait. Puis il revint près d'elle, s'agenouilla à son côté et recommença tout depuis le début, craignant qu'elle n'ait oublié où il l'avait laissée. Il l'embrassait, la touchait de toute part avec une légère possessivité qui gagnait peu à peu en assurance, mais il revenait toujours à son visage car ils éprouvaient sans cesse le besoin de se voir, de se savourer, de s'assurer qu'ils étaient bien ceux qu'ils disaient être. Et il fut le meilleur, bien avant qu'il la pénétrât, l'amant unique et incomparable, celui qu'elle n'avait jamais eu, l'étoile lointaine qu'elle avait poursuivie à travers tout ce pays pourri. Eût-elle été aveugle, elle l'aurait reconnu au toucher; eût-elle été mourante, elle l'aurait reconnu à son sourire triste et victorieux qui vainquait la terreur et le doute par sa seule présence; au pouvoir instinctif qu'il avait de la connaître, et d'accroître son savoir à elle.

Charlie s'éveilla et le trouva penché au-dessus d'elle, attendant qu'elle reprenne ses esprits. Il avait tout rangé.

« C'est un garçon, lui dit-il en souriant.

— Ce sont des jumeaux », répliqua-t-elle, attirant la tête de Joseph à elle pour la presser contre son épaule. Il voulut parler, mais elle l'interrompit d'une voix sévère : « Je ne veux pas t'entendre proférer un son. Pas de prétextes, pas d'excuses, pas de mensonges. Si tout cela fait partie de la mission, alors ne le dis pas. Quelle heure est-il?

— Minuit.

— Alors recouche-toi.

— Marty veut te parler », lâcha-t-il.

Mais quelque chose dans sa voix et son attitude indiquait à Charlie que c'était lui et non Marty qui en avait décidé ainsi.

Joseph vivait ici.

Elle le sut à peine entrée : une petite chambre rectangulaire et studieuse qui donnait sur la rue, quelque part dans Bloomsbury; des rideaux de dentelle et de la place pour une seule personne. Sur un mur, des plans de Londres; contre un autre, un buffet où trônaient deux téléphones. Un lit d'une personne, non débordé, occupait le troisième mur; collé au quatrième, un bureau de bois blanc sur lequel était posée une vieille lampe. Une cafetière bouillonnait près des téléphones et un feu brûlait dans l'âtre. Marty ne se leva pas en la voyant entrer, mais il se tourna vers elle et la gratifia du sourire le plus beau et le plus chaleureux qu'elle eût jamais reçu de lui, ou peut-être était-ce tout simplement Charlie qui voyait soudain la vie en rose. Il lui tendit les bras et elle se pencha pour recevoir sa longue étreinte paternelle; ma fille, rentrée de ses voyages. Elle s'assit en face de lui et Joseph s'accroupit sur le sol, à l'arabe, comme il l'avait fait sur la colline pour lui raconter l'histoire du revolver.

« Vous voulez vous réécouter? » proposa Kurtz en lui montrant le magnétophone placé à côté de lui. Charlie fit non de la tête. « Charlie, vous avez été fantastique. Vous ne méritez pas la troisième place, ni la seconde, mais la première de tous les temps.

— Il te flatte », avertit Joseph, et il ne plaisantait pas.

Une petite dame en brun entra sans frapper et il fallut déterminer qui prenait du sucre ou pas.

« Charlie, vous êtes libre de vous retirer, reprit Kurtz quand la dame fut sortie. Joseph a absolument insisté pour que je vous le rappelle ici tout à fait clairement. Arrêtez maintenant et vous vous retirez avec tous les honneurs. D'accord, Joseph? Beaucoup d'argent, beaucoup d'honneur. Tout ce que nous vous avons promis et plus encore.

— Je le lui ai déjà dit », glissa Joseph.

La jeune femme vit le sourire de Kurtz s'élargir pour dissimuler son irritation. « Mais je n'en doute pas, Joseph, seulement maintenant, je le lui dis aussi. N'est-ce pas ce que tu veux me voir faire? Charlie, grâce à vous, nous avons pu mettre la main sur un nid de vipères que nous cherchions depuis longtemps.

Vous avez levé plus de noms, de lieux et de liens que vous ne le saurez jamais, et d'autres vont encore tomber. Avec ou sans vous. Vous vous en sortez sans trop de dommages, et, quant à ceux que nous n'avons pu vous éviter, donnez-nous quelques mois et il n'y paraîtra plus. Une petite quarantaine quelque part, pour que les choses se tassent, vous prenez un ami avec vous... si c'est ce que vous voulez, vous en avez parfaitement le droit.

— C'est vrai, Charlie, confirma Joseph. Ne te contente pas de dire comme ça que tu continues. Réfléchis bien avant. »

Elle remarqua une fois encore la nuance d'irritation dans la voix de Kurtz lorsque celui-ci s'adressa à son subordonné : « Bien sûr que c'est vrai, et si ça ne l'était pas, alors c'était sûrement la chose au monde qui se rapprochait le plus de la vérité, déclara-t-il, s'efforçant de terminer sur une plaisanterie.

— Bon, où en sommes-nous? demanda Charlie. Que faisons-nous? »

Joseph allait parler, mais Marty le devança avec la grossièreté d'un chauffard. « Charlie, dans toute cette affaire, il y a comme une ligne. Jusqu'à présent, vous êtes restée au-dessus de cette ligne, mais vous êtes malgré tout parvenue à nous montrer ce qui se passait un peu plus bas. Mais à partir de maintenant... eh bien, cela pourrait devenir assez différent. C'est du moins ce que nous croyons. Nous pouvons nous tromper, mais c'est ainsi que nous voyons la situation.

— Il veut dire en fait que jusqu'à présent, tu as toujours été en terrain ami. Nous pouvions rester tout près de toi, te venir en aide si besoin était. A partir de maintenant, il ne faudra plus y compter. Tu seras l'une des leurs. Tu partageras leur vie. Leur mentalité. Leur éthique. Tu pourrais rester des semaines, voire des mois sans avoir le moindre contact avec nous.

— Peut-être pas sans contact, mais hors d'atteinte

sûrement », concéda Marty; il souriait, mais pas en direction de Joseph. « Cependant, nous ne serons jamais très loin, vous pouvez compter sur nous.

– Quelle sera la fin de tout ça? » interrogea Charlie.

Marty parut un instant troublé. « Qu'entendez-vous par fin, mon enfant... la fin qui justifie ces moyens? Je ne suis pas sûr de bien comprendre.

– Que suis-je censée chercher? Quand serez-vous satisfaits?

– Mais, Charlie, nous sommes déjà plus que satisfaits, assura Marty aimablement, et Charlie sut qu'il tergiversait.

– La fin est en fait un homme », coupa Joseph, et elle vit le visage de Marty se tourner brusquement vers son compagnon, lui cachant ainsi son expression. Mais celle de Joseph était toujours visible, et elle trahissait une volonté pleine de défi que Charlie ne lui connaissait pas.

« Oui, Charlie, la fin est un homme, accorda enfin Marty en reportant son regard sur la jeune femme. Si vous devez continuer, cela fait partie des choses que vous devrez savoir.

– Khalil, prononça-t-elle.

– Khalil, c'est cela, confirma Marty. Khalil est à la tête de tout leur réseau européen. Il est l'homme à abattre.

– Il est dangereux, fit remarquer Joseph. Il est aussi fort que Michel était faible. »

Peut-être pour déjouer sa manœuvre, Marty renchérit. « Khalil n'accorde sa confiance à personne, il n'a même pas d'amie régulière. Il ne dort jamais deux nuits de suite dans le même lit. Il s'isole complètement. Il a réussi à réduire ses besoins élémentaires au point de devenir presque totalement indépendant. Il est extrêmement fort », conclut Kurtz avec un sourire des plus indulgents en direction de Charlie. Puis il alluma un autre cigare, et la jeune femme comprit au tremblement qui agitait l'allumette à quel point il était en colère.

Pourquoi n'hésita-t-elle pas un instant?

Un calme extraordinaire l'avait envahie, une lucidité et une acuité qu'elle n'avait jamais connue jusqu'alors. Joseph ne lui avait pas fait l'amour pour la décider à partir, mais pour la retenir. Il endurait à sa place toutes les craintes et les hésitations qu'elle aurait dû ressentir. Elle savait cependant que dans le microcosme secret qu'ils avaient conçu pour elle, abandonner maintenant reviendrait à se retirer pour toujours; qu'un amour qui n'avançait pas ne se régénérait jamais et ne pouvait que sombrer dans le gouffre de médiocrité où croupissaient déjà toutes ses aventures précédentes depuis que Joseph était entré dans sa vie. Il voulait qu'elle s'arrête, mais cela ne constituait pas un obstacle; au contraire, cela fortifiait encore la résolution de la jeune femme. Ils étaient associés. Ils étaient amants. Ils étaient unis dans un destin commun, une progression commune.

Elle demandait à Kurtz comment elle reconnaîtrait la proie. Ressemblait-il à Michel? Marty secouait la tête en riant. « Hélas! mon enfant, il n'a jamais voulu poser pour nos photographes! »

Ensuite, tandis que Joseph concentrait consciencieusement toute son attention sur la fenêtre maculée de suie, Kurtz se leva prestement et alla fouiller dans le vieux porte-documents qui se trouvait derrière son fauteuil pour en extirper une sorte de grosse recharge de stylo à bille gondolée à un bout, et d'où jaillissaient deux fils électriques rouges, telles des antennes de homard.

« Voilà, mon enfant, c'est ce que nous appelons un détonateur, expliqua-t-il tout en tapotant la recharge d'un gros doigt précautionneux. Au début, ici, il y a un bouchon de liège dans lequel sont fichés les fils électriques que vous voyez là. Il n'a besoin que de très peu de fil. Ce qui lui reste, il le range comme ça. » Il sortit de la serviette une paire de ciseaux spéciaux et coupa chaque tige l'une après l'autre pour ne laisser qu'une cinquantaine de centimètres de fil fixé au dispositif. Puis, d'un geste habile et entraîné, il roula le fil superflu en un bel écheveau, le resserrant en son milieu par une boucle. Il tendit ensuite son œuvre à Charlie. « Cette petite poupée représente ce que nous appelons sa signature. Tôt ou tard, chacun finit par avoir une signature. Voici la sienne. »

Charlie lui laissa reprendre l'écheveau.

Joseph lui donna une adresse où aller. La petite dame en brun la raccompagna à la porte. La jeune femme sortit dans la rue et trouva un taxi qui l'attendait. Le jour se levait à peine et les moineaux commençaient à chanter.

20

Elle était partie plus tôt que le lui avait indiqué Helga, à la fois parce qu'elle se méfiait toujours et parce qu'elle avait décidé d'adopter un scepticisme sans finesse concernant la fiabilité du plan. Et si elle ne marche pas? avait-elle objecté – on est en Angleterre ici, Helg, loin de la super-efficacité allemande –, et si la cabine est occupée quand tu appelles? Mais Helga s'était refusée à écouter ces arguments : fais exactement ce qu'on te demande, je me charge du reste. Charlie partit donc comme prévu, de Gloucester Road, et alla s'asseoir en haut du bus à impériale; mais, au lieu de prendre le bus de sept heures trente, elle monta dans celui de sept heures vingt. A la station de Tottenham Court Road, elle eut de la chance : le métro arriva au moment même où elle atteignait le quai. Mais à Embankment, elle dut faire tapisserie un bon moment avant d'obtenir sa correspondance.

C'était un dimanche matin et, mis à part quelques insomniaques et fidèles se rendant à l'église, elle paraissait la seule personne éveillée dans tout Londres. Lorsque la jeune femme parvint à la City, celle-ci était totalement déserte, et à peine Charlie se fut-elle engagée dans la rue indiquée qu'elle aperçut, à une centaine de mètres d'elle, la cabine téléphonique annoncée par Helga, clignotant dans sa direction comme un phare. Elle était vide.

« Tu vas d'abord jusqu'au bout de la rue, et puis tu fais demi-tour, et tu reviens vers la cabine », lui avait dit Helga, aussi Charlie obéit-elle consciencieusement, s'assurant au passage que le téléphone avait l'air en état de marche; mais elle avait déjà décidé que cet endroit était bien trop clairement destiné à recevoir des coups de fil de terroristes internationaux. Arrivée au fond de la rue, elle pivota sur ses talons et repartit vers la cabine; c'est alors qu'à sa grande inquiétude, un homme y pénétra et referma la porte derrière lui. Charlie jeta un coup d'œil sur sa montre et s'aperçut qu'il lui restait encore douze minutes à attendre, ce qui la rasséréna un peu. Elle alla se planter à quelques mètres de la cabine. L'homme portait un feutre à bord rabattu rappelant un chapeau de pêcheur, et un manteau d'aviateur en cuir orné d'un col de fourrure, un peu excessif pour l'atmosphère poisseuse qui régnait ce matin-là. Il lui tournait le dos et déversait un flot d'italien dans le combiné. C'est ce qui explique le col de fourrure, se dit Charlie; son sang latin ne s'habitue pas à nos climats. La jeune femme, elle, portait toujours les vêtements qu'elle avait sur le dos lorsqu'elle avait quitté avec Matthew la petite réunion d'Al : un vieux jean et sa veste tibétaine. Ses cheveux étaient peignés mais pas brossés; elle se sentait habitée, possédée, et souhaitait que cela se vît.

Plus que sept minutes, et l'homme s'était lancé dans un de ces monologues italiens passionnés dont on ne sait jamais s'ils ont pour objet un amour malheureux

ou les cours de la bourse milanaise. Sentant la nervosité la gagner, la jeune femme se passa la langue sur les
lèvres et examina les deux côtés de la rue, mais pas
une âme ne bougeait – pas de conduite intérieure noire
et inquiétante, ni d'ombres dans les encoignures; pas
de Mercedes bordeaux non plus. Le seul véhicule en
vue était une fourgonnette Citroën aux ailes de tôle
ondulée garée juste en face d'elle et dont la portière
était encore ouverte. Quoi qu'il en soit, Charlie commençait à se sentir très exposée. Huit heures sonnè-
rent, célébrées par un nombre incroyable de carillons
séculiers et religieux. Helga lui avait dit huit heures
cinq. L'inconnu s'était tu, mais elle perçut un tintement de monnaie lorsqu'il fouilla dans ses poches en
quête de nouvelles pièces; puis elle entendit des coups
frappés à la vitre pour attirer son attention. Elle se
retourna et le vit qui lui montrait une pièce de
cinquante pence d'un air suppliant.

« Pouvez-vous d'abord me céder la place? demanda-t-elle. Je suis très pressée. »

Mais il ne semblait pas comprendre l'anglais.

Et puis merde, songea-t-elle; Helga n'aura qu'à
rappeler. Je l'avais prévenue. Elle tira sur la courroie
de son sac afin de mieux voir ce qu'il contenait et de
réunir pour cinquante pence de pièces de dix et de
cinq. Bon sang, qu'est-ce que mes mains transpirent.
Elle lui tendit son poing fermé, les doigts trop humides
vers le bas, prêts à lâcher leur cargaison dans la paume
reconnaissante de l'Italien, quand elle vit qu'il pointait
sur elle un petit pistolet dissimulé sous les plis de son
manteau. Le canon visait le point situé à la jonction de
l'estomac et de la cage thoracique, le piège était
parfaitement bien conçu. Il ne s'agissait pas d'un gros
revolver, quoiqu'elle se rendît compte qu'une arme à
feu paraît toujours plus grosse quand elle est dirigée
sur vous. La taille de celui de Michel à peu près.
Mais, comme le lui avait justement fait observer
Michel, un automatique constitue toujours un compro-

mis entre la discrétion, la maniabilité et l'efficacité. L'homme tenait encore le combiné de l'autre main, et elle supposa qu'il y avait vraiment quelqu'un à l'autre bout de la ligne car, même s'il s'adressait à Charlie, il gardait la bouche collée au micro.

« Tu vas marcher à côté de moi jusqu'à la voiture, Charlie, lui expliqua-t-il en bon anglais. Tu vas te mettre à ma droite, tu vas marcher en restant à ma droite et légèrement devant moi, en plaçant tes mains derrière ton dos pour que je puisse les voir. Tu les croises dans ton dos, c'est compris? Si tu essaies de te sauver, de faire un signe à quelqu'un ou d'appeler, je tirerai : une balle dans le flanc gauche – ici – qui te tuera. Si la police arrive, si quelqu'un tire, si j'ai des doutes, ce sera pareil. Je tirerai. »

Il lui indiqua de nouveau le point d'impact éventuel, mais sur son propre corps cette fois-ci, pour qu'elle comprenne bien. Il prononça quelques mots en italien dans le combiné et raccrocha. Il sortit de la cabine et, au moment où son visage toucha presque celui de Charlie, il la gratifia d'un grand sourire confiant. C'était un véritable visage italien, aucun trait ne semblant jamais rester statique. La voix aussi était pleinement italienne, riche et musicale. Charlie l'imaginait très bien résonnant sur de vieilles places, chantant la sérénade sous le balcon des dames.

« Allons-y », commanda-t-il. Il avait gardé une main dans la poche de son manteau. « Pas trop vite, compris? Sagement et gentiment. »

Juste avant, elle avait éprouvé une terrible envie de faire pipi, mais avec la marche, celle-ci l'avait quittée pour céder la place à un torticolis ainsi qu'à un bourdonnement dans l'oreille droite évoquant un moustique virevoltant dans la nuit.

« En t'asseyant sur le siège du passager, pose tes mains sur la boîte à gants, devant toi, lui conseilla-t-il en avançant derrière elle. La fille à l'arrière est armée elle aussi, et elle a la gâchette *très* facile. Beaucoup plus que moi. »

Charlie ouvrit la portière indiquée, s'assit, et posa le bout des doigts sur le tableau de bord, comme une jeune fille qui sait se tenir à table.

« Allez, Charlie, détends-toi, fit joyeusement la voix de Helga derrière elle. Baisse donc tes épaules, on dirait une vieille! » Charlie ne bougea pas d'un pouce. « Un petit sourire maintenant. Hourra. Continue de sourire. Tout le monde est content aujourd'hui. On tirera sur tous ceux qui ne le sont pas.

– Tu peux commencer par moi », l'invita Charlie.

L'Italien s'installa derrière le volant et mit la radio qui retransmettait la voix du Seigneur.

« Ferme ça », ordonna Helga. Les genoux levés, elle appuyait son dos aux portières arrière, et tenait l'arme à deux mains; elle n'avait absolument pas l'air de quelqu'un qui rate un bidon d'huile à quinze pas. Avec un haussement d'épaules, l'Italien éteignit la radio et, dans le silence retrouvé, s'adressa de nouveau à Charlie.

« Très bien, maintenant mets ta ceinture, puis croise les mains et pose-les sur tes genoux, lui dit-il. Attends, je vais le faire. » Il s'empara du sac de la jeune femme et le tendit à Helga, puis il attrapa la ceinture de sécurité et la boucla en effleurant au passage la poitrine de Charlie. Très « années 30 ». Beau comme une star de cinéma. Un Garibaldi loupé portant foulard rouge autour du cou et prêt à jouer les héros. Avec un calme extrême, en prenant tout le temps qu'il faut pour tuer, il extirpa de sa poche une paire de grandes lunettes de soleil et les lui glissa sur le nez. Charlie crut tout d'abord que la terreur l'avait rendue aveugle car elle ne voyait plus rien. Puis elle comprit que c'était là l'effet recherché.

« Si tu les enlèves, elle te tirera une balle dans la

nuque, n'en doute pas, l'avertit l'Italien en mettant le contact.

– Oh, elle n'y manquera pas », fit gaiement cette bonne vieille Helga.

Ils démarrèrent, cahotant d'abord sur des pavés puis gagnant des eaux plus calmes. Charlie guetta le son d'une autre voiture mais ne parvint pas à distinguer autre chose que les vrombissements et cliquettements de leur propre moteur. Elle s'efforça de déterminer la direction qu'ils prenaient, mais elle était déjà perdue. Et puis brusquement, ils s'arrêtèrent. Charlie n'avait senti aucun ralentissement, aucune manœuvre indiquant que l'on garait l'automobile. Elle avait dénombré trois cents pulsations à son pouls et deux arrêts rapides, sans doute des feux rouges. Elle avait enregistré de petits détails comme le tapis de caoutchouc tout neuf sous ses pieds et le diable rouge portant une fourche à la main qui se balançait au porte-clefs. L'Italien l'aidait à descendre de la voiture; on lui fourra une canne dans la main, une canne blanche, supposa-t-elle. Grâce aux soins diligents de ses amis, elle parvint à franchir les six pas et à gravir les quatre marches qui la séparaient d'une porte d'entrée. L'ascenseur produisait exactement le même gazouillis que le sifflet à eau dans lequel elle avait soufflé pour l'orchestre de l'école, dans la Symphonie des Jouets où elle se chargeait des chants d'oiseaux. *Ce sont de vrais professionnels,* lui avait certifié Joseph. *Tu ne seras plus en apprentissage. Ce sera comme si tu sortais de tes cours d'art dramatique pour te produire aussitôt dans le West End.* Elle dut s'asseoir sur une sorte de selle en cuir sans dossier. Ils lui avaient redemandé de croiser les mains et de les poser sur ses genoux. On ne lui avait pas rendu son sac et elle entendit qu'on en renversait le contenu sur une table de verre qui tinta quand les clefs et la monnaie la heurtèrent. Un bruit plus sourd retentit lorsque les lettres de Michel, que Charlie avait récupérées le matin même sur l'ordre de

Helga, tombèrent sur le plateau. Un parfum d'eau de Cologne flottait dans l'air, plus douceâtre que celle de Michel, plus lourde aussi. Par terre, la moquette était épaisse et rousse, comme les orchidées de Michel; la jeune femme devina que des rideaux épais devaient être soigneusement tirés car ses lunettes noires ne lui laissaient entrevoir qu'une lumière électrique jaune, pas un seul rai de jour. Ils se trouvaient dans la pièce depuis plusieurs minutes sans qu'un seul mot eût été prononcé.

« Je veux voir le camarade Mesterbein, déclara soudain Charlie. J'exige la protection de la loi. »

Helga éclata d'un rire ravi. « Oh! Charlie! C'est trop dingue. Elle est merveilleuse. Tu ne crois pas? »

Ceci s'adressant sans doute à l'Italien car la jeune femme ne percevait aucune autre présence dans la pièce. Mais la question ne reçut pas de réponse et Helga ne semblait en attendre aucune. Charlie fit un nouvel essai.

« C'est fou ce que les revolvers te vont bien, Helg, je te reconnais ça. A partir de maintenant, je ne pourrai plus t'imaginer vêtue de quoi que ce soit d'autre. »

Cette fois-ci, Charlie distingua nettement la note d'orgueil un peu nerveux dans le rire de Helga; l'Allemande présentait visiblement Charlie à quelqu'un – quelqu'un qu'elle respectait infiniment plus qu'elle ne respectait l'Italien. Charlie entendit un bruit de pas puis aperçut, tout au bas de son champ de vision, et se détachant sur la moquette rouille, le bout noir et luisant d'un soulier masculin extrêmement coûteux. Elle écouta le bruit d'une respiration et celui d'un clappement de langue contre les dents supérieures. Le pied disparut et la jeune femme sentit un léger courant d'air au moment où le corps parfumé passa très près d'elle. Elle eut un mouvement de recul instinctif, mais Helga lui commanda de rester tranquille. Charlie entendit une allumette craquer puis respira l'odeur des cigares que fumait son père à Noël.

Helga lui répétait de se tenir tranquille – « ne bouge pas ou tu seras punie, sans la moindre hésitation ». Mais les menaces de Helga troublaient à peine la réflexion de Charlie qui s'efforçait par tous les moyens de se représenter le visiteur invisible. Elle s'imaginait telle une sorte de chauve-souris envoyant des signaux et guettant la façon dont ils lui revenaient. Elle se souvint des jeux auxquels elle jouait, enfant, pour Halloween, quand il fallait, les yeux bandés, respirer ceci, toucher cela, deviner qui embrassait les lèvres de vos treize ans.

L'obscurité lui donnait le vertige. *Je vais tomber. Heureusement que je suis déjà assise.* Il se trouvait près de la table de verre et inspectait le contenu du sac, de la même façon que Helga l'avait fait en Cornouailles. Charlie perçut quelques accords de musique au moment où il tripota le petit réveil-radio, puis un claquement lorsqu'il le posa de côté. *Pas de subterfuge cette fois-ci*, avait décrété Joseph. *Tu reprends ton poste à toi, pas une imitation.* Elle l'entendit ensuite feuilleter l'agenda tout en tirant sur son cigare. *Il va me demander ce que signifie « hors service »*, songea-t-elle. *Voir M..., rencontrer M..., aimer M..., ATHE-NES!...* Il ne lui demanda rien du tout. Elle entendit un grognement de satisfaction quand il s'assit sur le divan; elle perçut le crissement de son pantalon contre le chintz tendu. *Un homme assez lourd qui se sert de lotions coûteuses, porte des souliers faits main et fume des havanes, s'assoit avec un plaisir évident sur un divan de bordel.* Le noir devenait hypnotique. Charlie tenait toujours ses mains croisées sur ses genoux, mais elles ne semblaient plus lui appartenir. Elle distingua le petit claquement d'un élastique. *Les lettres. Nous serons très fâchés contre toi si tu n'apportes pas les lettres. Cindy, tu viens de me rembourser toutes tes leçons de musique. Si seulement tu savais où j'allais quand je suis passée chez toi. Si seulement je l'avais su.*

Le noir commençait à la rendre folle. S'ils me séquestrent je ne le supporterai pas – je suis complètement claustrophobe. Elle se récitait T.S. Eliot, un poème qu'elle avait appris au lycée juste avant qu'on ne la renvoie : des vers où il était question du présent et du passé se réunissant dans l'avenir. De tous les temps apparaissant comme un éternel présent. Elle ne les avait pas compris à l'époque et ne les comprenait pas plus maintenant. Heureusement que je ne me suis pas chargée de Whisper, se dit-elle. Whisper était un vilain bâtard croisé de lévrier et de berger, qui habitait en face de chez Charlie et dont les maîtres partaient à l'étranger. Elle se représenta Whisper couché près d'elle, des lunettes noires sur le museau.

« Dites-nous la vérité et nous vous épargnerons », prononça une voix d'homme assez douce.

C'était Michel! Presque. Michel, presque vivant! C'était l'accent de Michel, le rythme si beau de Michel, l'intonation riche et profonde de Michel, sa voix partant du fond de la gorge.

« Vous nous répétez tout ce que vous leur avez dit, vous avouez ce que vous avez déjà fait pour eux et combien ils vous ont payée. C'est normal, nous comprenons. Nous vous laisserons partir.

– Ne bouge pas la tête, aboya Helga de derrière Charlie.

– Nous ne pensons pas que vous l'avez trahi délibérément, d'accord? Vous avez eu peur, vous êtes allée trop loin et alors vous vous êtes mise de leur côté. D'accord, c'est naturel. Nous ne sommes pas inhumains. Nous vous emmenons d'ici, nous vous laissons quelque part en banlieue et vous allez leur raconter tout ce qui s'est passé. Cela nous est égal, du moment que vous êtes loyale. »

Il soupira, comme si la vie lui devenait un vrai fardeau.

« Peut-être vous laissez-vous influencer par un beau policier, c'est ça? Et vous essayez de lui faire plaisir.

Nous comprenons ce genre de choses. Nous sommes engagés, pas psychopathes. Vous saisissez? »

Helga ne cachait pas son embarras. « Tu comprends, Charlie? Réponds ou tu seras punie. »

Charlie se fit un point d'honneur de ne pas répondre.

« Quand êtes-vous allée les voir pour la première fois? Dites-le-moi. Après Nottingham? York? Cela n'a pas d'importance. Nous sommes d'accord, vous êtes allée les voir. Vous avez pris peur et vous vous êtes précipitée à la police. « Il y a un Arabe complètement « cinglé qui veut faire de moi une terroriste. Tirez- « moi de là, je ferai tout ce que vous me demande- « rez. » Cela s'est passé comme ça? Ecoutez, quand vous retournerez les voir cela ne posera pas non plus le moindre problème. Vous leur raconterez combien vous vous êtes montrée héroïque. Nous vous donnerons même quelques informations pour vous rendre service. Nous sommes accommodants, raisonnables. Allons-y maintenant. Vous êtes une gentille fille, mais vous avez perdu pied, c'est tout. Allons-y. »

Elle se sentait en paix. Une profonde lassitude l'avait submergée, provoquée par l'isolement et la nuit. Elle ne craignait rien, elle avait regagné le ventre maternel pour renaître ou mourir en paix, selon ce que la nature déciderait. Elle dormait du sommeil de l'enfance ou de la vieillesse. Son propre silence la ravissait. C'était le silence de la liberté parfaite. Ils attendaient qu'elle parle – elle sentait leur impatience mais n'éprouvait pas la moindre envie de la partager. Elle alla plusieurs fois jusqu'à se demander ce qu'elle pourrait leur dire, mais sa voix se situait à des kilomètres et elle ne voyait pas l'utilité d'aller la chercher. Helga prononça quelques mots en allemand, et quoique Charlie n'en comprît pas le sens, elle en saisit parfaitement la nuance de résignation et de stupéfaction mêlées. La réponse du gros homme trahissait autant de perplexité mais aucune hostilité.

Peut-être... peut-être pas, semblait-il dire. Charlie eut l'impression que l'un et l'autre déclinaient toute responsabilité la concernant tout en se renvoyant verbalement leur encombrant otage : petite querelle bureaucratique. L'Italien voulut s'en mêler, mais Helga lui ordonna aussitôt de se taire. La discussion reprit entre le gros homme et Helga, et Charlie attrapa au passage le mot « *logisch* ». Helga se montrait logique. Ou Charlie ne l'était pas. Ou encore le gros homme ferait mieux de l'être.

Puis l'homme déclara : « Où avez-vous passé la nuit après votre coup de téléphone à Helga?

– Avec un amant.

– Et la nuit dernière?

– Avec un amant.

– Un autre?

– Oui, mais c'étaient des policiers tous les deux. »

Elle se rendit compte que si elle n'avait pas porté de lunettes, Helga l'aurait sûrement giflée. L'Allemande se précipita sur elle et lui hurla des ordres d'une voix vibrante de colère : pas d'impertinences, ne mens pas, réponds tout de suite, pas de sarcasmes. Les questions reprirent et Charlie y répondit d'un ton las, les contraignant à lui tirer chaque mot de la bouche parce qu'en fin de compte, rien de tout cela ne les regardait. Le numéro de la chambre à Nottingham? L'hôtel à Thessalonique? S'étaient-ils baignés? A quelle heure étaient-ils arrivés, avaient-ils dîné, quelles boissons avaient-ils fait monter dans la chambre? Mais peu à peu, à mesure qu'elle s'écoutait puis qu'elle les écoutait, elle sut que, jusque-là du moins, elle avait gagné – même s'ils lui laissèrent les lunettes devant les yeux pour sortir et ne les lui ôtèrent que quand ils se furent suffisamment éloignés de la maison.

21

Il pleuvait lorsqu'ils atterrirent à Beyrouth, et Charlie sut que la pluie était chaude en sentant une moiteur envahir la carlingue alors qu'ils tournoyaient encore, une touffeur qui réveilla l'irritation causée par la teinture dont Helga l'avait contrainte à enduire ses cheveux. Ils traversèrent des nuages qui semblèrent des rochers chauffés au rouge sous les feux de l'appareil. La couche nuageuse s'interrompit, et soudain l'avion rasait l'eau, fonçant tout droit sur une masse de montagnes. La jeune femme souffrait fréquemment de cauchemars évoquant cette image, mais l'avion rasait alors une rue bondée bordée de grands immeubles. Et rien ne pouvait redresser l'appareil car le pilote, dans son rêve, lui faisait l'amour. Rien ne devait le redresser maintenant non plus. Ils effectuèrent un atterrissage parfait, les portes s'ouvrirent et elle respira, pour la première fois, l'odeur du Moyen-Orient qui l'accueillait comme une enfant du pays. Il était sept heures du soir, mais il aurait tout aussi bien pu être trois heures du matin car Charlie se sentit aussitôt dans un monde qui ne se mettait jamais au lit. La rumeur du hall d'accueil lui rappela celle d'un champ de courses avant le départ; il y avait suffisamment d'hommes en armes portant des uniformes divers pour qu'ils commencent à se battre entre eux. Etreignant son sac contre sa poitrine, la jeune femme se fraya un chemin vers la queue des contrôles immigration et s'aperçut avec surprise qu'elle souriait. Son passeport est-allemand et son déguisement, qui, cinq heures auparavant, à l'aéroport de Londres, avaient constitué une question de vie ou de mort, perdaient maintenant toute leur importance dans cette atmosphère de bousculade et de danger imminent.

« Prends la file de gauche, et quand tu montreras

ton passeport, demande à parler à Mr. Mercedes, lui avait indiqué Helga, dans la Citroën garée sur le parking de l'aéroport de Heathrow.

– Et s'il se met à me parler allemand? »

La question fut ignorée. « Si tu te perds, prends un taxi jusqu'à l'hôtel Commodore, installe-toi dans le hall et attends. Ceci est un ordre. Mercedes, comme les voitures.

– Et ensuite?

– Charlie, il me semble vraiment que tu es un peu butée et pas très maligne. Ça suffit maintenant, s'il te plaît.

– Ou alors tu me tireras dessus, suggéra Charlie.

– Miss Palme! Passeport. Oui, s'il vous plaît! »

Palme était son nom allemand. A prononcer « Palmeur », lui avait signalé Helga. C'était pour le moment un petit Arabe portant une barbe d'un jour, des cheveux bouclés et des vêtements râpés mais immaculés qui le prononçait. « S'il vous plaît », répéta-t-il en la tirant par la manche. Son veston était ouvert et il gardait un gros automatique argenté passé dans sa ceinture. Une vingtaine de personnes séparaient la jeune femme de l'officier d'immigration; jamais Helga ne lui avait annoncé que cela se passerait ainsi.

« Je suis Mr. Danny. Venez, je vous prie, Miss Palme. »

Elle lui donna son passeport et il plongea aussitôt dans la foule, écartant les bras pour qu'elle puisse suivre son sillage. Au temps pour Helga. Au temps pour Mercedes. Danny disparut puis réapparut bientôt, l'air très fier de lui, tenant d'une main une feuille d'atterrissage blanche et de l'autre un grand homme d'allure officielle en manteau de cuir noir.

« Des amis, expliqua Danny avec un beau sourire patriote. Tout le monde est ami de la Palestine. »

Charlie en doutait quelque peu, mais la politesse l'empêcha de ternir l'enthousiasme de son interlocuteur. Son grand compagnon l'examina avec gravité, puis étudia le passeport, qu'il tendit ensuite à Danny. Enfin, il regarda la feuille blanche qu'il fourra dans sa poche de poitrine.

« *Willkommen* », déclara-t-il avec un petit hochement de tête en biais, mais il s'agissait plutôt d'une invitation à se dépêcher.

Ils atteignaient la sortie quand la bagarre éclata. D'abord tout doucement : une simple réflexion d'un membre du personnel en uniforme à un voyageur visiblement aisé. Et puis soudain les deux hommes hurlaient et leurs mains passaient chacune très près du visage de l'autre. En quelques secondes, deux clans s'étaient formés et, tandis que Danny guidait la jeune femme vers le parking, un groupe de soldats en bérets verts se précipitait vers la scène, libérant en chemin ses mitraillettes.

« Des Syriens », expliqua Danny en lui souriant avec philosophie comme pour dire que chaque pays avait ses Syriens.

Une vieille Peugeot bleue imprégnée d'une odeur de cigarette froide les attendait, garée près d'une buvette où l'on servait du café. Danny ouvrit la portière arrière et entreprit de brosser un peu les coussins du revers de la main. Quand Charlie monta dans l'auto, un garçon pénétra lui aussi à l'intérieur par l'autre portière. Lorsque Danny mit le contact, un autre garçon se matérialisa pour prendre place sur le siège du passager, il faisait trop sombre pour que la jeune femme pût distinguer leurs traits, mais elle voyait sans peine leurs mitraillettes. Ils paraissaient si jeunes qu'elle eut tout d'abord du mal à croire que leurs armes étaient vraies. Le garçon assis près d'elle lui proposa une cigarette et se montra très triste de la voir refuser.

« Vous parlez espagnol ? » s'enquit-il avec une extrême courtoisie, pour compenser. Charlie répondit que non. « Alors vous devrez pardonner mon anglais.

Si vous aviez parlé espagnol, j'aurais parlé sans faute.

– Mais votre anglais est tout à fait étonnant.

– Ce n'est pas vrai », répliqua-t-il sans dissimuler sa réprobation. Peut-être y avait-il vu le signe de la perfidie occidentale, en tout cas, il sombra dans un silence agité.

Deux coups de feu retentirent derrière eux, mais personne n'y prêta attention. Ils arrivaient à un endroit où s'accumulaient des sacs de sable. Danny immobilisa la voiture. Une sentinelle en uniforme dévisagea la passagère puis leur fit signe de passer du bout de la mitraillette.

« Encore un Syrien? demanda Charlie.

– Un Libanais », répondit Danny avec un soupir.

Mais elle perçut malgré tout son excitation. Elle la sentait chez ces trois hommes – à une certaine acuité, une vivacité de l'œil et de l'esprit. Les rues tenaient à la fois du champ de bataille et du quartier d'habitation; les lampadaires, ceux qui fonctionnaient encore, en révélaient de fugitifs lambeaux. Des souches d'arbres calcinés témoignaient d'une belle avenue; de jeunes bougainvillées commençaient déjà de recouvrir les ruines. Des carcasses de voitures incendiées et trouées de balles envahissaient les trottoirs. Ils dépassèrent des taudis éclairés qui abritaient encore des boutiques criardes, et les silhouettes massives d'immeubles bombardés transformés en montagnes escarpées. Ils laissèrent derrière eux une maison, cible de tant d'obus qu'elle semblait maintenant une gigantesque râpe à fromage dressée contre la pâleur du ciel. Un fragment de lune les poursuivit longtemps, glissant d'un trou à l'autre des ruines. Parfois, un bâtiment tout neuf surgissait, à demi construit, à demi éclairé, à demi habité, le coup osé d'un spéculateur, tout de poutres rouges et de verres sombres.

« A Prague, j'ai passé deux années. A La Havane, Cuba, trois ans. Vous êtes déjà allée à Cuba? »

Le garçon assis à côté d'elle semblait revenu de sa déception.

« Je ne suis jamais allée à Cuba, avoua-t-elle.

– Maintenant, je suis interprète titulaire, espagnol et arabe.

– Formidable, déclara Charlie. Mes félicitations.

– Je vous servirai d'interprète, Miss Palme ?

– Quand vous voulez », dit Charlie, déclenchant un éclat de rire général. L'Occidentale semblait en fin de compte réhabilitée.

Danny conduisait maintenant au ralenti et baissait sa vitre. Juste devant eux, en plein milieu de la chaussée, rougeoyait un grand feu autour duquel étaient assis des hommes et des garçons en keffieh et morceaux disparates d'uniformes kaki. Tout près, quelques chiens brunâtres formaient un campement à part. Charlie se souvint de Michel écoutant dans son village les récits des voyageurs, et songea : désormais, ils reconstituent leurs villages dans les rues. Au moment où Danny passait ses phares en code, un magnifique vieillard se leva, se frotta le dos puis s'approcha péniblement d'eux, mitraillette au poing. Il pencha son visage ridé par la fenêtre de Danny au point de presque pouvoir l'embrasser. Une conversation interminable s'engagea. Oubliée de tous, Charlie écoutait chaque mot, s'imaginant que d'une certaine façon elle les comprenait. Mais, quand elle regarda au-delà du vieil homme, un tableau moins rassurant l'attendait : formant un demi-cercle impassible, quatre compagnons du vieux chef s'étaient levés pour braquer leurs mitraillettes sur la voiture, et aucun d'eux ne paraissait avoir plus de quinze ans.

« Notre peuple, expliqua avec respect le voisin de Charlie alors qu'ils reprenaient leur chemin. Des commandos palestiniens. C'est notre partie de la ville. »

Celle de Michel aussi, songea-t-elle avec orgueil.

Tu trouveras en eux un peuple facile à aimer, lui avait assuré Joseph.

Charlie passa quatre jours et quatre nuits en compagnie des garçons et les aima tout de suite, ensemble ou séparément. Ils constituaient la première des diverses familles qui l'attendaient. Ils la déplaçaient sans cesse, comme un trésor, et toujours de nuit, toujours avec la plus grande courtoisie. Elle était arrivée si brusquement, lui avaient-ils expliqué avec une charmante nuance de regret; il fallait bien que notre capitaine fasse certains préparatifs. Les garçons l'appelaient « Miss Palme », et peut-être pensaient-ils qu'il s'agissait de son vrai nom. Ils lui rendaient toute la tendresse qu'elle leur portait, mais ne posaient jamais de questions personnelles ou indiscrètes; ils conservaient toujours une réserve timide et disciplinée, et Charlie s'interrogeait sur la nature du pouvoir qui les dirigeait. Elle passa sa première nuit tout en haut d'une vieille maison bombardée où il ne subsistait pour toute vie qu'un perroquet abandonné par les propriétaires, volatile qui ne supportait pas la fumée et se mettait à tousser dès que quelqu'un allumait une cigarette. Il savait également imiter la sonnerie du téléphone, particulièrement pendant les heures de sommeil, ce qui faisait bondir à chaque fois Charlie vers la porte où elle attendait que quelqu'un réponde. Les garçons dormaient sur le palier, en se relayant, l'un se reposant pendant que les deux autres fumaient, buvaient de petits verres de thé sucré et jouaient aux cartes en produisant un léger murmure qui évoquait une veillée autour d'un feu de camp.

Les nuits paraissaient éternelles, pourtant, les minutes se suivaient sans jamais se ressembler. Les bruits eux-mêmes semblaient en guerre les uns contre les autres; ils restaient tout d'abord à bonne distance, puis se rapprochaient, puis se regroupaient, puis fondaient les uns sur les autres en une vaste échauffourée de sons antagonistes – une soudaine explosion de musique, le hurlement des pneus et celui des sirènes – suivis par un profond silence de forêt. Dans cet orchestre, les coups de feu ne représentaient qu'un instrument mineur : un roulement de tambour par-ci, le son d'une retraite par-là, ou encore le sifflement nonchalant d'un obus. La jeune femme entendit une fois un concert de rires, mais, en général, les voix humaines se faisaient rares. Une autre fois, à l'aube, après avoir frappé précipitamment à sa porte, Danny et les deux garçons se dirigèrent sur la pointe des pieds jusqu'à sa fenêtre. Charlie les imita et aperçut une voiture garée dans la rue à une centaine de mètres de là. De la fumée s'en échappait; puis l'auto se souleva et roula sur le côté comme quelqu'un se retournant dans son lit. Une bouffée d'air chaud fit reculer Charlie. Un objet tomba d'une étagère. La jeune femme sentit un bruit sourd retentir dans sa tête.

« Paix », déclara Mahmoud, le plus beau, avec un clin d'œil; puis ils sortirent, le regard brillant et plein de confiance.

Seule, l'aube revenait immuablement, avec ses haut-parleurs crachotants qui déversaient la plainte du muezzin appelant les fidèles à la prière.

Néanmoins, Charlie acceptait tout et se donnait totalement en échange. Dans cet univers de déraison, dans ce répit imprévu voué à la méditation, elle trouva au moins un nid prêt à accueillir sa propre irrationalité. Et puisque aucun paradoxe ne semblait trop grand pour cet immense chaos, elle découvrit également un petit coin pour Joseph. Dans ce monde de dévotions inexpliquées l'amour qu'elle lui portait se cachait dans tout ce qu'elle entendait, dans tout ce qu'elle voyait. Quand les garçons, au-dessus d'un verre de thé et dans la fumée des cigarettes, l'abreuvaient du récit des souffrances héroïques de leurs familles entre les mains des sionistes – comme l'avait fait Michel, et avec la même pointe de romantisme –, c'était une fois encore son amour pour Joseph, le souvenir de sa voix douce et de son sourire si rare, qui ouvraient son cœur à leurs tragédies.

La deuxième fois, elle dormit tout en haut d'un immeuble rutilant. Sa fenêtre donnait sur la façade noire d'une nouvelle banque internationale et, au-delà, sur la mer immobile. La plage déserte et ses cabines abandonnées évoquaient une station balnéaire en période creuse permanente. Sur la grève, l'unique promeneur paraissait aussi excentrique qu'un baigneur de Noël dans la Serpentine de Hyde Park. Mais ce qui étonna le plus la jeune femme en ce lieu furent les rideaux. Quand les garçons les tirèrent dans sa chambre, elle ne remarqua rien de particulier. Mais au lever du soleil, elle s'aperçut que des impacts de balles dessinaient une ligne ajourée serpentant en travers de la fenêtre. Elle choisit ce jour-là pour confectionner des omelettes au petit déjeuner et apprendre aux garçons à jouer au gin rummy, en vue de parties acharnées.

La troisième nuit, sa chambre se situa au-dessus d'une sorte de quartier général militaire. Des barreaux protégeaient les fenêtres et les escaliers présentaient des trous d'obus. Des affiches montraient des enfants agitant des fleurs et des mitraillettes. Des gardes aux yeux sombres traînaient à tous les paliers, et il émanait de tout le bâtiment une atmosphère débraillée de Légion étrangère.

« Notre capitaine vous verra bientôt, lui assurait parfois Danny avec affection. Il fait des préparatifs. C'est un grand homme. »

La jeune femme commençait à savoir reconnaître le sourire arabe annonçant les retards. Pour lui faire oublier l'attente, Danny lui raconta l'histoire de son père. Il semblait qu'après vingt ans passés dans les camps, le désespoir avait quelque peu entamé la raison du vieil homme. Et un matin, avant le lever du soleil, il avait réuni ses pauvres biens ainsi que ses titres de propriété dans un sac, et, sans rien dire à sa famille, s'était mis en route vers les lignes sionistes dans le but de réclamer sa ferme de vive voix. Se précipitant sur ses traces, Danny et ses frères étaient arrivés à temps pour voir la petite silhouette ratatinée avancer, s'enfoncer dans la vallée puis exploser sur une mine. Danny fit ce récit avec une précision ahurissante, tandis que les deux autres surveillaient son anglais, l'interrompaient pour formuler autrement une phrase dont la syntaxe ou le rythme leur déplaisait, ou hochaient la tête comme de vieux sages pour approuver une expression. Quand il eut terminé, ils posèrent à Charlie toute une série de questions très sérieuses concernant la chasteté des Occidentales au sujet desquelles ils avaient entendu rapporter des détails déshonorants, mais non dénués d'intérêt.

Son amour pour eux ne cessait de croître, véritable miracle de quatre jours. Elle aimait leur timidité, leur virginité, leur discipline, et l'autorité qu'ils exerçaient sur elle. Elle les aimait parce qu'ils étaient ses geôliers et ses amis. Cependant, malgré tout l'amour qu'elle leur portait, jamais ils ne lui rendirent son passeport, et quand elle s'approchait trop près de leurs armes, ils s'écartaient d'elle avec des regards redoutables, impitoyables.

« Venez, s'il vous plaît, dit Danny en cognant doucement à sa porte pour la réveiller. Notre capitaine est prêt. »

Il était trois heures du matin et le jour tarderait encore longtemps.

Par la suite, elle se souvint d'une vingtaine de voitures, mais peut-être n'y en eut-il que cinq, car tout se déroula très vite, en un enchevêtrement de trajets de plus en plus inquiétants à travers la ville, à bord de conduites intérieures couleur sable pourvues d'antennes à l'avant et à l'arrière, et en compagnie de gardes qui n'ouvraient pas la bouche. Le premier véhicule attendait au pied de l'immeuble, mais du côté cour, que Charlie ne connaissait pas. Ce ne fut qu'une fois dans l'auto, dévalant la rue sur les chapeaux de roues, que Charlie se rendit compte que les garçons ne les avaient pas suivis. Au bas de la rue, le chauffeur sembla apercevoir quelque chose qui ne lui plut pas, car il exécuta un demi-tour spectaculaire qui faillit tous les verser, avant de reprendre à fond de train le même chemin en sens inverse. La jeune femme entendit alors un crépitement et un cri non loin d'elle, tandis qu'une main puissante lui abaissait brusquement la tête, lui faisant supposer que la fusillade leur était destinée.

Ils foncèrent sur un carrefour sans se préoccuper du feu rouge et évitèrent un poids lourd d'un cheveu; ils empiétèrent sur le trottoir de droite puis opérèrent un virage très large sur la gauche pour entrer dans un parking en pente donnant sur une lagune déserte. Charlie vit de nouveau le croissant de lune de Joseph, suspendu au-dessus de la mer, et s'imagina un instant qu'elle se trouvait sur la route de Delphes. Ils s'arrêtèrent près d'une grosse Fiat et la transbordèrent sans ménagements à l'intérieur; la jeune femme s'éloignait toujours, à la charge de deux nouveaux gardes du corps, sur une autoroute défoncée, bordée de chaque côté par des édifices blessés de mille brèches. Des phares les suivaient de très près. Les montagnes qui se dressaient devant eux formaient une masse noire, mais celles qui s'élevaient sur la gauche prenaient une teinte grise, leur flanc éclairé par une lueur provenant de la vallée et de la mer qui s'étendait au-delà. L'aiguille du compteur indiquait le cent quarante puis, soudain, n'indiqua plus rien du tout parce que le chauffeur avait éteint ses phares, imitant la voiture qui les suivait.

A leur droite s'étendait une rangée de palmiers, à leur gauche le terre-plein central qui séparait les deux voies de l'autoroute, surface de près de deux mètres de large recouverte parfois de gravier, parfois de végétation. Ils le franchirent d'un bond pour atterrir de l'autre côté avec une autre secousse. Les autres voitures klaxonnaient, Charlie hurlait « Nom de Dieu! » mais le conducteur semblait imperméable aux blasphèmes. Il remit pleins phares et dirigea la Fiat tout droit sur la circulation avant de la projeter violemment vers la gauche, sous un petit pont, et de l'immobiliser brutalement sur une route boueuse et déserte où les attendait une Land-Rover dépourvue de fenêtres. Il pleuvait. Charlie ne l'avait pas remarqué auparavant, mais le temps qu'ils la fassent monter à la hâte dans la Land-Rover, et elle était trempée jusqu'aux os; elle vit l'explosion d'un obus, éclair de lumière blanche, illuminer la montagne. Enfin, peut-être s'agissait-il d'un obus.

Ils roulaient sur une route en lacet très abrupte. Par l'arrière de la Land-Rover, la jeune femme voyait la vallée sombrer derrière eux; devant, par le pare-brise, entre la tête de son garde du corps et celle du chauffeur, elle regardait les gouttes de pluie rebondir sur l'asphalte tels des bancs d'épinoches. Une voiture les précédait, et Charlie comprit à la façon dont ils la suivaient qu'elle était des leurs; une autre venait derrière eux et, comme personne ne s'en préoccupait, elle sut qu'elle était également des leurs. Elle monta dans une nouvelle automobile, puis peut-être encore dans une autre; ils pénétrèrent dans ce qui semblait être la cour d'une école abandonnée, mais cette fois-ci, le chauffeur coupa le moteur tandis que lui et le garde du corps guettaient, la mitraillette à la vitre, qui d'autre gravissait la colline. Des contrôles intervenaient partout où ils s'arrêtaient, mais aussi quand ils roulaient, réduits alors à un simple geste du bras en direction d'une sentinelle impassible. Il y eut un contrôle quand le garde du corps baissa soudain sa vitre et tira une volée de sa mitraillette dans l'obscurité, n'obtenant pour toute réponse que la plainte terrifiée d'un mouton. Puis il y eut un dernier plongeon effrayant dans les ténèbres, entre deux jeux de phares dirigés droit sur eux, mais Charlie avait dépassé l'état de frayeur; elle était secouée, comme soûle et se moquait de tout.

L'auto s'immobilisa; la jeune femme se retrouva devant une vieille villa sur le toit de laquelle se découpaient les silhouettes de sentinelles armées de mitraillettes, évoquant un peu ces héros de films russes. L'air était frais, pur, et riche des senteurs grecques que la pluie avait délivrées – parfums de cyprès, de miel et de toutes les fleurs sauvages de la terre. Le ciel se gonflait de nuages d'orage, la vallée s'étirait sous eux en petits carrés de lumière allant s'étrécissant. On fit traverser à Charlie un porche qui la conduisit dans une salle, où, à la lumière extrêmement faible des plafonniers, elle aperçut pour la première fois Notre Capitaine : un homme brun, un peu bancal, pourvu d'une masse de cheveux d'écolier raides et très noirs, d'une canne de frêne tout à fait britannique pour seconder sa jambe atrophiée, et d'un sourire de bienvenue plutôt forcé égayant son visage grêlé. Il suspendit sa canne à son bras gauche pour serrer la main de la nouvelle venue, et elle eut l'impression de le retenir durant une fraction de seconde avant qu'il ne se redresse.

« Miss Charlie, je suis le capitaine Tayeh et je vous accueille au nom de la révolution. »

Il avait une voix brève, très professionnelle. Elle était aussi, comme celle de Joseph, extrêmement belle.

La peur représentera un critère majeur, lui avait dit Joseph. *Malheureusement, on ne peut pas avoir peur sans arrêt. Mais avec le capitaine Tayeh, comme il se fait appeler, tu devras donner ton maximum : le capitaine Tayeh est un homme d'une grande intelligence.*

« Pardonnez-moi », fit Tayeh avec un joyeux manque de sincérité.

La maison ne lui appartenait pas car il ne trouvait rien de ce qu'il cherchait. Il dut tâtonner dans la pénombre pour dénicher un simple cendrier, interrogeant ironiquement les objets afin de déterminer s'ils pouvaient lui être utiles. Néanmoins, la villa semblait la propriété d'un ami cher, car Charlie nota dans son attitude une sorte de tendresse qui disait : *Ce serait bien d'eux... oui, c'est exactement l'endroit où ils mettraient leurs boissons.* La lumière était toujours aussi pauvre, mais à mesure que ses yeux s'y accoutumaient, la jeune femme décida qu'il devait s'agir de la maison d'un professeur; ou d'un homme politique; ou d'un homme de loi. Les murs disparaissaient sous des rayonnages de vrais livres qu'on avait lus, laissés ouverts, puis rangés à la va-vite; un tableau accroché au-dessus de la cheminée pouvait représenter Jérusalem. Le reste n'était qu'un fouillis bien masculin de goûts disparates : fauteuils de cuir, coussins en patchwork et accumulation de tapis d'Orient. Puis des objets arabes en argent, très blancs, très travaillés, rutilants comme des trésors surgissant d'une alcôve obscure. Deux marches séparaient le salon de l'étude, aménagée dans un renfoncement : un bureau de style anglais et une vue panoramique sur la vallée que Charlie venait de quitter et sur la côte baignée de lune.

Elle s'était assise là où il le lui avait indiqué, sur le sofa de cuir, pendant que Tayeh, lui, ne cessait de parcourir la pièce en s'aidant de sa canne. Il n'accomplissait qu'une seule tâche à la fois en observant son invitée sous différents angles, tout en la jaugeant; d'abord, les verres; ensuite, un sourire; puis, avec un autre sourire, la vodka; et enfin le scotch qui, d'après le coup d'œil approbateur qu'il jeta sur l'étiquette,

semblait de sa marque préférée. Un garçon prit place à
chaque bout de la pièce, chacun d'eux gardant une
mitraillette posée sur les genoux. Une pile de lettres
jonchait la table, et Charlie sut sans même les regarder
que c'était celles qu'elle avait écrites à Michel.

*Ne prends pas une certaine confusion apparente
pour de l'incompétence,* avait insisté Joseph. *Pas de
racisme, s'il te plaît, concernant une prétendue infériorité arabe.*

Les lumières s'éteignirent complètement, mais cela
se produisait souvent, même dans la vallée. Il se dressa
devant elle, se profilant contre la fenêtre immense,
telle une ombre vigilante et souriante appuyée sur une
canne.

« Savez-vous à quoi cela ressemble pour nous de
rentrer chez nous? » lui demanda-t-il en la dévisageant toujours. Mais sa canne montrait la baie vitrée.
« Pouvez-vous imaginer ce que cela représente que de
se trouver dans son propre pays, sous ses propres
étoiles, debout sur sa propre terre et de devoir garder
l'arme à la main à guetter sans cesse l'agresseur?
Demandez aux garçons. »

Sa voix, comme d'autres voix que Charlie connaissait, devenait plus belle encore dans le noir.

« Ils vous aimaient bien, déclara-t-il. Et vous?

– Oui, beaucoup.

– Lequel préfériez-vous?

– Je les aimais tous autant », répliqua-t-elle. Il rit.

« Ils disent que vous aimez toujours votre petit
Palestinien mort. C'est vrai?

– Oui. »

Sa canne désignait toujours la fenêtre. « Dans le
temps, si vous en aviez eu le courage, nous vous
aurions prise avec nous. De l'autre côté de la frontière.
L'attaque. La vengeance. Le retour. La fête. Nous y
serions allés ensemble. Helga prétend que vous voulez
vous battre. C'est vrai?

– Oui.

– Contre tout le monde ou seulement contre les sionistes? »

Tayeh n'attendit pas la réponse. Il but un peu.

« Nous récupérons de la racaille parfois, et ceux-là veulent faire sauter le monde entier. Etes-vous comme eux?

– Non.

– Ces gens-là sont de la racaille. Helga... Mr. Mesterbein... mais de la racaille nécessaire, non?

– Je n'ai pas eu le temps de me faire une idée, dit-elle.

– Etes-*vous* comme eux?

– Non. »

La lumière revint. « Non, concéda-t-il, sans cesser de l'examiner. Non, je ne le pense pas non plus. Peut-être que vous changerez. Vous avez déjà tué?

– Non.

– Vous avez de la chance. Vous avez une police. Un pays. Un parlement. Des droits. Des passeports. Où habitez-vous?

– A Londres.

– Dans quel quartier? »

Elle eut le sentiment que les blessures de Tayeh le rendaient impatient d'entendre ses réponses; qu'elles le renvoyaient bien au-delà de ce qu'il apprenait, à d'autres questions. Il s'était déniché une grande chaise et la charriait sans ménagements vers son invitée. Aucun des garçons ne se leva pour l'aider et Charlie supposa qu'ils n'osaient pas. Lorsqu'il eut amené la chaise à l'endroit voulu, il alla en chercher une autre, puis il s'installa sur la première et hissa avec un grognement sa jambe sur la seconde. Cela fait, il prit une cigarette qui traînait au fond de la poche de sa tunique et l'alluma.

« Vous êtes notre première Anglaise, vous savez ça? Une Hollandaise, un Italien, un Français, des Allemands, des Suédois. Deux Américains. Un Irlandais. Ils viennent tous se battre pour nous. Mais pas d'Anglais. Pas jusqu'à présent. Les Anglais arrivent trop tard, comme toujours. »

Elle éprouva une impression familière. Il parlait, comme Joseph, de souffrances qu'elle n'avait pas connues, d'un point de vue qu'il lui fallait encore apprendre. Tayeh n'était pas vieux mais il possédait une sagesse acquise trop tôt. Le visage de Charlie recevait toute la lumière de la petite lampe. Peut-être était-ce la raison pour laquelle il l'avait fait asseoir là. Le capitaine Tayeh est un homme d'une grande intelligence.

« Si vous voulez changer le monde, oubliez ça, fit-il remarquer. Les Anglais en ont déjà trop fait. Restez chez vous. Interprétez vos petits rôles. Faites travailler votre esprit à vide. C'est plus sûr.

— Plus maintenant, répliqua-t-elle.

— Oh! vous pourriez faire marche arrière. » Il avala quelques gorgées de whisky. « Vous avouez. On vous rééduque. Un an de prison. Tout le monde devrait passer au moins une année en prison. Pourquoi vous faire tuer pour nous?

— Pour lui », corrigea-t-elle.

D'un mouvement irrité de sa cigarette, Tayeh balaya son romantisme. « Qu'est-ce que ça veut dire? Il est mort. D'ici un an ou deux, nous serons tous morts. Pourquoi pour lui?

— Pour tout. Il m'a tout appris.

— Vous a-t-il dit ce que nous faisons? – Les bombes? – Les armes? – La mort?... Et puis tant pis. »

Durant un long moment, il ne sembla se préoccuper que de sa cigarette. Il la regarda brûler, en tira quelques bouffées, lui jeta un coup d'œil menaçant puis l'écrasa avant d'en allumer une autre. Charlie devina qu'il n'aimait pas réellement fumer.

« Qu'a-t-il pu vous apprendre? s'étonna-t-il. A une femme comme vous? Ce n'était qu'un petit garçon. Il ne pouvait rien apprendre à personne. Il n'était rien.

— Il était tout », protesta-t-elle, butée, et elle le

sentit se désintéresser de la conversation, comme quelqu'un qui s'ennuie en compagnie de gens trop jeunes. Puis elle s'aperçut qu'il avait entendu un bruit, avant tout le monde. Il donna un ordre bref. L'un des garçons bondit vers la porte. On court plus vite pour les handicapés, songea la jeune femme. Elle distingua un bruit de voix parlant doucement à l'extérieur.

« Vous a-t-il appris à haïr? suggéra Tayeh, comme si rien ne s'était produit.

– Il disait qu'il laissait la haine aux sionistes. Il disait qu'il faut aimer pour se battre. Il disait que l'antisémitisme est une invention chrétienne. »

Elle se tut, percevant ce que Tayeh avait entendu depuis longtemps déjà : une voiture remontant la montagne. Il entend comme un aveugle, pensa-t-elle. C'est à cause de son corps.

« Vous aimez l'Amérique? s'enquit-il.

– Non.

– Vous y êtes allée?

– Non.

– Comment pouvez-vous dire que vous n'aimez pas si vous n'y êtes jamais allée? » demanda-t-il.

Mais sa question, une fois de plus, relevait de la pure rhétorique; c'était un point qu'il éclaircissait pour lui-même dans le dialogue qu'il conduisait au-dessus d'elle. La voiture s'arrêtait devant la maison. Charlie entendit des pas et des voix assourdies puis vit le faisceau des phares traverser la pièce avant qu'on ne les éteigne.

« Restez où vous êtes », ordonna Tayeh.

Deux garçons apparurent, l'un porteur d'un sac de plastique, l'autre d'une mitraillette. Ils s'immobilisèrent, attendant respectueusement que Tayeh leur adressât la parole. Les lettres gisaient toujours sur la table, et quand Charlie songea à l'importance qu'elles avaient eue, leur désordre sembla majestueux.

« Personne ne vous suit et vous allez partir vers le sud, lui apprit Tayeh. Finissez votre vodka et accompagnez ces garçons. Peut-être que je vous crois, peut-être pas. Peut-être que cela importe peu. Ils ont apporté des vêtements pour vous. »

Ce n'était pas une simple voiture, mais une ambulance blanche et crasseuse, dont les flancs étaient ornés de croissants verts et le capot couvert d'une couche de poussière rouge. Un garçon aux cheveux ébouriffés et aux lunettes sombres se tenait derrière le volant. Deux autres garçons étaient assis en tailleur sur les couchettes défaites de l'arrière, leurs mitraillettes inconfortablement casées dans l'espace réduit, mais Charlie, vêtue d'une blouse grise d'infirmière et d'un foulard, monta courageusement près du chauffeur. La nuit cédait la place à une aube allègre; sur leur gauche, tandis qu'eux-mêmes descendaient à faible allure le flanc de la montagne, un gros soleil rouge grimpait implacablement. Charlie essaya de bavarder en anglais avec le chauffeur mais il se fâcha. Elle lança un joyeux « Salut derrière » aux deux autres garçons, mais l'un se montra renfrogné et l'autre féroce. Gardez-la donc, votre saloperie de révolution, songea-t-elle alors, puis elle regarda le paysage. Le sud, avait-il dit. Pour combien de temps? Pourquoi? Mais une certaine éthique semblait interdire de poser des questions, et la fierté, tout autant que l'instinct de conservation, avait dicté à Charlie de s'y conformer.

Le premier contrôle eut lieu quand ils pénétrèrent dans la ville. Il y en eut quatre autres avant qu'ils n'atteignent la route du sud et, lors du quatrième, elle vit deux hommes charger un mort dans un taxi et des femmes crier en frappant le capot. La victime était couchée de côté, une main vide pointée vers le sol, cherchant encore à étreindre quelque chose. *La première mort est la dernière*, se récita Charlie en pensant à son Michel assassiné. La mer se découvrit sur leur droite et, une fois de plus, le paysage devint absurde. On eût dit qu'une guerre civile avait éclaté sur les côtes britanniques. Des carcasses de voitures et des villas criblées d'impacts de balles bordaient la route; sur un terrain de jeux, deux enfants tapaient dans un ballon par-dessus un cratère d'obus. Les pontons des yachts, éventrés, émergeaient à peine de l'eau. Même du camion de fruits qui venait en sens inverse et manqua leur faire quitter la chaussée émanait un désespoir fugitif.

Ils s'arrêtèrent une fois de plus à un contrôle routier. Des Syriens. Mais une infirmière allemande dans une ambulance palestinienne n'intéressait strictement personne. Elle entendit le moteur d'une moto s'emballer et regarda avec indifférence dans sa direction. Une Honda poussiéreuse, les sacoches bourrées de bananes vertes. Un poulet vivant pendu par les pattes au guidon. Et, sur la selle, Dimitri écoutant le moteur d'un air concentré. Il portait des bouts d'uniforme palestinien et un keffieh rouge enroulé autour du cou. Et passé dans l'une des épaulettes kaki de sa chemise, telle une faveur, un audacieux brin de bruyère blanche qui signifiait « Nous sommes avec toi ». La bruyère blanche était le signe que Charlie guettait depuis quatre jours.

A partir de maintenant, seul le cheval connaît le chemin, l'avait avertie Joseph; *il te suffit de rester en selle.*

Une fois de plus, ils formèrent une famille et attendirent.

Leur foyer fut cette fois-ci un petit pavillon situé près de Sidon[1]. Le porche avait été scié net par un obus lancé par un bateau de guerre israélien, et des barres de fer rouillées en jaillissaient comme les antennes d'un insecte géant. Derrière la maison s'étendait une plantation de mandariniers où une vieille oie picorait les fruits tombés. Devant n'apparaissait plus

1. Il s'agit de Saïda, anciennement Sidon. (N.d.T.)

qu'une masse de boue et de débris de ferraille, en cet endroit qui s'était rendu célèbre lors de la dernière invasion, ou de l'avant-avant-avant-dernière, comment savoir? Dans le pré voisin, une famille de poussins et une épagneule en cavale flanquée de quatre chiots replets se partageaient les restes d'une voiture blindée. Derrière cette niche improvisée s'étendaient les eaux bleues des chrétiens de Sidon, la forteresse des croisés se dressant sur le front de mer comme un magnifique château de sable. Des réserves apparemment inépuisables de Tayeh, Charlie avait hérité deux nouveaux gardiens : Karim et Yasir. Karim était un garçon rondouillard, un peu clownesque, et qui faisait toujours mine de considérer sa mitraillette comme un poids mort, soufflant et grimaçant dès qu'il devait la passer en bandoulière. Mais si Charlie lui souriait avec compassion, il se troublait aussitôt et se dépêchait de rejoindre Yasir. Il rêvait de devenir ingénieur. Karim avait dix-neuf ans, et cela faisait six ans qu'il se battait. Il s'exprimait en un anglais murmuré et ponctuait chacune de ses phrases d'un « d'habitude » assez curieux.

« D'habitude, quand la Palestine sera libre, j'étudierai à Jérusalem, expliqua-t-il. En attendant – il écarta les mains en signe d'impuissance et soupira à cette horrible perspective – peut-être Leningrad, peut-être Detroit. »

Oui, répondit poliment Karim, d'habitude, il avait un frère et une sœur, mais sa sœur avait péri lors d'un raid aérien sioniste sur le camp de Nabatiyeh. Son frère avait fui à Rachidiyeh et y était mort trois jours plus tard dans un bombardement naval. Il raconta ces deuils avec une très grande modestie, sous-entendant qu'ils comptaient peu dans la tragédie générale.

« La Palestine est d'habitude un petit chat, dit mystérieusement Karim à Charlie un matin, alors que, vêtue d'une chemise de nuit flottante blanche, elle attendait patiemment près de la fenêtre qu'il ait fini de guetter, la mitraillette prête à tirer. Elle a besoin qu'on la caresse beaucoup, sinon elle devient sauvage. »

Il avait vu, lui expliqua-t-il, un homme à l'air louche dans la rue, et était monté pour déterminer s'il devait le tuer.

Mais Yasir, ses sourcils de boxeur éternellement froncés sur un regard flamboyant et furieux, ne pouvait pas lui parler du tout. Il portait une chemise à carreaux rouges et un cordon noir noué sur l'épaule pour se donner l'allure d'un agent de la sécurité militaire. Quand la nuit tombait, il se postait dans le jardin et surveillait la mer, à l'affût des bombardiers sionistes. C'était un grand communiste, expliqua affectueusement Karim, et il allait anéantir le colonialisme dans le monde entier. Yasir haïssait les Occidentaux, même lorsqu'ils se prétendaient amis de la Palestine, poursuivit Karim. Sa mère et toute sa famille avaient péri à Tal al-Zataar.

De quoi? demanda Charlie.

De soif, répondit Karim, qui lui fit un petit cours d'histoire moderne : Tal al-Zataar, la colline au thym, était un camp de réfugiés de Beyrouth. Des cabanes au toit de tôle, souvent à onze dans une seule pièce. Trente mille Palestiniens ou Libanais parmi les plus pauvres s'entassèrent là-dedans pendant dix-sept mois pour tenter d'échapper aux bombardements continuels. Les bombardements de qui? interrogea Charlie. Karim fut stupéfait. Mais, ceux des Kata'ib, répondit-il, comme si cela allait de soi. Des irréguliers fascistes maronites, soutenus par les Syriens et sans doute par les sionistes également. Des milliers de personnes furent tuées, mais nul n'aurait su donner le chiffre exact car, ajouta Karim, il restait trop peu de monde pour les pleurer. Lorsque les agresseurs pénétrèrent dans le camp, ils massacrèrent la plupart des survivants. Les médecins et les infirmières furent alignés contre un mur et abattus eux aussi, ce qui relevait de la pure logique puisqu'il ne leur restait plus ni médicaments, ni eau, ni malades.

« Et tu étais là-bas? » s'enquit Charlie.

Non, répondit-il; mais Yasir y était.

« A l'avenir, plus de bains de soleil, la sermonna Tayeh quand il vint la chercher le lendemain soir. Ce n'est pas la Riviera ici. »

Elle ne revit jamais les garçons. Elle entrait graduellement dans cet état que Joseph lui avait prédit. On lui apprenait le malheur, et le malheur l'absolvait du besoin de se disculper. Elle était un cavalier à qui l'on eût mis des œillères, ballottée parmi des événements, des émotions trop graves pour qu'elle pût compatir; sur une terre où le seul fait d'être présente revenait à partager une injustice monstrueuse. Elle avait rejoint le camp des victimes et supportait désormais mieux sa tromperie. A mesure que chaque jour s'écoulait, la fidélité fictive qu'elle vouait à Michel s'appuyait de plus en plus sur des faits, tandis que sa fidélité bien réelle à Joseph ne subsistait plus que comme une marque secrète imprimée sur son âme.

« Bientôt, nous aurons l'habitude d'être morts, lui déclara Karim, en écho à Tayeh. Les sionistes vont nous génocider jusqu'au dernier, vous aurez l'habitude de voir. »

La vieille prison se trouvait au centre de la ville, et, lui avait dit de façon sibylline Tayeh, c'était l'endroit où les innocents purgeaient leur condamnation à vivre. Ils durent pour y arriver se garer sur la grand-place et pénétrer dans un labyrinthe de ruelles antiques tendues de calicots recouverts de plastique que Charlie prit tout d'abord pour du linge en train de sécher. C'était l'heure du marché du soir; le monde se pressait devant les boutiques et les étalages. La lumière des lampadaires pénétrait profondément le vieux marbre des murs, semblant l'éclairer de l'intérieur. Dans les

560

ruelles adjacentes, le bruit leur parvenait par bribes, et disparaissait parfois complètement au détour d'un chemin. Ils ne percevaient plus alors que le martèlement et le frottement de leurs propres pas sur les pavés romains polis. Un homme hostile en culotte difforme les guidait.

« J'ai raconté à l'administrateur que vous êtes une journaliste occidentale, expliqua Tayeh à Charlie tout en clopinant à son côté. Il n'aura pas une attitude très bonne envers vous parce qu'il n'apprécie pas ceux qui viennent ici pour améliorer leurs connaissances en zoologie. »

Une lune déchirée les accompagnait; la nuit était très chaude. Ils arrivèrent à une autre place et une explosion de musique arabe les accueillit, retransmise par des haut-parleurs installés à la hâte sur des piquets. Les grands portails étaient ouverts et donnaient accès à une cour vivement éclairée d'où partait un escalier de pierre conduisant à une série de balcons. La musique se faisait plus intense.

« Mais qui sont-ils? chuchota Charlie, qui ne comprenait toujours pas. Qu'ont-ils fait?

– Rien. C'est là leur crime. Ce sont des réfugiés qui se sont réfugiés des camps de réfugiés, répondit Tayeh. La prison a des murs épais et elle était vide, alors nous nous en sommes emparés pour les protéger. Prenez un air solennel, ajouta-t-il. Ne souriez pas trop facilement ou ils croiront que vous vous moquez de leur misère. »

Un vieillard assis sur une chaise de cuisine les fixa d'un regard vide. Tayeh et l'administrateur s'avancèrent pour le saluer. Charlie jeta un coup d'œil autour d'elle. *Je vois ça tous les jours. Je suis une journaliste occidentale endurcie qui décrit la misère à ceux qui ont tout et se sentent malheureux.* Elle se tenait au milieu d'une sorte de grand silo de pierre dont les murs, très vieux, étaient percés jusqu'en haut de portes grillagées et ornées de balcons de bois. Partout, une couche fraîche de peinture blanche donnait une illusion d'hygiène. Les cellules du rez-de-chaussée étaient voûtées. Les portes en restaient ouvertes, comme par hospitalité; les silhouettes qui se dessinaient à l'intérieur semblaient à première vue immobiles. Même les enfants ne remuaient qu'avec une grande économie. Des cordes à linge pendaient devant chaque cellule, et leur symétrie parfaite suggérait cet esprit de concurrence propre à la vie villageoise. Charlie respira des senteurs de café, d'égouts et de lessive. Tayeh et l'administrateur revenaient.

« Laissez-les vous parler les premiers », lui conseilla le capitaine, et il insista : « Ne faites jamais le premier pas avec ces gens, ils ne comprendraient pas. Vous observez là une espèce en voie de disparition. »

Ils gravirent un escalier de marbre. Au premier, les cellules étaient pourvues de portes solides percées de judas pour les geôliers. Le bruit semblait monter avec la chaleur. Une femme en costume de paysanne les croisa. L'administrateur lui adressa quelques mots et elle désigna, un peu plus loin dans la galerie, une inscription à la main en arabe, sorte de flèche grossière. Baissant les yeux vers la cour, Charlie vit que le vieil homme avait regagné sa chaise et regardait le néant. Il a accompli son travail de la journée, songea-t-elle; il nous a dit : « Montez là-haut. » Ils atteignirent la flèche, suivirent la direction qu'elle indiquait, en découvrirent une autre et parvinrent bientôt au cœur même de la prison. Il me faudrait un fil pour retrouver mon chemin, pensa Charlie. Elle regarda vers Tayeh, mais il détournait délibérément les yeux. A l'avenir, plus de bains de soleil. Ils pénétrèrent dans un ancien mess, ou une ancienne cantine. Au milieu de la salle trônaient une table d'examen recouverte de plastique et un chariot tout neuf présentant un assortiment de médicaments, de bocaux pleins de coton et de seringues. Un homme et une femme s'affairaient; la femme, vêtue de noir, tamponnait les yeux d'un bébé avec du coton. Les mères attendaient patiemment, assises le long du mur, pendant que leurs enfants somnolaient ou pleurnichaient.

« Restez ici », commanda Tayeh, qui s'avança tout seul, laissant Charlie avec l'administrateur. Mais la femme l'avait déjà vu entrer; son regard se posa d'abord sur le capitaine, puis sur Charlie, où il s'attarda, chargé de sens et d'interrogation. Elle prononça quelques mots à l'adresse de la mère du petit patient et lui rendit son enfant. Puis elle se dirigea vers le lavabo et se lava méthodiquement les mains tout en étudiant Charlie dans le miroir.

« Suivez-nous », ordonna Tayeh.

Chaque prison a la sienne : une petite pièce lumineuse décorée de fleurs artificielles et d'une photographie d'un paysage suisse, où l'on peut converser avec ceux qui n'ont rien à se reprocher. L'administrateur s'était retiré. La jeune femme et Tayeh s'assirent de part et d'autre de Charlie, la première raide comme une bonne sœur, le second de guingois, une jambe rejetée, toute droite, sur le côté, sa canne lui faisant comme un piquet de tente planté au milieu du corps, et la sueur ruisselant sur son visage grêlé tandis qu'il fumait, s'agitait et grimaçait. Les bruits de la prison étaient toujours audibles, mais ils s'étaient fondus en un seul ensemble discordant de musique et de voix humaines. Parfois, et cela lui semblait ahurissant, Charlie percevait un rire. La jeune infirmière était belle, sévère, le noir de sa tenue inspirait une certaine crainte, et elle avait des traits solides mais réguliers, ainsi qu'un regard sombre, profond, qui ne s'embarrassait pas de mensonge. Elle portait les cheveux courts. La porte restait ouverte, gardée par les deux garçons de rigueur.

« Vous savez qui elle est? s'enquit Tayeh qui écrasait déjà sa première cigarette. Vous ne reconnaissez rien de familier dans ses traits ? Regardez bien. »

Charlie n'en avait pas besoin. « Fatmeh », soufflat-elle.

« Elle est revenue à Sidon pour être avec son peuple. Elle ne parle pas anglais, mais elle sait qui vous êtes. Elle a lu les lettres que vous avez écrites à Michel et celles de Michel aussi. Des traductions. Vous l'intéressez, naturellement. »

Remuant douloureusement sur sa chaise, Tayeh pêcha une nouvelle cigarette maculée de transpiration et l'alluma.

« Elle a du chagrin, mais nous en avons tous. Alors pas de sentimentalisme quand vous lui parlerez, je vous prie. Elle a déjà perdu trois frères et une sœur. Elle sait ce que c'est. »

Fatmeh se mit à parler, très calmement. Lorsqu'elle se tut, Tayeh entreprit de traduire, avec un certain mépris, puisque telle était son attitude ce soir-là.

« Elle veut d'abord vous remercier d'avoir été un tel réconfort pour son frère, Salim, dans sa lutte contre le sionisme, et aussi de votre engagement dans ce combat pour la justice. » Il attendit que Fatmeh reprenne la parole. « Elle dit que vous êtes sœurs désormais. Vous aimiez toutes les deux Michel, et vous êtes toutes les deux fières de sa mort héroïque. Elle vous demande... » Il s'interrompit de nouveau pour la laisser parler. « Elle vous demande si vous préféreriez mourir plutôt que de devenir esclave de l'impérialisme. Elle attache beaucoup d'importance à la politique. Répondez oui.

– Oui.

– Elle voudrait savoir comment Michel parlait de sa famille et de la Palestine. N'inventez pas. Elle a un instinct sûr. »

Tayeh abandonnait sa contenance indifférente. Il se leva à grand-peine et se mit à arpenter lentement la pièce, tantôt traduisant, tantôt posant des questions de son cru.

Charlie s'exprima du fond du cœur, du fond de sa mémoire blessée, en regardant droit devant elle. Elle ne mentait à personne, pas même à elle-même. Au début, raconta-t-elle, Michel ne mentionna pas même l'existence de son frère; et celle de Fatmeh, sa sœur tant aimée, une fois seulement. Et puis, un jour – cela se passait en Grèce – il se mit à parler d'eux avec beaucoup d'amour, lui disant qu'après la mort de leur mère, c'était Fatmeh qui était devenue la mère de toute la famille.

Tayeh traduisit d'un ton brusque. La jeune femme ne répondit rien, mais ses yeux ne quittaient pas le visage de Charlie, étudiant, écoutant, interrogeant.

« Qu'a-t-il dit sur eux – ses frères? questionna Tayeh avec impatience. Dites-le-lui.

– Il m'a raconté que pendant toute son enfance, ses frères aînés étaient ses exemples resplendissants. Dans le premier camp, en Jordanie, alors qu'il était encore trop jeune pour se battre, ses frères disparaissaient sans dire où ils allaient. Alors Fatmeh s'approchait de son lit pour lui murmurer qu'ils étaient allés lancer une nouvelle attaque contre les sionistes. »

Tayeh l'arrêta pour jouer son rôle d'interprète.

Les questions de Fatmeh perdirent leurs accents nostalgiques et prirent la sécheresse d'un interrogatoire. Quelles études avaient suivies ses frères? Quels étaient leurs talents, leurs aptitudes, comment étaient-ils morts? Charlie répondait quand elle le pouvait, par bribes : Salim – Michel – ne lui avait pas tout dit. Fawaz était un grand juriste, ou voulait le devenir. Il était amoureux d'une étudiante d'Amman – elle était en fait la jeune fille de ses rêves depuis l'enfance, dans leur village de Palestine. Et les sionistes l'avaient tué alors qu'il sortait de chez elle, très tôt un matin. « D'après Fatmeh... commença Charlie.

– Quoi, d'après Fatmeh? insista Tayeh.

– D'après Fatmeh, c'étaient les Jordaniens qui avaient livré l'adresse de la fille aux sionistes. »

Fatmeh posait une question. Avec colère. Tayeh traduisit de nouveau :

« Michel mentionne dans l'une de ses lettres sa fierté d'avoir partagé la torture avec son grand frère, dit Tayeh. A propos de cet incident, il écrit qu'à part vous, sa sœur Fatmeh est la seule femme sur terre qu'il peut aimer complètement. Expliquez cela à Fatmeh, s'il vous plaît. De quel frère parle-t-il?

– Khalil, répondit Charlie.

– Décrivez l'incident dont il parle, commanda Tayeh.

– Cela se passait en Jordanie.

– Où? Comment? Donnez des faits précis.

– C'était le soir. Un convoi de jeeps jordaniennes, six en tout, ont pénétré dans le camp. Les Jordaniens ont pris Khalil et Michel – Salim – et ont ordonné à Michel d'aller couper des branches de grenadier – elle écarta les mains comme Michel l'avait fait cette nuit-là, à Delphes –, six jeunes branches d'un mètre chacune. Ils ont obligé Khalil à ôter ses souliers, et Salim à s'agenouiller pour tenir les pieds de son frère pendant qu'ils les frappaient avec les branches de grenadier. Et puis ils ont fait le contraire. Khalil tenant Salim. Leurs pieds ne ressemblaient plus à des pieds, ils étaient devenus des masses sanglantes. Mais les Jordaniens les ont fait courir quand même, en leur tirant dans les jambes.

– Ensuite? dit Tayeh avec impatience.

– Ensuite quoi?

– Comment Fatmeh devient-elle si importante?

– Elle les a soignés. De nuit comme de jour, elle a baigné leurs pieds. Elle leur a redonné courage. Elle leur a lu les grands écrivains arabes. Leur a permis de dresser de nouveaux plans d'attaque. « Fatmeh est « notre cœur », disait-il. Il disait aussi : « Fatmeh est

« notre Palestine. Je dois prendre exemple sur son
« courage et sur sa force. »

– Il l'a même écrit, l'imbécile », déclara Tayeh en
accrochant sa canne au dos d'une chaise afin d'allumer
une cigarette.

Regardant fixement le mur vide comme s'il s'y
trouvait un miroir, et s'appuyant légèrement en arrière
sur sa canne de frêne, Tayeh s'épongeait le visage avec
un mouchoir. Fatmeh se leva et se dirigea silencieusement vers le lavabo pour lui rapporter un verre d'eau.
Tayeh tira une flasque de scotch de sa poche et en
versa une rasade dans le verre. Charlie songea une fois
de plus qu'ils se connaissaient très bien, à la façon
d'associés très proches, ou même d'amants. Ils discutèrent un moment ensemble; puis Fatmeh se tourna de
nouveau vers Charlie pendant que Tayeh assenait sa
dernière question.

« Que signifie ce passage dans une lettre : « Le plan
« que nous nous sommes juré de suivre sur la tombe
« de mon père. » Quel plan? Expliquez ça. »

Charlie commença de décrire la mort du père de
Michel, mais Tayeh l'interrompit avec impatience.

« Nous savons comment il est mort. Il est mort de
désespoir. Parlez-nous des obsèques.

– Il avait demandé à être enterré à Hébron – à
al-Khalil – alors ils l'ont emporté jusqu'au pont Al-
lenby. Mais les sionistes n'ont pas voulu les laisser
passer. Alors Michel, Fatmeh et deux amis ont porté le
cercueil tout en haut d'une montagne, et quand le soir
est tombé, ils ont creusé une tombe en un lieu d'où il
pourrait voir la terre que les sionistes lui avaient
volée.

– Où était Khalil à ce moment-là?

– Il n'était pas là. Il était parti depuis des années.
Impossible à joindre. En train de se battre. Mais cette

nuit-là, alors qu'ils refermaient la tombe, il est soudain apparu.

— Ensuite ?

— Il a aidé à refermer la tombe. Puis il a dit à Michel de venir se battre.

— *Venir* se battre ? répéta Tayeh.

— Il lui a dit qu'il était temps de s'attaquer à l'ensemble des juifs. Partout. Il ne devait plus exister la moindre distinction entre juifs et Israéliens. Il a ajouté que la race juive tout entière constituait une base de ravitaillement sioniste, et que les sionistes ne s'arrêteraient que quand ils auraient exterminé notre peuple. Notre seule chance était de violer le monde pour l'obliger à écouter. Encore et encore. S'il fallait sacrifier des vies innocentes, pourquoi devraient-elles toujours être palestiniennes ? Les Palestiniens ne suivraient pas l'exemple des juifs et n'attendraient pas deux mille ans pour récupérer leurs terres.

— Et alors, en quoi consistait le plan ? insista Tayeh sans se laisser impressionner.

— Michel devait se rendre en Europe. Khalil se chargerait de tout. Il y deviendrait étudiant, mais aussi soldat. »

Fatmeh se mit à parler. Elle fut brève.

« Elle dit que son frère ne savait pas tenir sa langue et que Dieu, dans sa grande sagesse, a eu raison de le faire taire », traduisit Tayeh, puis, après un signe à l'adresse des garçons, il se dirigea en clopinant très vite vers l'escalier. Charlie s'apprêtait à le suivre mais Fatmeh la retint par le bras et la dévisagea de nouveau, avec une curiosité non dissimulée mais dépourvue d'animosité. Côte à côte, les deux femmes descendirent le couloir. A la porte de la clinique, Fatmeh la regarda une dernière fois sans cacher son trouble. Puis elle déposa un baiser sur la joue de Charlie. La jeune Anglaise la suivit des yeux alors qu'elle allait reprendre l'enfant pour lui tamponner de nouveau les paupières, et, n'eût été la voix de Tayeh qui la pressait de

568

le suivre, Charlie serait bien restée à aider Fatmeh jusqu'à la fin de ses jours.

« Vous devrez patienter, l'avertit Tayeh en la conduisant au camp. Nous ne vous attendions pas, après tout. Nous ne vous avons pas invitée. »

Elle crut tout d'abord qu'il l'avait amenée dans un village, car les terrasses des cabanes blanches qui s'accrochaient au flanc de la colline semblaient, à la lumière des phares, plutôt agréables. Mais à mesure qu'ils se rapprochaient, l'état des lieux se précisait, et lorsqu'ils eurent atteint le sommet de la colline, Charlie comprit qu'elle se trouvait dans une ville de fortune construite pour abriter non des centaines, mais des milliers de réfugiés. Un homme très digne et grisonnant les accueillit; il réserva cependant tout son empressement à Tayeh, en l'honneur duquel il avait revêtu des souliers noirs et bien cirés, ainsi qu'un uniforme kaki dont les plis étaient si bien repassés qu'ils paraissaient tranchants comme des lames de rasoir.

« C'est lui le chef ici, se contenta de dire Tayeh en guise de présentations. Il sait que vous êtes anglaise, et c'est tout. Il ne demandera rien d'autre. »

Ils le suivirent dans une pièce dépouillée où des coupes sportives s'alignaient sur des étagères de verre. Des paquets de cigarettes de marques différentes s'empilaient sur une assiette posée bien au milieu d'une table à thé. Une jeune femme très grande apporta du thé sucré et des gâteaux, mais personne ne lui adressa la parole. Elle portait un foulard, une jupe longue traditionnelle et des chaussures plates. Sœur? Epouse? Charlie ne parvenait pas à le déterminer. Des cernes de douleur soulignaient les yeux de la jeune Palestinienne qui paraissait se mouvoir dans un univers de tristesse intime. Lorsqu'elle eut disparu, le chef fixa Charlie d'un regard féroce et la gratifia d'un discours morne, prononcé avec un accent écossais indubitable. Il lui expliqua sans sourire qu'il avait servi dans la police palestinienne durant le Mandat et touchait toujours une retraite britannique. L'âme de son peuple, affirma-t-il, avait été trempée par les épreuves subies. Il donna des chiffres. En douze ans, le camp avait été bombardé sept cents fois. Il fournit le nombre de victimes, détaillant les proportions de femmes et d'enfants tués. Les obus fusants de fabrication américaine constituaient les armes les plus destructrices; les sionistes lâchaient également des jouets d'enfants piégés. Il lança un ordre et un garçon sortit pour revenir aussitôt, porteur d'une voiture de course miniature toute cabossée. Il souleva la carrosserie, révélant les fils métalliques et l'explosif qu'elle contenait. Peut-être, se dit Charlie. Peut-être pas. Le chef mentionna aussi les différentes idéologies politiques en vigueur parmi les Palestiniens, mais il lui assura gravement que, dans la lutte contre le sionisme, toutes ces factions ne formaient plus qu'une.

« Ils nous bombardent tous », déclara-t-il.

Il appelait Charlie « camarade Leïla », puisque c'était sous ce nom que Tayeh l'avait présentée, et, lorsqu'il eut fini son laïus, il lui souhaita la bienvenue puis la confia avec reconnaissance aux soins de la jeune femme si grande et si triste.

« Pour la justice, lui dit-il en guise de salut.

– Pour la justice », répliqua-t-elle.

Tayeh la regarda partir.

Les ruelles étroites semblaient éclairées à la bougie. Un caniveau les partageait en leur milieu. La lune bientôt pleine dérivait au-dessus des montagnes. La jeune Palestinienne ouvrait le chemin; les garçons fermaient la marche, munis de leur mitraillette et du sac de Charlie. Ils dépassèrent un terrain de jeux boueux puis des baraquements oblongs qui formaient peut-être une école. Charlie se souvint du goût de Michel pour le football et se demanda trop tard s'il avait remporté l'une des coupes d'argent qui ornaient les étagères du chef. Des lumières bleu pâle brûlaient au-dessus des portes rouillées des abris antiaériens. La nuit résonnait des bruits nocturnes de l'exil. Le rock et la musique patriotique se mêlaient au murmure incessant des vieillards. Quelque part, un jeune couple se disputait. Leurs voix jaillirent en une explosion de fureur contenue.

« Mon père s'excuse pour le peu de confort. Dans le camp, il est de règle que les bâtiments ne soient pas prévus pour durer, de peur que nous ne soyons tentés d'oublier où se trouve notre vraie patrie. Si une attaque aérienne se produit, surtout n'attendez pas les sirènes, suivez la foule en courant. Après un raid, faites attention à ne rien toucher de ce qui traîne par terre. Stylos, bouteilles, radios... rien du tout. »

Elle s'appelait Salma, lui apprit-elle avec son petit sourire triste, et le chef était son père.

Charlie se laissa guider avec abandon. La cabane se révéla minuscule et aussi propre qu'un service hospitalier. Elle était équipée d'un lavabo, de waters, et d'une cour attenante grande comme un mouchoir de poche.

« Que faites-vous, ici, Salma? »

La question parut un instant la stupéfier. Le fait d'être là constituait déjà une occupation.

« Où avez-vous appris l'anglais, alors? » insista Charlie.

En Amérique, répondit Salma; elle était diplômée en biochimie de l'université du Minnesota.

Vivre longtemps parmi les vraies victimes de ce monde procure une paix absolument terrible et pourtant pastorale. Charlie éprouva du moins toute la compassion que la vie lui avait refusée jusque-là. A attendre ainsi, elle gonflait les rangs de ceux qui avaient attendu toute leur existence. A partager leur captivité, elle rêvait qu'elle s'était évadée de la sienne. A les aimer, elle s'imaginait qu'elle se faisait pardonner les multiples fourberies qui l'avaient amenée ici. Elle n'avait plus de gardes attachés à sa personne, et le premier matin, à peine éveillée, elle entreprit de sonder avec précaution les limites de sa liberté. Il n'en subsistait apparemment aucune. Elle traversa les terrains de jeux et regarda des petits garçons aux épaules voûtées faire des efforts désespérés pour parvenir à ressembler à des hommes. Charlie découvrit le dispensaire, les écoles, et les boutiques minuscules qui vendaient de tout, allant des oranges à la bouteille familiale de shampooing « Head and Shoulders ». Dans le dispensaire, une vieille Suédoise lui parla sans se plaindre de la volonté divine.

« Ces pauvres juifs ne peuvent reposer en paix tout en nous gardant sur la conscience », expliqua-t-elle d'un ton rêveur. « Dieu s'est montré si *dur* avec eux. Pourquoi ne leur apprend-il pas à aimer maintenant ? »

A midi, Salma lui apporta une tourte au fromage aplatie et du thé. Puis, lorsqu'elles eurent déjeuné dans la cabane de Charlie, Salma l'entraîna dans une orangeraie qui menait au sommet d'une colline très semblable à celle où Michel lui avait appris à tirer. Une chaîne de montagnes brunes bordait l'horizon au sud et à l'ouest.

« Par là, à l'est, c'est la Syrie, lui indiqua Salma en montrant un point situé au-delà de la vallée. Mais ces montagnes-là – elle tendit le bras vers le sud puis le laissa retomber en un mouvement de soudain désespoir – celles-là sont les nôtres, et c'est par là que les sionistes arriveront pour nous tuer. »

En redescendant la colline, Charlie repéra des camions de l'armée camouflés par des filets, et, dans un bouquet de cèdres, l'éclat mat de canons de fusils pointés vers le sud. Son père venait de Haïfa, raconta Salma, à une soixantaine de kilomètres de là. Sa mère avait été tuée, mitraillée par un avion de chasse israélien au moment où elle quittait son abri. Elle avait un frère, riche banquier au Koweït. Non, répondit-elle à la question qui s'imposait; les hommes la trouvaient trop grande, et trop intelligente.

Le soir, Salma conduisit Charlie à un concert d'enfants. Elles se rendirent ensuite dans une salle d'école où, avec une vingtaine d'autres femmes, et à l'aide d'une machine qui ressemblait à un gros gaufrier vert, elles collèrent en vue de la grande fête des imprimés criards sur des tee-shirts d'enfants. Les pièces à coller portaient des slogans en arabe promettant une victoire totale; d'autres représentaient des portraits de Yasser Arafat, que les femmes appelaient Abou Ammar. Charlie passa la plus grande partie de la nuit avec elles et devint leur championne. Deux mille chemises, toutes à la bonne taille et prêtes à temps, grâce à la camarade Leïla.

Sa cabane s'emplit bientôt d'enfants de l'aube au coucher du soleil, certains venant pour parler anglais avec elle, d'autres pour lui apprendre leurs danses et leurs chants. Ou pour lui tenir la main et marcher avec elle dans la rue, fiers d'être vus en sa compagnie. Quant aux mères, elles lui apportèrent tant de biscuits sucrés et de tourtes au fromage qu'elle aurait pu vivre ici jusqu'à la fin de ses jours, ce qui était bien dans son intention.

Mais qui est-elle? se demanda Charlie, laissant son imagination courir vers une nouvelle histoire inachevée, alors qu'elle regardait Salma évoluer à sa façon triste et secrète parmi les siens. Il lui fallut attendre pour que, peu à peu, une explication commence à se dessiner. Salma connaissait le monde extérieur. Elle savait comment les Occidentaux parlaient de la Palestine. Et elle avait vu, avec plus d'acuité encore que son père, la distance qui les séparait désormais de leur patrie.

La grande procession eut lieu trois jours plus tard. Elle commença en milieu de matinée, sur le terrain de jeux et progressa lentement autour du camp, dans la chaleur de rues bondées et décorées de bannières brodées à la main qui auraient fait la fierté d'une institution de jeunes filles anglaise. Charlie se tenait sur le pas de la porte, avec dans ses bras une enfant trop petite pour marcher, et l'attaque aérienne se déclencha deux minutes à peine après qu'elle eut admiré la maquette de Jérusalem transportée par une demi-douzaine de gamins lui arrivant à l'épaule. Vint tout d'abord Jérusalem, figurée – lui expliqua Salma – par une mosquée d'Omar en papier doré et coquillages. Puis défilèrent les enfants des martyrs, chacun d'eux revêtu d'une longue chemise de nuit, et porteur d'une branche d'olivier. Puis, comme intégré à la suite de la fête, retentit le son joyeux d'une canonnade venant de la colline. Mais personne ne cria ni ne fit mine de bouger. Pas encore. Salma, qui se trouvait près de Charlie, ne leva pas même la tête.

Jusqu'alors, Charlie n'avait pas vraiment pensé aux avions. Elle en avait bien remarqué deux, très haut dans le ciel, et avait admiré le beau panache blanc qu'ils laissaient derrière eux en tournoyant paresseusement. Mais, dans son ignorance, il ne lui était pas venu à l'idée que les Palestiniens pouvaient ne pas posséder d'aviation, ou que l'armée de l'air israélienne pouvait ne pas apprécier que l'on prétende à son territoire avec une telle ferveur et aussi près de la frontière. La jeune femme s'était beaucoup plus intéressée aux filles en uniforme qui dansaient les unes en face des autres sur des chars tirés par des tracteurs, balançant leurs mitraillettes d'avant en arrière, au rythme des claquements de mains de la foule; aux jeunes combattants qui, des bandes de keffieh rouge nouées autour du front à la façon des Apaches, posaient, la mitraillette à la main, à l'arrière de camions; à la lamentation ininterrompue de ces milliers de voix, qui courait d'un bout à l'autre du camp – ils ne s'enrouaient donc jamais?

Et puis, à ce moment précis, son regard avait été attiré par un petit incident qui se produisait juste en face de l'endroit où elle et Salma se tenaient : un garde qui corrigeait un enfant. Le garde avait ôté sa ceinture, l'avait repliée, et frappait l'enfant en travers du visage avec la boucle. Durant un instant, alors qu'elle se demandait encore si elle devait intervenir, Charlie eut l'illusion, parmi tout le vacarme qui l'entourait, que c'était la ceinture qui avait déclenché les explosions.

Enfin le mugissement d'un avion virant trop raide se fit entendre, suivi par de nombreuses rafales en provenance du sol, détonations dérisoires au regard d'une cible si haute et si rapide. La première bombe fut en explosant comme un rappel à la réalité : l'entendre signifiait être vivant. Charlie en aperçut les lueurs à environ quatre cents mètres de là, sur le flanc de la colline, puis elle vit s'élever un champignon de fumée noire en même temps que lui parvenaient le bruit et le souffle de la déflagration. Elle se tourna vers Salma et lui cria quelque chose, forçant sa voix comme pour couvrir le fracas d'un orage bien que tout autour d'elle fût devenu étonnamment calme; mais le visage de Salma, transformé par la haine, restait levé vers le ciel.

« Quand ils voudront nous avoir, ils nous auront, déclara-t-elle. Aujourd'hui, ils veulent simplement s'amuser un peu. Tu dois nous porter chance. »

Le sens d'une telle suggestion parut insupportable à Charlie, qui le rejeta en bloc.

Une deuxième bombe tomba, plus loin apparemment, ou peut-être Charlie se laissait-elle déjà moins impressionner : la bombe pouvait bien tomber où elle voulait, sauf sur ces ruelles bondées, et sur ces colonnes d'enfants patients qui attendaient, telles de petites sentinelles condamnées, que la lave dévale la montagne. La fanfare attaqua un nouvel air, beaucoup plus fort que précédemment; la procession se remit en route, deux fois plus belle. La fanfare interprétait une marche que la foule accompagnait en frappant dans ses mains. Prise d'une envie soudaine, Charlie posa la petite par terre et se mit elle aussi à battre la mesure. Ses paumes ne tardèrent pas à la brûler, ses épaules à la tirer, mais elle continua de frapper. Le cortège se rangea de côté; une jeep, tous feux clignotants, passa en trombe, suivie par des ambulances et une pompe à incendie. Un voile de poussière jaune vola derrière elles comme la fumée d'un champ de bataille. La brise le dispersa, la fanfare reprit et ce fut au tour de l'union des pêcheurs de défiler, représentée par un fourgon jaune assez sobre, décoré de portraits d'Arafat et, fixé sur le toit, d'un immense poisson de papier peint en blanc, rouge et noir. Ensuite, conduite par un groupe de fifres, venait une nouvelle marée d'enfants armés de fusils en bois, et qui chantaient les paroles de la marche. Le chant s'amplifia, la foule entière le reprenait maintenant, et Charlie, paroles ou pas, s'y donnait de tout son cœur.

Les avions disparurent. La Palestine venait de remporter une nouvelle victoire.

« Ils t'emmèneront ailleurs dès demain, lui apprit Salma ce soir-là, alors qu'elles marchaient ensemble sur la colline.

– Je ne pars pas », décréta Charlie.

Les avions revinrent deux heures plus tard, juste avant la tombée de la nuit; Charlie était de retour dans sa cabane. Les sirènes se déclenchèrent en retard, et elle courait encore vers les abris quand les premiers appareils s'approchèrent – deux engins sortis tout droit d'un meeting d'aviation et qui assourdissaient la foule du fracas de leurs moteurs. Allaient-ils éviter l'écrasement? Mais oui, et le souffle de leur première bombe projeta la jeune femme contre la porte d'acier. Cependant, le bruit ne fut pas aussi terrible que le tremblement de terre qui l'accompagnait, ou que les cris hystériques de piscine que charriait la fumée noire et épaisse, de l'autre côté du terrain de jeux. Quelqu'un entendit le poids de son corps cogner contre la porte, et celle-ci s'ouvrit aussitôt pour permettre à de fortes mains de femmes de tirer Charlie à l'intérieur de l'abri obscur et de la coincer sur un banc de bois. Tout d'abord, elle se crut sourde, mais elle perçut peu à peu les pleurs d'enfants terrifiés et les voix plus régulières, et pourtant ferventes, de leurs mères. Quelqu'un alluma une lampe à pétrole puis l'accrocha à un anneau fixé au milieu du plafond et, dans son vertige, Charlie crut un instant qu'elle se trouvait dans une gravure de Hogarth suspendue à l'envers. Puis elle s'aperçut que Salma était à côté d'elle, et se rappela que la Palestinienne l'avait rejointe à peine l'alarme déclenchée. Deux nouveaux avions arrivèrent – ou s'agissait-il des deux mêmes qui revenaient? – la lampe à pétrole oscilla, et Charlie eut une vision plus large des lieux tandis qu'une série de bombes se rapprochait en un crescendo soigneusement étudié. La jeune Anglaise eut l'impression que les deux premières la heurtaient violemment – non, assez, assez, par pitié. La troisième fut beaucoup plus puissante et la tua sur place; la quatrième et la cinquième lui apprirent qu'en fin de compte, elle vivait encore.

« America! cria brusquement au visage de Charlie une femme submergée par la douleur et la folie. America, America, America! » Elle essaya de rallier les autres à son accusation, mais Salma la pria doucement de se taire.

Charlie patienta une heure, qui ne dut en fait pas excéder deux minutes puis, s'apercevant que rien ne se produisait, elle se tourna vers Salma pour lui demander de sortir; l'abri lui semblait soudain pire que partout ailleurs. Salma fit non de la tête.

« C'est ce qu'ils attendent, expliqua-t-elle tranquillement, en se souvenant peut-être de sa mère. Nous ne pouvons pas sortir avant la nuit. »

La nuit finit par tomber et Charlie retourna seule à sa cabane. L'électricité étant coupée, elle alluma une bougie, et la toute dernière chose qui attira son regard fut le petit brin de bruyère blanche, dans son verre à dents, au-dessus du lavabo. La jeune femme se plongea dans la contemplation d'un dessin naïf que lui avait fait un petit Palestinien; elle sortit dans la cour minuscule où pendaient ses vêtements – chic, tout est sec. Elle n'avait rien pour repasser, aussi ouvrit-elle un tiroir de sa petite commode en contre-plaqué, et se mit-elle à y ranger son linge avec le soin maniaque d'une habituée des camps. C'est sûrement l'un des gosses qui a mis ça là, se dit-elle gaiement lorsque la bruyère blanche s'imposa une fois de plus à sa vue. Sans doute le petit marrant avec les dents en or, celui que j'appelle Aladin. Ou c'est un cadeau de Salma pour ma dernière nuit ici. Comme c'est gentil de sa part. De leur part.

« *Nous sommes comme une histoire d'amour* », lui avait dit Salma quand elles s'étaient séparées. « *Tu vas partir, et quand tu seras partie, nous ne serons plus qu'un rêve.* »

Espèces de salauds, pensa Charlie. Espèces de sionistes pourris, assassins. Si je n'avais pas été là, vous les auriez tous envoyés au Paradis.

« *La seule loyauté est de se trouver ici* », lui avait dit Salma.

578

22

Charlie n'était pas seule à regarder le temps passer et sa vie se dérouler devant ses yeux. Depuis qu'elle avait franchi la ligne fatidique, Litvak, Kurtz et Becker – toute son ancienne famille en fait – avaient été, d'une façon ou d'une autre, contraints de brider leur impatience et de se mettre au rythme étrange et décousu de leurs adversaires. « Il n'est rien de plus difficile dans la guerre, Kurtz aimait-il à répéter à ses compagnons – et sans doute à lui-même –, que l'action héroïque consistant à se retenir. »

Et Kurtz se retenait comme jamais auparavant. Le repli de son armée hétéroclite loin des clairs-obscurs britanniques fut considéré – par la piétaille du moins – plus comme une défaite que comme la somme des victoires remportées jusque-là mais si peu célébrées. Quelques heures après le départ de Charlie, la maison de Hampstead fut rendue à la Diaspora, le fourgon radio fut démonté et son matériel électronique expédié à Tel-Aviv par valises diplomatiques, comme sous le coup d'une disgrâce. Le fourgon proprement dit fut, lui, dépouillé de ses fausses plaques et des numéros de série de son moteur, puis abandonné, nouvelle carcasse calcinée sur le bord d'une route, quelque part entre Bodmin et la civilisation. Mais Kurtz ne s'attarda pas sur ces deuils en série. Il retourna dare-dare rue Disraeli, s'enchaîna à contrecœur au bureau qu'il haïssait tant, et devint ce même coordinateur dont il avait si bien raillé les attributions devant Alexis. Jérusalem jouissait du charme suave d'un soleil hivernal, et, tandis que Kurtz se hâtait d'un lieu de travail secret à un autre, repoussant les attaques et mendiant des ressources, la pierre dorée de la vieille ville fortifiée se reflétait dans le bleu d'un ciel miroitant. Pour une fois, Kurtz tira une petite consolation de ce spectacle.

Sa machine de guerre, raconta-t-il par la suite, s'était muée en une voiture tirée par un attelage dont les chevaux partaient dans tous les sens. Sur le terrain, malgré tous les efforts de Gavron pour l'en empêcher, il était son propre maître; en Israël, là où n'importe quel politicien de seconde zone ou soldat de troisième classe se considérait comme une sorte de génie des services secrets, il recevait plus de critiques encore qu'Elie et comptait plus d'ennemis que les Samaritains. Sa première bataille fut pour sauver la tête de Charlie, et peut-être la sienne, scène inévitable qui commença au moment même où Kurtz mit les pieds dans le bureau de Gavron.

Gavron le Corbeau s'était déjà levé, les bras tendus, prêt à la bagarre. Ses cheveux noirs et épais semblaient plus ébouriffés que jamais. « Alors on s'est bien amusé? croassa-t-il. On a fait de bons petits repas? Tu as grossi pendant ton séjour à ce que je vois. »

L'attaque était lancée, l'éclat de leurs voix résonnait partout; ils criaient, ils hurlaient et frappaient sur la table de leurs poings fermés comme mari et femme lors d'une scène de ménage purgative. Qu'étaient devenus tous les résultats que Kurtz avait promis? demandait le Corbeau. Qu'en était-il de la grande addition dont il avait parlé? Et qu'apprenait-il au sujet d'Alexis, alors qu'il avait formellement interdit à Marty de poursuivre les contacts avec cet homme?

« Et tu te demandes pourquoi je ne te fais plus confiance, avec tous ces stratagèmes, cet argent, ces ordres négligés et ce manque de résultats? »

Pour le punir, Gavron l'obligea à assister à une réunion de son comité de direction, qui, faute d'autre solution, se devait de discuter des grands moyens. Et Kurtz dut intriguer de façon éhontée, ne fût-ce que pour obtenir une modification de leurs plans.

« Mais qu'êtes-vous en train de manigancer, Marty? le pressaient à voix basse ses amis, dans les couloirs.

Donnez-nous au moins une petite idée, que nous sachions pourquoi nous devrions vous aider. »

Son silence les offensa, et ils le laissèrent se débattre dans ses affres de piètre diplomate.

Et puis il y avait d'autres fronts où lutter. Afin de contrôler la progression de Charlie en territoire ennemi, il dut aller faire des courbettes au service chargé de la surveillance des lignes de courrier principales et des postes d'écoute le long de la côte nord-est. Le directeur de ce service, un Séfardi d'Alep, haïssait tout le monde, mais Kurtz plus que tout autre. Une piste pareille pouvait conduire n'importe où! objecta-t-il. Et que deviendraient ses propres opérations? Quant à fournir une assistance sur le terrain aux trois hommes de Litvak dans le seul but de rassurer une jeune fille parachutée en milieu inconnu, jamais il n'avait entendu de telles sornettes, et il ne se sentait pas disposé à jouer les nounous. Kurtz dut suer sang et eau, et faire toutes sortes de concessions plus ou moins régulières, pour obtenir la collaboration nécessaire. Misha Gavron, lui, prit soin de rester à l'écart de toutes ces tractations, préférant laisser les forces en lice trouver une solution naturelle. Si Kurtz y croit suffisamment il y arrivera, disait-il tout bas à ses amis; cela ne lui fait pas de mal que l'on agite un peu le fouet et que l'on tire légèrement sur les rênes, ajouta-t-il.

Peu désireux de quitter Jérusalem ne fût-ce qu'une nuit durant tous ces conciliabules, Kurtz confia à Litvak la navette européenne, le chargeant de renforcer ou de recomposer l'équipe de surveillance, et de préparer par tous les moyens possibles ce qui devait être – tous priaient pour qu'il en soit ainsi – la phase finale. L'époque insouciante de Munich, où une poignée d'hommes travaillant par équipes suffisaient amplement, était bien terminée. La surveillance du trio infernal Mesterbein, Helga, Rossino exigeait que l'on réunît un véritable bataillon d'agents – tous germanophones, et certains d'entre eux un peu rouillés par l'inaction. La méfiance que Litvak éprouvait à l'égard des juifs non israéliens ne facilitait pas la tâche, mais il ne voulait pas en démordre : ils étaient trop mous dans l'action, affirmait-il; trop divisés dans leurs fidélités. Sur l'ordre de Kurtz, il se rendit également à Francfort pour y rencontrer clandestinement Alexis à l'aéroport, à la fois dans le but d'obtenir une aide pour les opérations de surveillance, et dans celui d' « éprouver la solidité de son échine, dont on sait qu'elle ploie facilement », selon l'expression même de Kurtz. En l'occurrence, ces retrouvailles furent un vrai désastre, car les deux hommes ne pouvaient pas se sentir. Pire encore, l'opinion de Litvak confirma les prédictions avancées par les psychiatres de Gavron, à savoir que se fier à Alexis était la dernière chose à faire.

« Ma décision est prise, annonça Alexis à Litvak, avant même qu'ils ne se soient assis, commençant un monologue furieux et assez peu cohérent d'une voix chuchotée qui glissait sans cesse vers le fausset. Et je ne reviens jamais sur une décision, tout le monde le sait. Dès que cette entrevue sera terminée, je vais aller voir le ministre et lui faire des aveux complets. Pour un homme d'honneur, il n'y a pas d'autre solution. » Il se révéla rapidement qu'Alexis n'avait pas simplement tourné casaque, mais aussi subi un réalignement politique complet :

« Ce n'est pas contre les juifs en particulier, naturellement... tout Allemand qui se respecte a sa conscience... mais des événements récents... un certain accident, des explosifs... des mesures qui ont été imposées – par chantage – enfin, disons que l'on commence à comprendre pourquoi les juifs ont, tout au long de leur histoire, toujours attiré les persécutions. Pardonnez-moi. »

Le foudroyant toujours du regard, Litvak ne pardonna rien du tout.

« Votre ami Schulmann... un homme très capable, très impressionnant... très persuasif aussi... votre ami

582

n'a aucune modération. Il a perpétré des actes de violence illégaux sur le sol allemand; il fait preuve de cet excès dans la violence que l'on nous a trop souvent attribué, à nous, les Allemands. »

C'en fut trop pour Litvak. Le visage blême, maladif, il avait détourné les yeux, peut-être pour en dissimuler le feu. « Pourquoi ne l'appelez-vous pas pour lui dire tout ceci vous-même? » suggéra-t-il. Alexis suivit le conseil. Il recourut aux services téléphoniques de l'aéroport, utilisant le numéro spécial que Kurtz lui avait donné, tandis que Litvak se postait près de lui, l'oreille collée contre l'écouteur annexe.

« Mais je vous en prie, Paul », fit cordialement Kurtz lorsque Alexis en eut terminé. Puis il changea de ton : « Et pendant que vous serez chez le ministre, Paul, n'oubliez pas de lui parler de votre compte en Suisse aussi. Parce que, si vous oubliez, il se pourrait que je sois tellement impressionné par votre bel exemple de candeur que je m'y rende moi-même pour le lui raconter de vive voix. »

Kurtz donna ensuite l'ordre au standard de ne prendre aucune communication venant d'Alexis pendant les prochaines quarante-huit heures. Mais Kurtz ne lui garda aucune rancœur. Jamais avec les agents. Il attendit que les choses se calment un peu, puis réussit à prendre un jour pour effectuer son petit pèlerinage à Francfort, où il retrouva ce bon docteur nettement assagi. Nul doute que l'allusion au compte en banque suisse, même si Alexis la qualifia de « coup bas », avait dégrisé le petit Allemand, mais le facteur le plus déterminant de son retour à la raison fut indubitablement la vue réconfortante de son portrait dans les pages centrales d'un grand quotidien allemand – un Alexis résolu, passionné, mais dont l'esprit affleurait toujours –, description qui, il n'eut aucun mal à s'en convaincre, correspondait à la réalité. Kurtz l'abandonna à son heureuse fiction, et lui extorqua en prime, pour ses spécialistes surmenés, un indice aguichant qu'Alexis avait jusque-là dissimulé dans sa manche : la photocopie d'une carte postale adressée à Astrid Berger sous l'un de ses innombrables pseudonymes.

Ecriture inconnue, cachet du septième arrondissement de Paris. Interceptée par la poste allemande sur ordre de Cologne.

Le texte donnait : « Le pauvre oncle Fri sera opéré comme prévu le mois prochain. Mais cela aura au moins l'avantage de te laisser la maison de V. Je te verrai là-bas. Bises. K. »

Trois jours plus tard, une deuxième carte écrite de la même main, envoyée à une autre des adresses sûres de Berger, mais postée cette fois-ci à Stockholm, fut prise dans le même filet. Ayant retrouvé tout son dévouement, Alexis s'empressa d'en faire parvenir une copie à Kurtz par courrier spécial. Le texte en était bref : « Appendicectomie Fri chambre 251 à 18 heures le 24. » Et il était signé « M », ce qui indiqua aux spécialistes qu'il manquait un message; c'était du moins ce que laissait croire la façon dont Michel avait parfois reçu ses ordres. La carte postale L, malgré les efforts de chacun, resta introuvable. Cependant, deux des filles de Litvak interceptèrent une lettre postée par le gibier lui-même, en l'occurrence Berger, adressée tout bonnement à Anton Mesterbein, à Genève. L'opération fut astucieusement menée. Berger était alors de passage à Hambourg et séjournait avec l'un de ses multiples amants dans le quartier très chic de Blankenese. Un jour qu'elles la filaient en ville, les filles la virent glisser subrepticement une lettre dans une boîte. A peine Berger disparue, elles s'empressèrent de poster elles aussi une enveloppe, une grosse enveloppe jaune, affranchie et réservée à cet effet, pour couvrir celle de l'Allemande. Puis la plus jolie des deux agents monta la garde près de la boîte. Lorsque le préposé vint vider celle-ci, la fille lui concocta une telle histoire où il était question d'amour et de dispute, et lui fit des promesses si explicites qu'il resta planté là, à sourire timidement, pendant qu'elle récupérait la lettre qui aurait pu gâcher sa vie. Comment aurait-il pu savoir qu'il s'agissait en fait de celle d'Astrid Berger, soigneusement protégée par la grosse enveloppe jaune? Après l'avoir ouverte à la vapeur, et photocopiée, ainsi que son contenu, elles la repostèrent dans la même boîte, à temps pour la levée suivante.

Le butin s'élevait à huit pages débordant d'une passion de lycéenne. Sans doute, Berger était-elle complètement partie quand elle les avait écrites, mais peut-être à rien de plus que sa propre adrénaline. Elle s'exprimait avec franchise et faisait l'éloge de la puissance sexuelle de Mesterbein. Elle se lançait aussi au hasard dans des digressions où s'unissaient arbitrairement le Salvador et le budget de la défense ouest-allemande, les élections espagnoles et quelque scandale ayant récemment éclaté en Afrique du Sud. Elle pestait contre les bombardements sionistes au Liban et parlait de la « Solution Définitive » que les Israéliens prônaient pour régler le problème palestinien. Elle s'émerveillait de la vie, mais trouvait partout à redire; et elle faisait enfin allusion, visiblement pour le cas où le courrier de Mesterbein tomberait aux mains des autorités, à la vertueuse nécessité de « ne jamais franchir les limites de la légalité ». Mais il y avait un post-scriptum, une seule ligne, griffonnée comme un bon mot de dernière minute, lourdement soulignée et renforcée par des points d'exclamation. Une plaisanterie un peu fade qui leur appartenait et ne pouvait amuser qu'eux, et qui pourtant, comme d'autres mots d'adieux, constituait peut-être le véritable motif de toute la lettre. La phrase était rédigée en français : *Attention! On va épater les 'Bourgeois!*

Les experts froncèrent les sourcils. Pourquoi un « B » majuscule? Pourquoi souligner? Helga était-elle si peu instruite qu'elle appliquât la règle allemande aux noms français? C'était ridicule. Et pourquoi cette apostrophe juste en haut, dans le coin gauche ? Alors que les spécialistes du décryptage et autres experts se cassaient la tête pour percer le code à jour, alors que les ordinateurs vibraient, craquaient, gémissaient pour sortir des combinaisons impossibles, ce fut la petite Rachel qui, avec son bon sens d'Anglaise du Nord, tira les conclusions qui s'imposaient. Rachel passait son temps à faire des mots croisés et rêvait de gagner un jour une voiture à un concours. Le Fri d' « Oncle Fri » constituait, déclara-t-elle simplement, la première partie du mot « Fribourgeois » dont « Bourgeois » était la seconde. Les habitants de Fribourg allaient donc être secoués par une « opération » le 24, à six heures du soir. Chambre 251 ?

« Là, il va bien falloir se renseigner, non ? » dit-elle aux spécialistes médusés.

Oui, reconnurent-ils. Il allait falloir.

On éteignit les ordinateurs, mais un certain scepticisme n'en régna pas moins pendant deux ou trois jours. La supposition semblait absurde. Trop simple, pour ne pas dire puérile.

Cependant, comme ils le savaient déjà, Helga et ses pairs se faisaient presque une philosophie de renoncer à toute méthode de communication systématique. Entre camarades, le discours devait s'établir d'un cœur révolutionnaire à un autre, par allusions entortillées inaccessibles à ces sales flics.

Essayons, se dirent les experts.

Il existait au moins une demi-douzaine de Fribourg, mais ils pensèrent tout de suite à la petite ville de Fribourg, dans la Suisse natale de Mesterbein, ville où l'on parlait le français, comme l'allemand, et où la bourgeoisie, même parmi les Suisses, restait célèbre pour son calme inébranlable. Sans plus attendre, Kurtz y envoya deux enquêteurs extrêmement discrets, avec mission de dénicher les cibles éventuelles d'une attaque antisémite en jetant un coup d'œil particulièrement attentif sur les entreprises liées par contrats à la défense israélienne; de vérifier, du mieux qu'ils pour-raient et sans aide officielle, toutes les chambres ou pièces 251, qu'il s'agisse d'hôpitaux, d'hôtels ou de bureaux; les noms de tous les patients devant subir une appendicectomie le 24 de ce mois, ou toute autre opération à dix-huit heures ce jour-là.

Par l'Agence juive de Jérusalem, Kurtz obtint la liste exhaustive et remise à jour de toutes les person-nalités juives habitant Fribourg, ainsi que celle des lieux de culte et des associations qu'ils fréquentaient. Existait-il un hôpital juif? Ou, sinon, y avait-il un hôpital qui respectait les exigences des juifs ortho-doxes? Et ainsi de suite.

Mais, comme toute l'équipe, Kurtz agissait sans conviction. De telles cibles ne présentaient pas l'aspect dramatique que revêtaient toutes les précédentes; elles n'allaient *épater* personne; elles n'attireraient l'attention sur rien qu'on pût découvrir.

Puis, un après-midi, au milieu de toute cette agita-tion – on eût dit que toutes leurs énergies concentrées sur un point unique avaient fait jaillir la vérité en un autre endroit – Rossino, l'Italien meurtrier, prit à Vienne un avion pour Bâle, où il loua une moto. De là, il franchit la frontière allemande et roula pendant une quarantaine de minutes jusqu'à Fribourg-en-Bris-gau, ancienne capitale du Bade célèbre pour sa cathé-drale. Là-bas, après s'être offert un somptueux déjeu-ner, il se rendit au *Rektorat* de l'université où il se renseigna très poliment à propos d'une série de confé-rences sur l'humanisme, ouvertes, selon un pourcen-tage donné, au grand public. Puis, d'une manière plus détournée, il demanda où se trouvait la salle 251 sur le plan des locaux universitaires.

Ce fut un trait de lumière dans le brouillard. Rachel avait raison; Kurtz avait raison; Dieu était équitable, et Misha Gavron aussi. Les forces en lice avaient abouti à une solution naturelle.

Seul Gadi Becker ne partageait pas l'exaltation générale.

Où était-il?

Les autres semblaient parfois le savoir mieux que lui-même. On le voyait un jour arpenter la maison de la rue Disraeli, son regard nerveux concentré sur les décodeurs qui, trop rarement pour son goût, annonçaient que l'on avait aperçu son agent, Charlie. La nuit même, ou, plus exactement, très tôt le lendemain matin, il pressait le bouton de sonnette de Kurtz, réveillant Elli et les chiens, pour qu'on lui assure qu'il n'y aurait aucune attaque lancée contre Tayeh ou un autre tant que Charlie serait là-bas; des bruits couraient, expliqua-t-il; « et Misha Gavron n'est pas réputé pour sa patience », ajouta-t-il sèchement.

Dès qu'un agent revenait du Liban – le garçon qu'on appelait Dimitri par exemple, ou son ami Raoul, rapatrié par canot pneumatique – Becker insistait pour être présent lors de son rapport, et le bombardait alors de questions concernant l'état de Charlie.

Quelques jours de ce manège suffirent à Kurtz pour en avoir assez de le voir – « à me hanter comme ma mauvaise conscience » – et il finit par menacer son ami de lui interdire la maison jusqu'à ce qu'il retrouve la raison. « Un instructeur sans son agent est comme un chef sans orchestre, expliqua-t-il sentencieusement à Elli alors qu'il faisait tous ses efforts pour réprimer sa colère. Le mieux est d'essayer de se montrer gentil et de l'aider à passer le temps. »

En grand secret, et sans autre complicité que celle d'Elli, Kurtz téléphona à Frankie pour l'informer que son ancien mari se trouvait en ville et lui donner le numéro où elle pouvait le joindre; Kurtz, avec une grandeur d'âme digne de Churchill, souhaitait à tout le monde un mariage comme le sien.

Frankie ne manqua pas d'appeler; Becker écouta un

moment le son de sa voix – en admettant que ce fût bien lui qui avait décroché – puis reposa doucement le combiné sur son support sans prononcer un mot, ce qui la mit en rage.

Le petit complot de Kurtz eut au moins un effet, car Becker entreprit dès le lendemain ce que l'on considéra par la suite comme une sorte de voyage visant à examiner les postulats de base de son existence. Il loua une voiture et se rendit d'abord à Tel-Aviv où, après avoir pris quelques dispositions plutôt pessimistes avec son banquier, il alla au vieux cimetière où était enterré son père. Il déposa des fleurs sur la tombe, désherba méticuleusement la terre tout autour à l'aide d'une houlette qu'il emprunta, et récita le *Kaddish* à voix haute bien que ni lui ni son père ne se fussent jamais vraiment consacrés à la religion. Puis, de Tel-Aviv, il prit la route du sud-est, celle de Hébron ou, comme l'aurait appelée Michel, celle de al-Khalil. Il visita la mosquée d'Abraham qui, depuis la guerre de 1967, faisait bizarrement office de synagogue aussi; Becker bavarda avec les réservistes aux chapeaux affaissés et chemises déboutonnées jusqu'au nombril, qui flânaient devant l'entrée ou bien patrouillaient le long des remparts.

Becker, s'étonnèrent-ils dès qu'il fut parti – mais ils employèrent son nom hébreu –, le grand Gadi en personne – l'homme qui s'était battu pour le Golan au-delà des lignes syriennes –, que pouvait-il bien faire dans ce sale trou arabe avec l'air d'être si mal dans sa peau?

Sous leurs regards admiratifs, il se promena dans le vieux marché couvert sans paraître se préoccuper du silence explosif ou des coups d'œil venimeux des peuples occupés. Parfois, avec, semblait-il, d'autres idées en tête, il s'arrêtait pour parler en arabe avec un commerçant, lui demandant une épice ou le prix d'une paire de chaussures, pendant que des petits garçons s'attroupaient autour de lui pour l'écouter, et même, une fois, pour lui toucher témérairement la main. Becker retourna ensuite à sa voiture en saluant au passage les soldats d'un signe de tête, puis s'engagea sur de petites routes qui sillonnaient de riches terrasses de vigne rouge. Il finit par arriver aux villages arabes qui s'égrenaient sur l'ouest des montagnes, villages de pierre aux maisons ramassées d'où pointaient des antennes de tour Eiffel. Une mince couche de neige recouvrait les pentes supérieures; des amas de nuages sombres donnaient à la terre des reflets durs et implacables. De l'autre côté de la vallée se dressait, tel l'émissaire d'une planète conquérante, une énorme colonie israélienne flambant neuve.

Becker choisit l'un de ces villages pour s'arrêter et prendre l'air. C'était là que Michel et sa famille avaient vécu jusqu'en 1967, année où son père avait jugé nécessaire de fuir.

« Et pendant qu'il y était, il n'est pas allé visiter sa propre tombe? s'enquit Kurtz avec aigreur lorsqu'il apprit tout cela. Celle de son père, et ensuite la sienne... je me trompe? »

Le moment de stupéfaction fut bientôt suivi par un éclat de rire général : ils se rappelèrent soudain la croyance arabe selon laquelle Joseph, fils d'Isaac, aurait lui aussi été enterré à Hébron, alors que tout juif sait qu'il n'en est rien.

Il semble qu'après Hébron, Becker se soit dirigé vers le nord, pour faire halte en Galilée, à Beit Shean, ville arabe désertée par ses habitants lors de la guerre de 1948 puis réoccupée par les juifs. Il s'attarda là-bas assez longtemps pour admirer l'amphithéâtre romain, puis prit lentement la route de Tibériade qui est en train de devenir la ville d'eaux la plus moderne du Nord avec ses immenses hôtels à l'américaine tout neufs bordant le front de mer, son lido, ses grues innombrables et son excellent restaurant chinois. Mais le spectacle ne parut pas le passionner, car il se contenta de ralentir, examinant les gratte-ciel depuis sa vitre comme s'il les dénombrait. Il refit ensuite surface à Metoulla, tout au nord de la frontière libanaise. Une bande labourée et recouverte de plusieurs épaisseurs de barbelés délimitait la frontière qu'on appelait en de meilleurs temps la Bonne Frontière. D'un côté, les citoyens israéliens se tenaient sur une plate-forme d'observation et scrutaient avec des expressions ahuries les terres arides qui s'étendaient au-delà des barbelés. De l'autre côté, les milices chrétiennes libanaises ne cessaient de faire des aller et retour à bord de toutes sortes de moyens de transport, prenant livraison des fournitures israéliennes qui leur permettraient d'alimenter la guerre sanglante et interminable qui les opposait à l'usurpateur palestinien.

Mais à ce moment-là, Metoulla constituait également le terminus naturel des courriers remontant vers Beyrouth, et le service de Gavron conservait là-bas une section fort discrète chargée de s'occuper des agents en transit. Le grand Becker s'y présenta en début de soirée, parcourut le registre de la section, posa quelques questions décousues concernant la situation des troupes des Nations Unies, puis repartit. Il avait l'air préoccupé, déclara le commandant de la section. Peut-être même malade. Oui, ses yeux et son teint paraissaient malsains.

« Mais bon Dieu, que pouvait-il chercher? » demanda Kurtz au commandant lorsqu'il fut prévenu. Mais le commandant, homme prosaïque et engourdi par la clandestinité, ne put rien lui apprendre de plus. Préoccupé, répéta-t-il. Comme les agents le sont parfois quand ils reviennent d'une très longue mission.

Et Becker poursuivait son chemin. Il finit par atteindre une route de montagne en lacet défoncée par les chenilles des tanks, et l'emprunta pour se rendre au kibboutz qui, entre tous, restait cher à son cœur : un nid d'aigle dominant le Liban de trois côtés. Ce fut en 1948 que ce lieu devint pour la première fois demeure juive, lorsque Israël en fit une place forte militaire visant à contrôler l'unique voie est-ouest située au sud du Litani. En 1952, les premiers jeunes colons sabras s'installèrent là pour y mener l'existence rude et séculaire qui constitua un certain temps l'idéal sioniste. Depuis, le kibboutz avait subi quelques bombardements, avait fait l'objet d'une affluence apparente puis d'une désaffection inquiétante de la part de ses membres. Quand Becker arriva, les pelouses se gorgeaient de l'eau des arroseurs : l'air embaumait du parfum douceâtre des roses blanches et roses. Ses hôtes le reçurent humblement et avec une grande excitation.

« Tu te décides à te joindre à nous, Gadi? Ton combat est enfin terminé? Ecoute, il y a une maison qui t'attend ici. Tu peux emménager dès ce soir! »

Becker rit mais ne répondit rien. Il aurait voulu travailler un ou deux jours au kibboutz, mais ils n'avaient pas grand-chose à lui proposer. C'était, lui expliquèrent-ils, la saison morte. Les fruits et le coton avaient été récoltés, les arbres taillés et les champs labourés, prêts à attendre le printemps. Puis, voyant qu'il insistait, ils lui promirent qu'il pourrait procéder à la distribution de la nourriture dans la salle à manger commune. Mais ils attendaient surtout de lui qu'il leur donnât son avis sur la politique israélienne – si quelqu'un savait ces choses-là, c'était bien Gadi. Ce qui signifiait en fait qu'ils voulaient que Becker écoutât leurs propres opinions – sur ce gouvernement tapageur, sur la dégradation de la politique de Tel-Aviv.

« Nous, nous sommes venus ici pour travailler, pour retrouver une identité, pour faire des juifs des Israéliens, Gadi! Allons-nous enfin devenir un pays, ou sommes-nous condamnés à n'être qu'une vitrine pour la communauté juive internationale? Quel est notre avenir, Gadi? Dis-le-nous! »

Ils lui posaient ces questions avec une animation pleine de confiance, comme s'il était une sorte de prophète venu à eux pour donner un sens nouveau à leur existence recluse; ils ne pouvaient pas savoir – pas au début du moins – qu'ils s'adressaient au vide de son âme. Et qu'est-il advenu de tous nos beaux discours comme quoi nous allions nous entendre avec les Palestiniens, Gadi? Notre grande erreur a été 1967, décidèrent-ils, répondant, comme d'habitude, à leurs propres questions : nous aurions dû nous montrer généreux en 1967; nous aurions dû leur proposer un marché honnête. Qui pouvait faire preuve de générosité sinon les vainqueurs : « Nous sommes si puissants, Gadi, et ils sont si faibles! »

Mais, très vite, tous ces problèmes insolubles se mirent à ronronner aux oreilles de Becker, et il préféra faire seul dans le camp des promenades qui s'harmonisaient mieux avec son besoin de recueillement. Son but favori était une tour de guet en ruine qui commandait, juste en dessous, une petite ville chi'ite, et, au nord-est, le bastion des croisés de Beaufort, encore aux mains des Palestiniens à ce moment-là. Les kibboutzniks l'aperçurent là-bas lors du dernier soir qu'il passa au camp. Il se tenait debout, très droit et complètement à découvert, aussi près de la barrière électronique séparant les deux pays qu'il le pouvait sans déclencher le signal d'alarme. Seul un côté de son corps s'offrait à la lumière du couchant, et sa posture semblait inviter tout le bassin du Litani à prendre connaissance de sa présence.

Le lendemain matin, il était de retour à Jérusalem et, après une apparition rue Disraeli, il passa la journée à errer dans les rues de cette ville où il s'était tant de fois battu et où il avait vu tant de sang couler, y compris le sien. Il paraissait pourtant interroger tout ce qu'il voyait. Hébété, il contempla les voûtes nues du quartier juif reconstruit; il s'assit dans le hall des hôtels gigantesques qui mutilaient désormais la silhouette générale de Jérusalem, et jeta des regards sombres aux groupes de bons citoyens américains venus par cargaisons entières de Oshkosh, Dallas ou Denver – en toute bonne foi et dans la force de l'âge – pour garder certains liens avec leur héritage. Il s'attarda devant les petites boutiques qui présentaient des cafetans arabes brodés à la main et des articles d'artisanat arabe garantis par le commerçant; il écouta le bavardage innocent des touristes, respira les parfums coûteux qu'ils exhalaient et les entendit se plaindre, mais avec la politesse de la solidarité, de la qualité du bœuf premier choix dit à la façon de New York et qui n'avait vraiment pas le même goût que chez eux. Et il passa tout un après-midi au musée de l'Holocauste, à souffrir devant des photographies d'enfants qui auraient eu son âge s'ils avaient vécu.

Ayant eu vent de tout cela, Kurtz mit fin à la permission de Becker et l'envoya aussitôt au travail. Trouve-moi ce qui va se produire à Fribourg, ordonna-t-il. Passe les bibliothèques, les dossiers au peigne fin. Vois qui nous connaissons là-bas, procure-toi la topographie de l'université. Trouve les plans d'architecte. Pense à tout ce dont nous avons besoin et multiplie par deux. Le tout pour hier.

Un bon combattant n'est jamais tout à fait normal, dit Kurtz à Elli pour se consoler. Quand il n'est pas complètement stupide, alors il pense trop.

Mais en lui-même, Kurtz s'émerveillait de constater à quel point sa petite agnelle égarée le mettait encore dans tous ses états.

23

C'était le terminus. Et le pire endroit où elle eût jamais vécu au cours de toutes ses vies réunies. C'était le sale pensionnat de son adolescence avec des violeurs en plus, un camp d'entraînement planté au milieu du désert et où l'on ne tirait pas à blanc. Le rêve meurtri d'une Palestine toute proche se trouvait maintenant à cinq heures d'un voyage éreintant au-delà des montagnes, et ils devaient se contenter d'un petit fort digne du décor d'un remake de *Beau Geste*, aux remparts en pierre ocre, aux escaliers de roc, aux murs à demi éventrés par les bombes et au portail protégé par des sacs de sable et orné d'une hampe dont le vent brûlant faisait battre les cordes élimées qui ne hissaient jamais de drapeau. A la connaissance de Charlie, personne ne dormait dans le fort. Il servait à l'administration et aux entrevues; aux trois repas journaliers de riz et d'agneau; et aux grandiloquentes discussions de groupe qui se poursuivaient après minuit et au cours desquelles les Allemands de l'Est haranguaient les Allemands de l'Ouest, les Cubains haranguaient tout le monde, et une espèce de zombie américain se faisant appeler Abdoul lisait des articles de vingt pages sur la réalisation immédiate de la paix mondiale.

Ils avaient pour autre centre de réunion le petit champ de tir, qui ne ressemblait en rien à une carrière désaffectée en haut d'une colline, mais comprenait un vieux baraquement aux fenêtres condamnées, éclairé par des séries d'ampoules montées sur des poutrelles d'acier, et dont les murs étaient bordés de sacs de sable troués. Il ne s'agissait pas non plus de tirer sur des bidons d'essence vides, mais sur des mannequins figurant d'affreux marines américains, une grimace peinte en fait de visage, la baïonnette à la main et à leurs pieds des rouleaux de papier collant brun destiné à boucher les trous après les séances de tir. L'endroit était très fréquenté, souvent même en plein cœur de la nuit, et il y résonnait constamment des éclats de rire bruyants et des grognements de concurrents déçus. Un jour, un grand combattant arriva, une sorte de caïd du terrorisme circulant à bord d'une Volvo conduite par un chauffeur, et il fallut lui abandonner tout le baraquement pour ses exercices; une autre fois, un groupe de Noirs complètement fous firent irruption dans le cours de Charlie; ils vidèrent chargeur sur chargeur sans prêter la moindre attention au jeune Allemand de l'Est qui dirigeait l'exercice.

« T'es content de nous, visage pâle? gueula l'un d'eux par-dessus son épaule avec un fort accent d'Afrique du Sud.

– Oh! mais oui... bien... vraiment très bien », bredouilla le jeune Allemand, blessé par leur racisme.

Ils partirent très fiers d'eux et absolument écroulés de rire, laissant les marines troués comme des passoires, ce qui contraignit les filles à passer toute une heure à les couvrir de papier collant de la tête aux pieds.

Ils disposaient pour vivre de trois longues cabanes, l'une pourvue de cloisons, pour les femmes; une autre sans cloisons pour les hommes; et une troisième baptisée bibliothèque et réservée au personnel d'encadrement – si jamais on t'invite à la bibliothèque, lui dit une grande Suédoise qui s'appelait Fatima, ne t'attends pas à faire beaucoup de lecture. Le matin, pour les réveiller, un haut-parleur impossible à arrêter se mettait à cracher une musique militaire, puis venaient les exercices physiques à exécuter sur une étendue de sable où les stries de rosée faisaient comme de gigantesques traces de serpents. Mais Fatima affirmait que les autres camps étaient pires. A l'en croire, la jeune Suédoise était un monstre de l'entraînement. Elle avait fait des stages au Yemen, en Libye, à Kiev. Elle suivait le circuit à la façon d'un professionnel du tennis en attendant qu'on décide de lui confier une mission. Elle avait aussi un petit garçon de trois ans nommé Knout, qui courait, toujours nu et solitaire, à travers le camp, mais qui se mit à pleurer dès que Charlie essaya de lui parler.

Ils avaient pour gardes une nouvelle race d'Arabes que Charlie ne connaissait pas auparavant et n'avait pas envie de retrouver un jour : des cowboys arrogants et quasi muets dont le plus grand plaisir consistait à humilier les Occidentaux. Ils se pavanaient à l'intérieur du camp, et montaient à six dans des jeeps qu'ils conduisaient à un train d'enfer. Fatima disait qu'ils faisaient partie d'une milice spéciale formée sur la frontière syrienne. Certains semblaient si jeunes que Charlie se demandait s'ils pouvaient atteindre les pédales. La nuit, jusqu'au jour où Charlie et une Japonaise piquèrent une crise, ces gosses faisaient des descentes à deux ou trois pour tenter de décider les filles à les accompagner dans le désert. La plupart du temps Fatima acceptait, ainsi qu'une Allemande de l'Est, et elles revenaient l'air assez impressionnées. Mais les autres filles préféraient, quand l'envie les en prenait, s'en tenir sagement aux instructeurs occidentaux, ce qui mettait les jeunes Arabes en rage.

Il n'y avait pas de cadres femmes, et, pour la prière du matin, tous les instructeurs s'alignaient devant les camarades étudiants, donnant l'image d'une armée dépenaillée, pendant que l'un d'eux lisait la condamnation virulente du grand ennemi du jour : le sionisme, la traîtrise égyptienne, l'exploitation capitaliste européenne, le sionisme à nouveau, et l'expansionnisme chrétien, jusqu'alors inconnu de Charlie – mais peut-être intervenait-il parce que c'était Noël, fête marquée par l'indifférence étudiée de l'encadrement. Les Allemands de l'Est présentaient une coupe en brosse, une expression renfrognée, et prétendaient ne pas s'intéresser aux femmes; les Cubains se faisaient tour à tour passionnés, nostalgiques ou arrogants, et la plupart d'entre eux puaient ou avaient les dents gâtées, mis à part le gentil Fidel, qui était le préféré de tous. C'étaient les Arabes qui avaient le caractère le plus changeant et se montraient les plus durs; ils hurlaient après les traînards et, plus d'une fois, tirèrent dans les pieds des élèves jugés trop inattentifs, effrayant un jour l'un des Irlandais à tel point qu'il se coupa un lambeau de doigt en se mordant, au grand amusement de l'Américain Abdoul qui, comme à son habitude, rôdait et grimaçait à quelques mètres d'eux tel un photographe de plateau tout en prenant des notes sur un bloc en vue de son grand roman révolutionnaire.

Mais, durant ces premiers jours insensés, la vedette de l'endroit fut un Tchèque, une sorte de malade de l'explosif appelé Bubi, qui, le matin même de leur arrivée, tira sur sa coiffe de combat posée sur le sable, d'abord avec une Kalachnikov, puis avec un gros revolver .45, et enfin, pour achever la bête, avec une grenade russe qui la fit voler à plus de cent mètres de haut.

Pour les discussions politiques, le sabir employé consistait en un anglais élémentaire mêlé, çà et là, de quelques mots français, et Charlie se jurait dans le tréfonds de son cœur que, si jamais elle sortait vivante de toute cette histoire, elle pourrait se régaler de ces débats imbéciles sur « l'Aube de la Révolution » pour le restant de sa vie factice. En attendant, elle ne s'amusait de rien du tout. Elle n'avait pas ri une seule fois depuis que ces fumiers avaient fait sauter son amour sur la route de Munich; et la vision qu'elle venait d'avoir des souffrances du peuple palestinien n'avait fait qu'intensifier son amer besoin de vengeance.

Tu considéreras tout avec une gravité profonde et solitaire, lui avait dit Joseph, paraissant lui-même aussi grave et seul qu'il voulait voir Charlie l'être. *Tu te montreras très renfermée, peut-être un peu dérangée, ils y sont habitués. Tu ne poseras jamais de questions et garderas tes opinions pour toi, de jour comme de nuit.*

Leur nombre varia dès le premier jour. Lorsque leur camion quitta Tyr, ils formaient un groupe de cinq garçons et trois filles encadrés par deux gardes au visage barbouillé de suie, qui, installés avec eux à l'arrière, leur interdisaient de parler tandis que le véhicule tressautait et dérapait sur le chemin de montagne caillouteux. Une fille, qui se révéla être basque, parvint à chuchoter à l'oreille de Charlie qu'ils se trouvaient à Aden. Deux jeunes Turcs affirmèrent qu'ils étaient à Chypre. A l'arrivée, une dizaine d'autres stagiaires attendaient, mais le lendemain, les deux Turcs et la Basque avaient disparu, apparemment de nuit, lorsque des camions arrivaient et repartaient tous feux éteints.

Le jour de leur engagement, on leur fit prononcer un serment de fidélité à la Révolution anti-impérialiste et jurer de respecter les « Règles régissant ce camp », énoncées tels les Dix Commandements sur un bout de mur blanc du Centre d'Accueil des Camarades. Tous les camarades étaient sommés de n'utiliser que leur nom arabe; drogues, nudité, alcool, blasphèmes, conversations privées, cohabitation et masturbation étaient tous rigoureusement interdits. Au moment où Charlie se demandait quelle interdiction violer la première, le haut-parleur se mit à hurler sans pitié un discours de bienvenue.

« Camarades. Qui sommes-nous? Nous sommes les soldats sans nom et sans uniforme. Nous sommes les rats échappés de l'occupation capitaliste. Nous venons des camps de l'horreur du Liban! Et nous combattrons le génocide! Nous venons des tombeaux de béton des cités occidentales! Et nous nous trouvons les uns les autres! Et ensemble, nous enflammerons les torches au nom des huit cents millions de bouches affamées qui peuplent le monde! »

Mais quand ce fut terminé, Charlie sentit une sueur glacée lui couler dans le dos tandis qu'une colère sourde lui battait la poitrine. *Nous le ferons*, pensat-elle. *Nous le ferons, nous le ferons*. Se tournant vers une jeune Arabe qui se tenait près d'elle, Charlie lut dans ses yeux la même ferveur.

De jour comme de nuit, avait dit Joseph.

Alors elle lutta de jour comme de nuit... pour Michel, pour ne pas perdre l'esprit – quelque fou qu'il fût déjà –, pour la Palestine, pour Fatmeh, pour Salma et pour les enfants bombardés de la prison de Sidon; elle se concentra sur l'extérieur afin d'échapper au chaos intérieur; elle rassembla les éléments de sa personnalité présumée comme jamais auparavant, les fondant en un seul et unique personnage agressif.

Je suis une veuve éplorée et révoltée venue ici pour reprendre le combat de mon amour défunt.

Je suis la militante exaltée qui a déjà perdu trop de temps en actions timorées et se présente à vous l'épée à la main.

J'ai posé la main sur le cœur palestinien; je m'engage à soulever le monde pour le forcer à écouter.

Je suis fanatique, mais aussi rusée et pleine de ressources. Je suis la guêpe endormie qui attend la fin de l'hiver avant de piquer.

Je suis la camarade Leïla, citoyenne de la révolution mondiale.

De jour comme de nuit.

Elle poussait ce rôle à fond, allant de la sécheresse agressive avec laquelle elle menait la lutte à mains nues, à la lueur inflexible qui animait son regard devant le miroir lorsqu'elle brossait sauvagement ses longs cheveux noirs dont la racine rousse réapparaissait déjà. Et puis, ce qui exigeait au départ un effort de volonté devint peu à peu une habitude du corps et de l'esprit, une colère permanente, solitaire et maladive qui se communiqua très vite à son public, qu'il s'agît de stagiaires ou d'instructeurs. Ils acceptèrent presque aussitôt l'étrangeté qui émanait d'elle et l'éloignait du reste du groupe. Peut-être en avaient-ils vu d'autres avant elle comme le prétendait Joseph. La violence froide qu'elle mettait à exécuter les exercices d'artillerie – qui allaient du maniement des lance-fusées soviétiques à la fabrication de bombes avec du fil électrique rouge et des détonateurs en passant par l'inévitable tir à la Kalachnikov – impressionna jusqu'au bouillonnant Bubi. Elle se donnait totalement, mais se tenait en retrait. Bientôt, les hommes, même les miliciens syriens, cessèrent de lui faire des avances inconsidérées; les femmes renoncèrent à se méfier de son allure saisissante; les camarades les plus faibles commencèrent à se rassembler timidement autour d'elle, et les forts à la considérer comme une égale.

La chambre où Charlie dormait comptait trois lits, mais l'Anglaise n'eut au départ qu'une seule compagne – une Japonaise minuscule qui passait la plupart de son temps agenouillée à dire ses prières mais ne parlait rien d'autre que sa propre langue à ses camarades mortels. Une fois endormie, elle grinçait des dents si fort que Charlie dut une nuit la réveiller, puis s'asseoir à côté d'elle en lui tenant la main jusqu'à l'heure du lever annoncée par les beuglements du haut-parleur tandis que la pauvre fille pleurait de silencieuses larmes asiatiques. Elle disparut peu après et sans explications, bien vite remplacée par deux sœurs algériennes qui fumaient des cigarettes rances et semblaient en savoir aussi long sur les armes et les bombes que Bubi lui-même. Charlie les considérait comme des filles ordinaires, mais les instructeurs leur vouaient une véritable vénération en raison de quelque haut fait contre l'oppresseur. Le matin, on les voyait sortir, l'air ensommeillé et vêtues de survêtements en lainage, du quartier réservé à l'encadrement, alors que les filles moins prisées terminaient leurs exercices de lutte à mains nues. Charlie bénéficia donc pendant quelque temps d'une chambre pour elle toute seule, et, même si Fidel, le gentil Cubain, se présenta une nuit frotté et récuré comme un enfant de chœur pour lui prouver son amour révolutionnaire, elle persista, la mâchoire crispée, dans son attitude de renoncement et ne lui accorda pas même un baiser avant de le renvoyer.

Après Fidel, le seul à lui réclamer ses faveurs fut

l'Américain Abdoul. Il passa la voir très tard, une nuit, frappant à la porte avec une telle discrétion qu'elle s'attendit à découvrir l'une des deux Algériennes – elles oubliaient fréquemment leur clef. Charlie avait déjà décidé qu'Abdoul devait être un permanent du camp. Il paraissait trop proche du personnel d'encadrement, trop libre de ses mouvements, et en outre n'avait d'autre attribution que de lire ses articles assommants et de citer Marighella avec un accent du Sud trop flottant, de l'avis de Charlie, pour être naturel. Fidel, qui l'admirait profondément, affirmait qu'il s'agissait d'un déserteur du Viet-Nam qui haïssait l'impérialisme et avait atterri ici en passant par La Havane.

« Salut », lança Abdoul qui se faufila devant elle en souriant avant qu'elle n'ait eu le temps de lui claquer la porte au nez. Il s'assit sur le lit de Charlie et entreprit de se rouler une cigarette.

« Du vent, répliqua Charlie. Fiche le camp.

– C'est ça », répondit-il en continuant de confectionner sa cigarette. Il était grand, souffrait d'une calvitie naissante et, vu de très près, paraissait extrêmement maigre. Il portait un treillis cubain et arborait une barbe brune et douce un peu pelée.

« Quel est ton *vrai* nom, Leïla? s'enquit-il.

– Smith.

– *Smith.* Ça me plaît. » Il répéta le nom à plusieurs reprises sur des tons différents. « Tu es irlandaise, Smith? » Il alluma la cigarette et lui en proposa une bouffée. Charlie l'ignora. « On m'a dit que tu étais la propriété privée de Mr. Tayeh. Tu as du goût. Tayeh est un type très exigeant. Qu'est-ce que tu fais dans la vie, Smith? »

Elle se dirigea vers la porte et l'ouvrit toute grande, mais il resta sur le lit, lui souriant d'une manière lasse et désabusée à travers la fumée de sa cigarette.

« Tu ne veux pas baiser? l'interrogea-t-il. Dommage. Ces *Fräuleins* me font penser à des bébés éléphants de chez Barnum. J'espérais que nous pourrions relever un peu le niveau. Leur montrer ce que c'est qu'une Relation Particulière. »

Il se leva mollement, laissa tomber son mégot près du lit et l'écrasa d'un coup de botte.

« Tu n'aurais pas un peu de hasch pour un pauvre homme, hein, Smith?

– Dehors », ordonna-t-elle.

Obéissant passivement à l'injonction, il se traîna jusqu'à la jeune femme puis s'arrêta, leva la tête et ne bougea plus; alors, à son grand embarras, Charlie s'aperçut que les yeux fatigués et atones de son visiteur étaient emplis de larmes et que sa bouche se crispait en une moue suppliante enfantine.

« Tayeh ne me laissera jamais descendre du manège », se lamenta-t-il. Son accent du Sud s'était mué en un accent de la côte Est tout à fait classique. « Il craint que mes batteries idéologiques ne soient en baisse. Et il n'a pas tort, j'en ai peur. Je commence à oublier le raisonnement selon lequel chaque enfant mort est un pas de plus vers la paix mondiale. Ça n'est plus si évident quand on en a tué quelques-uns. Et Tayeh est très fort pour s'en apercevoir. Tayeh est très fort de toute façon. « Si tu veux partir, pars. » Voilà ce qu'il dit. Et puis il te montre le désert. C'est de bonne guerre. »

Puis, tel un mendiant hébété, il saisit à deux mains celle de Charlie et se mit à contempler la paume vide. « Je m'appelle Halloran, expliqua-t-il, comme s'il avait lui-même du mal à s'en souvenir. A la place d'Abdoul, tu mets Arthur J. Halloran. Et si jamais il t'arrivait un jour de passer devant une ambassade américaine, Smith, je te serais *terriblement* reconnaissant si tu pouvais laisser un mot comme quoi Arthur Halloran, un ancien de Boston et du Viet-Nam, et, plus récemment, d'armées moins officielles, aimerait rentrer dare-dare chez lui pour payer sa dette à la société avant que ces dingues de Maccabées nous tombent dessus et nous zigouillent tous. Tu ferais ça pour moi, Smith, vieille branche? Enfin, quand les carottes sont cuites, nous les Anglo-Saxons, on est toujours les premiers à se faire bouffer, tu ne crois pas?»

Elle parvenait à peine à bouger. Elle sentait une somnolence irrésistible la gagner, à la façon dont un blessé grièvement atteint sent le froid l'envahir. Elle ne désirait plus que dormir. Avec Halloran. Lui donner le réconfort qu'il réclamait et en recevoir en retour. Et puis qu'il aille donc la dénoncer dès le lendemain matin. Aucune importance. Elle ne savait qu'une chose : elle ne pourrait affronter une nuit de plus le vide infernal de cette affreuse cellule.

Il lui tenait toujours la main. Elle le laissait faire, hésitant comme un candidat au suicide debout sur le rebord de la fenêtre et qui contemple avec envie la rue si loin, tout en bas. Puis, avec un immense effort, elle se libéra et repoussa à deux mains dans le couloir le corps soumis et efflanqué de Halloran.

Elle s'assit sur le lit. Oui, c'était toujours la même nuit. Elle sentait l'odeur de sa cigarette. Voyait le mégot écrasé à ses pieds.

Si tu veux partir, pars, disait Tayeh. Et puis il montrait le désert. Tayeh est vraiment très fort.

Cette peur est la plus terrible de toutes, lui avait dit Joseph. *Ton courage se présentera comme de l'argent. Tu le dépenseras, et puis une nuit, tu fouilleras tes poches et tu t'apercevras que tu n'as plus un sou. C'est là que commencera le vrai courage.*

Il n'y a qu'une seule logique, avait affirmé Joseph : *toi. Il n'y aura qu'un seul survivant : toi. Tu ne pourras compter que sur une seule personne : toi.*

Elle se planta près de la fenêtre, s'inquiétant au sujet du sable. Elle ne s'était jamais rendu compte que le sable pouvait monter si haut. Le jour, écrasé par un soleil torride, il reposait, docile. Mais dès que la lune brillait, comme en ce moment, le sable enflait en cônes

vicieux qui se glissaient d'un horizon à l'autre, annonçant à Charlie qu'elle ne tarderait pas à l'entendre se
répandre par la fenêtre pour l'étouffer dans son sommeil.

L'interrogatoire de Charlie commença le lendemain
matin et dura, elle le calcula ensuite, un jour et deux
demi-nuits. Ce fut un procès violent et ahurissant. La
question semblait de savoir qui avait la priorité pour
hurler après la jeune femme et de déterminer s'ils
mettaient en doute son engagement révolutionnaire,
ou s'ils l'accusaient d'être une indicatrice à la solde des
Anglais, des sionistes, ou même des Américains. Elle
fut, pendant tout le temps que cela dura, dispensée de
cours et, entre les séances, sommée de demeurer en
état d'arrestation dans sa cabane, quoique personne ne
parût se formaliser de la voir se promener dans le
camp. Les quatre Arabes pleins de ferveur qui l'inter-
rogeaient travaillaient deux par deux, aboyaient leurs
questions en déchiffrant des pages de notes manuscri-
tes et devenaient plus furieux encore quand Charlie ne
comprenait pas leur anglais. Ils ne la battaient pas,
bien qu'elle l'eût en fait préféré : elle aurait au moins
su alors ce qu'ils voulaient entendre. Mais leur colère
suffisait pour susciter la peur. Ils se relayaient parfois
pour lui crier à la figure, leurs visages tout contre le
sien, la couvrant de postillons puis la laissant avec une
migraine épouvantable. Ils s'amusèrent aussi à lui
proposer un verre d'eau, puis à le lui vider à la face au
moment où elle tendait le bras pour le saisir. Lors de
la séance suivante cependant, le garçon responsable de
la plaisanterie lui lut des excuses écrites devant ses
trois camarades et quitta la pièce profondément humi-
lié.
Une autre fois, ils menacèrent de la fusiller en raison
de son attachement notoire au sionisme et à la reine
d'Angleterre. Mais devant son refus inflexible de

confesser ces péchés, ils se désintéressèrent du problème et se mirent à lui conter la glorieuse histoire de leurs villages, de ces villages qu'ils n'avaient jamais connus et qui s'enorgueillissaient des plus belles femmes de la terre, de la meilleure huile d'olive et du vin le plus succulent. Elle sut alors qu'elle avait retrouvé la normale, qu'elle avait retrouvé Michel.

Au plafond, les pales d'un ventilateur électrique tournaient; sur les murs, des rideaux gris dissimulaient en partie des cartes géographiques. Par la fenêtre ouverte, Charlie percevait les coups sourds et intermittents des exercices d'artillerie de Bubi. Tayeh s'était réservé le sofa et y avait allongé une jambe. Son visage abîmé était blême, maladif. Charlie se tenait debout devant lui comme une petite fille pas sage, les yeux baissés et la mâchoire serrée par la rage. Elle avait bien essayé de parler, mais Tayeh l'en avait dissuadé en sortant de sa poche sa flasque de whisky pour en avaler une goulée. Puis il s'essuya la bouche du revers de la main, des deux côtés, comme s'il avait eu une moustache, ce qui n'était pas le cas. Il paraissait plus réservé que lors de leurs précédentes rencontres, et, d'une certaine façon, moins à l'aise avec elle.

« Abdoul, l'Américain, déclara-t-elle.

– Oui? »

Elle avait tout préparé. Elle n'avait cessé de répéter son rôle mentalement : le haut sens du devoir révolutionnaire de la camarade Leïla était venu à bout de sa répugnance naturelle à dénoncer ainsi un frère d'armes. Elle savait chacun des mots par cœur. Elle connaissait les garces du camp qui les avaient déjà prononcés. Pour les dire, elle se détourna du visage de son interlocuteur et s'exprima avec un acharnement rude, presque masculin.

« Il s'appelle en réalité Halloran. Arthur J. Halloran. C'est un traître. Il m'a demandé d'aller dire aux

Américains qu'il voulait rentrer et passer en justice, quand je serai sortie d'ici. Il reconnaît ouvertement entretenir des idées contre-révolutionnaires. Il pourrait nous trahir tous. »

Le regard sombre de Tayeh n'avait pas quitté le visage de la jeune femme. Il tenait sa canne de frêne à deux mains et, de son extrémité, tapotait les orteils de sa mauvaise jambe, comme s'il voulait l'empêcher de s'engourdir.

« C'est pour cela que vous vouliez me parler?

– Oui.

– Cela fait trois nuits que Halloran est venu vous voir, fit-il remarquer en regardant ailleurs. Pourquoi ne pas l'avoir dit plus tôt? Pourquoi attendre trois jours?

– Vous n'étiez pas là.

– Je ne suis pas tout seul. Pourquoi ne pas m'avoir fait venir?

– J'avais peur que vous ne le punissiez. »

Mais Tayeh ne semblait pas considérer Halloran comme un accusé potentiel. « Peur, répéta-t-il, comme si c'était là un aveu grave. *Peur?* Pourquoi avoir peur pour Halloran? Pendant trois jours entiers? Vous approuvez donc en secret ses positions?

– Vous savez bien que non.

– Ce serait donc pour cela qu'il vous a parlé si ouvertement? Parce que vous lui aviez donné des raisons de le penser? C'est sûrement ça.

– Non.

– Vous avez couché avec lui?

– *Non.*

– Alors pourquoi voudriez-vous protéger Halloran? Pourquoi craindriez-vous pour la vie d'un traître quand on vous apprend à tuer pour la révolution? Pourquoi ne pas être honnête avec nous? Vous me décevez.

– Je n'ai pas l'habitude. Je le plaignais et ne voulais

pas lui faire de mal. Et puis je me suis rappelé mon devoir. »

Tayeh paraissait de plus en plus troublé par toute cette conversation. Il but un long trait de whisky.

« Asseyez-vous.

– Pas la peine.

– Asseyez-vous. »

Elle obéit. Elle jetait un regard féroce sur quelque point haï d'un horizon intérieur situé à côté de Tayeh. Il lui semblait avoir dépassé le stade où le capitaine était en droit de la connaître. J'ai appris ce que tu voulais que j'apprenne ici. Ne t'en prends qu'à toi-même si tu ne me comprends pas.

« Dans l'une des lettres que vous avez écrites à Michel, vous parlez d'un enfant. Vous avez un enfant ? De lui ?

– Je faisais allusion au revolver. Nous dormions avec.

– De quelle arme s'agissait-il ?

– Un Walther. C'était Khalil qui le lui avait donné. »

Tayeh soupira. « Si vous étiez à ma place, dit-il enfin en détournant la tête, et que vous deviez prendre une décision au sujet de Halloran – qui veut rentrer chez lui mais en sait beaucoup trop – que feriez-vous ?

– Je le neutraliserais.

– En le tuant ?

– Ça, c'est votre affaire.

– Oui, en effet. » Il observait de nouveau sa jambe malade, tenant sa canne juste au-dessus, à l'exacte parallèle. « Mais pour quelle raison exécuter un homme qui est déjà mort ? Pourquoi ne pas simplement le laisser travailler pour nous ?

– Parce que c'est un traître. »

Une fois encore, Tayeh persista à ne pas vouloir comprendre la logique des positions de Charlie.

« Halloran se lie avec beaucoup de monde dans ce

camp. Et jamais sans raison. Il nous sert de vautour : il nous montre où sont la faiblesse et le mal. Il nous conduit aux traîtres potentiels. Ne pensez-vous pas qu'il serait ridicule de nous débarrasser d'un être aussi utile? Avez-vous couché avec Fidel?

– Non.

– Parce qu'il est trop bronzé?

– Parce que je n'en avais pas envie. c'est tout.

– Et avec les petits Arabes?

– Non.

– Vous me paraissez bien difficile.

– Je ne faisais pas la difficile avec Michel. »

Poussant un soupir de perplexité. Tayeh prit une troisième rasade d'alcool. « Qui est *Joseph*? demanda-t-il d'un ton vaguement maussade. Joseph. Qui est-ce. je vous prie? »

Avait-elle tué l'actrice en elle? Ou s'était-elle si bien fondue dans le théâtre du réel qu'elle ne parvenait plus à différencier la vie de l'art? Aucune de ses compositions passées ne s'imposa à son esprit; elle n'eut pas l'impression de sélectionner un rôle. Elle ne songea même pas à s'effondrer sur le sol de pierre pour ne plus bouger. L'idée de se vautrer dans une confession complaisante en marchandant sa vie contre tout ce qu'elle savait – cette option ultime lui était permise – ne la tenta pas non plus. Elle était furieuse. Elle en avait plus qu'assez de voir son intégrité disséquée. traînée dans la boue puis remise en question chaque fois qu'elle atteignait une nouvelle borne dans sa progression vers la révolution de Michel. Alors elle fit volte-face sans réfléchir – une carte présentée sur le dessus du paquet. à prendre ou à laisser et débrouille-toi avec.

« Je ne connais pas de Joseph.

– Allons. Réfléchissez. A Mykonos. Avant d'aller à Athènes. Lors d'une conversation tout à fait fortuite avec une relation à nous. l'un de vos amis a fait référence à un *Joseph* qui se serait joint à votre groupe.

Il a même dit que Charlie était complètement fascinée. »

Il ne subsistait plus aucun obstacle, plus aucun détour. Charlie les avait tous écartés et avait maintenant le champ libre.

« Joseph? Ah! ce Joseph-là! » Elle laissa son visage exprimer la remémoration tardive, puis, à mesure que le souvenir se précisait, un dégoût certain.

« Je m'en souviens. C'est un sale petit juif qui s'accrochait à notre bande.

— Ne parlez pas ainsi des juifs. Nous sommes antisionistes, pas antisémites.

— A d'autres », répliqua-t-elle sèchement.

Tayeh parut intéressé. « Me traiteriez-vous de menteur, Charlie?

— De toute façon, sioniste ou pas, c'était un casse-pieds. Il me rappelait mon père.

— Votre père était juif?

— Non, mais c'était un escroc. »

Tayeh réfléchit un long moment, se concentrant d'abord sur le visage de la jeune femme, puis sur tout son corps pour tenter de clarifier les doutes qui obscurcissaient encore son esprit. Il lui offrit une cigarette mais elle ne la prit pas : son instinct lui disait de ne pas faire la moindre concession avec lui. Il tapota une fois de plus son pied sans vie du bout de sa canne. « Cette nuit que vous avez passée avec Michel à Thessalonique – dans le vieil hôtel – vous vous rappelez?

— Oui, pourquoi?

— Le personnel a entendu des éclats de voix venant de votre chambre très tard dans la nuit.

— Bon, et alors, quelle est la question?

— Ne me poussez pas, je vous prie. Qui criait cette nuit-là?

— Personne. Ces conards ont écouté à la mauvaise porte.

— Qui criait? »

– Nous n'avons pas crié. Michel ne voulait pas que je parte. C'est tout. Il avait peur pour moi.

– Et vous? »

Elle avait travaillé ce scénario avec Joseph : le moment où elle se montrait plus forte que Michel.

« J'ai voulu lui rendre son bracelet », répondit Charlie.

Tayeh hocha la tête. « Ce qui explique le post-scriptum d'une de vos lettres : « Je suis si heureuse d'avoir gardé le bracelet. » Et bien sûr... il n'y a pas eu d'éclats de voix. Vous dites vrai. Pardonnez mon petit piège arabe. »

Il lui lança un dernier regard inquisiteur, essayant une fois encore, en vain, de percer l'énigme; puis il pinça les lèvres en cette moue de soldat que faisait parfois Joseph et qui annonçait un ordre.

« Nous avons une mission à vous confier. Allez chercher vos affaires et revenez ici immédiatement. Votre formation est terminée. »

Ce départ dépassa en folie tout ce qu'elle avait vécu jusqu'alors. Pire que la fin d'un trimestre : pire que la grande scène où elle abandonnait la bande au port du Pirée. Fidel et Bubi la pressèrent contre leur poitrine, leurs larmes se mêlant aux siennes. L'une des Algériennes lui offrit un pendentif figurant un Christ enfant en bois.

Le professeur Minkel habitait sur la croupe qui relie le mont Scopus à la colline Française, tout près de l'université hébraïque, au huitième étage d'une tour récente appartenant au grand ensemble qui avait tant chagriné les conservateurs malheureux de Jérusalem en défigurant la silhouette de leur cité. Il n'y avait pas un seul appartement qui ne donnât sur la Vieille Ville, mais l'ennui était que, de la Vieille Ville, on ne manquait pas un seul appartement non plus. Comme tous les immeubles voisins, la tour en question avait été conçue à la façon d'une forteresse, l'orientation des fenêtres étant déterminée en fonction des meilleurs angles de tir au cas où il faudrait répondre à une attaque. Kurtz se trompa trois fois avant de trouver son chemin. Il se perdit tout d'abord dans un centre commercial aux murs de béton épais d'un bon mètre cinquante. Puis dans un cimetière britannique réservé aux disparus de la Première Guerre mondiale : « Offert par le Peuple de Palestine », pouvait-on lire à l'entrée. Il explora d'autres édifices, presque tous dons de millionnaires américains, puis arriva enfin au pied de cette tour de pierre de taille. Tous les noms avaient été barbouillés devant les boutons de sonnette, aussi Kurtz en pressa-t-il un au hasard, ce qui fit surgir un vieux Polonais de Galicie ne parlant que le yiddish. Le Polonais savait où se trouvait l'immeuble que cherchait Kurtz – aussi vrai que vous me voyez, c'est celui-là ! –, il connaissait le professeur Minkel et l'admirait pour sa situation. Lui-même avait suivi les cours de la tant vénérée université de Cracovie. Mais il avait encore beaucoup de questions à poser à Kurtz, qui fut contraint de répondre du mieux qu'il pouvait : par exemple, de quel pays Kurtz était-il originaire ? Oh ! bonté divine, et ne connaissait-il pas Untel ? Et qu'est-ce qui amenait Kurtz par ici, un homme mûr comme lui, à onze heures du matin, alors que le docteur Minkel était censé instruire l'élite future de la philosophie de notre peuple ?

Le service des ascenseurs était en grève, et Kurtz dut prendre les escaliers, mais rien n'aurait pu contrarier sa bonne humeur. D'abord, sa nièce venait de lui annoncer ses fiançailles avec un jeune homme de son propre département – il était temps. Ensuite, les conférences bibliques d'Elli s'étaient très bien terminées ; elle avait donné une petite fête pour célébrer l'occasion et, à sa grande joie, il avait réussi à être présent. Enfin, et mieux encore, plusieurs indices étaient venus confirmer la piste fribourgeoise, le plus satisfaisant de tous ayant été fourni la veille par l'un des espions de Shimon Litvak, qui testait un tout nouveau microphone directionnel sur le toit d'un immeuble de Beyrouth : Fribourg, Fribourg, trois fois en cinq pages, un vrai plaisir. Parfois, la chance vous favorisait ainsi, songeait Kurtz en gravissant les marches. Et, comme Napoléon ou n'importe quel habitant de Jérusalem le savait bien, c'était la chance qui faisait les bons généraux.

Parvenant à un petit palier, il fit halte pour reprendre son souffle et rassembler un peu ses pensées. L'éclairage de la cage d'escalier évoquait celui d'un abri antiaérien : des ampoules nues derrière des cages de fil de fer. Mais c'étaient aujourd'hui les sons de son enfance passée dans les ghettos qui revenaient aux oreilles de Kurtz dans cet escalier obscur. J'ai eu raison de ne pas amener Shimon, se dit-il. Shimon a tendance à tout voir en noir; un peu plus de gaieté ne lui ferait pas de mal.

La porte 18 D présentait un judas optique cerclé d'acier et, sur un côté, toute une série de verrous que Mrs. Minkel défit les uns après les autres comme des boutons de bottine, sans cesser de répéter « Un instant s'il vous plaît » à mesure qu'elle se baissait. Kurtz entra puis attendit qu'elle eût patiemment repoussé tous les verrous. C'était une grande femme assez jolie, aux yeux bleus très brillants et aux cheveux gris rassemblés en un petit chignon très sage.

« Vous êtes Mr. Spielberg du ministère de l'Intérieur, annonça-t-elle avec une certaine circonspection en lui tendant la main. Hansi vous attend. Soyez le bienvenu. S'il vous plaît. »

Elle ouvrit la porte d'un bureau minuscule où était installé son Hansi, sorte de patriarche usé par le temps et tout droit sorti des *Buddenbrooks*[1]. Cela faisait des années que sa table de travail ne lui suffisait plus; ses

1. Roman de Thomas Mann (N.d.T.).

livres et ses papiers s'empilaient sur le sol en un ordre qui ne semblait rien devoir au hasard. Le bureau se trouvait de biais par rapport à une baie vitrée formant un demi-hexagone, ornée de curieuses meurtrières de verre fumé et surmontant une banquette encastrée. Minkel se leva précautionneusement puis, avec une dignité presque irréelle, se fraya un chemin jusqu'à l'îlot que son érudition n'avait pas encore envahi. Son accueil fut assez gauche et, tandis que les deux hommes prenaient place sur la banquette, Mrs. Minkel approcha un tabouret et s'installa résolument à égale distance de chacun d'eux, tel un arbitre veillant à la bonne tenue du jeu.

Un silence gêné s'ensuivit. Kurtz affichait le sourire contrit de l'homme contraint à faire son devoir. « Je crains, Mrs. Minkel, que mon service ne tienne à ce que je parle tout d'abord de certaines questions ayant trait à la sécurité seul à seul avec votre mari », déclara-t-il. Puis il attendit, sans se départir de son sourire, jusqu'à ce que le professeur suggérât à son épouse d'aller faire du café; cela conviendrait-il à Mr. Spielberg?

Non sans lancer un regard d'avertissement à son mari depuis l'embrasure de la porte, Mrs. Minkel se retira à contrecœur. En réalité, la différence d'âge entre les deux hommes devait être minime; cependant, Kurtz prit soin de parler haut et clair à Minkel, sachant que le professeur y était accoutumé.

« Professeur, j'ai cru comprendre que notre amie mutuelle, Ruthie Zadir, ne vous a eu au bout du fil qu'hier », commença Kurtz avec tout le respect que l'on réserve habituellement à un malade. En fait, il savait très bien de quoi il parlait, puisqu'il avait pris l'écouteur annexe pendant la conversation téléphonique entre Ruthie et Minkel, afin de sentir un peu son homme.

« Ruth était l'une de mes meilleures élèves, fit observer le professeur, l'air un peu perdu.

– Elle est sans nul doute l'une de nos meilleures également, renchérit Kurtz avec plus de chaleur. Connaissez-vous, je vous prie, professeur, la nature des travaux que poursuit Ruthie actuellement? »

Minkel n'avait pas vraiment l'habitude de répondre à des questions débordant le cadre de ses recherches, et il lui fallut un instant de réflexion troublée avant de répondre.

« Il me semble que je dois vous dire quelque chose », prononça-t-il comme s'il prenait une résolution difficile.

Kurtz lui sourit d'un air avenant.

« Si votre visite ici touche aux inclinations – aux tendances – politiques de mes étudiants, j'ai le regret de vous apprendre que je ne peux collaborer avec vous. Il s'agit là de critères que je ne peux considérer comme légitimes. Nous avons déjà discuté de tout cela. Je suis désolé. » Il parut soudain embarrassé, à la fois par ce qui lui venait à l'esprit et par son hébreu. « Je défends quelque chose ici. Quand on défend quelque chose, il faut non seulement s'exprimer, mais surtout agir. C'est ce que je défends. »

Kurtz, qui avait lu le dossier de Minkel, savait exactement ce que le professeur défendait. C'était un disciple de Martin Buber et il appartenait à la formation idéaliste, maintenant tombée dans l'oubli, qui avait prôné une véritable paix avec les Palestiniens entre les guerres de 1967 et de 1973. Les hommes de droite le traitaient de traître et parfois, lorsqu'ils se souvenaient encore de lui, les hommes de gauche aussi. Il était considéré comme un oracle en matière de philosophie judaïque, de christianisme primitif, de mouvements humanistes ayant éclos dans son Allemagne natale et d'une bonne trentaine d'autres sujets également : il était l'auteur d'un ouvrage en trois tomes portant sur la théorie et la pratique du sionisme, étude qu'accompagnait un index gros comme un annuaire téléphonique.

615

« Professeur, commença Kurtz, je connais votre position concernant ces questions, et il n'entre sûrement pas dans mes intentions de chercher à contrecarrer votre sens moral tout à fait louable. » Il se tut, laissant le temps à ses paroles rassurantes d'atteindre leur but. « Je crois d'ailleurs savoir que la conférence que vous devez donner à l'université de Fribourg porte justement sur ce problème des droits individuels, n'est-ce pas? Les Arabes... leurs libertés élémentaires... n'est-ce pas de cela que vous parlerez le 24? »

Le professeur ne pouvait laisser passer cela. Il ne se satisfaisait pas de définitions aussi hâtives.

« En l'occurrence, ma conférence ne portera pas sur ce sujet. Elle traitera de l'épanouissement du judaïsme, non par la conquête, mais par la justification de la morale et de la culture juives.

— En quoi consiste exactement votre raisonnement, professeur? » demanda Kurtz avec bienveillance.

Mrs. Minkel revint porteuse d'un plateau chargé de gâteaux faits maison. « Te demande-t-il encore des dénonciations? interrogea-t-elle. Si c'est ce qu'il cherche, réponds-lui non. Et quand tu auras dit non, répète-lui encore non, jusqu'à ce qu'il comprenne. Que crois-tu qu'il puisse te faire? Te donner des coups de matraque?

— Mrs. Minkel, soyez assurée que je n'attends rien de tel de votre époux », répliqua Kurtz, tout à fait imperturbable.

Lui jetant un regard de méfiance déclarée, Mrs. Minkel disparut à nouveau.

Mais Minkel s'interrompit à peine. S'il avait remarqué la courte apparition de sa femme, il n'en laissa rien paraître. Kurtz lui avait posé une question; et Minkel, pour qui tout obstacle à la connaissance était inacceptable, entendait bien y répondre.

« Je vais vous dire en quoi consiste exactement mon raisonnement, Mr. Spielberg, déclara-t-il solennellement. Tant que nous possédons un petit Etat juif, nous pouvons progresser, en tant que Juifs, vers l'épanouissement de notre judaïcité de manière pleinement démocratique. Mais dès que nous nous trouvons en présence d'un Etat plus vaste, comprenant des Arabes, il nous faut choisir. » Il illustra son propos d'un mouvement de ses vieilles mains tavelées. « De ce côté-ci, vous avez la démocratie sans l'épanouissement de la judaïcité. De ce côté-là, vous avez cet épanouissement, mais pas la démocratie.

– Quelle serait donc la solution, professeur? » demanda Kurtz.

Les mains de Minkel battirent l'air en un geste d'abandon trahissant une impatience très professorale. Il paraissait avoir oublié que Kurtz n'était pas un élève.

« Enfantin! Evacuons Gaza et la Cisjordanie avant d'avoir perdu nos valeurs! Quelle autre solution pourrait-il y avoir?

– Et comment les Palestiniens réagissent-ils à cette proposition, professeur? »

L'assurance de Minkel se mua aussitôt en tristesse. « Ils m'accusent de cynisme, avoua-t-il.

– Vraiment?

– D'après eux, je chercherais à la fois un Etat juif et la sympathie du monde, alors ils prétendent que je constitue une menace pour leur cause. » La porte se rouvrit sur Mrs. Minkel qui apportait cette fois-ci du café et des tasses. « Mais je ne suis *pas* subversif », continua le professeur avec désespoir. Il ne put aller plus loin en raison de sa femme.

« *Subversif?* répéta Mrs. Minkel, qui s'empourpra en posant violemment la vaisselle. Vous traitez Hansi de subversif? Parce que nous disons ce que nous pensons sur ce qui se passe dans ce pays? »

Même s'il l'avait voulu, Kurtz n'aurait pu l'interrompre et, en l'occurrence, il ne s'y risqua pas. Il était assez content de la laisser vider son sac.

« Et les coups, et les tortures dans le Golan? Et la

façon dont on les traite en Cisjordanie, ce n'est pas pire que les S.S.? Et au Liban, à Gaza? Même ici, à Jérusalem, on frappe les petits Arabes simplement parce qu'ils sont arabes! Et alors nous, nous serions *subversifs* parce que nous osons dénoncer l'oppression, simplement parce que personne ne nous opprime, *nous...* des Juifs allemands, *subversifs* en Israël?

« *Aber, Liebchen...* » bredouilla le professeur, affreusement gêné.

Mais Mrs. Minkel avait visiblement l'habitude de faire valoir son opinion. « Nous n'étions pas capables d'arrêter les nazis, et maintenant, nous ne sommes pas capables de nous arrêter nous-mêmes. Nous obtenons un pays à nous, et qu'est-ce que nous faisons? Quarante ans après, nous réinventons une tribu égarée. Quelle stupidité! `si *nous* ne le proclamons pas, le monde entier le fera. Il le dit déjà. Lisez les journaux, Mr. Spielberg! » Comme pour prévenir une gifle, Kurtz leva le bras pour l'interposer entre son visage et celui de Mrs. Minkel. Mais elle n'en avait pas terminé. « Cette *Ruthie*, continua-t-elle avec un sourire de mépris. Une fille intelligente. Elle étudie trois ans avec mon mari et qu'est-ce qu'elle fait? Elle entre dans l'appareil d'Etat. »

Kurtz baissa la main, révélant ainsi qu'il souriait. Non par moquerie, non par colère, mais avec l'orgueil teinté d'émerveillement d'un homme qui aime profondément la diversité étonnante de son peuple. Il avait beau répéter « S'il vous plaît », il avait beau en appeler au professeur, Mrs. Minkel avait encore un torrent à déverser.

Elle finit pourtant par se taire et Kurtz lui demanda alors si elle ne voulait pas s'asseoir pour écouter ce dont il était venu s'entretenir. Elle se hissa donc une nouvelle fois sur son tabouret, attendant d'être rassurée.

Kurtz choisit très soigneusement ses mots, avec beaucoup de douceur. Ce qu'il avait à dire devait rester aussi secret qu'un vrai secret devait l'être, commença-t-il. Ruthie Zadir elle-même – un très bon officier qui faisait des secrets son pain quotidien – Ruthie elle-même n'en savait rien, ajouta-t-il; ce qui n'était pas vrai, mais tant pis. Il n'était pas venu pour parler des étudiants du professeur, assura-t-il, et moins encore pour accuser celui-ci d'être subversif ou pour s'opposer à ses louables idéaux. Il ne s'était présenté ici que pour parler de la prochaine conférence du professeur à Fribourg, qui avait attiré l'attention de certains éléments extrêmement nuisibles. Puis il leur livra toute la vérité.

« Voilà donc les tristes faits, dit-il en prenant une profonde inspiration. Si certains de ces Palestiniens, dont vous défendez tous les deux si courageusement les droits, parviennent à leurs fins, vous ne prononcerez aucun discours à Fribourg le 24 de ce mois. En fait, professeur, vous ne prononcerez plus jamais aucun discours. » Il se tut mais son auditoire ne manifesta aucune intention de prendre la parole. « D'après les informations dont nous disposons actuellement, il apparaît que l'un de leurs groupes les plus incontrôlables vous a distingué comme étant un dangereux modéré, susceptible de noyer l'essence pure de leur cause. Les critiques que vous me citiez tout à l'heure, monsieur, mais en pire. Un apôtre de la solution des Bantoustans pour les Palestiniens. Un homme qui, tel un feu trompeur, conduit les plus faibles et les plus crédules à faire à l'expansionnisme sioniste la concession qui sera fatale au peuple palestinien. »

Mais il fallut plus, bien plus qu'une simple menace de mort, pour convaincre le professeur d'accepter une version non encore prouvée des événements.

« Excusez-moi, coupa-t-il sèchement. Il s'agit là mot pour mot de la description qu'a faite de moi la presse palestinienne après ma conférence de Beer-Sheva.

« – C'est précisément de là que nous l'avons tirée, professeur », répondit Kurtz.

24

Elle atterrit à Zurich en début de soirée. Des feux de tempête jalonnaient la piste, flamboyant devant elle comme la voie de ses propres desseins. Charlie s'était préparée avec acharnement pour n'être plus que la somme de ses vieilles frustrations, désormais mûries et concentrées sur ce monde pourri. Elle *savait* maintenant qu'il ne s'y trouvait pas une seule parcelle de bien : elle avait vu la souffrance qui représentait le prix à payer pour l'opulence occidentale. Elle était ce qu'elle avait toujours été : une exclue enragée qui voulait reprendre son dû; mais à la différence que la Kalachnikov avait remplacé ses éclats inutiles. Les feux défilaient devant son hublot comme des épaves en flammes. L'appareil toucha le sol. Le billet de la jeune femme indiquait cependant Amsterdam, et il lui restait théoriquement un atterrissage à subir. *Les filles seules qui reviennent du Moyen-Orient sont suspectes,* lui avait dit Tayeh lors de leur dernière entrevue à Beyrouth. *Il nous faut tout d'abord vous donner une provenance plus respectable.* Fatmeh, venue lui dire adieu, se montra plus précise : *Khalil a décidé que l'on te donne une nouvelle identité à ton arrivée.*

Pénétrant dans la salle de transit déserte, Charlie eut le sentiment d'être le tout premier pionnier à y avoir jamais posé le pied. Les haut-parleurs déversaient de la musique, mais personne n'était là pour l'entendre. Une boutique de luxe vide de clients proposait des barres de chocolat et du fromage. La jeune femme se rendit aux toilettes et examina son apparence tout à loisir. Les cheveux coupés au bol et teints en un vague châtain. Tayeh lui-même n'avait cessé d'arpenter en boitillant l'appartement de Beyrouth pendant que Fatmeh procédait au massacre. Pas de maquillage, pas de sex-appeal, avait ordonné Tayeh. Charlie portait un ensemble brun assez lourd et des lunettes d'astigmate qui lui donnaient un air renfrogné. Il ne me manque plus qu'un canotier et un blazer à écusson, songeat-elle. Elle était loin de la *poule de luxe* révolutionnaire de Michel.

Embrasse Khalil pour moi, lui avait demandé Fatmeh en l'étreignant au moment du départ.

Rachel se tenait devant le lavabo voisin, mais le regard de Charlie passa au travers d'elle. Charlie ne la trouvait en rien attirante, elle ne la connaissait pas et n'avait posé son sac grand ouvert entre elles deux, le paquet de Marlboro bien en évidence sur le dessus comme Joseph le lui avait appris, que par pure coïncidence. Et elle ne vit pas non plus la main de Rachel plonger dans le sac pour échanger les paquets de cigarettes, ni le clin d'œil rassurant de la jeune femme dans la glace.

Je n'ai pas d'autre vie que celle-ci. Je n'ai pas d'autre amour que Michel et pas d'autre loyauté que celle que je voue à Khalil.

Installez-vous aussi près que possible du tableau des départs, lui avait recommandé Tayeh. Elle alla donc s'asseoir à l'endroit indiqué et tira de sa petite mallette une brochure sur les plantes alpestres aussi grande et mince qu'une publication d'écolières. Elle arborait également un badge tout rond : « Sauvez les baleines ». ce qui, lui avait expliqué Tayeh, constituait l'autre signe; dorénavant en effet, Khalil exigeait que tout fût multiplié par deux : deux plans, deux signes de reconnaissance, partout un système de rechange au cas où le premier raterait; une balle de rechange au cas où le monde vivrait encore.

Khalil ne fait jamais confiance du premier coup, avait dit Joseph. Mais Joseph était mort et enterré depuis longtemps déjà, prophète oublié du temps de son adolescence. Elle était la veuve de Michel, le soldat de Tayeh, et elle était venue s'engager dans l'armée du frère de son amant défunt.

Un militaire suisse la dévisageait, un homme plus très jeune armé d'un Heckler & Koch. Charlie tourna une page. Les Heckler comptaient parmi ses préférés. Lors de son dernier exercice d'artillerie, elle avait fiché quatre-vingt-quatre balles sur cent dans le pauvre marine qui leur servait de cible. C'était le record absolu, masculin comme féminin. Du coin de l'œil, elle s'aperçut que le Suisse la regardait toujours. Une méchante idée lui vint à l'esprit. *Je vais te faire ce qu'a fait Bubi au Venezuela*, songea-t-elle. Bubi avait reçu l'ordre d'exécuter un policier fasciste, le matin, au moment où il sortirait de chez lui, l'heure idéale. Bubi se dissimula contre une porte et attendit. Sa cible portait une arme sous le bras, mais était aussi un bon père de famille toujours heureux de jouer avec ses gosses. Quand il le vit sortir, Bubi extirpa une balle de sa poche et l'envoya rebondir aux pieds du policier. Une balle d'enfant, en caoutchouc – quel père de famille ne se baisserait pas instinctivement pour la ramasser? A peine s'était-il courbé que Bubi surgissait et l'abattait aussitôt. Qui en effet pourrait tirer tout en ramassant une balle de caoutchouc?

Quelqu'un essayait de la draguer. Un fumeur de pipe, souliers en peau de porc, flanelle grise. Charlie le sentit hésiter, puis s'approcher.

« Je vous prie de m'excuser, mais parlez-vous anglais? »

Question banale, le violeur anglais de la classe moyenne, blondasse, la cinquantaine plutôt enveloppée. Ayant faussement l'air de s'excuser. *Non, pas du tout*, eut-elle envie de lui répondre. *Je regarde seulement les images.* Elle avait tellement horreur de ce genre de types qu'elle en eut la nausée. Elle le foudroya du regard, mais il était collant, comme les autres.

« Cet endroit est si *affreusement* désert, expliqua-t-il. Je me demandais tout simplement si cela vous dirait de venir prendre un verre avec moi? Ça n'engage à rien et ne ferait de mal à personne. »

Charlie répondit non, merci, et faillit ajouter : « Papa m'a dit de ne pas parler aux étrangers. » Il finit par s'éloigner à grands pas indignés, en quête d'un agent à qui la signaler. Elle se replongea dans l'étude de l'edelweiss commun en écoutant la salle se remplir, un seul bruit de pas à la fois. Devant elle, en direction de la boutique de fromages. Devant elle, en direction du bar. Vers elle. Halte.

« Imogen? Tu te souviens de moi? Sabine! »

Lever les yeux. Le temps de la remettre.

Un ravissant foulard suisse pour dissimuler les cheveux coupés au bol et teints en un vague châtain. Pas de lunettes, mais il suffirait à Sabine de mettre les mêmes que les miennes pour qu'on nous prenne pour des jumelles. Un grand sac de voyage Franz Carl Weber, de Zurich, pendait au bout de son bras, ce qui était le second signe.

« Mince! Sabine. C'est toi. »

Debout. Un petit bécot sur la joue. Quelle surprise! Où vas-tu comme ça?

Hélas! le vol de Sabine n'allait pas tarder. Quel dommage de ne pas pouvoir papoter un peu, mais c'est la vie, non? Sabine laissa tomber le sac aux pieds de Charlie. Tu me le gardes un moment, chérie? Bien sûr, Sabs, pas de problème. Sabine disparaît dans les toilettes. Fouillant carrément dans le sac comme si c'était le sien, Charlie en sort une enveloppe de couleur gaie entourée d'un ruban et repère le contour d'un passeport dans lequel on a glissé un billet d'avion. Elle remet soigneusement dans le sac l'enveloppe contenant son propre passeport irlandais, son billet et sa carte de transit.. Sabine revient, récupère son bien – elle doit se dépêcher, porte de droite. Charlie compte jusqu'à vingt, retourne aux toilettes et y reste un bon moment. Baastrup Imogen, sud-africaine, lit-elle. Née à Johannesburg trois ans et un mois après moi. Destination Stuttgart d'ici à une heure vingt minutes. Adieu petite Irlandaise, bonjour petite chrétienne coincée, raciste jusqu'au bout des ongles et qui réclame son héritage de fille à peau blanche.

Sortant des toilettes, elle s'aperçut que le militaire l'observait toujours. Il a tout vu. Il est sur le point de m'arrêter. Il croit que j'ai la courante et ne se doute pas à quel point il est proche de la vérité. Elle l'examina jusqu'à ce qu'il s'en aille. Il voulait simplement regarder quelque chose, songea-t-elle en se plongeant une fois de plus dans son livre sur les fleurs alpestres.

Le vol ne parut pas durer plus de cinq minutes. Un sapin de Noël désuet trônait dans le hall de l'aéroport de Stuttgart, où régnait une atmosphère de remue-ménage familial, de retour au bercail. Faisant la queue avec son passeport sud-africain à la main, Charlie étudia les portraits des terroristes recherchées et s'attendit presque à découvrir le sien. Elle franchit les contrôles d'immigration et de douane comme une fleur. Arrivant près de la sortie, elle vit Rose, sa compatriote sud-africaine, affalée sur un sac à dos et dormant à moitié, mais Rose était aussi morte que Joseph, aussi morte que n'importe qui d'autre et aussi invisible que Rachel. Les portes automatiques s'écartèrent, une bourrasque de neige la frappa au visage. Elle releva le col de son manteau et traversa d'un pas vif le large trottoir qui menait au parking. Quatrième niveau, lui avait indiqué Tayeh; le coin extrême gauche; cherchez une queue de renard accrochée à une antenne de radio. Elle s'était imaginée une antenne bien sortie et ornée à son bout d'une touffe de renard rousse se balançant fièrement. Mais la queue n'était en fait qu'une miteuse imitation de nylon attachée à un anneau et gisant sur le capot de la petite Volkswagen.

« Je suis Saul. Comment t'appelles-tu, mon chou? » fit, tout près de Charlie, une voix d'homme à l'accent américain doucereux. Elle crut un instant avec horreur que Arthur J. Halloran, alias Abdoul, revenait la hanter, et fut soulagée de découvrir, en regardant derrière le pilier, un jeune homme apparemment normal appuyé contre le mur. Des cheveux longs, des bottes fatiguées, un sourire juvénile et paresseux. Et le badge « Sauvez les baleines » épinglé à son anorak.

« Imogen, répondit-elle, Saul étant le nom que lui avait annoncé Tayeh.

– Lève le capot, Imogen. Mets ta valise dans le coffre. Et maintenant jette un coup d'œil autour de toi, regarde qui tu vois. Personne qui t'ait embêtée? »

Charlie inspecta lentement le parking du regard. Dans la cabine d'un fourgon Bedford couvert de gigantesques marguerites, Raoul et une fille qu'elle ne parvenait pas à distinguer convenablement paraissaient sur le point de passer à l'acte.

« Personne », répondit-elle.

Saul lui ouvrit la portière.

« Et mets ta ceinture, mon chou, recommanda-t-il en prenant place derrière le volant. Ils ont des lois dans ce pays, compris? D'où viens-tu, Imogen? Où as-tu pêché ce bronzage? »

Mais une jeune veuve obsédée par le meurtre n'engage pas de conversation futile avec des étrangers. Saul alluma la radio avec un haussement d'épaules et se mit à écouter les informations en allemand.

La neige rendait le paysage magnifique et les chauffeurs très prudents. La petite Volkswagen se fraya un chemin dans la cohue, puis s'engagea sur une route à double voie bordée d'immeubles. De gros flocons se précipitaient sur les phares. Le bulletin d'informations s'acheva et une présentatrice annonça un concert.

« Tu aimes ça, Imogen? C'est du classique. »

Il laissa de toute façon le programme. Mozart... Salzbourg où Charlie avait été trop épuisée pour faire l'amour à Michel la veille de sa mort.

Ils contournèrent le halo brillant de la ville, où les flocons de neige semblaient s'engouffrer comme des cendres noirâtres. Ils franchirent un échangeur et Charlie aperçut en dessous un terrain de jeux, où des enfants en anorak rouge faisaient une bataille de boules de neige à la lueur des arcs voltaïques. Elle songea à son groupe de gosses, là-bas, en Angleterre, à des millions de kilomètres. Je le fais pour eux, pensa-t-elle. Michel aussi avait cru à cela, d'une certaine façon. Nous y croyons tous. Tous, sauf Halloran, qui avait perdu la foi. Pourquoi ne pouvait-elle le chasser de ses pensées? Parce qu'il doutait, et le doute représentait ce qu'elle avait appris à craindre le plus. *Douter, c'est trahir,* l'avait prévenue Tayeh.

Joseph lui avait affirmé à peu près la même chose.

Ils avaient pénétré dans un autre paysage et la route s'était métamorphosée en une rivière sombre sillonnant des gorges de champs tout blancs et de forêts alourdies. Charlie perdit le sens du temps et celui des proportions. Elle vit des châteaux de rêve et des villages de trains électriques se découper contre le ciel pâle. Les églises miniatures avec leurs dômes en oignon lui donnèrent envie de prier, mais elle était trop grande, seuls les faibles pouvaient s'en remettre à la religion. Elle vit des poneys frissonnants brouter des bottes de foin et se rappela chacun des poneys de son enfance. Vers chaque merveille qu'ils dépassaient, elle lançait son cœur pour tenter de la rattraper et de la retenir. Mais toutes s'échappèrent et aucune ne laissa la moindre empreinte dans son esprit; de simples souffles sur du verre poli. De temps en temps, une automobile les faisait disparaître; une fois, une moto dépassa leur voiture en trombe et la jeune femme crut reconnaître le dos de Dimitri qui s'éloignait, mais il fut hors de portée des phares avant qu'elle pût en être sûre.

Ils montèrent une colline et Saul se mit à accélérer. Il prit brusquement à gauche, traversa une route, puis tourna à droite, sur un chemin bosselé. Des troncs d'arbres abattus jonchaient les bas-côtés tels les soldats gelés d'un documentaire soviétique. Très loin devant, Charlie parvint à discerner la masse sombre d'une vieille demeure pourvue de hautes cheminées et qui lui fit un instant penser à la villa d'Athènes. *La passion, c'est bien le mot?* Saul immobilisa la voiture et lança deux appels de phares. Une torche lui répondit depuis ce qui semblait être le centre de la maison. Saul regardait sa montre en comptant les secondes à voix basse. « Neuf... dix... ça devrait être *maintenant* », dit-il, puis la lumière se remit à clignoter. Il se pencha par-dessus Charlie et lui ouvrit la portière.

« Pour nous, ça s'arrête là, mon chou, dit-il. C'était une conversation passionnante. On fait la paix, d'accord? »

Sa valise à la main, Charlie trouva un passage dans la neige et se dirigea vers la maison, n'ayant pour se repérer que la blancheur du sol et les rais de lune qui traversaient les arbres. A mesure que la demeure se rapprochait, la jeune femme distingua une tour d'horloge dont l'horloge avait disparu puis un bassin gelé dont le socle central avait perdu sa statue. Une moto rutilait sous un auvent de bois.

Soudain, elle entendit une voix familière lui parler dans un chuchotement de conspirateur : « Imogen, fais attention au toit. Si tu te prends un bout de toit, ça te tuera aussitôt. Imogen... Oh! Charlie... c'est vraiment *trop* ridicule! » L'instant d'après, un corps puissant et doux surgissait de l'obscurité du porche et l'enlaçait, à peine embarrassé par la torche électrique et le pistolet automatique.

Submergée par une vague de gratitude absurde, Charlie rendit à Helga son étreinte. « Bon Dieu, Helg... c'est toi... Génial! »

A la lumière de sa lampe électrique, Helga la guida à travers une salle au sol de marbre dont on avait déjà retiré la moitié des dalles; puis, avec précaution, en haut d'un escalier de bois branlant dépourvu de rampe. La maison tombait en décrépitude, mais quelqu'un avait précipité sa mort. Les murs suintants étaient barbouillés de slogans à la peinture rouge; on avait pillé les poignées de porte et les dispositifs d'éclairage. Retrouvant son hostilité première, Charlie voulut dégager sa main, mais Helga la serra plus fort, avec autorité. Elles traversèrent une enfilade de pièces vides, chacune des salles paraissant assez grande pour y tenir un banquet. Dans la première, un poêle de faïence brisé, bourré de papier journal. Dans la seconde, une presse à bras disparaissait sous la poussière et, sur le sol, les restes jaunis de journaux révolutionnaires d'autrefois montaient à hauteur de cheville. Elles pénétrèrent dans une troisième salle, et Helga promena le faisceau de sa torche sur une pile de dossiers et de papiers entassés dans une alcôve.

« Sais-tu ce que nous faisons ici, mon amie et moi, Imogen? interrogea-t-elle en élevant bruquement la voix. Mon amie est trop formidable. Elle s'appelle Verona et son père était un nazi complet. Un propriétaire terrien, un industriel, tout ce qu'on peut imaginer. » Sa main se détendit juste le temps de glisser jusqu'au poignet de Charlie, qu'elle enserra aussitôt. « Il est mort et nous le vendons pour nous venger. Les arbres aux saccageurs d'arbres. Les terres aux saccageurs de terres. Les statues et les meubles aux puces. Quand ça vaut cinq mille balles, nous vendons à cinq. Le bureau de son père se trouvait là. Nous l'avons démoli de nos propres mains et puis nous en avons fait un grand feu. Pour le symbole. C'était de là que partaient ses campagnes fascistes – là qu'il signait ses chèques, là qu'il accomplissait tous ses actes répressifs. Nous l'avons écrabouillé et puis nous l'avons brûlé. Verona est libre maintenant. Elle est pauvre, elle est libre, elle a rejoint la masse. Tu ne la trouves pas formidable? Peut-être que tu aurais dû faire ça, toi aussi. »

Un escalier de service tortueux conduisait à un long couloir. Helga passa tranquillement devant. Charlie perçut, venant d'en haut, des accords de folk-music et une odeur de paraffine brûlée. Elles arrivèrent à un palier, dépassèrent toute une série de chambres de bonne et s'immobilisèrent devant la dernière. Un rai de lumière passait sous la porte. Helga frappa et prononça doucement quelques mots en allemand. On tira un verrou et la porte s'ouvrit. Helga entra la première, invitant d'un signe Charlie à la suivre. « Imogen, voici la camarade Verona. » Sa voix avait pris une note autoritaire. « Vero! »

Une fille rondelette attendait, l'air affolé. Elle portait un tablier sur un pantalon noir, assez large, et avait les cheveux courts, comme ceux d'un garçon. Un automatique Smith & Wesson pendait, dans un étui, à sa hanche ronde. Verona sécha ses doigts sur son tablier et serra très bourgeoisement la main de Charlie.

« Il y a un an, Vero était aussi fasciste que son père, fit remarquer Helga du ton catégorique du propriétaire. C'était à la fois une esclave et une fasciste. Maintenant, elle se bat. Hein, Vero? »

Une fois congédiée, Verona repoussa le verrou puis se retira dans un coin où elle faisait un peu de cuisine sur un camping-gaz. Charlie se demanda si elle rêvait en secret du bureau de son père.

« Allez, viens voir qui est là », commanda Helga qui la traîna de l'autre côté de la pièce. Charlie lança un rapide coup d'œil autour d'elle. Elle se trouvait dans un immense grenier, le même que celui dans lequel elle avait joué tant de fois pendant ses vacances dans le Devon. La faible clarté émanait d'une lampe à pétrole suspendue à un chevron. Plusieurs épaisseurs de rideaux de velours avaient été clouées devant les lucarnes. Un superbe cheval à bascule se découpait contre un mur; tout à côté se dressait un tableau noir fixé à un chevalet. On y avait dessiné un plan de rues : des flèches de couleurs indiquaient, au centre, un grand bâtiment rectangulaire. Sur une vieille table de ping-pong gisaient des restes de salami, de pain noir et de fromage. Des vêtements masculins et féminins séchaient devant un poêle à fuel. Elles arrivaient à quelques marches de bois que Helga gravit en tête. Sur le plancher surélevé, deux matelas pneumatiques étaient posés l'un à côté de l'autre. Nu jusqu'à la ceinture et plus bas encore, l'Italien ténébreux qui avait tenu Charlie en joue lors de ce fameux dimanche matin à la City, se reposait sur le premier. Il avait jeté un couvre-lit décati sur ses cuisses et Charlie remarqua qu'il était en train de nettoyer les morceaux d'un Walther automatique démonté. Un poste de radio placé près de son coude déversait du Brahms.

« Et voilà notre Mario si énergique, annonça Helga avec une fierté sarcastique, tout en agitant du bout du pied les parties génitales de son compagnon. Mario, sais-tu que tu devrais avoir honte? Couvre-toi tout de suite et salue notre invitée. C'est un ordre! »

Mais Mario se contenta pour toute réponse de rouler gaiement jusqu'au bord de sa couche, invitant celle qui le voulait à le rejoindre.

« Comment va le camarade Tayeh, Charlie? demanda-t-il. Donne-nous donc des nouvelles de la famille. »

Aussi incongrue qu'un cri dans une église, une sonnerie de téléphone retentit : il n'était pas même venu à l'esprit de Charlie qu'ils pouvaient en avoir un.

Cherchant à la dégeler un peu, Helga proposait de porter un toast à la santé de Charlie et en faisait toute une histoire. Elle avait disposé des verres et une bouteille sur une planche à pain et l'apportait en grande cérémonie quand elle entendit la sonnerie. Elle se figea puis, à gestes très lents, alla poser la planche sur la table de ping-pong qui se trouvait tout près. Rossino éteignit la radio. Le téléphone monopolisait une petite table en marqueterie que Verona et Helga n'avaient pas encore carbonisée; c'était un très vieil appareil, le micro et l'écouteur formant deux pièces séparées. Helga se pencha au-dessus mais n'essaya pas de décrocher l'écouteur. Charlie compta huit coups avant que la sonnerie ne s'interrompe. Helga ne bougea pas, continuant de le fixer des yeux. Complètement nu, toujours, Rossino traversa nonchalamment la pièce pour aller chercher une chemise propre sur le fil à linge.

« Il a dit qu'il appellerait demain, geignit-il en enfilant le vêtement. Qu'est-ce qui lui prend?

– Tais-toi », coupa Helga.

Verona tournait toujours sa cuiller dans sa casserole, mais plus lentement, comme si la vitesse devenait dangereuse. Elle était de ces femmes dont le moindre geste semble partir du coude.

Le téléphone se remit à sonner, deux fois, et Helga souleva l'écouteur pour le replacer aussitôt sur son socle. Quand la sonnerie résonna de nouveau, elle répondit cette fois-ci d'un « Oui » bref et écouta, sans un sourire ni même un mouvement de tête, pendant environ deux minutes puis raccrocha.

« Les Minkel ont changé leurs plans, déclara-t-elle. Ils passent la nuit à Tübingen, chez des amis qu'ils ont à la faculté. Ils emportent quatre grandes valises, plein de bricoles et un *attaché-case.* » Sentant instinctivement comment produire son effet, elle ramassa un chiffon mouillé dans l'évier de Verona et entreprit de nettoyer le tableau. « L'attaché-case est noir, avec des charnières ordinaires. La conférence n'aura pas lieu non plus à l'endroit prévu. La police ne se doute de rien, mais elle est agitée. Les flics prennent ce qu'ils appellent de sages précautions.

– Et les gorilles? interrogea Rossino.

– La police voudrait augmenter le nombre des gardes du corps, mais Minkel refuse catégoriquement. C'est soi-disant un homme de principes. Lui qui prône le droit et la justice, prétend qu'il ne peut se laisser environner par la police secrète. Rien de changé pour Imogen. Les ordres restent les mêmes. C'est sa première mission. Elle va devenir une vraie star. Hein, Charlie? »

Et soudain, ils la regardaient tous – Verona avec sa fixité indifférente, Rossino avec un sourire encourageant, et Helga de ses yeux francs et directs d'où tout manque d'assurance était, comme d'habitude, exclu.

Charlie était allongée à plat, son avant-bras lui servant d'oreiller. Sa chambre n'avait rien d'une estrade dans une nef d'église; ce n'était qu'une mansarde sans lumière ni rideaux. La jeune femme couchait sur un vieux matelas de crin garni d'une couverture jaunâtre embaumant le camphre. Helga se tenait assise près d'elle, caressant de sa main forte les cheveux teints de Charlie. Le clair de lune entrait par la haute lucarne; la neige créait ce profond silence si caractéristique. On devrait écrire un conte de fées ici. Mon amant devrait brancher le radiateur électrique et me prendre dans la lumière rougeoyante. Elle se trouvait dans une hutte en troncs d'arbres, à l'abri de tout sauf du lendemain.

« Qu'y a-t-il, Charlie? Ouvre les yeux. Tu ne m'aimes plus? »

Elle ouvrit les yeux et regarda droit devant elle, ne voyant rien, ne pensant à rien.

« Tu songes encore à ton petit Palestinien? Ça

t'embête, ce que nous faisons ici? Tu veux laisser tomber et t'en aller pendant qu'il est encore temps?

— Je suis fatiguée.

— Pourquoi ne viendrais-tu pas dormir avec nous, alors? On pourrait faire l'amour. Et puis on pourrait dormir. Mario est un amant excellent. »

Se penchant au-dessus d'elle, Helga l'embrassa dans le cou.

« Tu veux que Mario vienne tout seul? Tu es timide? Je te permets même ça, si tu veux. » Elle l'embrassa de nouveau, mais Charlie restait de glace; le corps raide, immobile.

« Tu seras peut-être plus tendre demain soir. Il n'est pas question de refuser, avec Khalil. Il est déjà très impatient de te voir. Il a insisté pour que ce soit toi. Tu sais ce qu'il a dit à une amie, une fois? « Sans les « femmes, je perdrais ma chaleur humaine, et ne « serais qu'un soldat raté. Pour faire un bon soldat, il « est essentiel d'être humain. » Maintenant tu peux comprendre quel grand homme c'est. Comme tu aimais Michel, il t'aimera. Cela ne fait aucun doute. Bon. »

Helga la gratifia d'un dernier baiser appuyé, puis quitta la pièce, laissant Charlie couchée sur le dos, les yeux grands ouverts, à contempler la nuit s'éclaircir lentement par la vitre. Elle entendit un gémissement de femme s'amplifier en un sanglot suppliant et contracté; puis un cri masculin, pressant. Helga et Mario faisaient progresser la révolution sans son aide.

Suis-les partout où ils te conduiront, lui avait dit Joseph. *S'ils te demandent de tuer, alors tue. Nous serons responsables, pas toi.*

Où seras-tu?

Tout près.

Tout près du bout du monde.

Elle conservait dans son sac une minuscule pile

électrique Mickey Mouse, de celles avec lesquelles elle aurait joué sous les couvertures, en pension. Elle la prit, de même que le paquet de Marlboro de Rachel. Il contenait encore trois cigarettes qu'elle mit de côté. Puis, doucement, comme Joseph le lui avait enseigné, elle retira le papier d'argent, déplia complètement le carton et l'étala sur le lit. Elle se mouilla le doigt et se mit à enduire la face interne du carton de salive. Les lettres se dessinèrent en brun, extrêmement fines, comme tracées au stylo de cartographe. Charlie lut le message puis fourra les restes du paquet dans une fente du parquet, appuyant jusqu'à ce qu'ils disparaissent complètement.

Courage. Nous sommes avec toi. Tout le Notre Père au bout d'une épingle.

Ils avaient pour base d'opération un bureau loué à la hâte dans le centre de Fribourg, au rez-de-chaussée d'une rue très animée, et pour couverture l'une des douzaines de sociétés fictives dont les services de Gavron assuraient de façon permanente l'existence légale, la *Walker & Frosch Investment Company, GmbH.* Leur matériel de communication pouvait facilement passer pour du logiciel commercial; de plus, ils disposaient de trois appareils téléphoniques, cadeaux d'Alexis, dont l'un – le moins réglementaire – était réservé aux appels urgents entre le docteur et Kurtz. Le matin se levait à peine et la nuit avait été chargée; il avait d'abord fallu suivre et localiser Charlie, tâche délicate s'il en fut; et puis un sérieux désaccord était intervenu entre Litvak et ses homologues ouest-allemands, mais Litvak se disputait maintenant avec tout le monde. Kurtz et Alexis ne s'étaient pas mêlés de ces querelles entre inférieurs. Le grand marché tenait toujours et Kurtz n'avait aucun intérêt à le remettre en question. A Alexis et à ses hommes devait revenir la gloire; à Litvak et aux siens, la satisfaction.

Quant à Gadi Becker, il s'était à nouveau jeté dans la bataille. L'imminence de l'action avait conféré à ses gestes une rapidité volontaire et assurée. Les interrogations qui l'avaient assailli à Jérusalem s'étaient évanouies; les affres de l'inaction dans l'attente avaient disparu. Pendant que Kurtz somnolait sous une couverture militaire et que Litvak, épuisé et nerveux, arpentait le bureau ou bien prononçait quelques mots mystérieux dans l'un ou l'autre combiné, plongeant dans une sorte d'humeur incertaine, Becker, lui, se tenait immobile près des stores vénitiens de la grande fenêtre, contemplant patiemment les montagnes enneigées de l'autre côté de la Dreisam olivâtre. Comme Salzbourg en effet, Fribourg est une ville cernée de hauteurs, et chaque rue semble mener à une Jérusalem perdue dans les nues.

« Elle panique complètement », dit soudain Litvak à l'adresse du dos de Becker.

Troublé, Becker se tourna vers son interlocuteur.

« Elle s'est mise de leur côté », insista Litvak. Sa voix paraissait coincer au niveau de la gorge.

Becker reprit sa position face à la fenêtre. « Une partie d'elle-même est maintenant avec eux, l'autre nous est restée fidèle, répliqua-t-il. C'est ce que nous lui avons demandé.

— Elle nous a lâchés! s'obstina Litvak, son ton prenant la mesure de sa colère. Ce n'est pas la première fois que des agents nous font le coup. C'est vrai. Tu ne l'as pas vue toi, à l'aéroport. Moi, si. Elle avait l'air d'un fantôme, crois-moi!

— Si elle ressemble à un fantôme, c'est parce qu'elle veut y ressembler, répondit Becker avec une sérénité majestueuse. C'est une actrice. Elle tiendra jusqu'au bout, ne t'inquiète pas.

— Mais quelles raisons aurait-elle? Elle n'est pas

juive. Elle n'est rien. Elle est des leurs. Fais une croix dessus ! »

Entendant que Kurtz remuait sous sa couverture, Litvak haussa encore la voix pour l'inclure dans la discussion.

« Si elle était toujours des nôtres, pourquoi aurait-elle donné un paquet de cigarettes vierge à Rachel, dis-le-moi ? Après des semaines passées avec cette racaille, elle ne nous écrit même pas un mot en rentrant ? Qu'est-ce que ça veut dire, de la part d'un agent si loyal ? »

Becker parut chercher sa réponse dans les montagnes lointaines. « Peut-être n'avait-elle rien à dire, décida-t-il. C'est avec des actes qu'elle fait pencher la balance, pas avec des mots. »

Depuis l'inconfort de son lit de camp sommaire, Kurtz, encore ensommeillé, voulut calmer les esprits.

« L'Allemagne te rend nerveux, Shimon. Calme-toi. Charlie peut bien se ranger du côté qu'elle veut tant qu'elle nous montre le chemin. »

Mais les paroles de Kurtz produisirent l'effet opposé à celui recherché. Litvak se trouvait d'une humeur si masochiste qu'il y vit aussitôt une alliance injuste et hostile entre ses deux compagnons, ce qui le rendit plus furieux encore.

« Et si elle craque, si elle raconte tout ? Si elle leur débite toute l'histoire de Mykonos à maintenant ? Alors elle nous montrera toujours le chemin, peut-être ? »

Il paraissait chercher la bagarre ; rien d'autre ne le satisferait.

Se dressant sur un coude, Kurtz prit un ton plus sec. « Que nous reste-t-il à faire alors, Shimon ? Donne-nous la solution. Imaginons qu'elle soit passée de l'autre côté. Imaginons qu'elle ait craché le morceau, du début à la fin. Tu veux que j'appelle Misha Gavron pour lui dire que nous sommes fichus ? »

Becker était resté près de la fenêtre, mais s'était retourné et examinait pensivement Litvak, à l'autre bout de la pièce. Faisant courir son regard de l'un à l'autre, Litvak agita brusquement les bras en l'air, mouvement véritablement démentiel devant deux hommes aussi statiques.

« Il est quelque part là-dedans! hurla Litvak. Dans un hôtel. Un appartement. Un asile de nuit. C'est forcé. Fermez la ville. Les routes. Les chemins de fer. Les bus. Qu'Alexis fasse cerner la ville. Fouillez les maisons jusqu'à ce que vous le trouviez! »

Kurtz essaya de plaisanter gentiment : « Shimon, nous sommes à Fribourg ici, pas en Cisjordanie. »

Mais Becker, enfin intéressé, semblait désireux de poursuivre la discussion. « Et une fois que nous l'avons trouvé? interrogea-t-il, comme s'il n'avait pas très bien saisi le plan de Litvak. Que faisons-nous alors, Shimon?

– Eh bien, nous le tenons! Nous le tuons! L'opération est terminée!

– Et qui se charge de tuer Charlie? demanda Becker de la même voix posée. Nous ou eux? »

C'était soudain plus que Litvak ne pouvait en supporter. Sous la tension de la nuit passée et du jour à venir, la masse nouée de toutes ses frustrations, masculines et féminines, remonta à la surface de son être. Son visage se congestionna, ses yeux jetèrent des éclairs et un bras grêle se leva, accusateur, en direction de Becker. « C'est une putain, c'est une communiste, une vendue aux Arabes! hurla-t-il, assez fort pour qu'on l'entendît de l'autre côté de la cloison. Laisse-la tomber. Quelle importance? »

Si Litvak espérait ainsi déclencher une lutte à mains nues, il fut déçu car Becker se contenta de hocher la tête tranquillement, semblant confirmer que tout ce qu'il pensait depuis quelque temps de Litvak venait d'être démontré. Kurtz avait repoussé sa couverture. Il était assis au bord du lit, en caleçons, la tête penchée

637

en avant tandis qu'il frottait ses cheveux gris du bout des doigts.

« Va prendre un bain, Shimon, commanda-t-il calmement. Un bon bain, un peu de repos et du café. Reviens vers midi. Pas avant. » Un téléphone sonna. « Ne réponds pas », ajouta-t-il, et il décrocha lui-même le récepteur tandis que Litvak, empli d'un effroi silencieux, l'observait depuis le pas de la porte. « Il est occupé, dit Kurtz en allemand. Oui, c'est Helmut; qui est à l'appareil? »

Il fit oui; puis oui encore; puis très bien. Il raccrocha. Enfin, il sourit de son sourire sans joie et sans âge. D'abord vers Litvak, pour le consoler, puis vers Becker, parce qu'à ce moment-là, leurs différends ne comptaient plus. « Charlie est arrivée il y a cinq minutes à l'hôtel des Minkel, annonça-t-il. Rossino est avec elle. Ils sont en train de prendre un bon petit déjeuner ensemble, bien à l'avance, exactement comme nos amis les aiment.

– Et le bracelet? » s'enquit Becker.

C'était ce qui faisait le plus plaisir à Kurtz. « Au poignet droit, répondit-il fièrement. Elle a un message pour nous. C'est une fille bien, Gadi, et je te félicite. »

L'hôtel datait des années 60, d'une époque où l'industrie hôtelière croyait encore aux grands salons encombrés, ornés de fontaines lumineuses apaisantes et d'horloges dorées sous verre. Un immense escalier à double volée conduisait à une mezzanine, et, de la table où ils étaient installés, Charlie et Rossino pouvaient surveiller à la fois la porte principale et la réception. Rossino portait un complet bleu de cadre moyen, Charlie son uniforme de guide scoute sud-africaine et le Christ enfant en bois qu'on lui avait offert au camp. Tayeh avait insisté pour que ses verres de lunettes ne soient pas factices, et ils lui faisaient mal aux yeux dès que venait son tour de surveillance. Elle se sentait un appétit d'ogre, aussi avaient-ils pris des œufs au bacon, suivis maintenant par du café noir que Rossino buvait tout en lisant le *Stuttgarter Zeitung*, abreuvant de temps en temps Charlie de faits divers amusants. Ils étaient arrivés en ville de très bonne heure, et Charlie avait cru mourir de froid à l'arrière de la moto; puis ils avaient laissé l'engin à la gare où Rossino avait demandé quelques renseignements, avant de prendre un taxi jusqu'à l'hôtel. Durant l'heure qu'ils avaient passée là, Charlie avait vu une escorte policière amener un évêque catholique à bon port, puis repartir avec une délégation d'Afrique occidentale en costumes traditionnels. Elle avait observé l'arrivée d'un car d'Américains, et le départ de toute une troupe de Japonais; elle connaissait désormais la procédure par cœur : les fiches à remplir et jusqu'au nom du chasseur qui s'emparait des bagages dès qu'ils avaient franchi les portes automatiques pour les empiler sur de petits chariots, puis attendait, à moins d'un mètre de distance, que les formalités soient réglées.

« Et Sa Sainteté le pape qui projette une tournée dans tous les pays fascistes d'Amérique du Sud, lisait Rossino, plongé dans son journal, tandis qu'elle se levait. Peut-être qu'ils vont l'achever, cette fois-ci. Où vas-tu, Imogen?

– Pisser.

– Qu'y a-t-il? Tu te sens nerveuse? »

Dans les toilettes pour dames, de petites lumières roses clignotaient au-dessus des lavabos et une musique douce couvrait le ronflement des ventilateurs. Rachel rajustait son ombre à paupières. Deux autres femmes se lavaient les mains et l'une des portes était fermée. Charlie passa près de Rachel en la frôlant et lui fourra un bout de papier griffonné dans la main. Puis elle fit un brin de toilette et retourna à la table.

« Allons-nous-en d'ici, souffla-t-elle comme si son absence l'avait fait changer d'avis. C'est ridicule. »

Rossino alluma un gros cigare hollandais et lui souffla volontairement la fumée au visage.

Une Mercedes d'apparence officielle s'immobilisa puis déversa son chargement d'hommes en costumes sombres portant un badge à leur nom sur le revers. Rossino s'apprêtait à faire une plaisanterie obscène à leur sujet quand un groom annonça qu'on le réclamait au téléphone : le signor Verdi, qui avait laissé son nom plus cinq marks à la réception, était demandé à la cabine 3. Charlie finit son café encore brûlant, le sentant descendre dans sa poitrine. Rachel lisait *Cosmopolitan* sous un palmier d'aluminium en compagnie de son petit ami. Charlie ne connaissait pas le garçon en question, qui paraissait allemand. Il tenait à la main un document recouvert d'une chemise transparente. Une vingtaine de personnes se répartissaient dans la salle, mais le seul visage familier était celui de Rachel. Rossino revenait.

« Les Minkel sont arrivés à la gare il y a deux minutes. Ils ont pris un taxi, une Peugeot bleue. Ils ne devraient pas tarder. »

Il demanda l'addition, la régla, puis se replongea dans son journal.

Je ne ferai chaque chose qu'une fois, s'était-elle promis alors qu'encore couchée, elle attendait le matin; ce sera à chaque fois la dernière. Elle se répéta ces mêmes mots. Puisque je suis assise ici et maintenant, je n'aurai plus jamais à m'y asseoir. Quand je descendrai l'escalier, je n'aurai plus jamais à le remonter. Quand je quitterai l'hôtel, ce sera pour toujours.

« Pourquoi ne pas se contenter d'abattre ce salaud ici pour en être débarrassés? siffla-t-elle entre ses dents, saisie par une brusque bouffée de haine et de peur alors qu'elle gardait une fois de plus son regard rivé sur l'entrée.

— Parce qu'il nous faut rester en vie si nous voulons

640

la peau d'autres salauds, expliqua patiemment Rossino avant de tourner une page. Manchester United a encore perdu, ajouta-t-il non sans satisfaction. Pauvre vieil Empire.

– Action », lâcha Charlie.

Une Peugeot bleue venait de s'arrêter devant les portes vitrées. Une femme aux cheveux gris s'en extirpait, suivie par un homme grand et distingué à la démarche lente et cérémonieuse.

« Surveille les petits bagages, je me charge des valises », ordonna Rossino tout en rallumant son cigare.

Le chauffeur du taxi ouvrait le coffre; Franz, le chasseur, se tenait derrière lui avec son chariot. Vinrent d'abord deux valises de nylon brun assorties, ni neuves ni usées. Une courroie les entourait pour assurer une meilleure solidité et des étiquettes rouges pendaient à leurs poignées. Puis surgit une vieille valise de cuir, beaucoup plus encombrante et pourvue de roulettes sur le côté. Et puis vint encore une autre valise.

Rossino laissa échapper une exclamation en italien. « Mais ils s'installent pour combien de temps? » se lamenta-t-il.

Les bagages à main étaient empilés sur le siège avant droit. Le chauffeur referma le coffre puis entreprit de les décharger, mais le chariot de Franz ne pouvait tout emporter d'un coup. Un sac de voyage fatigué fait de pièces de cuir multicolores, deux parapluies, un pour lui et un pour elle, un sac en papier décoré d'un chat noir. Deux grands paquets cadeaux, sans doute des présents de Noël tardifs. Enfin Charlie l'aperçut : un attaché-case noir. Parois rigides, cadre d'acier, une étiquette de cuir sans doute au nom de Minkel. Cette bonne vieille Helg, songea-t-elle; ne le perds pas de vue. Minkel réglait le taxi. Comme quelqu'un que Charlie avait connu autrefois, il conservait ses pièces dans un porte-monnaie séparé qu'il vida dans le creux de sa paume avant de se défaire des espèces étrangères. Mrs. Minkel saisit l'attaché-case.

« Merde, s'exclama Charlie.

– Attends », dit Rossino.

Se chargeant des paquets, Minkel suivit sa femme dans le hall.

« A ce moment-là, tu me dis que tu crois le reconnaître, reprit calmement Rossino. Je te conseille de descendre pour aller voir de plus près. Tu hésites, tu es une petite vierge très timide. » Il la tenait par la manche de sa robe. « N'en fais pas trop. Si cela ne marche pas, il restera encore tout un tas de possibilités. Fronce les sourcils. Rajuste tes lunettes. Vas-y. »

Minkel s'approchait de la réception à tout petits pas légèrement ridicules, comme s'il n'avait jamais fait cela de sa vie. Sa femme, la mallette à la main, se tenait à son côté. Il n'y avait qu'une seule réceptionniste de service et elle s'occupait de deux autres clients. Minkel se planta derrière, jetant des regards affolés autour de lui. Son épouse, très calme, évalua l'endroit d'un coup d'œil. Un groupe d'Allemands vêtus avec soin s'étaient réunis de l'autre côté du hall, derrière une cloison de verre fumé. Elle les étudia d'un air désapprobateur et murmura quelques mots à l'adresse de son mari. Le bureau d'accueil se libéra et Minkel prit l'attaché-case des mains de sa femme; échange tacite, instinctif, entre partenaires. La réceptionniste était blonde et portait une robe noire. Elle passa en revue le fichier de ses ongles écarlates puis tendit à Minkel un formulaire à remplir. Les pas de Charlie résonnaient dans l'escalier; sa main humide collait à la large rampe et Minkel ne lui apparaissait que comme une abstraction brumeuse à travers ses verres d'astigmate. Le sol s'approcha enfin d'elle et elle entreprit sa traversée hésitante vers la réception. Minkel s'était courbé au-dessus du comptoir, en train de remplir sa fiche. Il avait coincé son passeport israélien sous son coude et en recopiait le numéro. L'attaché-case était posé contre son pied gauche; Mrs. Minkel se trouvait hors de portée. Se plaçant à la droite de Minkel, Charlie se pencha par-dessus son épaule pour essayer de déchiffrer ce qu'il écrivait. Mrs. Minkel arriva par la gauche et regarda Charlie avec stupéfaction. Elle donna un coup de coude à son mari. Prenant enfin conscience qu'on l'étudiait attentivement, Minkel souleva lentement sa vénérable tête et se tourna vers l'inconnue. Charlie se racla la gorge, jouant les timides, ce qui ne lui fut pas très difficile. *Maintenant.*

« Professeur Minkel? » interrogea-t-elle.

Il montrait des yeux gris perturbés et paraissait plus embarrassé encore que Charlie. Elle eut soudain l'impression de donner la réplique à un mauvais acteur.

« Je suis bien le professeur Minkel, concéda-t-il comme s'il n'en était lui-même pas très sûr. Oui. Pourquoi? »

Le vieil homme jouait si mal que Charlie se sentit reprendre courage. Elle prit une profonde inspiration.

« Professeur, je suis Imogen Baastrup, de Johannesburg, et je suis diplômée de sociologie de l'université de Witwatersrand », dit-elle d'une traite. Son accent évoquait moins l'Afrique du Sud que les antipodes; son attitude trahissait une émotivité certaine, mais aussi de la détermination. « J'ai eu la chance immense, l'année dernière, d'entendre votre conférence sur les droits des minorités dans les sociétés établies selon un contexte racial. C'était une très belle conférence. Je dois même dire qu'elle a changé ma vie. Je voulais vous écrire mais n'ai jamais réussi à me décider. Je serais si heureuse, s'il vous plaît, de vous serrer la main. »

Elle dut presque la lui prendre de force. Il regarda bêtement sa femme qui faisait preuve de plus de talent que lui et avait au moins la présence d'esprit de sourire à Charlie. Il copia son rôle sur le sien et se mit lui aussi à sourire, quoique faiblement. Si Charlie transpirait, ce n'était rien à côté de Minkel : elle crut plonger la main dans une jarre d'huile.

« Allez-vous rester ici longtemps, professeur? Qu'êtes-vous venu faire? Allez-vous donner de nouvelles conférences? »

En arrière-plan, personne ne lui prêtant attention, Rossino demandait en anglais à la réceptionniste si un certain Mr. Boccaccio n'était pas encore arrivé de Milan.

Ce fut une fois de plus Mrs. Minkel qui vint à la rescousse : « Mon mari fait une tournée européenne, expliqua-t-elle. Nous prenons un peu de vacances, donnons quelques conférences et passons voir quelques amis. Nous nous faisons une grande joie de ce voyage. »

Ainsi encouragé, Minkel réussit enfin à parler : « Et vous, Miss Baastrup, qu'est-ce qui vous amène à Fribourg? questionna-t-il avec un accent germanique tel que Charlie n'en avait jamais entendu ailleurs que sur une scène de théâtre.

– Oh! je me suis juste dit qu'il valait mieux voir un peu le monde avant de décider quoi faire de ma vie », répondit-elle.

Sors-moi de là. Mais bon Dieu, sors-moi de là. La réceptionniste regrettait mais ne trouvait aucune réservation au nom de Mr. Boccaccio, et, hélas! l'hôtel était complet; de l'autre main, la blonde tendait une clef à Mr. Minkel. Charlie se retrouva en train de remercier à nouveau le professeur pour sa conférence si instructive et stimulante, Minkel la remerciait de ses compliments; Rossino, après avoir remercié la réceptionniste, se dirigeait d'un pas vif vers la porte d'entrée, l'attaché-case de Minkel à la main, à demi dissimulé par le bel imperméable noir qu'il tenait plié sur son bras. Après une dernière effusion d'excuses et de remerciements timides, Charlie sortit à sa suite, prenant garde de ne montrer aucune précipitation. Elle arriva à temps devant les portes vitrées pour voir s'y refléter la silhouette des Minkel cherchant désespérément autour d'eux dans un effort pour se rappeler qui avait tenu la mallette en dernier, et où.

Charlie se fraya un chemin parmi les taxis garés et atteignit le parking de l'hôtel où Helga, vêtue d'une cape de loden à boutons de corne, attendait dans une Citroën verte. Charlie monta près d'elle; l'Allemande conduisit très lentement la voiture jusqu'à la sortie du parking puis tendit son ticket et l'argent nécessaire. Au moment où la barrière se levait, Charlie éclata de rire, comme si c'était la barre qui avait déclenché son hilarité. Elle suffoqua, enfonça son poing dans sa bouche et laissa rouler sa tête sur l'épaule de Helga, prise d'un fou rire inextinguible.

« J'ai été formidable, Helg! Tu aurais dû me voir... Bon sang! »

Au carrefour, un jeune agent de la circulation contempla avec stupéfaction ces deux femmes adultes qui se tordaient et pleuraient de rire dans la voiture. Helga baissa la vitre et lui envoya un baiser.

A la base d'opération, Litvak était assis devant la radio, Becker et Kurtz se tenant debout derrière lui. Pâle et silencieux, Litvak semblait craindre ses propres réactions. Il portait un casque muni d'un seul écouteur et d'un micro.

« Rossino a pris un taxi jusqu'à la gare, annonça-t-il. Il a la mallette. Il va récupérer sa moto.

– Je ne veux pas qu'on le suive », dit Becker à Kurtz, par-dessus la tête de Litvak.

Litvak repoussa son micro et fit comme s'il n'en croyait pas ses oreilles. « Il ne veut pas qu'on le suive? Nous avons six hommes autour de cette moto. Alexis n'en a pas loin de cinquante. Nous avons posé un émetteur dessus, et des voitures attendent dans toute la ville. On suit la moto, on suit la mallette. Et la mallette nous conduira à notre homme! » Il se tourna vers Kurtz, cherchant son soutien.

« Gadi? questionna Kurtz.

– Il va se servir de coupe-circuit, répliqua Becker. C'est sa tactique habituelle. Rossino gardera la mallette un certain temps, puis la donnera à quelqu'un d'autre, qui la passera à un troisième comparse et ainsi de suite. D'ici à cet après-midi, ils nous auront traînés dans une multitude de ruelles, de campagnes découvertes et de restaurants déserts. Il n'existe pas une seule équipe de surveillance au monde capable de tenir dans ces conditions sans se faire repérer.

– Ensuite, Gadi, la vraie raison? insista Kurtz.

– Berger ne va pas lâcher Charlie de toute la journée. Khalil lui téléphonera à des lieux et des moments convenus à l'avance. Si Khalil sent quelque chose, il ordonnera à Berger de la tuer. S'il n'appelle pas pendant deux heures, trois heures, ou plus selon leur arrangement, Berger la tuera de toute façon. »

Apparemment indécis, Kurtz tourna le dos à ses deux compagnons et se mit à arpenter la pièce. Une fois, deux fois, pendant que Litvak le regardait avec des yeux de dément. Puis Kurtz finit par décrocher le téléphone d'urgence le reliant à Alexis, et les autres l'entendirent prononcer « Paul » du ton de celui qui demande un conseil et un service. Il parla un moment à voix basse, écouta puis reprit la parole avant de raccrocher.

« Il nous reste neuf secondes avant qu'il n'arrive à la gare, hurla Litvak, l'oreille collée à son écouteur. Six. »

Kurtz l'ignora. « On m'apprend que Charlie et Berger viennent d'entrer chez un coiffeur à la mode, dit-il en revenant vers les deux hommes. On dirait qu'elles veulent se faire faire une beauté pour le grand événement. » Il s'arrêta devant eux.

« Le taxi de Rossino vient de stopper devant la gare,

fit Litvak d'une voix désespérée. Maintenant, il le *paie.* »

Kurtz dévisageait Becker. Son regard était empreint de respect et même de tendresse. Il ressemblait à un vieil entraîneur dont l'athlète préféré retrouve enfin la condition physique.

« C'est le jour de Gadi, Shimon, déclara Kurtz, les yeux toujours fixés sur Becker. Rappelle tes gosses. Dis-leur de se reposer jusqu'à ce soir. »

Une sonnerie de téléphone retentit. Kurtz prit l'appel. C'était le professeur Minkel, piquant sa quatrième crise de nerfs depuis son entrée dans l'opération. Kurtz l'écouta jusqu'au bout puis fit un long discours apaisant à son épouse.

« Quelle merveilleuse journée, commenta-t-il avec une exaspération contenue en reposant le combiné. On s'amuse tous comme des petits fous. » Puis il se coiffa de son béret bleu et s'en alla retrouver Alexis afin d'inspecter avec lui les lieux où se tiendrait la conférence.

Cette attente lui parut la plus pénible, et la plus longue de toutes; une première nuit pour clôturer toute une suite de premières nuits. Pire encore, Helga avait fait d'elle sa pupille et sa nièce favorite, ne lui laissant pas un instant de répit sans même parler de solitude. Après le coiffeur, où Helga, sous le casque, avait reçu son premier coup de téléphone, elles s'étaient rendues dans un grand magasin et Helga avait acheté à Charlie des bottes bordées de fourrure ainsi qu'une paire de gants en soie pour éviter les « marques de doigts », comme elle les appelait. Elles avaient ensuite poussé jusqu'à la cathédrale où Helga lui avait assené un cours d'histoire avant de la conduire, non sans gloussements et insinuations, à un petit square pour lui faire rencontrer un certain Berthold Schwartz, « le type le plus sexy qui soit – Charlie, tu peux être sûre que tu vas succomber aussitôt! » Berthold Schwartz se révéla être une statue.

« Tu ne le trouves pas fantastique, Charlie? N'aurais-tu pas envie de le voir relever ses jupes, ne serait-ce qu'une fois? Sais-tu ce qu'il a fait, notre Berthold? C'était un franciscain, un célèbre alchimiste, et il a inventé la poudre à canon. Il aimait tellement Dieu qu'il a appris à toutes ses créatures comment se faire sauter les unes les autres. Alors, évidemment, les bons citoyens de cette ville lui ont élevé une statue. » Elle saisit le bras de Charlie et serra frénétiquement la jeune femme contre elle. « Tu sais ce que nous allons faire quand tout sera terminé? chuchota-t-elle. Nous reviendrons ici avec des fleurs pour Berthold, et nous les déposerons à ses pieds. D'accord? D'accord, Charlie? »

La flèche de la cathédrale commençait à agacer prodigieusement Charlie : elle semblait un phare érodé par le temps, pointu et toujours sombre, qui surgissait devant elle à chaque tournant, à chaque nouvelle rue.

Elles allèrent déjeuner dans un petit restaurant assez chic où Charlie eut même droit à du vin de Bade, produit, lui apprit Helga, des terres volcaniques du Kaiserstuhl – un volcan, Charlie tu te rends compte! Tout ce qu'elles buvaient, mangeaient ou voyaient, devenait maintenant sujet à allusions facétieuses et lassantes. Au moment du gâteau de la Forêt-Noire – « nous devons tout faire à la bourgeoise, aujourd'hui » – Helga fut de nouveau convoquée au téléphone puis revint en disant qu'il leur fallait partir à l'université si elles voulaient que tout fût prêt à temps. Elles s'enfoncèrent dans un passage piéton souterrain bordé de boutiques prospères et ressurgirent devant un monstrueux édifice de grès fraise écrasée, orné de piliers et d'une façade incurvée portant en lettres d'or une maxime que Helga traduisit aussitôt.

« Tiens, Charlie, voici un message pour toi. Ecoute.

« La vérité te rendra libre. » C'est de Karl Marx et ils le citent pour toi. Tu ne trouves pas ça beau et profond?

– Oh! je croyais que c'était du Noël Coward », répliqua Charlie qui vit une ombre de colère passer sur le visage surexcité de Helga.

Une esplanade dallée s'étendait devant le bâtiment. Un vieux policier qui patrouillait là regarda avec indifférence les deux femmes s'extasier et tendre le bras, touristes jusqu'au bout des ongles. Quatre marches permettaient d'accéder à l'entrée principale. Les portes vitrées assombries laissaient entrevoir l'éclat des lumières d'un grand hall. L'entrée latérale était gardée par des statues d'Homère et d'Aristote, et ce fut là que Helga et Charlie s'attardèrent le plus longtemps, faisant mine d'admirer les sculptures et l'architecture majestueuse tout en évaluant en secret les distances et les abords. Une affiche jaune annonçait la conférence de Minkel pour le soir même.

« Tu as peur, Charlie, murmura Helga sans attendre de réponse. Mais après ce que tu as réussi ce matin, tu vas faire un triomphe. Tu es parfaite, je t'assure. Tu vas montrer ce que sont la vérité et le mensonge; tu vas le leur montrer, et aussi ce que c'est que la liberté. Aux grands mensonges, il faut une grande action, c'est logique. Une grande action, un grand public, une grande cause. Viens. »

Une passerelle moderne permettait de franchir la route à quatre voies. Une sorte de totem de pierre assez macabre trônait à chaque bout. Les deux filles quittèrent la passerelle, traversèrent la bibliothèque universitaire et se rendirent à la cafétéria qui surplombait la route comme un gros berceau de béton. Les parois vitrées leur permirent d'observer tout en buvant leur café le personnel et les étudiants qui entraient dans l'amphithéâtre ou en sortaient. Helga espérait encore un coup de fil. Il arriva comme prévu mais, lorsque Helga se rassit à sa place, elle lut sur les traits de Charlie une expression qui la mit en colère.

« Mais qu'est-ce que tu as? demanda-t-elle d'une voix sifflante. Tu te sens soudain prise de compassion pour les charmantes idées sionistes de Minkel? Si nobles, si séduisantes? Ecoute-moi bien. Il est pire qu'Hitler, et sous son masque, c'est un tyran total. Je te commande un schnaps pour te donner du courage. »

La chaleur du schnaps la brûlait encore lorsqu'elles atteignirent le parc désert. La mare était gelée; l'obscurité commençait déjà à tomber; l'air du soir les piquait de gouttelettes d'eau glacée. Une très vieille cloche sonna bruyamment l'heure. Une autre, plus petite et au son plus aigu, reprit le carillon. Sa cape vert sombre serrée contre elle, Helga laissa aussitôt échapper un cri de joie.

« Oh! Charlie, écoute ça! Tu entends cette petite cloche? C'est de l'argent. Et tu sais pourquoi? Je vais te le dire. Une certaine nuit, un voyageur à cheval s'est perdu. Il y avait des brigands, la tempête faisait rage, et il a été si content de voir Fribourg qu'il a fait cadeau d'une cloche d'argent à la cathédrale. Elle sonne maintenant tous les soirs. N'est-ce pas magnifique? »

Charlie hocha la tête, s'efforçant de sourire mais sans grand succès. Helga lui passa un bras solide autour des épaules et l'attira dans les plis de sa cape. « Charlie... écoute-moi... tu veux que je te fasse un nouveau sermon? »

Charlie fit non de la tête.

Pressant toujours la jeune femme contre sa poitrine, Helga jeta un coup d'œil à sa montre, puis vers le sentier qui s'enfonçait dans la pénombre.

« Tu veux que je te raconte encore quelque chose au sujet de ce parc, Charlie? »

Je sais que c'est le second endroit le plus affreux du monde, et que je ne décerne jamais de premiers prix.

« Alors je vais te raconter une nouvelle histoire. D'accord? Pendant la guerre, il y avait un oie ici. On dit un oie?

– Un jars.

– Ce jars était une vraie sirène antiaérienne. Il était toujours le premier à entendre les bombardiers arriver, et quand il se mettait à crier, les gens se précipitaient dans leurs caves, avant l'alerte officielle. Le jars est mort mais, après la guerre, les habitants d'ici lui ont été si reconnaissants qu'ils lui ont élevé un monument. Tu vois comment est Fribourg. Une statue à leur moine inventeur de poudre, et une autre pour des alertes antiaériennes. Tu ne les trouves pas fous, ces petits Fribourgeois? » Helga se raidit, regarda une fois encore sa montre puis l'obscurité brumeuse. « Il est là », dit-elle très tranquillement, puis elle se retourna pour lui dire au revoir.

Non, cria mentalement Charlie. Helg, je t'adore, tu peux m'avoir au petit déjeuner tous les jours si ça te chante, mais ne me laisse pas rejoindre Khalil.

Helga posa ses mains sur les joues de Charlie et l'embrassa doucement sur les lèvres.

« Au nom de Michel, d'accord? » Puis un second baiser, plus sauvage. « Au nom de la révolution, de la paix et de Michel. Tu vas au bout de ce sentier, tu tomberas sur un portail. Une Ford verte t'attend là-bas. Tu t'assiéras à l'arrière, juste derrière le chauffeur. » Un ultime baiser. « Oh! Charlie, écoute-moi, tu es trop fantastique. Nous resterons toujours amies. »

Charlie s'engagea dans le sentier puis fit une halte pour regarder en arrière. Helga, raide et curieusement soumise dans la lumière crépusculaire, l'observait, sa cape de loden vert flottant autour d'elle comme celle d'un agent.

Helga lui fit un signe d'adieu, grande main qui s'agitait en un balancement royal. Charlie lui renvoya son salut, toujours surveillée par la flèche de la cathédrale.

Le chauffeur portait une toque de fourrure qui lui dissimulait à demi le visage, et il avait relevé le col de fourrure de son manteau. Il ne se retourna pas pour l'accueillir et, de sa place, la seule indication que Charlie put obtenir fut, à la ligne de sa pommette, qu'il était jeune, et peut-être arabe. Il conduisit lentement, d'abord dans la circulation du soir, puis en pleine campagne, par des routes étroites que la neige recouvrait encore. Ils dépassèrent une petite gare de chemin de fer, s'approchèrent d'un passage à niveau, et s'arrêtèrent. Charlie entendit la sonnerie d'alarme et vit la barrière rouge vibrer puis entamer sa descente. Le conducteur passa très vite en seconde et précipita la Ford sur la voie ferrée, atteignant l'autre côté de la chaussée juste au moment où les barrières se refermaient derrière eux.

« Merci », réussit à prononcer Charlie, déclenchant un éclat de rire guttural de la part du chauffeur; aucun doute, il était arabe. Il conduisit encore un moment, puis, en haut d'une colline, stoppa de nouveau la voiture, cette fois-ci devant un arrêt d'autocar. Il tendit une pièce de monnaie à sa passagère.

« Prenez un ticket à deux marks dans le prochain car. Cette direction », indiqua-t-il.

C'est la chasse au trésor annuelle qui marque l'anniversaire de notre chère école, songea Charlie; le prochain indice te mènera à un nouvel indice; et le dernier te donnera accès à la récompense.

Il faisait un noir d'encre et les premières étoiles apparaissaient. Un vent glacé balayait les montagnes. Très loin, au bas de la route, la jeune femme distingua les lumières d'une station-service, mais pas la moindre maison. Au bout de cinq minutes d'attente, un car s'immobilisa dans un soupir. Il était aux trois quarts vide. Charlie prit un ticket puis s'assit près de la porte, les genoux serrés, le regard vide. Trois arrêts plus loin, un garçon en veste de cuir sauta dans le car et vint joyeusement s'installer près d'elle. Elle reconnut son chauffeur américain de la veille.

« Dans deux arrêts, tu verras une église moderne, expliqua-t-il sur le ton de la conversation. Tu descends, tu dépasses l'église et tu prends la rue en restant sur le trottoir de droite. Tu arriveras à un véhicule rouge avec un petit diable accroché au rétroviseur. Tu ouvres la portière droite, tu t'assieds et tu attends, c'est tout ce que tu as à faire. »

Le car fit halte, Charlie descendit et se mit en marche. L'Américain resta à bord. La route était parfaitement rectiligne et, malgré la nuit très sombre, la jeune femme aperçut, à environ cinq cents mètres de là, une sorte de tache rouge penchée sous un lampadaire. Pas d'autre lumière. La neige crissait sous ses bottes neuves, accentuant encore son impression d'être détachée de son corps. Salut mes pieds, comment ça va, en bas? Avance, ma fille, avance. La camionnette se rapprochait et Charlie se rendit compte qu'il s'agissait d'un petit fourgon Coca-Cola garé à cheval sur le trottoir. Cinquante mètres plus loin, surgissait un café minuscule éclairé par le lampadaire suivant, et, au-delà du café, n'apparaissaient plus que le plateau enneigé, désolé, et cette route si droite qui semblait ne mener nulle part. Mais qu'est-ce qui leur avait pris d'installer un café dans un endroit aussi perdu? L'énigme trouverait sa réponse dans une autre vie.

Elle ouvrit la portière de la camionnette et grimpa dedans. L'habitacle paraissait étrangement clair en raison du lampadaire juste au-dessus. Elle sentit une odeur d'oignons et repéra un carton qui en était plein parmi les caisses de bouteilles vides encombrant l'arrière. Un diable en plastique tenant une fourche à la main se balançait au rétroviseur. Il lui rappela le petit personnage pendant au porte-clefs de la fourgonnette de Londres, quand Mario l'avait tenue sous la menace de son revolver. Charlie découvrit à ses pieds une pile de cassettes poussiéreuses. Le silence paraissait unique au monde. Une lumière isolée descendait la route à petite allure dans sa direction. Lorsqu'elle arriva à son niveau, Charlie s'aperçut qu'il s'agissait d'un jeune prêtre à bicyclette. Il tourna la tête vers elle tout en pédalant et prit un air offensé, comme si elle venait de défier sa chasteté. Elle patienta encore. Un homme assez grand, coiffé d'une casquette surgit enfin du café; il huma l'air, regarda de chaque côté de la route; hésitant apparemment sur l'heure qu'il pouvait être, et rentra dans l'établissement. Puis il en ressortit et se dirigea lentement vers elle jusqu'à ce qu'il arrive à sa hauteur. Il cogna alors à la vitre de Charlie de sa main gantée. Du cuir, rigide et luisant. Il braqua une torche sur le visage de la jeune femme, l'aveuglant complètement. Le puissant faisceau la quitta un instant pour parcourir lentement l'intérieur du véhicule puis revint sur elle, l'éblouissant à nouveau. Elle leva une main pour se protéger et, quand elle l'abaissa, entraîna avec elle la lumière de la lampe sur ses genoux. La torche disparut soudain, la portière s'ouvrit et une main se referma sur son poignet, l'attirant hors de la camionnette. Elle se retrouva nez à nez avec lui, plus petite d'une bonne trentaine de centimètres, lui si large, si carré devant elle. Mais son visage disparaissait dans l'ombre de la visière et son col était relevé pour donner moins de prise au froid.

« Ne bougez pas », ordonna-t-il.

Il fit glisser le sac de Charlie le long du bras de la jeune femme, le soupesa, l'ouvrit et en étudia le contenu. Pour la troisième fois, en quelques semaines, le petit réveil-radio attira fortement l'attention. L'inconnu l'alluma puis, voyant qu'il marchait, l'éteignit et le manipula un instant avant de fourrer quelque chose dans sa poche. Charlie crut tout d'abord qu'il avait décidé de le garder pour lui, mais elle le vit le remettre dans le sac et replacer le sac dans la camionnette. Ensuite, tel un professeur de maintien corrigeant sa position, il posa le bout de ses doigts gantés sur les épaules de la jeune femme, la faisant se redresser. Son regard sombre ne quittait pas son visage. Puis il laissa pendre son bras droit et entreprit de palper légèrement le corps de Charlie du plat de la main gauche en commençant par le cou et les épaules. Vinrent ensuite la clavicule, les omoplates – en s'arrêtant là où auraient dû se trouver les bretelles du soutien-gorge, si elle en avait porté un –, puis les aisselles et les flancs jusqu'aux hanches; la poitrine et le ventre.

« Ce matin, à l'hôtel, vous portiez le bracelet au poignet droit. Ce soir, il est à votre poignet gauche, pourquoi? »

L'anglais d'un étranger cultivé et courtois; un accent, pour autant qu'elle eut le temps d'en juger, arabe. Une voix douce mais puissante; une voix radiophonique.

« J'aime bien changer, répliqua-t-elle.

– Pourquoi? répéta-t-il.

– Pour me donner l'impression qu'il est nouveau. »

Il s'accroupit soudain et se mit à explorer ses hanches, ses jambes et l'intérieur de ses cuisses avec la même attention minutieuse que pour le haut du corps; puis, ne se servant toujours que de sa main gauche, il sonda attentivement les bottes fourrées toutes neuves.

« Vous savez combien coûte ce bracelet? demanda-t-il en se relevant.

– Non.

– Restez tranquille. »

Il se tenait derrière elle, suivant la ligne de son dos, de ses fesses, et enfin de ses jambes à nouveau, jusqu'aux bottes.

« Vous ne l'avez pas fait assurer?

– Non.

– Pourquoi pas?

– Michel me l'a offert par amour, pas pour son prix.

– Montez dans le fourgon. »

Elle obéit; il fit le tour en passant devant le capot et s'installa près d'elle.

« Très bien, je vous conduis à Khalil. » Il mit le contact. « Livraison à domicile. C'est ça? »

La camionnette était équipée de vitesses automatiques mais Charlie remarqua qu'il maniait le volant principalement de la main gauche tandis que la droite restait, inerte, sur ses genoux. Le vacarme des bouteilles vides qui s'entrechoquaient prit la jeune femme par surprise. Ils arrivèrent à un carrefour et tournèrent à gauche, sur une route aussi rectiligne que la précédente, mais dépourvue de lampadaires. D'après ce que Charlie pouvait discerner du visage de l'inconnu, il lui rappelait celui de Joseph, non tant par ses traits que par la concentration qu'il montrait, par ce tiraillement au coin de ses yeux de soldat qui ne cessaient jamais de regarder dans les trois rétroviseurs à la fois sans perdre pour autant de vue la passagère.

« Vous aimez les oignons? cria-t-il pour couvrir le bruit des bouteilles.

– Assez, oui.

– Vous aimez faire la cuisine? Que faites-vous? Des spaghetti? Des Wienerschnitzels?

– Ce genre de choses, oui.

– Qu'avez-vous préparé pour Michel?

– Un steak.

– Quand?

– A Londres. La nuit qu'il a passée dans mon appartement.

– Sans oignons? hurla-t-il.

– Si, dans la salade », répondit-elle.

Ils revenaient vers la ville. Son halo de lumière faisait comme un mur rose sous la couche de nuages. La route accusait une forte dénivellation et ils débouchèrent dans une immense vallée très plate, dénuée soudain de tout relief. Charlie distingua des usines inachevées et de gigantesques aires de stationnement prévues pour recevoir une multitude de camions encore à venir. Elle aperçut un tas d'ordures transformé en véritable montagne. Elle ne vit aucune boutique, aucun panneau publicitaire, aucune lumière à aucune fenêtre. Ils s'engagèrent dans une cour bétonnée. Le chauffeur stoppa le véhicule, mais sans couper le moteur. « HOTEL GARNI EDEN » lut-elle en lettres lumineuses rouges et, au-dessus de l'entrée criarde : « Willkommen! Bienvenu! Well-come! »

En lui rendant son sac, il eut brusquement une idée. « Hé! apportez-lui donc ça. Il aime ça lui aussi », ajouta-t-il en attrapant le carton d'oignons parmi les casiers de bouteilles. Elle remarqua de nouveau, alors qu'il posait le carton sur ses genoux, l'immobilité de sa main droite. « Quatrième étage, chambre 5. Les escaliers. Pas l'ascenseur. Bonne chance. »

Le moteur de la camionnette ronronnant toujours, il la regarda traverser la cour vers l'entrée illuminée. Le carton se révéla plus lourd qu'elle ne s'y était attendue et exigeait qu'elle le portât à deux mains. Le hall était désert et l'ascenseur libre, mais elle l'ignora. L'escalier en colimaçon était fort étroit et le tapis usé jusqu'à la corde. La musique enregistrée semblait lourde de halètements et l'air vicié charriait des relents de parfums bon marché et de tabac. Au premier palier, une vieille femme lui lança un « Grüss Gott » depuis sa cabine vitrée, mais sans même lever la tête. L'hôtel ne paraissait plus compter les jeunes dames qui allaient et venaient sans avoir loué de chambre.

Au deuxième étage, elle perçut de la musique et un rire féminin; au troisième, l'ascenseur la dépassa et elle se demanda pourquoi le chauffeur lui avait fait prendre l'escalier, mais il ne restait plus une once de volonté ou de révolte en elle; ses mots et ses actes lui étaient tous dictés. Le carton lui faisait mal aux bras et, le temps qu'elle arrive au couloir du quatrième étage, la douleur occupait toutes ses pensées. La première porte était une sortie de secours, et la seconde, juste à côté, portait le numéro 5. L'ascenseur, la sortie de secours, l'escalier, songea-t-elle automatiquement; il lui faut toujours au moins deux possibilités.

Elle frappa à la porte qui s'ouvrit aussitôt et sa première pensée fut : oh mince, ça y est, j'ai tout foutu par terre; car l'homme qui se tenait devant elle et le chauffeur du minibus Coca-Cola ne faisaient qu'un, la casquette et le gant gauche en moins. Il lui prit le carton des mains et le posa sur le banc réservé aux valises. Il ôta les lunettes du nez de sa visiteuse, les plia et les lui tendit. Cela fait, il lui reprit son sac, et en vida le contenu sur le vilain édredon rose, comme ils l'avaient fait dans l'appartement de Londres, quand elle avait des lunettes noires devant les yeux. Mis à part le lit, l'unique objet remarquable de la chambre était l'attaché-case. Il gisait sur le lavabo, vide et sa gueule obscure tournée vers Charlie comme une paire de mâchoires béantes. Elle reconnut celui qu'elle avait aidé à dérober au professeur Minkel dans ce grand hôtel au restaurant en mezzanine, alors qu'elle était encore trop jeune pour se rendre compte.

Un calme parfait avait maintenant envahi la base d'opération. Plus de coups de téléphone, pas même de Minkel ou d'Alexis; pas de terribles rétractations par messages codés en provenance de l'ambassade de Bonn. Il semblait aux trois hommes que, dans leur imagination collective, toute cette conspiration si embrouillée retînt son souffle. Litvak s'était effondré, l'air abattu, sur une chaise de bureau; Kurtz paraissait plongé dans une heureuse rêverie, les yeux mi-clos et un sourire de vieil alligator flottant sur ses lèvres. Gadi Becker, comme auparavant, se montrait le plus impassible des trois, il fixait l'obscurité d'un œil critique, à la façon d'un homme qui contemple les promesses de sa vie passée – lesquelles avait-il tenues? Lesquelles avait-il brisées?

« Nous aurions dû lui donner l'émetteur, regretta Litvak. Ils lui font confiance maintenant. Pourquoi ne lui avons-nous pas donné l'émetteur? Pourquoi l'avoir laissée disparaître?

– Parce qu'il va la fouiller, répondit Becker. Il va chercher une arme éventuelle, un micro ou un émetteur. »

Litvak se redressa pour protester. « Alors pourquoi se serviraient-ils d'elle? Tu es complètement fou. Tu crois qu'ils utiliseraient une fille en qui ils n'ont pas confiance? Pour une mission pareille?

– Ils ne lui font pas confiance parce qu'elle n'a pas tué, expliqua Becker. Parce qu'elle a les mains propres. C'est pour cela aussi qu'ils veulent que ce soit elle. Pour la même raison. »

Le sourire de Kurtz devint presque humain. « Quand elle aura tué, Shimon; quand elle ne sera plus une novice; quand elle sera passée du mauvais côté de la barrière, dans l'illégalité perpétuelle, pour toujours une terroriste... *Alors*, ils lui feront confiance. Tout le monde lui fera confiance à ce moment-là, dit-il à Litvak sans dissimuler sa satisfaction. Dès neuf heures ce soir, elle sera des leurs... aucun problème, Shimon, ne t'inquiète pas. »

Litvak ne parut pas rasséréné.

25

Il était beau. Il donnait l'image d'un Michel mûri possédant la maîtrise et la grâce de Joseph, l'autorité tranquille de Tayeh. Il correspondait au portrait qu'elle avait imaginé en essayant de se le représenter comme l'homme qu'elle attendait. Il avait les épaules larges, le corps sculpté et cette qualité rare qu'ont les objets d'art protégés des regards. Il n'aurait pu pénétrer dans un restaurant sans faire taire aussitôt les conversations sur son passage, ou en sortir sans provoquer un certain soulagement dans son sillage. C'était un homme du dehors condamné à se cacher dans des chambres exiguës, et son teint trahissait la pâleur du cachot.

Il avait tiré les rideaux et allumé la lampe de chevet. Le lit lui servait d'établi et Charlie ne vit pas de chaise où s'asseoir. Khalil posa donc les oreillers près du carton et la pria de s'installer à leur place pendant qu'il se mettait au travail, Il ne cessait de parler, s'adressant tout autant à lui-même qu'à Charlie. Sa voix ne connaissait que l'attaque : sorte de poussée en avant des mots et des idées.

« On dit que Minkel est un homme très bien. Peut-être. Quand je lis des articles sur lui, alors je me dis : peut-être qu'il a du courage de dire ce qu'il dit, ce vieux Minkel. Peut-être que je devrais le respecter. Je sais respecter un ennemi. Je sais lui rendre honneur. Cela ne me pose pas de problème. »

Il fourra les oignons dans un coin et entreprit d'extirper du carton toute une série de petits paquets en ne se servant toujours que de sa main gauche. Puis il les défit un par un en les maintenant avec la main droite. Désespérant de pouvoir se concentrer sur quoi que ce fût, Charlie s'efforça de tout enregistrer dans sa mémoire puis y renonça : une pochette de deux piles électriques neuves achetées dans un supermarché; un détonateur semblable à ceux dont elle s'était servie au camp d'entraînement, avec du fil électrique rouge jaillissant de son bout ondulé. Un canif. Des tenailles. Un tournevis. Un fer à souder. Une bobine de fil électrique rouge, des crampons d'acier, du fil de cuivre. Du ruban isolant, une ampoule de lampe électrique, tout un assortiment de chevilles de bois. Enfin, la planchette de liège rectangulaire qui devait servir de support au dispositif. Khalil porta le fer à souder près du lavabo et le brancha à la prise de rasoir, provoquant une odeur de poussière brûlée.

« Mais les sionistes pensent-ils à tous les gens bien qui sont parmi nous quand ils nous bombardent? Je ne le crois pas. Quand ils envoient du napalm sur nos villages, quand ils tuent nos femmes? Cela m'étonnerait beaucoup. Je ne crois pas que le terroriste israélien qui pilote son avion là-haut se dise : « Ces pauvres « civils, ces pauvres victimes innocentes », avant de lâcher ses bombes. » Il doit parler ainsi lorsqu'il est seul, se dit-elle. Et il est souvent seul. Il parle pour que sa foi ne meure pas; pour apaiser sa conscience. « J'ai tué bien des gens que j'aurais sans doute pu respecter, reprit-il en revenant vers le lit. Les sionistes en ont tué beaucoup plus. Mais je ne tue que par amour. Je tue pour la Palestine et pour ses enfants. Essayez de penser aussi de cette façon, lui conseilla-t-il avec piété, s'interrompant un instant pour l'observer. Vous vous sentez nerveuse?

— Oui.

— C'est normal. Moi aussi, je suis nerveux. Vous avez le trac au théâtre?

— Oui.

— C'est pareil. La terreur, c'est du théâtre. Nous inspirons des sentiments, nous faisons peur, nous suscitons l'indignation, la colère, l'amour. Nous éclairons les gens. Le théâtre aussi. Le guérillero est le plus grand acteur du monde.

— Michel m'a écrit cela. C'est dans ses lettres.

— Mais c'est moi qui le lui ai appris. C'était mon idée. »

Le dernier paquet était enveloppé de papier huilé. Khalil l'ouvrit avec respect. Trois pains de plastic russe de deux cents grammes chacun. Il les déposa à la place d'honneur, au milieu de l'édredon.

« Les sionistes tuent par peur et par haine, déclara-t-il. Les Palestiniens pour l'amour et la justice. Souvenez-vous de cette différence. Elle est importante. » Un nouveau coup d'œil, rapide et impérieux. « Vous vous souviendrez de cela quand vous aurez peur? Vous vous répéterez "Pour la justice"? Vous verrez que vous n'aurez plus peur.

– Pour Michel aussi », ajouta-t-elle.

Il ne parut pas vraiment satisfait. « Pour lui aussi, naturellement », concéda-t-il. Puis il secoua un papier brun pour en faire tomber deux pinces à linge sur le lit. Il les approcha ensuite de la lumière pour comparer leur mécanisme élémentaire. L'observant maintenant de très près, Charlie distingua une plaque de peau blanche et plissée en un endroit où le lobe de l'oreille et la mâchoire semblaient avoir fondu ensemble avant de se figer de nouveau.

« Pourquoi cachez-vous votre visage dans vos mains, je vous prie? s'enquit Khalil, par curiosité, quand il eut sélectionné la meilleure pince à linge.

– Je me suis sentie fatiguée pendant un moment, avoua-t-elle.

– Alors réveillez-vous. Soyez en forme pour votre mission. Pour la révolution aussi. Connaissez-vous ce type de bombe? Tayeh vous en a-t-il montré?

– Je ne sais pas. Bubi peut-être.

– Alors faites attention. » Il s'assit près d'elle sur le lit, ramassa le socle de liège et traça vivement au stylo à bille des traits figurant le circuit. « Nous allons fabriquer une bombe qui marche dans tous les cas. Elle fera à la fois office de bombe à retardement – ici – et d'engin piégé – là. Ne se fier à rien. C'est notre philosophie. » Il lui tendit la pince à linge et deux punaises puis la regarda enfoncer une punaise dans chaque branche de la pince. « Je ne suis pas antisémite, vous savez?

– Oui. »

Elle lui rendit la pince; il l'emporta jusqu'au lavabo

et se chargea de souder les fils métalliques à la tête des punaises.

« *Comment* savez-vous cela? » Il paraissait intrigué.

« Tayeh m'a dit la même chose. Michel me l'avait dit avant. » Et au moins deux cents autres personnes, songea-t-elle.

« L'antisémitisme est une invention purement chrétienne. » Il revint près du lit avec, cette fois-ci, la mallette ouverte de Minkel. « Vous les Européens, vous êtes anti-tout-le-monde. Anti-Juif, anti-Arabe, anti-Noir. Nous avons beaucoup d'amis en Allemagne. Non parce qu'ils aiment la Palestine, mais parce qu'ils haïssent les Juifs. Cette Helga... vous l'aimez?

– Non.

– Moi non plus. Je la trouve très décadente. Vous aimez les animaux?

– Oui. »

Il s'assit près d'elle, posant la mallette sur le lit à côté de lui. « Et Michel, il les aimait? »

Choisis, n'hésite jamais, lui avait dit Joseph. *Il vaut mieux paraître contradictoire que peu sûre de toi.*

« Nous n'en avons jamais discuté.

– Pas même de chevaux? »

Et surtout, ne reviens jamais, jamais, sur ce que tu as dit.

« Non. »

Khalil avait tiré un mouchoir plié de sa poche et, de l'intérieur du mouchoir, il sortit une montre bon marché dont on avait ôté le verre protecteur et la grande aiguille. Il la posa près des explosifs, s'empara du fil électrique rouge et le déroula. Charlie tenait le support de liège sur ses genoux. Il le lui prit, puis lui saisit la main et la plaça de façon qu'elle puisse tenir les chevilles pendant qu'il les enfonçait dans leur logement fixant le fil rouge suivant le schéma qu'il avait tracé. Ensuite, il retourna au lavabo pour souder les fils à la pile tandis que Charlie coupait des bandes de ruban isolant à l'aide d'une paire de ciseaux.

« Regardez », annonça-t-il fièrement en ajoutant la montre.

Il la touchait presque et elle ressentait cette proximité comme une chaleur. Il se tenait courbé comme un cordonnier au-dessus de son ouvrage, complètement absorbé par sa tâche.

« Mon frère se montrait-il très pieux avec vous? questionna-t-il en s'emparant d'une petite ampoule pour y fixer l'extrémité dénudée d'un fil.

— Il était athée.

— Parfois il se disait athée, d'autres fois très pieux. D'autres fois encore, il n'était plus qu'un petit garçon stupide grisé par les femmes, les idées, les voitures. Tayeh dit que vous étiez très chaste au camp. Ni les Cubains, ni les Allemands, ni personne d'autre.

— Je voulais Michel. Je ne voulais que Michel », répliqua-t-elle avec, lui sembla-t-il, un peu trop d'emphase. Mais quand elle leva les yeux, elle ne put s'empêcher de se demander dans quelle mesure l'amour qui unissait les deux frères était aussi parfait que le lui avait assuré Michel, car les traits de Khalil s'étaient figés en une moue dubitative.

« Tayeh est un grand homme », déclara-t-il, entendant peut-être par là que ce n'était pas le cas de Michel. L'ampoule s'alluma. « Le circuit marche, annonça-t-il avant de tendre doucement le bras devant Charlie pour attraper les explosifs. Tayeh et moi... nous sommes morts ensemble. Tayeh vous a-t-il raconté cet incident? demanda-t-il tout en assemblant, avec l'aide de Charlie, les trois pains de plastic au moyen de ruban adhésif.

— Non.

— Les Syriens nous ont pris une fois... coupez ici. Ils ont commencé par nous battre. C'est normal. Levez-vous, s'il vous plaît. » Il avait sorti du carton une vieille couverture brune et demanda à la jeune femme de la lui tenir pendant qu'il la découpait en longues bandes. Leurs visages n'étaient qu'à quelques centimètres l'un de l'autre par-dessus la couverture et Charlie percevait la chaleur sucrée de son corps arabe.

« Et tout en nous frappant, ils se sont excités et ont décidé de nous briser tous les os. D'abord les doigts, puis les bras, puis les jambes. Ensuite, ils nous ont défoncé les côtes à coups de crosse. »

La pointe du couteau traversant le tissu passait très près d'elle. Khalil coupait à gestes vifs et nets, comme si la couverture était une proie qu'il avait traquée puis tuée. « Quand ils en ont eu fini avec nous, ils nous ont abandonnés dans le désert. J'étais content. Au moins. j'allais mourir dans le désert! Mais nous ne sommes pas morts. Une de nos patrouilles nous a trouvés. Pendant trois mois, Tayeh et Khalil sont restés couchés côte à côte dans un hôpital. Comme des bonshommes de neige. Couverts de plâtre. Nous avons beaucoup parlé, nous sommes devenus amis, nous avons lu ensemble de bons livres. »

Khalil pliait maintenant les bandes pour en faire de petits tas d'une rigueur militaire et il paraissait s'adresser à la mallette qui était – Charlie s'en apercevait seulement – ouverte par l'arrière, par les charnières, tandis que la serrure demeurait soigneusement fermée. Il rangea une à une les bandes pliées à l'intérieur pour former une sorte de plateau assez mou sur lequel il déposerait la bombe.

« Et vous savez ce que Tayeh m'a dit, une nuit? interrogea-t-il en s'activant. « Khalil, m'a-t-il dit. « Combien de temps encore allons-nous rester gentils? « Personne ne nous aide, personne ne nous remercie. « Nous faisons de grands discours, nous envoyons de « beaux orateurs aux Nations Unies, et avec un peu de « chance, s'ils sont encore en vie, ce sera à nos « petits-enfants que dans cinquante ans, on rendra un « peu de justice. » Il s'interrompit pour lui montrer combien de ses doigts valides. « En attendant, nos

« frères arabes nous tuent, les sionistes nous tuent, les
« phalangistes nous tuent, et ceux d'entre nous qui
« arrivent à survivre vont créer de nouvelles diaspo-
« ras. Comme les Arméniens. Comme les Juifs eux-
« mêmes. » Il prit un air rusé. « Mais si nous
« fabriquons quelques bombes... tuons quelques per-
« sonnes... si nous faisons une petite boucherie, deux
« minutes à peine au regard de l'histoire... »

Sans finir sa phrase, il prit le dispositif, et avec une
grande précision, le déposa solennellement à l'intérieur de l'attaché-case.

« Il me faudrait des lunettes, expliqua-t-il en souriant, puis il secoua la tête à la façon d'un vieil
homme. Mais où voulez-vous que je m'en fasse faire –
quelqu'un comme moi?

– Si vous avez été torturé avec Tayeh, pourquoi ne
boitez-vous pas comme lui? » demanda-t-elle, la nervosité lui faisant hausser le ton.

Il retira délicatement l'ampoule, libérant ainsi les
extrémités dénudées pour y brancher le détonateur.

« Si je ne boite pas, c'est que j'ai prié Dieu pour
qu'il me donne des forces, et Dieu m'a exaucé afin que
je combatte notre ennemi véritable et non mes frères
arabes. »

Il lui tendit le détonateur et la regarda avec approbation brancher l'appareil au circuit. Quand elle eut
terminé, il ramassa le fil restant et, d'un mouvement
habile et presque inconscient, se mit à l'enrouler
autour de ses doigts morts, comme s'il commençait
une pelote de laine, pour en faire un petit écheveau
qu'il resserra en son milieu avec le bout du fil.

« Vous savez ce que Michel m'a écrit avant de
mourir? Dans sa dernière lettre?

– Non, Khalil, je ne sais pas, répondit-elle en
l'observant qui fourrait l'écheveau dans la mallette.

– Pardon?

– Non, je disais *non*, je ne sais pas.

– Postée quelques heures seulement avant sa mort?

« Je l'aime. Elle n'est pas comme les autres. Il est vrai
« que quand je l'ai rencontrée, elle avait la conscience
« paralysée des Européens » – là, remontez la montre,
s'il vous plaît – « Il est vrai aussi que c'était une
« putain. Mais elle est maintenant arabe au fond de
« son âme et je la présenterai un jour à notre peuple,
« et à toi. »

Il restait à piéger la mallette et ils durent pour cela
travailler encore plus près l'un de l'autre. Il lui
demanda en effet de passer un morceau de fil d'acier
dans le tissu du couvercle, puis, tandis qu'il maintenait
lui-même le couvercle aussi bas que possible, d'amener, grâce à ses petites mains, le fil jusqu'aux crampons de la pince à linge. Très délicatement maintenant, il porta tout le dispositif au lavabo et, tournant le
dos à la jeune femme, remit les charnières en place et
les consolida d'un petit coup de fer à souder. Le point
de non-retour était désormais dépassé.

« Vous savez ce que j'ai dit un jour à Tayeh?
– Non.
– « Tayeh, mon ami, nous, les Palestiniens, ne
« sommes pas très entreprenants dans l'exil. Pourquoi
« n'avons-nous pas de Palestiniens au Pentagone? Au
« ministère des Affaires étrangères des Etats-Unis?
« Pourquoi ne sommes-nous pas encore à la tête du
« *New York Times,* de Wall Street, de la C.I.A.?
« Pourquoi ne faisons-nous pas de film à Hollywood
« pour montrer notre grande lutte, ne nous faisons-
« nous pas élire maire de New York ou président de la
« Cour Suprême? Qu'est-ce qui ne va pas chez nous,
« Tayeh? Pourquoi restons-nous sans ambition? Cela
« ne suffit pas que notre peuple donne des docteurs,
« des scientifiques, des professeurs. Pourquoi ne diri-
« gerions-nous pas nous aussi l'Amérique? Est-ce à
« cause de cela que nous nous rabattons sur les
« bombes et les mitrailleuses? »

Il se tenait debout juste devant elle, portant l'attaché-case par sa poignée, comme n'importe quel homme d'affaires.

« Vous savez ce que nous devrions faire? »

Elle ne le savait pas.

« Marcher. Nous tous. Avant qu'ils nous détruisent pour toujours. » Il lui offrit son bras pour l'aider à se lever. « Depuis les Etats-Unis, depuis l'Australie, Paris, la Jordanie, l'Arabie Saoudite, le Liban... depuis tous les coins du monde où il y a des Palestiniens. Nous devrions prendre le bateau jusqu'à la frontière. L'avion. Par millions. Comme une immense marée que personne ne pourrait faire reculer. » Il lui donna la mallette et entreprit vivement de réunir ses outils pour les ranger dans le carton. « Et puis, tous ensemble, nous entrerions dans notre patrie, nous réclamerions nos maisons, nos fermes et nos villages, même s'il faut pour les trouver abattre leurs villes, leurs colonies et leurs kibboutzim. Mais cela ne marcherait pas. Vous savez pourquoi? Parce que tous ces Palestiniens ne viendraient jamais. » Il s'accroupit, examinant la moquette râpée pour s'assurer qu'il ne laissait pas d'indices derrière lui. « Nos riches ne supporteraient pas cette *régression brutale dans l'échelle socio-économique*, expliqua-t-il en utilisant avec ironie le jargon des spécialistes. Nos marchands devraient quitter leurs banques, leurs boutiques, leurs bureaux. Nos médecins devraient abandonner leurs cliniques sophistiquées, nos juristes leurs pratiques corrompues, nos lettrés leurs universités confortables. » Il s'était relevé et son sourire semblait une victoire sur ses souffrances. « Donc, les riches gagnent l'argent et les pauvres livrent bataille. En a-t-il jamais été autrement? »

Charlie quitta la chambre un peu avant lui. Sortie d'une pute chargée de sa boîte à accessoires. La camionnette Coca-Cola attendait tranquillement dans la cour mais Khalil passa devant comme s'il ne l'avait jamais vue de sa vie et grimpa dans une Ford de fermier, une diesel remplie jusqu'au toit de bottes de paille. La jeune femme monta près de lui. De nouveau, des montagnes. Des sapins, alourdis d'un côté par une nouvelle couche de neige. Des instructions rappelant celles de Joseph : c'est compris, Charlie? Oui, Khalil, c'est compris. Alors répète après moi. Elle répéta. C'est pour la paix, souviens-toi de cela. Je m'en souviendrai, Khalil, je m'en souviendrai : pour la paix, pour Michel, pour la Palestine; pour Joseph, pour Khalil; pour Marty, la révolution, pour Israël et le théâtre du réel.

Il avait stoppé la voiture derrière une grange et éteint les phares. Il regardait sa montre. Une torche électrique jeta deux éclairs au bas de la route. Khalil se pencha et ouvrit la portière de sa passagère.

« Il s'appelle Franz et vous vous présenterez à lui sous le nom de Margaret. Bonne chance. »

Le soir était calme et mouillé, les lampadaires du cœur de la vieille ville semblaient des lunes blanches emprisonnées dans des cages de fer. Charlie avait demandé à Franz de la déposer au coin de la rue car elle voulait marcher un peu avant de faire son entrée. Elle voulait avoir l'air essoufflé de quelqu'un qui vient du dehors, elle voulait le pincement du froid sur son visage et sa haine rentrée tout au fond d'elle-même. Elle marchait dans une ruelle bordée d'échafaudages assez bas qui se refermaient sur elle tel un tunnel étroit. Elle dépassa une galerie de tableaux emplie d'autoportraits . d'un blondinet à lunettes plutôt déplaisant, puis une autre, qui jouxtait la première et exposait des paysages stylisés que ne connaîtrait jamais le blondinet narcissique. Sur les murs, les graffiti lui criaient des injures qu'elle ne comprenait pas, puis un « *Fuck America* » accrocha son regard. Amérique, va te faire foutre. Merci pour la traduction, songea-t-elle. Elle se retrouva à l'air libre, franchissant des marches de béton qui, malgré le sable versé, restaient glissantes de neige. Elle arriva en haut et aperçut la porte vitrée de la bibliothèque universitaire sur sa gauche. Les lumières brillaient toujours à la cafétéria. Rachel était assise près de la fenêtre en compagnie d'un garçon. Ils paraissaient tendus. Charlie passa devant le premier totem de marbre, avança sur la passerelle, très haut au-dessus de la route. L'amphithéâtre se dressait déjà devant elle, sa pierre fraise écrasée devenue cramoisie sous l'éclat des projecteurs. Des automobiles se garaient; les premiers membres du public arrivaient, gravissant les quatre marches qui conduisaient à l'entrée principale, s'arrêtant pour se serrer la main et se féliciter mutuellement de leur immense importance. Deux agents de la sécurité vérifiaient négligemment le contenu des sacs féminins. Charlie marchait toujours. La vérité te rendra libre. Elle laissa derrière elle le second totem et avança vers l'escalier.

L'attaché-case se balançait à sa main droite et elle le sentait frôler sa cuisse. Le mugissement d'une sirène de police lui contracta les muscles des épaules mais elle continua de descendre les marches. Deux motos de police équipées de gyrophares bleus freinèrent, encadrant une Mercedes noire et luisante qui arborait un fanion. Habituellement, quand une voiture officielle passait près d'elle, Charlie détournait la tête pour ne pas donner à ses occupants le plaisir d'être regardés, mais cette nuit, c'était différent. Cette nuit, elle pouvait marcher la tête haute; elle avait la réponse toute prête dans sa main. Alors, elle les fixa des yeux et fut récompensée par le spectacle d'un homme gras et rubicond vêtu d'un costume noir et d'une cravate argentée, qu'accompagnait une épouse renfrognée portant triple menton et manteau de vison. *Aux grands mensonges, il faut un grand public, c'est logique,* se rappela-t-elle. Elle entrevit l'éclair d'un flash et le couple éminent se dirigea vers les portes vitrées, admiré par au moins trois passants. *Bientôt votre tour, vieux salauds,* pensa-t-elle. *Bientôt.*

Au bas de l'escalier, vous tournerez à droite. Elle suivit l'indication et continua jusqu'au croisement. Attention de ne pas tomber dans le ruisseau, lui avait dit Helga, toujours pleine d'humour; les bombes de Khalil ne sont pas étanches, Charlie, et toi non plus. La jeune femme prit à gauche et commença à raser l'édifice, empruntant un trottoir dallé de cailloux agglomérés qui n'accrochait pas trop la neige. Le trottoir s'élargit pour devenir une cour au centre de laquelle, près d'un ensemble de baquets à fleurs en béton, trônait un car de police. Juste devant, deux policiers en uniforme se faisaient des mines, levant bien haut leurs bottes puis s'esclaffant avant de jeter un coup d'œil menaçant à quiconque osait les observer. Charlie se trouvait à cent cinquante mètres à peine de la porte latérale quand elle sentit venir cette impression de calme tant attendue – cette sensation, évoquant presque la lévitation, qui l'envahissait lorsqu'elle montait sur scène et abandonnait toutes ses autres personnalités dans sa loge. Elle était Imogen Baastrup, sud-africaine, aussi pleine de courage que dépourvue de grâce, et qui se dépêchait d'aller prêter main-forte à un grand héros généreux. Elle se sentait gauche – bon sang, elle avait l'impression qu'elle allait mourir de timidité – mais elle allait faire ce qu'il fallait ou bien sauter. Elle atteignait l'entrée latérale. La porte était fermée. Elle essaya de tourner la poignée : rien. Hésitation. Elle posa la main à plat sur le panneau et s'efforça de pousser : rien. Elle recula, le contempla puis chercha des yeux quelqu'un qui pût l'aider. Les deux policiers avaient cessé leur petite comédie et l'observaient d'un regard suspicieux, mais aucun d'eux ne s'approcha.

Le rideau est levé. Ça y est.

« Pardon, excusez-moi, leur cria-t-elle. Comprenez-vous l'anglais ? »

Ils ne bougeaient toujours pas. S'il fallait se déplacer, elle n'avait qu'à le faire. Elle n'était qu'une citoyenne ordinaire après tout, et une femme de surcroît.

« Je vous demande si vous parlez anglais? *English-sprechen Sie?* Il faut que quelqu'un remette ceci au professeur, tout de suite. Voudriez-vous venir s'il vous plaît? »

Tous deux s'assombrirent, mais un seul d'entre eux se dirigea vers elle. Lentement, comme l'exigeait sa dignité.

« *Toilette nicht hier* », fit-il d'un ton coupant avant de lui indiquer l'endroit d'où elle venait d'un signe du menton.

« Je ne veux pas aller aux toilettes. Je voudrais que vous trouviez quelqu'un qui puisse donner cette mallette au professeur Minkel. *Minkel* », répéta-t-elle en montrant l'attaché-case.

Le policier était jeune mais se moquait de la jeunesse. Il ne prit pas la mallette mais laissa la jeune femme la porter pendant qu'il allait lui-même s'assurer que le loquet était bien fermé.

Pauvre gosse, songea-t-elle : *tu viens juste de te suicider et tu continues à me faire les gros yeux.*

« *Öffnen*, ordonna-t-il.

– Je ne peux pas l'ouvrir. Elle est *fermée*. » Elle laissa entrer dans sa voix une note de désespoir. « C'est au professeur, vous ne comprenez pas? Il doit y avoir les notes pour sa conférence à l'intérieur. Il en a besoin pour ce soir. » Elle se détourna de lui et se mit à cogner contre la porte. « Professeur Minkel? C'est moi, Imogen Baastrup, de Wits. Oh! *mon Dieu.* »

Le second policier les avait rejoints. Il était plus âgé et avait la mâchoire plus sombre. Charlie en appela à sa grande sagesse. « Bon, et vous, parlez-*vous* anglais? » demanda-t-elle. Au même instant, la porte s'entrouvrit de quelques centimètres, révélant un visage masculin plutôt caprin qui l'examinait avec une profonde suspicion. Il lança quelques mots en allemand à l'adresse du policier le plus proche, et Charlie perçut le mot « Amerikanerin » dans la réponse de celui-ci.

« Je ne suis *pas* américaine, corrigea-t-elle, au bord des larmes. Je m'appelle Imogen Baastrup, je suis sud-africaine et je rapporte sa mallette au professeur Minkel. Il l'a perdue. Seriez-vous assez gentil pour la lui remettre car je suis sûre qu'il en a affreusement besoin. *Je vous en prie !* »

La porte s'écarta suffisamment pour montrer le reste de l'inconnu : un homme d'une soixantaine d'années ou plus, replet et l'allure d'un maire dans son costume noir. Il était très pâle et, Charlie le savait tout au fond d'elle-même, très effrayé.

« Monsieur. Parlez-vous anglais, s'il vous plaît ? Oui ? »

Non seulement il le parlait, mais il aurait pu jurer dans cette langue, car il lui répondit un « oui, je le parle », si solennel qu'il lui eût été impossible de revenir sur une telle affirmation jusqu'à la fin de ses jours.

« Pourriez-vous alors remettre ceci au professeur Minkel avec les compliments d'Imogen Baastrup et lui dire qu'elle est absolument *désolée*, que l'hôtel a fait une confusion *stupide* et que j'attends avec impatience sa conférence de ce soir... »

Elle lui tendait la mallette mais l'homme à l'allure de maire refusa de la prendre. Il jeta un coup d'œil au policier derrière elle, et parut en recevoir un signe rassurant ; il regarda ensuite l'attaché-case et enfin Charlie.

« Suivez-moi », dit-il comme un maître d'hôtel de théâtre gagnant ses dix sacs la soirée, puis il s'écarta pour la laisser passer.

Elle fut horrifiée. Cela ne faisait pas partie du script. Cela ne figurait ni dans celui de Khalil, ni dans celui

673

de Helga ni de personne d'autre. Qu'arriverait-il si Minkel ouvrait la mallette devant elle?

« Oh! je ne peux pas. Il faut que j'aille chercher ma place dans l'*amphithéâtre*. Je dois prendre mon *billet. S'il vous plaît!* »

Mais l'homme en noir avait lui aussi ses ordres, et ses propres terreurs, car lorsque Charlie lui tendit la mallette d'un peu trop près, il bondit comme s'il allait se brûler.

La porte se referma et ils se retrouvèrent dans un couloir au plafond duquel couraient des tuyaux calorifugés. Charlie se rappela brièvement les conduits du Village Olympique. Son guide réticent marchait devant elle. Charlie respira des relents de fuel et perçut le grondement étouffé d'une chaudière; elle sentit une bouffée de chaleur la frapper au visage et songea un instant s'évanouir ou céder à la nausée. La poignée de la mallette lui semblait un flot de sang coulant, tiède et visqueux, entre ses doigts.

Ils arrivèrent à une porte où figurait la mention « *Vorstand.* » L'homme en noir frappa et cria : « *Oberhauser! Schnell!* » Charlie jeta un regard désespéré derrière elle et vit que deux garçons blonds en veste de cuir barraient maintenant le couloir; ils étaient armés de mitraillettes. *Dieu tout-puissant, mais que se passe-t-il donc?* La porte s'ouvrit, Oberhauser entra le premier et se rangea bien vite de côté, semblant renier la jeune femme. Elle pénétra dans un décor cinématographique pour *Journey's End.* Les coulisses et l'arrière-scène disparaissaient sous les sacs de sable; on avait recouvert le plafond de gros ballots de capitonnage maintenus à l'aide de grillage. Des sacs de sable empilés faisaient un chemin en zigzag partant de la porte. Au centre de la scène se dressait une table à thé sur laquelle était posé un plateau chargé de boissons. Minkel se tenait assis juste à côté, dans un fauteuil assez bas, et regardait Charlie avec la fixité d'un mannequin de cire. Sa femme attendait de l'autre côté

674

de la table, et, près de lui se trouvait une Allemande boulotte en étole de fourrure que Charlie prit pour l'épouse d'Oberhauser.

Voilà pour le gratin. Puis, tassé dans les coulisses parmi les sacs de sable, venait le reste de l'unité, séparé en deux groupes distincts dont les porte-parole se serraient les coudes au milieu. La partie familière avait Kurtz à sa tête; Charlie ne vit à sa gauche qu'un homme d'âge mûr au visage faible et assez vulgaire, sur lequel elle ne jugea pas bon de s'arrêter : brève vision d'Alexis. Les jeunes chiens-loups de ce dernier s'étaient massés autour de lui, leurs figures hostiles tournées vers la jeune femme. Sur la même ligne, côté Kurtz, se dressaient des membres de la famille qu'elle connaissait déjà, famille augmentée de quelques têtes étrangères, et le brun de leur type juif contrastant avec la blondeur allemande des autres formait un tableau qui resterait à tout jamais gravé dans sa mémoire. Kurtz, le meneur de jeu, avait un doigt posé sur ses lèvres et le poignet gauche levé pour qu'il pût voir sa montre.

Elle allait demander « Où est-il? » quand, soudain submergée par la joie et la colère, elle l'aperçut, à l'écart des autres comme toujours, metteur en scène soucieux et solitaire lors de la première représentation. Il s'approcha vivement d'elle, puis s'immobilisa à quelques pas, lui laissant le champ libre pour aller à Minkel.

« Récite-lui ton rôle, Charlie, commanda Joseph d'une voix calme. Dis ce que tu dirais si nous n'étions pas là, ignore tous ceux qui ne sont pas autour de la table » – il ne manquait plus à Charlie que le *clac* de la claquette devant son visage.

La main de Joseph vint tout près de la sienne, Charlie sentit les poils qui en hérissaient le dos effleurer sa peau. Elle voulut lui dire « Je t'aime... comment vas-tu? » mais son rôle lui dictait d'autres mots. Elle prit donc une profonde inspiration et prononça sa tirade puisque telle était, après tout, la condition de leur union.

« Professeur, il s'est passé une chose épouvantable, commença-t-elle d'un ton précipité. Le personnel de l'hôtel a stupidement fait porter votre attaché-case dans ma chambre avec mes bagages. Ils nous ont vus parler ensemble, je suppose, et puis il y avait *mes* bagages, et juste à côté *vos* bagages, et puis cet *imbécile* de garçon a *bêtement* cru que c'était ma mallette... » Elle se tourna vers Joseph pour lui dire qu'elle ne trouvait plus ses mots.

« Donne l'attaché-case au professeur », commanda-t-il.

Minkel se levait, perdu dans ses pensées, le visage fermé, tel un homme qui apprend sa condamnation à une longue peine de prison. Mrs. Minkel s'efforçait de sourire. Charlie eut l'impression d'avoir les genoux paralysés mais, avec la main de Joseph posée sur son coude, elle réussit à se mouvoir en chancelant et à tendre la mallette au professeur tout en poursuivant son monologue.

« Seulement, je m'en suis aperçue il y a une demi-heure à peine. Ils l'avaient mise dans mon placard, et toutes mes robes la cachaient, alors, quand je l'*ai* vue et que j'ai lu l'étiquette, j'ai cru que j'allais avoir une attaque... »

Minkel aurait bien pris l'attaché-case, mais, à peine Charlie le lui eut-elle tendu, que d'autres mains le subtilisèrent pour le mettre dans une grande boîte noire posée sur le sol et d'où s'échappaient de gros câbles sinueux. Charlie sembla soudain faire peur à tout le monde. Tous se dissimulèrent derrière les sacs de sable et Joseph l'emporta là-bas de ses bras puissants, lui faisant baisser la tête au point de lui plier le torse en deux, les yeux au niveau de l'abdomen. Mais elle eut le temps d'entrevoir ce qui semblait un scaphandrier avancer péniblement vers la boîte. Il portait un casque muni d'un épais hublot de verre, et, dessous, un masque chirurgical pour éviter la formation de buée. Un ordre assourdi imposa le silence. Joseph l'avait attirée à lui et l'étouffait à demi du poids de son corps. Un nouvel éclat de voix annonça le repos général; les têtes se relevèrent, mais Joseph la retenait toujours prisonnière. Elle entendit le bruit des pas qui s'éloignaient avec une hâte ordonnée, et, quand elle put enfin se redresser, vit Litvak s'approcher d'une démarche rapide en tenant à la main ce qui était selon toute apparence une bombe de son cru, engin beaucoup plus orthodoxe que celui de Khalil, avec tous ses fils n'attendant plus que d'être branchés. Joseph la ramenait fermement au centre de la pièce.

« Continue tes explications, lui glissa-t-il à l'oreille. Tu en étais au moment où tu déchiffrais l'étiquette. Repars de là. Qu'as-tu fait ensuite? »

Reprends ton souffle, la pièce n'est pas terminée.

« Alors je me suis renseignée à la réception et ils m'ont appris que vous seriez absent toute la soirée et que vous donniez une conférence à l'université, j'ai donc sauté dans un taxi et... Je ne sais comment me faire pardonner. Bon, je dois filer. Bonne chance, professeur, bonne conférence. »

Sur un signe de tête de Kurtz, Minkel avait sorti un trousseau de clefs de sa poche et faisait mine d'en choisir une, bien qu'il n'eût aucune mallette à ouvrir. Mais Charlie, pressée par Joseph, se dirigeait déjà vers la porte, moitié marchant, moitié se laissant porter par le bras de Joseph passé autour de sa taille.

Je n'en peux plus, Jose. C'est fini, j'ai épuisé toutes mes réserves de courage comme tu dis. Ne me laisse pas repartir, Jose, ne me laisse pas. Elle perçut derrière elle des ordres étouffés et des bruits de pas précipités indiquant que tout le monde battait en retraite.

« Deux minutes », leur cria Kurtz pour les avertir.

Ils étaient de retour dans le couloir où se tenaient

toujours les deux garçons blonds et leurs mitraillettes.

« Où l'as-tu rencontré? interrogea Joseph d'une voix basse et rapide.

— A l'hôtel Eden. Une espèce de bordel, en banlieue. A côté d'une pharmacie. Il a une camionnette Coca-Cola rouge. FR tiret BT quelque chose, quelque chose, 5. Et une conduite intérieure Ford toute cabossée. Je n'ai pas le numéro.

— Ouvre ton sac. »

Elle s'exécuta. Très vite, pour suivre son rythme. Il en sortit le petit réveil-radio qu'il remplaça par un autre, identique, tiré de sa poche.

« Ce n'est pas le même procédé que celui d'avant, expliqua-t-il vivement. Il ne reçoit qu'une seule station. Il donne encore l'heure mais n'a pas de sonnerie. Enfin, il émet et nous indiquera où tu seras.

— Quand? demanda-t-elle bêtement.

— Quelles sont les instructions de Khalil, maintenant?

— Je dois marcher le long de la route, marcher encore... Jose, mais *quand* viendras-tu?... mais bon sang! »

Le visage de l'homme exprimait une gravité hagarde et désespérée, mais aucune concession.

« Ecoute-moi, Charlie. Tu m'écoutes?

— Oui, Jose, je t'écoute.

— Si tu appuies sur le bouton de volume de ta radio – tu ne le tournes pas, tu *appuies* – nous saurons qu'il s'est endormi. Tu comprends?

— Il ne va pas s'endormir comme ça.

— Que veux-tu dire? Que sais-tu de la façon dont il s'endort?

— Il te ressemble. Ce n'est pas son genre. Il reste éveillé de jour comme de nuit. Il... Jose, je ne peux pas y retourner. Ne m'y force pas. »

Elle le dévisageait d'un air suppliant, espérant une réaction, mais les traits de Joseph semblaient figés.

« Mais bon Dieu, il veut que je couche avec lui! Il veut sa nuit de noces, Jose. Ça ne te fait vraiment rien? Il veut reprendre les choses là où Michel les a laissées. Il ne l'aimait pas. Il veut égaliser le score. Alors j'y vais toujours? »

Elle s'agrippait à Joseph avec une telle sauvagerie qu'il eut du mal à briser son étreinte. Elle se tenait devant lui, la tête appuyée contre sa poitrine, désirant qu'il la reprenne sous sa protection. Au lieu de cela, il la prit par les bras puis la redressa et elle vit de nouveau son visage, fermé, verrouillé, qui lui disait que l'amour ne les concernait pas : ni elle, ni lui et encore moins Khalil. Il lui fit faire les premiers pas de son long voyage mais elle se dégagea pour marcher seule; il avança encore d'une enjambée puis s'immobilisa. Elle regarda en arrière et se mit à le haïr; puis elle ferma les yeux, les rouvrit et poussa un profond soupir.

Je suis morte.

Elle sortit dans la rue, se raidit et, aussi droite qu'un soldat et presque aussi aveugle, remonta à vive allure la ruelle étroite, passant devant un night-club miteux qui affichait les photographies illuminées de filles de trente ans ou plus à la poitrine triste et dévêtue. Voilà ce que je devrais faire, songea-t-elle. Elle arriva dans une rue plus importante, se rappela les consignes de la sécurité routière et regarda à gauche, où elle vit une porte monumentale moyenâgeuse barrée d'une élégante enseigne McDonald. Le feu piéton passa au vert et Charlie traversa; elle aperçut tout en marchant une masse de hautes montagnes noires qui bouchait l'horizon de la rue et le ciel pâle et nuageux qui s'agitait nerveusement au-dessus. Elle jeta un coup d'œil autour d'elle et repéra la flèche de la cathédrale qui la suivait. Elle prit à droite et avança plus lentement qu'elle n'avait jamais avancé de sa vie, le long d'une avenue verdoyante aux demeures patriciennes. Tantôt, elle se mettait à compter mentalement. Des chiffres.

Tantôt, elle faisait des rimes. Jose Arrose la Rose Rose. Tantôt, elle se rappelait ce qui s'était passé dans la salle, mais sans Kurtz, sans Joseph, sans ces techniciens du meurtre qui formaient les effectifs de deux camps encore brouillés. Devant elle, Rossino poussait sa moto silencieuse pour lui faire franchir une grille. La jeune femme le rejoignit; il lui tendit un casque et un blouson de cuir; tandis qu'elle les enfilait, quelque chose contraignit Charlie à regarder dans la direction d'où elle venait et elle vit une lueur orangée s'étirer paresseusement vers elle en glissant sur le pavé humide comme les derniers rayons du soleil couchant; elle s'étonna du temps que l'image resta imprimée sur sa rétine après qu'elle eut disparu. Puis elle entendit enfin le bruit qu'elle attendait fermement : un fracas lointain et pourtant intime, le fracas d'une rupture irréparable tout au fond d'elle-même; la cassure nette et permanente de l'amour. C'est cela, Joseph. Au revoir.

Au même moment, le moteur de Rossino s'anima, déchira la nuit humide de ses rugissements de rire triomphants. Moi aussi, décida Charlie. C'est le jour le plus drôle de ma vie.

Rossino conduisait lentement, s'en tenant aux petites routes et suivant un itinéraire soigneusement étudié.

Tu conduis et moi je suis. Il est peut-être temps que je devienne italienne.

Un crachin tiède avait fait fondre une bonne partie de la neige, mais Rossino pilotait en prenant garde à la surface encore glissante et à sa précieuse passagère. Il lui hurlait de joyeuses réflexions et paraissait beaucoup s'amuser, mais Charlie n'éprouvait aucune envie de partager sa bonne humeur. Ils passèrent par un grand portail et elle cria « On est arrivés? » sans savoir ce qu'arriver pouvait bien signifier et en s'en moquant totalement; le portail donnait en fait sur une route non goudronnée qui traversait des collines et des vallées de forêts privées qu'ils franchirent sans rencontrer âme qui vive, sous une lune suspendue qui avait été la propriété privée de Joseph. Charlie découvrit au-dessous d'elle un village endormi drapé dans un suaire blanc; elle respirait le parfum des sapins grecs et sentait le vent repousser ses larmes chaudes. Elle se serrait contre le corps tremblant et nouveau de Rossino et lui disait : sers-toi, il ne reste plus rien.

Ils dévalèrent une dernière pente et sortirent par une autre grille pour pénétrer sur une route bordée de mélèzes dénudés qui évoquaient les arbres de France lors de vacances familiales. Ils grimpèrent de nouveau et, lorsqu'ils eurent atteint le sommet de la colline, Rossino coupa les gaz et emprunta un petit chemin qui s'enfonçait dans les bois. Il ouvrit l'une des sacoches pour en extirper un ballot de vêtements ainsi qu'un sac à main qu'il donna à Charlie. Il l'éclaira à l'aide d'une torche et ne détourna pas les yeux pendant qu'elle se changeait, la contemplant un instant à demi-nue.

Tu me veux, prends-moi; je suis libre et disponible.

Elle ne s'aimait pas, se trouvait sans valeur. Elle était revenue à son point de départ et le monde entier, aussi pourri fût-il, pouvait bien la baiser.

Elle transvasa tout son bric-à-brac d'un sac dans l'autre, le compact, les tampons, les pièces de monnaie, son paquet de Marlboro. Son petit réveil-radio de pacotille pour les répétitions – *appuie sur le bouton de volume, Charlie, tu m'écoutes?* Rossino prit son vieux passeport et lui en tendit un autre; elle ne chercha même pas à connaître sa nouvelle nationalité.

Citoyenne de Nullepartville, née d'hier.

Il ramassa les vêtements qu'elle venait d'ôter et les fourra dans la sacoche avec le sac vide et les lunettes. Tu attends ici mais tu regardes en direction de la route, lui dit-il. Il fera clignoter une lumière rouge deux fois. Rossino n'était pas parti depuis cinq minutes qu'elle vit la lumière rouge s'allumer deux fois de suite, de l'autre côté des arbres. Hourra, un ami, enfin.

26

Khalil lui prit le bras et dut presque la porter jusqu'à la nouvelle voiture rutilante car elle pleurait et frissonnait tant, qu'elle avait du mal à marcher. Après sa tenue modeste de chauffeur de camionnette, il arborait maintenant la panoplie complète du P.-D.G. allemand au-dessus de tout soupçon : pardessus noir et souple, chemise, cravate, et cheveux soigneusement rejetés en arrière. Il ouvrit la portière de Charlie et retira son pardessus qu'il posa avec sollicitude sur les épaules de la jeune femme, comme s'il s'agissait d'un petit animal malade. Elle ne savait pas du tout quelle réaction il pouvait attendre d'elle, mais il ne paraissait pas choqué de la voir dans cet état, plutôt respectueux. Le moteur tournait déjà. Khalil mit le chauffage au maximum.

« Michel serait fier de vous », lui dit-il avec bonté en l'examinant un moment à la lumière du plafonnier. Elle voulut répondre mais éclata de nouveau en sanglots. Il lui donna un mouchoir qu'elle tint à deux mains, l'entortillant autour de ses doigts tandis que les larmes ne cessaient de tomber. Ils commencèrent à descendre le flanc de la colline boisée.

« Que s'est-il passé? souffla-t-elle.

– Vous avez remporté une grande victoire pour notre cause. Minkel est mort en ouvrant la mallette. On annonce que d'autres amis du sionisme sont gravement blessés. Le nombre n'est pas définitif. » Il s'exprimait avec une satisfaction cruelle. « On crie à l'outrage. On parle de choc. De meurtre de sang-froid. Ils devraient aller faire un tour à Rashidiyeh un jour. J'invite toute l'université. Ils devraient aller se terrer dans un abri et se faire canarder en sortant. Ils devraient aller se faire briser les os et regarder torturer leurs enfants. Demain, le monde entier pourra lire que les Palestiniens ne deviendront pas les pauvres Noirs de Sion. »

Le chauffage, pourtant puissant, ne suffisait pas à Charlie. Elle resserra encore le manteau contre elle. Les pans de velours sentaient le neuf.

« Vous voulez me raconter comment ça s'est passé? » demanda-t-il.

Elle fit non de la tête. Les sièges étaient doux et confortables, le moteur silencieux. Elle tenta de repérer d'autres sons d'automobiles, mais en vain. Elle regarda dans le rétroviseur. Rien derrière, rien devant. Quand viendrait donc ce là-bas? Elle croisa les yeux sombres de Khalil qui la dévisageaient.

« Ne vous inquiétez pas. Nous veillons sur vous. Je vous le promets. Je suis heureux de vous voir pleurer. D'autres rient et fanfaronnent quand ils ont tué. Ils boivent, arrachent leurs vêtements comme des bêtes. J'ai vu toutes les réactions. Mais vous... vous pleurez. C'est très bien. »

La maison se dressait près d'un lac, dans une vallée humide. Khalil passa deux fois devant avant de faire entrer la voiture dans l'allée et ses yeux, tandis qu'il scrutait les alentours, étaient ceux de Joseph, sombres, décidés, auxquels rien n'échappait. C'était une villa moderne, résidence secondaire d'un homme riche. Des murs blancs, des fenêtres mauresques et un toit de tuiles rouges trop abrupt pour que la neige s'y amoncelle. Le garage était attenant. Khalil y rangea la voiture et les portes se refermèrent. Il coupa le moteur et sortit de sa veste un pistolet automatique de gros calibre. Khalil, le tireur manchot. Charlie resta dans la voiture, examinant les toboggans et les bûches entreposés contre le mur du fond. Il ouvrit la portière.

« Suivez-moi. A trois mètres, pas plus près. »

Une porte intérieure blindée donnait sur un couloir. La jeune femme attendit, puis le suivit. Les lumières du salon brûlaient déjà et un feu de bois couvait dans l'âtre. Un sofa recouvert de poulain. Des meubles rustiques. Le couvert mis pour deux sur une table de rondins. Une bouteille de vodka plongée dans un seau à glace au support de fer forgé.

« Restez ici », commanda-t-il.

Elle s'immobilisa au milieu de la pièce, étreignant son sac à deux mains pendant qu'il allait de chambre en chambre, si discrètement qu'elle ne percevait que le bruit des placards s'ouvrant et se refermant. Elle se remit à trembler, violemment. Il revint dans le salon, posa son arme de côté, s'accroupit devant la cheminée et entreprit de faire repartir le feu. Pour tenir les bêtes sauvages à l'écart, pensa Charlie en l'observant. Et protéger les moutons. Les flammes ronronnèrent et elle s'assit sur le sofa, juste devant. Il alluma la télévision. Un vieux film en noir et blanc passait, celui de la taverne sur la colline. Khalil ne monta pas le son. Il se plaça devant Charlie.

« Voulez-vous un peu de vodka? s'enquit-il poliment. Je ne bois pas mais vous devez vous mettre à l'aise. »

Elle voulait bien, alors il lui en versa dans un verre, beaucoup trop.

« Désirez-vous une cigarette? »

Il lui présenta un étui de cuir et lui offrit du feu.

La clarté de la pièce s'intensifia; Charlie se tourna aussitôt vers la télévision et fit soudain face au visage trop animé et surexcité du petit Allemand chafouin entrevu une heure auparavant au côté de Marty. Il se tenait près du car de police. Derrière lui, elle distinguait son bout de trottoir et la porte latérale de l'amphithéâtre, défendue par un ruban fluorescent.

Des voitures de police, des pompes à incendie et des ambulances ne cessaient de franchir dans un sens ou dans l'autre le cordon de sécurité. La terreur, c'est du théâtre, songea-t-elle. La caméra montrait maintenant en arrière-plan une vue des bâches vertes dressées pour protéger les sauveteurs des intempéries pendant la durée des recherches. Khalil augmenta le son et elle entendit le mugissement des ambulances derrière la voix doucereuse et bien timbrée d'Alexis.

« Que dit-il? demanda-t-elle.

– Qu'il mène l'enquête. Attendez. Je vous dirai. »

Alexis disparut, bientôt remplacé par un Oberhauser indemne installé dans un studio.

« C'est l'imbécile qui m'a ouvert la porte », dit-elle.

Khalil la fit taire d'un geste du bras. Elle écouta et se rendit compte avec une curiosité détachée, qu'Oberhauser était en train de la décrire. Elle saisit les mots « *Süd Afrika* » et une allusion à des cheveux bruns; elle vit sa main se lever pour esquisser une paire de lunettes; gros plan sur un doigt tremblant désignant une monture semblable à celle que lui avait donnée Tayeh.

Après Oberhauser vint le premier portrait-robot de la suspecte, qui ne ressemblait à aucune créature existant sur terre, sauf, peut-être, à la vedette d'une vieille publicité pour une potion laxative que l'on voyait en grand dans les gares une dizaine d'années plus tôt. Apparut ensuite l'un des deux policiers qui lui avaient parlé, ajoutant sa propre description embarrassée.

Khalil alla éteindre le poste puis revint se planter devant elle.

« Vous permettez? » demanda-t-il timidement.

Elle prit son sac et le posa de l'autre côté pour que son hôte puisse s'asseoir. Avait-il bourdonné? Produit un bip? Etait-ce un microphone? Mais bon sang, quel bruit avait-il fait?

Khalil s'exprima clairement – en médecin expérimenté qui offre son diagnostic.

« Vous courez quelques risques, commença-t-il. Mr. Oberhauser se souvient de vous, sa femme aussi, le policier aussi, ainsi que plusieurs personnes de l'hôtel. Votre taille, votre silhouette, votre anglais, votre talent d'actrice. Et, malheureusement, une Anglaise a surpris une partie de votre conversation avec Minkel et pense que vous n'êtes pas du tout sud-africaine mais bien anglaise. Votre signalement a été envoyé à Londres, et nous savons que les Anglais conçoivent déjà quelques soupçons à votre sujet. Ici, toute la région est en alerte : barrages routiers, postes de contrôle, tout le monde est sur pied. Mais vous n'avez pas à vous inquiéter. » Il lui prit la main et la maintint fermement. « Je vous protégerai de ma vie. Cette nuit, nous serons en sécurité. Demain, nous vous ferons passer à Berlin et vous renverrons à la maison.

– A la maison, murmura-t-elle.

– Vous êtes des nôtres. Vous êtes notre sœur. Fatmeh dit que vous êtes notre sœur. Vous n'avez pas de maison mais vous faites partie d'une grande famille. Nous pouvons vous procurer une nouvelle identité, ou vous pouvez aller retrouver Fatmeth et rester avec elle aussi longtemps que vous le désireriez. Vous n'aurez plus jamais à vous battre mais nous prendrons soin de vous. Pour Michel. Pour ce que vous avez fait pour nous. »

La loyauté de Khalil l'effrayait. Elle avait toujours sa main dans la sienne, dans sa poigne forte et rassurante. Elle voyait dans ses yeux une lueur d'orgueil possessif. Charlie se leva et sortit de la pièce, emportant son sac à main avec elle.

Un grand lit, un radiateur électrique allumé, ses deux barres rougeoyant sans souci de la dépense. Une étagère de best-sellers en provenance de Nullepartville – *Je prends mon pied... Tu prends ton pied... Les joies du sexe*. Le lit ouvert des deux côtés. La salle de bain venait juste après, agrémentée d'un sauna. Charlie sortit le petit réveil-radio et l'examina : c'était exactement le sien, à l'éraflure près, mais peut-être un peu plus lourd, un peu plus massif dans la main. Attends qu'il s'endorme. Que je m'endorme. Elle se regarda dans le miroir. Ce portrait-robot n'était pas si mauvais en fin de compte. Une terre sans peuple pour un peuple sans terre. Elle commença par se laver soigneusement les mains et les ongles; puis, sur une impulsion, elle se déshabilla et prit une douche interminable, ne fût-ce que pour rester un peu plus longtemps à l'écart de la confiance chaleureuse de Khalil. Elle s'aspergea de lotion pour le corps prise dans le placard au-dessus du lavabo. Les yeux qu'elle découvrit dans son miroir l'intéressèrent; ils lui rappelèrent ceux de Fatima, la Suédoise du camp d'entraînement – ils présentaient le même vide violent de l'esprit qui a appris à renoncer aux dangers de la compassion. La même haine de soi. Elle retourna dans la salle de séjour et le trouva en train de disposer des plats sur la table. Des viandes froides, du fromage, une bouteille de vin. Des chandelles déjà allumées. Khalil, très grand style européen, lui avança une chaise. Il s'assit en face d'elle et se mit aussitôt à manger, faisant preuve de la même concentration qu'il mettait en toute chose. Il avait tué et maintenant il mangeait : que pouvait-il y avoir de plus naturel? Le repas le plus fou que j'aie jamais fait, songea-t-elle. Le plus fou et le pire. Si un violoniste s'approche de notre table, je lui demanderai de jouer « Moon River ».

« Vous regrettez ce que vous avez fait? s'enquit-il par pur intérêt, comme s'il lui avait dit : Votre mal de tête est-il passé?

– Ce sont des porcs, répliqua-t-elle, et elle le pensait. Des brutes, des assassins... » Les sanglots la reprenaient mais elle les ravala à temps. Son couteau et sa fourchette tremblaient tellement qu'elle dut les poser sur la table. Elle perçut un bruit de moteur. Une voiture. Ou était-ce un avion? Mon sac – ses pensées devenaient chaotiques –, où l'ai-je laissé? Dans la salle de bain, loin de ses doigts fureteurs. Elle reprit sa fourchette et vit que le beau visage indompté de Khalil l'étudiait par-dessus la flamme de la bougie, comme l'avait fait Joseph dans la taverne de la colline, près de Delphes.

« Peut-être faites-vous trop d'efforts pour les haïr », suggéra-t-il, pour l'aider.

Elle n'avait jamais joué dans une pièce aussi mauvaise, et n'avait jamais participé à un dîner aussi affreux. Son besoin de briser la tension équivalait à celui qu'elle éprouvait de se briser elle-même. Elle se leva et entendit ses couverts heurter le sol. Charlie ne voyait plus que Khalil à travers ses larmes de détresse. Elle voulut déboutonner sa robe, mais ses mains ne lui obéissaient plus. Elle fit le tour de la table, s'approcha de lui et l'attira à elle alors qu'il se levait déjà. Ses bras se refermèrent sur elle; il l'embrassa puis la souleva en la pressant en travers de son corps, et la porta comme une camarade blessée jusqu'à la chambre. Il l'allongea sur le lit et soudain, par elle ne savait quelle réaction désespérée de l'esprit et du corps, elle le prenait. Elle était sur lui et le déshabillait; elle l'attirait en elle comme s'il était le dernier homme de la terre lors du dernier jour du monde; pour se détruire et pour le détruire. Elle le dévorait, le nourrissait, comblait avec cet homme tous les espaces vides et déchirants de sa culpabilité et de sa solitude. Elle pleurait, criait, refoulait ses propres mensonges en le prenant à pleine bouche, elle le faisait rouler sur le lit et s'étouffait, tuait le souvenir de Joseph sous le poids de son corps ardent. Elle le sentit jouir en elle mais, par défi, refusa longtemps encore après que tout mouvement eut cessé de le laisser partir, ses bras refermés sur le torse massif pour se protéger de la tempête qui approchait.

Il ne dormait pas mais somnolait déjà. Il reposait, sa tête noire et ébouriffée appuyée contre l'épaule de Charlie, son bras valide jeté négligemment en travers de la poitrine de la jeune femme.

« Salim avait bien de la chance, murmura-t-il avec un sourire dans la voix. Une fille comme toi est une bonne raison de mourir.

— Qui a dit qu'il était mort pour moi?

— Tayeh pense que c'est possible.

— Salim est mort pour la révolution. Les sionistes ont fait sauter sa voiture.

— Il s'est fait sauter tout seul. Nous avons lu pas mal de rapports de la police allemande à ce sujet. Je lui avais interdit de fabriquer des bombes mais il m'a désobéi. Il n'était pas doué pour cela. Ce n'était pas un soldat-né.

— Qu'est-ce que c'est? » demanda-t-elle en s'écartant pour mieux écouter.

C'était comme un crépitement, un bruit de papier froissé, une série de petits sons et puis plus rien. Elle imagina une auto avançant tout doucement, les gaz coupés, sur du gravier.

« Quelqu'un qui pêche sur le lac, répondit Khalil.

— En plein milieu de la nuit?

— Tu n'as jamais pêché de nuit? » Il émit un rire ensommeillé. « Tu n'es jamais partie en mer sur un petit canot pour attraper des poissons à mains nues?

— Réveille-toi. Parle-moi.

— Mieux vaudrait dormir.

— Je ne peux pas. J'ai peur. »

Il entreprit de lui raconter l'histoire d'une mission qu'il avait effectuée en Galilée, de nuit, il y avait très longtemps, avec deux autres camarades. Il lui expliqua comment, devant traverser la mer à la rame, ils s'étaient trouvés si bien qu'ils en avaient oublié le but de leur mission et s'étaient mis à pêcher. Elle l'interrompit.

« Ce n'était pas un bateau, insista-t-elle. C'était une voiture, je l'ai entendue à nouveau. Ecoute.

– C'était un bateau », répondit-il d'une voix endormie.

La lune s'était frayée un passage entre les rideaux et s'étirait sur le parquet en direction du lit. Charlie se leva, se dirigea vers la fenêtre et, sans toucher aux rideaux, regarda dehors. Partout se dressaient des forêts de sapins et, sur le lac, la clarté lunaire faisait un escalier blanc conduisant au fin fond de la terre. Mais il n'y avait aucun bateau nulle part, ni aucune lumière pour attirer le poisson. Elle se remit au lit et le bras droit de Khalil se posa sur elle, la ramenant à lui, mais, dès qu'il sentit sa résistance, il la laissa gentiment et se tourna paresseusement sur le dos.

« Parle-moi, répéta-t-elle. Khalil, réveille-toi ». Elle le secoua brutalement puis l'embrassa sur les lèvres. « Réveille-toi », supplia-t-elle.

Alors il se réveilla pour elle, parce que c'était un homme bon et qu'il avait fait d'elle sa sœur.

« Tu sais ce qui m'a paru étrange dans tes lettres à Michel? demanda-t-il. Le revolver. « Je rêverai « désormais de ta tête sur mon oreiller, et de ton « revolver juste dessous » – phrase d'amoureux. Une belle phrase d'amoureux.

– Qu'y avait-il d'étrange là-dedans? Dis-le-moi.

– J'avais eu une conversation avec lui à ce sujet une fois. Précisément sur cette question. Je lui avais dit : « Ecoute, Salim, il n'y a que les cowboys pour dormir « avec leur revolver sous l'oreiller. Si tu dois ne te « souvenir que d'un seul de mes conseils, rappelle-toi « celui-ci. Quand tu es au lit, mets ton arme à côté de « toi, là où tu peux le mieux la cacher, et là où se « trouve ta main. Apprends à dormir comme cela. « Même quand tu es avec une femme. » Il m'avait dit qu'il le ferait. Il me promettait toujours tout. Et puis il oubliait. Il se trouvait une nouvelle femme. Ou une nouvelle auto.

– Il aimait bien passer outre les règles, n'est-ce pas? » questionna-t-elle en saisissant sa main gantée. Elle l'examina dans la pénombre, pinçant tour à tour chacun des doigts sans vie. Ils étaient tous rembourrés, tous sauf le pouce et l'auriculaire.

« Qu'est-ce qui t'a fait ça? demanda-t-elle vivement. Des souris? Qui t'a fait ça, Khalil? Réveille-toi. »

La réponse mit longtemps à venir. « C'était à Beyrouth, j'étais un petit imbécile, comme Salim. Je me trouvais dans un bureau et le facteur est arrivé. J'étais pressé, j'attendais un paquet et je l'ai ouvert! C'était une erreur.

– Quoi? Qu'est-il arrivé? Tu l'as ouvert et ça a fait boum, c'est ça? Ça t'a sauté dans les doigts. Et ta figure, c'est cela aussi?

– Quand je me suis réveillé à l'hôpital, Salim était là. Tu sais quoi? Il était très content que je me sois montré aussi bête. « La prochaine fois que tu reçois un « paquet, montre-le-moi ou regarde le cachet de la « poste avant de l'ouvrir, m'a-t-il dit. Et si ça vient de « Tel-Aviv, mieux vaut le renvoyer à son expédi-« teur. »

– Pourquoi fabriques-tu toi-même tes bombes, alors? Si tu n'as qu'une main? »

Sa réponse résidait dans son silence. Dans l'immobilité de ses traits à peine distincts alors qu'il se tenait allongé sur le côté pour la fixer de son regard froid et direct de soldat. La réponse résidait dans tout ce qu'elle avait vu depuis qu'elle avait signé son contrat avec le théâtre du réel. Ce contrat qui tenait pour la Palestine. Pour Israël. Pour Dieu. Pour mon destin sacré. Pour rendre coup pour coup à tous ces salauds. Pour réparer les injustices. Par l'injustice. Jusqu'à ce que tous les justes soient réduits en miettes et que la justice soit enfin libre de sortir des décombres et de parcourir les rues dévastées.

Et, soudain, il la réclamait sans qu'il fût question de lui résister.

« Mon amour, murmura-t-elle. Khalil. Oh! mon chéri, mon amour. Oh! oui. »

Et tout ce que disent les putains.

L'aube se levait mais elle ne le laissait toujours pas dormir. Avec la pâle lueur du jour, une sorte de délire éveillé s'emparait de Charlie. Les baisers, les caresses, elle se servit de tous les charmes qu'elle connaissait pour le garder éveillé, pour ranimer sans cesse son désir. Tu es le meilleur, lui chuchotait-elle, et je n'accorde jamais de premier prix. Mon plus fort, mon plus brave, l'amant le plus intelligent de tous les temps. Oh! Khalil, Khalil, mon Dieu, oh! oui. Meilleur que Salim? demanda-t-il. Plus patient que Salim, plus caressant, plus doux et reconnaissant. Meilleur que Joseph, qui m'a livrée à toi sur un plateau.

« Que se passe-t-il? interrogea-t-elle tandis qu'il se dégageait brusquement. Je t'ai fait mal? »

Il ne répondit pas mais tendit la main gauche et lui pinça doucement les lèvres pour lui imposer le silence. Puis il se dressa furtivement sur le coude. Elle tendit l'oreille avec lui. Le claquement d'ailes d'un oiseau aquatique s'envolant du lac. Des cris d'oies. Le coco-rico d'un coq, le carillon d'une cloche. Assourdis par la campagne enneigée. Charlie sentit le matelas se soulever près d'elle.

« Aucune vache », murmura-t-il depuis la fenêtre.

Il se tenait sur le côté de la croisée toujours nu mais avec l'étui de son revolver passé par-dessus son épaule. Durant une seconde, au paroxysme de la tension, Charlie imagina, juste en face de lui, le reflet de Joseph rougi par la lueur du radiateur et séparé de Khalil par la simple épaisseur du rideau.

« Que vois-tu? demanda-t-elle enfin, incapable de supporter plus longtemps l'angoisse de l'instant.

« Il n'y a pas de vaches. Pas de pêcheurs non plus. Et pas de bicyclettes. Je vois beaucoup trop peu de choses. »

Sa voix s'était tendue à l'approche de l'action. Ses vêtements gisaient au pied du lit, là où elle les avait jetés sous l'emprise de la passion. Il enfila son pantalon sombre et sa chemise blanche puis fixa l'étui du revolver à sa place, sous l'aisselle.

« Pas de voitures, pas de phares, reprit-il d'une voix égale. Pas un seul ouvrier allant à son travail. Et pas de vaches.

— Elles sont à la traite. »

Il secoua la tête. « On ne les trait pas pendant deux heures.

— C'est à cause de la neige. On les garde à l'étable. »

Le ton de sa voix alerta Khalil; le réveil de tous ses sens avait acéré la perception qu'il avait de la jeune femme. « Pourquoi cherches-tu des excuses?

— Pas du tout. J'essaie seulement de...

— Pourquoi essaies-tu de trouver de bonnes raisons à l'absence de toute vie autour de cette maison?

— Pour apaiser tes craintes. Pour te réconforter. »

Une idée germait en lui – une idée terrible. Il la lisait sur son visage, dans sa nudité; et Charlie à son tour sentait le soupçon prendre forme. « Pourquoi voudrais-tu apaiser mes craintes? Pourquoi aurais-tu plus peur pour moi que pour toi-même?

— Ce n'est pas vrai.

— Tu es recherchée. Pourquoi te sens-tu si disponible pour m'aimer? Pourquoi parles-tu de mon réconfort quand tu devrais penser à ta propre sécurité? Qu'as-tu sur la conscience?

— Rien du tout. Je n'ai pas aimé tuer Minkel. Je veux me sortir de tout ça. Khalil?

— Tayeh aurait-il vu juste? Mon frère est-il mort pour toi quand même? Réponds-moi, s'il te plaît, insista-t-il extrêmement calmement. Je voudrais une réponse. »

693

Le corps tout entier de Charlie réclamait un sursis. Son visage lui brûlait et ce feu ne s'éteindrait jamais.

« Khalil... reviens au lit, souffla-t-elle. Aime-moi. Reviens. »

Pourquoi traînait-il autant si la maison était cernée? Comment pouvait-il la regarder ainsi alors que le nœud se resserrait de plus en plus sur lui?

« Quelle heure est-il, s'il te plaît? demanda-t-il sans la quitter des yeux. Charlie?

— Cinq heures. Cinq heures et demie. Quelle importance?

— Où est ton *réveil*? Ton petit *réveil*? Il faut que je sache l'heure, je te prie.

— Je ne sais pas. Dans la salle de bain.

— Reste où tu es, s'il te plaît. Sinon je devrai peut-être te tuer. Nous allons voir. »

Il alla chercher l'appareil et le lui tendit sur le lit.

« Ouvre-le gentiment pour moi, lui dit-il en la regardant manipuler le fermoir.

— Alors, quelle heure est-il, Charlie, s'il te plaît? demanda-t-il encore avec une légèreté effrayante. Dis-moi gentiment l'heure que te donne ton petit réveil.

— Six heures moins dix. Plus tard que je ne pensais. »

Il lui arracha le réveil-radio des mains et déchiffra lui-même l'heure. Affichage numérique sur vingt-quatre heures. Il alluma la radio qui lui envoya une plainte musicale avant qu'il ne l'éteigne. Il soupesa le petit appareil d'un air appréciateur dans le creux de sa main.

« Depuis que tu m'as quitté la nuit dernière, tu n'as pas eu beaucoup de temps à toi, je pense. Je me trompe? Tu n'en as même pas eu du tout.

— Non, pas du tout.

— Alors comment as-tu fait pour acheter des piles neuves?

— Je n'en ai pas acheté.

694

– Pourquoi ce réveil-radio marche-t-il alors?

– Mais il ne fallait pas de piles neuves – elles étaient encore bonnes – ça marche des années ces trucs-là... ce sont des spéciales... des longue durée... »

Elle ne savait plus quoi inventer. Son imagination s'était asséchée, maintenant et pour toujours, parce qu'elle venait de se rappeler le moment où il l'avait fouillée près du fourgon Coca-Cola; le moment où il avait laissé tomber les piles dans sa poche avant de remettre le réveil dans le sac et de fourrer le sac dans la camionnette.

Il ne s'intéressait plus à elle. Le réveil-radio mobilisait toute son attention. « Apporte-moi cette grosse radio qui se trouve près du lit, Charlie, s'il te plaît. Nous allons procéder à une petite expérience. Une expérience technologique intéressante portant sur la radio à haute fréquence. »

Elle murmura : « Je peux passer quelque chose? » Puis elle enfila sa robe et lui apporta la radio, un poste moderne en plastique noir et dont le haut-parleur évoquait un cadran téléphonique. Khalil rapprocha le gros poste du petit réveil-radio, alluma le premier et fit défiler les canaux jusqu'à ce qu'il tombe sur un mugissement blessé, montant et descendant comme une sirène annonçant un raid aérien. Puis il saisit le réveil-radio, ouvrit le rabat découvrant les piles et les fit tomber sur le sol, comme il avait dû le faire la veille au soir. Le mugissement s'interrompit. A la façon d'un enfant qui vient de réussir un tour, il leva la tête pour la regarder en feignant de sourire. Elle voulut se détourner mais n'y parvint pas.

« Pour qui travailles-tu, Charlie? Pour les Allemands? »

Elle fit non de la tête.

« Pour les sionistes? »

Il prit son silence pour un acquiescement.

« Tu es juive?

– Non.

695

— Alors tu crois en *Israël*? Qu'est-ce que tu es?

— Rien, répliqua-t-elle.

— Es-tu chrétienne? Les considères-tu comme les fondateurs de ta grande religion? »

Elle fit un nouveau signe de dénégation.

« C'est pour l'argent alors! Ils t'ont achetée? Fait chanter? »

Elle avait envie de crier. Elle serra les poings et emplit ses poumons d'air. Mais le chaos la suffoqua et elle se mit à sangloter. « C'était pour sauver des vies. Pour participer à quelque chose. Pour être quelqu'un. Je l'aimais.

— As-tu trahi mon frère? »

La boule qui obstruait sa gorge disparut et sa voix devint plate, atone, morte.

« Je ne le connaissais pas. Je ne lui ai jamais parlé de ma vie. Ils me l'ont montré avant de le tuer, tout le reste a été inventé. Notre histoire d'amour, ma conversion... Tout. Je n'ai même pas écrit les lettres, elles sont d'eux. Ils ont aussi écrit la dernière lettre que tu as reçue. Celle qui parle de moi. Je suis tombée amoureuse de l'homme qui veillait sur moi. C'est tout. »

Lentement, sans agressivité, il leva la main gauche pour lui toucher la joue, comme s'il voulait s'assurer que la jeune femme existait vraiment. Il contempla le bout de ses doigts puis la dévisagea de nouveau, comme s'il s'abîmait dans une comparaison intérieure.

« Tu es donc de ces Anglais qui ont livré mon pays », constata-t-il tranquillement, semblant avoir du mal à croire ce qu'il voyait.

Il leva la tête, et Charlie vit ses traits se tordre en une grimace de désapprobation puis, sous la puissance de l'arme avec laquelle Joseph avait tiré, prendre feu. On avait enseigné à Charlie de ne pas bouger lorsqu'elle appuyait sur la détente, mais Joseph ne respectait pas cette règle. Il ne se fiait pas à l'œuvre de ses balles et courait après elles, semblant vouloir arriver le premier sur la cible. Il franchit la porte avec la précipitation d'un intrus ordinaire mais, au lieu de s'arrêter, se jeta en avant tout en faisant feu. Il tira, les deux bras complètement tendus, comme s'il voulait réduire encore la distance qui le séparait de son point de mire. Elle vit le visage de Khalil exploser, elle vit l'homme tourner sur lui-même puis lever les bras vers le mur pour implorer son aide. Les balles pénétrèrent alors dans son dos, sacrifiant sa belle chemise blanche. Ses mains s'aplatirent contre le mur – l'une de cuir, l'autre de chair - et son corps déchiqueté s'affaissa en une posture de rugbyman dans la mêlée tandis qu'il essayait encore de traverser la paroi. Mais Joseph s'était déjà suffisamment rapproché pour le déséquilibrer d'un coup de pied et hâter ainsi son dernier voyage jusqu'au sol. Après Joseph, Litvak pénétra dans la chambre, Litvak qu'elle connaissait sous le nom de Mike et qu'elle avait toujours soupçonné, elle s'en rendait compte maintenant, d'être une nature malsaine. Au moment où Joseph se reculait, Litvak s'agenouilla et logea une dernière balle dans la nuque de Khalil, ce qui paraissait totalement superflu. A la suite de Mike firent irruption dans la pièce la moitié de tous les bourreaux du monde, en costume d'hommes-grenouilles, ainsi que Marty, la fouine allemande et au moins deux mille brancardiers, ambulanciers, médecins et femmes sévères qui la tenaient, nettoyaient la vomissure dont elle s'était maculée, et l'entraînaient dans le couloir puis dans le bon air frais et divin qui ne parvint pas à dissiper l'odeur chaude et visqueuse du sang lui emplissant les narines et la gorge.

Une ambulance reculait vers la porte d'entrée. Charlie aperçut des bouteilles de sang à l'arrière, et des couvertures rouges elles aussi, alors elle refusa d'y monter. En fait, elle dut même se débattre très violemment car l'une des femmes qui la tenaient la laissa soudain échapper et se détourna, la main plaquée sur le visage. Charlie était devenue sourde et ne percevait que vaguement ses propres cris, mais sa première préoccupation restait d'ôter sa robe, à la fois parce qu'elle était une putain et parce que le tissu s'était trop imprégné du sang de Khalil. Mais la robe lui semblait encore moins familière que la veille et la jeune femme ne parvenait pas à déterminer s'il fallait chercher des boutons ou une fermeture à glissière, aussi décida-t-elle de ne plus s'en occuper. Puis Rose et Rachel se matérialisèrent de part et d'autre d'elle, chacune lui saisissant un bras, exactement comme elles l'avaient fait à la villa d'Athènes quand Charlie était venue passer son audition pour le théâtre du réel : l'expérience lui indiqua que toute résistance devenait désormais inutile. Elles la hissèrent sur les marches permettant d'accéder à l'ambulance puis, toujours dans le même ordre, s'assirent avec elle sur l'une des couchettes. Charlie baissa la tête et vit tous ces visages stupides qui la regardaient – les vilains petits garçons qui prenaient l'air dur des héros, Marty et Mike, Raoul et Dimitri, et plein d'autres amis dont certains ne lui avaient pas encore été présentés. Puis la foule se divisa pour laisser passer Joseph, qui avait eu la délicatesse de se débarrasser de l'arme avec laquelle il avait tué Khalil mais dont le jean et les chaussures de sport, elle le nota, étaient malheureusement couverts de sang. Il avança jusqu'au bas des marches et leva les yeux vers elle; Charlie crut d'abord regarder son propre visage : elle pouvait discerner en lui précisément tout ce qu'elle haïssait en elle. Il semblait se produire un échange de personnalité, elle, prenant le rôle du tueur et du maquereau, lui, endossant sans doute celui de l'appât, de la pute et du traître.

Et soudain, alors qu'elle le fixait toujours des yeux, une ultime étincelle de révolte se ranima en elle et lui rendit l'identité qu'il lui avait volée. Elle se dressa si vite que ni Rachel ni Rose ne purent la retenir; elle

aspira une énorme masse d'air et lui hurla : « *Va-t'en* »
– ou du moins fut-ce ce qu'elle crut entendre. Peut-
être avait-elle prononcé autre chose. Cela importait
peu.

27

Concernant les répercussions immédiates, et moins
immédiates de l'opération, le monde apprit beaucoup
plus qu'il n'en eut conscience; et certainement beaucoup plus que Charlie. Il apprit par exemple – ou
aurait pu apprendre, s'il avait étudié les nouvelles
brèves en pages « Etranger » de la presse anglo-saxonne
– qu'un terroriste palestinien présumé avait trouvé la
mort au cours d'une fusillade avec les membres d'une
brigade d'élite ouest-allemande, et que la femme qu'il
gardait en otage, dont le nom n'était pas communiqué,
avait été transportée à l'hôpital en état de choc, mais
autrement indemne. Les journaux allemands proposèrent des versions des faits plus accrocheuses les unes
que les autres – « *Le Far West en pleine Forêt-Noire* »
– mais les articles, quoique contradictoires, étaient si
bien contrôlés qu'il semblait impossible d'en tirer quoi
que ce fût. Tout lien avec l'attentat manqué contre le
professeur Minkel – que l'on avait d'abord cru mort
mais qui, miraculeusement, avait pu s'échapper à
temps – fut si habilement nié par le si courtois docteur
Alexis, que personne ne songea à mettre sa parole en
doute. N'était-il pas tout à fait normal, commentèrent
les journalistes en vue les plus sages, que l'on ne nous
en dise pas trop?

Une succession d'incidents mineurs intervenant
dans l'hémisphère occidental suscitèrent quelques
considérations occasionnelles sur les agissements de
l'une ou l'autre organisation terroriste arabe, mais

avec tous les groupes rivaux qui existaient aujourd'hui, mieux valait ne pas trop s'avancer. On mit par exemple le mystérieux assassinat en plein jour du docteur Anton Mesterbein, le juriste humaniste suisse, défenseur des droits des minorités et fils du célèbre financier, sur le compte d'une organisation extrémiste phalangiste ayant récemment « déclaré la guerre » aux Européens qui soutenaient ouvertement l' « occupation » palestinienne du Liban. Le meurtre se produisit au moment où la victime sortait de chez elle pour se rendre à son travail – sans protection, comme à son habitude – et le monde se sentit profondément bouleversé pendant une bonne moitié de la matinée. Une lettre revendiquant l'attentat et signée « Liban libre » parvint au rédacteur en chef d'un journal zurichois et fut déclarée authentique. On pria alors, en mesure de représailles, un diplomate libanais de quitter le pays, ce qu'il fit avec philosophie.

L'attentat à la bombe perpétré contre un diplomate du Front du Refus devant la toute nouvelle mosquée de St. John's Wood n'eut droit qu'à un entrefilet; c'était la quatrième voiture piégée qui explosait en quatre mois.

D'autre part, l'assassinat sanglant d'Alberto Rossino, musicien et journaliste italien, et de sa compagne allemande, dont les corps nus et rendus difficilement reconnaissables par les coups de couteau furent découverts plusieurs semaines plus tard près d'un lac tyrolien, n'avait, à en croire les autorités autrichiennes, aucune signification politique, même si les deux victimes entretenaient des relations avec les milieux extrémistes. Toutes les preuves, ajouta la police, donnaient à penser qu'il s'agissait d'un crime passionnel. La dame, une certaine Astrid Berger, était connue pour ses penchants, disons, particuliers, et l'on n'excluait pas la possibilité, quelque grotesque qu'elle pût paraître, que le couple se fût entretué. Une autre série de morts moins intéressantes passa à peu près inaperçue, dont le bombardement par l'aviation israélienne d'une ancienne forteresse située en plein désert, sur la frontière syrienne, et qui servait, d'après Jérusalem, de camp d'entraînement palestinien pour les terroristes étrangers. Quant à la bombe de deux cents kilos qui fut lâchée sur une colline des environs de Beyrouth, détruisant une luxueuse villa estivale et tuant tous ses occupants – parmi lesquels Fatmeh et Tayeh – elle ne fut pas plus explicable que la plupart des actes de terreur perpétrés dans cette région tragique.

Mais Charlie, perdue au fin fond de son repaire, au bord de la mer, ne sut rien de tout cela; ou, plus exactement, elle l'apprit d'une façon générale mais fut trop lasse, ou trop effrayée, pour essayer d'obtenir des détails. Au début, elle se contenta de nager ou de marcher, lentement, sans but, jusqu'au bout de la plage et puis de revenir, en serrant son peignoir de bain contre sa gorge tandis que ses gardes du corps la suivaient à distance respectueuse. Lorsqu'elle entrait dans la mer, elle avait tendance à s'asseoir tout au bord puis à faire le geste de se laver dans l'eau étale et salée, en commençant par le visage, puis les bras et les mains. Les autres filles reçurent d'abord l'ordre de se baigner nues mais, voyant que Charlie refusait de suivre cet exemple de libéralisme, le psychiatre leur demanda de remettre un maillot, et attendit.

Kurtz venait la voir une fois par semaine, parfois deux. Il se montrait extrêmement doux avec elle; patient et fidèle, même quand elle lui hurlait des insanités. Il lui apportait toujours des nouvelles d'ordre pratique annonçant que tout s'arrangeait pour elle.

On lui avait inventé un parrain, lui apprit-il, un vieil ami de son père qui s'était enrichi et venait de s'éteindre en Suisse, lui léguant une grosse somme d'argent qui, venant de l'étranger, ne serait pas soumise à l'impôt sur les successions en vigueur dans le Royaume-Uni.

On avait discuté avec les autorités britanniques qui avaient accepté – pour des raisons qu'il ne pouvait communiquer à Charlie – de renoncer à des recherches plus approfondies concernant les relations que la jeune femme avait entretenues avec certains extrémistes palestiniens et européens; Kurtz put également la rassurer à propos de la bonne opinion que Quilley avait d'elle : la police, lui apprit-il, s'était fait un devoir d'aller lui expliquer que tous leurs soupçons au sujet de Charlie s'étaient révélés sans fondement.

Kurtz s'entretint également avec Charlie de la façon dont elle pourrait expliquer sa brusque disparition de Londres, et la jeune femme accepta passivement une version où il était question de peur des tracasseries policières, d'une légère dépression nerveuse et d'un amant mystérieux rencontré après son séjour à Mykonos, un homme marié qui l'avait fait marcher avant de la laisser tomber. Et c'est lorsqu'il commença à lui faire apprendre cette nouvelle leçon et à la tester sur certains petits points qu'elle pâlit et se mit à trembler. Les mêmes symptômes se reproduisirent quand Kurtz lui annonça, de manière inconsidérée peut-être, qu'il avait été décidé « au plus haut niveau » qu'elle pourrait prendre la nationalité israélienne à n'importe quel moment de sa vie si l'envie l'en prenait.

« Donnez-la donc à Fatmeh », aboya alors Charlie, et Kurtz, qui s'occupait déjà d'un certain nombre de nouvelles affaires, dut consulter le dossier pour se rappeler qui était cette Fatmeh; ou qui elle avait été.

Quant à sa carrière, Kurtz lui fit miroiter quelques propositions exaltantes qui ne demandaient qu'à être saisies. Deux ou trois producteurs importants de Hollywood s'étaient sincèrement intéressés à Charlie pendant son absence, et attendaient impatiemment qu'elle se décide à aller tourner des bouts d'essai sur la West Coast. L'un d'eux avait justement un rôle qui devrait lui convenir parfaitement; Kurtz ne connaissait pas les détails. Et les choses ne se présentaient pas moins bien du côté de la scène londonienne.

« Tout ce que je demande, c'est de retourner où j'étais », répliqua Charlie.

Kurtz lui affirma que cela ne poserait, mon enfant, aucun problème. On arrangerait ça.

Le psychiatre, brillant jeune homme doté d'un regard malicieux et d'un passé militaire, n'était absolument pas partisan de l'auto-analyse ou de toute autre forme d'introspection plus ou moins vaseuse. En réalité, plutôt que de la faire parler, son principal souci semblait de la convaincre qu'elle ne devait pas le faire; sans doute était-il dans sa profession quelqu'un d'extrêmement controversé. Il l'emmena faire des balades en voiture, d'abord le long de la côte, puis jusqu'à Tel-Aviv. Mais lorsqu'il eut la mauvaise idée de lui montrer les superbes maisons arabes qui avaient survécu au modernisme, la colère rendit les propos de sa patiente complètement incohérents. Il l'invita dans de petits restaurants écartés, se baigna avec elle et alla même jusqu'à s'allonger à ses côtés sur la plage pour bavarder un peu, mais elle lui avoua un jour, la voix légèrement étranglée, qu'elle préférait lui parler dans son cabinet. Lorsqu'il apprit qu'elle aimait l'équitation, il fit venir des chevaux et ils passèrent toute une journée en selle, journée durant laquelle Charlie parut s'abandonner complètement. Le lendemain pourtant, il la trouva trop calme à son goût et demanda à Kurtz d'attendre au moins une semaine de plus. Et elle ne manqua pas le soir même d'être prise d'une crise prolongée de vomissements, ce qui surprit d'autant plus qu'elle n'avalait pratiquement rien.

Rachel, qui s'était replongée dans ses études universitaires, vint la voir. Elle se montra ouverte, gentille et détendue, tout à fait différente de celle que Charlie avait rencontrée à Athènes. Dimitri avait lui aussi repris ses cours, lui raconta-t-elle; Raoul songeait à faire sa médecine pour, éventuellement, devenir médecin militaire; mais, d'un autre côté, l'archéologie le tentait aussi. Charlie sourit poliment en écoutant ces petites nouvelles de la famille – Rachel rapporta ensuite à Kurtz qu'elle avait eu l'impression de parler avec sa grand-mère. Quoi qu'il en fût, ni ses origines du nord de l'Angleterre ni ses manières plaisantes de petite bourgeoise anglaise ne produisirent l'effet escompté et, au bout d'un moment, Charlie demanda, toujours très poliment, si on ne pouvait pas la laisser seule.

En attendant, le département de Kurtz avait ajouté un certain nombre de précieuses leçons à la somme immense de savoir technique et humain qui constituait le trésor accumulé au cours de toutes les opérations précédentes. Les non-juifs, malgré les préjugés dont ils feraient toujours l'objet, devenaient non seulement utilisables, mais même essentiels dans certaines situations. Une juive n'aurait probablement pas réussi à tenir aussi longtemps dans cette position intermédiaire. Les techniciens se penchèrent également avec fascination sur cette histoire de piles dans le réveil-radio; il n'est jamais trop tard pour apprendre. On reconstitua à des fins de formation – et fort efficacement d'ailleurs – une version expurgée de toute l'affaire. Dans un monde parfait, regretta-t-on, l'officier responsable aurait dû s'apercevoir au moment de la substitution que les piles manquaient dans l'appareil de son agent. Enfin, au moins avait-il eu la présence d'esprit d'ajouter deux et deux quand le signal sonore s'était tu, et de se précipiter dans la pièce. Bien entendu, le nom de Becker n'apparut nulle part; sans parler des questions de sécurité, Kurtz n'avait pas appris grand-chose de bon à son sujet depuis la fin de l'opération et il ne se sentait pas disposé à le voir canoniser.

Enfin, alors que le printemps se terminait, et que le Litani devenait suffisamment sec pour permettre aux tanks de passer, les pires craintes de Kurtz, ou les pires menaces de Gavron, se réalisèrent : la percée tant attendue des Israéliens au Liban se produisit, mettant fin à une longue période d'hostilités, ou, selon le point de vue duquel on se plaçait, annonçant la prochaine. Les camps de réfugiés qui avaient accueilli Charlie furent tous assainis, ce qui signifie en gros que l'on y envoya des bulldozers pour enterrer les cadavres et achever l'œuvre commencée par les tanks et les raids aériens; une tragique colonne de réfugiés prit la direction du nord, abandonnant derrière elle ses centaines, puis ses milliers de morts. Des groupes spéciaux firent disparaître de la carte tous les lieux secrets de Beyrouth où Charlie avait séjourné; de la propriété de Sidon ne subsistèrent plus que les poulets et la plantation de mandariniers. La villa fut anéantie par une équipe de Sayaret qui se chargea également d'exécuter les deux garçons, Karim et Yasir. Le commando arriva de nuit, par la mer, exactement comme l'avait prédit Yasir, ce grand agent de renseignements, et utilisa un type de balles explosives américaines tout à fait spécial, encore consigné sur la liste secrète et qui présente la particularité de tuer au simple contact avec le corps. On épargna sagement à Charlie le compte rendu de tout cela – de la destruction systématique de ce qui avait constitué sa brève histoire d'amour avec la Palestine. Elle pourrait en perdre la raison, déclara le psychiatre; étant donné son imagination et son repli sur elle-même, elle serait parfaitement capable de se tenir responsable de toute l'invasion. Mieux valait donc ne rien lui dire; elle l'apprendrait plus tard, en temps voulu. Pendant plus d'un mois, plus personne ne rencontra Kurtz, ou, quand on le rencontra, on le reconnut à peine. Son corps semblait avoir rétréci de moitié, toute étincelle avait disparu de son regard slave et il paraissait enfin son âge, pour autant qu'on pût savoir quel âge il avait vraiment. Puis, un jour, tel un homme qui sort d'une longue et épuisante maladie, il réapparut, et il ne lui fallut apparemment que quelques heures pour reprendre, plus vigoureusement que jamais, son étrange et interminable querelle avec Misha Gavron.

De retour à Berlin, Gadi Becker avait d'abord flotté dans un vide comparable à celui où se débattait Charlie; mais ce n'était pas la première fois et, d'une certaine façon, il s'attachait maintenant moins aux causes et aux effets d'un tel état. Il retrouva son appartement, et ses perspectives d'avenir professionnel assez incertaines; la faillite se remit à rôder autour de lui. Il avait beau passer des journées entières à se disputer au téléphone avec les grossistes, ou à traîner des cartons d'un bout à l'autre de l'entrepôt, la crise mondiale semblait frapper l'industrie vestimentaire berlinoise plus que toute autre. Il existait bien une fille avec qui il dormait parfois, une créature assez imposante sortie tout droit des années 30, généreuse à l'excès et qui présentait même l'avantage, apaisant ainsi ses scrupules ancestraux, d'être vaguement juive. Après plusieurs jours de tergiversations inutiles, il lui téléphona et lui dit qu'il séjournait quelque temps à Berlin. A peine quelques jours, précisa-t-il; peut-être même un seul. Il écouta le ravissement de la jeune femme de le savoir de retour, et ses joyeuses remontrances pour avoir disparu sans prévenir; mais il écouta aussi les voix indistinctes qui lui parlaient tout au fond de lui-même.

« Allez, passe donc me voir », lui proposa-t-elle quand elle eut terminé de le gronder.

Il ne s'y rendit pourtant pas. Il refusait d'avance le plaisir qu'elle pourrait lui donner.

Ne se fiant plus à lui-même, il se précipita dans une boîte de nuit grecque en vogue, tenue par une femme dont on lui avait vanté la sagesse cosmopolite, et, ayant enfin réussi à s'enivrer, regarda les convives heurter trop avidement leurs assiettes, dans la meilleure tradition gréco-allemande. Le lendemain, sans y avoir vraiment réfléchi, il commença à écrire un roman sur une famille juive de Berlin qui aurait fui en Israël, puis se serait à nouveau déracinée en comprenant ce qui était perpétré au nom de Sion. Mais lorsqu'il eut relu ses premières notes, il les confia d'abord à sa corbeille à papiers puis, pour des raisons de sécurité, à sa cheminée. Un nouveau contact de l'ambassade de Bonn fit le voyage jusqu'à Berlin pour venir le voir et l'informer qu'il remplaçait l'ancien : si vous avez besoin de communiquer avec Jérusalem ou de quoi que ce soit d'autre, demandez-moi. Apparemment incapable de se retenir, Becker entama avec lui une discussion des plus provocantes concernant l'Etat d'Israël. Et il termina sur une question très agressive, une phrase qu'il prétendit avoir tirée des écrits d'Arthur Koestler et qui correspondait évidemment à ses propres préoccupations : « Qu'allons-nous devenir, je me le demande? Une patrie juive ou un vilain petit Etat spartiate? »

Le nouveau contact était un homme au regard sévère, dépourvu de toute imagination et, visiblement, la question l'ennuya sans qu'il en comprît véritablement la signification. Il laissa un peu d'argent et sa carte : Second Secrétaire, Affaires Commerciales. Mais il abandonna surtout derrière lui un épais nuage de doutes que le coup de fil de Kurtz, le lendemain matin, chercha certainement à dissiper.

« Mais qu'est-ce que tu veux me dire, bon Dieu? interrogea-t-il brutalement en anglais dès que Becker eut décroché le combiné. Tu es en train de faire du vilain, alors rentre en Israël. Là-bas au moins, personne ne fera attention à toi.

– Comment va-t-elle? »

La réponse de Kurtz fut peut-être volontairement cruelle, car cette conversation intervenait alors qu'il atteignait le creux de la vague. « Frankie va très bien. Elle se porte comme un charme autant psychologiquement que physiquement, et je ne comprends vraiment pas pourquoi elle persiste à t'aimer. Elli lui a parlé l'autre jour et a eu très nettement l'impression que le divorce n'avait pour elle rien d'un engagement irrévocable.

– Les divorces ne sont pas faits pour ça. »

Mais Kurtz eut, comme d'habitude, le dernier mot. « Les divorces ne devraient pas être faits du tout. Point final.

– Mais comment va-t-elle? » répéta Becker avec insistance.

Kurtz dut museler sa mauvaise humeur avant de répondre. « S'il est question d'une amie mutuelle, elle est en bonne santé, on est en train de la guérir et elle ne veut plus jamais te revoir – oh! et puisses-tu rester toujours jeune! » ne put s'empêcher de crier Kurtz avant de raccrocher.

Frankie appela le soir même – Kurtz avait dû malgré tout lui transmettre le numéro. Le téléphone constituait l'instrument de prédilection de Frankie. Elle en jouait comme d'autres du violon, du *schofar* ou de la harpe.

Becker l'écouta parler un assez long moment. Il écouta ses pleurs, pour lesquels elle était inégalable; ses cajoleries et ses promesses. « Je serai tout ce que tu voudras que je sois, lui assura-t-elle. Dis-moi ce que tu veux et je le serai. »

Mais la dernière chose que Becker désirait était d'inventer qui que ce soit.

Peu de temps après ces conversations, Kurtz et le psychiatre décidèrent qu'il était temps de rejeter Charlie à l'eau.

La tournée s'intitulait Un Parfum de Comédie, et le théâtre, comme nombre des salles qu'elle avait connues, faisait également office d'institution pour dames, de crèche, et probablement de bureau de vote en

708

période électorale. C'était une pièce minable dans un théâtre minable et tout cela arrivait alors qu'elle se trouvait au plus bas. Le bâtiment avait un toit de tôle et un parquet de bois, et quand elle marchait un peu trop vigoureusement des petits nuages de poussière s'échappaient des fentes. Au début, Charlie s'était cantonnée dans les rôles tragiques : Quilley, après un coup d'œil inquiet sur la jeune femme, avait supposé que c'était sans doute ce qu'elle désirait et, pour des raisons très personnelles, Charlie l'avait cru aussi. Mais elle se rendit rapidement compte qu'elle n'était pas à même de tenir des rôles sérieux, pour autant qu'ils eussent encore une signification à ses yeux. Elle se mettait à pleurer ou à crier aux moments les plus incongrus et dut plusieurs fois simuler une sortie pour se ressaisir.

Mais le plus souvent, c'était leur inconsistance qui lui portait sur les nerfs; elle n'éprouvait plus l'envie de plaindre – et, pire encore, elle ne comprenait même plus – ce qui passait pour de la souffrance dans la société bourgeoise occidentale. La comédie apparut donc, en fin de compte, comme le masque le plus approprié, masque à travers lequel elle put regarder défiler les semaines, se partageant entre Sheridan et Priestley, ou quelque autre génie de la dernière heure dont, sur les programmes, on présentait la pièce comme un soufflé ultra-léger étincelant d'un esprit corrosif. Ils avaient joué à York, mais s'étaient heureusement dispensés de Nottingham : ils avaient donné des représentations à Leeds, Bradford, Huddersfield, Derby; mais Charlie attendait toujours de voir le soufflé monter ou l'esprit corrosif étinceler. Sans doute la faute lui en incombait-elle, car elle se voyait débiter son rôle à la façon d'un boxeur groggy qui n'aurait plus qu'une alternative : cogner comme une brute ou s'écrouler pour de bon.

Lorsqu'elle ne répétait pas, elle passait ses journées à fumer et à lire des magazines, traînant comme une patiente dans le salon d'attente d'un médecin. Ce soir, cependant, alors que le rideau se levait une fois de plus, elle sentit une dangereuse indolence remplacer sa nervosité et ne parvint pas à se débarrasser de cette envie de dormir. Elle entendit sa voix couvrir la gamme des tons, elle vit son bras se tendre de ce côté, son pied avancer par là; elle se tut à temps pour, normalement, entendre le rire franc du public, mais ne perçut cette fois-ci qu'un silence incrédule. Au même instant, des photos de son album interdit commencèrent à défiler dans sa tête : des images de la prison de Sidon, de la file des mères qui patientaient le long du mur; de Fatmeh; de cette salle d'école, dans le camp, où elle avait passé la nuit à imprimer des slogans sur des tee-shirts, pour la procession; de l'abri antiaérien et des visages stoïques qui l'observaient sans savoir s'il fallait la blâmer. Et de la main gantée de Khalil traçant de grossières marques de griffes dans son propre sang.

Les comédiennes partageaient toutes la même loge mais, lorsque vint l'entracte, Charlie ne suivit pas les autres. Elle alla se poster devant l'entrée des artistes, en plein air, fumant, frissonnant, contemplant cette rue brumeuse des Midlands et se demandant si elle ne ferait pas mieux de marcher, et de continuer à marcher jusqu'à ce qu'elle tombe ou se fasse renverser par une voiture. On criait son nom, elle percevait des bruits de course éperdue, mais il lui semblait que ce n'était pas son problème, elle le laissait aux autres. Seule une dernière – une toute dernière – parcelle de conscience de ses responsabilités la contraignit à ouvrir la porte et à reprendre lentement le chemin de la scène.

« Charlie, mais bon sang? Charlie, t'es dingue ou quoi? »

Le rideau se leva et elle se retrouva une fois de plus en scène. Seule. Le long monologue où Hilda s'assoit devant le bureau de son mari pour écrire une lettre à son amant : à Michel, à Joseph. Une chandelle brûle près de son coude et, dans une minute elle va ouvrir le tiroir du bureau pour y prendre une nouvelle feuille de papier et découvrir – « Oh! non. » – une lettre non postée de son mari à sa maîtresse. Elle commença à écrire et se crut dans l'auberge de Nottingham; elle regarda la flamme de la bougie et vit le visage de Joseph tourné vers elle depuis l'autre bout de la table, dans la taverne près de Delphes. Elle leva de nouveau la tête et c'était Khalil, dînant avec elle sur cette table de rondins, dans la maison de la Forêt-Noire. Elle disait son rôle et, miraculeusement, les phrases n'appartenaient ni à Joseph, ni à Tayeh, ni à Khalil, mais à Hilda. Elle ouvrit le tiroir du bureau, y plongea la main, rata un battement de cœur, en sortit, complètement ébahie, une feuille manuscrite, la souleva et se tourna de côté pour la montrer au public. Elle se mit debout et, ses traits exprimant une stupéfaction grandissante, avança vers le bord de la scène en lisant tout haut – une lettre tellement spirituelle, chargée de tant d'allusions et de phrases à double sens. Dans un instant, son mari, John, allait entrer en robe de chambre par la gauche, s'approcher du bureau et lire la lettre qu'*elle* avait commencé d'écrire à son amant. Dans un instant, il y aurait un chassé-croisé de lettres plus spirituel encore et le public se tordrait littéralement de rire. Puis le rire se transformerait en ravissement quand les deux amoureux trompés, chacun d'eux stimulé par les infidélités de l'autre, s'effondreraient ensemble en une étreinte lascive. Elle entendit son époux entrer, ce qui constituait le signal lui indiquant qu'elle devait élever la voix : la curiosité devait se muer en indignation à mesure que Hilda lisait. Elle agrippa la lettre à deux mains, se retourna, et exécuta deux pas vers la gauche pour ne pas masquer John.

C'est alors qu'elle le vit – pas John, mais Joseph, assez distinctement, installé à la place de Michel, au centre du premier rang, et qui la dévisageait avec cette même sollicitude empreinte d'une terrible gravité.

Elle n'éprouva au début pas la moindre surprise; à ses meilleurs moments, la séparation entre son monde intérieur et le monde extérieur était déjà bien mince, mais ces derniers temps, elle avait virtuellement cessé d'exister.

Alors, il est venu, songea-t-elle. Et à l'heure. Des orchidées, Jose? Pas la moindre orchidée? Pas de blazer rouge sombre? De médaillon d'or? De souliers Gucci? J'aurais peut-être dû aller dans la loge quand même. J'aurais trouvé ton mot. Su que tu viendrais. Préparé un gâteau.

Elle avait arrêté de lire tout haut parce qu'elle ne voyait vraiment plus aucune raison de jouer, même si le souffleur lui criait maintenant les mots sans la moindre gêne, ou si le metteur en scène, qui se tenait juste derrière, faisait de grands gestes des bras comme s'il cherchait à se débarrasser d'un essaim d'abeilles; ils se trouvaient curieusement dans son champ de vision alors qu'elle ne quittait pas Joseph des yeux. A moins qu'elle ne fût en train de les imaginer, car Joseph était, lui, devenu si réel enfin. Dans son dos, John, son cher époux, essayait sans grande conviction d'inventer des répliques pour la couvrir. Il te faudrait un Joseph, eut-elle envie de lui dire fièrement; notre Joseph que voilà t'écrira des répliques pour toutes les occasions.

Un écran de lumière s'interposait entre eux deux – pas tant un écran qu'une cloison optique. Et cette cloison, ajoutée à ses larmes, commençait à troubler la vision qu'elle avait de lui, la faisant douter qu'il ne s'agît pas en fin de compte d'un mirage. On lui hurlait depuis les coulisses de quitter la scène; John, son cher mari, était venu vers elle – clong, clong – et l'avait saisie doucement, mais fermement, par le coude, avant de l'emmener, elle en était sûre, vers la poubelle. Elle supposa qu'on allait baisser le rideau et donner à cette petite conne – comment s'appelait-elle déjà? Sa doublure, quoi – la chance de sa vie. Mais Charlie ne pensait plus qu'à s'approcher de Joseph et à le toucher, pour savoir enfin. Le rideau s'abaissa, mais elle descendait déjà les marches qui la séparaient de l'homme. Les lumières s'allumèrent et oui, c'était bien lui, c'était Joseph. Mais elle se sentit soudain très lasse en le voyant si clairement : il ne devenait plus qu'un spectateur ordinaire. Elle allait remonter le couloir quand une main se posa sur son bras. John, ce cher époux encore, va-t'en, se dit-elle. A l'exception de deux duchesses décrépites qui constituaient sans doute la direction, le hall était désert.

« Ma chère, je crois que je devrais aller voir un docteur, disait la première.

– Ou prendre une bonne nuit de sommeil, répliquait l'autre.

– Oh! n'y pensez plus », leur conseilla gaiement Charlie, qui utilisait cette expression pour la première fois.

La pluie de Nottingham n'était pas au rendez-vous, et la Mercedes bordeaux non plus, alors elle marcha jusqu'à l'arrêt du bus, pensant presque qu'elle allait trouver le jeune Américain à bord, et qu'il lui ordonnerait de chercher un fourgon rouge.

Joseph avançait vers elle dans la rue vide. Il marchait à grands pas et elle l'imagina se mettant à courir pour arriver sur elle avant les balles de son revolver, mais il n'en fit rien. Il s'immobilisa devant elle, légèrement essoufflé, et il paraissait évident qu'il était porteur d'un message, vraisemblablement de Marty, mais peut-être de Tayeh. Il ouvrit la bouche pour le lui transmettre, mais elle le devança.

« Je suis morte, Jose. Tu m'as tuée, tu ne t'en souviens pas? »

Elle voulut ajouter quelque chose à propos du théâtre du réel, sur le fait que les morts ne s'y relevaient pas pour se remettre à marcher, mais elle ne se rappelait déjà plus les mots.

Un taxi les croisa et Joseph lui fit signe de s'arrêter avec sa main libre. La voiture s'éloigna, mais qu'est-ce que vous voulez? Les taxis, de nos jours... c'est eux qui font la loi. Charlie s'appuyait sur Joseph et serait tombée s'il ne l'avait tenue aussi fermement. Les larmes l'aveuglaient à moitié et elle entendait la voix de Joseph comme assourdie par l'eau. Je suis morte, ne cessait-elle de répéter, je suis morte, je suis morte. Mais il semblait qu'il la voulût morte ou vive. Etroitement enlacés, ils se mirent en marche d'un pas inégal sur ce trottoir qui les conduisait vers une ville étrangère.

Table

Dans Le Livre de Poche

Œuvres de John Le Carré

Le Miroir aux espions 2164

Les photos sur l'installation secrète en Allemagne de l'Est de lance-missiles soviétiques ne parviendront jamais à celui qui les a commandées.

Cette affaire, qui remet en cause toute la politique de défense de l'Angleterre, personne n'y croit, excepté Leclerc, mais son service de renseignements aux objectifs strictement militaires a perdu la puissance et la réputation acquise durant la dernière guerre mondiale. Le Foreign Office ne jure plus que par le Cirque, le service secret britannique, et son chef Smiley, bien connu des fervents de John Le Carré. Commence alors la lutte acharnée de Leclerc et de ses hommes contre le Cirque et les Soviétiques, lutte inégale au cours de laquelle deux agents sur trois laisseront leur vie. *Le Miroir aux espions* démontre magistralement le fascinant pouvoir de Le Carré de créer l'inquiétude, la tension, puis l'angoisse. Seul l'humour, très britannique, fait diversion.

Un amant naïf et sentimental 3591

À trente-huit ans, Aldo Cassidy est aux yeux du monde, sinon aux yeux de sa femme, un homme riche et qui a réussi. C'est lui qui a fondé son affaire, ses inventions ont fait de lui le roi de la voiture d'enfant. Mais il a d'autres aspirations : il est prêt à investir son cœur comme il a jadis investi ses talents et son argent. C'est alors qu'il fait la connaissance d'un couple charmant et très bohème, Helen et Shamus, et il tombe amoureux des deux.

Tour à tour pour eux disciple, mécène, amoureux, Cassidy se trouve entraîné de façon délirante, mais sans jamais rien perdre au fond de son innocence, dans ce monde déconcertant où le sentiment est la seule justification de l'action; un monde tout à la fois créateur et destructeur. Son odyssée le conduit à Paris, dans les faubourgs de Londres et enfin sur les pentes des Alpes bernoises.

La Taupe

4747

John Le Carré nous fait pénétrer à nouveau, avec *La Taupe,* dans les obscurs labyrinthes de l'espionnage international.

Quand il est devenu évident que quelque part au plus haut niveau des services de renseignements britanniques se trouve un agent double, une « taupe », profondément installée, George Smiley est chargé de la débusquer et de la détruire.

John Le Carré nous donne dans ce grand roman d'espionnage et de suspense une remarquable description des services secrets, des spécialistes des écoutes et de la surveillance.

Comme un collégien

5299

Comme un collégien est le roman le plus riche que Le Carré nous ait donné jusqu'à ce jour. Echappant à l'espace confiné des bureaux où les services secrets livrent leur obscur combat, il nous entraîne à travers cet Extrême-Orient si extrême, où les colonialistes d'antan doivent, l'un après l'autre, amener leurs couleurs. L'intrigue, ici, s'élargit à des dimensions planétaires, le livre grouille de personnages et Le Carré brosse un tableau impitoyable de toute cette faune qui peuple les beaux immeubles de Hong Kong, les boîtes de Bangkok ou les baraquements climatisés des bases américaines. Et tout cela avec cet humour corrosif qui ne sert sans doute qu'à masquer la secrète blessure d'une tendresse déçue.

Les Gens de Smiley

Après *La Taupe*, après *Comme un collégien*, John Le Carré achève avec *Les Gens de Smiley* la trilogie dont George Smiley, l'ancien chef du « Cirque » (les services secrets britanniques), est le centre.

La découverte d'un meurtre tire Smiley de sa retraite et le lance sur une piste qui va peut-être le mener à Karla, son homologue soviétique... Il y a là Smiley, mais aussi ses « gens », ce peuple du secret dont nul mieux que John Le Carré n'a su exprimer la condition ambiguë et la solitude. Et il y a, pour dire ce monde tragique, le ton inimitable de Le Carré, son humour et cette tension qu'il sait créer en se refusant tout effet. Le lecteur est pris à ce piège subtil, fasciné.

Un pur espion

Magnus Pym a disparu; un vent de panique souffle sur les services secrets de Sa Très Gracieuse Majesté. L'honorable espion britannique serait-il un traître, comme les Américains se tuent à le répéter ?

Qui est donc Magnus Pym ? Un mythomane engagé dans un double jeu insensé ? Un agent lunatique, aux convictions floues ? Un homme, en tout cas, que la personnalité de son père, Rick, escroc de panache, a pour toujours marqué. Rick vient de rendre l'âme dans les bras de deux prostituées; Magnus, enfin libre, rompt les amarres... Le voici confronté au plus redoutable des adversaires : lui-même — tandis que tous les services secrets, de Prague à Londres, de Vienne à Washington, se lancent à sa recherche.

Alors commence la plus extraordinaire traque de l'histoire de la littérature d'espionnage.

Le Livre de Poche
Thrillers

(Extrait du catalogue)

Karl Alexander
C'était demain...
H. G. Wells à la poursuite de Jack l'Éventreur.

Michel Bar-Zohar
Enigma
Fils d'escroc, voleur lui-même, le « Baron » oppose son charme et sa bravoure à la Gestapo.

Peter Benchley
Les Dents de la mer
Croque en jambes mortels...

William Blankenship
Mon ennemi, mon frère
L'assassin et son double : une vraie salade de têtes !

Arnaud de Borchgrave - Robert Moss
L'Iceberg
La face cachée du K.G.B., l'hydre qui sort ses têtes par tous les médias.

Thierry Breton
Vatican III
Les nouvelles bulles du pape : des satellites...

Thierry Breton - Denis Beneich
Softwar
L'ordinateur promu cheval de Troie de l'Occident. Logique ? Ciel...

Gerald A. Browne
19 Purchase Street
Des monceaux de billets verts blanchis... Argent sale et colère noire.

Jean-François Coatmeur
La Nuit rouge
« S'est jeté » ou « a été jeté » du haut d'un pont ? De la grammaire appliquée à coups de crosse.

Yesterday
Le Juge se meurt mais la République vivra.

Bernard F. Conners
La Dernière Danse
Vingt ans après, le cadavre d'une jeune fille remonte à la surface du lac Placid...

Robin Cook
Vertiges
Des expériences criminelles à donner la migraine.

Fièvre
Seul contre un empire : pour sauver sa fille, un homme s'attaque à toute l'industrie médicale.

Manipulations
Psychotropes dans les mains de psychopathes : des manipulations terriblement vraisemblables...

James Crumley
La Danse de l'ours
Entubé, le détective narcomane !

Martin Cruz Smith
Gorky Park
Dans ce fameux parc de culture, des cadavres poussent soudain sous la neige...

Clive Cussler
L'Incroyable Secret
La mort prend le train.

Panique à la Maison Blanche
Un naufrage qui pourrait bien être celui du monde libre.

Cyclope
De la mer à la lune... Les services secrets polluent toutes les atmosphères.

Robert Daley
L'Année du Dragon
Chinatown : une ville dans la ville, une mafia d'un tout autre type.

William Dickinson
Des diamants pour Mrs. Clark
Transports de haine, de jalousie... et de diamants.

Mrs. Clark et les enfants du diable
Pour sauver son fils, Mrs. Clark sort ses griffes.

Ken Follett
L'Arme à l'œil
1944. Chasse à l'espion pour un débarquement en trompe l'œil.

Triangle
1968. Seul contre tous, un agent israélien emporte sous son bras 200 tonnes d'uranium.

Le Code Rebecca
1942. Le Caire. Lutte à mort contre un espion allemand armé... d'un roman !

Les Lions du Panshir
Un trio explosif va régler ses comptes en Afghanistan.

Colin Forbes
Le Léopard
Un très sale coup d'Etat menace la France et le monde.

Frederick Forsyth
L'Alternative du Diable
Entre deux maux, le cœur du Président balance.

Le Quatrième Protocole
Le Royaume-Uni gravement menacé de désunion.

Christian Gernigon
La Queue du scorpion
Course contre la montre... et la cyanose.

José Giovanni - Jean Schmitt
Les Loups entre eux
Engage tueurs à gros gages... et que ça saute !

William Goldman
Marathon Man
Quand on n'a pas de tête, il faut avoir les jambes... et du cœur au ventre...

Michel Grisolia
Haute mer
Des hommes et des femmes sur un bateau : tempête sous les crânes.

Joseph Hayes
La Nuit de la vengeance
La vengeance est un plat qu'on met huit ans à préparer et qui se mange en une nuit.

Jack Higgins
L'Aigle s'est envolé
L'opération la plus folle qui soit sortie du cerveau d'un dément célèbre : Hitler.

Solo
L'assassin-pianiste a fait une fausse note : il a tapé sur la corde sensible d'un tueur professionnel.

Le Jour du jugement
Le piège était caché dans le corbillard...

Luciano
Lucky Luciano et la Mafia embauchés par les Alliés... Une histoire ? Oui, mais vraie.

Exocet
Bombe sexuelle pour désamorcer missiles ennemis.

Confessionnal
Le tueur se rebiffe. Le Pape pourrait bien en faire les frais.

Mary Higgins Clark
La Nuit du renard
Course contre la mort, tragédie en forme de meurtre, de rapt et d'amour.

La Clinique du docteur H.
Sous couvert de donner la vie, le docteur H. s'acharnerait-il à la retirer ?

Un cri dans la nuit
Le conte de fées tourne à l'épouvante...

La Maison du guet
Chassez le passé, il revient au galop.

Patricia Highsmith
La Cellule de verre
Au trou. Six ans. Pour rien. Par erreur. Mais quand il en sort...

L'Homme qui racontait des histoires
Réalisation d'un rêve criminel ou l'imagination au pouvoir ? Allez savoir...

Stephen Hunter
Target
Vingt ans après...

William Irish
Du crépuscule à l'aube
La Toile de l'araignée
La mort six fois recommencée, six fois réinventée...

William Katz
Fête fatale
La surprise-partie tourne à la mauvaise surprise.

Stephen King
Dead Zone
Super-pouvoir psychologique contre super-pouvoir politique... super-suspense.

Laird Kœnig
La Petite Fille au bout du chemin
Arsenic et jeunes dentelles...

Laird Kœnig - Peter L. Dixon
Attention, les enfants regardent
Quatre enfants, sages comme des images d'horreur.

D. R. Koontz
La Nuit des cafards
Violée par un mort...

Bernard Lenteric
La Gagne
Une singulière partie de poker : elle se jouera avec et sans cartes.

La Guerre des cerveaux
Trois têtes de savants pour démasquer de savants tueurs de têtes.

Robert Ludlum
La Mémoire dans la peau
Il a tout oublié. Traqué par des tueurs, un homme se penche avec angoisse sur son passé.

Le Cercle bleu des Matarèse, t. 1 et 2
Deux ennemis mortels se donnent la main pour en combattre un troisième.

Osterman week-end
Privé de son repos dominical par de redoutables espions soviétiques.

La Mosaïque Parsifal
Des agents très au courant, branchés pour faire sauter la planète.

L'Héritage Scarlatti
Mère courage et fils ingrat s'affrontent pour un empire et pour la République.

Le Pacte Holcroft
700 millions de dollars : de quoi faire battre des montagnes, a fortiori des services secrets.

La Progression Aquitaine
Des généraux trop gourmands... Un avocat va leur faire manger la poussière.

Nancy Markham
L'Argent des autres
Les basses œuvres de la haute finance.

Laurence Oriol
Le Tueur est parmi nous
Grossesses très nerveuses dans les Yvelines : un maniaque sexuel tue les femmes enceintes.

Bill Pronzini
Tout ça n'est qu'un jeu
Un jeu peut-être, mais un jeu de vilains.

Bob Randall
Le Fan
Fou d'amour ou fou tout court ?

Francis Ryck
Le Piège
Retour à la vie ou prélude à la mort ?

Le Nuage et la Foudre
Un homme traqué par deux loubards, bien décidés à lui faire passer le goût du pain et du libertinage

Pierre Salinger - Leonard Gross
Le Scoop
Les services de renseignements ne sont malheureusement pas là pour renseigner les journalistes.

Brooks Stanwood
Jogging
Sains de corps, mais pas forcément sains d'esprit...

Edward Topol
La Substitution
Deux colonels Yourychef ? C'est trop d'un, camarade !

Edward Topol - Fridrich Neznansky
Une disparition de haute importance
Toutes les polices de l'U.R.S.S. à la poursuite d'un journaliste disparu. Du sang, de la « neige » et des balles.

Irving Wallace
Une femme de trop
Sosie rouge à la Maison Blanche.

David Wiltse
Le Baiser du serpent
Serpent à deux têtes, se déplaçant la nuit sur deux pattes, et dont le baiser est mortel.

Dans Le Livre de Poche

Extraits du catalogue

Salman Rushdie

Les Enfants de minuit   Biblio 3122

« Je suis né dans la maternité du docteur Narlikar, le 15 août 1947. (...) Il faut tout dire : à l'instant précis où l'Inde accédait à l'indépendance, j'ai dégringolé dans le monde. Il y avait des halètements. Et, dehors, de l'autre côté de la fenêtre, des feux d'artifice et la foule. Quelques secondes plus tard, mon père se cassa le gros orteil; mais cet incident ne fut qu'une vétille comparé à ce qui m'était arrivé, dans cet instant nocturne, parce que grâce à la tyrannie occulte des horloges affables et accueillantes, j'avais été mystérieusement enchaîné à l'histoire, et mon destin indissolublement lié à celui de mon pays. (...) Moi, Saleem Sinai, appelé successivement par la suite Morve-au-Nez, Bouille-sale, Déplumé, Renifleux, Bouddha et même Quartier-de-Lune, je fus étroitement mêlé au destin — dans le meilleur des cas, un type d'implication très dangereux. Et, à l'époque, je ne pouvais même pas me moucher. »

Saga baroque et burlesque qui se déroule au cœur de l'Inde moderne, mais aussi pamphlet politique impitoyable, Les Enfants de minuit *est le livre le plus réussi et le plus attachant de Salman Rushdie. Traduit en quinze langues, il a reçu en 1981 le* Booker Prize.

Luxun

Histoire d'AQ : véridique biographie   Biblio 3116
Traduction et présentation de Michelle Loi

Il est lâche, il est pleutre, fanfaron et misérable. Son existence n'aura été qu'une suite ininterrompue de péripéties médiocres, de coups reçus et de rêves avortés. Sa mort elle-même aura l'allure d'une méprise inutile. Et si AQ avait eu seulement le talent d'imaginer son épitaphe, il est probable que sa formule aurait été : « Je me regrette! »

Avec *Histoire d'AQ, véridique biographie,* Luxun a donné à la littérature chinoise son personnage emblématique : à la fois Tartarin, Guignol et Gribouille. Un échantillon d'une certaine Chine qui ressemble furieusement à un échantillon de l'espèce humaine.

Georges Walter
Faubourg des Amériques   6543

La nuit du 6 septembre 1620, dans la brume et la discrétion, un trois-mâts ventru quitte le port de Plymouth avec cent deux passagers à bord. Le navire s'appelle le *Mayflower...* L'aventure prodigieuse de ce voyage reste ignorée, et le narrateur, qui vit dans l'étrange faubourg à demi détruit d'une moderne Métropolis, rêve d'en faire un film à grand spectacle. Déjà il projette sur l'écran de son imagination l'odyssée grandiose qu'il en a tirée, mêlant à la traversée des premiers émigrants puritains, des instantanés de l'Amérique de Howard Hughes, ainsi que le reflet de son humble et très mystérieuse existence. Introduit dans son rêve, on découvre les drames, les angoisses, les divisions qu'engendre une traversée de soixante-six jours dans des conditions que seules la foi ou la misère permettent d'endurer; on vit les épidémies, la promiscuité, la tempête et les tentatives de mutinerie, fermement dominées par le groupe des « Saints », qui se savent les élus de Dieu. Singulier récit d'aventures, le roman de Georges Walter conjugue en une même vision l'épopée messianique des origines avec l'Amérique triomphante sous le délire de ses confetti.

Peter Lovesey
A chacun son Dew   6547

Le hasard fait parfois bien mal les choses. A cause d'un nom choisi sans y penser, un homme est promu inspecteur et chargé d'enquêter sur le meurtre qu'il a lui-même commis...

Mais ne croyez pas en être quitte à si bon compte. Rien n'étant simple chez Lovesey, tout va encore se compliquer méchamment...

La traversée de l'Atlantique sur le *Mauritania* va faire beaucoup de vagues — des vagues qui en précipiteront plus d'un en enfer.

Johannes Mario Simmel
On n'a pas toujours du caviar   7539

Les extraordinaires aventures que raconte J.M. Simmel dans ce livre sont *vraies* — Jacques Abtey, ancien officier du 2e Bureau et des Services spéciaux français, l'atteste dans sa préface — Thomas Lieven existe. C'était un jeune bourgeois tranquille, promis à une brillante carrière de banquier. Et voici qu'au cours du dernier conflit mondial, une suite d'événements indépendants de sa volonté le jeta dans l'espionnage : malgré lui, il fut contraint de collaborer avec les Services secrets des principaux pays impliqués dans la guerre; d'où mille complications et périls. Heureusement, Thomas Lieven ne manquait ni d'humour ni de goût pour les belles et bonnes choses; cet amour de la vie lui permit de se tirer des pires situations...

Le récit des aventures de cet homme qui se débat entre les mains de ses redoutables maîtres constitue, en quelque sorte, le roman d'espionnage par excellence.

Lucio Attinelli
Ouverture sicilienne   7535

La Mafia n'est plus ce qu'elle était. De nouveaux hommes ont pris les rênes du « deuxième pouvoir ». Les « familles » entrent dans l'ère industrielle en s'alliant à une organisation pseudo-maçonnique occulte, infiltrée à tous les niveaux des Etats. De ce pacte doit naître la plus puissante multinationale du crime qui ait jamais vu le jour. Quatre hommes en sont les maîtres d'œuvre :

Jo Licata, parrain de New York; Luca Rondi, cerveau de la redoutable loge Prosélyte 2; Franco Carini, expert financier; Sandro Dona, parlementaire sicilien.

La plus scélérate coalition de l'histoire est en marche. Elle est bâtie sur le modèle de l'ouverture sicilienne. Aux échecs, une stratégie implacable. Mais il faudra compter avec l'ancien général Carlo Alberto Speranza, le vainqueur des Brigades rouges, que le gouvernement italien vient d'envoyer en Sicile avec pour mission de combattre la mafia.

William Dickinson
De l'autre côté de la nuit
7532

Dans *De l'autre côté de la nuit*, c'est à Las Vegas qu'on retrouve la fascinante Mrs. Clark, l'héroïne des deux précédents succès de William Dickinson : *Des diamants pour Mrs. Clark* et *Mrs. Clark et les enfants du diable*.

Ville de tous les dangers et de toutes les séductions, piège parfois mortel, Las Vegas donne ou prend la vie avec la même indifférence dans un brouhaha de machines à sous qui étouffe tous les cris. Encerclée par les feux de ce somptueux mirage, Mrs. Clark devra survivre et sauver ses enfants des maîtres d'une guerre impitoyable, celle d'une nouvelle drogue, le crack. Elle devra aussi prendre la décision la plus importante de son existence : livrer ou couvrir son père, le milliardaire Harrison, empereur du crime, mais qui l'aime passionnément.

Hervé Jaouen
La Mariée rouge
6586

Dans la région de Quimper se déroule une noce truculente. Elle va croiser l'équipée sauvage d'une bande de jeunes paumés qui s'enfoncent avec complaisance ou inconscience dans l'abjection. Et qui vont se heurter à un groupe de shérifs locaux qui veulent mettre au pas la jeunesse trop turbulente.

Ils finiront tous par se rencontrer au cours de la nuit, au bord d'un fossé. Le choc sera violent, la tuerie générale. C'est *L'Orange mécanique* dans la lande bretonne.

Elmore Leonard
Gold Coast
6475

Le mari de Karen est membre de l'organisation que l'on ne nomme jamais, autrement dit la Mafia. Lorsqu'il passe de vie à trépas, ce qui peut arriver à des gens très bien, il lègue à sa fidèle épouse quelques millions de dollars, et à ses partenaires des instructions strictes : aucun homme n'aura le droit de toucher la douce Karen...

Bien décidés à respecter les ultimes volontés du défunt, ses anciens associés engagent en guise de chaperon une brute épaisse et sans scrupule. Mais voilà l'affreux qui se met en tête de mettre la main, soit sur une part du magot, soit sur Karen, soit, encore mieux, sur les deux !

La veuve éplorée a cependant plus d'un tour dans son sac. Aidée d'un gentil chevalier qui passait par là, elle est farouchement déterminée à se battre pour recouvrer sa liberté et, sous le soleil de Floride, un jeu très dangereux commence...

Elmore Leonard, l'auteur de *La Loi de la cité*, Grand Prix de Littérature policière, nous prouve encore une fois avec *Gold Coast* qu'il est bien un des maîtres du roman noir américain.

Paul Morand
Le Prisonnier de Cintra
3839

C'est pour échapper à la mort lente de sa race que s'enfuit *le prisonnier de Cintra*, héros de la nouvelle qui donne son titre au présent recueil.

Mlle de Briséchalas ne pense qu'à lire, mais s'occuper de son agence matrimoniale *A la fleur d'oranger* ne l'empêche pas d'être toute à sa passion,,,

Dans *Un chat nommé Gaston*, Paul Morand donne à l'histoire du *Chat botté* une fin en forme de satire contre l'Ogre moderne qu'est le fisc. De même traite-t-il avec ironie dans *Le Coucou et le Roitelet* le conflit du snobisme et de la jalousie. Mais il sait aussi s'attarder sur ce qu'il y a de plus noble dans l'*Histoire de Caïd, cheval marocain*.

Thomas Wolfe
L'Ange exilé

6545

Roman du déchirement et de la nostalgie, de la solitude et du nombre, de la sensualité et de l'imagination, *L'Ange exilé* fut l'une des sensations de la vie littéraire américaine en 1929. C'est maintenant devenu un classique. Il raconte la vie secrète du jeune Eugène Gant, en conflit permanent avec une famille tumultueuse, une bourgade étriquée, un univers changeant et problématique.

Cette chronique d'apprentissage et d'initiation si apparemment autobiographique et parfois si vengeresse fit scandale au pays de l'auteur. Mais *L'Ange exilé* est autre chose qu'un règlement de comptes. C'est une tentative passionnée de restitution totale d'une réalité perdue, une fantastique galerie de portraits vivants, une exploration exhaustive des profondeurs « ensevelies » d'une conscience. C'est aussi un hymne à la nature et aux saisons, une quête angoissée du sens de l'existence.

Roman des sources et roman-source, *L'Ange exilé* a la sombre densité de l'âme sudiste, le lyrisme de la vision romantique, la richesse inventive de la grande littérature.

Gabriel Garcia Marquez
L'Aventure de Miguel Littín Clandestin au Chili

6550

Miguel Littín est chilien et metteur en scène de cinéma. Il fait partie des 5 000 Chiliens qui sont interdits de séjour dans leur pays. Au début de l'année 1985, pourtant, Miguel Littín est rentré clandestinement au Chili. Pendant six semaines, grâce à la résistance intérieure, il a réussi à diriger trois équipes de nationalités différentes pour filmer clandestinement, jusque dans le palais présidentiel, la réalité du pays sous la dictature militaire. Le résultat visible de cette aventure est un film de quatre heures pour la télévision et une version de deux heures pour les salles de cinéma.

Le résultat lisible est autre chose encore : l'aventure de Miguel Littín, c'est de retrouver son pays sans avoir le droit de s'y montrer autrement qu'en étranger; c'est aussi de confronter ses opinions d'exilé avec la réalité de la résistance d'aujourd'hui. C'est enfin de s'interroger sur la validité et sur l'utilité de la création dans une lutte politique. On comprend dès lors les raisons pour lesquelles Gabriel Garcia Marquez a tenu à écrire ce récit.

Michelle Clément-Mainard
La Fourche à Loup

6604

Marie Therville n'a que huit ans quand son père la place comme bergère dans une ferme de Gâtine à la Saint-Michel 1844. Haïe par sa famille, cette petite fille n'a guère connu que la pauvreté et la violence les plus extrêmes. Vive et décidée, elle gagne rapidement l'affection de tous les gens de la ferme. Et même leur admiration lorsqu'elle ose se battre avec un loup à l'âge de neuf ans.

Marie découvre un bonheur de vie qu'elle n'aurait jamais imaginé autrefois parmi les siens, qui l'ont abandonnée si facilement. Pourquoi cet abandon ? Le livre nous en dévoile la raison à travers un personnage étrange surgi dans la région un demi-siècle plus tôt : Jean Therville, son grand-père. Ce révolutionnaire excentrique a ruiné la famille et semé des légendes, laissant derrière lui un héritage dont Marie ne soupçonne pas le poids dans son propre destin.

La Fourche à loup nous révèle l'équilibre précaire d'un monde paysan où les saisons et la misère font la loi. Les secrets et les passions qui habitent les êtres viennent rompre cet ordre.

James Baldwin
Harlem Quartet

3112

« Cette saloperie de sang jaillit d'abord à travers ses narines, puis fit vibrer les veines de son cou, explosa en un torrent écarlate dans sa bouche, atteignit ses yeux, l'aveugla et le fit choir, choir, choir, choir, choir.

[...] Laconique, la presse britannique nota simplement qu'un " chanteur nègre style mur des Lamentations, quasiment oublié " (c'est ainsi que la presse britannique décrivit mon frère) avait été retrouvé dans les toilettes au sous-sol d'un pub londonien. Personne ne me raconta comment il était mort. La presse américaine parla du décès d'un chanteur de gospel « plein de sensibilité » à l'âge absurde de trente-neuf ans.

[...] Le soleil brillait ce matin-là, comme je n'ai jamais vu le soleil briller. »

James Baldwin

Ce roman est le point d'aboutissement de toute l'œuvre de Baldwin : un fantastique marathon de la détresse, où alternent les rugissements et les caresses, la colère et la prière, l'obscénité et la pudeur. Ça secoue plutôt.

André Clavel.

Nicole Avril
Le Jardin des absents   6591

Joden se réveille un matin, sans mémoire, dans un étrange village du bout du monde. Survient Agna, qu'il n'a jamais cessé d'aimer et qui est désormais son seul lien avec le passé. Changée et meurtrie, acceptera-t-elle de se sauver avec lui ?

Dans ce beau roman, au climat à la fois tragique et sensuel, on retrouve la puissance et la richesse d'évocation qui ont fait le succès des *Gens de Misar*.

Leo Perutz
La Neige de saint Pierre   Biblio 3107

Georg Friedrich Amberg est médecin. Venu dans le village de Morwede veiller à la santé de tous, c'est lui qui se retrouve bientôt sur un lit d'hôpital... Il entame alors l'étrange récit de ses aventures. Sa fréquentation du mystérieux baron von Malchin, dont on ne parvient à savoir s'il est chimiste un peu fou, espion international ou pur ectoplasme. Ses rapports avec une femme qu'il dit être sa maîtresse, mais qui ne l'a peut-être jamais été. L'origine de sa blessure qui lui vaut de se retrouver immobilisé : heurt avec une voiture ou suites d'un coup de fléau ?

Rien n'est clair dans cette affaire. Rien n'est sûr. Mensonge et vérité se chevauchent sans cesse. *La Neige de saint Pierre* est un *thriller* métaphysique, un roman de la manipulation des êtres. Quand s'évanouissent les limites qui séparent la raison de la folie...

Brigitte Le Varlet
Le Crime de Combe Jadouille   6599

Que cherche César Abadie, en ce début d'été 1986, lorsqu'il revient dans la demeure familiale, repliée sur

les débris d'un passé luxueux, au fond des bois du Péri-
gord ? A La Faujardie, qu'il a fuie dix ans plus tôt, au sortir de l'adolescence, le temps est suspendu depuis un
demi-siècle. Son frère Paul, qui cultive la propriété,
Finou, la vieille cuisinière, et René, l'ouvrier agricole, ne
lui demanderont rien, mais l'encercleront de leur vigilance impitoyable. Ni l'apparente richesse de César, ni
l'inquiétante désinvolture de ses amis n'intimideront ce
monde paysan, ligué contre les intrus. Marie, que César a
aimée autrefois, parviendra-t-elle à l'aider ? Ou, ayant
tenté sans succès d'échapper à la protection étouffante
du clan, est-elle aussi, désormais, tenue à l'écart ? Autour
de la grande maison aux prises avec l'exclu et les étrangers, l'affrontement ira jusqu'au crime. De loin, le bourg
de Reyssac observe en silence. Les affaires de famille ne
regardent personne.

Après l'éclatant succès de *Fontbrune* et de *Puynègre*,
Brigitte Le Varlet nous entraîne à nouveau dans son Péri-
gord natal avec *Le Crime de Combe Jadouille*, saisissant
roman de mœurs sur une France rurale dont les valeurs
profondes demeurent intactes.

Roger Auque
Un otage à Beyrouth   6618

Pour la première fois, un otage dit tout. Comme tout le
monde, avant son enlèvement à Beyrouth, Roger Auque,
trente-deux ans, journaliste à RTL, pensait que ça n'arrivait qu'aux autres. Jusqu'au jour où il est devenu captif à
son tour. Il est resté 319 jours dans l'univers souterrain
des morts-vivants de la guerre du Liban.

C'est le récit du reportage détaillé de cette captivité,
implacable, que Roger Auque a confié à Patrick Fores-
tier, grand reporter à *Paris Match*, qui nous est livrée ici.

Quatre ans en poste à Beyrouth ont permis à Roger
Auque de comprendre l'arabe et de s'adapter à la mentalité du pays. Ses reportages l'ont mené auprès de toutes
les factions rivales. Mieux que quiconque, il est en
mesure d'analyser son drame. Il arrive à localiser les
endroits successifs de sa détention. Il sait entre les mains

de qui il est tombé. Ses dialogues avec les gardiens nous font découvrir leur psychologie.

Ce document exceptionnel nous entraîne dans le monde mystérieux de la barbarie moderne et nous fait partager le formidable combat de Roger Auque pour survivre, ses révoltes et ses tentatives d'évasion.

Jean-Marie Lustiger
Le Choix de Dieu   6601

Entretiens avec Jean-Louis Missika et Dominique Wolton

« Livre admirable de sincérité, provocant, fascinant, dépourvu de complaisance et de réponses faciles...
Voilà donc le cardinal Jean-Marie Aaron Lustiger et le juif que je reste redevenus amis et alliés. Il a choisi, ou Dieu a choisi pour lui, une voie différente de la mienne, mais l'une et l'autre méritent d'être éclairées par la même lumière, car elles mènent vers la même vérité. »
Élie Wiesel, Le Monde.

« Voici un livre qui fera date. Dans une France en crise, lasse, revenue des plaisirs du look, qui cherche non des maîtres à penser mais des rocs à quoi s'accrocher, en tout cas des références morales, un homme se dévoile. Et ses paroles — fortes et, parfois, déconcertantes — frappent. »
Dominique de Montvalon et Olivier Jay, L'Express.

« Inutile de se cacher derrière les mots; le livre du cardinal de Paris est l'un des grands ouvrages écrits en cette fin de siècle qui devait être celui de la mort de Dieu. Voilà le paradoxe. »
Georges Suffert, Le Figaro Magazine.

IMPRIMÉ EN FRANCE PAR BRODARD ET TAUPIN
Usine de La Flèche (Sarthe).
LIBRAIRIE GÉNÉRALE FRANÇAISE - 6, rue Pierre-Sarrazin - 75006 Paris.

ISBN : 2 - 253 - 04933 - 6 ◈ 30/7542/1